GÜNTER NEUWIRTH
Dampfer ab Triest

GÜNTER NEUWIRTH
Dampfer ab Triest

ROMAN

Personen und Handlung sind frei erfunden.
Ähnlichkeiten mit lebenden oder toten Personen
sind rein zufällig und nicht beabsichtigt.

Die automatisierte Analyse des Werkes, um daraus Informationen
insbesondere über Muster, Trends und Korrelationen gemäß § 44b UrhG
(»Text und Data Mining«) zu gewinnen, ist untersagt.

Immer informiert

Spannung pur – mit unserem Newsletter informieren wir Sie
regelmäßig über Wissenswertes aus unserer Bücherwelt.

Gefällt mir!

Facebook: @Gmeiner.Verlag
Instagram: @gmeinerverlag

Besuchen Sie uns im Internet:
www.gmeiner-verlag.de

© 2021 – Gmeiner-Verlag GmbH
Im Ehnried 5, 88605 Meßkirch
Telefon 07575/2095-0
info@gmeiner-verlag.de
Alle Rechte vorbehalten
6. Auflage 2024

Lektorat: Sven Lang
Herstellung: Mirjam Hecht
Umschlaggestaltung: U.O.R.G. Lutz Eberle, Stuttgart
unter Verwendung eines Fotos von: © https://commons.wikimedia.org/wiki/
File:19090108_trieste_molo_san_carlo.jpg
Druck: GGP Media GmbH, Pößneck
Printed in Germany
ISBN 978-3-8392-2800-5

Personenverzeichnis

Brunos privates Umfeld
Bruno Zabini, 37, Inspector I. Klasse, Triest
Heidemarie Zabini, geb. Bogensberger in Wien, 59, Brunos Mutter
Salvatore Zabini (1836–1899), Brunos Vater
Maria Barbieri, geb. Zabini, 32, Brunos Schwester, Triest
Fedora Cherini, 34, Hausfrau, Triest
Luise Dorothea Freifrau von Callenhoff, 27, Schriftstellerin, Sistiana und Triest

Die Triester Polizei
Johann Ernst Gellner, 52, Oberinspector
Emilio Pittoni, 40, Inspector I. Klasse
Vinzenz Jaunig, 47, Polizeiagent I. Klasse
Luigi Bosovich, 26, Polizeiagent II. Klasse
Ivana Zupan, 41, Bürokraft

Passagiere der Thalia
Maximilian Eugen Graf von Urbanau, 64, steirischer Adeliger, Oberst a. D., Attaché des Kriegsministeriums im Ruhestand
Carolina Sylvia von Urbanau, 20, Tochter des Grafen
Friedrich Grüner, 25, Schauspieler und Poet
Therese Wundrak, 33, Reiseschriftstellerin
Samuel, 54, und Vilma, 39, Teitelbaum, Ehepaar aus Lemberg
Ludmilla Kabátová, 46, Musikerin aus Prag
Ferdinand, 31, und Hermine, 26, Seefried, Ehepaar aus Wien
Winfried Mühlberger, 43, Theaterdichter aus München

Senta Oberhuber, 34, und Klara Steinhauer, 27, Schwestern aus München
Gilbert Belmais, 35, französischer Reisender
Dr. Gerold, 71, und Josefine, 64, von Eggersfeldt, Ehepaar aus Retz
Mark, 43, und Deanna, 41, Cramp, Ehepaar aus Boston

Mannschaft der Thalia
Karl von Bretfeld, 52, Kapitän
Roberto Silla, 40, Erster Offizier
Guiseppe Lorenzutti, 36, Zweiter Offizier
Mario Valenti, 42, Bootsmann
Paolo Glustich, 40, Schiffskommissär
Dr. Johannes Zechtel, 55, Schiffsarzt
Zlatko Dolinar, 35, Oberkellner
Georg Steyrer, 28, Steward und Barbier, unehelicher Sohn des Grafen Urbanau

Der Tag der Ankunft

MORGENDLICH KÜHLER WIND strich über die Dächer der Stadt. Kurz hielt Bruno inne und blickte hinab zu den Segelschiffen und Dampfern im Hafen, dann stieg er weiter den Hang empor. Zügig, Schritt für Schritt.

Um Klarheit im Denken zu erlangen, waren Fußmärsche unerlässlich. Viele seiner Fälle hatte Bruno Zabini allein durch schnelles Gehen gelöst. Unterwegs klärten sich Sachverhalte, konkretisierten sich Ahnungen, ergaben sich neue Möglichkeiten und wurden Irrwege vermieden. Gehen war Denken, und Denken war Gehen. In jedem Fall in Brunos Welt.

Oberinspector Gellner, sein Vorgesetzter, bevorzugte Kutschen. Gehen war in Gellners Augen etwas für das einfache Volk, für die Tagelöhner, die Marktweiber und die Kohlenträger, ein Mann von Rang und Namen orderte eine Kutsche. Die elektrische Straßenbahn hingegen, so Gellner, sei etwas für Eilige und Nervöse. Wer setzte sich schon in ein rumpelndes Ungetüm, das nicht von braven Tieren gezogen, sondern von unsichtbaren Geistern durch die Stadt gejagt wurde? Gellner misstraute der Elektrizität im Allgemeinen, der elektrischen Straßenbahn im Besonderen. Also nutzte er die Dienste eines Kutschers. Nun, Bruno wunderte sich längst nicht mehr über die antiquierten Ansichten seines Vorgesetzten. Außerdem, so fragte sich Bruno, was hielt den Körper einfacher und sicherer gesund als beherztes Gehen? So wie jetzt, so wie eben.

Vielleicht marschierte Bruno nicht nur deswegen so forsch, um seinen Leib zu ertüchtigen und seinem Denken wohlzutun, vielleicht gab es da auch noch einen weiteren Grund? Einen, der sich nicht für medizinische Diskurse oder philosophische Reflexionen eignete.

Vor vier Wochen hatte sich Signora Cherini wieder Bücher bei Brunos Mutter ausgeliehen. Heidemarie Zabini hatte über die Jahre ein Bücherkränzchen lesefreudiger Damen um sich versammelt, die einander Bücher liehen und einmal im Monat bei Kaffee und Kuchen über ihre Lektüre debattierten. Signora Cherini war die Jüngste in diesem Kreis, seit vier Jahren nahm sie, wann immer es sich ermöglichen ließ, an den Treffen teil. Carlo Cherini bezog als Offizier der Handelsmarine zwar ein hinreichendes Einkommen, um seiner Frau und seinen beiden Söhnen ein sorgenfreies Leben zu ermöglichen, aber Signora Cherini achtete sorgsam auf die Haushaltskasse, daher kaufte sie Bücher selten, sondern borgte sie von den Damen des Kränzchens oder entlieh sie aus der Bibliothek. Bruno war auf dem Weg, die Bücher abzuholen. Einen Botendienst, den er nur gerne leistete, würde er doch Fedora Cherini begegnen.

Allein in einem Raum mit dieser Tochter der Venus zu sein und dieselbe Luft zu atmen, war jeden Fußmarsch wert. Darüber hinaus war heute sein freier Tag. So war er bald nach dem Frühstück aufgebrochen und marschierte zügig bergauf und bergab durch die Straßen und kam schließlich in das Viertel Gretta, wo am Ende einer steil ansteigenden Gasse der Familienwohnsitz von Carlo Cherini lag. Während er sich dem Haus näherte, blickte er sich genau um.

Als Inspector des k.k. Polizeiagenteninstituts seiner Majestät des Kaisers verfügte er über ein scharfes Auge und einen geschulten Blick. Und so wie er es wahrnahm, wurde er in diesem Moment von keinen neugierigen Nachbarn beäugt, dennoch zog es Bruno vor, am Haus vorbeizugehen, sich noch einmal genau umzusehen und hinter der Hecke zu verschwinden. Er näherte sich im Schatten von Bäumen und Sträuchern der Rückseite des Hauses. Beim Holzzaun hielt er inne, schaute und lauschte. Nichts. Stille. Vorsichtig stieg er über den hüfthohen Zaun und huschte unter den Obstbäumen durch den Garten.

Bruno drückte sich an die Wand und horchte. Rundum war es still, nur Vogelstimmen lagen in der Luft und aus großer Ferne tönte ein Schiffshorn. Durch das halb geöffnete Fenster hörte er Schritte auf den Holzdielen. Vorsichtig beugte er sich vor und wagte einen Blick durch das Fenster.

Da war sie! Fedora Cherini.

Bruno hielt den Atem an. Sie war nur halb bekleidet, trug lediglich ein Unterkleid und war barfuß. Er erblickte ihre unbedeckten Waden, ihre nackten Oberarme. Ihr Haar floss offen über ihre Schultern. Wie schön sie war. Eine Königin!

Fedora Cherini beugte sich vornüber und kramte in der unteren Schublade des Wohnzimmerschrankes. Brunos Augen weiteten sich. Die Rundungen ihres Gesäßes prägten sich in das Unterkleid.

Ein Anblick purer Schönheit. Wollte er doch ewig weilen.

Bruno tippte vorsichtig mit dem Fingernagel an die Glasscheibe. Signora Cherini erschrak, richtete sich auf und schaute zum Fenster. Sie stemmte ihre Fäuste in die Hüften und verzog den Mund, dann trat sie zu Bruno und öffnete das Fenster zur Gänze.

»Wie lange beobachtest du mich schon?«

»Lange genug, um deiner Schönheit vollends verfallen zu sein.«

Fedora blickte aus dem Fenster. »Hat dich jemand gesehen?«

»Niemand hat mich gesehen, niemand hat mich gehört, endlich bin ich bei dir.«

»Na los, komm rein, aber mache keine Schmutzspuren an der Fassade. Es hat letzte Nacht geregnet.«

Fedora trat zur Seite, Bruno kletterte in das Haus. »Wie lange sind deine Söhne bei deiner Schwiegermutter?«

»Bis abends. Sie begleitet die Buben nach Hause.«

Bruno umfasste Fedoras Hüfte und zog sie an sich. »Das heißt, wir haben den ganzen Tag für uns.«

»Den Vormittag. Ich habe später noch zu tun.«

»Wie kann das Schicksal mir noch gnädiger sein?«

»Ich habe dich schon gestern Abend erwartet.«

Bruno verzog den Mund. »Ich hatte zu tun. Just abends haben eine Handvoll griechischer Matrosen zu viel Bier und Schnaps getrunken und sich auf eine allzu leichtfertige Rauferei eingelassen. Einer der Gesellen wurde so schwer verletzt, dass er in der Schenke seinen Verletzungen erlag. Ich konnte erst knapp vor Mitternacht los, da wollte ich dich nicht mehr stören.«

Fedora blickte Bruno mit ihren dunklen Augen an, sie schien ihn in ihren unauflöslichen Bann schlagen zu wollen. »Herr Inspector, Sie schlagen sich also bevorzugt mit betrunkenen Matrosen herum, anstatt mir Ihre Aufwartung zu machen? Ich bin bitter enttäuscht.«

Bruno grinste breit. »Signora Cherini, ich biete an, jede Schuld, die ich mir Ihnen gegenüber aufgeladen habe, mit all meinen Kräften zu begleichen.«

Fedora kicherte. »Küss mich, Herr Inspector.«

Bruno ließ sich nicht zweimal bitten.

※

»Das ist unnatürlich.«

Carolina Sylvia von Urbanau las einen Artikel im Interessanten Almanach für das treudeutsche Weib, über den sie sich nur wundern konnte. Die Haushälterin Josefa hatte das kleine Büchlein versehentlich in Carolinas Reisegepäck gesteckt, obschon sie die aktuelle Ausgabe von Roseggers Heimgarten hätte einpacken sollen. Eine ärgerliche Verwechslung, denn die mit großem Pathos vertretenen Ansichten im Almanach fand Carolina gelinde gesagt altbacken. Man schrieb das Jahr 1907. Das Mittelalter war lange vorbei. Carolina legte das Büchlein zur Seite und sah ihren Vater an.

»Was hast du gesagt, Papa?«

Graf Urbanau blickte mit verdrießlicher Miene zum Fenster des fahrenden Zuges hinaus. »Ich sagte: Das ist unnatürlich.«

Carolina folgte dem Blick ihres Vaters und sah die prächtige Landschaft der Untersteiermark. Sanfte Hügel, gedeihende Getreidefelder, in der Ferne erblickte sie einen Ochsenkarren auf einem Feldweg, die hochsteigende Sonne erhellte das Land. Was für ein schöner Ausblick! Viel besser als das moralisierende und besserwisserische Geschreibsel, mit dem sie sich die letzte Viertelstunde verdorben hatte. »Ich kann nichts Unnatürliches entdecken, lieber Papa. Unsere Heimat erscheint mir im Vorbeiziehen gerade so, wie sie sein sollte.«

Maximilian Eugen Graf von Urbanau, Besitzer großer Ländereien in der Untersteiermark, Inhaber einer Fabrik, Oberst der Infanterie außer Dienst und Attaché des Kriegsministeriums in Pension, nahm seine Tochter streng in Augenschein. »Du sagst es doch selbst! Im Vorbeiziehen. Diese Raserei! Man kommt sich vor wie in einem Tollhaus. Wie schnell fährt der Zug?«

»Ich weiß es nicht.«

»Sieh zum Fenster hinaus und versuche die Geschwindigkeit zu schätzen.«

Carolina tat wie ihr geheißen. »Vielleicht sind es sechzig Kilometer pro Stunde. Vielleicht siebzig.«

Der Graf stampfte mit seinem Gehstock auf. »Da hast du es! Siebzig Kilometer pro Stunde! Ich schätze sogar, dass es achtzig sind. Diese neuen Schnellzuglokomotiven erreichen auf geraden und ebenen Strecken leicht diese Geschwindigkeit.«

»Das ist doch gut. So kommen wir rasch voran.«

Der Graf erhob belehrend den Zeigefinger. »Wir bewegen uns mit achtzig Kilometern pro Stunde. Das nenne ich Raserei! Als ich seinerzeit mit meinem Regiment durch Böhmen marschiert bin, um bei der Schlacht bei Königgrätz den Dienst im Rock des Kaisers zu leisten, als wir also zur großen Schlacht anmarschiert sind, waren wir mit vollem Marschgepäck über zwei Wochen auf der Landstraße. Das nenne ich natürlich! Der junge Mann schnellen Schrittes über Feld und Flur entspricht der althergebrachten Natur des Menschen. Die rasende Eisenbahn ist neuzeitlicher Wahnsinn!«

Carolina kannte jede Geschichte aus der großen Zeit ihres Vaters, in welcher er als schneidiger Leutnant im Felde gestanden hatte und bei der schweren Niederlage der österreichischen Armee gegen die vermaledeiten Preußen verwundet worden war.

»Unser Coupé ist sehr komfortabel. Als wir losgefahren sind, fand ich den Kohlerauch ein bisschen störend, aber seit der Zug unterwegs ist, hat sich das gegeben. Ich genieße die Fahrt«, sagte sie.

Der Graf schüttelte den Kopf. »Der menschliche Leib ist für solche Geschwindigkeiten nicht geschaffen. Siebzig bis achtzig Kilometer pro Stunde. Kind, denk doch einmal vernünftig!«

»Nur so schaffen wir es an einem Tag von Graz nach Triest. Früher sind die Kutschen fast eine Woche unterwegs gewesen, bei schlechtem Wetter oft sogar länger.«

»Du scheinst nicht zu verstehen, was ich dir erklären will, Carolina.«

»Was willst du mir erklären, Papa?«

»Bei solchen Geschwindigkeiten und diesem irrwitzigen Geruckel und Gerüttel werden die inneren Organe des Menschen heillos durcheinandergewirbelt. Das ist auf die Dauer nicht gesund.«

»Ich finde, dass der Wagen bei siebzig oder achtzig Kilometer pro Stunde viel weniger gerüttelt wird, als eine Kutsche auf einer holprigen Straße. Außerdem fahren seit fünfzig Jahren Züge über die Südbahnstrecke von Graz nach Triest. Mir ist nicht bekannt, dass Lokführer oder Schaffner in all der Zeit an durcheinandergewirbelten Organen erkrankt sind.«

Auf die Stirn des Grafen legten sich dunkle Falten. »Was sind denn das für revolutionäre Töne, junges Fräulein?«, fragte er mit knarrender Stimme.

Carolina schlug den Blick nieder. Die Euphorie, endlich im Zug zu sitzen, hatte sie geradezu vorwitzig werden lassen. »Ganz bestimmt hast du recht, verehrter Herr Papa. Die Raserei ist augenscheinlich.« Carolina fügte schnell hinzu, um das Thema zu wechseln: »Dennoch freue ich mich sehr, endlich wieder nach Triest zu kommen. Ich habe die Stadt in so guter Erinnerung.«

Der Graf nickte zustimmend und schaute sinnierend zum Fenster hinaus. »Ja, unsere Seereise von Triest nach Ragusa. Wie lange ist das her?«

»Elf Jahre, lieber Papa, die Reise ist elf Jahre her. Ich war damals neun. Daran kann ich mich ganz genau erinnern.«

Der Graf seufzte. »Ja, unsere Dampferfahrt in den Süden. Das war schön. Deine geliebte Frau Mama, du selbst und ich, eine Familie auf großer Fahrt. Ich denke gerne daran zurück.«

Wehmut ergriff Carolina. Wenige Monate nach der für Carolina ersten und bislang einzigen Schiffsreise war ihre Mutter gestorben. »Ich auch, Papa.«

»Ich weiß gar nicht, warum ich mich habe breitschlagen lassen, wieder an Bord eines Schiffes zu gehen.«

»Wegen deiner Lungen, Papa.«

»Das weiß ich doch! Dr. Röthelstein und seine medizinischen Anordnungen. Eine Schiffsreise gegen meine Lungenschwäche. Wenn du mich fragst, sind das verrückte Ideen.«

»Ich freue mich außerordentlich auf die Schiffsreise. Das Meer! Die Sonne! Griechenland! Die große Metropole Konstantinopel. Und die klare Luft auf See wird deinen Lungen bestimmt guttun.«

Der Graf sah seine Tochter an, er sah ihre Vorfreude, ihre Erwartungen, er sah ihre Schönheit und Lebendigkeit, ihre Grazie und Eleganz. Ja, in seiner Tochter war seine geliebte Sophie lebendig geblieben. Sophie war viel zu früh und viel zu jung von ihm gegangen. Graf Urbanau griff nach der Hand seiner Tochter und drückte sie. »In Wahrheit, mein Kind, mache ich diese Reise nicht wegen meiner angeschlagenen Gesundheit, sondern allein, um dir eine Freude zu bereiten.«

Carolina lächelte freudig. »Vielen herzlichen Dank, geliebter Papa.«

»Sieh mal in den Korb, was Josefa eingepackt hat. Langsam kriege ich Hunger.«

»Trotz der durcheinandergewirbelten Organe?«

Der Graf legte die Stirn in Falten, lächelte jedoch dabei. »Du bist heute signifikant vorwitzig, Fräulein. Woher kommt denn das?«

———

Bruno saß bei Tisch und schaute zum Fenster in den schattigen Garten. Er nippte an der Kaffeetasse. Fedora verstand sich auf die Kunst, aus gemahlenen Kaffeebohnen ein Getränk zuzubereiten, das keinerlei Vergleiche mit der Arbeit des Baristas des Caffè degli Specchi zu scheuen brauchte. Die Essenz der Bohne auf den Punkt gebracht, schwarz, stark und ungesüßt. Was für ein besonderer Tag. Schon vor der Mittagsstunde hatte er ein Glück erfahren, das für viel mehr als einen Tag reichte. Fedora betrat das Wohnzimmer. Sie legte das Bücherpaket auf einen der Stühle.

»Richte deiner Frau Mama meine besten Grüße aus. Bei Gelegenheit stöbere ich wieder gerne in ihrer wohlsortierten Bibliothek.«

Bruno schmunzelte. »Du bist immer willkommen.«
»Das freut mich.«
»Verstehe ich das richtig? Du setzt mich vor die Tür?«
»Ich habe noch eine Menge zu tun, bis die Kinder zurück sind.«
Bruno leerte die Tasse in einem Zug und erhob sich. Er strich sein Hemd glatt und zog das Sakko über. Fedora kam näher, zupfte das Sakko zurecht und knöpfte es zu. Bruno umfasste ihre Taille und zog sie an sich.
»Geliebte Fedora, ich danke dir für diesen Vormittag des Glückes.«
»Ich danke dir auch, schöner Mann.«
»Was bin ich doch für ein Glückspilz, dass dein Ehemann zur See fährt und sich so Platz für mich in deinem Leben ergibt.«
»Ich finde, wir haben beide Glück gehabt.«
Bruno lächelte. Er konnte sich gut daran erinnern, wie Fedora bitter über die langen Perioden des Alleinseins klagte. Ihrer Schönheit kam nur ihr Hunger nach Liebe gleich, sie litt unter dem Schicksal, wochenlang ohne Mann ausharren zu müssen.
»Ich hoffe nur, dass dein Mann und ich einander nie in die Quere kommen.«
»Oh, das hoffe ich auch.«
»Wir müssen weiterhin vorsichtig sein.«
»Du bist doch Polizist! Du weißt doch, wie Einbrecher unbemerkt in Häuser einsteigen können. Nutze deine Kenntnisse.«
»Glaubst du, er würde mich erschießen?«
»Eher mit dem Säbel durchbohren. Oder dir den Schädel abschlagen.«
»Was für reizvolle Aussichten.«
Fedora löste sich von Bruno. »Wie gesagt, es ist besser, wenn er nichts von dir weiß.«

Bruno griff nach dem Bücherpaket. »Allerdings.«

»Kommst du am Donnerstag?«

»Wie üblich nach Einbruch der Dunkelheit?«

»Ja. Sobald die Buben schlafen.«

»Was werden wir tun, wenn sie keine Kinder mehr sind, wenn sie dereinst forsche Knaben sind und nicht mehr bei Sonnenuntergang tief und fest schlafen?«

»Das werden wir sehen, wenn es so weit ist.«

»Und wann kommt dein Mann zurück?«

»Am nächsten Samstag.«

»Also wieder der Dampfer aus Bombay?«

»Das habe ich dir doch gesagt.«

»Tut mir leid, ich komme mit der Zeit da ein wenig durcheinander. Bombay, Schanghai, Yokohama, er ist viel unterwegs. Und zu meinem Glück auf den Fernlinien.«

Fedora schreckte hoch. Auch Bruno hatte es gehört. Das Rufen eines Kindes. Noch in einiger Entfernung, aber unüberhörbar. Fedora eilte zum Vorderfenster und schaute zur Straße hin. Bruno stand hinter ihr.

»Verflixt! Meine Schwiegermutter mit den Buben.«

»Du hast gesagt, sie würden erst abends kommen.«

»Meine Schwiegermutter ist unberechenbar. Sie stattet mir immer wieder Kontrollbesuche ab und schnüffelt hinter mir her. Diese Hexe. Du musst sofort verschwinden!«

»Vielleicht nehme ich sie demnächst in polizeilichen Gewahrsam. Zweimonatige Verwahrungshaft.«

Fedora bugsierte Bruno zum hinteren Fenster. »Ciao, Bruno. Bis bald.« Fedora küsste ihn kurz, aber leidenschaftlich.

»Ciao.« Behände kletterte er aus dem Fenster, schaute sich um und verschwand im Wald hinter dem Haus. Das Bücherpaket unter dem Arm.

Fauchend und stampfend zog die Lokomotive die Waggons in den Triester Südbahnhof. Viele Fahrgäste hielten ihre Nasen in den Fahrtwind, um die ersten Eindrücke der Stadt aufzuschnappen. Auf dem Perron standen zahlreiche Menschen und blickten dem einfahrenden Zug entgegen. Hüte wurden geschwenkt. Auch Carolina beugte sich aus dem Fenster. Noch stand die Sonne am Himmel, dennoch war der heranziehende Abend mehr als fühlbar. Die Luft war kühl. Die Bremsen quietschten und der Zug kam zum Stillstand. Sie entdeckte Rudolf in der Menge und winkte ihm. Der Fahrer des Grafen entdeckte sie ebenfalls, winkte und eilte los. Carolina schloss das Fenster. »Rudolf kommt schon.«

»Das will ich auch hoffen.«

»Ich helfe dir mit den Koffern.«

»Lass nur, ich schaffe das schon.«

Der Graf und seine Tochter reisten mit leichtem Gepäck. Maximilian von Urbanau griff nach seinen beiden Koffern und verließ das Coupé, Carolina nahm ihren ebenfalls und den Korb. Auf dem Perron stand bereits Rudolf, der das Gepäck entgegennahm, es auf einen Handwagen hob und Carolina beim Aussteigen half. Der Fahrer des Grafen war mit dem Automobil vor zwei Tagen angekommen. Da die Thalia erst in drei Tagen ablegte, wollte der Graf diese Zeit nutzen, um das Triester Hinterland zu erkunden. Also war der Wagen auf einen offenen Güterwaggon verladen und nach Triest transportiert worden. Rudolf hatte nicht in der dritten Klasse reisen müssen, für die Bahnfahrt hatte er selbstredend eine Fahrkarte zweiter Klasse erhalten. Der Graf ließ sich niemals lumpen und seinen treuen Dienstboten fehlte es an nichts.

»Wo steht der Wagen?«

»Direkt vor dem Bahnhof, Euer Gnaden.«

»Worauf warten wir dann noch?«

Der Graf bot seiner Tochter den Arm, sie hakte sich ein. Rudolf folgte ihnen mit dem Handwagen. So bahnten sie sich den Weg durch das Gewühl. Carolina ließ ihren Blick streifen. So viele Menschen! Sie fühlte sich großartig. Endlich Triest, endlich der große Hafen der Monarchie, Österreich-Ungarns Tor zur weiten Welt. Sie freute sich auf das Schiff und das Meer. In der Menge entdeckte sie ein Augenpaar, das sie unumwunden im Blick hielt. Eine heiße Woge durchflutete sie.

»Bist du aufgeregt?«

Sie wandte sich schnell ihrem Vater zu. »Oh ja, sehr. Triest ist eine so wundervolle Stadt.«

Sie traten vor das Gebäude des Südbahnhofes. Kutschen, Fuhrwerke, Automobile, die elektrische Straßenbahn, ungezählte Menschen eilten von hier nach dort. Rudolf stellte den Handwagen ab und öffnete dem Grafen und der Komtess die Wagentür, dann verstaute er das Gepäck. Morgen früh würde er die Überseekoffer vom Bahnhof abholen, das eigentliche Reisegepäck des Grafen kam im Postwaggon des Nachtzuges. An Bord der Thalia waren zwei Luxuskabinen reserviert, sodass genug Platz für angemessene Garderobe vorhanden war. Die Direktion des Österreichischen Lloyd hatte dem Grafen auf seine briefliche Anfrage höflich mitgeteilt, dass die Mitnahme von eigenen Möbelstücken aus Sicherheitsgründen nicht gestattet und wegen der bestehenden exquisiten Einrichtung der Kabinen auch gar nicht nötig war, also hatte Maximilian von Urbanau auf weiteres Gepäck verzichtet und sich auf die Garderobe, bestimmte Dokumente, Bücher und Materialien für seinen Aufenthalt auf dem Schiff beschränkt. Selbstverständlich würde er auch Waffen an Bord nehmen, seinen Revolver trug er ohnedies stets bei sich, in den Überseekoffern waren weiter ein Jagdgewehr samt der entsprechenden Munition verstaut, sowie ein Säbel und ein Knicker, sein altes Jagdmesser mit Griff aus kunstvoll bearbeitetem Hirschhorn.

Als ehemaliger Offizier und Attaché des Kriegsministeriums musste er auch im Ruhestand stets für den Ernstfall vorbereitet und gerüstet sein.

Das Automobil fuhr los. Ziel war das Grand Hotel Vanoli auf der Piazza Grande. Carolina schaute aus dem Wagen hinter sich zum Bahnhof. Wo war das Augenpaar?

～☙～

»Signor Zabini, kommen Sie gar nicht ohne uns aus?«

Bruno schloss die Kanzleitür hinter sich und verneigte sich galant. »Werte Ivana, ein Tag ohne Sie ist ein verlorener Tag.«

»Ich glaube eher, dass Sie ohne Arbeit nicht leben können.«

»Wieder durchschaut, obwohl ich mir Mühe gegeben habe. Ich habe immer gewusst, dass Sie ein erstklassiger Inspector wären.«

Die pausbäckige Frau lachte. Ohne Ivana Zupan würde die Kanzlei des Triester k.k. Polizeiagenteninstituts in heillosem Durcheinander versinken. Die Herren Kriminalbeamten gingen ein und aus, hatten Hunderte Dinge zu tun, waren von Aufträgen, Investigationen und Fahndungen in Beschlag genommen, kratzten eifrig mit den Füllfedern und qualmenden Zigaretten im Mundwinkel auf ihre Papiere und hatten sonst wenig Zeit und Muße, um in der Kanzlei für Ordnung zu sorgen. Das war nun Frau Ivanas Domäne. Sie wusste immer, wo welche Akten lagen, welche Termine anstanden und wer zu Vernehmungen vorgeladen war. Außerdem kochte sie Kaffee für die Herren und brachte deren oft in schlampigem Triestiner Dialekt geschriebenen Notizen in orthografisch einwandfreies Hochitalienisch. Ihre Muttersprache war Slowenisch, sie sprach gut Deutsch und Triestinisch, aber da sie in jungen Jahren als gelehrige Dienstbotin eines Florentiner Professors Dienst verrichtet hatte, beherrschte sie exzellentes Toskanisch in Wort und Schrift. Das Toskanische hatte sich als Hochsprache des Italienischen durchgesetzt, so war es gerade für sie als Slowenin ein enormer Vorteil, sich in den Varianten Toskanisch und Triestinisch ausdrücken zu können. Ivana war vor über zwölf Jahren von der Polizeidirektion als Schreibkraft eingestellt worden und hatte sich in dieser Zeit als tragende Säule des Instituts bewährt. Nur wenn sie umfassende Berichte oder längere Briefe in Deutsch schreiben musste, holte sich Ivana bei Bruno Anleitungen für gute Formulierungen.

»Wollen Sie eine Tasse Kaffee?«

Bruno winkte ab. »Jetzt nicht. Ich muss nur noch einen Bericht fertigstellen, dann gehe ich wieder. Schließlich ist heute mein freier Tag, und später bin ich zum Billard mit Ingenieur Ventura verabredet.«

»Ich habe auch eine Verabredung«, sagte Ivana.

Bruno hielt im Vorbeigehen inne und schaute Ivana mit großen Augen an. »Etwa ein Rendezvous?«

Ivana zwinkerte kokett. »Allerdings.«

»Ivana, ich bin sprachlos!«

»Das hätten Sie mir nicht zugetraut, oder?«

»Was schlummerte da lange in Ihnen und kommt nun zum Vorschein?«

»Abgründe.«

»Rapportieren Sie detailliert!«, forderte Bruno.

»Also, zuerst habe ich ein Rendezvous mit dem leeren Magen meines Göttergatten, hernach mit der Schmutzwäsche meiner Kinder und final mit den Rückenschmerzen meines Vaters.«

»Was sagt Ihr werter Herr Papa zum Franzbranntwein, den Vinzenz aus Kärnten mitgebracht hat?«

»Er ist von der schmerzlindernden Wirkung begeistert. Aber der alte Teufel will mit dem Branntwein nicht nur eingerieben werden, er will ihn auch trinken.«

»Bleiben Sie standhaft, Ivana, verwahren Sie die Flaschen gut. Wer Franzbranntwein trinkt, brennt sich die Seele aus dem Leib.«

Ivana winkte ab. »Da würde nicht viel verbrennen.«

Bruno lachte, verließ Ivanas Bureau und trat auf den Gang der Kanzlei. Am Ende des Ganges stand beim offenen Fenster sein junger Kollege Luigi Bosovich und schaute rauchend und an einer Kaffeetasse nippend aus dem Fenster. Luigi hörte hinter sich die Tür und wandte sich um. Luigi blickte verwundert. »Signor Zabini, Sie, heute hier?«

Bruno schaute sich um. Die Türen der Bureaus seiner Kollegen waren geschlossen. Er trat an Luigi heran. »Ausnahmsweise, weil ich sowieso unterwegs in die Altstadt bin.«

»Zum Billard?«

»Ja. In anderthalb Stunden geht es los. Da kann ich genauso gut den Bericht über diese Wirtshausrauferei abschließen.«

»Nun denn.«

Bruno sperrte die Tür auf und drückte die Türklinke nach unten, hielt aber noch inne und musterte Luigi. »Und du, Luigi, du machst eine Pause?«

Den süffisanten Tonfall in der Stimme des höherrangigen Beamten überhörte der junge Polizist geflissentlich. Alle im Institut wussten, dass Luigi Bosovich nur dann arbeitete, wenn man ihn nicht nur anspornte, sondern richtiggehend antrieb. In der Regel schaute Luigi gerne zum Fenster hinaus, trank beispiellos langsam Kaffee oder machte Rauchpausen. Wenn er aber arbeitete, dann saß jeder Handgriff, dann vergaß er selbst winzige Kleinigkeiten nicht, dann zeigte er, dass er ein ausgezeichneter Polizist war. Oder zumindest sein könnte. Als jüngster Beamter war er im Rang des Polizeiagenten II. Klasse und in der Regel für die ungeliebte Alltagsarbeit zuständig. Die meist sehr träge vorankam.

»Ja, Herr Inspector, Rauch- und Kaffeepause.«

Bruno schmunzelte. »Weitermachen.« Damit verschwand er in seinem Bureau. Vinzenz Jaunig und Luigi Bosovich teilten sich das kleinere Bureau, im größeren standen die Schreibtische der vier weiteren Polizeiagenten. Bruno und Emilio Pittoni hatten jeweils eigene Bureaus. Die beiden waren als Inspectoren I. Klasse die ranghöchsten Kriminalbeamten im k.k. Polizeiagenteninstitut und in der Befehlskette nur dem Leiter der Dienststelle Oberinspector Gellner unterstellt.

Bruno hängte sein Sakko an den Kleiderhaken und setzte sich an seinen Schreibtisch. Wie zumeist stand die Tür zu seinem Bureau offen. Nur wenn er vertrauliche Gespräche führte oder sich bei seiner Arbeit konzentrieren musste, schloss er diese. Geschlossene Türen waren ihm immer irgendwie unangenehm, geschlossene Türen erinnerten ihn an seine Kindheit, als er auf Geheiß seines Vaters endlose Zeiten in seinem verschlossenen Zimmer hatte ausharren müssen. Seit acht Jahren war Salvatore Zabini nun schon tot, dennoch hörte Bruno nach wie vor die Stimme seines Vaters, sah seine Miene vor sich und folgte seinen strengen Anweisungen. Sein Vater hatte gewollt, dass Bruno die Laufbahn als Polizist einschlug. Nein, er hatte es nicht nur gewollt, er hatte es verfügt. Also war Bruno nach der Schule und dem Militärdienst zur Polizei gegangen. Jetzt, im Alter von siebenunddreißig Jahren, verfügte er über mannigfache Erfahrungen in seinem Beruf.

Bruno zog ein Formular aus der Schublade, blätterte sein Notizbuch auf und begann, die notierten Daten und Fakten des gestrigen Einsatzes zu protokollieren. Fünf griechische Matrosen und sieben Triestiner Hafenarbeiter waren in den Wirbel involviert gewesen. Ein Grieche war verstorben, mehrere griechische Matrosen und Triester Hafenarbeiter hatten mit erheblichen Verletzungen in das Hospital eingeliefert werden müssen, achtzehn Biergläser, fünf Teller, zwei Stühle und eine Fensterscheibe waren zu Bruch gegangen. Fein säuberlich vermerkte Bruno die erhobenen Fakten. Die Untersuchungsrichter kannten und schätzten Brunos Arbeit. Kein Polizist in Triest, so hatte es der Leiter des Oberlandesgerichts Hofrat Dr. Schremser einmal dem Statthalter seiner Majestät gegenüber formuliert, würde so taugliche, gründliche und im Gerichtsverfahren so belastbare Sachverhaltsdarstellungen erstellen wie Inspector Zabini. Nur wenige Wochen nach dieser Aussage war Bruno befördert worden.

Für Bruno selbst machte die Präzision erst den Reiz der Arbeit aus. Ganz so, wie er es von Professor Hans Gross gelernt hatte. Gerne dachte Bruno an die Zeit in Graz zurück. Zwei Semester hatte er bei Professor Gross studiert und war in das systematische Handwerk der Kriminalistik und in die wissenschaftliche Disziplin der Kriminologie eingeschult worden. Erst als er bei Professor Gross zur Lehre gegangen war, hatte er sich mit der Berufswahl seines Vaters ausgesöhnt. In jungen Jahren hatte er Ingenieur, technischer Wissenschaftler oder Konstrukteur werden wollen, seine ganze Faszination hatte der Naturwissenschaft und der sich rasend schnell entwickelnden Technik gehört. Als Jugendlicher waren seine größten Helden nicht etwa die Kriegsherren Napoleon, Prinz Eugen oder Admiral Tegetthoff gewesen, sondern der Erfinder der Schiffsschraube Josef Ressel und der Erbauer der Semmeringbahn Carl Ritter von Ghega. Die ersten Jahre als Polizist hatte er sich wie an einem falschen Ort gefühlt, geradezu wie in einem falschen Leben. Erst als er verstanden hatte, dass die Polizeiarbeit der Gegenwart immer tiefer in die Erkenntnisse der Wissenschaft tauchen musste, war er innerlich zum Polizisten geworden. Die Beförderungen waren danach wie von allein gekommen.

Salvatore Zabini wäre stolz auf die bisherige Laufbahn seines Sohnes gewesen.

Max von Urbanau tupfte mit der Serviette seine Lippen und atmete behaglich durch. Auch Carolina beendete das Dîner. Der Graf nickte dem diskret im Hintergrund stehenden Oberkellner zu, der sofort heraneilte.

»Haben Euer Gnaden wohl gespeist?«

»Wohl, wohl, mit besten Empfehlungen an den Küchenchef.«

»Herzlichen Dank, Euer Gnaden.« Damit servierten der Oberkellner und ein Piccolo die Teller ab. »Belieben Euer Gnaden einen Kaffee als Abschluss des Dîners zu nehmen?«

Max von Urbanau winkte ab. »Vielleicht später im Rauchsalon. Carolina, willst du eine Schale Kaffee?«

»Vielen Dank, so spät am Tag trinke ich nie Kaffee. Sonst kann ich nicht einschlafen.«

Damit zog sich der Oberkellner mit einer Verbeugung zurück.

»Meiner Seel, die Makrele war delikat. Hat dir das Dîner gemundet?«

»Oh ja, Papa, sehr gut.«

»Wenn ich schon ans Meer fahre, dann will ich auch Fisch essen.«

»Leicht und bekömmlich. Aber, Papa ...«

»Ja?«

»Du sollst doch nicht rauchen.«

»Sieht mich hier irgendjemand rauchen?«

»Du hast eben vom Kaffee im Rauchsalon gesprochen.«

»Der Rauchsalon ist ein Ort für Herren. Da haben naseweise Fräuleins nichts zu suchen.«

»Aber Dr. Röthelstein hat doch ...«

»Dr. Röthelstein ist ein Esel und hat mir gar nichts vorzuschreiben. Ebenso wenig wie du!«

Für ein Weilchen saßen der Graf und seine Tochter schweigend bei Tisch. Max von Urbanau bemerkte, wie Carolina wiederholt zum Fenster schaute. Er schmunzelte. »Willst du nicht ein paar Schritte am Hafen machen?«

Carolina blickte hocherfreut hoch. »Darf ich, Papa?«

»Ich habe doch längst bemerkt, dass du es hier im Speisesaal gar nicht aushältst.«

»Oh ja, ich würde so gerne rausgehen und den Hafen erkunden.«

Der Graf schaute auf seine Taschenuhr. Es war halb sieben Uhr. »Denk daran, vormittags unternehmen wir eine Autofahrt nach Duino. Ich muss der Gräfin meine Aufwartung machen, schließlich hat sie mir, als sie erfahren hat, dass ich nach Triest reise, drei Briefe geschrieben. Sie erwartet uns um zehn Uhr Vormittag. Außerdem will ich die Steilküste sehen. Also, liebe Carolina, geh los. Um acht erwarte ich dich zurück.«

»Vielen Dank, Papa.« Damit eilte sie hinaus.

Der Graf erhob sich mühsam und wurde vom Oberkellner in den Rauchsalon geleitet und mit Kaffee, einem Cognac sowie einer Zigarre versorgt. Genüsslich umgab sich der Graf mit dem Duft von erstklassigem Kaffee und der Rauchwolke einer dicken Havanna, auch der Cognac mundete vorzüglich. Ein Mann trat durch den Rauch auf den Ohrenstuhl des Grafen zu.

»Entschuldigt bitte die Inkommodität, Euer Gnaden. Darf ich mich vorstellen? Mein Name ist Giovanni Pasqualini, ich bin Teilhaber und Geschäftsführer der Azienda Commerciale di Porto Nuovo. Die Firma ist spezialisiert auf den Seehandel mit der Levante. Hier ist meine Karte.«

Max von Urbanau warf einen musternden Blick auf den Mann mittleren Alters. Sein Anzug saß tadellos, die Schuhe waren poliert, der Bart akkurat gestutzt, sein Deutsch ganz passabel. Immerhin wurde in diesem Hotel auf angemessene Erscheinung und passende Umgangsformen Wert gelegt. Der Graf verzog seinen Mund und nahm die Karte. »Also, was will er?«

»Wenn Euer Gnaden gestatten, wäre es mir eine Ehre, mit Euch in geschäftlicher Angelegenheit zu sprechen.«

»Für geschäftliche Angelegenheiten wenden Sie sich an meine Advokaturkanzlei in Graz.«

»Leider hat ganz Triest erst heute erfahren, dass Euer Gnaden unsere Stadt mit einem Besuch beehrt, sodass sich keine Gelegenheit ergeben hat, einen Termin mit Eurem avvocato telegraphisch zu vereinbaren.«

»Ich reise privat, da muss nicht die halbe Welt wissen, wo ich bin.«

»Vielleicht erlauben Euer Gnaden dennoch, dass ich Euch mit den Möglichkeiten für gewisse geschäftliche Aktivitäten in unserer bescheidenen Stadt in allgemeinen Zügen vertraut mache?«

Der devote Tonfall und die unterwürfige Gestik des Geschäftsmannes stimmten den Grafen milde, er las den Namen von der Visitenkarte. »Herr Pasqualini, schätzen Sie Zigarren und Cognac?«

»Außerordentlich, Euer Gnaden.«

»Gut, dann setze er sich und leiste er mir Gesellschaft. Und tu er nicht halsbrecherisch tiefstapeln, Herr Pasqualini, weil wenn in der Monarchie die Geschäfte gut geölt laufen, dann bestimmt hier an der oberen Adria. Also, ich bin ganz Ohr.«

Der Tod war ein einträgliches Geschäft.

Wenn man sich darauf verstand.

Man musste sich als Mensch dem Tod zur Gänze verschreiben, man musste den Tod jederzeit willkommen heißen, ihn mit größtmöglicher Gastfreundschaft bewirten und immerzu bereit sein, ihm den geforderten Tribut zu zollen. Denn ein so verlässlich wiederkehrender Gast der Tod auch sein mochte, er kam nie umsonst und er forderte unausweichlich seinen Lohn. Diesen hatte man zu bezahlen. Erst dann konnte man als Mensch auch an diesem Geschäft teilhaben und einen Teil des Profits einstreichen. Der Tod musste mit dem Leben bezahlt werden, das war allen klar.

Das Töten war ein lukratives Geschäft.

Wenn man sich darauf verstand.

Die Kunst war, dem Tod nicht das eigene Leben zu überantworten, sondern ein anderes. Kunst konnte brotlos sein, praktiziert von Hungerleidern, Traumtänzern und Verrückten. Kunst konnte aber auch zu Ruhm, Anerkennung und Reichtum führen, wenn sie von Meistern, Virtuosen und Genies praktiziert wurde. Hierin sah er sein Metier.

Der Mann bewegte sich einem Schatten gleich durch die engen Gassen der Altstadt. Er verschwand hinter einer Ecke, trat durch eine versteckte Tür und huschte eine dunkle Treppe hoch. In jeder Stadt konnte man diskrete Zimmer in unscheinbaren Häusern mieten, man musste nur wissen, mit wem man zu sprechen und wie viel man für Diskretion zu bezahlen hatte.

Er hatte alles genau gehört und eine Idee gehabt. Nun galt es, aus der Idee einen Plan zu schmieden. Er war gut in solchen Dingen.

Mord war sein Geschäft.

Weil er sich darauf verstand.

~⊙~

Carolina blickte zur roten Sonne am fernen Horizont und sah über das offene Meer. Wie schön! Eine lebhafte Brise schlug ihr entgegen, Wolken zogen schnell vom Meer auf das Land zu, reflektierten das Licht der tief stehenden Sonne und tauchten den gesamten Golf von Triest in glühend rote Abendstimmung. Was für ein großartiges Naturschauspiel. Sie stand am

Ende des Molo San Carlo und war fast versucht, die Arme von sich zu strecken, wie eine Möwe die Brise einzufangen und mit wenigen Flügelschlägen weit hinaus aufs offene Meer zu fliegen. Sie war in Euphorie. So schmeckte die Freiheit! Der köstlichste Geschmack der Welt.

Wo war Friedrich?

Carolina wandte sich um und suchte im Gewühl. Auf der rechten Seite des Molo lagen die kleinen Lokaldampfer für den nahen Küstenverkehr, auf der linken Seite die Dampfer des Österreichischen Lloyd, die den adriatischen Schiffsdienst bestritten. Die bedeutendste Schifffahrtsgesellschaft der österreichisch-ungarischen Monarchie bediente nicht nur die Linien in der Adria, sondern dominierte auch den Schiffsverkehr in das östliche Mittelmeer und zum Schwarzen Meer, darüber hinaus verkehrten Überseedampfer auf den Eillinien von Triest nach Indien, China und Japan.

Eben stiegen die Fahrgäste des kleinen Dampfers Metcovich aus und füllten den Molo mit Leben. Wie Carolina sah, kehrte das Schiff von seiner Fahrt aus Venedig zurück. Dienstleute versuchten, das Gepäck der Reisenden zu ergattern, eine Gruppe von Hafenarbeitern machte sich bereit, die Fracht des Dampfers auf zwei bereitstehende Pferdefuhrwerke zu verladen. Die Matrosen an Bord brachten den Kran in Stellung, um die geladenen Holzkisten auf den Molo zu hieven. Rund drei Stunden dauerte die Überfahrt von Triest nach Venedig. Mehrere kleine Dampfer pendelten täglich zwischen den beiden großen Städten der oberen Adria und sorgten für rege wirtschaftliche und kulturelle Kontakte zwischen Österreich-Ungarn und Italien.

Carolina schob sich durch das Gedränge.

Sie schaute an der hohen Eisenwand des Dampfers Gisela empor, der morgen um acht Uhr in Richtung Cattaro ablegen und auf dem Hin- und Rückweg alle großen Hafenstädte

der dalmatinischen Küste anlaufen würde. An Bord brannten viele Lichter, so manche Fahrgäste hatten sich schon eingeschifft und schauten von oben herab auf das lebhafte Treiben. Zwei Kinder winkten Carolina. Sie erwiderte den Gruß.
Sie wandte sich ab und suchte wieder nach Friedrich. Da! Zwei Augen blitzten aus der Menge hervor. Sie eilte los, Friedrich griff nach ihren Händen und zog Carolina an sich.
»Da bist du ja endlich!«
»Friedrich, was für eine Freude!«
Eine ganze Weile stand das junge Paar beisammen und bemerkte nichts von all der Geschäftigkeit und dem Trubel um sie herum. Erst als ein Dienstmann seinen Gepäckkarren rumpelnd auf sie zuschob und seine Stimme lebhaft erhob, brach der kurze Zauber des Beisammenseins. Friedrich schaute sich um.
»Lass uns ein Stück gehen«, schlug er vor und bot ihr seinen Arm an.
Carolina hakte sich bei ihm ein. Sie ließen den Molo hinter sich und gingen am Kai entlang. Zahlreiche Segelschiffe waren an der Kaimauer festgemacht, kleine einmastige Brazerra und etwas größere zweimastige Trabakel, die für den küstennahen Transportdienst und den Fischfang eingesetzt wurden. Möwen kreisten in der Luft und Nebelkrähen belagerten sorgsam spähend die Kaimauer.
»Ist dein Vater im Hotel?«
»Ja. Er hat sich in den Rauchsalon zurückgezogen.«
»Wann musst du zurück sein?«
»Um acht Uhr.«
»Wir haben also mehr als eine Stunde für uns! Wie schön.«
»Hast du eine Herberge gefunden?«
»Ja. Ein kleines Haus beim Bahnhof. Das Zimmer ist sehr schlicht, aber still, das Fenster liegt auf der Hofseite. So ist es angenehm. Eine angemessene Unterkunft für ein paar Heller.«

»Du bist so bescheiden.«

»Wer so wie ich von und für die Kunst und die Liebe lebt, braucht nicht viel Geld.«

Carolina kicherte. »Du lebst also für die Liebe.«

»Natürlich! Die Liebe ist eine Schicksalsmacht und beseelt den Menschen, entflammt den Geist und lässt die Herzen pochen. Mein Herz, geliebte Carolina, gehört dir allein.«

»Du bist ein Poet!«

»Und du bist meine Muse«, rief Friedrich theatralisch und hielt an. Er nahm Carolina in den Blick. »Wann können wir endlich beisammen sein? Wann können wir heiraten? Wann können wir Mann und Frau sein, so wie Gott uns schuf und die Natur es von uns verlangt?«

»Du weißt doch, dass das nicht möglich ist.«

»Wann wirst du deinem Vater von unserer Liebe berichten?«

»Noch nicht.«

»Ich will es herausschreien, ich will es in allen Zeitungen annoncieren, ich will es auf Plakate drucken und diese auf allen Litfaßsäulen der Monarchie affichieren, dass ich, Friedrich Grüner, dich, Carolina von Urbanau, liebe und dich immer lieben werde.«

Carolina schaute sich betreten um. »Bitte nicht so laut. Lass uns weitergehen.«

Ein Weilchen gingen sie eingehakt am Kai entlang.

»Morgen früh will mein Vater mit dem Automobil nach Duino fahren. Die Gräfin erwartet unseren Besuch. Abends können wir uns wieder treffen.«

»Ich werde auf dich warten.«

»Hast du genug Geld?«

»Ich brauche nicht viel.«

»Ich kann dir welches geben.«

Friedrich kaute auf seiner Unterlippe. »Ich bin so beschämt, dass ich so arm bin. Ein bettelarmer Schauspieler und Dichter, ich besitze nichts als einen alten Gehrock und ein Paar Schuhe. Und du bist die Tochter eines unermesslich reichen Grafen. Wie kann unsere Liebe in einer verkehrten und verrückten Welt wie dieser nur Bestand haben?«

»Bist du verzweifelt?«

»Ja. Es zerreißt mir die Brust.«

»Aber wir sind doch beisammen.«

»Ich weiß nicht, wie ich es überstehen soll, fast einen Monat mit dir auf hoher See zu sein und dich immer nur aus der Ferne sehen zu können. Was hast du dir nur dabei gedacht, mich dieser Tortur auszusetzen?«

Jetzt hielt Carolina inne, sie blickte erschrocken zu Friedrich hoch. »Bitte lass mich nicht allein auf dieses Schiff steigen. Bitte! Ich brauche dich. Und wenn wir uns nur heimlich treffen und nur wenige Worte wechseln können, so ist dies doch das einzige Glück, das ich für diese Schifffahrt erhoffen kann.«

»Keine Sorge, geliebte Carolina, ich werde mit dir und doch fern von dir an Bord gehen. Ich bin bereit, das Äußerste für dich zu tun. Du hast die Schiffskarte nicht umsonst für mich gekauft.«

»Aber du hast die Karte doch selbst gekauft.«

»Mit deinem Geld.«

»Lass uns nicht vom schnöden Geld sprechen. Das deprimiert mich.«

Schlagartig hellte sich Friedrichs Miene auf. Das war es, was Carolina so an ihm liebte, er trug eine unendliche Heiterkeit in sich. Er konnte aus dem tiefsten Unglück heraus von einem Moment auf den anderen mit nur einem Lachen auf den Lippen der fröhlichste Mensch der Welt werden. Friedrich war ein Wunder. Er wies mit großer Geste um sich.

»Diese Stadt, liebe Carolina, die ich seit meiner gestrigen Ankunft kennengelernt habe, ist ein Wunder der Menschheit, ein Ort der Hoffnung und Zuversicht. Allein welche verschiedenen Sprachen ich an diesem einen Tag meiner Anwesenheit hier schon gehört habe, füllt ganze Lexika. Italienisch, Slowenisch, Deutsch, Furlanisch, Kroatisch, Griechisch, Englisch, Türkisch und Arabisch. Triest ist ein Knotenpunkt der Kulturen, eine Welt für sich und gleichermaßen ein Leuchtturm der Zukunft. Ich liebe diese Stadt. Sieh nur all die vielen Menschen!«

Carolina ließ sich von seiner Begeisterung mitreißen. Ja, auch sie war in den wenigen Stunden seit ihrer Ankunft von der Buntheit der großen Hafenstadt überwältigt. »Erzähl mir von deinen Erlebnissen.«

Die Abendsonne tauchte am Horizont in das Meer. Straßenlaternen erhellten den Kai mit Licht.

Das Automobil

Sein Zuhause war der Hof seiner Eltern. Da, wo er aufgewachsen war, inmitten der Kornfelder und Obstbäume. Egal wie viele Jahrzehnte schon ins Land gegangen waren, der Hof in der Nähe der Auwälder an der Mur würde immer seine Heimat bleiben. Sein älterer Bruder hatte den Hof übernommen. So bestimmte es die Tradition, der Ältere hatte das Vorrecht. Also war er schon in jungen Jahren von Zuhause fortgegangen, hatte in Graz eine Stelle in der Maschinenfabrik gefunden und sich lange Zeit als Arbeiter und Bettgeher durchgeschlagen. Er war aber nicht wie die anderen Burschen vom Land dem Alkohol verfallen, sondern hatte gelernt. Er war ein fähiger Schlosser geworden, einer, den seine Dienstherren gerne beschäftigt und selbst in der Krise nur ungern wieder entlassen hatten. Er hatte weiter gelernt und war in einer Autowerkstatt Mechaniker geworden. Das Instandhalten und Fahren von Automobilen war sein Lebensinhalt geworden. So hatte ihn schließlich der Graf für ein solides Gehalt als Fahrer eingestellt. Rudolf konnte sich wahrlich nicht beklagen, seit er das Automobil des Grafen wartete und fuhr, ging es ihm gut, hatte er ein bequemes Zimmer, reichlich zu essen und eine Werkstatt, über die er alleine verfügen konnte.

Am heimatlichen Hof hatte ihn stets der Hahn geweckt. Früh aufzustehen war für ihn nie ein Problem gewesen. Er hatte nie etwas anderes gekannt. Beim ersten Sonnenschein war er aus dem Bett und hatte sein Tagewerk begonnen. Heute aber weckte ihn nicht der Hahn. Rudolf wusste zuerst gar nicht, wie ihm geschah, wo er war, welches Tier so schreien konnte. Erst als er ans Fenster trat, erinnerte es sich. Er war am Meer, er war in einer Herberge nahe dem Hafen von Triest. Und das markerschütternde Geschrei stammte von einer Möwe. Rudolf öffnete das Fenster und schaute hinaus. Der große Vogel entdeckte ihn, schrie noch einmal und flog davon.

Der Morgen graute. Er musste los. Die Arbeit wartete auf ihn.

Wenig später startete er das Automobil und fuhr los. Auf den Straßen der fremden Stadt begann sich das Leben zu regen. Die ersten Händler öffneten ihre Läden, die Hafenarbeiter trotteten zielgerichtet durch die Gassen, zwei hübsche Wäscherinnen überquerten mit vollgepackten Körben die Straße und schauten bewundernd dem großen und vornehmen Automobil hinterher. Der Graf hatte einen Wagen der Wiener Automobilfabrik Gräf & Stift gekauft, der Wagen war nagelneu, Baujahr 1906, sehr luxuriös und wahrscheinlich die beste Limousine, die man in der gesamten Monarchie kaufen konnte. Das Automobil hatte ein Vermögen gekostet und war der ganze Stolz des Herrn Grafen. Deshalb hatte er den Wagen auch an die obere Adria transportieren lassen. Und Rudolf durfte den Wagen fahren.

Der Bahnhof kam in Sicht. Der Nachtzug musste schon angekommen sein. Es dauerte ein Weilchen, bis Rudolf die richtige Laderampe fand, an der die Überseekoffer des Grafen bereitstanden. Mühsam wurden die drei großen schweren Koffer verladen. Zwei Männer der Bahnverwaltung halfen Rudolf beim Aufladen der wertvollen Fracht. Fast einen Monat würden der Herr Graf und die Komtess auf See sein. Er selbst würde einen Tag nach dem Ablegen des Dampfers den Heimweg nach Graz antreten.

Rudolf fuhr los, ließ den Bahnhof hinter sich. Der Graf hatte ihm die Verantwortung über die sichere Verwahrung der Koffer anvertraut. Bis das Gepäck auf die Thalia geladen werden konnten, würden sie in einem Magazin am Hafen gelagert werden. War es verstaut, würde Rudolf das Automobil für die Fahrt nach Duino vorbereiten. Er hatte schon während der Zugfahrt die Landkarte genau studiert und sich die Route eingeprägt. Der Graf würde nicht klagen können. Es war auch für Rudolf ein Abenteuer. Noch nie war er an das Meer gekommen.

Das Automobil rollte am Kai entlang, überholte einen Zug der elektrischen Straßenbahn. Am Kai standen einige Hafenarbeiter, die den großen Wagen anstarrten, drei junge Burschen winkten mit ihren Mützen und riefen Rudolf auf Italienisch Grüße zu.

Stolz packte Rudolf. Als er sich der Gruppe näherte, betätigte er die Hupe, winkte und trat auf das Gaspedal. Der hochdrehende Motor röhrte auf, die Hafenarbeiter johlten vor Vergnügen, der Wagen sauste schnell an ihnen vorbei. Rudolf genoss die rasante Fahrt am Kai.

Ein Ochsenkarren querte die Fahrbahn. Rudolf betätigte die Hupe. Aber der Ochsenkarren war viel zu langsam und schwerfällig, um rechtzeitig die Fahrbahn freizumachen. Rudolf packte den Bremshebel und zog kräftig daran. Er hörte ein Schnalzen. Der Bremshebel kippte nutzlos nach hinten. Rudolf schrie auf.

Das Bremsseil war gerissen! Das verstand er sofort. Das Automobil raste ungebremst auf den Ochsenkarren zu. Erschrocken hoben die beiden Tiere die Köpfe, der Lenker des Karrens schrie auf.

Rudolf hatte keine Zeit nachzudenken, er handelte sofort. Er umfasste das Lenkrad fest und lenkte zur Seite. Das rechte Vorderrad kam bis auf wenige Zentimeter an den Rand der Kaimauer. Geschafft, er war nicht mit dem Ochsenkarren kollidiert. Er zog das Lenkrad nach links.

Zwei Männer direkt voraus! Sie rissen zu Tode erschrocken ihre Augen auf. Rudolf lenkte nach rechts. Der Wagen schlingerte. Das ausbrechende Heck warf die beiden Männer um. Das Automobil schwankte bedenklich. Nach Leibeskräften versuchte er, den Wagen zu stabilisieren.

Da, ein Poller vor ihm! Und dahinter gestapelte Holzkisten. Wieder riss er das Lenkrad herum. Das Automobil kippte. Der Aufprall schleuderte Rudolf vom Fahrersitz. Es ging so rasend schnell, er hatte gar keine Zeit zu schreien. Er sah die Holzkisten. Dann der Aufprall.

Dunkelheit legte sich um ihn. Völlige Finsternis.

※

Bruno wohnte nach wie vor im Haus seiner Eltern im Stadtteil Cologna, gemeinsam mit seiner Mutter. Einst hatte hier eine Bauernfamilie gelebt, die auf den Berghängen Hühner und Ziegen gehalten und einen kleinen Weingarten bewirtschaftet hatte. Für den Hausgebrauch hatten die Bauersleute Gemüsebeete bestellt. Salvatore Zabini hatte es als hochgestellter Beamter des Zollamtes zu einigem Wohlstand gebracht, und als die landwirtschaftlichen Flächen rund um Triest zusehends von den Wohnhäusern der sich ausbreitenden Stadt verbaut worden waren, hatte er seine Wohnung in der Città Vecchia veräußert und das Haus mit Garten in Cologna gekauft. Die Renovierung nahm einige Zeit in Anspruch. Bruno hatte gute Erinnerungen an die Sprache, Witze und Handgriffe der Bauarbeiter, die unter der strengen Aufsicht seines Vaters den Umbau durchgeführt hatten. Für ihn als Knaben war das eine aufregende Zeit gewesen. Die Arbeiter hatten ihn gemocht, weil er ihnen Wasser, Brot, Käse und Wurst gebracht, weil er ihnen genau zugesehen hatte und sich die Handhabe der Werkzeuge hatte beibringen lassen. Das hatte ihm viel Spaß bereitet und ihn schnell lernen lassen. Den Klang der furlanischen Sprache, der Sprache der Landbevölkerung aus dem

Karst, hörte er dort zum ersten Mal, denn seine Eltern sprachen Italienisch und Deutsch.

Die ehemaligen Bauern hatten vom Verkaufserlöse ihrer Liegenschaft eine Wohnung im Borgo Giuseppino gekauft und einen Laden eröffnet, an dem Bruno immer wieder vorbeikam und Gemüse kaufte.

Das Haus verfügte über zwei Eingänge. Durch den Vordereingang betrat man die eigentlichen Wohnräume, die von Heidemarie Zabini bewohnt wurden. Der Hintereingang führte zum ehemaligen Stall, der beim Umbau zu einer kleinen Dienstbotenwohnung umgebaut worden war. Darin wohnte nun Bruno.

Der morgendliche Fußmarsch zur Polizeidirektion war Bruno ein lieb gewordenes Ritual. Mit ausgreifenden Schritten ging er vom Hang hinab in die Altstadt. Das k.k. Polizeiagenteninstitut nahm eine ganze Etage im Gebäude der Polizeidirektion ein. Wie in den anderen Ländern Cisleithaniens bildete das Polizeiagenteninstitut den nicht uniformierten Wachkörper und war unabhängig von den einzelnen Kommissariaten direkt dem Polizeidirektor unterstellt. Bruno betrat das Polizeigebäude, eilte die Treppe hoch und suchte das Wartezimmer der Kanzlei auf. Mehrere Personen saßen auf den Bänken und warteten. Die Menschen schauten allesamt hoch, als Bruno schwungvoll eintrat und grüßte. Er öffnete die Tür zu Ivanas Bureau. Diese war eben dabei, sich an ihren Arbeitsplatz zu setzen.

»Guten Morgen, Ivana.«

»Guten Morgen.«

»Gibt es Neuigkeiten von Belang?«

»Das Übliche. Kaffee?«

»Bitte ja, so wie immer.«

Er begrüßte die Polizeiagenten, die in ihrem Dienstzimmer arbeiteten. Kurz schaute er in das Bureau von Vinzenz und Luigi. Vinzenz Jaunig saß bereits an seinem Arbeitsplatz und sortierte Akten.

»Guten Morgen«, rief Bruno in Deutsch von der Tür aus.

Vinzenz hob den Blick und erwiderte den Gruß in seiner Muttersprache. Vinzenz war zehn Jahre älter als Bruno, er war vor fünfundzwanzig Jahren aus seiner Heimat Kärnten nach Triest gekommen und sprach fließend Italienisch, aber mit nach wie vor hartem Akzent. Der vierschrötige Mann war mit einer Italienerin verheiratet und Vater von vier Kindern. Sein ältester Sohn leistete eben den Militärdienst und strebte, wie sein Vater, die Laufbahn als Polizist an. Kräftige junge Männer mit einwandfreiem Leumund waren immer gesucht. Die Stadt wuchs und wuchs, da musste sich die Polizeibehörde rechtzeitig nach Blutauffrischung und Verstärkung umsehen.

Bruno zeigte auf Luigis leeren Schreibtisch. »Unser Jungspund schläft noch?«

Vinzenz zuckte mit den Schultern. »Du weißt ja, wie er ist.«

Bruno nickte und schaute zur geschlossenen Tür seines Vorgesetzten. Oberinspector Gellner erschien zumeist erst gegen halb neun in der Kanzlei, schwer vorstellbar, dass er am ersten Tag nach seinem Urlaub früher kommen würde. Auch Emilios Tür war geschlossen. Bruno sperrte die Tür zu seinem Bureau auf, trat ein und öffnete das Fenster. Das Wetter war hervorragend, sonnig, nur mäßig windig und nicht zu heiß. Ein guter Tag für die Arbeit. Er rückte den Stuhl zurecht und nahm am Schreibtisch Platz. Heute war er an der Reihe, sich die Vorträge der Bürger anzuhören. Auch diese Arbeit musste getan werden.

Ivana klopfte an die offen stehende Tür. »Ihr Kaffee.«

»Herzlichen Dank.«

Sie stellte die Tasse ab. »Soll ich die ersten schon vorlassen?«

»Ich brauche noch zehn Minuten. Ich gebe Ihnen Bescheid.«

»Ist recht, Signor Zabini.«

Damit verließ sie sein Bureau. Wohliger Kaffeeduft machte sich breit. Er nahm einen Schluck – köstlich wie immer – und hörte Schritte auf dem Gang. Die Schrittfolge, das Aufsetzen der Schuhe auf dem Parkett, Bruno erkannte daran seinen Kollegen.

Emilio Pittoni machte sich im Türstock breit. »Guten Morgen.«

»Guten Morgen«, erwiderte Bruno den Gruß.

»Du hast also den Bericht über die Rauferei schon geschrieben?«

»Ja.«

»An deinem freien Tag schreibst du Berichte?«

»Das hat sich so ergeben. Ich habe eine Stunde Zeit gehabt.«

Emilio verzog seinen Mund. »Was immer der Dienst befiehlt und die nächste Beförderung einbringt.«

Bruno regte seine Miene nicht. Es war ihm seit Langem klar, dass Emilio dem Zeitpunkt mit Argwohn entgegensah, an dem Bruno ihn in der Hierarchie überholen würde. Und es war auch klar, dass er kaum eine Gelegenheit ausließ, diesen Zeitpunkt hinauszuzögern. Sie waren Kollegen, sie waren Inspectoren I. Klasse, sie waren beide erfahrene Kriminalisten und arbeiteten gemeinsam, aber gute Kollegen oder gar Freunde waren sie nie geworden. Emilio konnte Bruno nicht ausstehen, weil er bei den Damen so beliebt war, weil er so fleißig arbeitete, weil er in Emilios Augen von Oberinspector Gellner bevorzugt wurde. Bruno hingegen misstraute Emilio, weil er seine definitiv vorhandene Intelligenz einsetzte, um mit fragwürdigen Methoden Fälle zu lösen.

»Wie du sagt, was immer der Dienst befiehlt.«

Die laute Stimme Gellners war aus Ivanas Bureau zu hören. Die beiden Inspectoren spitzten überrascht die Ohren. Sieh an, der Oberinspector war heute früher dran als sonst. Gellner lachte herzhaft. Offenbar hatte er aus dem Urlaub gute Stimmung mitgebracht. Die Beamten des k.k. Polizeiagenteninstituts hatten feine Ohren für die Stimmung des Herrn Oberinspectors entwickelt. Bei schlechter Stimmung ging man lieber nicht aus der Deckung, bei guter Stimmung konnte es in der Kanzlei mitunter fidel zugehen. Emilio warf Bruno noch einen nichtssagenden Blick zu und verschwand dann in sein Bureau. Gellner begab sich auf seine Runde, begrüßte seine Männer mit Handschlag, machte Witze und schien dem Wetter entsprechend bestens gelaunt. Gellner rief sie zu einer Besprechung in fünf Minuten zusammen. Die Bürger im Wartezimmer würden sich noch gedulden müssen.

Bruno verrichtete ein paar Handgriffe und trat kurz darauf auf den Gang. Eben huschte Luigi herein und warf Sakko und Hut auf seinen Schreibtisch. Zweifellos hatte Ivana ihn von der kurzfristig angesetzten Besprechung in Kenntnis gesetzt. Die Polizeiagenten brachten ihre Stühle aus den Dienstzimmern, betraten das geräumige Bureau des Oberinspectors und stellten die Stühle in einer Reihe vor dem wuchtigen Schreibtisch ab. Für die beiden Inspectoren standen zwei freie bereit.

Gellner verfolgte mit ernster Miene die Verrichtungen seiner Männer, holte Luft und machte eine einladende Handbewegung »Meine Herren, bitte setzen Sie sich.« Gellner wartete, bis sie saßen. Er fasste Luigi streng ins Auge. »Signor Bosovich, haben Sie es tatsächlich noch geschafft, zeitgerecht Ihren Dienst anzutreten?«

Luigi nickte kleinlaut. »Jawohl, Herr Oberinspector.«

»Ich vermisse Signor Materazzi.«

»Er ist dienstlich im Hafen unterwegs«, erklärte Vinzenz.

Gellner nickte. »Nun denn, meine Herren, ich bitte Sie, mir sorgfältig von den Geschehnissen in der Woche meiner Abwesenheit Bericht zu erstatten. Und fassen Sie die wesentlichen Inhalte Ihrer Tätigkeiten zusammen, auf dass es mir möglich ist, mir ein Bild von den Vorkommnissen zu machen.«

Gellners Sprechweise klang immer irgendwie gestelzt, ganz egal, ob er Deutsch oder das Triestiner Italienisch sprach. Vor sieben Jahren war er zum Leiter des k.k. Polizeiagenteninstituts ernannt worden. Alle im Raum wussten, dass er diese verantwortungsvolle Stelle wegen zweier Umstände erhalten hatte. Zum einen wegen seiner sehr guten Kenntnisse der italienischen Sprache, und zum anderen weil er als Deutschösterreicher ein Protegé des deutschösterreichischen Statthalters war. Gezielt hatte Prinz Hohenlohe seit seiner Ernennung durch den Kaiser Deutschösterreicher an die wichtigen Hebel der Macht und der staatlichen Sicherheit gehoben.

Doch bevor Gellner das Wort seinen Untergebenen überließ, erzählte er mit stolzgeschwellter Brust und in ausführlichen Worten von seinem Ausritt mit der Jagdgesellschaft des Baron Bruckheim in das Görzer Hinterland, von den geselligen Abenden beim Kartenspiel im Schloss des Herrn Baron, der großartigen Sammlung von historischen Büchsen des Herrn Baron und von den famosen Schusskünsten des Herrn Baron beim Taubenschießen. Die Kriminalbeamten lauschten regungslos dem Vortrag. Nichts anderes hatten sie erwartet.

Laute Stimmen vom Gang. Der Oberinspector hielt inne. Jemand klopfte an die Tür. Gellner warf seine Stirn in Falten.

»Herein!«

Ivana öffnete die Tür einen Spalt und steckte den Kopf herein.

»Entschuldigen Sie die Störung, Herr Oberinspector, aber ...«

»Frau Ivana, was in Herrgotts Namen ist denn so wichtig, dass Sie unsere Unterredung durch infernalisches Klopfen unterbrechen?«

Ivana öffnete die Tür zur Gänze und machte Platz. Polizeiagent Materazzi trat ein und nahm Haltung an. »Herr Oberinspector, es hat im Hafen einen schweren Unfall mit einem Automobil gegeben.«

»Einen Unfall?«

»Ja. Es gibt einen Toten.«

»Das ist sehr bedauerlich, Materazzi, und wir werden uns zu gegebener Zeit um die Sache kümmern. Aber jetzt setzen Sie sich, damit wir mit der Besprechung fortfahren können.«

»Herr Oberinspector, der Tote ist der Fahrer des Grafen Urbanau.«

Gellner hielt den Atem an. »Graf Urbanau ist in Triest?«

»Ja.«

»Ist der Graf beim Unfall verletzt worden?«

»Das nicht. Der Fahrer hat mit dem Automobil das Gepäck des Grafen transportiert.«

»Gott sei es gedankt! Ist der Graf am Hafen?«

»Nein. Der Graf logiert im Hotel Vanoli. Wahrscheinlich weiß er noch gar nichts vom Vorfall. Ich bin vom Hafen auf direktem Weg hierher gelaufen, um Bericht zu erstatten.«

Gellner dachte kurz nach, klatschte auf den Tisch und katapultierte sich hoch. Er fasste den im Türstock stehenden Polizisten scharf ins Auge. »Materazzi, Sie haben recht gehandelt, sehr gut! Die Sache hat unmittelbare Priorität. Inspector Zabini, Inspector Pittoni, Sie beide begeben sich mit Signor Materazzi zum Hafen, inspizieren den Unfallort, sorgen für Ordnung und leiten unverzüglich die nötigen Schritte zur Klärung des Hergangs ein.«

≈≋≈

»Wozu schleppst du deinen Koffer mit?«, fragte Emilio.

»Wir gehen zu einem Unfallort.«

»Eben, Unfallort, nicht Tatort.«

»Mein Koffer ist immer dabei.«

Emilio schüttelte zweifelnd den Kopf. »Wie du meinst. Schreib alles auf, miss die Zentimeter und notiere alle Gewichte.«

»Das werde ich tun.«

Emilio hatte den Sinn des Tatortkoffers noch nie verstanden. Für ihn war das unnötiger Ballast, eine Marotte, die sein Kollege Bruno von seiner Studienzeit in Graz mitgebracht hatte. Seit damals schleppte Bruno andauernd den Koffer mit sich. Für Emilio reichten ein Bleistift, ein Notizblock, ein scharfes Auge und sein exzellentes Gedächtnis.

Die Männer erreichten schnellen Schrittes die Rive. Die breite Uferstraße zwischen dem Porto Vecchio und der Città Vecchia war die Lebensader der Stadt. Eine kleine Rangierlokomotive mit vier beladenen Güterwaggons stand auf dem Gleis am Kai und kam wegen der Menschenmenge nicht voran. Die Linea delle Rive, die Rivabahn, am alten Hafen verband die beiden großen Triester Bahnhöfe, den Südbahnhof und den neuen Staatsbahnhof. Beide Lokführer und auf den Trittbrettern mitfahrende Bahnarbeiter schauten von ihrer erhöhten Position teils neugierig, teils wegen der Verzögerung entnervt zum Unfallort hinüber. Auch die Elektrische wurde an der Weiterfahrt behindert. Mehrere Pferdegespanne stauten sich. Das Leben im Hafen erwachte früh und war heute erheblich gestört worden.

»Zur Seite! Los! Tempo! Polizei! Los, zur Seite!«, riefen die drei Polizisten und bahnten sich einen Weg durch die Schaulustigen. Den beiden Inspectoren bot sich ein Bild der Verwüstung. Das stark beschädigte Automobil lag umgestürzt auf der Fahrbahn, ein Überseekoffer war aus dem Fahrzeug geschleudert worden und hatte sich geöffnet. Anzüge und Hemden des Herrn Grafen sowie dessen Säbel lagen auf dem Boden. Mehrere Polizisten mühten sich, die Gaffer zurückzudrängen.

Emilio zog seinen Revolver und hob ihn hoch, er drehte sich im Kreise und brüllte in die Menge: »Zurück jetzt, verdammt noch mal! Das ist eine polizeiliche Anordnung! Was ist das hier für ein Durcheinander? Zurück, sage ich!«

Die uniformierten Polizisten drängten vom scharfen Ton und der hochgestreckten Waffe des Herrn Inspector ermutigt die Schaulustigen zurück. Bruno schaute zu zwei auf dem Boden sitzenden Männern, die von drei Sanitätern umsorgt wurden, dann zum Arzt, der neben der Leiche kniete. Er ging auf die beiden verletzten Männer zu.

»Was ist mit ihnen?«, fragte er den ältesten Sanitäter.

»Sie wurden vom Wagen umgeworfen. Bevor er umgekippt ist.«

Bruno sah, dass einer der Hafenarbeiter mittlerweile am Kopf verbunden wurde, der zweite schien eine Verletzung am Unterarm zu haben, denn dieser war geschient und lag in einer Schlinge.

»Wie geht es euch?«, fragte Bruno die beiden.

»Mein Arm ist gebrochen.«

»Und du?«, fragte Bruno den zweiten Mann. »Bist du ansprechbar?«

»Ja, Herr Inspector. Eine Wunde am Kopf, aber nicht schlimm. Und ein paar blaue Flecken an den Armen. Wir haben Glück gehabt.«

Bruno notierte die Namen und Adressen der Männer und schickte sie mit den Sanitätern ins Hospital. Dann ging er auf den reglos am Boden liegenden Körper zu. Der Arzt erhob sich.

»Guten Morgen, Dottore.«

»Guten Morgen, Inspector.«

»Ist der Mann tot?«

Der Arzt erhob sich und stellte sich neben Bruno. »Ja. Genickbruch und schwere Kopfverletzungen. Er hat nicht lange gelitten.«

»Vielen Dank, dass Sie gleich kommen konnten, Dottore.«

»Selbstverständlich.«

Der Arzt packte seine Tasche, während Bruno seinen Koffer öffnete. Er fertigte eine Skizze der Situation an. Ein uniformierter Polizist trat neben ihn.

»Alle Zeugen sagen, dass das Automobil mit hoher Geschwindigkeit unterwegs war. Der Fahrer wollte offensichtlich ein paar jungen Arbeiter imponieren, die ihm zugewinkt haben, deswegen hat er den Wagen beschleunigt.«

»Haben Sie mit den Arbeitern gesprochen?«

»Ja, und ich habe auch ihre Namen und Adressen«, sagte der Polizist und reichte Bruno einen Zettel.

»Sehr gut.«

»Das Automobil musste wegen eines Ochsenkarrens ausweichen, ist dabei ins Schleudern gekommen, hat die zwei Männer angefahren und ist dann hier umgekippt. Der Fahrer wurde mit voller Wucht vom Sitz gegen die Holzkisten geschleudert. Die Zeugen sagen, dass der Wagen nicht gebremst hat.«

»Nicht gebremst?«

»Das haben alle ausgesagt.«

Inzwischen hatte Emilio veranlasst, dass die persönlichen Gegenstände des Grafen wieder in den Koffer gepackt wurden, dass sich die Ansammlung auflöste und der Weg für die Straßenbahn freigemacht wurde. Der Güterzug musste weiterhin warten, da das Automobil quer über den Schienen lag.

Bruno trat an den Wagen heran und inspizierte ihn. Er griff nach dem Bremshebel. Er ließ sich widerstandslos hin und her bewegen.

»Die Bremse ist also kaputt«, sagte Emilio, der sich neben Bruno stellte.

»Eindeutig.«

»Was für ein Jammer! Sieh nur das Auto an. Ein Gräf & Stift, zerbeult und zerschrammt. Dieser Wagen kostet ein Vermögen. Wenn ich so viel Geld besitzen würde, um mir so ein Automobil kaufen zu können, wäre ich fein raus.«

Bruno schaute kurz seinen Kollegen an, dann blickte er zum Leichnam des Fahrers. »Ich werde mir die Bremse genauer ansehen.«

Emilio zuckte mit den Schultern. »Tu, was du nicht lassen kannst. Ich werde den Herrn Grafen aufsuchen und ihm vom tragischen Ableben seines Fahrers berichten.«

»Ja, übernimm du das. Ich mache hier weiter.«

Emilio wandte sich ab und marschierte los.

Bruno winkte seinem Untergebenen zu. »Materazzi, kommen Sie her! Ich habe einen Auftrag für Sie.«

Der Polizeiagent kam näher. »Und welchen, Herr Inspector?«

»Bringen Sie mir Werkzeug. Dort drüben im Hafenmagazin haben sie bestimmt einen Werkzeugschrank. Ich brauche verschiedene Schraubenschlüssel.«

»Wird gemacht.«

Bruno zog sein Sakko aus und krempelte seine Ärmel hoch. »Und, Materazzi! Der Leichnam kann jetzt abtransportiert werden.«

                                                —⚜—

»Hm, der Kaffee ist ein Gedicht. Köstlich. Das Kaffeesieden verstehen die Triestiner, das muss der Neid ihnen lassen.«

Max von Urbanau stellte die Schale wieder ab. Er war sehr zufrieden mit der Verköstigung, den Zimmern und dem Service. Ein gutes Hotel, er würde es weiterempfehlen. Auch das gestrige Gespräch mit dem hiesigen Großhändler hatte manche interessante Wendung genommen. Er erwog, eine größere Summe zu investieren. Der Seehandel hatte Zukunft, das stand außer Frage. Signor Pasqualini hatte über die moderne Lagerverwaltung seines Unternehmens berichtet, von den Gewinnchancen, über die ständig steigende Gesamttonnage umgeschlagener Waren in Triest, über die seit Jahren steigende Zahl an Fahrgästen auf den Linien der beiden großen Schifffahrtsgesellschaften Österreichischer Lloyd und Austro-Americana. Am meisten hatten den Grafen die Informationen über die Auslastungen der hiesigen Werften imponiert. Im Lloydarsenal wurden Jahr für Jahr immer größere und leistungsfähigere Dampfer vom Stapel gelassen. Und obschon niemand es offen aussprach, hatte Signor Pasqualini mit gedämpfter Stimme erzählt, wusste doch ganz Triest, dass die k.u.k. Kriegsmarine neue und mächtige Schlachtschiffe auf Kiel legte. Das Stabilimento Tecnico Triestino, die große Werft in Muggia wenige Kilometer außerhalb von Triest, hatte in den letzten Monaten Hunderte Werftarbeiter eingestellt. Obwohl viele Züge nachts fuhren, so war niemandem in der Stadt der stete Strom von schwer beladenen Güterzügen entgangen. In den steirischen Hochöfen verhüttetes Eisen rollte unablässig an die obere Adria. Sowohl der zivile als auch der militärische Schiffsbau florierte wie niemals zuvor.

Max von Urbanau hatte als Infanterieoffizier wenig mit der Kriegsmarine zu tun gehabt, aber natürlich leuchtete ihm ein, dass mit der steigenden Bedeutung der österreichisch-ungarischen Handelsmarine im Welthandel die k.u.k. Kriegsmarine veranlasst war, zum Schutze der Schiffe des Kaisers und seiner Untertanen wohl gerüstet aufzukreuzen.

Die florierenden Geschäfte des Grafen mit den landwirtschaftlichen Produkten seiner Ländereien, mit dem Quarz aus den Bergwerken und mit der Glasfabrik in Graz bildeten ein solides Fundament, auf dem sich Investitionen in den höchst profitablen Seehandel tätigen ließen. Die Seetüchtigkeit und Schnelligkeit moderner Dampfer hatte überhaupt nichts mehr gemein mit den alten Segelschiffen. In früheren Jahrhunderten glichen Investitionen in den Seehandel einem Vabanquespiel, man konnte hohe Gewinne einstreichen, aber auch genauso gut über Nacht Hab und Gut verlieren. Stürme auf See, die die hölzernen Segelschiffe in höchste Seenot gebracht hatten, führten auf schweren Dampfern aus Eisen, angetrieben von mächtigen Dampfmaschinen, höchstens dazu, dass sich die Passagiere an Bord ärgerten, wenn sie auf wetterfeste Kleidung im Gepäck vergessen hatten. Und die Piraterie in manchen Teilen des Mittelmeers war zu Beginn des letzten Jahrhunderts von den großen Seemächten mit Kanonen, Schießpulver und dem Strick des Scharfrichters endgültig besiegt worden.

Carolina tupfte ihre Lippen mit der Serviette ab. »Ich habe gleich nach dem Aufstehen das Fenster geöffnet. Wie mir scheint, wird das Wetter heute großartig.«

Der Graf nickte seiner Tochter zu. »Das sind die besten Bedingungen für die Fahrt zur Steilküste.«

»Auf Duino bin ich schon sehr neugierig.«

»Ich war vor Jahren auf dem Schloss zu Gast. Die Aussicht über den Golf ist jede Reise in den Süden wert.«

»Ich kann mich kaum auf meinem Stuhl halten, ich möchte so gerne die Stadt erkunden, durch die Gassen laufen und am Hafen Luft schnappen.«

Max von Urbanau lächelte versonnen. »Dir gefällt es hier also.«

»Oh ja, Papa, es war eine wundervolle Idee von dir, die Reise anzutreten.«

»Na ja, die Idee stammte eigentlich von Dr. Röthelstein.«

»Du hast sie in die Tat umgesetzt.«

Die Miene des Grafen wurde auf einen Schlag nachdenklich, er ließ seinen Blick durch den Speisesaal des Hotels schweifen. Carolina bemerkte die umschlagende Stimmung ihres Vaters und wartete geduldig, bis er sich aus seinen Gedanken löste und ihr die Erlaubnis erteilte, vor der Abfahrt mit dem Automobil noch einen Spaziergang zu unternehmen. Natürlich um sich mit Friedrich zu treffen. Sie hatte durch das Fenster gesehen, dass er schon auf den Beinen war und auf der Piazza Grande umherstreifte. Der Graf holte tief Luft und fasste mit ernstem Blick seine Tochter ins Auge.

»Meine liebe Carolina, wir haben zu reden.«

Carolina presste ihre Knie gegeneinander, drückte die Ellbogen an ihre Seite und streckte den Rücken durch. Sie dachte nicht darüber nach, sie tat, was sie in der strengen Schule ihres Vaters erlernt hatte. Unbedingter Gehorsam, das war die erste und wichtigste Lektion gewesen. Und wenn ihr Vater diesen Ausdruck im Gesicht hatte, dann wusste sie genau, dass er eine Lehre oder eine Anweisung für sie vorbereitet hatte.

»Ja, Papa.«

»Dein einundzwanzigster Geburtstag rückt näher, somit ergibt sich naturgemäß die Frage nach den zukünftigen Dingen in deinem Leben.«

Mit einem Mal lag ein Stein in Carolinas Magen. »Den zukünftigen Dingen?«

»Mit schier endloser Freude konnte ich erleben, dass du in den letzten Jahren an Schönheit, Sittlichkeit und Klugheit deiner Mutter, Gott hab sie selig, in geradezu vorbildlicher Weise nachgeraten bist. Carolina, du bist eine Augenweide geworden.«

»Meinst du wirklich?«

»Natürlich. Ich sehe doch, wie die jungen Kerle sich die Hälse nach dir verrenken. Daher wird es Zeit, wichtige Entscheidungen zu treffen.«

»Welche Entscheidungen meinst du, Papa?«

»Vor allem die Entscheidung deiner Vermählung.«

Carolina war klar gewesen, dass dieses Gespräch irgendwann auf sie zukommen würde, aber sie hatte den Gedanken immerzu von sich geschoben, hatte nicht daran denken wollen, hatte sich lieber in ihre Welt der Träume von einem glücklichen Leben mit Friedrich geflüchtet. Eine Vermählung? Es konnte niemals einen anderen Mann in ihrem Leben als Friedrich geben, also war eine Vermählung nur mit ihm denkbar. Mit einem mittellosen Schauspieler und Poeten. Sie presste ihre Lippen aufeinander und schwieg.

»Ich habe mich beizeiten dieser Frage gewidmet und mich nach geeigneten Kandidaten für eine Ehe umgesehen. Dein Sohn wird der Erbe meines Titels, meiner Güter und Besitzungen sein, du bist von großer Anmut, du bist gebildet, weißt dich schicklich zu verhalten, du bist eine Tochter, auf die jeder Vater nur stolz sein kann, und die für jeden wohlgeborenen jungen Mann eine außerordentlich begehrenswerte Braut ist.« Der Graf machte eine Pause. »Also, werte Tochter, hier ist meine Entscheidung.«

Panik griff nach Carolina. »Ich höre.«

»Du weißt, dass es zwei große Häuser in der Steiermark gibt. Das Haus Urbanau und das Haus Brendelberg. In früheren Jahrzehnten haben diese Häuser einander befehdet, gegeneinander um die Vorherrschaft in der Grünen Mark gestritten, einmal haben wir die Avantage errungen, dann wieder das Haus Brendelberg. Das war nicht immer zum Vorteil beider Häuser und der Menschen in den Grafschaften, an die man als umsichtiger Landesherr selbstredend zu denken hat. Oswald von Brendelberg und ich haben uns vor einiger Zeit in Wien getroffen und wir haben nach einem, wie mir scheinen will, zukunftsweisenden Gespräch den Entschluss gefasst, zum Wohle beider Familien und der Menschen in der Steiermark beide Häuser in einer Ehe zu verbinden. Das Haus Urbanau hat in den letzten Jahren durch wirtschaftliche Erfolge sehr an Einfluss gewonnen, doch Graf Brendelberg hat im Gegensatz zu mir mehrere Kinder und eine Schar von Enkeln. Sein ältester Enkelsohn Arthur von Brendelberg ist im heiratsfähigen Alter, er ist äußerst gelehrig und hat nach Beendigung seines Militärdienstes mit großem Erfolg das Studium der Jurisprudenz begonnen. Als Soldat scheint er nicht unbedingt zu taugen, aber ich traue dem jungen Mann eine große Karriere in der Beamtenschaft oder der Politik zu. Nicht nur Soldaten, auch Männer der Verwaltung braucht die Monarchie. Und euer Sohn wird dereinst der Herr einer Grafschaft sein, die sich von der Koralpe bis an die Save erstreckt.« Max von Urbanau machte eine Pause und musterte seine Tochter, die regungslos und mit undurchdringlicher Miene auf ihrem Platz saß. »Nun, Carolina, was sagst du dazu?«

Wo waren ihre Puppen? Wo das geliebte Kindermädchen? Wie lange stand sie schon mit ihren Schlittschuhen auf der brüchigen Eisdecke und wagte sich weder nach vorn noch zurück? Wie schön die Kirschenbäume hinter dem Haus blühten! Eine Schar von Meisen tummelte sich an der Futterstelle. Ein Bussard kreiste majestätisch hoch über den Feldern, hielt Ausschau nach Beute und sah nach dem Rechten und dem Gerechten in der Welt der Menschen. Wo befand sie sich? Was hatte ihr Vater gesagt? Carolina war sich sicher, dass sie träumte. Gleich würde sie erwachen. Gleich.

Was war sie gefragt worden?

»Arthur von Brendelberg ist ein froschgesichtiger Langweiler.«

Der Graf legte seine Handflächen auf den Frühstückstisch. »Carolina, du weißt, was von einer jungen Frau deines Standes erwartet wird, du kennst unser Leben gut genug. Ich habe jede Investition in deine Zukunft gerne übernommen und will für dich nur das Beste.«

»Du meinst, das Beste für das Haus Urbanau?«

»Wenn ich nicht mehr sein werde, bist alleine du das Haus Urbanau. Vergiss das nicht!«

Carolinas Lippen bebten, sie schnappte nach Luft. »Ich will Arthur von Brendelberg nicht heiraten. Er ist mir zuwider.«

Max von Urbanau winkte ab. »Kein weiteres Wort. Nach der Schiffsreise werden wir die Prozedur deiner Vermählung beginnen. Das habe ich längst in die Wege geleitet. Und jetzt erlaube ich dir, dich in dein Zimmer zurückzuziehen.«

Carolina sprang auf, der Stuhl kippte und fiel polternd um, sie lief die Treppe hoch. Wie sollte sie diese Katastrophe überleben?

~~~

Das war das Risiko gewesen. Schnell gefasste Pläne konnten großartige Erfolge zeitigten, bargen jedoch auch immer die Möglichkeit des Scheiterns. Es war ein Schachspiel, Züge und Gegenzüge, Strategien und Gelegenheiten. Er war ein Spieler. Es war ein Rausch, das Töten löste eine dunkle Euphorie aus, der man seine gesamte Existenz unterordnen konnte, ja, erst einmal auf den Geschmack gekommen, unterordnen musste. Es war eine Gier. Ein unstillbarer Durst. Die Quelle von Energie.

Auch wenn sein primäres Ziel verfehlt wurde, so hatte er doch diese tief wurzelnde Befriedigung beim Anblick des leblosen Körpers gefühlt. Die Katharsis des Endgültigen.

Weiter. Kein Halt. Tiefer.

Das Raubtier musste nicht nur über Kraft, Schnelligkeit und einen tödlichen Biss verfügen, es musste auch die Geduld haben, auf den richtigen Augenblick zu warten.

Der Gepard lauert auf einen Moment der Unaufmerksamkeit der Gazelle. Dann erst sprintet er mit explosiver Kraft los.

Er hätte bei seinem ursprünglichen Plan bleiben sollen.

Keine weiteren Experimente.

Diesen Preis wollte er erringen. Er musste!

Den Trubel der Stadt mied er und zog sich in seine stille Kammer zurück.

Die Leere machte sich in ihm bemerkbar. Die grässliche Leere. Sie kam immer, wenn der Tod ihn besucht hatte. Das

Grauen und der Ekel kamen mit der Leere. Das war der Tribut. Alle mussten bezahlen. Selbst er. Wenn die Leere sich seiner bemächtige, dann kamen sie zurück, all die Menschen, die er getötet hatte. Geisterhafte Gestalten. Ein Höllenspuk. Sie verbreiteten Angst. Ein Schweißausbruch kündigte sich an. Schnell schloss er die Tür hinter sich, versperrte sie, keilte den Stuhl unter die Türklinke und zog die Vorhänge zu.

Es gab nur ein Mittel, das die grässliche Leere vertrieb. Opium.

Ein Heilmittel. Ein Geschenk des Todes. Die Dame im Schachspiel.

∽✿∽

Emilio Pittoni betrat das Hotel und ging zielstrebig auf die Rezeption zu. Der Concierge musterte ihn scheel. Er trug nicht die Kleidung, die man von den Gästen des Vanoli gewohnt war. Dienstboten und Lieferanten hatten den Hintereingang zu benutzen. Emilio durchschaute die Gedanken des Concierge in Bruchteilen eines Augenblicks. Wie oft war es ihm geschehen, dass Menschen, die mit wirklich vornehmen Leuten zu tun hatten, aber selbst nur Domestiken, Lakaien und Wasserträger waren, ihn beim ersten Anblick von oben herab betrachteten. Für einen Augenblick konnte er sich ein süffisantes Lächeln nicht verkneifen, als er vor dem Concierge stand, ihn direkt fixierte und nichts sagte.

Der Concierge zog seine Augenbrauen hoch. »Sie wünschen bitte?«

Emilio fixierte den Mann weiter. Wie viele Ganoven hatte er allein mit seinem Blick in Angst und Schrecken versetzt? Es waren viele. Dem Concierge wurde unter seinem scharfen Blick langsam mulmig zumute. Da, das erste Anzeichen von Unruhe. Der Concierge stieg von einem Bein auf das andere.

»Den Grafen Urbanau zu sprechen. Das wünsche ich.«
»Und in welcher Angelegenheit?«
Emilio ließ den Mann nicht aus den Augen. Er hatte Zeit. Jetzt kratzte sich der Mann am Hals. Dieses Spiel hatte er gewonnen. Niemand durfte ihn unterschätzen, nur weil er mehrmals geflickte Schuhe, ein schlichtes Sakko und einen nicht ganz neuen Hut trug. Emilio zog seine Kokarde nicht aus der Tasche. Er wies sich doch arroganten Hotelbediensteten gegenüber nicht aus. »In einer polizeilichen. Und zwar unverzüglich. Tempo.«

Der Concierge wandte sich ab, schrieb eine Notiz auf ein Blatt Papier und überreichte dem Piccolo die Nachricht. Emilio sah dem davoneilenden Burschen hinterher, wie er zum Speisesaal lief, und trat vor die offen stehende Tür des Speisesaals. Beinahe stieß er mit einem Fräulein zusammen. Diese entschuldigte sich auf Deutsch und hastete die Treppe hoch. Emilio hatte genau gesehen, wie die Augen des vornehmen Fräuleins wässrig gewesen waren und von welchem Tisch sie sich entfernt hatte. Auch wenn er Graf Urbanau noch nie in seinem Leben zu Gesicht bekommen hatte, so war völlig klar, wer von den zahlreich anwesenden Gästen der hohe Herr war. Der Piccolo trat ehrerbietig an den Tisch heran, reichte den Zettel auf einem Silbertablett und stellte den umgefallenen Stuhl wieder auf. Der Graf war bereits auf Emilio aufmerksam geworden, nahm das Papier, las es und winkte ihn zu sich.

Emilio nahm den Hut ab, er sprach Deutsch. »Guten Morgen, Euer Gnaden.«

»Er will mich sprechen?«

»Jawohl.«

»Er ist von der Polizei?«

Emilio zog seine Kokarde aus der Tasche. »Jawohl, Euer Gnaden. Inspector Pittoni des k.k. Polizeiagenteninstituts der Reichsunmittelbaren Stadt Triest. Stets zu Diensten.«

»Ein Kriminalbeamter? Was ist vorgefallen?«

»Kein Verbrechen, Euer Gnaden, aber ein schwerer Unfall am Hafen.«

»Ich habe schon bemerkt, dass hier im Haus Unruhe ausbricht.«

»Euer Gnaden, ich muss Euch leider eine schlechte Nachricht übermitteln.«

»Sagen Sie schon, was passiert ist.«

»Der Fahrer Eures Wagens hat die Kontrolle über das Automobil verloren und ist verunfallt. Offenbar gab es einen schweren Defekt der Bremse, sodass er bei hoher Geschwindigkeit und voll beladen nicht mehr anhalten konnte. Der Fahrer hat durch mutigen Einsatz verhindert, mehrere Personen zu überfahren, namentlich zwei Hafenarbeitern hat er beherzt durch Ausweichen das Leben gerettet, doch das Automobil stürzte bei diesem Manöver um und wurde dabei erheblich beschädigt.«

Der Graf erhob sich bestürzt. »Was ist mit Rudolf? Was ist mit meinem Fahrer?«

Emilio wirkte geknickt. »Euer Fahrer wurde beim Unfall vom Automobil geschleudert und ist unglücklich gefallen. Er hat den Unfall nicht überlebt. Rudolf Strohmaier ist tot.«

Max von Urbanau schüttelte den Kopf. »Himmelherrgott, was für eine Tragödie! Der arme Rudolf. So einen Fahrer kriege ich nie wieder. Und die Fahrt zur Gräfin nach Duino ist damit auch vom Tisch. Mein Automobil ist beschädigt?«

»Jawohl, Euer Gnaden.«

»Ich will zum Ort des Geschehens. Stante pede.«

Emilio nickte devot. »Es wäre mir eine Ehre, Euer Gnaden den Weg zu weisen.«

Oberinspector Gellner lauschte mit ernstem Gesicht dem Bericht seines Untergebenen. Wie immer ließ sich Gellner von Inspector Pittoni auf Italienisch berichten, obwohl dieser durchaus gut Deutsch sprach. Es war der schwere und unausrottbare Akzent Pittonis, den Gellner in Wahrheit unerträglich fand. Er selbst hatte sich schon in frühen Jahren bemüht, akzentfreies Italienisch zu sprechen, und er konnte sich zugutehalten, dieses Vorhaben in erfolgreiche Bahnen gelenkt zu haben. Immer wieder passierte es ihm, dass ihn italienische Triestiner für einen Italiener hielten und überrascht waren, wenn er im Gespräch geradezu beiläufig in seine Muttersprache Deutsch wechselte. Pittoni würde niemals akzentfrei sprechen können, das war diesem Mann einfach nicht beizubringen. Gellner musste damit zufrieden sein, dass Pittoni die deutsche Sprache problemlos lesen konnte. Schließlich, und um der Gerechtigkeit Genüge zu tun, musste man festhalten, wenn Polizeiagent Vinzenz Jaunig die italienische Sprache verwendete, klang sie wie Kärntner Holzfäller, die gerade einen Baum mit der Axt fällten. Einfach scheußlich. Dennoch ertrug Oberinspector Gellner Jaunigs grässliches Italienisch leichter als Pittonis furchtbares Deutsch. Wohl weil letztere Gellners Muttersprache war.

Was für eine wohltuende Ausnahme hierin Inspector Zabini und Frau Ivana bildeten, denen die Sprachen der vielstimmigen Stadt Triest gefällig und wohl akzentuiert über die Lippen gingen. Obwohl natürlich alle den ganz eigenen Triestiner Dialekt des Italienischen sprachen. Das reine Toskanisch klang dann wieder ganz anders und wurde nur von Frau Ivana fließend gesprochen.

Oberinspector Gellner bemerkte, dass Pittoni zum Ende seines Berichts kam, also nickte er zufrieden. »Recht getan, Signor Pittoni, Sie haben die Ihnen zugedachten Pflichten auf treffliche Art erfüllt.«

Es klopfte an der Tür. »Herein!«

Als Bruno die Tür öffnete, zog Gellner erstaunt seine Augenbrauen hoch. Emilio schaute über seine Schulter zur Tür. »Signor Zabini, wo waren Sie denn? Ich wollte schon nach Ihnen suchen lassen. Und was schleppen Sie da für eine Kiste mit sich? Und wie sehen Sie denn aus? Sind Sie unter die Fabrikarbeiter gegangen?«

Bruno stellte die Holzkiste auf den Boden und schnaufte durch. Die Schlepperei hatte ihn ein wenig außer Atmen gebracht. Er nahm einen Lappen aus der Kiste und wischte sich die ölverschmierten Finger ab.

»Ich habe den Abtransport des beschädigten Automobils begleitet, war im Magazin der Hafenverwaltung, wo das Automobil vorübergehend abgestellt ist, und ich habe nach einigen Mühen das kaputte Bremsseil des Fahrzeugs vollständig ausgebaut.«

»Und aus welchen Gründen, in Gottes Namen, haben Sie diese Arbeit ausgeführt?«

»Sehen Sie selbst, Herr Oberinspector«, sagte Bruno und kniete auf dem Boden. Er langte nach der Lupe und hielt sie Gellner hin, der um den Schreibtisch herumkam, die Lupe aber nicht ergriff, sondern die Hände in die Hüften stemmte und in die Kiste blickte. Also reichte Bruno die Lupe an Emilio, der sich neben die Kiste hockte.

Bruno ergriff ein Ende des Bremsseils und schaute abwechselnd zu Gellner und zu Emilio. »Das Automobil des Grafen Urbanau ist mit einer Außenbandbremse ausgestattet. Das ist für Fahrzeuge eine übliche und gut erprobte Technik. Das Lederband um die Bremstrommel ist stabil und robust genug, um selbst bei einem derart großen und schweren Wagen verlässlich zu bremsen. Es muss alle drei bis vier Jahre ausgetauscht werden. Im Falle des Automobils des Grafen Urbanau war es technisch einwandfrei. Auch die Hebel der Bremsvorrichtung sind allesamt in tadellosem Zustand. Das habe ich geprüft. Der Bremsdefekt ist durch das gerissene Zugseil zustande gekommen. Das ist eindeutig erwiesen. Wie jeder technische Gegenstand kann auch ein Zugseil aus Stahldraht eine Schwachstelle oder einen Produktionsfehler aufweisen, aber seltsam ist es mir gleich vorgekommen, dass bei einem derart solide konstruierten und sorgfältig gebauten Automobil nach nur einem Jahr Betriebszeit ein zentrales Bauteil wie das Zugseil der Bremse reißen konnte. Sehen Sie selbst, das Zugseil ist massiv ausgeführt. Es würde die geballte Kraft von vierzig Pferden erfordern, dieses Seil zu zerreißen, ein Mann allein schafft das durch Ziehen am Bremshebel niemals. Und doch ist genau das passiert.« Bruno machte eine Pause und nickte Emilio zu. »Also habe ich die Stelle, an der das Seil gerissen ist, genau untersucht. Durch die Lupe sieht man es. Einige Litzen des Drahtseils sind an der Bruchstelle gedehnt und zeigen sich verjüngende Enden, andere nicht. Man muss sehr genau schauen, um es zu erkennen. Die sich verjüngenden Enden der Litzen rühren von der mechanischen Längsdehnung des Stahldrahts knapp vor dem Abreißen. Diese Litzen waren beim Bremsvorgang intakt und wurden durch die Betätigung der Bremse bei hoher Geschwindigkeit abgerissen. Was ist aber mit den meisten anderen Litzen? Sie zeigen diese Verjüngung nicht. Sie sind nicht durch mechanische Kraft in Längsrichtung abgerissen, das ist nämlich ohne Dehnung und Verjüngung des Durchmessers physikalisch nicht möglich. Sie müssen also beim letzten Bremsvorgang vor dem Reißen schon durchtrennt gewesen sein. Emilio, sieh dir bitte den Kratzer fünf Millimeter und den weiteren rund anderthalb Zentimeter neben der Bruchstelle an. Aus meiner Sicht sind das Kratzspuren einer Metallsäge.«

»Einer Metallsäge!«, rief Gellner und kniete sich nun ebenso neben die Kiste.

»Verdammt, Bruno könnte recht haben«, brummte Emilio. »Die Kratzer könnten von einer Säge stammen. Sehen Sie selbst, Herr Oberinspector.«

Gellner griff zu und schaute durch die Lupe. Die beiden Inspectoren wechselten vielsagende Blicke.

»Die Kratzer sehe ich. Auch die fehlenden Verjüngungen der meisten Litzen.« Gellner legte den Draht in die Kiste zurück und ließ die Lupe sinken. »Ist Ihnen klar, was Sie da sagen, Signor Zabini?«

»Völlig klar. Jemand hat das Bremsseil angesägt.«

Emilio schaute Gellner von der Seite an. »Da hat jemand einen Plan gehabt.«

Gellner warf seine Stirn in Falten. »Wie meinen Sie das, Signor Pittoni?«

»Erinnern Sie sich, was ich zuvor berichtet habe? Der Graf hat vorgehabt, heute im Laufe des Vormittags eine Autofahrt nach Duino zu unternehmen. Zur Steilküste.«

Gellner schnappte nach Luft und sprang hoch. »Heilige Maria, ein Mordkomplott gegen Graf Urbanau!«

Die beiden Inspectoren erhoben sich ebenfalls und beobachteten Gellner, der eine Weile zum Fenster hinausschaute.

»Was werden Sie jetzt tun, Herr Oberinspector?«, fragte Bruno.

Gellner wandte den Blick seinen Untergebenen zu. »Ich werde den Statthalter in Kenntnis der Umstände und Ermittlungen setzen. Die Sache hat exorbitante Brisanz.«

Möwen über Triest

DER ANHEBENDE FRÜHLINGSTAG brachte lebhaften Wind, schnell ziehende Wolken und Helligkeit mit sich. Ein guter Tag für die Arbeit im Garten. Heidemarie Zabini legte ihre Strickweste ab, griff nach dem Werkzeug und lockerte mit langsamen, routiniert gesetzten Bewegungen die Erde. Die Beete mit dem Salat und dem Frühgemüse waren längst bestellt, jetzt galt es, die Beete für das Sommergemüse vorzubereiten. Der Garten rund um ihr Haus war nicht sehr groß und lag am Hang, aber durch viele Jahre der Arbeit wusste sie genau, wie sie ihre Beete ertragreich bewirtschaften musste. Sie liebte den Geruch der fruchtbaren Erde. Die Gartenarbeit war erstens ihre Leidenschaft, zweitens füllte sie den Vorratskeller und drittens förderte sie ihre Gesundheit. Und noch war sie nicht zu alt für harte Arbeit. Nach einer Weile war das erste Beet umgegraben, also holte sie die Kisten mit den Setzlingen und pflanzte sie ein. Aus dem großen Fass unter der Regenrinne schöpfte sie Wasser mit der Gießkanne.

»Guten Morgen.«

Heidemarie drehte sich um und schaute zur Gartentür.

»Guten Morgen, Signora Cherini.«

»Darf ich eintreten?«

»Natürlich. Kommen Sie nur.«

Fedora öffnete die Gartentür und trat in den Garten. Sie blickte sich um. »Sie kommen gut voran.«

»Man tut, was man kann. Haben Sie schon die Beete bestellt?«

»Natürlich. Meine Söhne essen so viel, da muss ich rechtzeitig mit der Arbeit beginnen.«

»Es freut mich, dass Sie die Gartenarbeit auch so lieben wie ich.«

»Ich bin auf einem Bauernhof aufgewachsen, Signora Zabini. Ein Haus ohne Küchengarten kann ich mir gar nicht vorstellen.«

»Kommen Sie, um wieder in meiner Bibliothek zu stöbern?«

Fedora hob ihre Tasche. »Diesmal bringe ich ein Buch. Es enthält drei Stücke von Franz Grillparzer in einem Band. Ich habe es wirklich versucht zu lesen, aber so gut ist mein Deutsch nicht. Irgendjemand hat das Buch auf dem Schiff vergessen, da hat mein Mann es mir gebracht. In Ihrer Bibliothek ist es besser aufgehoben als bei mir. Und da ich auf dem Weg in die Città Vecchia bin, habe ich gedacht, ich komme bei Ihnen vorbei.«

Heidemarie stellte die Gießkanne ab und wischte sich den Schweiß von der Stirn. »Vielen Dank. Haben Sie heute schon Kaffee getrunken?«

»Noch nicht. Die Buben haben herumgetrödelt, also musste ich ihnen Beine machen.«

»Was halten Sie von einer Tasse?«

»Sehr gerne.«

Die beiden Frauen betraten das Haus. Heidemarie führte Fedora in die Stube und bat sie, Platz zu nehmen. Wenig später servierte sie eine Kanne Kaffee und setzte sich zu ihrem Gast.

»Sind Sie alleine zu Hause?«

»Ja. Bruno ist beim ersten Hahnenkrähen los.«

»Wieder den Verbrechern auf der Spur?«

»Ach, wie immer halt. Ich habe ihn nicht gesprochen, ich habe nur gesehen, dass er fortgegangen ist. Er schien in Eile zu sein.«

»Ihr Sohn scheint immer in Eile zu sein.«

Heidemarie lächelte Fedora an. »Zumindest tut er immer sehr beschäftigt. Das machen Beamte so, damit niemand bemerkt, dass sie den lieben langen Tag faulenzen.«

Fedora lachte. »Diesen Verdacht hege ich auch. Die Gartenarbeit geht Ihnen leicht von der Hand. Ihre Beete sind prachtvoll.«

»Gott sei es gedankt, die alten Knochen sind noch belastbar.«

Für eine Weile saßen die beiden Frauen schweigend beisammen und nippten an ihren Kaffeetassen.

»Wann kommt Ihr Mann zurück?«

»Laut Plan wird die Bohemia am Samstag wieder anlegen.«

Heidemarie schaute sinnierend zum Fenster. »Mein Salvatore, Gott hab ihn selig, fuhr nicht zur See. Ich kann mich noch gut erinnern, wie er aus dem Bureau nach Hause gekommen ist, sich an den Tisch gesetzt hat, ich ihm das Essen aufgetragen habe und er sich von den Kindern über ihren Tag Bericht hat geben lassen. Es war ein geregeltes Leben. Regeln geben den Menschen Sicherheit. Seit ich damals als blutjunges Mädchen mit meiner Herrin von Wien nach Triest gekommen bin, lebe ich hier, und ich habe keinen Tag bereut.«

»Wie haben Sie Ihren Mann kennengelernt?«

Heidemarie wiegte sinnierend den Kopf. »Obwohl es schon so lange her ist, kann ich mich noch an alle Einzelheiten erinnern. Als meine Herrin, die Gräfin Windischgrätz, den Sommer über in Triest verbrachte und ich bei ihr als Zimmermädchen im Dienst war, hat sie mich regelmäßig auf den Markt geschickt. Bald ist mir der gut aussehende Herr aufgefallen, der täglich um die Mittagsstunde den Markt besuchte. Es hat sich ergeben, dass ich ihm öfter über den Weg gelaufen bin. Irgendwann hat er mich angesprochen. Dann hat das eine das andere ergeben. Ich habe sehr schnell bemerkt, dass Salvatore sich Hals über Kopf in mich verliebt hat. Ich war ein süßes Wiener Mädel, blond, blauäugig, pausbäckig, und der Herrgott hat es gut mit mir gemeint, er hat mir auch ein bisschen Verstand mitgegeben. So bin ich nicht bloß eine sommerliche

Liebelei des eleganten Herrn geworden, sondern seine Ehefrau. Es war so rührend, wie er bei der Gräfin Windischgrätz vorstellig geworden ist und wie er meinen Eltern ellenlange Briefe geschrieben hat. Salvatore ist noch im Herbst, knapp vor der Abreise der Gräfin, mit dem Zug nach Wien gefahren und hat bei meinen Eltern um meine Hand angehalten. Im Frühling sind dann meine Eltern aus Wien zur Hochzeit gekommen. Es war ein schönes Fest. So ist aus dem Zimmermädchen aus einfachen Verhältnissen die Ehefrau des bedeutenden Beamten Salvatore Zabini geworden, so kam ich von der Donau an die Adria.«

Fedora lachte. »Irgendwie ganz ähnlich klingt meine Geschichte. Nur bin ich nicht aus Wien nach Triest gekommen, sondern aus einem kleinen Dorf im Karst. Auch ich habe einen Mann in bedeutender Stellung geheiratet.«

»Welchen Rang hat er inne?«

»Zweiter Offizier.«

»Respekt.«

»Seine Zeit auf der Bohemia ist bald zu Ende. Im Lloydarsenal stehen zwei Dampfer vor der Fertigstellung. Er ist als Erster Offizier für die Baron Beck vorgesehen. Im Spätsommer wird er mit dem neuen Dampfer die Jungfernfahrt unternehmen.«

»Ein Seemann durch und durch.«

»Das ist mein Carlo.«

Heidemarie fasste Fedora ins Auge. »Signora Cherini, erlauben Sie ein persönliches Wort?«

Fedora bemerkte den geänderten Tonfall, sie zog die Augenbrauen hoch. »Ja, natürlich.«

»Sie gehen ein sehr hohes Risiko ein.«

»Was meinen Sie?«

»In den fast vier Jahrzehnten, die ich nun schon in Triest lebe, habe ich viele Frauen kennengelernt, deren Männer zur

See gefahren sind. Ich habe manche gesehen, die mit der Zeit des Alleinseins gut zurechtgekommen sind, andere wieder weniger. Und ich habe auch gesehen, dass manche Frau von ihrem Mann verstoßen worden ist. Nicht wenige Ehen sind gescheitert. Der Mann versank in der Trunksucht, die Frau im Elend, die Kinder lebten auf der Straße, einige gerieten auf die schiefe Bahn. Das meine ich mit Risiko.«

Fedora umklammerte mit beiden Händen die Tasse und schaute auf den Rest von Kaffee darin. »Hat Bruno geplaudert?«

»Nein, nicht geplaudert, aber mein Sohn kann mir nichts verheimlichen. Ich sehe doch, wie das Leben seinen Lauf nimmt. Und als ich ihn direkt fragte, hat er mir eine klare Antwort gegeben. Er hat nicht gelogen.«

»Werden Sie Gerüchte in den Umlauf bringen?«

»Niemals! Hören Sie, Signora Cherini, ich bin mittlerweile neunundfünfzig Jahre alt, ich habe manches im Leben gelernt. Ja, ich war auch einmal jung und viele Männer haben sich für mich interessiert. Eine blonde Wienerin in Triest, eine Zeit lang war ich das Stadtgespräch. Ich habe so manche Liebesbriefe vor meinem Mann verstecken müssen, aber ich hatte das Glück, dass er kein Seemann war. Oder das Pech, je nachdem, wie man es nimmt. Die eine oder andere interessante Liaison ist mir dadurch entgangen, aber die Kinder, das Haus und ein gewisses Guthaben sind mir geblieben. Verstehen Sie, was ich Ihnen sagen will?«

»Ich glaube, ja.«

»Nehmen Sie das bitte ernst. Ich habe Frauen gesehen, die an einem Tag noch in geordneten Verhältnissen gelebt haben und am nächsten Tag im Armenhaus gelandet sind. Oder bei den Dirnen. Gerade wir Frauen geraten durch gescheiterte Ehen in die Armut. Das ist unser Schicksal.«

»Im Armenhaus möchte ich nicht landen.«

»Deswegen seien Sie stets auf der Hut. Als Frau eines Seemannes wird man in Triest von den anderen Frauen argwöhnisch beobachtet.«

»Wem sagen Sie das! Meine Schwiegermutter lauert wie ein Fuchs.«

»Sie, Signora Cherini, sind eine auffällig schöne Frau. Schönen Frauen wird immer hinterhergeschaut.«

»Ja, das kann ich bestätigen.«

»Bruno wird regelrecht hitzig, wenn er sie trifft.«

»Ich werde auch hitzig, wenn ich ihn treffe. Vor allem, wenn mein Mann gerade auf See ist.«

»Ich habe meinen Sohn scharf ins Gebet genommen. Ich bin ein bisschen enttäuscht von ihm, dass er nicht geheiratet hat und Kinder großzieht, aber damit habe ich mich abgefunden. Zum Glück hat meine Tochter mir Enkel geschenkt. Ich weiß nicht, was ich in seiner Erziehung falsch gemacht habe. Er will nicht heiraten, er will frei bleiben, er will sich nicht binden. Das hat er mir so gesagt. Schön und gut, er ist ein erwachsener Mann und trifft seine eigenen Entscheidungen. Aber dass er Sie in Gefahr bringt, Signora Cherini, das kann ich nicht tolerieren. Das nehme ich ihm sehr übel.« Heidemarie war laut geworden. Sie entdeckte einen Hauch von Schwermut in Fedoras Miene. Oder war es Verzweiflung? Heidemarie war sich nicht sicher.

»Gehen Sie mit Bruno nicht zu hart ins Gericht. Auch er geht ein Risiko ein.«

»Allerdings. Die einmalige Affäre mit einer verheirateten Frau sieht die Öffentlichkeit einem Mann leicht nach, selbst einem Beamten, aber ein andauerndes Verhältnis ist schon wieder etwas anderes. Das erregt Ärger.«

»Ich habe großes Vertrauen in ihn.«

»Aber, Signora Cherini, muss das sein? Muss es wirklich sein, dass Sie einen Liebhaber haben?« Jetzt war sich Heidemarie sicher. Es war tatsächlich eine Spur von Verzweiflung in Fedoras Miene.

»Vielleicht ist es ein Dämon.«

Heidemarie spitzte die Ohren. »Ein Dämon?«

»Ja. Meine Großmutter würde sagen, ich wäre verhext. Sie hat bis zu ihrem Tod an Hexen und Geister geglaubt.«

»Werden Sie von einem Dämon verfolgt?«

»Bruno hilft mir, den Dämon in Schach zu halten. Er ist gut zu mir, er lässt mich nicht fallen. Ihr Sohn hilft mir, dass ich bei meinen Söhnen bleiben kann, dass ich mich meinem Mann, wenn er zu Hause ist, völlig zuwenden kann, dass ich bei ihm sein kann, dass Carlo sich niemals über meine Missachtung beklagen kann.«

»Erzählen Sie von Ihrem Dämon.«

»Nachts, wenn ich allein im Bett liege, dann überkommen mich Träume. Phantasien. Sehnsüchte. Sehr starke Gefühle. Als ich noch jünger war, habe ich meine wollüstigen Träume gebeichtet, doch der Pfarrer konnte mir nicht helfen. Ich glaube eher, dass er von diesen Beichten schwer belastet wurde. Vielleicht, weil er sich nach mir verzehrt hat? Ich weiß es nicht. Ich beichte meine Träume nicht mehr, denn die Beichte verschafft mir keine Erleichterung. Bruno verschafft sie mir. Ich bin also eine Frau, die mit der wochenlangen Abwesenheit ihres zur See fahrenden Mannes nicht gut zurechtkommt. Sehr schlecht sogar. Bruno hilft mir, keine Dummheiten zu begehen.«

Heidemarie verschränkte nachdenklich ihre Arme.

»Vielleicht werde ich Carlo davon erzählen«, fuhr Fedora fort. »Nicht vielleicht, bestimmt werde ich es tun. Wenn wir beide alt sind. Vielleicht wird er mir dann auch erzählen, was er auf seinen Reisen erlebt hat. Carlo ist ein stattlicher Mann, er ist Offizier, er kennt viele Städte und trifft viele Menschen. Zahlreiche Engländer fahren auf der Linie Triest-Bombay, auch Engländerinnen. Frauen aus dem Norden haben ein ganz eigenes Faible für italienische Seeleute. Ich gönne es ihm. Vielleicht wird er mir meine Freiheit auch gönnen. Weil er mich liebt. So wie ich ihn liebe.«

Heidemarie verzog beeindruckt ihren Mund und griff zur Kanne. »Noch Kaffee?«

»Gerne.«

»Signora Cherini, jetzt wo wir uns besser kennen, sollten wir einander duzen. Sag bitte Heidemarie zu mir.«

»Fedora.«

»Hast du das auch mit Bruno besprochen?«

»So ähnlich.«

»Offenbar genügt es ihm, der Nebenmann zu sein.«

»Offenbar. Mir genügt es auch, nur seine Nebenfrau zu sein.«

»Du weißt davon?«

»Ich weiß, dass ich nicht die einzige verheiratete Frau bin, deren Alleinsein er erträglich macht.«

Heidemarie lachte und legte ihre Hand auf Fedoras Unterarm. »Wahrscheinlich hat deine Großmutter recht. Du bist verhext.«

Fedora stimmte in das Gelächter ein. »Wahrscheinlich.«

Der Palazzo del Governo wurde vom Wiener Architekten Emil Artmann errichtet, erst seit zwei Jahren residierte der Statthalter der Reichsunmittelbaren Stadt Triest in diesem Prachtbau an der Piazza Grande. Die bunten Mosaiksteine an der Fassade zeigten orientalischen Stil und bildeten so einen auffälligen Kontrast zu den anderen Palazzi auf der zentralen Piazza der Stadt. In diesem Palazzo warteten Oberinspector Gellner und die Inspectoren Zabini und Pittoni auf den Grafen Urbanau, um alsdann zum Statthalter vorgelassen zu werden.

Bruno schaute auf seine Taschenuhr. »Der hohe Herr könnte sich langsam bequemen, die Piazza zu überqueren. Ein besonders weiter und beschwerlicher Fußmarsch ist das ja nicht.«

Gellner verzog seine Mund. »Hüten Sie Ihre Zunge, Signor Zabini. Der hohe Herr kommt dann, wenn es dem hohen Herren konveniert, nicht wenn Sie wieder einmal vor Ungeduld von einem Bein auf das andere steigen.«

Emilio stellte sich neben Bruno an das Fenster und schaute zur Piazza hinab. »Da ist er! Da kommt Graf Urbanau.«

Bruno nickte und steckte seine Taschenuhr ein.

Wenig später führte ein Amtsdiener den Grafen in das Bureau des Statthalters. Auch die drei Polizisten wurden hineingebeten. Der Statthalter thronte mit ernster Miene auf seinem Stuhl, ein Sekretär saß an seinem Nebentisch und hielt für die Protokollierung des Gesprächs eine Füllfeder in der Hand. Der Statthalter erhob sich, ging dem Grafen entgegen und begrüßte ihn mit ausgesuchter Höflichkeit in deutscher Sprache. Den drei Polizisten wies er mit einem Kopfnicken ihre Plätze zu. Die Herren setzten sich.

»Hochgeschätzter Herr Graf, Euer Gnaden, ich danke Euch verbindlichst, dass Ihr trotz der frühen Stunde den Weg in mein bescheidenes Arbeitszimmer gefunden habt. Ich erlaube mir, das Gespräch in Deutsch zu führen. Alle anwesenden Herren sind der Amtssprache mächtig.«

»Das ist gut. Mein Italienisch lässt zu wünschen übrig.«

»Der Herr Polizeidirektor konnte in so kurzer Zeit leider seinen lange geplanten Verpflichtungen nicht entgehen, der Herr Polizeidirektor hat frühmorgens den Zug bestiegen und ist auf dem Weg zu einer bedeutenden Konferenz. Deshalb mache ich Euer Gnaden mit den anwesenden Herren bekannt. Oberinspector Gellner ist der Leiter des k.k. Polizeiagenteninstituts der Polizeidirektion Triest. Begleitet wird Herr Gellner von seinen beiden Inspectoren, die im vorliegenden Falle die Ermittlungen führen.«

Graf Urbanau schaute kurz zu den Inspectoren. »Die beiden Herren sind mir seit gestern bekannt.«

»Sehr gut, also können wir die Unterredung eröffnen?«

»Darum bitte ich.«

»Herr Gellner, ich bitte um Ihren Vortrag.«

Gellner räusperte sich und richtete seinen Rücken gerade. »Vielen Dank, Eure Exzellenz. Vielen Dank auch, Euer Gnaden, für die Bereitschaft, aus dem Stegreif dieser Besprechung beizuwohnen. Der Grund unserer Unterredung ist der schreckliche Unfall in den Morgenstunden des gestrigen Tages, bei dem ja Euer Gnaden Fahrer, Herr Rudolf Strohmaier, auf tragische Art und Weise sein Leben gelassen hat und bei dem Euer Gnaden Automobil erheblich zu Schaden gekommen ist. Selbstredend ist die Polizei in einem derart bedeutungsvollen Fall bemüht, die Ereignisse auf gewissenhafteste Weise zu erforschen. Aus diesem Grund habe ich meine beiden Inspectoren mit der Klärung betraut. Und wie eine eingehende Untersuchung ergeben hat, haben sich leider besorgniserregende Umstände ergeben.«

»Besorgniserregende Umstände? Was meinen Sie, Herr Gellner?«, fragte Graf Urbanau.

»Nun, eine gründliche technische Inspektion des Fahrzeuges und insbesondere der Bremse hat ergeben, dass wir hier nur bedingt von einem Unfall sprechen können.«

»Das ist eine sehr dunkle Andeutung«, brummte der Graf mürrisch.

»Das Bremsseil des Automobils wurde absichtsvoll mit einer Säge bearbeitet, sodass das Reißen des Seils nur eine Frage der Zeit war.«

Die Stirn des Grafen verdüsterte sich. »Das Bremsseil wurde angesägt?«

»Ja. Der Verdacht eines heimtückischen Anschlags gegen Euer Gnaden steht im Raum. Zumal, wie mir berichtet wurde, Euer Gnaden eine Fahrt mit dem Automobil zur Steilküste nach Duino im Sinn gehabt haben.«

Längere Zeit lag Stille im Bureau des Statthalters.

»Das ist in der Tat besorgniserregend«, sagte Graf Urbanau.

»Allerdings«, setzte schließlich der Statthalter fort. »Deshalb ist die Polizeibehörde mit der gründlichen Erforschung der Vorfälle beschäftigt.«

Der Graf wandte sich dem Statthalter zu, ganz so, als ob die niedrigen Beamten nicht mehr im Raum wären. »Wenn ich das also richtig verstehe, habt Ihr mich vorgeladen, um mich zu warnen.«

»Jawohl, Euer Gnaden, um Euch zu warnen. Aber auch, um Auskunft von Euch zu erfragen.«

»Auskunft?«

»Selbst wir hier an der Adria wissen von der Bedeutung, die Euer Gnaden im Wirtschaftsleben der Steiermark innehat, vor allem aber wissen wir, welch bedeutendes Amt Euer Gnaden vor Eurer Pensionierung im Kriegsministerium bekleidet haben. Ich habe vorgestern vom Wiener Polizeiagenteninstitut ein dienstliches Telegramm auf höchster Ebene erhalten, welches Eure Ankunft in Triest angekündigt hat.«

Der Graf winkte verdrießlich ab. »Mischen sich diese Leute noch immer in meine Angelegenheiten. Das ist ärgerlich.«

Der Statthalter räusperte sich, seine Miene war ernst. »Herr Graf?«

»Ja bitte?«

»In diesem Telegramm wurde ich darauf hingewiesen, dass es vonseiten ausländischer Mächte Morddrohungen gegen Euch gibt.«

Bruno hörte nur das kurze, scharfe Einatmen von Oberinspector Gellner, ansonsten hätte man im Raum eine fallende Stecknadel hören können.

Nach einer Weile düsteren Schweigens erhob sich der Graf.

»War es das, was Ihr mir mitteilen wolltet, Eure Exzellenz?«

Auch der Statthalter erhob sich, und mit ihm eilig die drei Polizeibeamten.

»Jawohl, das war der wesentliche Inhalt unserer Unterredung.«

»Dann kann ich ja wieder gehen.«

»Auf ein Wort, Herr Graf.«

»Noch eines?«

»Ja.«

»Also bitte.«

»Ein schwerer Unfall im Hafen, bei dem ein Mann getötet sowie zwei unbescholtene Hafenarbeiter verletzt wurden und bei dem erheblicher Sachschaden entstanden ist, welcher auf einen heimtückischen Anschlag auf eine hohe Persönlichkeit der Monarchie zurückzuführen ist, ist meines Erachtens ein schwerwiegender Grund, die Sache nicht auf die leichte Schulter zu nehmen. Ich verlange eine Erklärung!«

»Was wollt Ihr wissen?«

»Wer ist hinter Euch her?«

»Niemand, den Ihr kennt.«

Stille lag im Raum. Die Mienen der beiden hohen Herren waren angespannt.

»Ihr verweigert die Auskunft?«

»Fragt doch Eure Freunde von der Wiener Polizei.«

»Ich fürchte, Herr Graf, dass Ihr weiterhin in Gefahr schwebt und der Attentäter auf eine erneute Gelegenheit lauert.«

»Der Dilettant soll nur kommen! Dem werde ich Mores lehren. Und ihn bezahlen lassen für den feigen Mord an meinem tüchtigen Fahrer.«

Es war für Bruno, Emilio und Gellner klar ersichtlich, dass der Statthalter durch die unnahbare Haltung des Grafen sehr irritiert war und um Fassung rang.

»Herr Graf, es ist meine Pflicht, eine offizielle Warnung auszusprechen und Euch während des Aufenthalts in Triest Schutz zukommen zu lassen.«

Graf Urbanau winkte ab. »Das ist nicht nötig. Sollen Eure Wachleute Hühnerdiebe und Kirchenräuber fangen, ich kann sehr gut auf mich selbst aufpassen.«

Der Statthalter stützte sich mit beiden Händen auf die Tischplatte. Er schien mehr als beunruhigt. »Denkt bitte an die Komtess.«

»Meine Tochter hat mit der Sache nichts zu tun! Und jetzt verbitte ich mir weitere Einmischung in meine Angelegenheiten.«

»Ist das Euer letztes Wort?«

»Jawohl.«

»Dann, Herr Graf, bedanke ich mich für Euer Kommen.«

»Und ich bedanke mich für das interessante Gespräch. Ich wünsche einen angenehmen Tag.«

Damit verließ der Graf das Zimmer. Die Beamten im Bureau starrten eine Weile zur Tür, dann ließ sich der Statthalter auf seinen Stuhl fallen. Die drei Polizisten setzten sich ebenso. Der Statthalter blickte sinnierend zur Decke.

»Herr Gellner?«

»Ja, Eure Exzellenz?«

»Sie haben ja gehört, dass Graf Urbanau eine äußerst starke Persönlichkeit ist.«

»Das war unverkennbar zu vernehmen.«

»Dennoch bereitet alleine die Möglichkeit, dass dem Herrn Grafen in Triest etwas zustoßen könnte, mir größtes Unwohlsein.«

»Mir gleichfalls.«

Der Statthalter fasste nun die drei Polizisten scharf ins Auge. »Herr Gellner, ich erteile Ihnen den Auftrag, alle Bewegungen des Herrn Grafen und der Komtess auf diskrete Art zu observieren, und zu jeder Zeit eine ausreichende Anzahl von Beamten in Rufweite zu positionieren, sodass es zu keinem weiteren Anschlag mehr kommen kann.«

»Sehr wohl.«

»Und wenn ich diskret sage, meine ich es auch so!«

»Selbstverständlich.«

»Der Graf hat doch vor, eine Seereise zu unternehmen. Ist das korrekt?«

»Das ist korrekt. Der Graf und die Komtess haben Schiffskarten für die Thalia.«

»Sticht die Thalia wieder zu einer Vergnügungsfahrt in See?«

»Jawohl.«

»Wohin geht die Reise?«

»In die Ägäis und nach Konstantinopel.«

Der Statthalter pochte auf den Tisch. »Wir brauchen inkognito einen verlässlichen Mann an Bord des Schiffes!«

»Jawohl.«

»Können Sie das veranlassen, Herr Oberinspector?«

»Selbstverständlich, Eure Exzellenz! Inspector Pittoni zu meiner Linken wird die diskrete Überwachung des Grafen in Triest besorgen. Und Inspector Zabini zu meiner Rechten wird inkognito an Bord der Thalia gehen.«

»Vortrefflich!«

Der Statthalter erhob sich und verabschiedete die drei Polizisten mit Händedruck.

Bruno ging neben Gellner die Treppe hinab. »Herr Oberinspector, die Thalia wird dreieinhalb Wochen auf See sein.«

»Ja, und?«

»So lange soll ich an Bord sein?«

»Na, ich hoffe doch, dass Sie nicht über die Reling stürzen werden.«

»Ich gebe zu bedenken, dass ich an der Seekrankheit leide.«

Gellner glaubte seinen Ohren nicht zu trauen. Er hielt inne und donnerte: »Sagen Sie mal, Zabini, sind Sie geborener Triestiner?«

»Das ja.«

»Also werden Sie ja wohl zur See fahren können.«

»Es erscheint mir schwierig, drei Wochen an Bord inkognito zu bleiben. Meine Profession wird dem Kapitän und der Mannschaft kaum zu verheimlichen sein.«

»Als Triestiner Polizist haben Sie auf See keinerlei Dienstbefugnis, die Idee Seiner Exzellenz ist daher vortrefflich. Denken Sie sich eine plausible Tarnung aus.«

»Aber warum ich?«

»Weil Ihr Deutsch nicht so klingt, dass einem dabei übel wird, und weil das eine dienstliche Anordnung ist! Sie haben Seine Exzellenz gehört.«

Bruno schluckte. Dreieinhalb Wochen auf See, um den Grafen Urbanau zu beschützen? Porca miseria! Was würde Luise dazu sagen?

»Wartest du schon lange?«

»Nein, gar nicht. Nur eine Stunde.«

»Ich weiß, ich bin spät. Papa hat beim Frühstück lange gebraucht.«

Friedrich fasste Carolina an den Händen »Du bist niemals zu spät, denn du bist wie die Sonne. Du kommst, wann du kommst, und du füllst die Welt mit Licht, Liebe und Leben.«

Carolina kicherte. »Das hast du schön gesagt.«

»Lass uns gehen«, sagte Friedrich.

»Ja.«

»Den Auflauf am Hafen habe ich natürlich bemerkt. Als ich dazukam, wurde der Wagen abgeschleppt. Es ist so tragisch. Ein Leben ist ausgelöscht.«

»Ich habe Rudolf gut leiden können, gerade weil er ein wenig verschroben und eigen war. Er war ein großartiger Mechaniker. Einmal habe ich ihm zugesehen, wie er einen Reifen gewechselt hat. Rudolf hat die Arbeit mit völliger Hingabe verrichtet. Das war sehr beeindruckend. Jetzt ist er tot.«

»Wie kam es zu dem Unfall?«

»Ein Defekt der Bremse.«

»Werdet ihr trotz des Vorfalls an Bord gehen?«

»Ja. Papa hat das so entschieden.«

»Dann haben wir noch den heutigen und morgigen Tag in Triest und hernach dreieinhalb Wochen auf dem Schiff. Ich bin so glücklich in deiner Nähe sein zu können.«

»Ich bin auch glücklich.«

»Gestern hast du wahrscheinlich wegen des Unfalls unseren Morgenspaziergang ausgelassen«, mutmaßte Friedrich.

»Ich habe den ganzen Tag auf dich gewartet, dann endlich hat mich deine Nachricht erreicht.«

Carolina hielt inne und schaute sich um. Ihre Miene verriet Bestürzung. Friedrich wurde mulmig zumute. »Komm in die Seitengasse.« Carolina zog Friedrich in den Schatten eines Torbogens.

»Carolina, was ist mit dir? Du zitterst ja förmlich.«

»Ich konnte dich gestern nicht treffen, weil ich den ganzen Tag geweint habe.«

»Hat dich der Unfall so mitgenommen?«

»Schlimmer. Es ist eine Katastrophe!«

»Was hast du?«

Sie schnappte nach Luft. »Papa hat Heiratspläne für mich.«

»Oh nein!«

»Doch.«

»Hat er einen Bräutigam ausgesucht?«

»Ich soll Arthur von Brendelberg heiraten.«

»Aus dem Hause Brendelberg?«

»Ja.«

»Das ist in der Tat eine Katastrophe!«

»Ich habe Arthur schon vor Jahren kennengelernt, und einmal, oder zweimal im Jahr laufen wir einander über den Weg. Er ist mir absolut zuwider.«

»Kannst du deinem Vater diese Pläne nicht ausreden?«

Carolina seufzte bitter. »Wenn sich mein Vater etwas in den Kopf gesetzt hat, dann ist er nicht davon abzubringen. Er ist die Sturheit in Person.«

»Was sollen wir nur tun?«

»Lieber stürze ich mich kopfüber vom Schiff ins Meer, als Arthur von Brendelberg zu heiraten.«

Friedrich umarmte Carolina und drückte sie fest an sich. »Wir stürzen uns gemeinsam ins Meer. Im Reich Poseidons sind wir auf ewig vereint.«

Das Leben an Bord barg manche Entbehrungen, manchmal war der Alltag eintönig und die Arbeit eine Last, aber wie schon bei den drei vorherigen Fahrten der Thalia spürte er auch diesmal ein wohliges Fieber. Wer würde an Bord kommen? Waren schöne Frauen dabei, die auf hoher See mehr als nur spektakuläre Sonnenuntergänge erleben wollten? Waren Männer dabei, die bei einem guten Blatt auch größere Beträge setzten? Würde es Streit unter den Passagieren geben? Würden die Passagiere sich über das Leben an Bord beklagen? Über die Verpflegung auf den Schiffen des Österreichischen Lloyds hatte es noch nie Beschwerden gegeben. Im Gegenteil, die Norddeutschen, die Engländer, die Holländer und die Schweden konnten es oft gar nicht glauben, dass auf den Schiffen so gut gekocht wurde. Und dass immer erstklassiger Wein serviert wurde.

Georg Steyrer hatte in seinem Leben manches versucht. Den Beruf des Barbiers hatte er in Wien erlernt, später hatte er als Croupier im Casino gearbeitet, in Klosterneuburg war er Mundschenk bei einem versoffenen Baron und danach war er Buchmacher auf der Trabrennbahn in der Wiener Krieau gewesen. Doch nichts kam bislang gegen das Leben als Steward an. Ferne Länder, die hohe See, der weite Horizont. Seine Heimatstadt Marburg war ihm schon in jungen Jahren zu eng geworden, also war er zur Lehre in die Hauptstadt gegangen. Er hatte sich sofort in Wien verliebt, hatte sich in Spielhöllen, Varietés und Bordellen herumgetrieben, war regelmäßig Gast in Bierhäusern und Heurigen gewesen. Das Leben war ein einziges Spiel gewesen, eine verruchte Affäre und ein bombastischer Rausch. Leider war ihm das Glück nicht dauerhaft hold gewesen, und Pech im Spiel hatte sich hinzugesellt. Schnell hatte er sich bei gewissen Subjekten der Wiener Halbwelt unbeliebt gemacht, sodass er das wunderbare Leben in Wien hatte beenden müssen. Ein halbes Jahr war er von Stadt zu Stadt gezogen, zuerst hatte es ihn nach Budapest, dann nach Brünn, später nach Prag und Linz verschlagen, schließlich war er wieder in Graz gestrandet. In Lumpen gehüllt, ohne Wohnsitz, ohne Geld, ohne Perspektive, aber immer randvoll mit Wein. Er hatte schon befürchtet, dass er vor die Hunde gehen würde.

Dann, eines Tages, hatte er in einer Schenke in einer alten Zeitung einen Artikel gelesen, der sein Leben verändert hatte. Er handelte von den Plänen, den Liniendampfer Thalia in die erste Yacht für Vergnügungsfahrten des Österreichischen Lloyds umzubauen. Sofort war er von Fernweh gepackt.

Warum hatte er nicht früher an diese Möglichkeit gedacht? Der große Hafen von Triest war das Tor zur weiten Welt, zahlreiche Schiffe dampften unter der rot-weiß-roten Fahne in den sonnigen Süden. Und der Gedanke, auf einem Schiff zu arbeiten, das gebaut wurde, allein um dem Vergnügen zu dienen, ergriff von ihm Besitz. Was für eine großartige Idee, was für ein famoser Plan!

Von Bekannten hatte er Geld geliehen. Er hatte die unmäßige Trinkerei bleiben lassen, hatte seine Garderobe aufgebessert und war in den Zug nach Triest gestiegen. Schon während der Fahrt hatte er begonnen, Italienisch zu lernen. In den ersten Wochen in Triest hatte er jede nur erdenkliche Arbeit angenommen, bei der er Italienisch sprechen musste. So hatte er im Fluge so viel erlernt, dass der Alltag in Triest und an Bord eines Schiffes kein Problem mehr darstellte. Daraufhin hatte er sich bei der Direktion des Österreichischen Lloyds um eine Stelle als Steward beworben. Er wurde sofort eingestellt. Ein Steward, der einen Gesellenbrief als Barbier vorweisen konnte, da wurde nicht lange gefackelt. Die Schifffahrtsgesellschaft suchte händeringend nach tüchtigem Personal, das mehrsprachig und herzeigbar war. Das war er! In der Uniform eines Stewards sah er richtig schneidig aus. Und seine Muttersprache war Deutsch, darüber hinaus sprach er recht gut Französisch, ein bisschen Ungarisch und immer besser Italienisch. Zwei Fahrten hatte er auf der Persia gemacht, ehe er im Februar dieses Jahres für die Jungfernfahrt der Thalia als Vergnügungsdampfer das Schiff wechselte. Seitdem gehörte er zum Personal der großen Yacht.

Das Schiff lag an einem Molo im Lloydarsenal und wurde für die Fahrt beladen. Georg zählte die Weinkisten und machte auf seiner Liste entsprechende Vermerke. Laufend schoben Hafenarbeiter ihre Karren die Gangway hoch. Fleisch, Wurst, Kartoffeln, allerlei Gemüse, Vorrat für über hundertsechzig

Passagiere und die Besatzung. Der Schiffskommissär und der Küchenchef kontrollierten die Warenlieferungen.

Paolo Glustich, der Schiffskommissär, rief Georg zu sich. Glustich zog die Nähe zu Männern derjenigen zu Frauen vor, das war Georg beim ersten Blickkontakt klar geworden. Die beiden Männer waren schnell gute Freunde geworden, nachdem Glustich verstanden hatte, dass Georg zwar kein Interesse an intimen Kontakten hatte, aber Homosexuellen diskret, tolerant und ohne jede Herablassung gegenübertrat.

»Georg, bitte bringe die Liste mit den Fahrgästen dem Ersten Offizier auf die Brücke«, sagte Glustich und reichte Georg einen Umschlag.

»Ist die Liste jetzt vollständig?«

»Ja. Wir haben alle Namen.«

»Wird gemacht«, sagte Georg, klemmte die Mappe unter die Achsel und stieg die Treppe zum Brückendeck hoch. Als er das Bootsdeck erreicht hatte, siegte die Neugier. Wer würde sich in zwei Tagen einschiffen? Waren vielleicht berühmte Persönlichkeiten dabei? Schauspieler? Sänger? Adelige? Er stellte sich hinter eines der Rettungsboote und blätterte den Umschlag auf. Unverkennbar, der Schiffskommissär hatte die Namensliste persönlich geschrieben. Georg kannte keinen Mann, der über eine so ausgesucht schöne Handschrift wie Glustich verfügte. Georg überflog die Namen. Wer hatte die vier Luxuskabinen reserviert?

Georg erschrak. Für eine Weile hielt er die Luft an. Dann starrte er hinaus auf das offene Meer. Was sollte er jetzt tun? Wie sollte er sich verhalten? Würde die Situation eskalieren? Hatte er sich geirrt? Er las den Namen erneut. Kein Zweifel. Die Namen waren deutlich zu lesen. Eine der Luxuskabinen auf dem Promenadendeck war reserviert für Maximilian Eugen Graf von Urbanau, die gegenüberliegende Kabine für die Komtess Carolina Sylvia von Urbanau.

Georg klappte den Umschlag zu. Innerlich war er aufgewühlt, aber seine Miene verriet nichts. Echte Spieler durften sich niemals etwas anmerken lassen.

～⊚～

Der Abend war über die Stadt gesunken, und mit dem Sonnenuntergang hatte der kühle Wind aufgefrischt. Dennoch war Bruno warm, er öffnete die Knöpfe seines Sakkos. Er war mit schnellen Schritten den Hang von Gretta hochgestiegen. Vorsichtig schaute er sich um. In den Häusern der kleinen Siedlung brannten Lichter, niemand war mehr auf der Straße, niemand hatte ihn gesehen, also duckte er sich in das Unterholz und schlich von hinten auf das Haus zu. Durch das Fenster sah er einen Lichtschein in der Stube. Er lehnte sich an die Mauer und spähte vorsichtig in das Innere. Auf dem Tisch spendete eine Petroleumlampe auf kleiner Flamme ein bisschen Helligkeit. Schliefen die Buben schon? Er wartete eine Weile. Dann hörte er knarrende Dielen und schaute wieder durch das Fenster.

Da war Fedora! Sie trug ihren Strickkorb und setzte sich an den Tisch. War sie allein? Er wartete. Fedora drehte den Docht etwas höher und schon wurde es heller. Sie griff nach ihren Stricknadeln. Zweifellos schliefen ihre Söhne und sie ließ den Tag mit ihrer Handarbeit ausklingen.

Bruno tippte mit dem Fingernagel gegen die Scheibe. Ihr vereinbartes Signal. Fedora blickte sofort zum Fenster, erhob sich, ging zur Treppe und horchte in das Haus, ob wirklich alle schliefen. Dann eilte sie auf leisen Sohlen zum Fenster.

»Bruno! Für heute sind wir doch nicht verabredet.«

»Morgen muss ich an Bord der Thalia, übermorgen legt der Dampfer ab.«

»Du musst auf See?«

»Für dreieinhalb Wochen. Ich bin hier, um mich zu verabschieden.«

Fedora biss sich auf die Lippen. »Ich komme raus.«

Sie schloss das Fenster. Bruno huschte hinüber zur Scheune und wartete im Dunklen. Wenig später kam Fedora, küsste Bruno und sperrte die Scheunentür auf. Die beiden verschwanden darin. In der kleinen Scheune hinter dem Haus befanden sich der Hühnerstall, ein Lagerraum für den Pferdewagen und das Gartenwerkzeug, eine gemauerte Waschküche und ein Heuboden. Da Carlo Cherini schon vor Jahren sein Pferd verkauft hatte, wurde der Pferdewagen nur selten verwendet und der Heuboden stand leer. Fedora wartete, bis Bruno ihr in die Waschküche gefolgt war, dann schloss sie die Tür, zog die Vorhänge zu und zündete eine Kerze an.

»Wie kommt es, dass du auf See musst?«

»Setz dich zu mir«, sagte Bruno. Er nahm auf der breiten Bank Platz und erzählte in kurzen Worten von seinem Auftrag.

Fedora rückte näher und strich Bruno durch das Haar. »Du bist also den Berg hochgestiegen, um dich von mir für dreieinhalb Wochen zu verabschieden?«

Auch Bruno rückte näher. »Nur deswegen.«

»Ich fühle mich durch deine Aufwartung geschmeichelt.«

Bruno umfasste Fedoras Hüfte und schmiegte seine Wange an die ihre. »Und ich fühle mich geschmeichelt, weil du mich wieder in deine Waschküche eingelassen hast.«

»Ein Ort der Sauberkeit und Pflege.«

»Und ein Ort wiederholt erquicklicher Begegnungen.«

»Ich wäre dir monatelang böse gewesen, wenn du ohne Abschied zur See gegangen wärst.«

»Ich wäre monatelang untröstlich darüber gewesen.«

»Hast du einen Pariser dabei?«

»Ein kleines Päckchen der bewährten Marke Sigi befindet sich in der Innentasche meines Sakkos.«

»Du bist so gewissenhaft.«
»Es freut mich, dass du meine Tugenden schätzt.«
»Küss mich, Herr Inspector.«

～❦～

»Wann kommt der Wagen?«
»Er kann jeden Moment hier sein.«
Heidemarie Zabini überblickte das bereitstehende Gepäck ihres Sohnes. Drei Koffer standen in der Stube seiner Wohnung. Darunter war neben zwei großen Koffern für die Kleidung auch der dunkelbraune Lederkoffer, den Bruno bei Tatortbesichtigungen stets dabeihatte. Heidemarie verschränkte die Arme. »Wirst du den Tatortkoffer brauchen?«
Bruno zuckte mit den Achseln. »Das weiß ich nicht, aber da ich dienstlich im Einsatz bin, möchte ich meine Kommissionstasche jederzeit in Griffweite haben.«
»Fährst du ins Arsenal?«
»Nein. Die Thalia hat ihren Liegeplatz am Molo San Carlo eingenommen. Das Schiff ist laut Plan in den Morgenstunden vom Arsenal in den alten Hafen gelaufen. Der Vorrat für die lange Reise ist an Bord, jetzt fehlen nur noch die Fahrgäste.«
»Und dieser Graf ist wirklich eine so bedeutende Persönlichkeit, dass er einen Wachmann braucht?«
»Offenbar. Sonst wäre mir nicht dieser Auftrag übertragen worden.«
Wie üblich sprachen Mutter und Sohn in für Triest unüblichem Wienerisch. In ihrer beider Muttersprache.
»Wird es gefährlich werden?«
»Möglich, aber es ist auch gefährlich, bei einer Rauferei in einem Bierhaus einzuschreiten.«
Heidemarie grinste schief. »Wahrscheinlich wird überhaupt nichts geschehen und du bist auf Staatskosten dreiein-

halb Wochen auf Vergnügungsfahrt in der Ägäis. Du wirst dich fadisieren.«

»Das hat Emilio auch gesagt.«

»Wahrscheinlich frisst diesen Wicht wieder der Neid, weil du den Befehl zur Vergnügungsfahrt erhalten hast und nicht er.«

Bruno schmunzelte. »Kann es sein, dass du meinen Arbeitskollegen persönlich kennst?«

»Hast du Bücher mit?«

»Nur eines. Die Thalia verfügt über eine gut bestückte Bibliothek.«

»Ein Wunder, dass du so kurzfristig überhaupt noch eine Kabine erhalten hast. Die Vergnügungsfahrten der Thalia sind außerordentlich beliebt und die Kabinen viele Wochen vor der Abfahrt ausverkauft.«

»Ich habe die Reservekabine erhalten, in der normalerweise Ausrüstung und Ersatzkleidung für die Mannschaft gelagert wird.«

Heidemarie runzelte die Stirn. »Ein seltsamer Auftrag ist das schon. Kannst du dein Amt als Polizist der Stadt Triest auf hoher See überhaupt ausüben?«

»Kann ich nicht. Ich reise in verdeckter Mission. Offiziell bin ich ein Angestellter des Lloyd auf Inspektionsreise. Nur der Kapitän und die Offiziere dürfen wissen, dass ich Polizist bin.«

Heidemarie lächelte hintergründig. »Na, vielleicht wird deine Geheimmission doch spannend. Wie ich dich kenne, wirst du um ein paar Geheimnisse mit den an Bord befindlichen Damen der guten Gesellschaft nicht umhinkönnen.«

Bruno schüttelte mit säuerlicher Miene den Kopf. »Du und deine Vorstellungen vom Leben auf Schiffen. Ich fürchte eher die ersten Tage auf See. Wenn wir hohen Seegang haben, sterbe ich.«

»Ach, ein echter Triestiner muss ein bisschen Seekrankheit aushalten.«

»Das hat Herr Gellner auch gesagt.«

»Übrigens, ich habe mich mit Signora Cherini angefreundet.«

»Wie das?«

»Dumme Frage! Menschen freunden sich durch Gespräche miteinander an.«

Bruno verdrehte die Augen. »Ich hoffe, ihr habt nicht allzu abfällig über mich gesprochen.«

»Nur ein bisschen. In jedem Fall ist Fedora eine beeindruckende Frau. Sie hat Persönlichkeit.«

»Das ja.«

»Und ich habe gesehen, dass du gestern knapp nach Sonnenuntergang außer Haus gegangen bist. Ich kann mir denken, wo du warst.«

»Du bist schlimmer als jeder Polizeiagent.«

»Darauf bin ich stolz! Und jetzt, mein Herr Sohn, lebe wohl, passe auf dich und diesen Grafen Sowieso auf und komme heil von deiner Seereise zurück. Der Wagen ist gerade vorgefahren.«

~·~

Das Leben war bloß Mummenschanz. Eine lächerliche Täuschung. Ein peinlicher Irrtum. Nichts hatte Bestand. Als Knabe hatte er gebetet. An Gott und an den Segen der Heiligen geglaubt.

Unfug.

Der einzige Gott, der es Wert war, angebetet zu werden, war der Kriegsgott Mars. Die einzigen Heiligen, denen man Ehrerbietung entgegenbringen sollte, waren die Manen, die Geister der Toten der römischen Mythologie.

Alles andere war Humbug.

Als er in der prallen Mittagssonne vor dem weißen Schiff stand, dachte er an den Fährmann Charon, der die Seelen der

Toten über den Styx in den Hades übersetzte. Die einzige Reise, für die sich lohnte, Münzen zu entrichten.

Wie viele Menschen würden sterben, wenn das Schiff von einem Orkan gegen schroffe Klippen geworfen würde? Oder wenn auf hoher See ein großes Leck in die Bordwand geschlagen würde? Vielleicht durch eine mächtige Explosion?

Sollte er vorsorglich die Rettungsboote manipulieren?

War für eine amüsante Idee!

⁓☙⁓

Bruno las den eben verfassten Brief, setzte noch einen Beistrich und blies auf das Papier, damit die Tinte schneller trocknete. Er hatte sich Zeit genommen und Mühe gegeben, die Zeilen aufzusetzen.

Luise hatte ihm in den letzten vier Wochen vier Briefe geschrieben, und jeder einzelne war nicht nur Schrift auf weißem Papier, es waren in Worte gekleidete literarische Perlen von sinnlicher Schönheit. Von Anfang an hatte Bruno Luises geradezu zauberhafte Poesie bewundert. Er war außerstande, solche Briefe wie Luise zu schreiben, diese Fähigkeit fehlte ihm. Er konnte sich lediglich bemühen, ihren hohen Geschmack nicht zu beleidigen. Und bislang war es ihm gut gelungen. Behauptete zumindest Luise.

Bruno faltete den Brief und steckte ihn in ein Couvert. Mit klarer Schrift schrieb er die Adresse ihrer Stadtwohnung darauf. Natürlich würde er niemals einen persönlichen Brief an die Adresse ihres Landhauses schicken. Ihr Mann war zwar die meiste Zeit des Jahres auf Reisen, aber wenn er zu Hause war, dann kontrollierte er Luises Korrespondenz. Bruno schüttelte den Kopf. Wie hatte eine so falsche Ehe bloß geschlossen werden können? Nichts, rein gar nichts verband Luise mit ihrem Mann, außer die vor Gott und dem Kaiser geschlossene Ehe, in die sie als halbwüchsiges Mädchen gedrängt worden war. Hier der bullige Freiherr von Callenhoff, ein Großwildjäger, ein seelen- und geistloser Tyrann, der sich ungeniert in aller Öffentlichkeit ordinäre Mätressen hielt, dem allein Macht und Geld Vergnügen bereiteten, und dort die feinsinnige und edle Tochter des alten Unterkrainer Adelsgeschlechts von Kreutberg. Diese Ehe war von vornherein dazu verdammt gewesen, unglücklich zu sein. Ehen wie diese waren für Bruno der Anlass, unverheiratet zu bleiben.

Vier Wochen war Luise zu Besuch bei ihrer älteren Schwester in der Nähe von Brünn gewesen. Diese hatte einen mährischen Adeligen geheiratet, in dessen Landhaus sie zusammen mit ihren Kindern lebten. Die vier schönen Töchter des Barons Kreutberg waren allesamt standesgemäß verheiratet worden, Luise an die obere Adria an den Freiherrn von Callenhoff. Die Wünsche und Sehnsüchte der jungen Baronessen waren nicht der Rede wert gewesen. In zwei Tagen würde sie von ihrer Reise zurückkehren. Mit steigender Intensität hatte sie in ihren Briefen von der Vorfreude geschrieben, Bruno wiederzutreffen. Und jetzt würde er nicht auf dem Bahnsteig warten können, wenn sie ankam, sondern befand sich auf einem Schiff irgendwo inmitten der Adria. Bruno wusste, wie sensibel Luise war, er ahnte ihre Verzweiflung, ihn nicht zu treffen, er sorgte sich um sie. Einen Brief zu schreiben, war das Mindeste und gleichzeitig das Äußerste, was er in dieser Situation tun konnte.

Als er an Bord gekommen war, hatte er sich gleich in seine Kabine zurückgezogen, seine Koffer abgestellt und sich an das kleine Tischchen gesetzt, um zu schreiben. Rund eine halbe Stunde saß er nun daran. Bruno klebte das Couvert zu und schrieb als Absender seinen Decknamen.

Es klopfte. Bruno erhob sich und öffnete die Kabinentür. Vor ihm stand der Schiffsjunge.

»Ja, bitte?«

»Der Kapitän wünscht Sie zu sprechen.«
»Ich komme.«

Bruno schlüpfte in sein Sakko und steckte den Brief ein. Nach der Unterredung würde er noch zum Hafenpostamt laufen. Einerseits, um den Brief aufzugeben, und andererseits, um nachzusehen, ob das erwartete Telegramm aus Wien eingetroffen war. Natürlich hatte er bei seinem ehemaligen Kommilitonen Robert Bernsteiner im Ministerium angefragt, ob er für den bevorstehenden Auftrag noch vertiefende Informationen bekommen könnte. Sie hatten gemeinsam in Graz Vorlesungen bei Professor Gross besucht und waren in Brunos Grazer Jahr dicke Freunde geworden. Robert bekleidete mittlerweile als Jurist im Ministerium ein bedeutendes Amt. Die beiden schrieben einander regelmäßig, und einmal hatte Robert mit seiner Familie Bruno in Triest besucht.

Der Schiffsjunge flitzte die Treppe zum Brückendeck hoch und öffnete Bruno die Tür. Bruno trat auf die uniformierten Männer zu und nahm Haltung an.

»Guten Tag, Herr Kapitän, meine Verehrung, die Herren. Bruno Zabini meldet sich wie befohlen zur Stelle.«

Kapitän Karl Freiherr von Bretfeld nahm Bruno in Augenschein. »Ah, ja, sehr gut. Die Offiziere bleiben hier, alle anderen bitte ich, die Brücke für die Dauer der Unterredung zu verlassen.«

Die anwesenden Herren waren von diesem Befehl überrascht, führten ihn aber unverzüglich aus. Der Kapitän, der Erste, der Zweite und der Dritte Offizier standen Bruno gegenüber, drei weitere Seeleute verließen die Brücke. Der Kapitän zog aus der Tasche seines Uniformrockes einen Brief hervor und reichte ihn dem Ersten Offizier.

»Sie sind von der Triester Polizei, Signor Zabini?«

»Jawohl, Herr Kapitän. Inspector I. Klasse des k.k. Polizeiagenteninstituts.«

»Der Brief des Statthalters ist in mancher Hinsicht dunkel, in anderer sehr konkret. Dunkel, wenn es um die Bedrohungslage des Herrn Grafen geht, sehr klar, was den Auftrag des Statthalters an Sie betrifft.«

»Herr Kapitän, ich hoffe sehr, dass meine Anwesenheit an Bord zu keinen Unannehmlichkeiten führt.«

»Das hoffe ich auch. In jedem Fall teilt mir die Direktion des Österreichischen Lloyds mit, dass Ihre Anwesenheit ausdrücklich erwünscht ist und ich Sorge zu tragen habe, dass Sie bei aller nötigen Diskretion Ihre Aufgabe erfüllen können.«

»Ich danke im Namen der Polizeidirektion für die Kooperation.«

»Sobald wir ablegen, befinden wir uns nicht mehr im Hoheitsgebiet der Stadt Triest. Ihre Amtsgewalt erlischt damit.«

»Das ist mir klar.«

»Sie wissen, dass ich an Bord absolute Befehlsgewalt habe?«

»Jawohl.«

»Der Plan ist, dass Sie sich mit verdeckter Identität an Bord aufhalten?«

»Das ist der explizite Wunsch Seiner Exzellenz des Statthalters. Ich gebe mich als Mitarbeiter des Lloyds aus, der an Bord ist, um eine technische Inspektion des Umbaus der Thalia während der Fahrt durchzuführen.«

Der Kapitän zog die Augenbrauen hoch. »Wenn Sie diese Geschichte gut erzählen, werden die Passagiere sie wohl glauben, aber achten Sie auf Fragen der Bordmannschaft. Wenn Sie falsche Antworten geben, werden die Leute skeptisch.«

»Ich bin vorbereitet. Mein langjähriger Freund und Billardpartner Lionello Ventura ist Schiffbauingenieur im Lloydarsenal. Er arbeitet im Konstruktionsbüro und war auch beim Umbau der Thalia beteiligt. Sämtliche Rohrpläne der Wasserversorgung sind auf seinem Reißbrett entstanden. Ich bin zwar Polizist, habe aber ein großes Interesse an Technik und beschäftige mich seit Jahren mit den Grundlagen des Schiffsbaus.«

»Und warum geben Sie sich nicht als Mitarbeiter des Lloyds auf Urlaubsreise aus? Das wäre doch einfacher.«

»So ist es leichter zu erklären, wenn ich Bereiche betrete, die normal für Fahrgäste verboten sind. Etwa den Kesselraum. Oder Lagerräume. Ich brauche volle Bewegungsfreiheit an Bord. Und im Fall des Falles brauche ich auch Zugang zur Marconi-Station, um schnell über Funk Mitteilungen zu versenden.«

»Sie haben sich also Ihre Identität wohl überlegt.«

»So gut es in der kurzen Zeit möglich war.«

»Haben Sie einen entsprechenden Pass?«

»Ich reise unter meinem echten Namen, daher kann ich auch meinen Pass verwenden. Die Direktion des Lloyds hat mir die nötige Befugnis für die Nutzung von Telegraphen und sonstiger Postdienste in den fremdländischen Niederlassungen ausgestellt.«

»Also dann, die Herren Offiziere wissen hiermit über Ihre wahre Identität Bescheid, ansonsten bewahren wir Stillschweigen. Wir entsprechen den Wünschen des Herrn Statthalters.«

»Besten Dank. Ich muss allerdings darauf hinweisen, dass Graf Urbanau mich persönlich kennt. Als der Mordanschlag an seinen Fahrer verübt worden ist, sind wir einander begegnet.«

»Ich verstehe. Also werde ich auch den Herrn Grafen zu einer Unterredung bitten.«

»Das wäre bestimmt hilfreich.«

»Sind Sie bewaffnet, Herr Inspector?«

»Ja. Ich habe meine Dienstwaffe im Gepäck.«

»Ich erlaube Ihnen, die Dienstwaffe zu behalten, aber ich fordere Sie offiziell dazu auf, die Waffe in einem versperrten Behälter zu verwahren. Verfügen Sie über einen derartigen Behälter?«

»Ja, ich habe eine Metallkassette dabei, in die der Revolver bereits verschlossen ist. Den Schlüssel zur Kassette trage ich immer bei mir.«

»Gut. Sollten Sie einen Verdacht hegen, dass es an Bord zu einem Anschlag kommen könnte, bitte ich um sofortige Nachricht. Die Herren Offiziere und ich müssen über alle polizeilich relevanten Vorfälle unverzüglich und vollständig informiert werden.«

»Selbstverständlich, Herr Kapitän.«

Kapitän Bretfelds Miene entspannte sich, er trat auf Bruno zu und reichte ihm die Hand. »Nun denn, Herr Inspector, dann hoffe ich für Sie und für uns, dass Sie lediglich ein paar erholsame Tage an Bord der Thalia verbringen werden. Das ist schließlich ein Vergnügungsdampfer.«

Bruno lächelte und schüttelte zuerst die Hand des Kapitäns, dann die der Offiziere. »Das hoffe ich auch, Herr Kapitän. Zuerst aber hoffe ich, dass sich die Seekrankheit in Grenzen hält. Ich bin eine Landratte.«

Der Kapitän klopfte Bruno aufmunternd auf die Schulter. »Das wird schon werden. Das Wetter ist gut, in den nächsten Tag sind weder Stürme noch raue See zu erwarten.«

»Ihr Wort in Gottes Ohr. Herr Kapitän, meine Herren, ich empfehle mich.«

»Nun seht euch dieses Meisterwerk schiffsbaulicher Kunstfertigkeit im adriatischen Licht der untergehenden Maiensonne an! Welch wohlgeratenes Stück Eisen, geschmiedet im Aufgang einer neuen Zeit und Hoffnung. Ich bin auf das Äußerste enthusiasmiert!«

»Oh ja, ein schönes Schiff.«

»Wohl gerecht, dass die göttliche Thalia diesem Schiffe ihren Namen lieh, denn Menschen, die solches im Schweiße ihres Angesicht zu verfertigen verstehen, müssen gar von der lieblichen Muse geküsst worden sein. Inspiration nenne ich es, das Seefahrzeug strahlend weiß im Korpus über der Wasserlinie und grün unter der Wasserlinie zu tünchen, wozu auch das Gelb des Schornsteins trefflich sich fügt.«

Ferdinand Seefrieds Ohren schmerzten. Seit der Abfahrt des Zuges noch vor Sonnenaufgang teilten seine Frau Hermine und er das Coupé mit Therese Wundrak. Von Wien bis Triest, mehr als zwölf Stunden Bahnfahrt! Die bekannte Reporterin und Reiseschriftstellerin Wundrak war so entzückt darüber gewesen, im Zug reizende junge Menschen getroffen zu haben, die nicht nur mit ihr bis nach Triest fuhren, sondern auch beabsichtigten, dasselbe Schiff für eine Vergnügungsfahrt zu besteigen, dass sie in einem nicht enden wollenden Strom von den Abenteuern auf ihren vielen Reisen erzählt hatte. Praktisch ohne Pause.

Ferdinand war vor Kurzem einunddreißig Jahre alt geworden und noch nie hatte er solche schändlichen Gedanken gehegt, doch bereits knapp nach Graz hatte er überlegt, Frau Wundrak aus dem Zugfenster zu werfen. Und knapp vor Laibach hatte er ernsthaft erwogen, sich selbst aus dem Fenster zu stürzen. Zwischenzeitlich gelang es ihm immer wieder durch Vortäuschung einer Blasenschwäche, seinem Gehör für wenige Minuten Linderung zu verschaffen. Denn Frau Wundrak redete nicht nur unmäßig viel, sie verfügte auch über eine Stimmkraft, die jedem Feldwebel am Kasernenhof Respekt abringen musste. Erstaunlicherweise schien Hermine nicht unter der Fülle der auf sie niederprasselnden Worten zu leiden, im Gegenteil, Hermine war sehr schnell sehr vertraut mit Frau Wundrak geworden.

Doch selbst eingedenk seiner mittlerweile höchst gereizten Nerven konnte Ferdinand nicht umhin, die Begeisterung der beiden Damen zu teilen. Die Thalia bot im letzten Licht der Abendsonne einen prächtigen Anblick. Und ja, der strahlend weiße Lack des Salondampfers schien in der Abendstimmung förmlich zu glühen. Fernweh ergriff ihn. Über drei Wochen würde dieser Dampfer sein Zuhause sein. Was für eine großartige Idee, die Kreuzfahrt zu unternehmen! Anfangs war er davon nur wenig begeistert gewesen. Warum sollte er sich in eine stählerne Kabine zwängen? Wozu die antiken Orte in Griechenland besuchen? Weshalb am Markt der osmanischen Metropole Konstantinopel spazieren gehen? Aber Hermine war so voller Vorfreude gewesen, dass diese auch langsam auf ihn übergeschwappt war. Und sie hatte mehrmals in der Buchhandlung am Graben Bücher über das Mittelmeer und über die Kultur der alten Griechen gekauft. Auch Reisebeschreibungen hatte sie verschlungen. Er hatte nicht alle Bücher gelesen, die Hermine gekauft hatte, aber doch einige mit wachsendem Interesse.

Therese Wundrak hakte sich mit der Linken bei Ferdinand ein und funkelte ihn an. »Nun, mein Lieber, was sagen Sie zu unserem Schiff?«

Die unmittelbare körperliche Nähe der groß gewachsenen Frau war ihm unangenehm, doch er wagte nicht, sich von ihr zu lösen. »Frau Wundrak, ich stimme Ihnen zu. Das Schiff sieht großartig aus.«

Mit der Rechten hakte sich Therese bei Hermine ein und zog sie an sich. »Liebe Freundin, ich bitte dich inständig, ein Wort an deinen Göttergatten zu richten. Ich habe ihm schon dreimal *streng* aufgetragen, mich bei meinem Kosenamen zu nennen. Nein, er weigert sich beständig, mir diese Intimität zu gewähren.«

Hermine schaute mit strengem Blick zu Ferdinand. »Ferdi, jetzt tu doch, wie die Resi sagt.«

»Also gut«, sagte Ferdinand seufzend. »Liebe Resi, ich stimme dir zu. Die Thalia ist ein Prachtstück.«

Therese lachte lebhaft. »Sieh an, es geht ja! Was bin ich hocherfreut. Und stellt euch nur vor. Morgen schon stechen wir in See. Das Leben ist erquicklich und schön, nicht wahr?«

Ferdinand löste sich von Therese. »Da kommt der Dienstmann mit unserem Gepäck. Ich kümmere mich darum, dass es an Bord gebracht wird.«

Am Molo San Carlo herrschte wie zu jeder Zeit Hochbetrieb. Eben legte ein Dampfer der dalmatinischen Eillinie ab. Der Zug aus Wien hatte weitere Fahrgäste gebracht, die nun vor der Gangway der Thalia standen. Es wurde lebhaft.

⁓☙⁓

Das erste Licht des anhebenden Frühlingstages näherte sich der oberen Adria, begleitet von einem milden Südwind. Friedrich regte sich, brummte und schlummerte weiter. Carolina hingegen erwachte. Welch ein Wunder! Friedrich schlief neben ihr. Es war kein Traum, der nun verschwand. Nein, der Traum begann erst, als sie verstand, dass sie nicht alleine war. Ein Mirakel fürwahr, und doch die Wirklichkeit. Was für eine Nacht! Wohlige Schauer durchliefen sie. Sie schmiegte sich an Friedrich, fühlte seine nackte Haut, seinen schlanken Körper und seine Nähe.

Die wahre Liebe! Hier und jetzt!

Beim gestrigen Abendessen war es zu einer unschönen Szene gekommen. Ihr Vater hatte von ihr wissen wollen, was sie nun nach einem Tag Bedenkzeit von der geplanten Vermählung hielt. Carolina war erst vorsichtig gewesen und hatte um weitere Bedenkzeit gebeten. Ihr Vater hatte nicht lockerlassen wollen und auf eine Stellungnahme insistiert, also hatte sie ihre Ablehnung vom Vortag bekräftigt. Daraufhin hatten

Vater und Tochter das Abendessen in gedämpfter Stimmung und ohne weitere Worte hinter sich gebracht. Carolina war auf ihr Zimmer gegangen. Dort hatte sie ihr Vater aufgesucht und zur Rede gestellt. Ein Wort hatte das andere ergeben, beide waren laut geworden, ihr Vater hatte mit einem Abbruch der Reise gedroht und weitere Strafmaßnahmen angekündigt, falls sie es weiterhin an Folgsamkeit derart mangeln ließ. Im äußersten Falle würde er, so hatte er ihr gedroht, sie bis zu ihrem einundzwanzigsten Geburtstag in ein Kloster stecken. Damit hatte er ihr Zimmer verlassen und sich in den Rauchsalon des Hotels begeben. Carolina hatte eine Stunde in ihrem Zimmer gewartet, und als sie gehört hatte, dass ihr Vater sich für die Nachtruhe zurückgezogen hatte, war sie losgelaufen, um sich mit Friedrich zu treffen.

In Tränen aufgelöst hatte sie ihm vom Streit mit ihrem Vater berichtet. Hatte ihm von der Aussicht erzählt, für mehrere Monate in ein Kloster gesperrt zu werden. Stundenlang waren sie durch die Straßen der Stadt gelaufen, irgendwann waren sie zu Friedrichs Herberge gelangt, hatten sich geküsst, immer und immer wieder, und ohne das Küssen zu unterbrechen, hatten sie auf einmal nackt in seinem Bett gelegen.

Er war es. Er war der Richtige und Einzige, Friedrich war ihre ganze Liebe. Und sie die seine. Das war nun und auf ewig verbrieft und besiegelt. Es war das gemeinsame Bad in einem Ozean des Glückes.

Sie strich mit ihrer Hand über seinen Rücken und küsste seine Schulter. Friedrich schlug die Augen auf, er brummte wohlig und regte sich.

»Der Himmel hat mir einen wunderschönen Traum geschickt.«

Carolina kicherte. »Du träumst nicht.«

»Bist du wirklich hier?«

»Ja.«

Er umschlang ihre Hüften und zog sie näher. »Dann ist das Leben schöner als jeder Traum.«

»Viel schöner.«

Ein Kuss, der scheinbar ewig währte, ein Kuss, der Schicksale aneinanderschmiedete, ein Kuss endloser Liebe.

Draußen am Hafen reckte eine Möwe ihren Hals, breitete die Flügel aus, fing eine Bö und ließ sich vom Wind mit wenigen Flügelschlägen in luftige Höhe hieven. Eine weitere Möwe folgte. Und mit ihr viele weitere. Die Rufe der Vögel hallten über das Hafenbecken. Die Morgensonne warf ihr erstes Licht in den Golf von Triest. Ein neuer Tag zog ins Land am Meer.

Der Ruf der See

Die Thalia lag am Ende des Molo San Carlo, der Bug zeigte in Richtung Triest und das Heck in Richtung Adria. Bruno hatte gleich nach dem Frühstück auf der Veranda des Bootsdecks Stellung bezogen. Nur das Brückendeck lag noch höher, aber dieses gehörte derzeit den ziemlich beschäftigten Seeleuten. Seine Position bot optimalen Überblick über das Geschehen am Molo. Die letzten Fahrgäste bestiegen das Schiff, um zehn Uhr Vormittag würde es ablegen.

Die erste Nacht an Bord lag hinter ihm. Eine ruhige Nacht, eigentlich hatte er gar nicht bemerkt, dass er sich auf einem Schiff befand. Kein Seegang, kein Schlingern, er hatte gut geschlafen. Die ihm zugewiesene Kabine Nummer dreiundsechzig war sehr klein. Bei der ersten Fahrt der Thalia im Februar hatte man diese Kabine noch mit einem Fahrgast belegt, anschließend hatte man entschieden, sie in Reserve zu behalten. Man hatte den in allen Passagierkabinen obligaten Diwan entfernt, um Platz für Gepäck und Ausrüstung zu schaffen, das Einzelbett aber war geblieben. Wie alle Kabinen verfügte auch die Nummer dreiundsechzig über ein Bullauge. Immerhin hatte er eine Einzelkabine gekriegt.

Bruno lehnte sich an die Reling und schaute hinunter. Die Gangway führte zum Oberdeck, eben schleppten zwei Bedienstete einen voluminösen Überseekoffer über den schmalen Steg. Eine Kutsche hielt an, aus der ein eleganter Herr mit Melone stieg und seiner Frau heraushalf. Nach ihnen verließen die beiden Kinder des Ehepaares die Kutsche. Die Frau trug einen auffälligen Hut, den sie mit einer Hand festhielt, weil der Wind lebhaft über den Molo strich. Die Tochter mochte etwa sechzehn oder siebzehn Jahre alt sein, sie schaute mit großen Augen zum Schiff empor. Der Sohn war ungefähr zehn, schätzte Bruno. Der Junge flitzte aufgeregt umher, bestaunte die massigen Taue, zeigte zum Schornstein und winkte den bereits an Bord befindlichen Fahrgästen, die an der Reling des Promenadendecks standen. Nur mit Mühe gelang es dem Vater, seinen Sohn im Zaum zu halten. Bruno verfolgte, wie die Familie im Bauch des Schiffes verschwand. Die Kutsche, mit der sie gekommen waren, wendete und verschwand, dafür rollte ein großer, von zwei kräftigen Pferden gezogener Wagen mit übereinandergestapeltem Gepäck heran.

Bruno kniff die Augen zusammen. Ja, er erkannte die Überseekoffer des Grafen neben einigen anderen Gepäckstücken. Der hohe Herr und die Komtess hatten sich noch nicht blicken lassen. Eine ganze Schar von Gepäckträgern fasste an, um den Wagen zu entladen und die Reisekoffer an Bord zu bringen.

Bruno schaute auf seine Taschenuhr. Es war neun Uhr. In einer Stunde würden die Matrosen die Gangway einziehen. Ein elegantes Ehepaar trat neben ihn an die Reling. Die Frau hatte sich bei ihrem Gemahl eingehakt, mit den jeweils freien Händen hielten sie ihre Hüte fest. Die beiden schauten neugierig über die Reling.

Der Mann wandte sich Bruno zu und lüftete seinen Hut. Er sprach Deutsch. »Guten Tag der Herr.«

Auch Bruno lüftete seinen Hut. »Guten Tag die Dame, guten Tag der Herr.«

Die Dame nickte grüßend. Sie wirkten aufgeregt und lächelten.

»Sind Sie auch ein Passagier?«, fragte der Mann.

»Ja. Erlauben Sie, dass ich mich vorstelle. Bruno Zabini.«

»Mein Name ist Ferdinand Seefried. Das ist meine Gemahlin Hermine. Wir sind aus Wien.«

»Aus der Hauptstadt! Das ist schön.«

»Gestern sind wir mit dem Zug angekommen und haben unsere erste Nacht an Bord verbracht.«

»Oh, ich habe mich auch gestern schon eingeschifft und wie ein Murmeltier geschlafen.«

»Sind Sie auch aus Wien?«, fragte Hermine.

»Nein, ich bin Triestiner.«

Die beiden wirkten ehrlich überrascht. »Triestiner? Sie sprechen wie ein Wiener.«

»Frau Seefried, das fasse ich als Kompliment auf. Meine Mutter ist vor vielen Jahren von Wien nach Triest gekommen, mein Vater ist Triestiner. Ich bin hier zweisprachig aufgewachsen. Wenn Sie mich nun anhand meiner Sprachfärbung als Wiener erkannt haben, so ist dies das Zeichen, dass meine Mutter mir ihre Sprache gründlich beigebracht hat. Wissen Sie, ich selbst war noch nie in Wien.«

»Ist das wahr? Das müssen Sie unbedingt nachholen.«

Bruno unterhielt sich noch ein Weilchen mit dem sympathischen Ehepaar, aber er behielt auch den Molo im Auge. Nachdem er sich mit den beiden zum Mittagessen verabredet hatte und sich das Ehepaar wieder ein Deck tiefer auf das Promenadendeck begab, fuhr ein Automobil vor. Bruno lehnte sich an die Reling.

———

Der Graf strich sich über den Schnurrbart. »Ich freue mich sehr, dass sich deine Stimmung gebessert hat.«

Carolina nickte ihrem Vater lächelnd zu. »Das ist die Vorfreude. Endlich geht es los! Ich freue mich seit Wochen auf diesen Zeitpunkt.«

»Du bist recht spät zum Frühstück erschienen.«

»Ich habe mich beim Ankleiden verzettelt.«

»Lass uns über das Thema unseres Zerwürfnisses heute schweigen.«

»Sehr gerne, lieber Papa. Ich kann es gar nicht mehr erwarten, auf das Schiff zu steigen. Adria, ich komme!«

»Wir sind gleich da.«

Da der treue Rudolf nicht mehr unter den Lebenden weilte und sein Automobil noch in der Werkstatt stand, hatte Graf Urbanau bereits gestern Abend den Portier angewiesen, einen Wagen kommen zu lassen. Und pünktlich um neun Uhr hatte das Automobil vor dem Hotel Vanoli bereitgestanden. Wieder reisten Vater und Tochter nur mit leichtem Gepäck, das Hauptgepäck wurde von der Speditionsabteilung des Österreichischen Lloyds an Bord gebracht. Das Automobil hatte wahrlich keine weite Strecke zurückzulegen, sodass Carolina vorgeschlagen hatte, das Stückchen über die Piazza Grande und dem Molo San Carlo zu Fuß zu gehen, doch der Graf wünschte standesgemäß vorzufahren. Viel schneller als zu Fuß waren sie aber in diesem Automobil auch nicht, der Wagen kam auf dem Molo nur im Schritttempo voran.

Der Wagen hielt. Die Tür wurde geöffnet. Der Fahrer sagte irgendetwas auf Italienisch und verbeugte sich. Graf Urbanau stieg aus und half seiner Tochter. Der Graf steckte dem Fahrer eine Banknote zu, dieser machte einen devoten Bückling. Unzählige Augenpaare waren auf den Grafen und seine schöne Tochter gerichtet. Mit gleichzeitig soldatischem wie weltmännischem Gestus bot er Carolina seinen Arm, sie hakte sich formvollendet ein, dann schritten sie auf die Gangway zu. Der Schiffskommissär eilte über die Gangway den beiden entgegen, nahm die ihm vom Grafen gereichten Fahrkarten an, verbeugte sich und bat die hohen Gäste an Bord. Der Graf ließ seine Tochter voranschreiten, dann trat er auf die Gangway und blickte zu den vielen Gesichtern an der Reling hoch.

Wie lange war er schon nicht mehr an Bord eines Schiffes

gewesen? Zwei Jahre? Oder drei? In seiner Zeit als Attaché des Kriegsministeriums hatte er mehrmals pro Jahr Schiffsreisen unternommen. Und von allen Schiffen, die er bislang gesehen hatte, war die Thalia das schönste. Zumindest von außen. Wenn das Interieur den ersten Eindruck bestätigte, konnte man von einem wahrhaft vornehmen Schiff sprechen.

—⁂—

Der Dritte Offizier und der Schiffskommissär kontrollierten gemeinsam die Passagierliste. Zwei Stewards und vier Matrosen standen neben den beiden. Georg Steyrer versuchte, einen Blick auf die Liste zu erhaschen.

Der Dritte Offizier blickte auf seine Taschenuhr. »Noch drei Minuten.«

»Er hat noch Zeit«, sagte der Schiffskommissär.

»Ist das Gepäck des Herrn an Bord?«

»Laut meiner Liste nicht. Er hat offenbar nur Handgepäck.«

Georg trat auf die Gangway und schaute sich um. Auf dem Molo war es bedeutend stiller geworden. Die Liniendampfer nach Pola und Cattaro hatten abgelegt, und die Fahrgäste der Thalia waren bis auf eine Ausnahme an Bord.

»Paolo!«, rief Georg über seine Schulter. »Ich glaube, wir sind vollzählig.«

Der Dritte Offizier und der Schiffskommissär traten auch auf die Gangway. Sie erblickten einen jungen Mann, der mit zwei Koffern in der Hand auf das Schiff zurannte.

Friedrich hielt vor der Gangway an und schaute zu den Männern. »Bin ich zu spät? Darf ich noch an Bord?«

»Na los, kommen Sie!«

Friedrich eilte die Gangway hoch, stellte seine Koffer ab und kramte nach seinen Papieren. Er reichte die Fahrkarte und seinen Pass an den Schiffskommissär.

»Sie sind Friedrich Grüner, wohnhaft in Graz?«

»Jawohl.«

»Haben Sie noch Gepäck an Land?«

»Nein, ich habe alles bei mir.«

Der Schiffskommissär setzte einen Haken auf die letzte freie Stelle seiner Liste.

»Willkommen an Bord der Thalia. Mein Name ist Paolo Glustich, ich bin der Schiffskommissär und für alle Fragen und Anliegen der Fahrgäste zuständig. Ich wünsche Ihnen im Namen des Österreichischen Lloyds einen angenehmen Aufenthalt an Bord. Der Steward wird Sie zu Ihrer Kabine begleiten.«

Paolo nickte dem zweiten Steward zu, dieser nahm Friedrichs Koffer und marschierte los.

Paolo und Georg traten zurück. Alle Passagiere waren an Bord, es war Punkt zehn, also konnten die Seeleute mit ihrer Arbeit beginnen. Und diese zögerten nicht lange. Die Gangway und die Leinen wurden eingeholt, die Dampfmaschine wurde behutsam unter Last gesetzt, die Schiffsschraube begann sich langsam zu drehen, die Thalia entfernte sich vom Molo. Im Schneckentempo wendete das Schiff im Hafenbecken, und als der Bug südwestwärts ausgerichtet war, gab der Kapitän den Befehl an den Ersten Maschinisten: »Volle Fahrt voraus!«

Die meisten Fahrgäste standen an der Reling, winkten der sich entfernenden Stadt Triest zu oder blickten auf das weite offene Meer.

～⊛～

Da seine Kabine bis auf das Bett leer gestanden hatte, hatte Bruno sich um eine Grundausstattung an Mobiliar kümmern müssen. So hatte man ihm knapp vor dem Ablegen noch ein kleines Tischchen und einen schlichten Stuhl gebracht. Auf einen Kleiderkasten musste er leider verzichten, also hatte er den

Kleiderhaken mit seinem zweiten Anzug an die Decke gehakt, alle weiteren Kleidungsstücke mussten in den Koffern bleiben. Eine spartanische Unterkunft auf dem Luxusschiff. Bruno saß an seinem Tisch und ging die Namensliste mit den Fahrgästen durch. Der Österreichische Lloyd scheute keine Kosten und Mühen und fertigte kunstvoll gedruckte Namenslisten der Fahrgäste auf der Yacht für Vergnügungsfahrten an. Nur sein Name stand nicht darauf, weil er erst nach Drucklegung als Fahrgast nachgeschoben worden war. Das war Bruno genehm.

Wozu war er überhaupt hier?

Er ärgerte sich. Drei Wochen auf einem Schiff, eingesperrt mit wohlhabenden Müßiggängern inmitten der Weiten des Meeres. Bruno liebte das Meer, selbstverständlich, er war in einer Küstenstadt aufgewachsen, aber er liebte es auf seine Weise. Er liebte es, auf einem Felsen zu stehen und auf das Meer hinauszublicken. Er liebte es, zusammen mit seinen Sportkameraden im Vierer an einer Ruderregatta teilzunehmen. Er liebte es, frisch gefischten Meeresfisch mit Olivenöl, Salbei und Salz zu braten und zu essen. Er liebte guten Kaffee, der aus Afrika über das Meer geliefert worden war. Ja, er liebte auch die architektonische Eleganz und technische Perfektion von Hochseedampfern, aber deshalb musste er noch lange nicht selbst auf einem selbigen über eins der sieben Meere kreuzen. Wahrscheinlich würde seine Mutter recht behalten, und er würde sich drei Wochen lang fadisieren.

Bruno schaute auf seine Taschenuhr. Fünf Minuten vor zwölf. Er legte die Namensliste weg, schlüpfte in sein Sakko, strich den Stoff glatt und richtete seine Krawatte. Dann verließ er die Kabine und versperrte die Tür.

»Grüß Gott.«

Bruno drehte sich um und blickte den jungen Mann an, der ihn gegrüßt hatte. »Grüß Gott.«

»Wir sind wohl Nachbarn.«

Bruno nickte. Der sympathisch lächelnde junge Mann sperrte eben die Tür der direkt gegenüberliegenden Kabine zweiundsechzig zu. »Und offenbar zur gleichen Zeit auf dem Weg in den Speisesalon.«

»Das nicht. Ich bin so aufgeregt, dass ich gar keinen Hunger verspüre. Ich möchte mir an Deck ein wenig die Beine vertreten.«

»Sie wissen, dass der Kapitän eine Ansprache hält?«

»Wusste ich nicht.«

»Schlag zwölf wird er das Wort an die Fahrgäste richten. Steht auch auf der Tageskarte.«

»Die habe ich noch gar nicht angesehen. Ich war noch nie auf einem Dampfer und kann nicht eine Sekunde ruhig sitzen.«

»Vielleicht sollten Sie es zumindest für die Dauer der Ansprache versuchen.«

»Sie haben natürlich recht. Auf in den Speisesalon.«

Bruno reichte dem jungen Mann die Hand. »Bruno Zabini.«

»Friedrich Grüner.«

Sie gingen durch den Gang in Richtung der zentralen Stiege. Weitere Personen traten aus ihren Kabinen und strömten in Richtung Speisesalon. Bis auf die vier Luxuskabinen lagen alle anderen Passagierkabinen auf dem Hauptdeck. Im darüberliegenden Oberdeck befand sich neben den Mannschaftskabinen auch der geräumige Speisesalon. Im Promenadendeck darüber waren der Rauchsalon, die Vorhalle und der Musiksalon sowie die Luxuskabinen zu finden. Das Bootsdeck beherbergte neben den Kabinen des Kapitäns und der Offiziere das Gesellschaftszimmer. Am Brückendeck lagen die gegen Regen und pralle Sonne mit einer Plane geschützte offene Aussichtsplattform und die Kommandobrücke.

Bruno schlug Essensduft entgegen. Zwei Stewards standen vor der Passagierküche bereit. Er betrat den Speisesalon. Kleine Namenskärtchen auf den Tischen zeigten die Sitzordnung. Zwei Reihen mit je drei langen Tischen standen in Längsrichtung in der Mitte des Salons, an den Seiten befanden sich jeweils sieben kleinere Tische in Querrichtung. Ganz automatisch errechnete Bruno die Zahl der Sitzplätze. Hundertsechsundsechzig Plätze für die Fahrgäste. Hinzu kamen noch die beiden Sitzplätze an den Stirnseiten der zwei vorderen Tische, die gleichsam den Kopf der Tafelgesellschaft bildeten und für den Kapitän und den Ersten Offizier reserviert waren. Der Schiffskommissär und drei Stewards hatten alle Hände voll zu tun, den Fahrgästen ihre Plätze zuzuweisen, es herrschte ein aufgeregtes Durcheinander. Bruno hielt sich im Hintergrund und suchte nach seinem Namenskärtchen. Am vorletzten Seitentisch backbord fand er es. Die Seitentische waren für sechs Personen gedeckt. Bruno setzte sich und wartete, bis sich das Durcheinander langsam ordnete.

Ein Steward führte vier Personen an seinen Tisch. Die Familie, deren Ankunft er am Molo Bruno beobachtet hatte, der distinguierte Herr mit seiner Ehefrau und den beiden Kindern. Bruno erhob sich.

»Gestatten, dass ich mich vorstelle. Bruno Zabini aus Triest. Es ist mir ein außerordentliches Vergnügen, Sie kennenzulernen, gnädige Frau, der Herr, gnädiges Fräulein, junger Mann. Ich freue mich, dass wir die Ehre haben, gemeinsam zu Tisch zu sitzen.«

»Das vortreffliche Vergnügen ist ganz gewiss auf unserer Seite, mein Herr. Darf ich meine Familie und mich bekannt machen? Samuel Teitelbaum aus Lemberg. Meine Frau Vilma, meine Tochter Rosa und mein Sohn Franz.«

»Oh, Sie sind aus Lemberg! Dann haben Sie ja schon eine weite Reise hinter sich.«

Der Mann Anfang fünfzig gestikulierte lächelnd. »Wir sind einmal quer durch die gesamte Monarchie mit der Eisenbahn gefahren und jetzt dampfen wir per Schiff in das Mittelmeer.

Die halbe Welt möchte sich auf unserer Reise sichtbar machen. Das ist gut und schön.«

Bruno lächelte ebenso. Den Sprachklang deutschsprechender galizischer Juden hörte er sehr selten. Natürlich gab es auch in Triest eine jüdische Gemeinde, aber die sprach Italienisch. Sie setzten sich, Bruno auf seinen Platz an der Bordwand, neben ihm Frau Teitelbaum und ihr Sohn Franz. Gegenüber Bruno war der Platz leer, seiner Frau gegenüber saß Herr Teitelbaum am mittleren Platz und neben ihm seine Tochter Rosa.

Ein groß gewachsener blonder Mann trat an den Tisch, nahm Haltung an und verneigte sich grüßend. »Guten Tag, meine Damen und Herren, meine Name ist Winfried Mühlberger. Wenn ich recht instruiert bin, ist das mein Sitzplatz.«

Die Sitzenden erhoben sich und reichten dem Mann die Hand. Danach setzten sie sich wieder. Bruno lächelte dem Mann ihm gegenüber höflich zu, der das Lächeln kurz erwiderte, dann aber wieder distanziert wirkte und seinen Blick schweifen ließ.

»Was soll ich sagen?«, hob Herr Teitelbaum an. »Jetzt sitze ich mit zwei so eleganten Herren an einem Tisch. Wo kommen Sie her, Herr Mühlberger?«

»Aus München.«

»Na, Vilma, was sagst du über dieses Schicksal? Ein fescher Romane und ein kühner Germane an einen Tisch. Dass du mir bei so viel stolzer Manneskraft ja nicht meschugge wirst. Oder du, Rosa, mein Backfisch.«

Alle lachten, selbst Winfried Mühlberger, der gar nicht so wirkte, als ob er viel lachen würde. Vilma Teitelbaum wandte sich an Bruno.

»Sie sind aus Triest, Herr Zabini?«

»Ja.«

»Ich glaube, es finden sich nicht so viele Triestiner unter den Fahrgästen. Wir haben schon ein paar Personen kennengelernt, die alle aus den verschiedensten Gegenden der Welt stammen.«

Bruno nickte. Nun war es an ihm. »Frau Teitelbaum, das haben Sie scharf beobachtet. Ich bin in der Tat kein *echter* Fahrgast, denn ich bin Angestellter des Österreichischen Lloyds und unternehme eine technische Inspektion.«

Herr Teitelbaum warf seine Stirn in Falten. »Eine technische Inspektion? Aus einem besonderen Grund?«

»Das, ja. Die Thalia ist im vergangenen Herbst und Winter vollständig umgebaut worden. Das Schiff war zuvor ein normaler Liniendampfer, der vor allem auf der Strecke Triest–Alexandria eingesetzt worden ist. Dann fällte die Direktion den Entschluss, das Schiff als Yacht für Vergnügungsfahrten einzusetzen. Das Resultat des Umbaus sehen Sie hier. Nun hat der Österreichische Lloyd die gesetzliche Verpflichtung, seine Schiffe in einwandfreier Seetüchtigkeit zu halten. Dazu gehören neben dem Schiffskörper auch sämtliche technischen Apparate.«

»Hat die Gesellschaft Bedenken hinsichtlich der Seetüchtigkeit des Schiffes?«, fragte Winfried Mühlberger mit ein wenig Besorgnis in der Stimme.

Bruno lächelte souverän. »In keiner Weise. Ich bin an Bord, um einen Endbericht an die Behörde zu verfassen, das ist alles. In meiner Arbeit prüfe ich vor allem die Wasserleitungen, die Heizung und Frischluftversorgung. Die Seetüchtigkeit des Schiffes ist eindeutig erwiesen. Es ist weit eher ein bürokratischer Auftrag, denn ein technischer. Meine Kollegen im Bureau waren neidisch auf mich, weil ich den Auftrag bekommen habe, an Bord des elegantesten und technisch besten Schiffes des gesamten Mittelmeeres zu gehen. Ich mache gleichermaßen wie alle anderen Fahrgäste eine Vergnügungsfahrt.«

Herr und Frau Teitelbaum lachten, jeglicher Anflug von Beunruhigung fiel von ihnen ab. Winfried Mühlbergers Skepsis schien sich nicht so leicht zerstreuen zu lassen.

»Sind Sie Schiffsbauingenieur?«, fragte Mühlberger.

»Das nicht, ich bin Verwaltungsbeamter, aber ich arbeite mit den Schiffsbauingenieuren zusammen.«

Der Junge zupfte am Ärmel seiner Mutter. »Mama, der Kapitän!«

Die lebhaften Gespräche der Fahrgäste verstummten auf einen Schlag, alle Augen richteten sich zum Eingang des Speisesalons. Kapitän Bretfeld und die Offiziere betraten den Saal und nahmen Aufstellung.

~⚬~

»Ich freue mich außerordentlich, Eure Bekanntschaft zu machen, Herr Graf.«

»Die Freude ist ganz auf meiner Seite, Herr Doktor.«

Die beiden distinguierten Herren gingen am Promenadendeck nebeneinander. Ein paar Schritte hinter ihnen folgten Frau Eggersfeldt und Carolina. Lebhafter Wind strich über das Deck, weswegen die Damen ihre Hüte mit bunten Seidentüchern an ihr Kinn festgebunden hatten. Carolina hatte zwar vorgesorgt und zwei weitere Hüte eingepackt, aber selbst so gut gerüstet, bedurfte es nur dreier Windstöße, um sie ihrer Kopfbedeckung zu berauben. Schon beim Einschiffen hatte der gut aussehende und charmante Schiffskommissär mit einem Lächeln darauf hingewiesen, dass wegen fortgewehter Hüte leider keine Rettungsboote zu Wasser gelassen würden. Auch die Herren mussten danach trachten, nicht schon am ersten Tag ihre Hüte zu verlieren. Dr. Eggersfeldt etwa hielt seinen Hut mit dem Haken seines Gehstockes fest.

Man konnte den älteren Gelehrten nicht als Berühmtheit bezeichnen, dazu war die lebenslang geleistete Arbeit nicht populär genug, in Fachkreisen hingegen kannte man den Namen Eggersfeldt sehr wohl. Dr. Eggersfeldt war der eigenhändige Verfasser einer achtzehnbändigen Enzyklopädie der habsburgischen Erblande und ihrer prächtigsten Vertreter. Für die jahrzehntelange Arbeit an dem Kompendium, für die der Kaiser selbst vor Jahrzehnten eine lebenslange Rente zur Verfügung gestellt hatte, war Dr. Eggersfeldt sogar in den Ritterstand gehoben worden. Neben umfassenden Beschreibungen der Landschaften, der Pflanzen und Tiere, der Gewässer, Gebirge und allgemein der Geologie der Erblande umfasste die kolossale Enzyklopädie auch zahlreiche Monographien des Adels, regionaler Berühmtheiten und Volksvertreter. Dreißig Jahre lang war das Ehepaar Eggersfeldt quer durch die Monarchie auf Reisen gewesen, von den Tiroler Bergen bis nach Siebenbürgen, von Galizien bis ins Litoral, vom Riesengebirge bis in die endlose Weite der Pannonischen Tiefebene. Überall hatte sich Dr. Eggersfeldt in die Archive der Rathäuser und die Taufregister der Kirchen gegraben, hatte unzählige Bürgermeister, Ratsherren, Pfarrer und Kapläne, Ordensbrüder und Dorfschullehrer befragt, sich deren Geschichten erzählen lassen und diese dann in seine Enzyklopädie übernommen. Die wichtigsten Ergebnisse landesgeschichtlicher Forscher sind ebenso Inhalte seiner Enzyklopädie geworden, wie die vielen Erkenntnisse der Naturwissenschaften. Und in all den Jahren hatten der rüstige Gelehrte und seine treue Frau einen unerfüllten Traum gehegt, nämlich einmal eine Schiffsreise zu den antiken Stätten Griechenlands zu unternehmen. Da jetzt ein lang gehegter Wunsch endlich in Erfüllung ging, hatte es sich Dr. Eggersfeldt nicht nehmen lassen, Fahrkarten für eine Luxuskabine zu kaufen. So waren Graf Urbanau und Dr. Eggersfeldt einander begegnet, hatten sofort Sympathie füreinander empfunden und beschlossen, eine Promenade an Deck zu unternehmen.

Carolina hatte sich bei Frau Eggersfeldt eingehakt und lauschte interessiert ihren Ausführungen über die Geschichte des österreichischen Küstenlandes. Wie sich herausstellte, war Frau Eggersfeldt nicht nur das treu sorgende Eheweib und die

Mutter der drei höchst wohlgeratenen Kinder des bedeutenden Gelehrten, sondern eine umfassend gebildete Frau. Carolina war wirklich erstaunt, wie wortgewandt und bildhaft Frau Eggersfeldt zu erzählen wusste. Nach einer Stunde intensiven Gesprächs kam schließlich ans Licht des Tages, dass Frau Eggersfeldt nicht nur alle Bände der Enzyklopädie sorgfältig korrigiert, sondern die Hälfte der Kapitel sogar selbst geschrieben hatte. Insbesondere die Monographien seien, so flüsterte Frau Eggersfeldt Carolina zu, bis auf wenige Ausnahmen ihrer Feder entflossen. Carolinas Bewunderung wuchs von Minute zu Minute. Was für eine kluge und feinsinnige Frau.

Der Graf und Dr. Eggersfeldt hielten an und lehnten sich an die Reling, die beiden Damen schlossen auf.

»Nun, werte Frau Eggersfeldt, haben Sie sich mit meiner Tochter angefreundet?«

»Oh ja, Herr Graf, Eure Tochter ist nicht nur ein liebreizendes Geschöpf von vollendeter Erziehung, sondern auch eine sehr aufmerksame Zuhörerin.«

Graf Urbanau lächelte, nach dem geistreichen Gespräch mit Dr. Eggersfeldt und dem milden Wetter in wohlige Stimmung versetzt, mit Stolz seiner Tochter zu.

»Darf ich einen Wunsch äußern, Papa?«

Graf Urbanau hob die Augenbrauen. »Einen Wunsch?«

»Ich bitte darum.«

»Nun denn.«

»Darf ich mir das Schiff ein bisschen ansehen?«

»Du siehst das Schiff doch.«

Frau Eggersfeldt stellte sich neben den Grafen und hakte sich bei ihm ein. »Aber Herr Graf, bedenkt doch, die Komtess will bestimmt einmal umherlaufen und nicht nur mit uns alten Leuten zusammen sein.«

Graf Urbanau runzelte zunächst die Stirn, nickte jedoch zustimmend. Hier an Bord konnte sie keine Dummheiten anstellen, das Schiff war eine geordnete und überschaubare Welt. »Selbstredend, meine Liebe. Sieh dich nur um. Bis zum Dîner hast du Urlaub.«

»Vielen Dank, Papa. Herr Doktor, gnädige Frau, ich empfehle mich.« Damit eilte Carolina davon.

Graf Urbanau besaß ein vorzügliches Gedächtnis. In seiner Dienstzeit als Leutnant der Infanterie hatte er die Namen aller Soldaten seines Bataillons auswendig gewusst und seine Leute jederzeit mit dem vollen Namen ansprechen können. Diese Fähigkeit hatte ihm damals die Bewunderung aller eingebracht. Weswegen seine Männer auch im heftigsten Feindfeuer nicht von seiner Seite gewichen waren. Auch jetzt noch auf seine alten Tage arbeitete sein Gedächtnis fehlerfrei. Und dieses Gesicht hatte er erst unlängst gesehen. Und zwar im Palast des Statthalters. Graf Urbanau verabschiedete sich von Herrn und Frau Eggersfeldt und ging.

Der Mann stand allein an der Reling und schaute in die Ferne.

Graf Urbanau zog sein Taschentuch hervor und schnäuzte sich. »In fünf Minuten in meiner Kabine«, raunte er dem Mann zu und ging weiter.

※

Bruno klopfte leise. Die Tür wurde sofort geöffnet. Der Graf schaute sich auf dem Gang um und ließ Bruno eintreten. Graf Urbanau versperrte die Kabinentür. Bruno blickte sich methodisch um. Was für eine elegante Kabine in den Farben Weiß und Gold. Und sie war so viel geräumiger als seine. Bruno nahm Haltung an. Graf Urbanau baute sich vor ihm auf und nahm ebenso Haltung an. Seine Miene spiegelte Ärger.

»Sind Sie meinetwegen an Bord, Inspector Zabini?«

Bruno spitzte die Ohren und war beeindruckt. Er hätte nicht gedacht, dass sich der Herr Graf den Namen eines Polizeibeamten merken würde, den er nur kurz gesehen hatte. Er durfte den alten Herrn nicht unterschätzen. »Jawohl, Herr Graf.«

»Inkognito?«

»Jawohl.«

»Habe ich nicht klar und deutlich zum Ausdruck gebracht, dass ich keine Einmischung in mein Privatleben wünsche?«

»Ich möchte mich in keinster Weise in das Privatleben Euer Gnaden einmischen, aber ich habe klare Befehle.«

»Hat Prinz Hohenlohe das veranlasst?«

»Jawohl, der Statthalter persönlich.«

Graf Urbanau machte ein paar Schritte auf und ab und dachte nach. »Das heißt, Sie werden nicht beim nächsten Halt von Bord gehen?«

»Ich bin als Fahrgast berechtigt, bis zum Ende der Reise an Bord zu bleiben.«

»Reine Zeitverschwendung, was Sie hier tun.«

»Um ehrlich zu sein, Euer Gnaden, das hoffe ich auch.«

Graf Urbanau trat an Bruno heran und zeigte mit dem ausgestreckten Finger auf ihn. »Sie halten sich im Hintergrund. Ich will von Ihnen nichts sehen und hören, ich kann nicht verhindern, dass Sie Steuergeld verschleudern, aber ich brauche Ihre unerwünschte Anwesenheit nicht pausenlos zu erdulden.«

»Wie Euer Gnaden wünschen.«

Der Graf stemmte seine Fäuste in die Hüften. »Sind Sie bewaffnet, Herr Inspector?«

»Jetzt nicht. Das würde meine Tarnung gefährden. Und ich bitte Euer Gnaden, diese für sich zu behalten. Der Kapitän und die Offiziere wissen von meiner Mission. Kapitän Bretfeld wird Euer Gnaden zu einer Unterredung in dieser Causa bitten. Ich habe vom Statthalter einen Auftrag und von meinen Vorgesetzten einen klaren Befehl erhalten, ich erfreue mich der vollen Unterstützung der Direktion des Österreichischen Lloyds, und der Kapitän gestattet meine Mission. Ich bitte ebenso um Eure Unterstützung.«

»Ha, Herr Inspector, ich war zwanzig Jahre lang Attaché des Kriegsministeriums. Glauben Sie, ich habe jemals den befohlenen Einsatz eines Vertreters des Kaisers verraten? Aber eines sage ich Ihnen, Zabini.«

»Euer Gnaden?«

»Auf mich werden Sie nicht aufpassen müssen, ich kann mich meiner Haut sehr wohl erwehren. Keine Sorge. Aber wenn Sie schon an Bord sind, dann fordere ich Sie auf, in aller Diskretion ein wachsames Auge auf meine Tochter zu werfen. Sie ist mein Ein und Alles. Ich könnte es niemals verwinden, wenn ihr irgendein Ungemach widerführe.«

Bruno legte die Hände stramm an die Naht seiner Hose und verneigte sich. »Euer Gnaden, mein Auftrag umfasst ausdrücklich auch die Sicherheit der Komtess.«

Graf Urbanaus Haltung lockerte sich, er strich sich mit dem linken Zeigefinger über den Schnurrbart. »Also gut, Herr Inspector, dann sind der Worte genug gewechselt. Sie können wegtreten.«

⁓⁑⁓

Hinter dem Speisesalon am Oberdeck konnte man über die Reling direkt in das aufgewühlte Fahrwasser am Heck des Schiffes blicken. Friedrich war vom gleichmäßigen Schäumen und der sich kontinuierlich vom Schiffsrumpf entfernenden Wellen in einen hypnotischen Bann geschlagen. Ja, er war das erste Mal auf einem Hochseedampfer, und ja, es war ein außerordentliches Erlebnis. Auch wegen des Schiffes und der direkt unter ihm sich drehenden Schiffsschraube, vielmehr aber, weil er die wahre Liebe gefunden hatte. Weil er Carolina gefunden hatte. Nichts als Wahrheit und Schönheit war darin, nichts als Glück und Gnade.

Eine schnelle Bewegung unmittelbar neben ihm. Er erschrak fast ein wenig.

Carolina! Da war sie endlich!

Friedrich schaute sich schnell um. Niemand befand sich am Heck des Oberdecks, die allermeisten Fahrgäste flanierten am Promenaden- und Bootsdeck oder lauschten dem Eröffnungskonzert der Bordkapelle im Musiksalon.

Sie umarmten und küssten sich, dann stellten sie sich in schicklichem Abstand nebeneinander an die Reling und blickten in die Ferne.

»Man sieht die Küste noch«, sagte Carolina und zeigte in Richtung Osten.

»Ich weiß nicht, wie weit der Dampfer hinausfährt, möglicherweise bleibt die Küste in Sichtweite, bis wir die Adria verlassen haben.«

»Wie weit sind wir bisher gekommen?«

»Schon ein gutes Stück. Ein Matrose hat mir gesagt, dass wir zwölf Knoten Fahrt machen, Kurs Süd. Noch viele Hundert Meilen Adria liegen vor uns.«

»Die Weite lässt erst ahnen, wie klein der Mensch in Wahrheit ist. Und wie groß die Welt, auf der wir leben. Denk nur, die Adria ist ein kleiner Teil des Mittelmeers, und das Mittelmeer ist winzig im Vergleich zum Atlantischen Ozean, und dieser wird in seiner gewaltigen Ausdehnung noch vom Pazifischen Ozean übertroffen.«

Friedrich fasste kurz nach Carolinas Hand. »Du bist eine wahre Poetin.«

»Du entfachst die Poesie in mir.«

»Mir zerreißt es beinahe die Brust, dass ich dir so nah sein kann und dir doch so fern bin.«

»Mir ergeht es ebenso.«

Eine Weile standen sie schweigend nebeneinander und sahen hinaus aufs Meer.

»Wie ist deine Kabine?«, fragte Friedrich.

»Sehr schön. Geräumiger als ich erwartete. Es ist eine Kabine für zwei Personen, doch ich bewohne sie allein. Sehr luxuriös.«

Friedrich lachte. »Meine ist auch sehr luxuriös. Ich kann mich sogar einmal um die Achse drehen.«

Carolina lachte. Es tat so gut, mit Friedrich zu lachen. »Wirklich, ist sie so eng?«

»Nein, nicht so eng. Es gibt ein Bett, einen Diwan, einen Schrank und einen Waschtisch. Es mangelt mir an nichts. Vor allem ist es eine Einzelkabine.« Friedrich schaute über seine Schulter, ob sie beobachtet wurden, dann rückte er näher und flüsterte: »Klopfe viermal. Dann weiß ich, dass du es bist.«

Carolina schaute ihn entgeistert an. »Was meinst du?«

»Jetzt.«

»Was jetzt?«

»Jetzt sind alle ein Deck höher. Das Dîner wird erst in einer Stunde aufgetischt.«

»Ja, und?«

»Niemand ist unten im Hauptdeck. Ich gehe voraus in meine Kabine.«

Carolina verstand endlich und errötete. »Friedrich. Das geht doch nicht!«

»Und ob das geht. Sieh dich genau um. Wenn dich niemand beobachtet, klopfe viermal. Dir wird geöffnet.«

»Fritz, du bist ...«

»Bitte, komm mich besuchen.«

Ein Hauch von Anrüchigkeit flog über ihre Miene, sie schaute sich um und küsste ihn impulsiv. »In fünf Minuten.«

Der Kapellmeister und Geiger erhob sich und mit ihm die anderen drei Musiker. Die vier Männer verneigten sich unter brandendem Applaus. Geige, Klarinette, Cello und Klavier, daraus bestand die Bordkapelle. Die vier Musiker waren sehr gut eingespielt und hatten mit beschwingter Leichtigkeit durch den Nachmittag geführt. Für das Eröffnungskonzert war der Musiksalon dicht bestuhlt worden, und der Großteil der Fahrgäste hatte sich pünktlich eingefunden, um dem Musikgenuss zu frönen. Souverän hatte der Kapellmeister die Gäste begrüßt, die Stücke angekündigt und seine Musiker vorgestellt. Eine Stunde hatten sie gespielt, das Abschlussstück war der eigens für die Thalia komponierte Thalia-Marsch. Schon heute Abend nach dem Dîner würde im Musiksalon Platz gemacht werden, und die Kapelle würde zum Tanz aufspielen. Walzer, Polka, Märsche, man verfügte über ein breites Repertoire unterhaltsamer Stücke.

Bruno erhob sich, als die Musiker reich akklamiert den Salon verließen. Als die Türen geöffnet wurden, blies der Wind herein. Noch eine halbe Stunde bis zum Dîner. Bruno hatte sich vor Beginn des Konzerts dezent im Hintergrund gehalten. Als der Graf in Begleitung des älteren Ehepaares aus der Luxuskabine im Musiksalon erschienen war und offensichtlich nach seiner Tochter Ausschau gehalten hatte, war Bruno in der Pause nach dem ersten und vor dem zweiten Stück hinausgeschlichen und hatte sich auf den Decks umgesehen. Als er nach fünfzehn Minuten die Komtess Urbanau nicht entdeckt hatte, war er zurück in den Musiksalon gegangen. Nach einer weiteren Viertelstunde war die Komtess direkt neben Bruno durch den Hintereingang eingetreten und hatte sich neben ihn an die Wand gestellt, sich umgesehen und nachdem sie gesehen hatte, dass ihr Vater ganz vorne sitzend der Musik lauschte, war sie einfach bis zum Ende des Konzerts stehen geblieben. Jetzt huschte sie durch die Menge und hakte sich bei ihrem Vater ein.

Bruno trat an Deck, lehnte sich an die Reling, nahm den Hut ab und ließ sich den Wind um seine Ohren pfeifen. Dreieinhalb Wochen verordneter Müßiggang. Das konnte ja heiter werden.

~·~

»Der die Seele erwärmende Auftrag der Literatur ist unabdingbar die Schaffung einer ebenso gedanklichen wie gefühlsmäßigen Wirklichkeit im Auftrage der Verbesserung des Menschen. Ein Auftrag der Götter an den Menschen, jenen irdischen Abbildern der Götter in fleischgewordener Leiblichkeit. Niemals, ich insistiere, niemals darf der kleine Mensch, dem die Gunst der Musen zuteil geworden ist, sich diesem Auftrage verschließen. Niemals! Selbst wenn ihm die Erfüllung dieses, ach, ich möchte ihn nennen: heiligen Auftrags Unbill, Unwägbarkeit und Unsicherheit bescheren möge.«

Hermine Seefried hatte sich bei Therese Wundrak eingehakt und lauschte fasziniert ihren Ausführungen. Ferdinand Seefried schlenderte mit hinterm Rücken verschränkten Händen hinter seiner Frau und ihrer berühmten neuen Freundin einher. Das Dîner war köstlich gewesen. Die Kochkünste der Küchenmannschaften ließen keinen Grund zur Kritik zu. Noch vor Sonnenuntergang versammelten sich viele der Passagiere zur Promenade an Deck. Danach würde man sich in die verschiedenen Salons zurückziehen, die Herren in den Rauchsalon, die Damen in den Gesellschaftssalon und die Paare zum Tanz in den Musiksalon.

»Wie viele Bücher hast du schon geschrieben?«

»Einen Roman, zwei Monographien und vier Reisereportagen sind in Buchform erschienen, dazu unzählige Artikel in Zeitschriften verschiedenster Art.«

»Das ist sehr viel.«

»Wie ich eben sagte, ich bin hienieden auf unserer Erde mit einem Auftrag zugange, nämlich der holden Literatur die

Gunst zu erweisen. Zu welchem Zwecke ich seit zehn Jahren auf fortwährender Reise mich befinde.«

»Wie faszinierend. Seit zehn Jahren reist du schon ohne Unterbrechung.«

»Nun, der Wahrheit muss Genüge getan werden, nicht ohne Unterbrechung. Einst hat mich ein schweres Fieber wochenlang auf das Krankenbett geworfen, wonach ich ein halbes Jahr zu Kräften kommen musste und folglich nicht auf Reisen war.«

»So musst du schon in jungen Jahren den Weg der Literatur gegangen sein.«

»Oh ja! Eine akademische Karriere war mir als Frau mit unbeugsamem Willen von vornherein versagt, weil die Universitäten die kleingeistigen Kampfarenen eitler alter Gockel sind, denen eine junge Frau mit großer Energie panische Angst einjagt. Also habe ich getan, was meinem Naturell am nächsten liegt, ich habe mich auf Reisen begeben und von diesen berichtet.«

»In der Neuen Freien Presse habe ich mehrmals Reportagen von dir gelesen. Die Erzählung deiner Expedition hoch zu Ross durch die wilden Karpaten habe ich förmlich verschlungen.«

»Vier Wochen in der rauen Wildnis der Bergwelt im Osten der Monarchie. Eine einerseits entbehrungsreiche, andererseits von archaischer Schönheit erfüllte Zeit.«

»Ich habe alle drei Bände des Buches *Eine Frauenfahrt um die Welt* von Ida Pfeiffer gelesen. Die Erzählung hat mich sehr beeindruckt.«

Therese lachte auf. »Ja, die Bücher über die erste Weltreise von Ida Pfeiffer! Mehr als fünfzig Jahre ist es her, dass die Bände erschienen sind, und so sehr sich die Welt in diesen Jahrzehnten auch verändert hat, dass eine Frau allein und selbstverantwortlich Reisen unternimmt, ist nach wie vor eine Kuriosität.«

»Hast du dich von Ida Pfeiffer inspirieren lassen?«

»Es schürft viel tiefer als nur Inspiration. Nachdem ich als halbes Kind Ida Pfeiffers Bücher nachgerade verschlungen habe, hat sich mein Lebensweg vorgezeichnet. Hier stehe ich nun, unterwegs auf einem Dampfer in ferne Länder.«

»Ich bewundere dich für deinen Mut und deine Abenteuerlust. Ich könnte das nicht. Ich hätte viel zu viel Angst. Du bist so überaus furchtlos.«

»Angst fühle ich sehr wohl, sie ist eine menschliche Regung. Aber ich konfrontiere mich mit der Angst. Ich suche nach ihr. Ebenso wie nach anderen Regungen des Lebens, wie Hunger und Durst, Hoffnung und Schmerz. Von zentraler Bedeutung sind insbesondere Begierde und Wollust.« Therese schmunzelte hintergründig über die Schamröte, die über Hermines Wangen flog. Sie flüsterte ihrer Freundin zu. »Dein Mann ist stattlich.«

Hermine kicherte verlegen.

Therese wiegte den Kopf. »Vielleicht kein wilder Draufgänger, kein Eroberer, aber gebildet und wohlerzogen. Und da ihr eine Luxuskabine habt, nehme ich an, dass er reich ist.«

»Seine Familie ist wohlhabend.«

»Was gibt es besseres für eine so schöne junge Frau als einen wohlgeratenen Mann aus wohlhabender Familie.«

»Meine Familie ist auch wohlhabend.«

»Und ist er ein hingebungsvoller Liebhaber?«

»Therese! Was ist denn das für eine Frage?«

»Eine naheliegende. Siehst du dort den groß gewachsenen blonden Mann an der Reling?«

»Wen?«

»Den mit dem schwarzen Hut. Ja, dort.«

»Ich sehe ihn.«

»Er ist mir schon im Musiksalon aufgefallen. Sein Name ist Winfried Mühlberger. Er ist Verfasser von erfolgreichen Thea-

terstücken. Ich habe vor ein paar Jahren eine durchaus unterhaltsame Aufführung in München gesehen. Sehr stattlich.«
»Das ja.«
»Er reist allein. Wie kommt es, dass so ein Bild von einem Mann allein reist? Das ist höchst interessant.«
»Woher weißt du, dass er allein reist?«
»Beobachtungsgabe, meine Teure, ist eine der wesentlichsten Eigenschaften von Reisereportern. Beobachtungsgabe! Auch dieser Mann scheint allein zu reisen.«
»Wen meinst du?«
»Den schlanken Mann links hinten an der Reling. Jetzt fällt er mir zum zweiten Mal auf. Er hält sich im Hintergrund. Nun, nicht gerade mein Typ. Meines Wissens ist er Franzose. Es soll auch langweilige Franzosen geben. Unglaublich, aber nichtsdestotrotz wahr. Mühlberger ist interessant. Er ist ein bisschen rätselhaft, wie mir scheint. Männer, die Rätsel aufgeben und Geheimnisse mit sich führen, sind die interessantesten.« Womit natürlich Hermines Ehemann von vornherein ausschied. Therese fand an Ferdinand Seefried weder irgendetwas rätselhaft noch geheimnisvoll.

Sie gingen ein paar Schritte. Hermine erschrak, als Therese nach Luft schnappte und ihre Fingernägel in Hermines Handrücken krallte. »Was ist geschehen?«

»Bei allen Göttern des Morgen- und Abendlandes! Sieh dir dieses Prachtexemplar von Mannsbild an! Meine Güte, Herminchen, jetzt ist es um mich geschehen.«

»Ich kenne ihn.«

»In der Tat?«

»Aber ja.«

»Du durchtriebenes Luder kennst diesen Sohn des Apoll und stellst ihn mir nicht vor? Wolltest ihn wohl für dich behalten?«

»Resi, sag bitte so etwas nicht! Das beschämt mich.«

»Entschuldige, meine Teure, es wird nie wieder vorkommen. Das versichere ich dir. Also berichte, woher kennst du den Mann?«

»Ferdi und ich haben Herrn Zabini knapp vor dem Ablegen kennengelernt. Er ist Triestiner.«

»Interessant, sehr interessant. Und wer steht da bei ihm?«

»Ich kenne ihre Namen nicht, habe aber gehört, dass der Herr ein jüdischer Kaufmann aus Lemberg ist. Das daneben ist seine Frau. Die beiden haben auch Kinder, die die ganze Zeit auf dem Schiff herumlaufen.«

»Nun, es gibt auch für mich noch viel zu erforschen und zu entdecken auf diesem Schiff. Das ist erfreulich.«

Ein Steward trat auf die beiden Damen zu, verneigte sich höflich, bot Getränke auf seinem Tablett an und warf Therese einen eindringlichen Blick zu. »Darf ich den gnädigen Damen zur Erfrischung eisgekühlte Limonade offerieren?«

Therese wurde es für einen Moment angesichts dieses überraschenden Blickkontaktes ein bisschen heiß, sie fasste sich aber sehr schnell und ließ ihre Augen über die Gestalt des Stewards streifen. Auch ein stattlicher Mann, und in seiner Uniform sah er richtig schneidig aus. Mit distanzierter Miene griff sie zu einem Glas. »Verbindlichsten Dank.«

Auch Hermine nahm ein Glas. Der Zitronensaft schmeckte köstlich. Der Steward verneigte sich wieder und ging ab. Therese blickte kurz über ihre Schulter.

»Na, ich bin sehr erfreut, dass der Österreichische Lloyd sein Bordpersonal nach strengsten Kriterien erwählt.«

»Ja, die Stewards sind sehr höflich.«

»Und fesch.«

»Das fällt mir nicht so auf.«

Therese kicherte und flüsterte. »Ist dir der Schiffskommissär aufgefallen?«

»Natürlich. Er hat uns sehr galant begrüßt.«

»Als ich ihn gesehen habe, dachte ich, ich dürfe meinen Augen nicht trauen. Ein so schöner Mann ist mir kaum jemals untergekommen.«

»Denkst du nur an das eine Thema?«

»Ausschließlich! Alle anderen Themen fliegen mir ohnedies zu.«

»Ja, die Eleganz des Schiffskommissärs ist mir gleich aufgefallen.«

»Oh ja, er ist elegant und schön. Vielleicht um eine Idee zu elegant und schön, wenn du weißt, was ich meine.«

Hermine warf Therese einen fragenden Blick zu. »Ich fürchte, ich weiß nicht, was du meinst.«

Wie naiv dieses süße kleine Spießerfrauchen war, dachte Therese. »Er ist vom anderen Ufer.«

»Vom anderen Ufer?«

»Seine Fingernägel sind erstklassig manikürt, sein Taschentuch ist parfümiert. Dann noch seine geradezu zierlichen Bewegungen. Eindeutig, er ist vom anderen Ufer.«

»Meinst du das italienische Ufer der Adria?«

Therese verdrehte die Augen. Hermine war ein ahnungsloses Kind im Körper einer Frau. Ein Triestiner also. Sie musste unbedingt herausbekommen, ob er allein reiste.

⁓☙⁓

»Wenn man zum Doktor geht, dann sollte man sehr gesund sein, denn Gott behüte, kaum ist man in ärztlichen Händen, hat man gewiss eine mehr oder minder schwere Krankheit, an der zu leiden man nicht hätte ahnen können.«

Bruno lachte. Er mochte den hintergründigen Witz des älteren Herrn. Samuel Teitelbaum hatte sein Alter genannt, er war vierundfünfzig Jahre, aber er wirkte älter. Wobei sich der Eindruck weniger durch die Falten in seinem Gesicht und den weißen Bart gewann, sondern vielmehr durch die langsamen und gebrechlich wirkenden Bewegungen des Mannes.

»Aber mein Arzt ist mein Freund aus unseren jungen Tagen, wir kennen uns seit vielen Jahren. Wenn man einen so alten Freund hat, dass er ein Bruder sein könnte, dann sollte man schon aufeinander hören. Wenngleich das ganze Verhängnis ja erst begonnen hat, als mein Freund sich einbildete, er müsse die Medizin studieren, um Arzt zu werden. Wenn er wenigstens ein braver Tierarzt geworden wäre, hätte ich sagen können, so ein Esel kann ich gar nicht sein, als dass ich auf seine Ratschläge hören möchte, aber nein, er ist Arzt für die Menschen geworden und hat sich einen Ruf geschaffen, dass von überall her die Leute kommen zu ihm, um seinen Rat zu hören. Selbst der Herr Baron hat ihn, meinen Freund, zu sich gerufen, damit er auf die Mutter seiner Gnaden schaut, die auf ihre alten Tage alle möglichen Zipperlein hat. Und den hohen Herrn kann man wahrlich nicht als einen ausgemachten Esel bezeichnen, nein, nein, der Herr Baron ist ein weiser Patriarch in unserem Land. Also habe ich auf meinen alten Freund gehört, der mir geraten hat, das warme und trockene Klima aufzusuchen, weil mein Rheumatismus im kalten und feuchten Klima gewachsen ist. Und weil ich mein Lebtag schon in vielen Ländern und Städten gewesen bin, nur nicht an der Adria und überhaupt am Mittelmeer, hat es mich hierher auf das Schiff verschlagen. Und wenn der Mann eine Reise in den Süden antreten möchte, dann darf die Frau darauf beharren, sich der Unternehmung anzuschließen, und wenn es in den bekanntermaßen sonnigen Süden geht, dann darf das junge Volk nicht fehlen, zu behaupten, auch im warmen und trockenen Klima dabei sein zu wollen. Also habe ich tief in die Kassette greifen müssen, um all die Lustbarkeiten zu bezahlen.«

»Ich bin zuversichtlich, dass die Wärme des Südens Ihre Leiden lindert.«

»Mein Arzt hat mir geraten, ich soll wegen des Rheumatismus warmes und trockenes Klima aufsuchen. Jetzt frage ich Sie, Signor Zabini, ist es hier warm?«

Bruno wiegte den Kopf. »Der Abend rückt näher und der Wind bringt kühle Luft.«

»Das will mir auch so scheinen, dass es hier draußen ohne Mantel langsam kühl wird. Und trocken? Meiner Seel, wenn ich mich umschauen möchte, sehe ich nichts als Wasser, Wasser, Wasser. Und dass das Wasser der Adria trocken wäre, das wäre etwas ganz was Revolutionäres. Habe ich also einen historischen Fehler gemacht, dass ich auf meine Frau und die lieben Kinder gehört habe, diese Vergnügungsfahrt mit dem Dampfer zu unternehmen, so elegant und modern das Schiff auch sein möge?«

Wieder lachte Bruno.

Vilma Teitelbaum stand neben ihrem Mann und schüttelte den Kopf. »Jetzt unterstehe dich, geschätzter Ehemann und Hausvorstand, den freundlichen Signor Zabini, der sich für deine Erzählungen wirklich viel Zeit nimmt, die Ohren vollzujammern.«

»Keine Sorge, Frau Teitelbaum, ich unterhalte mich gerne mit Ihrem Herrn Gemahl.«

»Na, lieber wäre mir ja doch, wenn Sie sich auch mit mir unterhalten möchten.«

Bruno lächelte höflich und neigte den Kopf ein wenig zu Seite. »Sehr gerne, gnädige Frau.«

»Ich habe eine Frage.«

Vilma Teitelbaum war und wirkte erheblich jünger als ihr Mann. Bruno schätzte sie auf Ende dreißig, sie trat sehr gepflegt und elegant auf, zweifellos legte sie großen Wert darauf, ihre Schönheit zu erhalten. Was ihr ausgesprochen gut gelang.

»Ein Frage? Ich bin ganz Ohr. Vielleicht kann ich sie sogar beantworten.«

»Sie verstehen sich ja auf technische Angelegenheiten.«

»Ein bisschen, ja.«

»Für mich ist die Technik völlig fremdartig. Maschinen, Apparate, Zahnräder und Dampfkessel, das sind rätselhafte Dinge. Und mein Ehemann kann mir das auch nicht erklären, der versteht sich auf Gold und Silber, auf Geld und Wertpapiere, aber auf Eisen, Kohle und Öl versteht er sich nicht. Oder möchtest du jetzt behaupten, dass du dich auf die Technik verstehst?«

Samuel Teitelbaum zuckte milde lächelnd mit den Schultern.

»Was ich nicht weiß, macht mich nicht meschugge.«

»Na bitte, da sehen Sie, Herr Zabini, mein Ehemann macht keine Anstalten, meinen Wissenshunger über die Technik zu stillen. Vielleicht können Sie da beispringen?«

Bruno spitzte die Ohren. Was war das für ein Unterton?

»Was möchten Sie wissen, Frau Teitelbaum?«

»Na, zum Ersten würde mich brennend interessieren, wie es machbar ist, ein so großes Schiff so schnell über das Meer zu bewegen.«

»Die Thalia bewegt sich, wie alle Schiffe ihrer Art, mit der Kraft des Dampfes.«

»Sie meinen Wasserdampf?«

»Ja, Wasserdampf.«

»Ich sehe nur Rauch von verbrannten Kohlen aus dem Schornstein steigen, keinen Wasserdampf. Ich habe noch nie verstanden, wie Dampfmaschinen funktionieren. Das täte mich glühend interessieren.«

Bruno nickte, griff in seine Sakkotasche und zog sein Notizbuch und einen Bleistift heraus. »Sehr geehrte, Frau Teitelbaum, wenn Sie bitte einen Blick auf die kleine Skizze werfen würden. Ich finde, man kann technische Apparate mithilfe von Skizzen besser beschreiben als mit Worten allein.«

Vilma Teitelbaum hakte sich bei ihrem Ehemann ein, die beiden traten näher an Bruno heran und schauten auf das aufgeschlagene Notizbuch. Bruno fertigte während seines Vortrags eine Skizze an.

»Ich erläutere das Prinzip der Dampfmaschine. Hier im Kessel glüht die Kohle und gibt Wärme frei. Wasserrohre führen kaltes Wasser in die heißen Kesselwände, wodurch sich das Wasser erhitzt und zu Dampf wird. Die Rohrleitung, in der sich das Wasser befindet, ist dicht, daher sehen Sie bei einer Dampfmaschine in der Regel keinen Wasserdampf, außer man öffnet ein Überdruckventil oder es gibt Leckverluste. Durch das Erhitzen des Wassers entsteht wie gesagt Wasserdampf, der ein sehr viel größeres Volumen besitzt, als das flüssige Wasser. Doch das Volumen des Dampfes ist durch die Rohre beschränkt, also erhöht sich der Druck des Dampfes in den Rohren. Der heiße und druckreiche Dampf wird dann vom Kessel in den Kolben geleitet. Der Kolben kann sich in einem Zylinder hin und her bewegen und wenn von einer Richtung Heißdampf in das Zylindergehäuse einströmt, schiebt der expandierende Wasserdampf den Kolben voran, bis er seine äußerste Position erreicht hat. So wird aus thermischer Energie Bewegungsenergie geformt. Hernach wird das Zylindergehäuse geöffnet und der Dampf kann entweichen. Strömt der Dampf dann von der anderen Seite in das Zylindergehäuse ein, wird der Kolben zurückbewegt. Dadurch ergibt sich eine gleichmäßige und theoretisch unendlich oft wiederholbare Bewegung des Kolbens. Durch die Expansion sinken der Druck und die Temperatur des Wasserdampfes. Das Zylindergehäuse und der Kolben sind gut geschmiert, sodass die Gleitbewegungen fast reibungslos funktionieren. Der Kolben selbst hängt an einer Pleuelstange, die die Längsbewegung auf eine Welle überträgt. Die Arbeitsweise von Pleuelstangen können sie an jeder Lokomotive sehen, Pleuelstangen setzen Räder oder Wellen in Rotation. Und diese Rotation treibt die Schiffsschraube an oder im Falle einer Lokomotive dreht sie die Räder und bewegt so den Zug.«

Vilma Teitelbaum zog die Augenbrauen hoch und schaute Bruno erstaunt an. »Das ist alles?«

»Im Prinzip ja.«

»Das ist ja doch kein Mirakel.«

»Natürlich nicht, gnädige Frau, das ist Physik.«

»Faszinierend, wie gut Sie die Physik zu erklären vermögen«, sagte Samuel Teitelbaum anerkennend.

»Ganz konkret wird die Thalia, wie die meisten modernen und leistungsfähigen Dampfschiffe, von einer Dreifach-Expansionsmaschine angetrieben. Der Heißdampf wird nacheinander in drei unterschiedlich große Zylinder geleitet. Je kälter der Dampf wird, desto größer müssen die Zylinder sein, um die gleiche thermische Energie in Bewegungsenergie umzusetzen. Nachdem der Dampf durch den dritten und letzten Kolben geströmt ist, hat sich die Temperatur so reduziert, dass mit einem einfachen Kondensator die restliche Wärme des Dampfes abgeleitet werden kann und flüssiges Wasser entsteht. Das Wasser kann dann wieder in den Kessel eingeleitet und erhitzt werden. Es befindet sich in einem Kreislauf. Solange also die Kessel der Thalia heiß und die Rohre dicht sind, bewegt uns die Dampfmaschine und die daran angeschlossene Schiffsschraube über das Meer.«

»Das ist faszinierend«, sagte Samuel Teitelbaum und trat mit seiner Frau einen Schritt zurück. »Siehst du, Vilma, dank unseres Reisegefährten Signor Zabini sind wir beide jetzt ein Stückchen gescheiter geworden. Ich hätte nicht gedacht, dass wir auf unserer Vergnügungsfahrt so lehrreiche Erfahrungen machen.«

»Papa!«

Die drei schauten hoch. Rosa, die sechzehnjährige Tochter des Ehepaars, eilte heran.

»Ja, mein Kind?«

»Franz will in ein Rettungsboot klettern und dort übernachten.«

»Ei, was für blendende Ideen der Bub doch hat.«

»Du kennst ihn ja. Er will unbedingt hineinklettern. Vielleicht hat er es schon getan. Komm bitte und sag ihm, dass er das nicht darf. Auf mich hört er ja nicht.«

Samuel Teitelbaum sandte einen flehenden Blick in den Himmel. »Das Elternglück ist das größte Geschenk Gottes auf Erden und wir kleinen Menschen haben uns stets danach zu richten. Also, Rosa, suchen wir unseren stolzen Stammhalter und seine großartigen Abenteuer.«

Bruno und Vilma schauten den beiden hinterher, wie sie die Treppe hinauf zum Bootsdeck nahmen. Vilma fixierte Bruno mit großen Augen.

»Vielen Dank, Signor Zabini, für diese sehr interessante Ausführung.«

»Sehr gerne, gnädige Frau.«

»Ich bin ganz … wie soll ich sagen, von der thermischen Energie der Dampfmaschine erhitzt, wenn ich mir vorstelle, was ein hin und her bewegter heißer Kolben in einem gut geschmierten Zylindergehäuse zu leisten imstande ist.«

Bruno holte tief Luft. »Vielleicht ist es doch nicht nur Physik, sondern auch ein Mirakel.«

»Obwohl ich dank Ihrer Erklärungen nun physikalisch gebildet bin, zweifle ich dennoch nicht einen Augenblick an der Kraft von Mirakeln. Signor Zabini, vielen Dank für das erhellende Gespräch, jetzt muss ich meinem Ehemann beistehen, um unseren Sohn aus weiß Gott welcher selbst verschuldeter Gefahr und Unpässlichkeit zu retten.« Vilma reichte Bruno die Hand, der sie galant küsste.

Bruno schaute der Frau hinterher, wie sie die Treppe nach oben nahm, und als sie aus seinem Blickfeld verschwunden war, lehnte er sich über die Reling und pfiff durch die Zähne.

In Peking hatte er sein wahres Talent entdeckt. Dort war seine überragende Fähigkeit zuallererst ans Licht des Tages gekommen und hatte sich in nur einem Augenaufschlag zu wahrer Meisterschaft entfaltet.

Das Töten.

Der gewaltsame Aufstand der Boxer, die endlose Kanonade der kaiserlichen Truppen gegen die Mauern des Gesandtschaftsviertel, Dutzende, Hunderte dahingemetzelte Chinesen, aber auch gefallene Kameraden, aus deren klaffenden Wunden das Leben in den Sand gesickert war. Ein Sommer im Blut. Er war mittendrin gewesen und hatte den Sinn seines Lebens entdeckt.

Orden hatte man ihm an die Brust geheftet. Beförderungen folgten.

Atemlose Hitze und Schießpulverdampf. Durch die Luft pfeifende Kugeln.

Zuerst die endlose Belagerung des Gesandtschaftsviertels, schließlich die Befreiung durch das Entsatzheer und danach die Strafexpedition in die Provinzen.

An den Plünderungen hatte er sich kaum beteiligt, an Reichtum war er nie besonders interessiert. Auch die Vergewaltigungen hatte er gemieden. Die chinesischen Frauen hatten ihn nicht sonderlich interessiert. Überhaupt hatte er nie diesen Drang anderer Männer gespürt, das Leben dem schnöden Geschlechtstrieb zu unterwerfen. Die Plünderungen und Vergewaltigungen hatte er den einfachen Männern überlassen. Er hatte die höheren Ziele verfolgt, er hatte das einzig Erstrebenswerte getan, er hatte die Erschießungen kommandiert. Dutzende. Hunderte.

Im Frühsommer 1900 hatte die mächtige Kaiserinwitwe Ts'e-hi den ausländischen Gesandtschaften jeden Schutz vor den marodierenden Rebellenbanden der fremdenfeindlichen Sekte der Boxer versagt. Der deutsche Gesandte Baron Ketteler war auf offener Straße ermordet worden, worauf die Gewalt in der Hauptstadt eskaliert war. Auch in der Stadt Tientsin war es zu Gewalttaten gekommen, die ausländischen Handelskonzessionen waren von den Boxern und den kaiserlichen Soldaten belagert worden. Woraufhin an der Mündung des Flusses Peiho sich die Kriegsschiffe der Vereinigten acht Staaten gesammelt hatten, um das Taku-Fort zu überrennen und Entsatztruppen für das belagerte Gesandtschaftsviertel in Peking auszuschiffen. Britische, russische, japanische, französische, amerikanische, deutsche, italienische und österreichisch-ungarische Detachements hatten Schulter an Schulter gegen die zahlenmäßig haushoch überlegenen Verbände der Boxer und der kaiserlichen Truppen gekämpft.

Er erinnerte sich gut an seinen ersten Toten.

Es war ein Boxer gewesen, der in seinem religiösen Wahn geglaubt hatte, von den Waffen der fremdländischen Teufel nicht verletzt werden zu können. Der Boxer war mit seinem zum Schlag erhobenen Säbel frontal losgestürmt, gewillt, dem Fremdling den Schädel zu spalten. Der Boxer war völlig überrascht, geradezu fassungslos gewesen, als eine Gewehrkugel seine Brust durchschlagen hatte und er zu Boden gefallen war, und als dann der fremdländische Teufel über ihm war und mit einem Schrei der Erkenntnis und Befreiung ihm das aufgepflanzte Bajonett in den Bauch gerammt hatte, wieder und wieder und wieder, so lange, bis völlige Dunkelheit ihn geholt hatte.

Ein Knall, ein Fall, der Tod.

Keine Magie. Keine Unverwundbarkeit. Keine heilige Mission zur Rettung des Heimatlandes vor dem Einmarsch der fremdländischen Truppen, sondern blankes Eisen, zerrissene Haut und strömendes Blut. Der Tod.

Dutzendfach. Hundertfach. Tausendfach.

Er hatte sein Handwerk gut erlernt. Sehr gut.

In Peking, der großartigen Stadt.
Dort hatte er auch das erste Mal Opium geraucht.

~~~

Der Musiksalon war sehr gut besucht, sodass kaum Platz zum Tanzen blieb. Der Himmel hatte sich nach Sonnenuntergang eingetrübt, der lebhafte Wind war ziemlich kalt, also hielten sich die Passagiere lieber in den Salons auf. Die Kapelle spielte, ein lebhafter Dreivierteltakt lag in der Luft. Die komfortablen Sitzbänke an den Wänden des Musiksalons waren dicht besetzt und viele Personen standen in Gruppen inmitten des Saals. Bruno hielt sich am Rande auf und ließ das Ambiente auf sich wirken. Es war klar, dass die Leute einander kennenlernen wollten. Hundertsechzig bunt zusammengewürfelte Menschen aus verschiedenen Teilen der Monarchie und anderen Ländern, die dreieinhalb Wochen miteinander auf einem Schiff unterwegs sein würden. Selbstredend mussten sich die Gruppen erst sortieren. Bruno sah, dass Graf Urbanau und Dr. Eggersfeldt wieder beisammensaßen und lebhaft parlierten. Die Komtess Urbanau hatte neben ihrem Vater Platz genommen und unterhielt sich mit der groß gewachsenen Frau, die Bruno schon zuvor aufgefallen war. Die Frau schien der Komtess eine heitere Geschichte zu erzählen, beide lachten herzlich.

Brunos Sitznachbar im Speisesalon, Winfried Mühlberger, stand bei zwei Damen. Bruno hatte die Namen der beiden schon in Erfahrung gebracht. Es waren Schwestern aus München, die ältere hieß Senta Oberhuber, war vierunddreißig Jahre alt und die Ehefrau eines angesehen Arztes, die jüngere war ihre unverheiratete Schwester Klara Steinhauer. Die sechsundzwanzigjährige Klara litt an einer ausgeprägten Form von Spastik, konnte sich nur langsam vorwärtsbewegen und sprach sehr undeutlich, darüber hinaus war sie eine reizende

Person mit einem stets lächelnden Gesicht und einem sonnigen Gemüt. Ihre ältere Schwester kümmerte sich liebevoll um sie. Und als Winfried Mühlberger Klara zum Tanz aufforderte und mit ihr ein paar Tanzschritte machte, bildete sich ein Spalier. Klara quittierte den Tanz mit glucksendem Lachen und steckte den ganzen Saal mit ihrer Lebensfreude an. Bruno sah nur entzückte Gesichter. Als Mühlberger Klara an der Hand wieder zu ihrer Schwester führte, spendete das Publikum der Vorführung lebhaften Applaus. Das machte Klara noch glücklicher, sie fiel ihrer Schwester förmlich in die Arme.

Graf Urbanau und Dr. Eggersfeldt erhoben sich und verließen den Musiksalon in Richtung Rauchsalon. Weitere Herren folgten den beiden. Bruno erblickte seinen Kabinennachbarn, der den Musiksalon betrat und sich umschaute. Er entdeckte Bruno und kam auf ihn zu.

»Guten Abend, Herr Grüner.«

»Guten Abend.«

»Kommen Sie zum Tanz?«

»Darüber habe ich noch gar nicht nachgedacht. Der Wind frischt immer stärker auf, da wollte ich nicht länger an Deck frieren.«

»Ja, hier ist es wesentlich gemütlicher.«

»Oh, Frau Kabátová ist auch an Bord!«

Bruno zog die Augenbrauen hoch. »Frau Kabátová? Wer ist das?«

»Da drüben die Dame, die bei Herrn Teitelbaum steht. Ich habe Ludmilla Kabátová vor vier oder fünf Jahren in der Grazer Oper gehört. Damals war ich noch Student. Sie hat im Rahmen eines Gastspiels Lieder von Franz Schubert gesungen. Es war einer der erstaunlichsten Abende, die ich je in der Oper erlebt habe. Später habe ich in der Zeitung gelesen, dass sie sich zum Entsetzen der Musikwelt von der Bühne zurückgezogen hat. Ich muss ihr irgendwann meine Aufwartung machen.«

Bruno nickte Friedrich zu. »Warum nicht gleich? So wie ich das sehe, ist Herr Teitelbaum ebenfalls dabei, Frau Kabátová seine Aufwartung zu machen. Wir können uns gleich anschließen.«

»Da haben Sie Recht, Herr Zabini.«

Bruno und Friedrich durchquerten den Musiksalon und nahmen Aufstellung. Herr Teitelbaum entdeckte Bruno und seinen jungen Begleiter, er machte die beiden Herren mit Frau Kabátová bekannt. Friedrich war richtig aufgewühlt, es sprudelte nur so aus ihm heraus. Ludmilla Kabátová hörte sich seine Huldigungen mit einem freundlichen Lächeln an und stellte dann Bruno und Friedrich ihren beiden Töchtern Milada und Irena vor. Die ältere war zwanzig, die jüngere siebzehn. Frau Kabátovás Ehemann, ein äußerst kunstsinniger, tschechischer Fabrikant, war vor vier Jahren gestorben, also reisten die Damen aus Prag zu dritt.

Samuel Teitelbaum wandte sich an Bruno. »Ist es nicht eine schwere Prüfung des Schicksals, dass unsere hochverehrte Frau Kabátová ihre so gottbegnadete Stimme verloren hat? Ein Jammer, ein Jammer! Ich habe eben Frau Kabátová erzählt, dass ich in der Saison, als sie in Lemberg gesungen hat, jede Woche in die Oper gegangen bin, um ihren Gesang und die große Musik zu hören.«

Ludmilla Kabátová gestikulierte und erklärte Bruno: »Ein schwerer Kehlkopfkatarrh hat meine Stimme gebrochen. Es wird Ihnen bestimmt schon aufgefallen sein, dass meine Stimmbänder knarren. So lässt sich nicht ein Ton richtig singen.«

»Tatsächlich, Frau Kabátová, das ist mir aufgefallen.«

»Eine Tragödie für die Welt!«, wehklagte Samuel Teitelbaum.

»Ist das für Sie nicht sehr schwer, ein leuchtender Stern gewesen zu sein, um dann der Bühne abschwören zu müssen?«, fragte Friedrich.

Frau Kabátová zuckte mit den Schultern. »Es war sehr schwer, die Krankheit zu überstehen, und ja, ich war sehr niedergeschlagen, dass ich nicht mehr singen konnte, aber ich habe überlebt. Mein Gatte, Gott hab ihn selig, hat seine schwere Krankheit nicht überlebt. Der Tod reißt viele Menschen aus der Mitte ihres Lebens, ich bin noch hier. Mittlerweile überwiegt die Dankbarkeit, zu erleben, wie meine Töchter erwachsen werden, den Gram, nicht mehr singen zu können. Die Musik ist mir ja geblieben, ich spiele Klavier und gebe talentierten jungen Leuten Unterricht. So kann ich den Verlust meiner Stimme ertragen.«

»Was für eine Weisheit in Ihnen steckt, Frau Kabátová«, schwärmte Samuel Teitelbaum, »das füllt mir die Seele, auch wenn mein Bauch langsam das aufziehende Wetter bemerkt.«

Tatsächlich schaukelte die Thalia durch den zunehmend rauer werdenden Seegang. Das fiel Bruno erst jetzt auf.

»Entschuldigen Sie meine vielleicht sehr dumme Frage«, sagte Bruno, »aber haben Sie jemals in Triest gesungen?«

»Leider nein. Ich habe in vielen Städten gesungen, aber südlicher als Graz bin ich nie gekommen. Sind Sie Triestiner?«

»Ja. Ich besuche gerne die Oper, aber ich bin kein echter Kenner.«

»Darf ich unverfroren sein, Frau Kabátová?«, preschte Friedrich vor.

Alle schauten ihn an.

»Unverfroren, junger Mann?«

»Darf ich um die Ehre und das Vergnügen bitten, Ihrem Klavierspiel zu lauschen?«

Samuel Teitelbaum klatschte in die Hände. »Herr Grüner, das ist eine exzellente Idee! Diesem Antrag möchte ich mich stante pede anschließen und innig um diese Gunst werben!«

Ludmilla Kabátová lachte und wandte sich ihren beiden bildhübschen Töchtern zu. »Na, meine Lieben, was meint ihr, sollen wir den Herrn Kapellmeister fragen, ob er uns für einen Abend den Salon überlässt? Ihr habt eure Instrumente mit, ein Klavier steht bereit.«

»Welches Programm?«, fragte Milada.

»Das können wir uns noch überlegen.«

»Ich habe fast keine Noten mit«, wandte Irena ein.

»Wir könnten im Bestand des Kapellmeisters suchen.«

»Oder improvisieren«, schlug Milada vor.

Irena wiegte den Kopf. »Ja, Mama, ein paar Stücke vom Blatt, aber auch Improvisation.«

»Gut, so machen wir es«, sagte Ludmilla Kabátová und wandte sich den Herren zu. »Meine Töchter und ich müssen noch ein Programm erstellen und proben, aber wenn der Kapitän und der Kapellmeister einverstanden sind, dann werden wir spielen.«

Herr Teitelbaum ereiferte sich, die Aufgabe zu übernehmen, einerseits dem Kapitän und andererseits dem Kapellmeister diesen Vorschlag zu unterbreiten sowie für den Musikabend der Damen aus Prag intensiv Werbung zu betreiben.

Bruno hatte zwar den Namen Kabátová zuvor nicht gekannt, war aber durch die Aufregung neugierig geworden.

Die Adria

Er steckte in einem fiebrigen Traum. Das war Bruno völlig klar, und dennoch schaffte er es nicht, daraus aufzuwachen. Ein tosender Orkan warf ihn hin und her, er taumelte über wackeligen Boden. Nein, es war kein Boden, es war Wasser, in das er aber nicht sank, ja, er ging über gallertartiges Wasser, das vom Orkan in zuckende Oberflächenbewegung versetzt wurde. Ihm war hundeelend zumute. Er wollte aufwachen, er wollte wieder die Kontrolle über sich zurückgewinnen, er kämpfte gegen den Traum.

Bruno schlug die Augen auf und knipste das Licht an. Was für ein Segen, dass das Licht elektrisch war und er nicht erst mühsam in der Dunkelheit eine Petroleumlampe oder Kerze entzünden musste.

Was war los? Bruno war völlig desorientiert. Er schaute sich in seiner Kabine um. Das Schiff wiegte hin und her. Bruno fasste das dunkle Bullauge in den Blick. Außen am Glas liefen zahlreiche Tropfen über die Scheibe. Schlechtwetter. Die Thalia war in einen Sturm geraten und wurde hin und her geworfen.

Ihm war schlecht. Musste er sich übergeben?

Bruno rang mit sich.

Er schaute auf seine Taschenuhr: Vier Minuten nach drei.

Keine Chance, dagegen anzukämpfen. Hektisch riss er die Tür auf und hastete auf wackeligen Beinen zur Toilette. Er war nicht der einzige Passagier, der diesen Weg eingeschlagen hatte. Am Boden vor der Toilette kauerten mehrere Personen mit bleichen Gesichtern, auch sein Kabinennachbar Friedrich Grüner war darunter. Dr. Zechtel, der Schiffsarzt, und mehrere Stewards und kümmerten sich um die Seekranken.

»Bitte, ich muss durch. Schnell!«, japste Bruno.

Einer der Stewards packte Bruno am Oberarm und zog ihn zu einer der Toiletten. Bruno kniete sich vor die Muschel und übergab sich. Er war nicht der Erste, der hier das Dîner verabschiedete. Er würde auch nicht der Letzte sein.

Bruno fühlte sich etwas erleichtert, dennoch setzte er sich neben Friedrich auf den Boden. Gemeinsam hofften die Fahrgäste der Thalia, dass sich der Sturm bald legte. An Schlaf war nun nicht mehr zu denken.

Mit bitterem Geschmack auf der Zunge erinnerte sich Bruno an die Worte des Kapitäns, dass in den nächsten Tagen gutes Wetter zu erwarten war. Auf diese Wettervorhersage war allzu offensichtlich wenig Verlass gewesen. Oder hatte der Kapitän Bruno nur Mut machen wollen? Egal, Bruno fühlte sich wie zerschlagen.

Carolina kauerte in der Vorhalle auf einem Diwan und hoffte, dass die Schaukelei endlich aufhörte. Sie hatte es in ihrer Kabine nicht ausgehalten und wollte an Deck Luft schnappen, aber der prasselnde Regen und der peitschende Wind hatten sie schnell wieder einen geschlossenen Raum aufsuchen lassen. Mittlerweile war der Tag angebrochen, doch an ein Frühstück war nicht zu denken. Sie hatte bei ihrem Vater angeklopft und sich nach ihm erkundigt. Er hielt sich gut, zog es zwar vor, in der Kabine zu bleiben, aber richtig seekrank war er nicht. Er erklärte es damit, im Laufe seines Lebens schon häufiger auf See und wiederholt Stürmen ausgesetzt gewesen zu sein. Für Carolina war die unruhige See eine neue Erfahrung, denn ihre einzige Seereise bisher hatte bei Schönwetter stattgefunden. Sie war froh, sich immerhin nicht übergeben zu müssen.

»Wie geht es dir?«

Carolina blickte hoch. Georg war von ihr unbemerkt näher gekommen und beugte sich besorgt über sie. Sie griff nach seiner Hand.

»Georg, ich freue mich, dich nach so langer Zeit zu sehen.«

»Geht es dir schlecht?«

»Es geht mir nicht gut, aber die Seekrankheit hält sich in Grenzen.«

Georg Steyrer setzte sich neben Carolina. »Soll ich dich zum Schiffsarzt bringen?«

»Das ist nicht nötig. Ich sitze den Sturm einfach aus.«

»Du bist sehr tapfer.«

»Und du? Leidest du gar nicht unter der Seekrankheit?«

»Nein. Ich bin seit vielen Monaten auf See, ich bin daran gewöhnt.«

»Ich wusste nicht, dass du Steward geworden bist.«

»Nun, irgendetwas muss ich arbeiten. Und eigentlich habe ich es ganz gut getroffen. Ich liebe es, zu reisen, fremde Länder, ferne Städte, und an Bord treffe ich interessante Menschen. Menschen wie dich zum Beispiel.«

»Im ersten Moment war ich mir nicht sicher, ob du es wirklich bist. Es ist wohl vier Jahre her, seit wir uns zuletzt gesehen haben.«

»Du bist inzwischen zu einer wunderschönen Frau gereift. Ich bin ganz hingerissen von dir.«

Carolina lächelte. »Vielen Dank. Und dir steht die Uniform sehr gut. Du siehst richtig fesch darin aus.«

»Und das, obwohl ich nur Steward bin, der Getränke und Speisen serviert, und nicht Offizier.«

»Es freut mich, dass du einen guten Beruf gefunden hast.«

Georg tätschelte Carolinas Handrücken und lächelte keck. »Was hat unser Herr Papa seinerzeit zu mir gesagt? Ich sei ein Taugenichts, Kartenspieler und Weiberheld. Das erste Kompliment stimmt nicht mehr, ich habe jetzt einen Beruf, der mir Spaß macht und in dem ich gut bin. Die beiden weiteren Komplimente sind allerdings noch völlig korrekt, und da bin ich sogar ein bisschen stolz darauf.«

»Hast du schon länger gewusst, dass wir an Bord kommen werden?«

»Nein, erst knapp vor dem Ablegen habe ich die Passagierliste gesehen und eure Namen entdeckt.«

»Hast du mit Papa gesprochen?«

»Nein. Er ignoriert mich nicht einmal.«

»Aber gesehen hat er dich, oder?«

»Oh ja, ich habe ihm gleich bei seinem ersten Besuch im Rauchsalon eine Schale Kaffee serviert. Da habe ich ihn höflich begrüßt, so wie das für einen Steward im Angesicht eines Gastes aus der Luxuskabine schicklich ist.«

»Und er hat nichts gesagt?«

»Er hat mit dem Kopf genickt, so wie das für einen Grafen im Angesicht eines Stewards, der Kaffee serviert, schicklich ist.«

»Trägst du keinen Groll mehr in dir? Ich kann mich erinnern, als es damals in Graz zu dieser schrecklichen Szene kam, warst du so voller Verbitterung und Wut gegen deinen Vater.«

Georg winkte ab. »Ich habe mich in mein Leben gefügt. Was soll ich sonst tun? Lebenslang das Schicksal beklagen? Ja, ich bin der Sohn eines Grafen, aber ich bin gleichzeitig auch der Sohn einer Dienstmagd, daher habe ich keinerlei Anspruch auf Würde und Titel. So sind die Gesetze. Ich kann sie nicht ändern. Nein, Trübsal blasen macht keinen Spaß. Und Spaß will ich haben in meinem Leben.«

»Wie geht es deiner Mutter?«

»Sie ist vor zwei Jahren gestorben.«

Carolina zuckte zusammen. »Gestorben? Wie ist es passiert?«

»Die Tuberkulose ist die Pest der Armenhäuser.«

»Weiß Vater davon?«

»Keine Ahnung. Es ist mir egal, ob er es weiß oder nicht, er hat seinen kurzen Spaß mit ihr gehabt, sie mit ihrem Balg verstoßen und fortgejagt, es hat ihn nicht gekümmert, als sie fast erblindet ist, nicht mehr arbeiten konnte und in einem Armenhaus gelandet ist, also wird es ihn kaum kümmern, dass sie nicht mehr unter den Lebenden weilt.«

»Es tut mir so leid, Georg. Ich finde das ungerecht.«

»So ist das Leben. Die Vielen fristen ein Leben in Armut, die Wenigen vergnügen sich auf Salondampfern. Da bin ich lieber auf dem Dampfer als im Armenhaus, selbst wenn ich hochrangigen Passagieren den Kaffee servieren muss.«

»Ich bewundere deine Gelassenheit, lieber Georg.«

»Und ich bewundere deine Schönheit. Und es bedeutet mir sehr viel, verehrte Carolina, dass du mit deinem unwürdigen Halbbruder so freundlich sprichst. Du bist ein guter Mensch geworden, daran richte ich mich auf.«

»Das hast du schön gesagt, Georg.«

»Verehrte Komtess, da offenbar die Seekrankheit in Ihrem Fall nicht so schlimm ist, muss ich wieder weiter und mich um die anderen Passagiere kümmern.«

Carolina nickte. »Natürlich. Auf bald, Georg.«

Er hatte eine feinere Nase als viele andere. Das war ihm schon lange bewusst. Mancher Duft entging anderen Menschen, während er ihn schon in all seinen Nuancen wahrgenommen hatte. Das war eine Gabe der Natur. Andere hatten ein ausgezeichnetes Gehör oder außerordentlich scharfe Augen, er verfügte über einen besonderen Geruchssinn. Doch diese Gabe erschwerte hin und wieder seine Arbeit, denn einige Fahrgäste an Bord hielten es nicht so streng mit der Hygiene wie er selbst. Und für den Fall, dass sich jemand olfaktorisch nicht ganz seinen Ansprüchen gewachsen zeigte, hatte Paolo Glustich stets sein parfümiertes Taschentuch eingesteckt. Nach dem Kontakt mit solchen Menschen vergrub er in unbeobachteten Momenten seine Nase darin. Sein langjähriger Freund Semino etwa, der als Schiffskommissär auf der Cleopatra seinen Dienst verrichtete, wusch sich Dutzende Male am Tag mit Seife gründlich die Hände. Manche Eigenarten der Menschen musste man einfach akzeptieren, manche konnte man sogar wertschätzen. Er selbst nahm sich an seinem Bekannten gern ein Beispiel und verschwand auch regelmäßig in seiner Kabine, um sich die Hände zu waschen und sein Taschentuch mit einem Tröpfchen Parfüm aufzufrischen.

In jedem Fall hatte ihm sein Geruchssinn vielfach guten Dienst erwiesen. Bei der vorletzten Fahrt hatte er sofort gerochen, dass sich unter den Rauchern im Rauchsalon ein Mann befunden hatte, der in seine Pfeife nicht nur würzigen Tabak, sondern auch Körnchen von Haschisch gestopft hatte. Paolo hatte den Mann diskret darauf hingewiesen, dass der Konsum von Haschisch auf österreichischen Schiffen nicht unproblematisch war und sich insbesondere Kapitän Bretfeld solches verbat, weswegen der Mann seine Pfeifen nicht mehr im Salon, sondern an der achteren Reling am Oberdeck geschmaucht hatte. Paolo war für seine Verschwiegenheit mit einem respektablen Trinkgeld und mehreren Haschischpfeifen entlohnt worden.

Bei dieser Fahrt war ihm auch eine Geruchsnote aufgefallen, die seine Neugier entfacht hatte. Er wusste, dass er diese Note schon einmal gerochen hatte, er wusste aber nicht genau, was sie war. Nach einigen Beobachtungen hatte er herausgefunden, wer da in seiner Kabine Pfeifen mit besonderem Inhalt rauchte. Er war neugierig und wollte herausbekommen, was das für eine Substanz war, deren leise Duftnote er eingeatmet hatte.

Noch herrschte Hochbetrieb bei Dr. Zechtel, niemandem fiel es auf, dass der Schiffskommissär auf dem Hauptdeck hin und her eilte und auch Personen in ihren Kabinen besuchte, um sich nach deren Befinden zu erkundigen, immerhin gehörte das zu seinen Pflichten. Um den Passagieren im Notfall schnell zu Hilfe eilen zu können, hatte der Kapitän ihm den Schlüssel für den Kasten mit den Reserveschlüsseln gegeben. Paolo wusste, dass der Mann sich jetzt am Promenadendeck befand und dort Luft schnappte. Also würde er für ein paar Minuten unbeobachtet die betreffende Kabine aufsuchen können. Er wollte nicht stöbern, aber ein bisschen schnüffeln wäre nötig. Er musste einfach wissen, womit er es hier zu tun hatte.

Paolo Glustich schaute sich am Gang um, lauschte, dann steckte er den Schlüssel ins Schlüsselloch und drehte ihn. Er öffnete die Kabinentür, schaute noch mal links und rechts und verschwand in der Kabine des Mannes.

Bruno hatte den ganzen Tag über lediglich zwei Scheiben Zwieback gegessen. Mehr war nicht möglich gewesen. Dazu hatte er drei Gläser Wasser getrunken.

Die Nacht war ein Albtraum gewesen, der daran anschließende Vormittag hatte die Situation kein bisschen gebessert, weiterhin hatte sich die Thalia durch den Sturm und die raue See kämpfen müssen. Deshalb hatte der Kapitän beschlossen, kehrtzumachen und den Hafen von Pola anzulaufen. Vertäut im Hafen konnte man das Ende des Sturms abwarten. Das hatte die Seekrankheit der Fahrgäste gemildert. Der Abend senkte sich über die große Hafenstadt an der Südspitze der Halbinsel Istrien.

Bruno lag in seiner Kabine und starrte Löcher in die Luft.

Wut gärte in seinem Bauch. Wut auf Oberinspector Gellner, auf den Statthalter, auf den Grafen Urbanau und den vermaledeiten Attentäter von Triest. Was für eine hirnverbrannte Idee, sich auf ein Schiff zu begeben! Ja, er saß zwar gerne mit seinen Vereinskameraden im Rennruderboot, aber das war etwas gänzlich anderes, als mit einem Hochseeschiff durch einen Sturm zu fahren.

Und gerade in seiner Situation war jegliches Gären im Bauch geradezu fatal.

Er wünschte sich zurück nach Triest, auf festen Boden, in sein Bureau, ins Kaffeehaus zum Billardspiel, vor allem aber wünschte er sich in Luises Bett, nicht um sich mit ihr zu lieben, sondern um sich von ihr eine Tasse heißen Kräutertee und kalte Umschläge machen zu lassen. Luise konnte sich so hingebungsvoll um Moribunde kümmern, sie war ein Engel. Und einen Engel brauchte er jetzt.

Hätte sich Bruno in der Verfassung gefühlt, an Deck zu gehen, so hätte er sehen können, dass die Schlechtwetterfront über das Schiff hinweggezogen war und dass es südlich ihrer Position aufklarte.

Der Kapitän gab Order, um zehn Uhr abends die Leinen einzuholen.

⁂

Sie schaute sich am Perron um, konnte ihn aber nicht entdecken. Luise verzog enttäuscht den Mund. Verspätete er sich? Hatten ihn Verpflichtungen noch so spät im Bureau festgehalten? War er zu einem Einsatz gerufen worden? Sie rückte ihren Hut zurecht.

Luise war mit dem Frühzug von Wien aufgebrochen. Ein ganzer Tag auf Schienen lag hinter ihr, sie fühlte sich matt und hatte das Bedürfnis nach einem Vollbad. Bruno hatte in seinem letzten Brief versprochen, sie am Bahnhof abzuholen. Zwar hatte der Zug eine halbe Stunde Verspätung, dennoch hatte sie ihn am Perron erwartet, vielmehr, sie hatte gehofft, dass sie ihn gleich nach dem Aussteigen treffen würde. Sie freute sich so auf eine Begegnung.

»Gnädige Frau, soll ich das Gepäck jetzt zustellen?«

Luise wandte sich dem Dienstmann zu und griff nach ihrer Geldbörse. »Ich bitte Sie darum. Haben Sie die Adresse notiert?«

»Habe ich.«

»Vielen Dank.«

»Soll ich für Sie eine Kutsche rufen?«

Luise reichte dem Mann einen Geldschein. »Das ist nicht nötig. Ein paar Schritte sind mir nach der langen Bahnfahrt sehr genehm. Der Rest ist für Sie.«

»Ergebensten Dank, gnädige Frau.«

Luise nahm ihre Handtasche und den kleinen Handkoffer und marschierte los. Der Dienstmann würde ihr weiteres Gepäck in die Stadtwohnung bringen, wo sie plante, die nächste Woche zu verweilen. Ihrem Mann Helmbrecht hatte sie brieflich mitgeteilt, sie würde diese Woche noch bei ihrer Schwester in Brünn sein. Er selbst war in Nürnberg, in Prag oder Krakau. Luise wusste es nicht so genau, es war ihr auch herzlich egal, wo er sich aufhielt, solange er an einem anderen Ort war als sie. Auch ihm war es in der Regel einerlei, was seine Frau tat, er kümmerte sich nicht um ihre Belange, es reichte ihm völlig aus, sich zwei- oder dreimal im Jahr bei besonderen gesellschaftlichen Anlässen mit ihr zu zeigen. Aber selbstredend nahm er an, dass sie ein folgsames Eheweib war, das die langen Zeiten seiner Abwesenheit mit stiller Hand- oder Gartenarbeit verbrachte.

Von ihrer Stadtwohnung hatte ihr Mann keine Ahnung, und Luise trachtete sorgsam danach, dass dies so blieb. Sie hatte die Wohnung von ihrem Geld bezahlt. Immerhin war es ihrer Mutter gelungen, ihrer Tochter eine gar nicht kleine Summe mit auf den Lebensweg zu geben, ohne dass ihr Vater sowie ihr Mann davon Kenntnis erlangen konnten. Für diese Zuwendung dankte Luise ihrer Mutter jedes Mal aufs Neue, wenn sie die Wohnung betrat. In diesen vier Wänden konnte sie sich frei fühlen. Und da sich ihr Roman überraschend gut verkaufte und sie vom Verlag einen respektablen Betrag erhalten hatte, konnte sie zumindest in der nächsten Zeit die Wohnung unterhalten, ohne das Haushaltsgeld zu belasten. In Geldangelegenheiten war ihr Mann außerordentlich knausrig, ja geradezu pedantisch. Die Abrechnungen des Haushaltsgeldes kontrollierte er bei seinen seltenen Aufenthalten in ihrer Villa in Sistiana stets genau.

Helmbrecht wusste nicht, dass sie als Schriftstellerin tätig war und unter ihrem deutschen Pseudonym mehrere Erzählungen und einen Roman sowie unter ihrem italienischen Pseudonym zahlreiche Gedichte veröffentlicht hatte. Und wenn er es wüsste, würde er mit der Schulter zucken und ihre Literatur als lächerlichen Weiberkram abtun. Literatur war nicht seine Stärke.

Worin lagen diese überhaupt?

Luise dachte kurz nach. Da waren Geld, Geiz und Gewalt. Luise zweifelte nicht daran, dass ihr Mann zu seinen Waffen greifen würde, sollte er in Erfahrung bringen, dass sie ein Verhältnis unterhielt. Ganz bestimmt würde er Bruno und Luise, ohne mit der Wimper zu zucken, erschießen. Er selbst trieb sich schamlos mit Kokotten herum und verkehrte in niveaulosen Etablissements, seine Ehefrau aber sollte wie ein exotischer Vogel in einer Voliere eingesperrt sein.

Aber über alle seine schlechten Eigenschaften, seinen verdorbenen Charakter, seine Geistlosigkeit und über seine gewalttätigen Eskapaden konnte sie hinwegsehen, dafür konnte sie ihren Mann bestenfalls verachten, wofür sie ihn aber hasste, war, dass er ihr Gerwin weggenommen hatte. Ihren sechsjährigen Sohn. Luise versuchte sich an das kleine Bündel von Mensch zu erinnern, das sie unter Schmerzen geboren hatte, das sie an die Brust gelegt und gestillt hatte, das sie nachts an ihr Herz gedrückt hatte.

Helmbrecht und dessen Mutter, diese böse alte Hexe, hatten verfügt, dass Luise nicht in der Lage sei, ein Kind großzuziehen, und dass der Knabe deswegen in der Obhut seiner Großmutter aufwachsen müsse. Die beiden hatten einen Teil ihrer Seele schonungslos aus ihr herausgerissen. Ja, sie war mehrere Wochen wegen eines Nervenzusammenbruches in einer Nervenheilanstalt und danach in einem Sanatorium gewesen, ja, sie hatte in den Monaten nach der Geburt wie eine Löwin gekämpft, nicht in einem Ozean der Melancholie und Angst unterzugehen, aber gerade als sie auf dem Weg war, ihr Selbst zu retten und für ihren Sohn da zu sein, da hatten ihr Mann und dessen Mutter den Schnitt vollzogen und Gerwin fortgeschafft. Seit fünf Jahren hatte sie Gerwin nicht mehr gesehen. Jahre der Tortur und Qual. Zweifellos hatte ihre Schwiegermutter den Buben schon zu einem wahren Spross des Hauses Callenhoff geformt. Zu einem Tyrannen in Kinderschuhen.

Luise versuchte schnell, den Gedanken an ihren Sohn zu vertreiben, was ihr kaum gelang. Noch zu nah waren die Eindrücke des Aufenthalts im Haus ihrer Schwester. Diese hatte vier Kinder, mit denen sie spielte, denen sie lesen und rechnen beibrachte, mit denen sie Spaziergänge im Garten und an den Teich unternahm, mit denen sie schlicht und einfach lebte. Und ihre Schwester war mit einem Mann verheiratet, der sie liebte, der sich um ihr Wohlergehen kümmerte, dem sie gerne eine treu sorgende Frau war. Für die Dauer des Aufenthalts im Haus ihrer Schwester hatte sich Luise vom Familienglück ihrer Schwester erfüllen lassen und war darin aufgegangen. Aber schon als sie in Brünn den Zug nach Wien bestiegen hatte, war ihr klar geworden, dass dieses Glück für sie selbst nur ein Trugbild war.

Sie war eine schlechte Mutter.

Warum kämpfte sie nicht um ihren Sohn? Warum besuchte sie ihn nicht heimlich? Warum flüchtete sie sich aus dem realen Leben in die erdachte Literatur? Ja, Gerwin war der Spross einer Gewalttat. Ihr Mann war betrunken gewesen, hatte sie geschlagen, ihr die Kleider vom Leib gerissen und sie rüde genommen. Aber Gerwin war auch das Kind einer Ehe, vor allem aber war er die Frucht ihres Leibes. Warum hatte sie sich den Buben einfach wegnehmen lassen? Sie war schwach und verletzlich, aber als ihre Schwiegermutter den Buben an sich gerissen hatte, hätte sie kämpfen müssen. Doch das hatte sie nicht getan. Sie hatte versagt. Sie wusste, dass sie einem Kampf gegen die böse alte Hexe nicht im Geringsten gewachsen war. Sie hatte kampflos verloren.

Warum war sie nicht längst über die Klippen ins Meer gegangen?

Luise wusste warum.

Einerseits wegen der Literatur. Sie konnte schreiben, sie konnte Geschichten erfinden, sie konnte Sprache in Gedichten Form geben, sie hatte einen Lebensinhalt gefunden. Die Erzählungen schrieb sie in deutscher Sprache, die Gedichte ausschließlich auf Italienisch.

Andererseits wegen Bruno. Ja, sie liebte ihn, wie man einen Menschen nur lieben konnte. Er hatte ihr gezeigt, dass Männer und Frauen einander wahrhaft begegnen, einander mit den Seelen berühren konnten.

Wie sehr sie sich freute, ihn zu treffen.

Luise nahm mit schnellen Schritten den kurzen Weg vom Südbahnhof in das Borgo Teresiano. Die Straßen waren zwar noch nass, aber der Regen hatte sich bereits vor ihrer Ankunft in Triest verzogen. Sie eilte die Treppe hoch in das vierte

Geschoss des Hauses. Zwei Wohnungen lagen im obersten Stock, ihre verfügte über einen Balkon. Sie sperrte die schwere Tür auf und trat ein. Auf dem Boden lagen durch den Briefschlitz eingeworfenen Briefe. Sie stellte den Koffer ab, hob die Briefe auf und trug sie in das Wohnzimmer. Luise schaute sich um. Die Haushälterin Maria hatte die Wohnung in Schuss gehalten und die Topfpflanzen gegossen, aber die Luft war stickig. Luise öffnete die Fenster. Das war ihr Reich. Die Villa in Sistiana gehörte ihrem Mann, sie hatte sich dort zwar gut eingerichtet, immerhin war Helmbrecht die meiste Zeit auf Reisen, aber dennoch würde die Villa niemals ihr wahres Zuhause sein. Heimat, das waren die vier Zimmer dieser Wohnung, in der sie in aller Ruhe schreiben konnte, in der sie befreit von argwöhnischen Augen lesen, lieben, leben konnte.

Sie sortierte die Briefe.

Da, ein Brief von Bruno! Sie erkannte seine Handschrift sofort. Sie griff nach dem Brieföffner, riss das Couvert auf, entnahm den Brief und las seine Zeilen. Sie mochte seinen Stil. Luise wusste, dass Bruno seinen Stil unterschätzte, dass er sich ihrer Sprachmacht unterlegen fühlte. Doch Luise wusste auch, wenn er nur wollte, so wäre er bestimmt ein guter Dichter.

Luise musste sich setzen. Ein Einsatz an Bord der Thalia? Dreieinhalb Wochen auf See? Ein Befehl vom Statthalter persönlich? Ein Mordanschlag gegen den Grafen Urbanau? Was hatte das zu bedeuten?

Luise legte den Brief auf den Tisch, schaute aus dem Fenster und biss sich auf die Unterlippe. Sie hatte sich so auf ihn gefreut! Ein paar Tage mit Bruno in ihrer Wohnung. Zumindest für eine kurze Weile das Glück, lieben zu können und geliebt zu werden. Das Leben spielte ihr wieder einen Streich. Traurigkeit nahm von Luise Besitz.

Zwei Matrosen hatten schon im ersten Morgenlicht die Wetterplane des Bootsdecks eingerollt, sodass sich nach dem Frühstück die ersten Sonnenanbeter die Glieder erwärmen und das Gemüt erfreuen konnten. Richtig warm war es noch nicht, aber das Wetter an diesem Vormittag stillte endlich die Sehnsucht der Reisenden nach der Helligkeit des Mittelmeeres. Die Sitzbänke am Bootsdeck waren gefüllt, die Menschen hatten offensichtlich die Seekrankheit überwunden.

Das Schiff dampfte gemächlich durch die Isole Incoronate. Der dalmatinische Archipel mit seinen zahlreichen kleineren und größeren Inseln bot einen pittoresken Anblick, der bei den zumeist binnenländischen Fahrgästen für Begeisterung sorgte. Bruno selbst war zweimal mit dem Linienschiff an den größtenteils unbewohnten Inseln vorbeigefahren. Nur Fischerboote und kleine Schiffe durchquerten den Archipel, die Dampfer der dalmatinischen Eillinie passierten die Inseln auf offener See. Der Vergnügungsdampfer hingegen fuhr absichtlich langsam mitten durch den Archipel.

Bruno, Ferdinand und Hermine Seefried standen beisammen auf der Veranda des Bootsdecks. Nachdem das Wiener Ehepaar den Anblick ausgiebig bewundert hatte, war ein Gespräch zwischen Ferdinand und Bruno entstanden.

»Wissen Sie, Herr Zabini, die britischen Webereien liefern nach wie vor exzellente Stoffe, aber mein Vater hat mittlerweile auch Lieferanten aus Deutschland. Die deutschen Webereien stehen in puncto Qualität und Quantität den britischen längst nicht mehr nach. Sehr gute Ware erhalten wir selbstverständlich auch aus heimischer Produktion. Ein Fabrikant in Krakau ist seit vielen Jahren ein enger Vertrauter meines Vaters, er liefert exzellentes Tuch und sehr gute Schurwolle.«

Bruno nickte interessiert. Er hatte immer wieder von der berühmten Wiener Tuchhandlung Adam Seefried & Söhne gehört. Mehrere Schneider in Triest bezogen das Tuch aus

Wien für exklusive Wintermäntel. Und ein großer Teil der Ballen chinesischer Seide, die auf den Schiffen der Ostasienlinie nach Triest kamen, wurden mit der Bahn nach Wien zum Großhändler Adam Seefried befördert. Ferdinand war der zweite Sohn des bedeutenden Großhändlers und arbeitete wie sein älterer Bruder im Bureau des Familienunternehmens. Kein Wunder also, dass das junge Ehepaar Seefried sich eine der Luxuskabinen leisten konnte. Und selbstredend waren die beiden dementsprechend standesgemäß gekleidet. Nicht protzig oder angeberisch, nein, beide kleideten sich eher unauffällig. Jedoch mit nur ein wenig Sachverstand sah man sofort, dass die beiden von den besten Schneidern mit ausgesuchter Kleidung ausgestattet wurden. Bruno legte auch Wert auf gefälliges Auftreten und geschmackvolle Kleidung, aber es war klar, dass Ferdinands Anzug doppelt oder dreimal so viel gekostet hatte wie sein eigener. Ferdinand war einunddreißig Jahre alt, seine Frau Hermine sechsundzwanzig, die beiden waren seit vier Jahren verheiratet.

Bruno lauschte weiter den Ausführungen Ferdinands. Dieser erzählte von den Lagerhäusern seines Vaters, von den Handelsvertretern, die sein Vater beschäftigte, und von den mannigfachen Kontakten zu ausländischen Firmen und Fabriken, die die Arbeit als Großhändler mitbrachte. Und dass die Geschäftstätigkeit ohne das moderne Netz von Telegraphenleitungen sowie von Eisenbahn- und Schifffahrtslinien überhaupt nicht möglich wäre.

Bruno horchte zu, gab dies zu bedenken, fand jenes beachtenswert, in jedem Fall war ihm klar, dass Ferdinand Seefried zu ihm Vertrauen gefasst hatte. Ferdinand war kein Mensch, der sich jedem sofort in Monologen offerierte, sondern sich lieber im Hintergrund hielt. Darin harmonierte er mit seiner Frau, die bislang kaum ein Wort mit Bruno gewechselt hatte. In jedem Fall konnte er die beiden von der Liste der Verdächtigen streichen, darin war er sich sicher. Niemals wäre ein gutherziger Mensch wie Ferdinand in der Lage, eine teuflische Mordfalle auszuhecken, die nur deswegen zu früh zugeschnappt war, weil der Fahrer des Grafen Urbanau mit dem voll beladenen Automobil zu schnell unterwegs gewesen war und scharf hatte bremsen müssen.

Die groß gewachsene Frau, die Bruno schon mehrfach aufgefallen war, kam die Treppe zum Bootsdeck hoch, erblickte das Ehepaar Seefried, schaute kurz Bruno an und ging dann auf direktem Weg und breit lächelnd auf Hermine zu.

»Guten Morgen, meine Lieben, da seid ihr ja.« Sie herzte Hermine und Ferdinand und baute sich vor Bruno auf. »Hoch geschätzter Ferdi, willst du mich nicht deinem Bekannten vorstellen?«

»Ja, natürlich. Darf ich bekannt machen? Die berühmte Reiseschriftstellerin Therese Wundrak aus Wien. Herr Bruno Zabini aus Triest.«

Bruno verneigte sich formvollendet und küsste Thereses Hand.

»Herr Zabini, ich habe schon von Ihnen gehört.«

»Gnädige Frau Wundrak, ich freue mich zu sagen, dass ich von Ihnen auch schon gehört und gelesen habe.«

»Gelesen auch?«

»Das ja. Es gehört zu den schönen Dingen meines Lebens, an manchen Nachmittagen im Kaffeehaus zu sitzen und Zeitung zu lesen. Die Neue Freie Presse, die Arbeiter-Zeitung und andere Druckwerke fahren täglich mit dem Zug von Wien nach Triest, sodass auch wir an der Adria Artikel aus Ihrer Feder lesen können.«

»Molto bene, Herr Zabini, Ihr Deutsch ist für einen Italiener nicht nur beachtenswert, ihr Zungenschlag klingt, als wären sie in der Wiener Josefstadt aufgewachsen.«

»Mit Verlaub, gnädige Frau, es ist mir eine Ehre, dass Sie das sagen. Da meine Mutter eine echte Wienerin aus dem Stadtteil Gumpendorf ist, die es nach Triest verschlagen hat, ist ihr Zungenschlag auf mich gefallen, obwohl ich selbst noch nie in Wien war.«

»Nicht? Das müssen Sie unbedingt nachholen, mein Herr.«

»Sobald es meine Angelegenheiten erlauben, werde ich mit größtem Vergnügen diese Bildungslücke schließen und die Hauptstadt besuchen.«

»Sie sind also halb Italiener und halb Österreicher?«

»Ich bin vom Scheitel bis zur Sohle Bürger der k.u.k. Monarchie, und da unser Monarch, Kaiser Franz Joseph I., Herrscher über viele Völker, Religionen und Kulturen ist, freut es mich zu erwähnen, dass italienisches, österreichisches und friulanisches Blut in meinen Adern fließt. Und wer weiß, welchen Völkern meine Vorfahren in grauer Vorzeit sonst noch angehört haben.«

Therese lachte. »Sind Sie ein Cosmopolit, Herr Zabini?«

»Die weite Welt ist uns allen eine geliebte Heimat.«

»Wohl gesprochen! Und sehen Sie, da geht es Ihnen wie mir, auch ich bin cosmopolitisch erschaffen. Ich habe österreichische, mährische, jüdische und ruthenische Vorfahren. Und wer weiß, vielleicht bin ich sogar sehr weit entfernt mit Zar Nikolaus II. verwandt. Eine Ururgroßmutter hat ein paar Jahre in St. Petersburg gelebt und soll dort angeblich einem lasterhaften Lebenswandel gefrönt haben.«

Die vier lachten herzhaft.

»Sie sagten, Sie hätten von mir gehört?«, fragte Bruno.

»Das habe ich gesagt.«

»Wie und in welchem Zusammenhang haben Sie von mir gehört?«

Therese hakte sich bei Hermine ein. »Beim Frühstück habe ich euch gar nicht gesehen. Wart ihr so früh, oder war ich so spät?«

»Wir waren früh wach und ich glaube, du warst recht spät dran«, sagte Hermine.

»Ich bin kein Morgenmensch. Am liebsten würde ich bis Mittag im Bett bleiben.«

»Das kann ich gar nicht. Ich bin mit dem ersten Krähen wach.«

Therese tätschelte Hermines Hand und wandte sich dann Bruno zu. Sie fixierte ihn. »Und um Ihre Frage zu beantworten, Herr Zabini. Meine liebe Freundin Hermine hat mir Ihren Namen gestern genannt. Und dann sind auch Gerüchte im Umlauf, dass Sie an Bord eine technische Inspektion durchführen. Ist an diesen Gerüchten etwas Wahres?«

Bruno nickte und erläuterte seinen Auftrag an Bord, so wie er es gestern bei Tisch im Speisesalon getan hatte. Therese horchte genau zu und musterte Bruno eingehend. Ahnte sie, dass das eine Tarnung war? Bruno war sich nicht sicher. Therese Wundrak war eine neugierige Frau, und sie war schlau, hellhörig und misstrauisch. Er würde im Umgang mit ihr besondere Vorsicht walten lassen müssen.

Therese nickte Bruno zu. »Sie sind also ein Experte, was die Technik von Schiffen betrifft?«

»Wie gesagt, ich bin kein Schiffsbauingenieur, aber ich verfüge über grundlegende technische Kenntnisse.«

»Das trifft sich ausgezeichnet, denn mich interessiert die Technik des Dampfschiffes brennend.«

»Aus einem allgemeinen Interesse am Schiffsbau oder aus einer journalistischen Neugierde heraus?«

Therese wiegte den Kopf. »Ich glaube, in meinem Fall kann man beide Sachverhalte nicht voneinander trennen. Ich bin eine durch und durch neugierige Person.«

»Ich habe in Erfahrung gebracht«, hakte Bruno nach, »dass Sie vom Verlag des Österreichischen Lloyd den Auftrag bekommen haben, über Ihre Vergnügungsfahrt mit der Thalia eine Serie von Artikeln zu verfassen. Ist das korrekt?«

»Das ist kein Geheimnis, Herr Zabini. Ganz so wie Sie führt mich ein Auftrag an Bord dieses Schiffes. Ich schreibe über all meine Reisen, also auch über diese. Ob es ein einzelner Artikel, eine Serie oder gar ein ganzes Buch wird, hängt sehr von den Ereignissen ab, die mir widerfahren und natürlich auch von den Personen, die ich auf der Reise treffe. Denn eines ist gewiss, interessante Menschen ergeben auch interessante Geschichten.« Therese musterte Bruno demonstrativ. »Und manche nicht ganz uninteressante Menschen habe ich an Bord bereits kennengelernt.«

Zwei Frauen kamen auf das Bootsdeck und winkten Therese zu, die diese Begrüßung lebhaft erwiderte, sich beim Ehepaar Seefried und Bruno entschuldigte und auf die beiden zueilte. Die drei schauten Therese hinterher.

»Eine Frau wie ein Wirbelwind«, sagte Hermine.

Bruno nickte zustimmend. »Diese Charakterisierung halte ich für treffend.«

⁂

»Sind Sie verheiratet, Signor Zabini?«

Bruno hatte die Einladung Samuel Teitelbaums zu einem Spaziergang nach dem Déjeuner angenommen. Sie drehten auf dem Promenadendeck Runden.

»Nein.«

»Sind Sie Witwer?«

»Auch nicht.«

»Haben Sie Kinder?«

»Keine Kinder.«

»In der Tat ein Junggeselle?«

»In der Tat.«

»Erstaunlich. Ein Mann in Ihrem Alter und von Ihrer Erscheinung ist nicht verheiratet. Das möchte ich fast nicht glauben. Es gibt keine Gerechtigkeit auf der Welt. Trauern Sie einer großen Liebe nach?«

»Ich bitte Sie, die Auskunft diskret zu behandeln.«

»Selbstverständlich.«

»Ja, ich trauere der großen Liebe meiner jungen Jahre nach.«

»Hat sie einen anderen geheiratet?«

»Leider ja.«

»Möchten Sie von diesen schicksalshaften Begebenheiten erzählen?«

»Nicht sehr gerne.«

»Das toleriere ich.«

»Nur so viel vielleicht, Herr Teitelbaum, und weil ich mir sicher bin, dass diese Information nicht das morgige Tagesgespräch sein wird. Es war mir vergönnt, ein Jahr in Graz die Jurisprudenz zu studieren. Das war eine sehr aufregende Zeit für mich. Jung und wissbegierig wie ich damals war, habe ich mich auf die Wissenschaft gestürzt und bin in den ersten Wochen und Monaten kaum aus den Hörsälen, der Bibliothek und meinem Studierzimmer herausgekommen. Aber nur Lesen und Lernen konnte ich auf Dauer nicht. Sie müssen wissen, Herr Teitelbaum, schon in meiner Gymnasialzeit war ich im Triestiner Rudersportverein aktiv, und ich nahm an einigen Regatten teil, ich war es also gewöhnt, mich viel an der frischen Luft zu bewegen. Also begann ich das Grazer Umland bei ausgedehnten Wanderungen zu erkunden. Und da mein Studierzimmer in der Nähe des Hilmteichs lag, kam ich dort natürlich regelmäßig vorbei. Am Hilmteich habe ich Anneliese kennengelernt. Ich habe sie sehr geliebt, aber sie war einem anderen versprochen.«

Die beiden Männer gingen eine Weile schweigend nebeneinander her.

Herr Teitelbaum seufzte schließlich. »So ist das mit der Liebe und der Ehe. Folgt man der Tradition, wartet das

Unglück, folgt man dem Verstand, wartet das Unglück, folgt man aber dem Herzen, na da folgt erst recht das Unglück. Wozu dem Menschen diese Narretei der Liebe eingepflanzt worden ist, das möge Gott allein in seiner unerschöpflichen Weisheit verstehen, für uns Irdische ist das nichts.«

»Ich stimme Ihnen zu.«

Teitelbaum hielt inne, griff nach Brunos Unterarm, schaute sich um und als er sich unbeobachtet wähnte, flüsterte er Bruno zu. »Mein lieber Signor Zabini, ich habe Sie in der kurzen Zeit, die wir einander kennen, sehr schätzen gelernt, und meine Menschenkenntnis ist mit den Jahren, wie ich hoffe, nicht schlechter geworden, eher im Gegenteil. Ich vertraue Ihnen.«

»Das schmeichelt mir sehr, Herr Teitelbaum. Auch ich fühle ein starkes Band.«

»Ich bin kein Esel. Ich bin nicht hochbetagt, aber ich sehe, dass das Alter näher kommt. Der Rheumatismus ist der Sendbote des Schlussdrittels des Lebens. Sehen Sie, meine Familie ist mein Ein und Alles, ich liebe meine Kinder, ich liebe meine Frau. Vilma ist das Licht meines Lebens. Sie ist jünger als ich, sie ist das blühende Leben. Und ich sehe, wie sie manchen Männern Blicke zuwirft. Vor allem Ihnen.«

»Herr Teitelbaum, ich möchte betonen, dass ich keinerlei Absicht habe, Ihnen oder Ihrer Frau zu nahe zu treten!«, beeilte sich Bruno zu sagen.

»Ja, das glaube ich Ihnen auch. Und deswegen habe ich ein Anliegen.«

»Ich bitte Sie inständig darum, Ihr Anliegen zu formulieren.«

Samuel Teitelbaum hob den Zeigefinger. »Schicken Sie Vilma fort, wenn Sie Ihnen auf den Pelz rückt. Es würde mich sehr schmerzen, als gehörnter Ehemann diese Seereise zu bestreiten.«

Bruno nahm Haltung an. »Herr Teitelbaum, Sie haben mein Ehrenwort.«

Teitelbaum lächelte Bruno an und drückte seine Hand. »Vielen Dank, Signor Zabini. Ihr Ehrenwort bedeutet mir sehr viel.«

»Sie können sich darauf verlassen.«

»Ich freue mich. Und jetzt, mein Freund, jetzt beschließen wir unseren Pakt im Rauchsalon mit einem Kaffee, einem Cognac und einer Zigarre. Konveniert das Ihnen?«

»Nun, ich rauche sehr selten, also besitze ich keine Zigarren.«

»Ich habe immer eine Schatulle dabei, außerdem gibt es hinsichtlich der Vorräte an Bord keinen Grund zur Klage, auch Zigarren gehören zur Ausrüstung des Schiffes.«

Das Oberdeck der Thalia bot nur achtern eine Reling, die noch dazu vom darüber liegenden Deck völlig überbaut und damit schattig war. Da an Bord unstillbarer Sonnenhunger ausgebrochen war, eilten die allermeisten Fahrgäste hoch auf das Bootsdeck. Genau aus diesem Grund wartete Friedrich auf dem Oberdeck auf Carolina. Wenn alle den Speisesalon verlassen hatten, konnte man sich dort relativ diskret treffen.

Da kam sie schon. Friedrich rang mit dem Impuls, sie zu umarmen und zu küssen. Sie rang ebenso. Er schaute sich um, lehnte sich an die Reling und schaute hinaus auf das Meer. Carolina tat es ihm gleich.

»Ist dein Herr Papa wieder im Rauchsalon?«

»Ja.«

»Er tut seinen angeschlagenen Lungen keinen guten Dienst, wenn er sich fortwährend dort aufhält.«

»Sag bloß, dass du dich um meinen Vater sorgst.«

Friedrich lächelte breit. »Die Sorge, so dünkt mir, zerreißt mir schier die Brust.«

»Ich finde es sehr vorteilhaft, dass er ein paar Freunde gefunden hat. Da hat er mich nicht so scharf im Auge.«

»Diesen Vorteil sehe ich auch«, bestätigte Friedrich, beugte sich weit über die Reling und rief nach oben: »Herzlichen Dank, geschätzte Herren Raucher, dass Sie mit dem Herrn Grafen intensiv Tabak inhalieren!«

Carolina kicherte. »Du bist so ein Kindskopf!«

»Das Kind in mir ist die wahre Kunst des Bühnenpoeten.«

»Georg ist an Bord.«

Friedrich machte eine fragende Miene. »Georg? Wer ist Georg?«

»Mein Halbbruder. Ich habe dir doch von ihm erzählt.«

»Ach ja, dein Halbbruder. Den Namen habe ich nicht gleich präsent gehabt. Er ist auch an Bord?«

»Ja. Er ist einer der Stewards. Ich habe kurz mit ihm gesprochen.«

»Du hast mir erzählt, dass es vor ein paar Jahren eine hässliche Szene gegeben hat.«

»Ja. Georg hat von Vater Geld verlangt. Es kam zu einem Streit und mein Vater hat ihn hinausgeworfen. Es gab sogar einen Prozess, den Georg verloren hat. Der Advokat meines Vaters konnte vor Gericht Zweifel am Lebenswandel von Georgs Mutter behaupten. Für das Gericht war es nicht erwiesen, dass mein Vater auch Georgs Vater ist.«

»Also ist er gar nicht dein Halbbruder?«

»Doch, dessen bin ich mir sicher. Georg sieht Vater ähnlich, dennoch hat mein Vater den Prozess gewonnen. Wenn das Wort eines hoch angesehenen Grafen gegen das Wort eines jungen Glücksspielers und Trunkenbolds steht, dann fällt die richterliche Entscheidung leicht. Und Georg hat in jungen Jahren wirklich ein liederliches Leben geführt. Jetzt ist er Steward. Er hat sich gebessert. Ich habe mich sehr gefreut, ihn wiederzusehen.«

»Du musst ihn mir vorstellen.«

»Bei passender Gelegenheit sehr gerne.«

Für eine Weile standen die beiden schweigend nebeneinander. Friedrich neigte sich schließlich Carolina zu und flüsterte: »Ich muss dich auf der Stelle busseln.«

Carolina blickte sich um, und als sie sie sich unbeobachtet wähnte, drückte sie Friedrich einen Kuss auf die Lippen. Er umschlang ihre Taille und zog sie an sich.

»Mehr davon! Viel mehr davon! Ich glühe, ich brenne, ich schmelze dahin!«

Carolina löste sich von ihm, schaute sich wieder um und warf Friedrich einen verwegenen Blick zu. »Ich klopfe viermal.«

Die beiden Männer betraten den Rauchsalon. Nach dem Déjeuner war der Salon gut besucht, zwischen den dicken Tabakwolken duftete frisch aufgebrühter Kaffee, die anwesenden Herren sprachen auch dem Cognac zu. Bruno und Samuel Teitelbaum suchten nach einem freien Platz.

»Sieh an, Herr Teitelbaum, Sie bringen uns ja einen seltenen Gast«, rief ein Mann in einer typischen Sprachfärbung.

Samuel Teitelbaum trat an die sechs rund um einen Tisch sitzenden Männer heran. »Guten Tag, Mr Cramp, guten Tag die Herren.«

»Wollen Sie uns Ihren Bekannten nicht vorstellen?«, fragte Cramp.

Teitelbaum kam der Bitte nach. In der Runde saßen neben Mark Cramp noch Graf Urbanau, der Gelehrte Dr. Eggersfeldt, der Deutsche Winfried Mühlberger, der Franzose Gilbert Belmais, der Österreicher Ferdinand Seefried sowie der Schiffsarzt Dr. Zechtel.

Cramp vollführte eine einladende Geste. »Nehmen Sie doch Platz. Zwei Stühle sind hier noch frei.«

Bruno und Herr Teitelbaum setzten sich. Der Steward trat heran und offerierte Kaffee und Cognac. Cramp reichte den beiden seine Zigarrenkiste. Bruno roch an der Zigarre.

»Echte Havanna aus Cuba. Ich rauche nichts anderes«, erläuterte Cramp.

»Solch edlen Tabak kriegt man nicht jeden Tag«, sagte Dr. Eggersfeldt und paffte an seiner Zigarre.

»Ich habe mir für die Vergnügungsfahrt rechtzeitig mehrere Kisten aus Cuba kommen lassen«, erläuterte Cramp.

Mark Cramp und seine Gattin Deanna waren die einzigen Amerikaner an Bord, beide sprachen gut Deutsch. Mr Cramps Großvater war ein Auswanderer aus Deutschland, der in Boston Fuß gefasst und aus dem Nichts eine kleine, aber florierende Reederei aufgebaut hatte. Der Stammvater hatte dafür gesorgt, dass seine beiden Söhne und deren Söhne zumindest Grundkenntnisse des Deutschen erlernt hatten. Und Deanna Cramp hatte zwar englische und irische Vorfahren, war aber sehr sprachkundig und hatte aus Neugierde Deutsch gelernt. Das Ehepaar hatte ihre drei Kinder bei den Großeltern in Boston zurückgelassen und war zu einer mehrmonatigen Europareise aufgebrochen, deren krönenden Abschluss die Fahrt mit der Thalia in die Ägäis bildete. Wieder zurück in den Vereinigten Staaten würde er die Leitung der Reederei von seinem Vater übernehmen und dafür sorgen, dass der Betrieb gedieh und es der Familie an nichts fehlte. Mr Cramp war sehr leutselig und hatte im Rauchsalon innert kurzer Zeit eine Schar von Freunden gewonnen.

Die Herren schmauchten und schlürften. Bruno kämpfte gegen die aufsteigende Übelkeit durch den Zigarrenqualm. Nur der Franzose Belmais rauchte Zigaretten.

»Und um die Fäden unseres Gespräches wiederaufzunehmen«, sagte Dr. Eggersfeldt in Richtung Winfried Mühlberger gerichtet, »so muss man natürlich in Betracht ziehen, dass es verschiedene politische Strömungen in Europa gibt und berechtigterweise auch geben muss. Die von Ihnen angesprochene immense Dynamik in der Entwicklung Deutschlands ist natürlich eine Folge der deutschen Einigung von 1871. Aber es gibt meiner Ansicht nach keinen zwingenden Automatismus, dass alleine der nationale Einheitsstaat die Staatsform der Zukunft sein muss. Sehen Sie sich die kleinen Völker des Balkans an. Wie soll hier eine nationale Vereinigung stattfinden, die einen starken Staat zur Folge hat? Das ist kaum denkbar. Nein, hier erweist sich das große Staatswesen der k.u.k. Monarchie als die weit überlegene Staatsform. Die kleinen Völker Mitteleuropas sind unter der Oberhoheit des Hauses Habsburg in einem sicheren Hafen und können zuversichtlich in die Zukunft blicken, ohne jederzeit Furcht haben zu müssen, Spielball der Großmächte Russland, Frankreich und England zu werden.«

Mühlberger wiegte den Kopf. »Sie als Österreicher müssen wohl so argumentieren. Die Deutschösterreicher sind das dominante Volk in der Donaumonarchie. Sehen Vertreter anderer Völker den Vielvölkerstaat unter der Herrschaft des Hauses Habsburg auch so wie Sie? Meines Wissens gibt es zahlreiche nationale Strömungen in den mehrheitlich nicht von Deutschösterreichern bewohnten Gebieten, etwa in Böhmen und Mähren. Im Litorale, dem österreichischen Küstenland, gibt es doch die Bewegung des Irredentismus.«

Unwillkürlich schauten die Männer Bruno an, der wegen der Wirkung der Zigarre und des Cognacs nicht bei der Sache war und aus dem Stegreif keinen passenden Gesprächsbeitrag zu leisten vermochte.

Dr. Eggerfeldt sprang Bruno bei: »Sie sind doch Italiener, Herr Zabini. Was halten Sie vom Irredentismus?«

Bruno stellte das Cognacglas ab und holte tief Luft. »Ich bin nur zur Hälfte Italiener. Meine Mutter ist Österreicherin. Und ich bin wie viele Triestiner mit mehreren Sprachen aufgewachsen. Nicht nur aus diesem Grund bin ich kein Freund des Irredentismus. Was soll es bringen, alle Italiener unter einer Fahne zusammenzuführen? Darin sehe ich keinen zwingenden Vorteil. Ich liebe meine Heimatstadt Triest und das Litorale, und meine Heimat hat in vieler Hinsicht von der Herrschaft der Habsburger profitiert. Seit 1382 ist Triest österreichisch, seit mehr als fünfhundert Jahren. Warum sollte sich das ändern? Die habsburgischen Herrscher haben viel Gutes für Triest getan. Etwa Karl VI., der Triest 1719 zum Freihafen erklärt hat. Oder Maria-Theresia und ihr Sohn Josef II., die beträchtlich in den Ausbau der Stadt investiert haben. Und seit es die Eisenbahn nach Wien gibt, ist Triest zu einer der bedeutendsten Städte Österreich-Ungarns geworden. Ich denke, dass viele Italiener in Triest nicht unzufrieden sind mit ihrem Status als Bürger der Donaumonarchie.«

Graf Urbanau kniff die Augen zusammen. »Weil Sie die fünfhundert Jahre erwähnt haben. Bei den Feierlichkeiten zum fünfhundertjährigen Jubiläum der österreichischen Herrschaft ist unser Kaiser nur knapp einem Bombenanschlag von irredentistischen Fanatikern entgangen. In Triest gibt es immer wieder antiösterreichische Demonstrationen.«

Bruno nickte. »Ich kenne natürlich die Geschichte des Attentäter Guglielmo Oberdan, gebe aber zu bedenken, dass ich im Jahre 1882, als das Attentat erfolgte, gerade erst zwölf Jahre alt war. Und es stimmt natürlich, dass die politische oder allgemeiner gesagt die gesellschaftliche Lage in Triest nicht immer einfach ist. Dennoch ist Triest eine prosperierende Stadt, die Leute finden Quartier und Arbeit, die Qualität der Wasserversorgung ist nicht schlecht, Nahrungsmittel sind in ausreichender Menge vorhanden, wir haben gut ausgestattete Hospitäler. Ich denke, solange Frieden herrscht, geht es den Menschen nicht nur in Triest, sondern in ganz Europa, in Wahrheit auf der ganzen Welt gut.«

Graf Urbanau zog die Augenbrauen hoch. »Sind Sie etwa ein Friedensfreund, Herr Zabini?«

»Aber ja. Der Frieden erscheint mir jener Zustand der Zivilisation zu sein, der die Menschheit in die Zukunft führt.«

Die Miene des Grafen zeigte Amüsement. »Sie sind ja ein Idealist, mein Herr!«

»Ich bin ein bisschen skeptisch, was Idealismus anbelangt, weil ich schon manche Menschen getroffen habe, die ihre Ideologie als Idealismus maskiert haben. Aber ein paar gute Ideen für die Zukunft zu haben, erscheint mir im politischen Denken und Handeln wichtig. Ich denke, der Frieden ist eine dieser guten Ideen.«

»Und wenn Ihr Nachbar gerade nicht in guter Stimmung für Frieden ist, sondern Krieg will?«, fragte Mark Cramp.

»Es ist mein gutes Recht, mich vor Übergriffen zu schützen, und wenn es sein muss, dann schütze ich mich auch geharnischt. Aber selbst wenn ich gut gerüstet bin, kann ich durch das gleichberechtigte Gespräch mit meinem Nachbarn vielleicht den Konflikt verhindern.«

Graf Urbanau machte eine wegwerfende Handbewegung und stellte kategorisch fest: »Der große Krieg wird kommen! Das ist zweifelsfrei gewiss. Und jene Großmacht, die den alles entscheidenden Krieg entschlossen genug führt, wird die Zukunft gewinnen. Das ist der Lauf der Welt, das ist eine Notwendigkeit der Geschichte. Krieg liegt in der Natur des Menschen.«

Bruno griff nach der Tasse und schluckte eine Erwiderung mit etwas Kaffee hinunter. Wie oft musste er sich solche Vorträge noch anhören? Es war ein Jammer. Immerhin hatte er jetzt einen Grund mehr, dem Rauchsalon fernzubleiben. Kriegerischen alten Männern beim Schwadronieren zuzuhören, während sie dicke Zigarren pafften und Schnaps tranken, war nichts, was sein Vergnügen mehrte.

⁖

»Trinken Sie Tee, Signor Zabini?«

Bruno stand an der Reling des Promenadendecks und schaute über das Heck in die Ferne. Er wandte sich Therese Wundrak zu. »Ja, ich trinke Tee, allerdings nicht so häufig wie Kaffee.«

»Ich brenne darauf, eine Tasse Tee zu mir zu nehmen.«

Bruno blickte auf seine Taschenuhr. »In Kürze wird der Tee serviert. Eine halbe Stunde noch.«

»Was halten Sie davon, Signor Zabini, wenn Sie mir bis zur Teestunde Gesellschaft leisten?«

»Mit dem allergrößten Vergnügen. Darf ich Sie zur Promenade einladen?«, sagte Bruno und bot ihr seinen Arm.

Therese hakte sich ein und sie reihten sich in den Strom der im Uhrzeigersinn am Promenadendeck kreisenden Spaziergänger ein. »Ich werde noch nicht ganz schlau aus Ihnen, Signor Zabini.«

»Ich hoffe, dass ich keine unlösbaren Rätsel aufgebe.«

»Ein Angestellter des Österreichischen Lloyds macht also eine Reise, um eine technische Inspektion durchzuführen. Wird so etwas nicht im Dock durchgeführt? Oder während der Erprobungsfahrt?«

»Es geht in meinem Bericht nicht nur um den Betrieb der Kessel, der Dampfmaschine und Schiffsschraube, es geht vor allem um die Qualität des Trinkwassers an Bord, um die Auslastung der Waschanlagen, um die Belüftung der Kabinen im Hauptdeck, also um Dinge, die man im Dock oder im Zuge der Erprobungsfahrt nicht überprüfen kann. Es geht um die Funktionsweise des Vergnügungsdampfers während einer Fahrt im Echtbetrieb. Die Direktion ist sich der Verantwortung vollends bewusst, den Fahrgästen ideale Verhältnisse an Bord bieten zu müssen. Immerhin sind die Fahrkarten nicht gerade billig, aus diesem Grund muss die Qualität des Angebotes stimmen.«

»Hm, Wasserversorgung, ich verstehe. Für mich als Fahrgast ist es keines Gedankens wert, dass es Wasser an Bord gibt, aber natürlich benötigen zweihundert Menschen auf See Wasser für den Tee, den Kaffee und zum Baden. Da kann man nicht einfach mit einem Kübel Meerwasser an Bord ziehen.«

»Exakt. Und das in Tanks gelagerte Trinkwasser muss mehrere Tage genießbar sein. Die Frischluft in den Kabinen muss tatsächlich so frisch sein, dass selbst ältere oder kranke Personen unter Deck problemlos schlafen können. Ein Schiff ist eine kleine, in sich geschlossene Welt, die funktionieren muss. Sie wissen wahrscheinlich, dass die Thalia rund zwanzig Jahre lang als Liniendampfer betrieben worden ist, ehe sie zum ersten und bislang einzigen Salondampfer des Österreichischen Lloyds umgebaut wurde.«

»Davon habe ich gehört.«

»Die Schifffahrtsgesellschaft hat also noch keine langfristigen Erfahrungen mit dem Betrieb von Vergnügungsdampfern, das ist für uns Neuland, also müssen wir systematisch Informationen sammeln und daraus Erkenntnisse ziehen.«

»Interessant. Und sehr gewissenhaft. Das hätte ich einer österreichischen Gesellschaft gar nicht zugetraut. Normalerweise sind wir Österreicher als Volk ja eher schlampig und vergesslich.«

»Ich glaube, das sind Eigenschaften, die man nicht einfach auf ein ganzes Volk hochrechnen kann, selbst wenn es gar nicht wenige schlampige und vergessliche Österreicher gibt.«

»In jedem Fall ist mir aufgefallen, dass Sie die Menschen sehr genau beobachten.«

»Weil Sie mich genau beobachtet haben?«

»Ich hoffe, Sie bringen dafür ein klein wenig Verständnis auf. Wir sind dreieinhalb Wochen auf diesem Schiff eingesperrt. Was soll ich sonst tun, als Leute zu beobachten?«

»Wenn ich die Idee einer Vergnügungsfahrt richtig verstanden habe, ist das genau die Beschäftigung, derentwegen man sich an Bord begibt.«

»Ach, da gibt es noch ein paar andere Beschäftigungen.«

»Tatsächlich?«

»Haben Sie so wenig Phantasie?«

»Mein Hauptinteresse gilt den Fakten.«

»Ich zum Beispiel tippe auch auf meiner Schreibmaschine. Das ist ein Faktum.«

»Sie arbeiten an der Artikelserie?«

»Zum einen arbeite ich an den Artikeln, zum anderen an einem neuen Roman.«

»Ich bewundere die Kunst der Literatur. Ich lese liebend gern, aber leider nicht so häufig, wie ich gerne möchte. Darf ich fragen, worum es in Ihrem neuen Roman geht?«

Therese lachte. »Jetzt raten Sie einmal, worum es gehen könnte!«

»Hm, ein Ratespiel. Dann los. Es geht um die Liebe.«

»Sie sind famos, Signor Zabini!«

»Die Liebe stößt aber auf große Schwierigkeiten.«

»Kolossal!«

»Es geht aber auch um Verrat.«

»Wie machen Sie das nur?«

»Am Schluss gibt es eine Hochzeit.«

»Sie Teufel haben meinen unveröffentlichten Roman schon gelesen! Und das, obwohl ich das Ende noch gar nicht geschrieben habe.«

Die beiden lachten und gingen einige Schritte. Sie kamen am Ehepaar Seefried vorbei, das auf einer Bank ein Sonnenbad nahm. Man begrüßte einander.

»Ein reizendes Paar. So liebenswürdig«, sagte Therese, als sie ein paar Schritte weiter waren.

»Das finde ich auch.«

»Sie verstehen sich offenbar gut mit Ferdi?«

»Herr Seefried und ich hatten schon das Vergnügen, interessante Konversation zu betreiben.«

Therese schmunzelte. »Das haben Sie elegant formuliert. Sie sollten Schriftsteller werden.«

»Zu dieser hohen Aufgabe fühle ich mich leider nicht berufen. Ich fürchte, mir fehlt das nötige Talent.«

»Immerhin haben Sie mir ein Gespräch mit Ferdi als *interessante* Konversation fast glaubhaft verkauft. Das ist quasi eine literarische Leistung.«

»Ich versuche nicht, mir zu überlegen, was Sie damit gemeint haben könnten.«

»Das ist ja wohl klar, oder?«

»Wie gesagt, ich unternehme den Versuch aus Höflichkeit nicht.«

»Ferdi ist ein lieber Mann, aber so furchtbar langweilig. Na gut, Hermine ist auch nicht das, was die Preußen einen *heißen Feger* nennen.«

»Wenn Sie gestatten, geehrte Frau Wundrak, dann enthalte ich mich jeden Kommentars.«

»Seien Sie nicht so langweilig, Signor Zabini! Über andere Leute herzuziehen ist das Erquicklichste, was man hier an Deck tun kann.«

»Wenn das Ihre Meinung ist.«

»In jedem Fall hoffe ich, dass die beiden ihr Ziel erreichen.«

»Welches Ziel?«

»Die beiden sind seit vier Jahren verheiratet und haben noch keine Kinder. Dabei wünschen Sie sich nichts sehnlicher.«

»Ein medizinisches Problem?«

»Ein psychologisches, nehme ich an. Hermine hat mir

erzählt, dass sie beide gründliche medizinische Untersuchungen über sich ergehen haben lassen und dabei keinerlei Einschränkungen in der Fortpflanzungsfähigkeit gefunden wurden. Weshalb der Hausarzt den beiden diese Reise sozusagen ärztlich verordnet hat. Was soll man drei Wochen lang in einer Luxuskabine anderes tun, als an den Nachfahren zu arbeiten?«

Bruno wiegte den Kopf. »Ein sinnvoller Gedanke. Ich stimme in Ihre Hoffnung ein. Mögen die beiden ihr Ziel erreichen.«

»Sind Sie homosexuell, Signor Zabini?«

Bruno schaute Therese von der Seite an. »Das ist eine ungewöhnliche Frage, Frau Wundrak.«

»Ich bin viel zu ungeduldig, um um den heißen Brei herumzureden. Ich habe in Erfahrung gebracht, dass Sie weder verheiratet noch verwitwet sind und dass sie keine Kinder haben. Kinderlose Junggesellen Mitte dreißig sind entweder Versager im Kampf der Geschlechter oder homosexuell.«

Bruno pfiff durch die Zähne. »Dann bin ich, in Ihrer Diktion, ein Versager.«

»Habe ich Ihren Stolz gekränkt?«

»Nun, geschmeichelt fühle ich mich nicht.«

»Verlangen Sie Satisfaktion, um Ihre Ehre wiederherzustellen?«

»Im Duell, das Ihnen vorschwebt, spielen wohl Säbel und Pistolen eine untergeordnete Rolle.«

»Auf Reisen bin ich in jeder Hinsicht gut gerüstet. Und ich denke, Sie sind nicht homosexuell. So wie sie mit Frau Teitelbaum geturtelt haben. Oder wie Sie diesen beiden hinreißenden jungen Damen die Hand geschüttelt haben. Oder wie Sie mich gerade eben angesehen haben. Eindeutig nicht homosexuell.«

»Junge Damen? Sie meinen Milada und Irena, die Töchter von Frau Kabátová?«

»Meine Güte sind das schöne Mädchen! Und so begabt. Da frisst mich fast der Neid. Meine Kabine liegt gleich gegenüber der Kabine von Frau Kabátová, die, wie ich, eine Einzelkabine hat. Und hinter der Kabine der Mutter liegt die Doppelkabine der beiden Mädchen. Sie haben ihre Instrumente mit an Bord genommen und üben. Wobei ich das, was ich so gehört habe, kaum als Übung bezeichnen kann, es ist vielmehr meisterliches Warmspielen.«

»Ich freue mich sehr auf den Musikabend, den Frau Kabátová mit ihren Töchtern gestalten wird.«

»Milada ist durchaus kokett, wie ich beobachtet habe. Sie sieht sich die Männer an Bord sehr genau an.«

»Das tun Sie ja auch, gnädige Frau.«

Therese räusperte sich. »Diese Retourkutsche habe ich wohl verdient.«

»Ich bitte Sie um Entschuldigung.«

»Tun Sie sich keinen Zwang an, beleidigen Sie mich nur.«

»Nie wieder, Frau Wundrak!«

Therese hielt an und löste sich von ihm. Bruno und sie standen einander gegenüber. Therese lächelte verschmitzt. »Jetzt, lieber Signor Zabini, da wir uns endlich besser kennen, bitte ich Sie, mich zu duzen und mich Resi zu nennen.«

»Es ist mir ein Vergnügen, liebe Resi, wenn du mich Bruno nennst.«

»Du bist und bleibst ein bisschen rätselhaft, Bruno. Irgendetwas liegt versteckt in dir.«

»Trägt nicht jeder ein Geheimnis mit sich?«

Sie reichte ihre Hand zum Kuss. »Der Grund meiner Existenz ist es, Geheimnisse zu lüften. Wir sehen uns beim Tee.«

Bruno küsste die Hand. Therese trat kokett ab. Ein Dutzend Augenpaare waren auf sie gerichtet. Bruno wurde es mulmig zumute. Konnte er seinen Auftrag inmitten einer Horde geradezu versessen neugieriger Menschen wirklich verheimlichen?

Bruno griff in seine Kommissionstasche und zog die Metallkassette heraus. Er öffnete das Schloss und klappte die Kassette auf. Der Geruch von Öl stieg in seine Nase. Er entfernte das schwarze Tuch, in das seine Dienstwaffe eingeschlagen war, und inspizierte die Waffe. Ein Revolver M1898 der Wiener Fabrik Rast & Gasser, Kaliber acht Millimeter. Sowohl die k.u.k. Armee als auch die österreichische Polizei verwendeten dieses Modell wegen seiner robusten Bauweise und Verlässlichkeit. Bruno hatte viele Male auf dem Schießplatz mit seinem Revolver geschossen. Er fand die Waffe wie erwartet in einwandfreiem Zustand und sperrte sie wieder weg.

Er grübelte. War er irgendwie vorangekommen? Hatte er irgendein Indiz gefunden, einen Verdächtigen? Nein. Der Mord an Rudolf Strohmaier lag nach wie vor völlig im Dunklen. Ein hinterhältiger Anschlag mit Todesfolge war geschehen, und er tat nichts anderes, als auf dem Promenadendeck zu flanieren, sich im Speisesalon den Magen vollzuschlagen und mit den eleganten Damen der Oberschicht Süßholz zu raspeln. War der Täter überhaupt an Bord? Und wenn ja, wer mochte es sein?

Bruno fluchte in derbem Wienerisch vor sich hin. Wenn sich seine Mutter ärgerte, dann verfiel sie unweigerlich in den Tonfall der Wiener Vorstadt und sparte niemals am reichen Wortschatz an deftigen Verbalinjurien. Bruno hatte bereits in seiner Kindheit diesen eigenen Tonfall internalisiert und damit bei Streitigkeiten mit seinen Schulkameraden gepunktet. Manche Schimpfwörter hatte er den Kameraden beigebracht, was schließlich zu einer Verwarnung durch den Direktor und zur strengen Bekanntschaft mit dem Gürtel seines Vaters geführt hatte. Auch seine Mutter hatte sich damals Vorwürfe gefallen lassen müssen. Woraufhin sie wirklich vorsichtiger wurde und ihre Zunge im Zaum hielt. Für Bruno aber kam diese Maßnahme zu spät, denn längst hatte er sich den Tonfall und viele Wörter unauslöschlich eingeprägt.

Er stellte die Kommissionstasche wieder in den Kasten und versperrte diesen. Es war mittlerweile neun Uhr abends. Sollte er in der Kabine bleiben und lesen oder sich unter die Abendgesellschaft mischen? Er hätte gute Lust, die Kabinentür von innen zu versperren, doch sein Pflichtgefühl siegte. Bruno kontrollierte den Sitz seiner Krawatte und strich den Hosenstoff glatt, dann verließ er seine Kabine und durchmaß das Schiff der Länge nach vom Bug bis zum Heck. Aus keinem speziellen Grund nahm er nicht die Haupttreppe, sondern die kleine Treppe am Heck, die meist nur von den Stewards genutzt wurde, weil sich deren Kabinen sowohl im Haupt- wie im darüberliegenden Oberdeck befanden. Im Oberdeck wollte er den Innenbereich verlassen, denn die hintere Treppe zum Promenadendeck lag im Freien.

Durch das Fenster an der Tür sah er zwei Personen eng beieinander an der Reling stehen. Der Mann hatte seinen Arm um die Hüfte der Dame geschlungen, gemeinsam schauten sie in die Dunkelheit des Meeres. Bruno hatte bemerkt, dass dieser Bereich des Oberdecks der stillste Ort auf dem Schiff war. Die allermeisten Fahrgäste hielten sich am Oberdeck nur dann auf, wenn sie im Speisesalon saßen, hauptsächlich traf man sich am Promenadendeck oder in luftiger Höhe auf dem Bootsdeck. Kein Wunder also, dass sich Liebespaare, die ein wenig Stille und frische Luft suchten, sich hier trafen. Bruno erwog den Gedanken, die beiden Personen nicht zu stören, den Speisesalon zu durchqueren und die Haupttreppe zu nehmen, doch dann wurde er stutzig. Er erkannte das Kleid der Komtess. Wer war der Mann?

Bruno warf die Tür des Treppenaufgangs schwungvoll zu, ehe er die Ausgangstür öffnete. Das Manöver zeitigte Erfolg, die beiden hatten das Türklappen gehört und standen nun in einem schicklichen Abstand voneinander. Als Bruno ins Freie trat, tat er so, als ob er die beiden eben erst entdeckte.

»Guten Abend«, grüßte Bruno.
»Guten Abend«, grüßte Carolina.
»Guten Abend, Herr Zabini«, grüßte Friedrich.
Die beiden verbargen ihre Scham, ertappt worden zu sein, sehr geschickt, fand Bruno. Also sein Kabinennachbar Friedrich Grüner. Jetzt, wo er die beiden beieinander sah, fand er es begreiflich, dass sie sich nicht gemeinsam in den Salons zeigten, sondern sich diskret hier am Heck trafen. Bruno packte die Gelegenheit beim Schopf, er nahm Haltung an.

»Sehr geehrte Komtess, darf ich mich in aller Form dafür entschuldigen, dass ich mich nicht eher Ihnen vorgestellt habe. Eine unverzeihliche Unterlassungssünde, denn natürlich weiß ich, wer Sie sind, das ganz Schiff spricht von der Schönheit und Eleganz der Komtess Urbanau, während wahrscheinlich ich Ihnen bislang völlig unbekannt geblieben bin. Bruno Zabini aus Triest.« Bruno küsste die Hand der Komtess. »Herr Grüner und ich sind ja schon bekannt, unsere Kabinen befinden sich am Bug des Schiffes gegenüber.«

»Es gibt keine Verfehlung zu entschuldigen, Signor Zabini. Und Sie irren sich, Herr Grüner hat mir schon davon erzählt, dass Sie Nachbarn sind.«

»Sind Sie unterwegs in den Musiksalon?«

»Ja. Und auf dem Weg dahin haben wir die abendliche Aussicht auf das Meer genossen.«

Bruno lächelte. »Jetzt kann man die Aussicht auf das Meer genießen, vor wenigen Stunden war das ja nicht möglich. Die Seekrankheit hat mir schwer zugesetzt.«

»Wollen Sie auch den Musiksalon aufsuchen?«

»Ich habe noch keine besondere Absicht gefasst, welchen Salon ich besuche. Infrage kommt auch der Gesellschaftssalon. Bei einem Kartenspiel kann man sich trefflich zerstreuen.«

»Die Komtess und ich sprachen eben über den morgigen Landgang«, sagte Friedrich. »Der Reiseleiter hat mir heute im Laufe des Nachmittags die Route durch Ragusa erläutert. Das klingt sehr interessant, ich würde die Perle der Adria gerne sehen. Tatsächlich habe ich heute schon Werbung für die Excursion gemacht und von vielen Damen und Herren eine Zusage erhalten, sich dem Rundgang anzuschließen.«

»Ja, Signor Zabini, Sie müssen unbedingt mitkommen! Ich war vor Jahren schon einmal in Ragusa und kann sagen, es ist eine herrliche Stadt mit reizvollen mittelalterlichen Gassen und Plätzen. Das sollten Sie sich nicht entgehen lassen.«

Bruno wiegte den Kopf. Es konnte bestimmt nicht verkehrt sein, die Komtess beim Landgang im Auge zu behalten. »Diese freundliche Einladung kann und will ich nicht ausschlagen, also sage ich mit großem Vergnügen meine Teilnahme an der Excursion zu.«

Hier stimmte etwas nicht. Das war unmissverständlich klar. Ein Mann von seiner Profession musste immer auf der Hut sein, die Witterung durfte er niemals verlieren, jede noch so vage Spur musste verfolgt, jede kleinste Gefahr frühzeitig erkannt werden.

Sein Ziel war ein Idiot. Er konnte nichts als Verachtung für diesen Menschen aufbringen. Nun, welcher Mensch war nicht verabscheuungswürdig, wenn man ihn erst einmal kennenlernte? Er kannte keinen Menschen, den er als edel, würdig oder wahrhaftig bezeichnen könnte. Jeder Mensch besaß grundsätzlich einen elenden Charakter, präsentierte stets sein würdeloses Verhalten und fand seine besten Momente in den ekelhaften Lügen, die er verbreitete. Eitelkeit und Dummheit, war ihm jemals etwas anderes begegnet? Niemals.

Es hatte nie die Möglichkeit für ihn bestanden, etwas anderes zu sein als das, was er nun war.

Ein Raubtier.

Ein tödlicher Jäger.

Und als solcher besaß er einen untrüglichen Instinkt. Und dieser sagte ihm: Es stank nach Polizei an Bord. Ein eindeutiger Geruch, so viel war klar. Noch war ihm allerdings nicht bewusst, wer diesen widerwärtigen Geruch verbreitete. Er hegte einen Verdacht.

In jedem Fall hatte jemand seine Kabine betreten. Er hatte Vorkehrungen getroffen, um das zu erkennen. Ein in den Türspalt geklemmter fast unsichtbarer Faden. Ein weiterer in der Kastentür. Irgendjemand hatte seine Kabine betreten und herumgeschnüffelt. Hatte es gewagt, hier einzudringen.

Dieses Vergehen musste drakonisch bestraft werden. Völlig klar.

Keine Gnade.

Blut und Tod.

Er griff nach seiner Pfeife. Ruhe für den Abend. Und Träume.

Auf der Reede vor Ragusa

ALLEIN WEGEN DIESES malerischen Panoramas zahlte sich die Überfahrt aus. Die Thalia lag vor dem alten Hafen auf der Reede, sodass man bei der Überfahrt mit der Dampfbarkasse die eindrucksvolle Altstadt im Licht der Morgensonne vor sich hatte. Pünktlich um acht Uhr hatte Reiseführer Maurizio Kendler die erste Gruppe von dreißig Personen über die Gangway auf das Boot geführt. Bruno, Friedrich, Carolina und Therese fanden sich darunter. Graf Urbanau nahm wegen verschiedener Verpflichtungen, wie er sagte, nicht an der Excursion teil, auf ihn warteten allerlei Korrespondenzen. Er würde im Laufe des Tages an Land übersetzen und seine Briefe im Postamt persönlich abgeben, beziehungsweise an ihn gerichtete Briefe abholen. Carolina hatte nicht gefragt, welche Korrespondenzen während einer Vergnügungsfahrt zu erledigen waren. Sie wusste, dass er nie etwas über seine Arbeit erzählte.

Für sie und Friedrich ergab sich damit die Gelegenheit, den ganzen Tag über einander nahe sein zu können. Zu Mittag war die Einkehr in eine heimische Gostionica vorgesehen. Typische Hausmannskost aus Ragusa stand auf der Menükarte, hatte Maurizio Kendler angekündigt. Während sich die erste Gruppe im alten Hafen die Beine vertreten konnte, würde unter der Leitung von Schiffskommissär Glustich die zweite Gruppe von noch einmal dreißig Personen an Land übersetzen. Obwohl Reiseführer Kendler kein Angestellter des Österreichischen Lloyds war, sondern dem internationalen Reiseunternehmen Thomas Cook & Son angehörte, arbeiteten er und Schiffskommissär Glustich eng zusammen. Gemeinsam würden sie die Wanderung durch die Altstadt und zur Festung Lovrijenac führen.

Den drei Seeleuten an Bord der Dampfbarkasse war anzusehen, dass sie viel Übung hatten, das Boot im Hafenbecken zu steuern und am Molo anzulegen. Einer der jungen Männer nahm Klara an die Hand, half ihr bei den Stufen und begleitete sie über die kurze Gangway. Wie immer lächelte Klara über jede Form der Zuwendung und Aufmerksamkeit. Ihre Schwester ließ es sich nicht nehmen, dem Mann ein ordentliches Trinkgeld zu geben. Vor der Stadtmauer sammelte sich die Gruppe und die Dampfbarkasse tuckerte erneut zur Thalia hinaus.

Therese trat auf die Schwestern Senta Oberhuber und Klara Steinhauer zu. »Werte Frau Oberhuber, ich bewundere die Hingabe, mit der Sie sich um Ihre Schwester sorgen. Und ich bewundere dich, liebe Klara, wie tapfer du bist, dich auf diese lange Reise zu begeben.«

Klara gestikulierte. »Ich freue mich so, dabei sein zu können. Ich träume schon so lange von einer Schiffsreise. Alles ist so aufregend.«

Therese lauschte genau und verstand Klaras Worte sofort. Wenn man ihre Sprechweise einmal verinnerlicht hatte, dann fiel einem das Verstehen nicht schwer.

»Als mein Vater«, erläuterte Senta, »einen Zeitungsbericht über die Thalia gelesen hat, hat er zu Klaras Geburtstag die Fahrkarten für uns beide gekauft. Er wusste ja, dass sich Klara nichts sehnlicher wünschte, als einmal in ihrem Leben auf einem Dampfer zu fahren.«

»Haben Sie Kinder, Frau Oberhuber?«, fragte Therese.

»Ja, einen Sohn und eine Tochter.«

»Und die sind in der Obhut Ihres Ehemanns in München?«

»Nein, die beiden sind bei meinen Eltern in Rosenheim. Mein Mann arbeitet sehr viel, häufig kommt er erst spät aus dem Hospital, deshalb kann er sich in der Dauer meiner Abwesenheit kaum um die Kinder kümmern.«

»Das verstehe ich voll und ganz.«

»Und haben Sie Kinder, Frau Wundrak?«, fragte Senta.

Therese lachte auf. »Nein, das wäre bei meinem Lebenswandel gar unmöglich. Heute hier, morgen da, immer auf Reise, mal mit dem Zug in diese Himmelsrichtung, dann mit dem Schiff in die andere. Ich habe mich für dieses Leben entschieden, also muss ich auch die Konsequenzen tragen. Eine Familie gibt einer Frau natürlich Sicherheit und Geborgenheit, auf diese muss ich verzichten, wenn ich der Literatur folge.«

»Ihr Mut und Freiheitswille sind bewundernswert, Frau Wundrak.«

Therese fasste zuerst nach Sentas Händen und umarmte danach Klara. »Sehen Sie, Frau Oberhuber, das ist das Schöne an Reisen, man lernt die Menschen überaus schnell sehr gut kennen und kann für einander Bewunderung sowohl empfinden als auch diese ausdrücken.«

Bruno, Friedrich und Carolina standen daneben und verfolgten das Gespräch. Bruno musste zugeben, dass Resi im Knüpfen von Kontakten eine Klasse für sich war. Ein wahrer Menschenmagnet. Winfried Mühlberger trat auf die Gruppe zu. Therese fasste ihn ins Auge. Wie immer wirkte Mühlberger höflich, aber distanziert.

»Herr Mühlberger, ich bin hocherfreut, dass ein Kollege der schreibenden Zunft diese Excursion durch die Altstadt von Ragusa begleitet. Arbeiten Sie an einem neuen Stück über das Leben an der Adria?«

Mühlbergers Miene wirkte ein bisschen verdrießlich. »Eine Reise zu unternehmen und darüber zu schreiben, ist nicht meine Art der literarischen Schöpfung. Ich habe ein anderes Arbeitsprinzip entwickelt.«

Bruno spitzte die Ohren. Warum war der Mann Therese

gegenüber so kühl? Therese hingegen schien die Spitze nicht gehört zu haben oder ignorierte sie einfach.

»Ach, ich habe nur so ins Blitzblaue geraten. Und jeder Literat hat natürlich seine eigenen Arbeitsweise.«

»Ihre, geehrte Frau Wundrak, ist beachtenswert produktiv. Ich bin erstaunt, wie viele Bücher und Artikel Sie veröffentlichen.«

»Man tut, was man kann.«

»Leidet da nicht mitunter die literarische Qualität?«

»Darüber kann man mit großer Hingabe debattieren oder einfach sein Handwerk verrichten.«

»Natürlich, solides Handwerk hat immer goldenen Boden.«

Bruno fand, dass Therese den despektierlichen Tonfall Mühlbergers beachtlich souverän ignorierte. Er schätzte, dass sie es gewöhnt war, als Frau und als Autorin von Reiseliteratur von männlichen Kollegen gering geschätzt zu werden.

Therese blickte Mühlberger schwärmerisch an. »Es war mir vor sieben Jahren vergönnt, einmal in München eines Ihrer Stücke zu sehen. Ein großartiger Text, gespielt von einem hervorragenden Ensemble.«

»Vielen Dank für das Kompliment.«

»Schreiben Sie an einem neuen Stück?«

»Nein.«

»Arbeiten Sie an einem Roman?«

Mühlberger wirkte fast brüsk. »Ich schreibe derzeit nicht, ich lebe. Die Literatur erscheint mir zusehends wie eine falsche Wirklichkeit. Wozu Geschichten erdichten, wenn das wahre Leben voll davon ist? Ja, die Literatur ist im Kern ihrer Existenz eine Variation der Lüge. Das Feld überlasse ich gern denjenigen, die diese Parallelwelt suchen und darin wohnen möchten.«

Therese machte eine theatralische Geste und lächelte hinreißend. »Also ich liebe die Heimeligkeit der Literatur und fürchte nichts so sehr wie eine Schaffenskrise.«

Bruno war beeindruckt. Es war beachtliche, mit welcher Leichtigkeit Therese den eingebildeten Kerl durchschaut und ihm einen Kinnhaken verpasst hatte. Mühlbergers Miene verfinsterte sich, aber noch bevor er irgendetwas sagen konnte, hakte sich Therese bei Klara ein und zog alle Blicke zur Reede hinaus.

»Sehen Sie nur, das Boot kommt schon! In Kürze können wir unsere Wanderung in Angriff nehmen. Liebe Klara, wir werden extra langsam gehen, damit du Schritt halten kannst. Ich werde das gleich mit Herrn Kendler besprechen.«

Senta Oberhuber, der die kleine Szene und Thereses Herzlichkeit ihrer Schwester gegenüber offensichtlich unangenehm war, beeilte sich zu sagen: »Geehrte Frau Wundrak, das ist sehr freundlich von Ihnen, aber nicht nötig. Wir haben mit Reiseführer Kendler und Schiffskommissär Glustich vereinbart, dass wir uns, sobald Klara erschöpft ist, in ein Kaffeehaus begeben werden.«

Therese schaute sie mit weit geöffneten Augen an. »Zwei schöne Frauen allein in einer fremden Stadt? Ist das nicht etwas zu gewagt?«

Senta Oberhuber winkte ab. »Herr Mühlberger ist so freundlich, sich uns anzuschließen.«

Therese blickte Senta an, dann Mühlberger, dann lächelte sie Klara zu und tätschelte deren Handfläche. »Was für ein vortreffliches Arrangement. Ich gratuliere.«

Therese löste sich von Klara und hakte sich bei Carolina ein. »Liebe Komtess, ich bitte um die erlauchte Gnade, mich Euch für den Rundgang anschließen zu dürfen.«

Bruno überlegte, ob Therese Wundrak nicht auch eine ausgezeichnete Polizistin sein könnte. Sie dürfte nur nicht so exaltiert auftreten, das wäre unschicklich für eine Gesetzeshüterin, aber ihr Spürsinn und ihr scharfer Blick waren auffällig. Sie hatte mit schlagfertiger Aufdringlichkeit und ohne es direkt anzusprechen herausgefunden, dass die Gattin des berühmten Münchener Arztes Josef Oberhuber nicht nur mit ihrer beeinträchtigten Schwester, sondern auch mit ihrem Geliebten, dem von kultiviertem Weltekel geprägten Theaterdichter Winfried Mühlberger, auf Reisen war.

Bruno ärgerte sich. Warum waren eigentlich Frauen nicht zum Dienst bei der Polizei zugelassen?

Wohl aus demselben Grund, weswegen Frauen bei der ersten allgemeinen, gleichen, geheimen und direkten Reichsratswahl vor wenigen Tagen am vierzehnten Mai nicht hatten teilnehmen dürfen. Bruno wusste, was es für ein langer und beschwerlicher Weg gewesen war, überhaupt diese Wahlen abzuhalten. Aber war die Wahl wirklich allgemein gewesen, wenn die Hälfte der erwachsenen Bevölkerung nicht hatte abstimmen können? Er konnte sich noch genau erinnern, dass er bei einem Gespräch in der Kanzlei seinen Kollegen gegenüber angedeutet hatte, dass das allgemeine Wahlrecht seiner Meinung auch für Frauen gelten sollte. Seine Kollegen waren von diesem Gedanken geradezu pikiert gewesen. Vinzenz Jaunig hatte die Situation gerettet, indem er die Äußerung als misslungenen Witz Brunos bezeichnet hatte. Bruno musste sich abfinden, mit vielen seiner Gedanken nicht zu seinen Mitmenschen vordringen zu können. Außer mit seinem langjährigen Freund Lionello und mit Luise konnte er mit kaum jemandem ernsthaft über die möglichen Freiheiten des modernen Lebens debattieren. Freiheit, Gleichheit, Brüderlichkeit, das Motto der Französischen Revolution war vor langer Zeit schon ausgegeben, aber nirgendwo auf der Welt verwirklicht worden. Der Geist der Moderne griff nur langsam um sich. Bis die Welt ein gleichberechtigter Ort für alle Menschen wäre, würde wohl noch oft die Bora über Triest hinwegbrausen.

Georg blickte der Barkasse hinterher, die zum dritten Mal zwischen der Thalia und dem Hafen hin- und herpendelte. Mit den ersten beiden Fuhren war die Gruppe von Reiseführer Kendler übergesetzt worden, die dritte Fahrt brachte jene Fahrgäste an Land, die sich die Stadt auf eigene Faust ansehen wollten. Um sechs Uhr abends war Treffpunkt am Molo, um wieder an Bord gehen zu können. Durch den Sturm war das Schiff einen Tag später nach Ragusa gekommen, also war der geplante Aufenthalt von zwei Tagen auf einen gekürzt worden. Um sieben Uhr sollte das Dîner wie gewohnt aufgetischt werden, um acht Uhr abends würde das Schiff den Ankerplatz auf der Reede verlassen und weiter Richtung Süden fahren. Da also die meisten Fahrgäste den ganzen Tag über an Land waren, hatten die Stewards und Köche heute einen ruhigen Tag. Georg freute sich auf eine Kartenpartie mit seinen Spielkameraden. Die geräumige Kabine des Oberkellners wurde bei Landgängen der Passagiere regelmäßig in eine verrauchte Spielhölle umgewandelt. Bei der letzten Fahrt der Thalia hatte einer seiner Kameraden seine gesamte Heuer verspielt. Verständlich, dass er danach trachtete, das Geld zurückzugewinnen. Georg selbst hatte bei der Pechsträhne seines Kollegen üppig gewonnen, somit hatte er ein paar Kronen übrig, um heute forsch zu setzen.

Auch in Sachen holder Weiblichkeit kam er gut voran.

Die beiden jungen Tschechinnen hatten sich zwar seinen Avancen gegenüber als unempfänglich gezeigt, aber noch waren sie erst vier Tage auf See. Er wusste mittlerweile sehr gut, dass manches reservierte Fräulein mit der Zeit an Bord aufgeschlossener wurde. Die Sonne des Südens, die Langeweile auf dem Schiff, das sprach für ihn. Ihm war aufgefallen, dass die ältere Schwester dem seltsamen Passagier von Kabine dreiundsechzig hinterherschaute. Georg nahm sich vor, mehr über diesen Mann in Erfahrung zu bringen. Der

Name »Zabini« hatte nicht auf der Passagierliste gestanden, und kurzfristig hatte die als Lagerraum benutzte Kabine für ihn ausgestattet werden müssen. Das war ungewöhnlich. Er war ein Mitarbeiter des Österreichischen Lloyd, so viel wusste Georg. Das waren alle anderen Männer an Bord ebenso. Bei einer so großen Gesellschaft konnte man unmöglich alle Mitarbeiter kennen, aber auch die anderen, mit denen er bisher gesprochen hatte, hatten den Mann noch nie auf einem Schiff gesehen. Wahrscheinlich war er ein Protegé der Direktion, der kostenlos eine Fahrt mit dem schönsten Schiff der Adria machen durfte. Andere mussten für das Vergnügen bezahlen oder arbeiten.

Georg schob den kurzen Anflug von Ärger über diese Ungerechtigkeit schnell zur Seite. Das Lächeln kehrte wieder, denn das Abenteuer in der letzten Nacht hatte ihn zuversichtlich gestimmt, was den weiteren Verlauf der Reise betraf. An Frau Teitelbaum war alles so, wie er sich eine reizvolle Affäre vorstellte. Sie lief auf die vierzig zu, war also mehr als zehn Jahre älter als er. Georg hatte so manche gute Erfahrung mit reiferen Frauen gemacht. Und mit dieser Reiseschriftstellerin würde er bestimmt auch bald in die Gänge kommen. Vielleicht schon in dieser Nacht? In jedem Fall hatte Frau Wundrak den Vorteil, dass sie eine Einzelkabine besaß. Sein Kabinengenosse Fabrizio und er hatten ein Arrangement getroffen. Je nachdem, wer von ihnen Damenbesuch erhielt, durfte sich darauf verlassen, dass der andere Schmiere stand. Das Verfahren hatte sich bestens bewährt. Und wenn sich eine Dame als besonders leutselig herausstellte, dann teilten sie brüderlich. Georg schätzte, dass Frau Teitelbaum den Reizen seines Zimmergenossen durchaus etwas abgewinnen konnte. Und Fabrizio hatte auch schon ein heißes Eisen im Feuer.

»Du bist also Steward geworden.«

Georg erschrak. Eine schroffe Stimme.

Er war so in Gedanken versunken, dass er gar nicht bemerkte, dass sich jemand ihm von hinten genähert hatte. Er riss seinen Kopf herum. Graf Urbanau musterte Georg mit strengem Blick. Schnell fasste sich Georg und nahm Haltung an. Er hatte längst erwartet, dass ihn der Graf ansprechen würde.

»Euer Gnaden, ich hoffe, Ihr fühlt Euch an Bord der Thalia wohl und alles ist zu Eurer hochgeschätzten Zufriedenheit.«

»Folge mir in meine Kabine.«

»Sehr wohl, Euer Gnaden.«

Graf Urbanau marschierte voran, Georg folgte ihm. Der Graf warf die Tür zu und nahm Aufstellung.

»Ist das ein Zufall?«

»Ja. Ich habe erst knapp vor dem Ablegen deinen Namen auf der Passagierliste entdeckt.«

»Junger Mann, ich kann mich nicht erinnern, dir das Du-Wort angetragen zu haben.«

»Aber du sprichst mich auch mit dem Du-Wort an, Vater.«

»Es gibt keine Beweise, dass ich dein Vater bin.«

»Mein Herz sagt es mir mit Gewissheit.«

»Soll das lustig sein? Ich werde mich über dich beschweren.«

»Euer Gnaden, mir ist vollkommen bewusst, dass nur ein einziges Wort Euer Gnaden mich die Stelle kosten würde. Ich müsste sofort von Bord gehen und auf eigene Kosten zurück nach Triest fahren.«

»Du bist ein renitenter Taugenichts.«

»Darf ich darauf hinweisen, dass ich immerhin zum Steward auf dem elegantesten Schiff Österreich-Ungarns tauge? Ich hoffe sehr, dass Ihr einen Funken Anerkennung dafür findet, Euer Gnaden.«

»Hast du mit Carolina gesprochen?«

»Jawohl, Euer Gnaden. Anders als Ihr, Herr Papa, hat sich meine Halbschwester sehr über unser unverhofftes Zusammentreffen gefreut.«

»Du hältst dich von Carolina fern!«
»Sehr wohl, Euer Gnaden.«
»Und wenn du auch nur ein Wort über unsere angebliche Verwandtschaft verlierst, sorge ich dafür, dass das hier deine allerletzte Fahrt auf einem österreichischen Schiff ist. Habe ich mich deutlich genug ausgedrückt?«
»Absolut hinreichend klar, Herr Graf.«
»Und ich verbitte mir dieses schmierige Grinsen.«
Georg räumte seine Miene leer und verneigte sich steif. »Selbstverständlich, Euer Gnaden.«
»Du kannst dich jetzt wieder deinen Pflichten widmen.«
»Herzlichen Dank, Herr Graf.«
Georg knallte soldatisch mit den Hacken und verließ die Kabine. Er wandte sich um und marschierte in Richtung Treppe.

Oberkellner Dolinar kam ihm breit lächelnd entgegen. »Und ist alles zur Zufriedenheit Seiner Gnaden?«

Georg zog eine blasierte Miene. »Der erlauchte Herr Graf beliebt festzuhalten, dass alles zu Ihrer hochwohlgeborenen Zufriedenheit ist und Euer Gnaden sich veranlasst fühlt, dem tüchtigen Personal des schmucken Salondampfers Thalia seine besten Empfehlungen und einen Tritt in den Allerwertesten zu überreichen.«

Der Oberkellner lachte auf und boxte im Vorbeigehen Georg gegen die Schulter. »In einer Dreiviertelstunde in meiner Kabine.«

Georg drehte sich nach Dolinar um. »Heute schreibst du Bummerln, dass du glaubst, das ist ein Ausschlag.«

Dolinar drohte feixend mit der Faust. »Das glaubst aber auch nur du, du Angeber. Dir ziehe ich das Fell über die Ohren.«

Georg betrat die Haupttreppe und stapfte ein Deck tiefer.

Ein böses Lächeln umspielte seine Lippen. Wie er diesen alten Teufel verachtete. So war das, als Graf konnte man sich wie ein Tyrann benehmen, als Bastard musste man kuschen. Aber Georg wäre ein miserabler Steward, wenn er nicht längst Bescheid wüsste. Sollte er dem alten Teufel unter die Nase reiben, dass die ehrwürdige Komtess einem Schauspieler und Poeten aus dem niedrigen Volk eine Fahrkarte für die Vergnügungsfahrt bezahlt hatte und dass sich Ihre Durchlaucht Tag für Tag in der Kabine des genannten Hungerleiders einfand? Das wäre ein Spaß! Sobald er die Liaison spitzgekriegt hatte, hatte sich Georg mit Friedrich bekannt gemacht. Inkognito, versteht sich. Der junge Spund musste nicht wissen, dass Georg der verstoßene Halbbruder der Komtess und die Schande des Hauses Urbanau war. Mit ein bisschen Geschick hatte Georg alles Wesentliche aus Friedrich herausgekitzelt. Die Komtess würde also nicht unbefleckt diesem lackierten Affen aus dem Hause Brendelberg ins Ehebett fallen. Wie pikant! Aber Georg wischte den Gedanken zur Seite. Carolina war nicht daran schuld, dass ihr Vater ein halsstarriger Despot war. Er hasste seinen Vater, aber seine Halbschwester liebte er. Er würde ihr niemals Schmerzen bereiten. Im Gegenteil, er sollte sogar einen Plan austüfteln, für den Fall, dass Carolinas Affäre aufflog. Der erste Schritt war damit getan, dass er Friedrich eine Packung Pariser zugesteckt hatte. Wie konnte er Carolina noch gegen den alten Teufel helfen? Darüber galt es nachzudenken. Und dass die Affäre früher oder später auffliegen würde, daran zweifelte Georg nicht im Geringsten.

Bruno war es von seinen langen Märschen durch seine Heimatstadt gewohnt, flott zu gehen, deshalb musste er sich etwas zügeln. Die große Reisegruppe bewegte sich geradezu im Schneckentempo durch die pittoreske Altstadt. Bruno kannte Ragusa gut. Aus dienstlichen Gründen war er vor drei Jahren zwei Wochen hier gewesen und hatte den Kollegen bei der Ergreifung eines heimtückischen Frauenmörders geholfen. Der Fall hatte für großen Aufruhr gesorgt, in drei dalmatinischen Hafenstädten waren Dirnen erschlagen worden, insgesamt fünf Frauen waren dem Mörder zum Opfer gefallen. Sogar die Zeitungen in Laibach, Graz und Wien hatten über die Serie berichtet. Die Behörden in Zara, der Hauptstadt des Kronlandes Dalmatien, hatten in Triest um amtlichen Beistand angesucht. Also waren Bruno und sein Kollege Emilio nach Ragusa geschickt worden, weil man vermutete, dass der Mörder sich hier versteckt hielt. Und tatsächlich konnten die beiden Triestiner Inspectoren den Täter entlarven und gemeinsam mit den hiesigen Wachmännern hinter Schloss und Riegel bringen.

Der Reiseführer erzählte mit lauter Stimme von manchen historischen Vorfällen, die sich an diesem oder jenem Platz der Stadt ereignet hatten, er berichtete von Bauten und Baumeistern und gab allerlei amüsante Anekdoten zum Besten. Neben Bruno ging der Franzose Gilbert Belmais. Ein Mann, der sich in der Regel zurückhielt, der an Bord kaum auffiel, sich bei den Abendgesellschaften selten zeigte, den man am häufigsten bei Spaziergängen am Promenadendeck treffen konnte. In der Regel zog er allein und in Grübelei versunken seine Runden an Deck.

»Monsieur Belmais, erlauben Sie, dass ich mich vorstelle?«
»Sehr gerne.«
Bruno hielt an und reichte seine Hand zum Gruß. Belmais schlug ein.
»Bruno Zabini.«
»Gilbert Belmais.«
Sie setzten den Marsch in der Reisegruppe fort.
»Im Alltag komme ich leider nicht sehr oft dazu, Französisch zu sprechen, ich bitte Sie also um Entschuldigung, wenn

ich fehlerhaft formuliere und einen furchtbaren Akzent an den Tag lege.«

»Oh, Signor Zabini, Ihr Französisch ist sehr gut, und ein kleiner Akzent ist doch nur natürlich. Sie müssten erst hören, wie ich Deutsch spreche.«

»Sie sprechen Deutsch?«

»Sehr schlecht.«

»Ich habe im Gymnasium Französisch gelernt und in früheren Jahren auch Bücher in französischer Sprache gelesen, aber von den vielen Fremdsprachen, die in Triest gesprochen werden, ist Französisch nicht die häufigste. Am Hafen hört man öfter noch Griechisch und Englisch.«

»Sie sind aus Triest?«

»Ja. Woher stammen Sie?«

»Aus Lille.«

»Dann ist es eine sehr schöne Fügung, dass Sie es aus dem Norden Frankreichs bis an die Adria geschafft haben.«

»Ich lebe schon lange nicht mehr in Lille.«

Nun, sehr gesprächig war Monsieur Belmais nicht. Bruno schätzte den Mann Mitte dreißig, sie waren also ungefähr im gleichen Alter.

»Unternehmen Sie die Schiffsreise, um die schönsten Stätten der Adria und des östlichen Mittelmeeres kennenzulernen?«

»Ja. Das ist für mich eine noch unbekannte Region der Welt. Ich bin sehr an den antiken Stätten der Ägäis interessiert. Außerdem haben mir die Ärzte geraten, diese Schiffsreise zu unternehmen, um mich von meiner Krankheit zu erholen. Die Seeluft im warmen Klima des Mittelmeeres wird mir guttun, das haben mehrere Ärzte mir versichert.«

»Die Lunge?«

»Der Magen. Der letzte Winter war sehr schwer für mich.«

Bruno schaute kurz zur Seite. Belmais wirkte drahtig, kantig, fast ein wenig ausgezehrt. Gute Luft und deftiges Essen würde seine Konstitution sicher verbessern.« »Dann hoffe ich sehr, dass Sie wieder zu Kräften kommen und die weitere Fahrt genießen können, Monsieur Belmais.«

»Da bin ich mir sicher. Ich muss sagen, die Küche an Bord ist ausgesprochen gut«, sagte Belmais und lächelte Bruno spitzbübisch an. »Nicht so vortrefflich wie in Frankreich, aber doch sehr gut.«

Bruno lachte über den Scherz. »Spielen Sie Karten, Monsieur Belmais?«

»Nicht regelmäßig, aber ich kenne manche Spiele.«

»In den Salons scheint sich derzeit Whist großer Beliebtheit zu erfreuen. Auch Mariage und Tarock wird gespielt. Ich würde mich freuen, wenn sich die Gelegenheit zu einem Spiel ergibt.«

»Herzlichen Dank für die freundliche Einladung. Ja, vielleicht ergibt sich die Gelegenheit. Immerhin sind wir ja noch eine ganze Weile an Bord.«

Wieder sammelten sich die Passagiere der Thalia auf dem Kai. Straßenhändler eilten herbei und boten in Bauchläden und Körben Waren an. Schmuckstücke, Messer, kunstvolle kleine Malereien mit Szenen aus Ragusa und gedruckte Postkarten. Vor allem letztere erfreuten sich bei den Gästen großer Beliebtheit. Reiseführer Kendler lief herum und zählte die sich sammelnden Personen. Die Matrosen der Dampfbarkasse legten die Gangway aus und baten die ersten Passagiere an Bord. Wenig später dampfte das Boot hinaus zur Reede.

Deanna Cramp hatte sich lächelnd bei ihrem Mann eingehakt, der auf seine leutselige Art eine größere Gruppe um sich geschart hatte und mit lauter Stimme Anekdoten von seinen vielen Seereisen zum Besten gab. Bruno stand neben Friedrich und Carolina in der Gruppe und lauschte. Er mochte den Akzent von Mark Cramp, der sich doch merklich vom Akzent der Engländer, die Deutsch sprachen, unterschied. Durch seinen langjährigen Freund Lionello Ventura hatte Bruno mehrere englische Konstrukteure kennengelernt, die im Lloydarsenal arbeiteten. Für englische Schiffbauingenieure gab es in vielen Ländern der Welt gut bezahlte Arbeitsplätze, und gerade in Triest und Fiume hatten sich neben englischen Kaufleuten auch englische Techniker angesiedelt. Der berühmteste von allen Briten an der Adria war natürlich Robert Whitehead, der 1875 in Fiume seine Fabrik gegründet hatte. Whitehead hatte die Erfindung seines Kompagnons Giovanni Luppis weiterentwickelt. So war die erste Fabrik für propellergetriebene Torpedos entstanden, Waffen, die die althergebrachten Seekriegstaktiken revolutionierten und dem Unternehmen ein Vermögen eingebracht hatten. Mark Cramp, der seinen Dienst als Offizier der US Navy vor fünf Jahren quittiert hatte, war voll des Lobes über die Leistungen der von Luppis und Whitehead entwickelten und gebauten Torpedos.

»Und waren Sie schon einmal in Fiume, Mr Cramp?«, fragte Friedrich.

»Ja, nachdem wir unsere Rundreise durch Deutschland abgeschlossen haben, sind wir auf direktem Weg an die Adria gekommen. Eine Woche waren wir in Triest, dann waren wir drei Tage in Pola und fünf Tage in Fiume. Dann ging es mit dem Dampfer zurück nach Triest und schließlich haben wir uns auf der Thalia eingeschifft. In Fiume konnten wir eine Besichtigung der Whitehead-Werft machen. In die Torpedofabrik durften wir allerdings nicht hinein. Das wurde uns verboten. Wir könnten ja gefährliche Spione der United States sein.« Cramp steckte mit seinem Lachen die gesamte Gruppe an. »In jedem Fall habe ich mich sehr gefreut, in Fiume zwei alte Kameraden zu treffen.«

Bruno runzelte die Stirn. »Haben Sie in Fiume tatsächlich Kameraden der US Navy getroffen?«

Cramp winkte ab. »Nicht der US Navy, nein, Kameraden der k.u.k. Kriegsmarine. Wir haben über alte gemeinsame Zeiten gesprochen. Das war schön.«

Bruno überdachte diese Information. So oft kam es nicht vor, dass Offiziere der US Navy mit Offizieren der k.u.k. Kriegsmarine gemeinsame Einsätze ausführten. Bruno fiel nur ein Anlass ein. »Waren Sie beim Boxeraufstand in China?«

»Mein Schiff, die USS Newark, war bei der internationalen Flotte vor Ort. Wir haben ebenso wie die Österreicher ein Detachement an Land gesetzt und ankerten mehrere Wochen auf der Taku-Reede. Bei der Versorgung der Truppen auf dem Seeweg bin ich wiederholt mit den Offizieren eures Kreuzers Zenta zusammengetroffen. Ich wurde als Verbindungsoffizier für die deutschen und österreichischen Schiffe eingesetzt, weil ich der einzige amerikanische Seemann war, der Deutsch sprach. Die Englischkenntnisse eurer Seeleute sind sehr schlecht.«

Wieder lachte die Gruppe.

Bruno hatte damals die Zeitungsartikel über den internationalen Flotteneinsatz vor der Küste Chinas und über die Belagerung des Gesandtschaftsviertels in Peking durch die Boxer und die chinesischen Truppen gelesen. Der kleine Kreuzer Zenta war als Stationsschiff in Ostasien von Anfang an in den Aufstand involviert gewesen. Als die gewalttätigen Unruhen in Peking und Tientsin ausgebrochen waren, hatte die Allianz der acht Großmächte ein Expeditionskorps geschickt. Österreich-Ungarn hatte zwei Panzerkreuzer und einen weiteren kleinen Kreuzer zur Verstärkung der Zenta entsandt. Mit vereinten Kräften war der Aufstand niedergeschlagen worden. In Triest hatte es für großes Aufsehen gesorgt, dass das österreichisch-ungarische Gesandtschaftsgebäude in Peking von den

Aufständischen gestürmt und der kaiserliche Geschäftsträger Arthur von Rosthorn mit seinem Stab vertrieben worden war. Die Vertreter der Monarchie und die zu ihrem Schutz abgestellten bewaffneten Matrosen hatten sich im französischen Gesandtschaftsgebäude verschanzen müssen. Gemeinsam war es den französischen und österreichischen Matrosen gelungen, das Gebäude trotz gewaltiger zahlenmäßiger Überlegenheit der Chinesen zu verteidigen.

»Waren Sie auch bei der Marine, Signor Zabini?«, fragte Cramp.

Bruno nickte zustimmend. »Ja, aber ich war nicht lange auf See.«

»Keine Missionsreisen?«

»Nein. Nach der Grundausbildung auf einer alten, kaum mehr seetüchtigen Fregatte war ich nur noch im Vierer auf dem Wasser.«

Cramp lachte amüsiert. »Im Vierer? Sie waren ein Ruderer?«

»Oh ja, und leidlich erfolgreich. Ich habe mit meinen Kameraden mehrere Wettkämpfe gewonnen.«

»Ich habe während meiner Jugend im Achter gerudert. Betreiben Sie den Sport noch?«

»Nicht mehr in Wettkämpfen, nur mehr aus Freude. Und wenn es die Zeit zulässt.«

Bruno ließ das Dîner aus, er begnügte sich mit einer Handvoll getrockneter Feigen, die er bei einem Straßenhändler gekauft hatte und die er auf dem Bootsdeck stehend verzehrte. Der strahlend helle Frühlingstag verabschiedete sich, er genoss den Blick hinüber zu den in der Abendsonne rot leuchtenden Dächern der Stadt. Bruno genoss den Augenblick der Ruhe. Die meisten Passagiere strömten zwei Decks tiefer nach dem

Landgang hungrig in den Speisesalon. Er vermisste seine Wohnung, den Garten und den schattigen Sitzplatz in der Laube. Wenn er abends vom Dienst nach Hause kam, müde und abgespannt, dann zog er sich in die stille Abgeschiedenheit seiner Behausung zurück, las im Schein der Petroleumlampe noch ein paar Seiten in einem Buch und begab sich anschließend zu Bett. Wenn man als Polizist Tag um Tag mit dem Leben anderer Menschen zu tun hatte, und meist mit den weniger schönen Seiten, dann fühlte man sich vielleicht mehr als andere dem Alleinsein, der Abgeschiedenheit und Stille zugeneigt. Zumindest für Bruno galt dies. An Bord dieses Schiffes gab es das alles nicht, hier waren die Menschen eng beisammen und sie konnten einander nicht ausweichen. Ein Grund mehr für ihn, lange Schiffsreisen nicht zu mögen.

Bruno leckte seine Fingerspitzen ab, zerknüllte das Stanitzel, in dem die Feigen eingepackt waren, und steckte es in die Sakkotasche. Er hörte schnelle Schritte auf der Treppe und drehte sich um. Der Zweite Offizier, der Reiseführer und zwei Matrosen eilten hoch zur Brücke. Irgendetwas war im Gange, das war Bruno sofort klar. Er ging auf die Treppe zum Brückendeck zu. Die vier Männer betraten die Brücke und kamen nur wenig später mit dem Kapitän und dem Ersten Offizier wieder heraus. Kapitän Bretfeld führte die Männer auf das Bootsdeck. Er entdeckte Bruno.

»Ah, Signor Zabini, Sie kommen wie gerufen. Folgen Sie mir. Signor Lorenzutti, Sie stellen die Mannschaft zusammen. Signor Zabini wird sich Ihnen anschließen.«

Der Zweite Offizier Giuseppe Lorenzutti nickte, suchte den Blickkontakt mit Bruno und eilte dann die Treppe hinab. Der Kapitän nahm Bruno am Oberarm und zog ihn zu einem der kleineren Rettungsboote. Auf dem Bootsdeck der Thalia waren acht Boote festgezurrt, vier auf jeder Seite, jeweils drei große und ein kleineres. Die beiden kleineren Boote hingen achtern. Zu einem dieser Boote führte der Kapitän die Männer. Die beiden Matrosen begannen ohne Umwege, die Plane, mit der das Boot abgedeckt war, zu entfernen.

Der Kapitän schaute auf seine Taschenuhr und wandte sich Bruno zu. »Schiffskommissär Glustich ist nicht an Bord gekommen. Signor Kendler hat das ganze Schiff abgesucht. Deshalb wird Signor Lorenzutti eine Gruppe an Land führen. Vier Matrosen, Signor Kendler und Sie suchen unter seinem Kommando nach Signor Glustich. Es ist jetzt sieben Uhr, die Thalia sollte laut Plan um acht Uhr ablegen, ich verschiebe die Abfahrt auf zehn Uhr. Sie haben also drei Stunden Zeit. Ich lasse die Marconi-Station besetzen, das heißt, Sie können jederzeit einen Funkspruch an uns richten. Die Hafenbehörde ist mit Marconi-Apparaten ausgerüstet.«

Bruno nickte. »Ich habe verstanden, Herr Kapitän.«

Kapitän Bretfeld nahm Bruno zur Seite und flüsterte. »Hören Sie, Zabini, Schiffskommissär Glustich hat sich im Laufe des Nachmittags von der Reisegruppe entfernt, weil er, wie Signor Kendler berichtet hat, noch etwas Privates in Ragusa zu erledigen hat. Sie sollten wissen, dass Signor Glustich innige Bekanntschaften zu Männern pflegt, Sie verstehen schon, was ich meine, also, es ist nicht das erste Mal, dass sich Signor Glustich in Ragusa für ein paar Stunden verabschiedet hat. Ich habe das zwar streng untersagt, aber er hat es offenbar wieder getan. Ansonsten ist Signor Glustich ein vorbildlicher Schiffskommissär, der alle Anordnungen strikt einhält. Dass er sich verspätet und dann auch keine Nachricht schickt, ist sehr ungewöhnlich. Suchen Sie zuerst in einem Lokal namens Faro Rosso. Angeblich ist Signor Glustich dort öfter zu Gast. Wo das Lokal ist, weiß ich nicht, das müssen Sie herausbekommen.«

»Ich weiß, wo es liegt.«

Kapitän Bretfeld zog erstaunt die Augenbrauen hoch. »Sie kennen das Lokal?«

»Ja. Ich kenne Ragusa recht gut, ich habe hier an einem Fall gearbeitet. Daher kenne ich sämtliche Spelunken der Stadt. Und ich kenne Oberwachtmeister Vulić.«

»Dann sind Sie genau der richtige Mann für diesen Auftrag.«

Bruno überlegte. »Es wird den Passagieren nicht verborgen bleiben, dass ich mit Signor Lorenzutti an Land gehe. Vor allem, wenn sich unsere Abfahrt verzögert. Damit meine Tarnung an Bord nicht auffliegt, sollten wir sagen, dass ich in Ihrem Auftrag ein Telegramm an die Direktion des Lloyd senden muss.«

Kapitän Bretfeld nickte zustimmend. »Genau so machen wir das.«

»Herr Kapitän, erlauben Sie, dass ich aus meiner Kabine noch meinen Mantel hole? Ansonsten fühle ich mich bei der Suche an Land nicht richtig ausgerüstet. Ich bin in einer Minute wieder hier.«

Kapitän Bretfeld kniff die Augen zusammen. »Ich hoffe, dass es nicht zu regnen beginnt und Sie den Mantel nicht benötigen werden, aber sicher ist sicher.«

Eben stapfte der Zweite Offizier mit mehreren Matrosen die Treppe hoch. Bruno eilte los und holte aus seiner Kabine nicht nur den Mantel, sondern legte das Schulterhalfter an und verstaute darin seinen Revolver. Dann zog er das Sakko wieder darüber, nahm den Mantel, versperrte die Kabine und eilte zu den Männern am Bootsdeck.

Die Seeleute warteten bereits auf ihn, Lorenzutti und Kendler saßen achtern, die vier Matrosen hielten die Riemen hoch. Bruno kletterte in das Boot, die anderen Matrosen fierten es ab.

Wenig später legten sich die Matrosen mächtig in die Riemen.

Oberwachtmeister Vulić sprang hoch und eilte Bruno mit ausgebreiteten Armen entgegen. »Inspector Zabini, was für eine Überraschung!«

Der korpulente Polizist drückte Bruno an seine Brust. Bruno ließ die herzliche Begrüßung über sich ergehen. Er hatte noch lebhaft in Erinnerung, wie Vulić die beiden Triestiner Inspectoren nach dem erfolgreichen Ausgang der Fahndung zu sich nach Hause eingeladen und köstlich bewirtet hatte. Vulić' Frau und Mutter hatten groß aufgekocht, ein Onkel hatte auf der Ziehharmonika gespielt, Familienmitglieder aller Altersstufen und ein paar Nachbarn waren zusammengekommen, Emilio und Bruno hatten geschmaust und getrunken, gesungen und gelacht und waren am nächsten Morgen verkatert, aber glücklich an Bord des Schiffes gegangen, das sie in ihre Heimat gebracht hatte.

»Warum haben Sie nicht telegraphiert, dass Sie kommen?« Vulić hatte zwar einen starken Akzent, aber sonst sprach er sehr gut Italienisch. »Ich hätte einen Empfang vorbereitet.«

»Lieber Herr Vulić, leider bleibt keine Zeit für einen Empfang.«

Sofort verschwand das Lachen aus Vulić' Gesicht. »Sie sind also wegen eines Falles in Ragusa. Kommen Sie in mein Bureau.« Vulić wandte sich den zwei jungen Polizisten zu, die mit großen Augen die Begegnung ihres Vorgesetzten mit dem fremden Mann verfolgten. »Leute, das ist Inspector Zabini aus Triest. Benehmt euch anständig. Und jetzt keine Störungen, ich muss mit dem Inspector sprechen. Folgen Sie mir.«

Vulić warf die Tür hinter sich zu und bat Bruno, Platz zu nehmen. In kurzen Worten umriss Bruno den Grund seiner Anwesenheit. Die Seeleute waren in Zweiergruppen ausgeschwärmt, Lorenzutti und Kendler gingen die Strecke ab, die die Reisegruppe tagsüber genommen hatte, die Matrosen suchten im Hafenviertel. Bruno war auf direktem Weg zur Polizeiwache marschiert. Was für ein Glück, gleich auf Oberwachtmeister Vulić getroffen zu sein. Dieser nickte, als Bruno seine Erzählung beendet hatte.

»Gut, ich kann vier meiner Männer sofort zur Verfügung stellen und ich telephoniere gleich mit den anderen Wachzimmern.«

»Das wäre sehr hilfreich, Herr Vulić, ich bin Ihnen zu großem Dank verpflichtet.«

Vulić winkte ab. »Das ist doch selbstverständlich.« Er erhob sich und trat an den Telephonapparat an der Wand.

Wenig später marschierte Bruno in Begleitung zweier Wachmänner los. Das erste Ziel war ein Lokal namens Faro Rosso.

⁓⊙⁓

Nach dem Dîner strömten die ersten Passagiere an Deck, um eine abendliche Promenade zu unternehmen. Das Wetter zeigte sich von seiner schönsten Seite, die Luft war frühlingshaft mild und klar, die Lichter der Hafenstadt Ragusa spiegelten sich auf dem Wasser und bildeten gleichsam einen Funkenreigen im Abendrot.

Therese Wundrak und Carolina gingen nebeneinander, dahinter flanierte Graf Urbanau mit Dr. Eggersfeldt, Frau Eggersfeldt hatte sich bei Frau Kabátová eingehakt. Die beiden Töchter von Frau Kabátová hatten sich in den Musiksalon begeben, denn die Bordkapelle spielte zum Tanz auf. Auch Friedrich hielt sich im Musiksalon auf. Er hatte damit gerechnet, dass Milada und Irena zum Tanz auftauchen würden. Die beiden schönen Pragerinnen erhielten ständig Komplimente von den Männern an Bord und im Tanzsalon mussten sie nie allein stehen, also hatte Friedrich beschlossen, sich auch um einen Tanz zu bemühen. Es würde unter Garantie auffallen, wenn ein alleine reisender junger Mann Milada oder Irena nicht zum Tanz auffordern würde. Carolina hatte ihm dazu geraten, für die anderen Passagiere sichtbar einer der beiden den Hof zu machen. Das würde seiner Tarnung dienlich sein.

Carolina lauschte Thereses Erzählung. Erstaunlich, was diese auf ihren Reisen schon alles gesehen und erlebt hatte, Carolina empfand dafür Bewunderung. Ihr Vater hatte zu Carolina gesagt, dass er dieses *Fräulein* Wundrak – er hatte absichtlich *Fräulein* gesagt, um sein Missfallen an einer gesunden und gebärfähigen Frau von dreiunddreißig Jahren auszudrücken, die sich nicht im Geringsten um den sicheren Hafen der Ehe sorgte –, dass er also dieses *Fräulein* Wundrak für eine penetrante Nervensäge hielt. Immerhin hatte er seiner Tochter nicht den Kontakt mit Therese untersagt. Zumindest vorerst. Carolina überlegte, wie Therese es anstellen könnte, sich bei ihrem Vater beliebt zu machen, um einem Kontaktverbot zuvorzukommen.

Therese hielt mitten im Satz inne und schaute nach oben. Nun fiel es auch Carolina auf. Eines der Beiboote fehlte. Die Spaziergänger sammelten sich und rätselten über den Verbleib des Bootes.

Therese blickte sich um. »Steward! Steward! Kommen Sie bitte her!«, rief sie. Der angesprochene Steward eilte heran. »Sagen Sie, guter Mann, warum ist denn das Boot zu Wasser gelassen worden?«

Der Steward schaute in zahlreiche neugierige Augen. »Hochgeschätzte Damen und Herren, den genauen Grund weiß ich leider nicht. In jedem Fall hat der Zweite Offizier im Auftrag des Kapitäns mit einigen Matrosen zum Hafen übergesetzt.«

»Ist das so üblich?«, hakte Therese nach.

Der Steward zuckte mit den Achseln. »Es kommt immer wieder vor, dass bei den Landgängen die Offiziere spezielle Aufträge des Kapitäns ausführen.«

»Aber soll das Schiff nicht in ein paar Minuten ablegen?«

»Die Abfahrt verzögert sich ein wenig.«

Therese wiegte den Kopf. »Ach so? Den Grund der Verzögerung würde ich zu gerne wissen.«

»Der Grund entzieht sich leider meiner Kenntnis. Wenn Sie darauf bestehen, werde ich mich erkundigen.«

»Das wäre ganz reizend, es würde mich nämlich brennend interessieren«, sagte Therese.

Der Steward nickte und marschierte los.

Graf Urbanau kniff die Augen zusammen, lehnte sich über die Reling und schaute sich um. Zwei andere Dampfer und ein Dreimaster lagen auf der Reede vor Anker. Dann schaute er sich auf dem Promenadendeck um. Er entschuldigte sich bei Dr. Eggersfeldt und zog sich zurück. Niemals hätte er als Soldat im Krieg und als Attaché des Kriegsministeriums im Dienst überlebt, wenn er nicht über ein untrügliches Gespür für dicke Luft verfügte. Und dass hier irgendetwas nicht stimmte, war ihm sofort klar. Er musste mit Kapitän Bretfeld reden.

※

»Inspector! Inspector Zabini!«

Bruno hielte inne und drehte sich um. Die beiden Männer, mit denen er durch die verwinkelten Gassen Ragusas marschierte, taten es ihm gleich. Einer der jungen Polizisten rannte heran. Er war außer Atem, nahm seine Mütze ab und wischte sich mit dem Taschentuch den Schweiß von der Stirn. Bruno wartete, bis der Mann zu Luft kam.

»Endlich ... habe ich Sie gefunden.«

»Also, ich bin ganz Ohr.«

Der Polizist schaute Bruno direkt in die Augen. »Wir haben eine Leiche gefunden.«

Bruno biss sich auf die Unterlippe. »Wo?«

»Auf den Klippen unweit der Festung Lovrijenac.«

»Ist die Leiche der Schiffskommissär Glustich?«

»Das weiß ich nicht, aber ich habe gesehen, dass die Leiche eine Lloyduniform trägt. Der Mann ist wohl abgestürzt. Man muss über die Klippe nach unten klettern. Mein Kollege ist vor Ort geblieben und ich bin losgelaufen, um Bescheid zu geben.«

»Haben Sie Oberwachtmeister Vulić benachrichtigt?«

»Ja, und er hat gesagt, dass ich gleich nach Ihnen suchen soll.«

Bruno wandte sich einem seiner Begleiter zu. »Sie suchen bitte umgehend nach Offizier Lorenzutti und bringen ihn zur Festung.« Der Mann nickte und eilte los. »Und Sie führen mich bitte direkt zum Fundort.«

Die Polizisten marschierten mit ausgreifenden Schritten los. Nach zehn Minuten kam die Festung in Sicht, nach weiteren fünf Minuten sah Bruno mehrere Polizisten auf einem Trampelpfad an der Steilküste stehen. Sie trugen Laternen bei sich. Oberwachtmeister Vulić war unter ihnen. Die kroatischen Polizisten hatten an einem Baum ein Seil befestigt, zwei der Männer hatten die Uniformröcke und Mützen abgelegt und waren in die Tiefe geklettert. Bruno trat in die Gruppe.

Vulić wandte sich an Bruno: »Gut, dass Sie da sind, Inspector. Der Körper liegt auf einem vorspringenden Felsen etwa zwei Meter über dem Meer. Es geht hier ein paar Meter steil in die Tiefe. Sehen Sie selbst«, sagte Vulić und reichte Bruno eine Laterne.

Bruno trat an die Felskante und schaute hinab. Die Leiche lag auf dem Rücken. Die beiden Polizisten standen mit Laternen neben der Leiche auf dem Felsen.

»Konnten Sie die Person identifizieren?«, fragte er über die Schulter.

»Die Kollegen haben keinerlei Papiere in den Taschen gefunden. Wir wissen nur, dass der Mann eine Lloyduniform trägt. Die Abzeichen sind entfernt worden.«

Bruno drehte erstaunt den Kopf. »Entfernt? Das ist interessant.«

»Sie kennen doch den Schiffskommissär Glustich persönlich?«

»Ja. Ich schaue nach.« Bruno entledigte sich seines Hutes und Mantels, steckte sein kleines Notizbuch und den Bleistift in seine Sakkotasche, schlang das Seil um seine Hüfte und stieg hinab. Er begrüßte die Männer auf Kroatisch, sprach aber sogleich mangels vertiefter Kenntnisse dieser Sprache weiter auf Italienisch.

»Wer von Ihnen hat den Leichnam untersucht?«

»Ich.«

»Haben Sie die Lage des Körpers verändert?«

»Nein. Ich habe nur vorsichtig in die Taschen gegriffen, um zu sehen, ob der Mann einen Ausweis eingesteckt hat.«

»Haben Sie in die Hosentasche am Gesäß gegriffen?«

»Nein. Da kommt man ja nur heran, wenn man den Körper dreht.«

»Das heißt, die Leiche liegt noch genauso da, wie Sie sie vorgefunden haben?«

»Genau so.«

Bruno nickte dem Mann anerkennend zu. »Gut. Halten Sie jetzt die Laterne über das Gesicht des Toten.«

Der Mann tat, wie ihm geheißen. Bruno beugte sich über den Leichnam. Er diktierte sich selbst seine Notizen, ebenso wie er zu den beiden Wachmännern sprach.

»Ich erkenne eindeutig Schiffskommissär Glustich von der Thalia. Damit ist die Identität des Todesopfers geklärt. Der Schädel weist im Frontalbereich eine schwere Wunde auf, die von einem stumpfen Gegenstand herrührt. Möglicherweise ein Holzknüppel oder eine Eisenstange. Die Wunde zeigt starke Blutergüsse, sie ist also dem Mann bei lebendigem Leib zugefügt worden. Als Todesursache kommt der Sturz von der

Klippe in Betracht, die Höhe beträgt etwa acht Meter. Das Opfer ist mit dem Rücken und dem Hinterkopf aufgeprallt, das kann zum Tode geführt haben. Die Arme und Beine sind auffällig abgewinkelt, so, als ob sie beim Aufprall völlig kraftlos gewesen wären. In jedem Fall ist es unwahrscheinlich, dass der Schlag auf den Frontalbereich des Schädels nach dem Sturz ausgeführt worden ist, denn ein wuchtiger Schlag mit einem stumpfen Gegenstand hätte die Lage des Körpers verändert. Es sieht nicht so aus, als ob sich die Person nach dem Sturz noch bewegt hätte oder als ob sie von einem Dritten bewegt worden wäre. Weiter gibt es die Schwierigkeit, dass in letzterem Fall jemand über die Klippe nach unten geklettert sein, den Schlag ausgeführt haben und wieder hochgeklettert sein müsste. Das ist unwahrscheinlich. Die Schlussfolge daraus ist, dass der Schlag vor dem Sturz ausgeführt worden sein muss. Möglicherweise hat der Schlag den Sturz ausgelöst, oder aber der Schlag wurde an einem anderen Ort ausgeführt und der bewusstlose oder bereits leblose Körper an die Klippen geschleift und in die Tiefe geworfen. Die mutmaßliche Absturzstelle am Klippenrand muss unverzüglich nach Blut- und Schleifspuren untersucht werden. Die Abzeichen am Ärmel und an den Schultern des Uniformrockes wurden entfernt. Vermutlich wurden sie mit einem Messer abgeschnitten. Das könnte nach Eintreten des Todes getan worden sein, sehr wahrscheinlich aber nach Ausführung des Schlages, der den Mann mindestens umgeworfen haben muss, viel eher aber bewusstlos geschlagen hat. Die Entfernung der Abzeichen verfolgte gewiss das Ziel, die Identifizierung der Leiche zu erschweren. Es ist davon auszugehen, dass der Täter dabei auch den Pass des Schiffskommissärs entwendet hat. Ein vorsätzlicher Mord kann nicht ausgeschlossen werden, aber Totschlag ohne Vorsatz samt nachträglichem Versuch, die Tat zu verschleiern, ist ebenso möglich. Der Leichnam zeigt sonst keine weiteren offensichtlichen Wunden.«

Bruno überflog seine Notizen, dann streckte er den Rücken wieder durch, suchte Blickkontakt mit den beiden Wachmännern. »Verfügt das Stadtpolizeikommando über einen Photoapparat?«

Der Polizist schaute Bruno überrascht an. »Einen was?«

»Einen Photoapparat. Das kennen Sie doch?«

»Kennen schon, aber wieso sollten wir so etwas haben?«

Bruno zuckte mit den Schultern. Als er vor drei Jahren hier gearbeitet hatte, hatte er bereits die Anschaffung eines Photoapparates angeregt. »Photographien unterstützen wie sonst kein anderes Hilfsmittel die Erhebung eines Tat- oder Fundortes. Ich fertige eine Skizze der Lage des Leichnams an. Fügen Sie diese Skizze dem Akt bei.«

»Wird gemacht.«

»Halten Sie bitte beide Laternen hoch.«

Bruno suchte auf dem Felsen sicheren Stand und einen guten Blick auf den Körper, schlug eine neue Seite in seinem Notizbuch auf und fertigte eine Skizze an.

Einer der beiden Polizisten schaute nach oben zu den am Klippenrand stehenden Kollegen. Er erblickte Oberwachtmeister Vulić und rief: »Chef, die Leiche ist der Schiffskommissär der Thalia. Es war kein Unfall.«

Sie standen im Bureau des Oberwachtmeisters beisammen, Vulić, Bruno, Offizier Lorenzutti, Reiseführer Kendler und zwei weitere Polizisten. Bruno drängte den Ärger zur Seite, dass die Fundortaufnahme nicht mit wissenschaftlicher Genauigkeit durchgeführt worden war. Was sollte er dagegen einwenden? Nichts. Er war hier nicht zuständig, seine Beteiligung bei der Sichtung und Bergung der Leiche war nur möglich, weil Oberwachtmeister Vulić es erlaubte. Und dass hier in Ragusa, weit von der Großstadt Triest entfernt, die Polizeistationen nicht mit den modernsten Hilfsmitteln ausgestattet waren und die Polizisten nach veralteten Methoden arbeiteten, musste er einfach zur Kenntnis nehmen.

Bruno wandte sich dem Reiseführer zu. Er sprach in der deutschen Muttersprache des Mannes. »Herr Kendler, da Sie nun über meine wahre Profession Bescheid wissen, muss ich Sie eindringlich um Diskretion bitten. Neben Kapitän Bretfeld und den Offizieren darf sonst niemand davon erfahren. Das würde meinen Auftrag gefährden. Kann ich mit Ihrer Unterstützung rechnen?«

»Selbstverständlich, Herr Inspector.«

»Vielen Dank. Signor Vulić, ich habe da noch eine Information für Sie.« Bruno sprach nun wieder Italienisch.

»Und zwar?«

Bruno schlug die Seite in seinem Notizbuch auf. »Also, Signor Tomisić, der Besitzer des Lokals Faro Rosso, hat ausgesagt, dass Signor Glustich um ungefähr drei Uhr Nachmittag im Lokal erschienen ist und eine Tasse Kaffee getrunken hat. Das deckt sich mit der Aussage von Signor Kendler, wonach sich Signor Glustich unmittelbar vor drei Uhr von ihm verabschiedet und die Reisegruppe verlassen hat. Nach kurzer Zeit hat sich ein Mann zu Signor Glustich gesetzt. Die Herren haben nach wenigen Minuten gemeinsam das Lokal verlassen, der Besitzer sagt, dass Signor Glustich nicht länger als eine Viertelstunde im Lokal zu Gast war. Der Besitzer kennt Signor Glustich übrigens schon seit einigen Jahren, wenn Glustich in Ragusa war, hat er das Lokal regelmäßig besucht. Der Mann allerdings, mit dem sich Glustich getroffen hat, war dem Besitzer unbekannt, und er konnte auch keine brauchbare Personenbeschreibung abgeben.«

Vulić wiegte den Kopf. »Das Faro Rosso ist ein weit über die Stadt hinaus bekannter Treffpunkt für homosexuelle Männer. Wir machen dort immer wieder Kontrollen, aber Tomisić weiß genau, was erlaubt ist und was nicht, und seine Gäste sind sehr diskret. Wir haben nicht ein einziges Mal unzüchtiges Verhalten feststellen können. Die Kerle haben sich gut im Griff, zumindest solange sie bei Tomisić im Faro Rosso sitzen.«

»Herr Vulić, Sie wissen, dass die Thalia in einer Stunde ablegen wird. Ich kann also die weiteren Recherchen in diesem Fall nicht unterstützen.«

Vulić winkte ab. »Das weiß ich, Herr Inspector. Ich danke Ihnen vielmals, dass Sie uns geholfen haben, aber ich denke, der Fall liegt ziemlich klar.«

Bruno zog die Augenbrauen hoch. »Ziemlich klar?«

»Ein Streit unter Warmen artet aus, einer schlägt härter zu, als er es will, und versucht danach, seine Tat zu verschleiern. Ich habe Anweisung gegeben, dass alle Straßen, der Bahnhof und der Hafen überwacht werden. Diesen Mann, der mit Glustich das Lokal verlassen hat, finden wir. Da bin ich mir sicher.«

Bruno atmete durch. Er mochte Oberwachtmeister Vulić, er war ein guter Kerl und ein anständiger Kommandant, aber er litt auch an der, wie Bruno es für sich nannte, habsburgischen Polizistenkrankheit der *Urteilshudelei*, also der vorschnell gefassten Meinung zu Sachverhalten. Leider konnte er sich nicht länger damit aufhalten. Bruno wandte sich dem Zweiten Offizier zu. »Signor Lorenzutti, wir sollten jetzt Kapitän Bretfeld informieren.«

»Das sollten wir dringend. Herr Oberwachtmeister, haben Sie ein Stück Papier und einen Bleistift zur Hand?«

»Natürlich, greifen Sie zu. Im Hafenamt befindet sich der Marconi-Apparat. Allerdings müssen wir erst nach dem Funker schicken, der ist garantiert längst zu Hause bei seiner Familie.«

Bruno winkte ab. »Das ist nicht nötig. Ich beherrsche das Morsealphabet und kann den Funkspruch sofort absetzen. Und ich muss auch ein Telegramm nach Triest schicken.«

Lorenzutti notierte einen Satz und reichte Bruno das Papier. »Dann los.«

※

»Sollten wir nicht langsam Kohle auflegen, Herr Kapitän?«, fragte der Erste Maschinist.

Kapitän Bretfeld wandte sich dem Mann zu. »Wir warten. Vielleicht verzögert sich unsere Abfahrt noch länger.«

»Sehr wohl, Herr Kapitän.« Damit trat der Mann ab.

Kapitän Bretfeld schaute auf die Brückenuhr. »Lorenzutti lässt sich Zeit. Weniger als eine Stunde bis zur Abfahrt.«

Der Erste Offizier und der Steuermann, die sich neben dem Kapitän auf der Brücke aufhielten, schauten ebenfalls zur Uhr.

»Sollen wir ein weiteres Boot schicken?«, fragte der Erste Offizier.

Bretfeld erwog den Gedanken, da hörten die Männer auf der Brücke schnelle Schritte. Der Funker eilte heran und nahm Haltung an. Er trug ein Stück Papier in der Hand.

»Kapitän! Der erwartete Funkspruch des Zweiten Offiziers.«

»Geben Sie her.« Bretfeld setzte seine Brille auf und las laut vor. »*Glustich tot. Kein Unfall. Polizei fahndet nach Täter. Lorenzutti.*« Bretfeld schaute dem Ersten Offizier in die Augen. »Ich habe so etwas in der Art befürchtet. So ein Schlamassel!« Er wandte sich an den Steuermann. »Sie halten die Brücke besetzt.«

Der Kapitän, der Erste Offizier und der Funker eilten ein Deck tiefer in die Marconi-Station. Sie schlossen die Tür hinter sich. Bretfeld griff nach dem Schreibblock des Funkers und schrieb: »*Freigabe für Auslaufen der Thalia seitens Polizei? Bretfeld.*«

Der Kapitän riss den Zettel vom Block und der Funker morste die Frage. Wenig später kam die Antwort, der Funker notierte die verschlüsselten Buchstaben in Klarschrift und schob dem Kapitän den Block zu, aber dieser hatte dem Funker ohnedies über die Schulter geschaut und mitgelesen.

»*Freigabe durch Polizei erteilt. Fahndung an Land im Milieu. Erwarten Befehle.*«

Bretfeld überlegte einen Augenblick. »Morsen Sie folgenden Satz: *Mannschaft an Bord. Auslaufen nach Plan.*«

Bretfeld ging in der Kabine auf und ab, er grübelte. Nach einer Weile hielt er inne und fasste den Ersten Offizier ins Auge.

»Signor Silla, wir machen jetzt Folgendes. Oberkellner Dolinar wird zum Schiffskommissär ernannt. Und einen der Stewards ernenne ich zum Oberkellner. Haben Sie einen Vorschlag?«

Der Erste Offizier dachte kurz nach. »Steyrer scheint mir geeignet. Er kann sich durchsetzen und ist bei den Passagieren beliebt.«

»Er hat doch schon zwei Tätigkeiten als Steward und Barbier.«

»Gerade deswegen ist er bei den Fahrgästen beliebt. Er verrichtet seine Arbeiten gewissenhaft.«

»Einverstanden. Die beiden sollen dann gleich zu mir kommen. Die persönlichen Gegenstände von Glustich werden in Windeseile gepackt, Lorenzutti soll mit dem Boot das Gepäck an Land bringen. Die Polizei soll das Gepäck übernehmen. Dolinar kriegt die Kabine des Schiffskommissärs, Steyrer die des Oberkellners. Den Passagieren erzählen wir, dass Glustich wegen eines Krankheitsfalles in der Familie von Bord gehen musste. Kein Wort über das Verbrechen. Das Letzte, was ich an Bord benötige, sind nervöse oder ängstliche Passagiere. Sie haben ja gelesen, was Lorenzutti geschrieben hat. Fahndung im Milieu. Das ist eindeutig. Glustich hat sich mit den falschen Leuten eingelassen, niemand braucht an Bord etwas über den Vorfall zu wissen. Morgen Abend veranstalten wir ein Tanzvergnügen. Schauen Sie nicht so, Silla, auch die Offiziere an Bord werden für den Tanz zur Verfügung stehen. Keine Widerrede! Ich werde auch tanzen. Geben Sie also dem Kapellmeister Bescheid. Und die Küche soll Pastete für das Dîner und Punsch für den Abend vorbereiten.«

―⁂―

Bruno versperrte seine Kabine und hängte den Mantel in den Kasten. Danach entledigte er sich des Sakkos und des Schulterhalfters. Er verstaute den Revolver wieder in der Blechschatulle und packte diese in die Kommissionstasche. Das Schulterhalfter schob er unter die Hemden. An Bord konnte man auch Kleidung waschen lassen. Die beiden Bedienerinnen übernahmen neben ihrer normalen Aufgaben, die Sanitäranlagen des Schiffes sauber zu halten, auch das Reinigen und Flicken von Kleidung. Bruno hatte mit den beiden Sloweninnen schnell Kontakt geknüpft. Die Frauen stammten aus Capodistria, ihre Kinder waren längst erwachsen und standen auf eigenen Beinen. Beide waren Witwen. Der Mann der einen war bei einem Sturm auf See verschollen, der andere war an schwerem Keuchhusten gestorben. Sie waren die einzigen Frauen in der Mannschaft der Thalia und seit Langem befreundet. Die beiden sprachen gut Italienisch und ein bisschen Deutsch, aber Bruno hatte es sich nicht nehmen lassen, auf Slowenisch mit ihnen zu plaudern. Sie hatten ihm versichert, dass sie seine Hemden und Hosen besonders gewissenhaft waschen und bügeln würden, aber noch bestand kein Bedarf nach ihrer Arbeit, noch verfügte er über ausreichend saubere Kleidung.

Er schaute auf seine Taschenuhr. Fünf Minuten vor Mitternacht. Er war müde und abgespannt. Ein anstrengender Tag lag hinter ihm. Zuerst die Wanderung mit der Reisegruppe, dann sein Einsatz bei der Suche nach dem Schiffskommissär. Ein bitterer Geschmack lag auf seiner Zunge. Und gerade eben noch das mühsame Gespräch mit dem Kapitän und den Offizieren.

Sein Magen knurrte. Vielleicht hätte er das Dîner doch nicht ausfallen lassen sollen. Nun, morgen beim Frühstück würde er das Versäumte nachholen. An Bord der Thalia musste wahrlich niemand Hunger leiden.

Es klopfte leise an der Tür. Bruno stellte die Kommissionstasche in den Kasten und schloss diesen. Ein schneller Blick in die Kabine sagte ihm, dass nichts Verdächtiges offen herum lag. Er öffnete die Tür einen Spalt.

Graf Urbanau stand im Gang.

Bruno ließ den Grafen eintreten, schaute sich noch einmal um und schloss dann die Tür.

»Keine Sorge, niemand hat mich gesehen«, sagte Graf Urbanau.

»Guten Abend, Herr Graf.«

»Also, was ist da passiert?«

Bruno fasste den Grafen scharf ins Auge. Er trug noch seinen Abendanzug, die Krawatte saß perfekt, es machte nicht den Anschein, als ob der Graf es sich an diesem vorgerückten Abend schon in seiner Kabine gemütlich gemacht hätte.

»Kapitän Bretfeld hat mich und die Mannschaft verpflichtet, Stillschweigen zu bewahren.«

»Das hat er mir gerade eben auch gesagt.«

»Ihr habt also mit dem Kapitän gesprochen?«

»Er hat mir diese fadenscheinige Geschichte erzählt, wonach der Schiffskommissär wegen eines familiären Krankheitsfalles in Ragusa geblieben ist. Das ist doch lächerlich.«

»Das ist die offizielle Version. Bitte bleibt den anderen Passagieren gegenüber dabei.«

»Darum hat mich der Kapitän auch gebeten. Sie haben den Schiffskommissär in den Klippen gefunden?«

»Gefunden nicht, das war einer der Wachmänner, aber ich war bei der Bergung des Leichnams dabei.«

»Also, Herr Inspector, ich möchte Ihre polizeiliche Einschätzung hören.«

»Es besteht kein Zweifel, dass Signor Glustich erschlagen und dann in die Klippen geworfen worden ist.«

»Ein Mord?«

»Oder Totschlag.«

»Der Kapitän sagt, die Polizei geht von einem Verbrechen im Milieu aus, in dem sich der Mann bewegt hat.«

»Die Annahme liegt nahe.«

Graf Urbanau musterte Brunos Miene. »Hegen Sie Zweifel?«

»Zweifel sind mein Beruf.«

»Denken Sie an eine andere Möglichkeit?«

»Ich kann leider nicht an der Beweisermittlung mitwirken, und da sie zum Zeitpunkt meiner Abfahrt von Ragusa gerade erst begonnen hat, kann ich nichts dazu sagen.«

Graf Urbanau stemmte seine Fäuste in die Hüften. Seine Miene war hart. »Wenn der Attentäter etwas von mir will, warum hat er sich dann an diesem Mann vergriffen? Der Schiffskommissär ist mir, bevor ich an Bord gegangen bin, gänzlich unbekannt gewesen.«

Bruno zuckte mit den Achseln. »Wir wissen zu wenig. Ich kann nur mutmaßen. Vielleicht war es wirklich ein tödlicher Streit im Milieu.«

Graf Urbanau nickte Bruno zu. »Gut. Diese Auskunft genügt mir. Ich werde weiterhin wachsam sein.«

»Das ist ratsam.«

»Und Sie, Inspector, Sie haben ein wachsames Auge auf meine Tochter.«

»Mit Sicherheit, Euer Gnaden.«

Der Wert bestimmte den Preis, der Preis war der Lohn, der Lohn folgte in Geld, und das Geld bestimmte die Welt. Es war alles so einfach. Ein Kinderspiel. Wenn man sich auf dieses Spiel verstand. Der Verstand prägte das Leben, der Verstand war die Fülle. Und bevor dem Tod die Leere folgte, die verfluchte, verhasste, verderbliche Leere, bevor sie ihn heimsuchte, griff er zu seiner Pfeife.

Das gute Opium.

Seit dieser perverse Idiot wegen einer Duftnote in seine Kabine eingedrungen war, zündete er sich nur nachts allein auf dem Deck eine Pfeife an. So wie jetzt. Die widerliche Brut an Menschen hatte sich an diesem Tag genug in ihrer Selbstgerechtigkeit und Dummheit gesuhlt, jetzt schlief sie. Nur die wachhabenden Seeleute waren noch auf den Beinen und hielten die Kessel unter Dampf und das Ruder auf Kurs Süd. Niemand beobachtete ihn, also schmauchte er.

Kein Matrose oder Steward würde ihn anstarren. Ein Passagier konnte nicht schlafen, vertrat sich ein wenig die Beine, schnappte Luft und rauchte eine Pfeife. Das alltäglichste Vorkommnis der Welt. Und in der lauen Brise des Südens roch niemand die Würze des Tabaks.

Er sog den Rauch tief in seine Lunge. Das gewohnte Wohlgefühl breitete sich aus.

Der Schlag mit dem Knüppel war gut bemessen gewesen. Präzision und Kraft in Reinkultur. Es war so einfach. Er hatte lange nicht mehr mit einem Knüppel seine Arbeit verrichtet. Ein gutes Werkzeug. Es verschaffte Befriedigung, damit zu arbeiten. Genugtuung.

In Triest hatte er eine ganze Nacht lang seinen Plan bezweifelt. Sollte er wirklich an Bord gehen? Schiffe waren schwimmende Gefängnisse, aber genau jetzt, allein an Deck, über sich nur der sternenklare Himmel und rundum die weite See, mit einer Pfeife in der Hand und nach erfolgreicher Tagesarbeit, bereute er es nicht, diesem Landsmann aus Lille die Fahrkarte für die Vergnügungsfahrt abgenommen zu haben. Monsieur Belmais hatte nicht lange gelitten, er hatte ihm zwar einen blutigen, aber sehr schnellen Tod geschenkt. Ein gezielter Stich mit dem Dolch. Belmais war kein unsympathischer Mensch gewesen, zumindest solange sie gemeinsam in Triest im Kaffeehaus gesessen hatten. Er hatte sich die Liste der Fahrgäste im Büro der Schifffahrtsgesellschaft besorgt, nach geeigneten Kandidaten gesucht und war dann begeistert gewesen, einen allein reisenden Franzosen zu entdecken. So war sein Akzent verständlich. Vielleicht hatte irgendjemand die nackte Leiche bereits gefunden, vielleicht auch nicht, er hatte sie gut versteckt.

Einer der Gründe für seinen Erfolg war seine Geschicklichkeit beim Fälschen von Dokumenten. Nur das Geburtsdatum hatte in Belmais' Pass geändert werden müssen, der Mann war vierzehn Jahre älter als er gewesen. Nun hieß er Gilbert Belmais und stammte aus Lille. Er verstand es, die Identitäten zu wechseln wie andere ihre Schuhe.

Auch das Chamäleon war ein Raubtier.

Jetzt wusste er auch, wer hier an Bord diesen Gestank nach Polizei verbreitete. Das war nach der Rückkehr des Beibootes wahrlich nicht schwer zu erraten gewesen.

Er überlegte. Zuerst der Triester Polizist und dann der Graf? Oder aus sportlichen Gründen umgekehrt? Er war noch unschlüssig. Vielleicht würde sich eine passende Gelegenheit ergeben, aber besser wäre, seinen Plan weiterzuverfolgen.

Er war gut darin, Stein um Stein aufzuschichten.

Tanz vor Otranto

CAROLINAS BLICK HING sinnierend am Horizont. »Diese Weite ist gleichermaßen Furcht einflößend wie befreiend. Das Meer, die Wogen, der stete Wind und der ferne Horizont. Auf See kann alles passieren, auf See gibt es keine Schranken für ein gutes, seetüchtiges Schiff. Und doch gibt es Schranken für die Menschen auf dem Schiff. Die Bordwand ist die sichtbarste von ihnen.«

Nach dem Frühstück hatten sich Bruno und Carolina zufällig auf dem Bootsdeck getroffen und standen nun nebeneinander an der Reling. Bruno schaute Carolina von der Seite an.

»Komtess, wenn ich mir die Bemerkung erlauben darf, Ihr wirkt heute ein wenig bedrückt.«

Carolina schien Bruno nicht gehört zu haben. Bruno ließ ihr Zeit. Nach einer Weile holte sie Luft und sagte: »Niemand hat mich je gefragt, ob ich Komtess genannt werden will. Ich habe mir das nicht ausgesucht. Ich bin verwirrt, Herr Zabini. Einerseits hebt sich der Morgentau einer neuen Zeit, in der der Mensch nicht allein Spielball des göttlichen Willens und der unerklärlichen Naturkräfte ist, in der der Mensch selbst für sein Schicksal Verantwortung trägt, andererseits wirken unermesslich starke Kräfte der Bewahrung althergebrachter Verhältnisse, die dem Individuum einen starren Platz in der Welt zuweisen.«

Bruno zog die Augenbrauen hoch. Erstaunt darüber, welche gedankliche Tiefe in diesem hingehauchten Satz zu vernehmen war. Und Bruno hatte eine durchaus konkrete Ahnung, worauf die Komtess anspielte.

»Die Welt ist ein eigentümlicher Ort für uns Menschen«, sagte er. »Ich glaube zu verstehen, was Ihr meint. Als ich jung war, haben mich wohl recht ähnliche Gedanken beschäftigt. Es ist doch nur natürlich, dass Menschen, die das Ende ihrer Jugend fühlen und auf das Leben als Erwachsene zusteuern, sich Gedanken über die Zukunft machen. Was ist nur ein jugendlicher Traum? Was kann Wirklichkeit werden? Was kann der Mensch frei wählen? Was wird dem Menschen von der Familie, der Gesellschaft, dem Staat aufoktroyiert? Wie findet man den rechten Weg?«

Carolina klammerte sich mit beiden Händen an die Reling. »Ist es das, was man landläufig Erwachsenwerden nennt, dass man plötzlich sehen muss, wie Träume und Wünsche wie Blätter im Herbstwind verweht werden?«

»Ich meine, die Antwort ist: ja. Blätter im Herbstwind, das sind die Träume und Wünsche, doch bedenkt, Komtess, ehe der Wind sie verwehen kann, müssen diese Blätter im Frühling sprießen und sich entfalten, im Sommer sind die Blätter saftig grün und ernähren den Baum mit Licht und Luft. Das ist der Lauf der Dinge.«

Carolina schnappte nach Luft. »Das haben Sie sehr schön formuliert, Herr Zabini. Das Leben ist auch Blühen und Gedeihen. Ein Gedanke, der mir Kraft spendet.«

»Es freut mich, wenn ich mit meinen bescheidenen Worten Eure Stimmung aufbessern kann.«

»Mein Vater und ich hatten heute früh einen Disput.«

»Das ist sehr bedauerlich.«

»Ich glaube, er hat schlecht geschlafen und Sorgen bedrücken ihn. Auch mit seiner Gesundheit steht es nicht zum Besten.«

»Ich habe letzthin gehört, wie ein Hustenanfall Euren Herrn Papa geschüttelt hat.«

»Das Rauchen bekommt ihm nicht, und doch kann er nicht davon lassen. Unser Hausarzt hat meinem Vater eindringlich nahegelegt, die Schiffsreise wegen der guten Seeluft zu unternehmen, doch alle heilenden Wirkungen an Deck werden im verqualmten Rauchsalon zunichte gemacht.«

Bruno nickte zustimmend. »Oh ja, der Qualm im Rauchsalon kann herausfordernd sein.«

»Rauchen Sie gar nicht, Herr Zabini?«

»Ich rauche so selten wie möglich. Nur wenn ich aus gesellschaftlichen Gründen nicht umhinkann. Ich glaube, das ist genau so eine Sache, von der Ihr zuvor gesprochen habt, Komtess. Vieles tut der Mensch, weil er es muss, manches tut er, weil er es will.«

Carolina seufzte. »Ja, nur manches tut er, weil er es will.«

Bruno hatte plötzlich das Bedürfnis, die Komtess aufzuheitern, sie zumindest von ihrer Grübelei abzubringen. Es schmerzte ihn, eine junge, lebensfrohe, warmherzige und überaus hübsche junge Dame in so grüblerischer Stimmung zu sehen.

»Tanzt Ihr gerne, Komtess?«

»Ja, natürlich.«

»Dann freut Ihr Euch bestimmt schon auf das heutige Tanzvergnügen?«

»Oh ja. Ich muss sagen, die Unterhaltungen auf dem Schiff sind sehr vielfältig.«

»Ihr müsst mir die Ehre eines Tanzes erweisen.«

Carolina lächelte Bruno geschmeichelt an. »Mit dem größten Vergnügen.«

»Ich antizipiere, dass das Vergnügen im Übermaß auf meiner Seite liegen wird.«

»Wie charmant Sie sein können, Herr Zabini.«

»Ist es wahr, dass sich die Grazer Villa Eurer Familie in der Nähe des Hilmteiches befindet?«

»Nicht in unmittelbarer Nähe, aber nicht weit entfernt in Richtung Mariatrost.«

»Stehen vor dem Portal drei alte Linden in einer geschlossenen Gruppe?«

Carolina zog erfreut die Augenbrauen hoch. »Ja, das stimmt. Kennen Sie das Anwesen?«

»Vom Vorbeigehen.«

»Sie kennen also Graz!«

»Nicht wenige Triester Söhne aus bürgerlichem Haus erhalten ihre Bildung in Wien oder Graz. Es war mir vergönnt, ein Jahr an der Universität in Graz zu studieren. Und mein Studierzimmer lag in der Nähe des Hilmteichs.«

»In meiner Kindheit habe ich viel Zeit mit meiner Mutter auf dem Landsitz verbracht, aber nach ihrem Tod hat mich mein Vater zu sich nach Graz geholt. Er selbst besuchte den Landsitz wegen seiner umfangreichen Reisetätigkeit als Attaché selten, die Grazer Villa war immer sein wahres Heim. Nur langsam habe ich den Schmerz des Verlustes meiner geliebten Mutter überwunden. Ich bin mir sicher, dass die städtische Umgebung mit seinen vielen Ablenkungen mir dabei geholfen hat, und so wurde Graz sehr bald meine wahre Heimat.«

»Ich habe mit Herrn Grüner ein lebhaftes Gespräch über meine Grazer Zeit geführt. Und das kleine Theater, in dem er regelmäßig auftritt, kenne ich aus meiner Zeit gut. Nun, das ist schon ein paar Jahre her, da stand Herr Grüner noch lange nicht auf den Theaterbrettern, sondern kratzte mit der Kreide auf der Schultafel. Kennt Ihr Herrn Grüner aus Graz oder habt Ihr ihn erst an Bord kennengelernt?«

Bruno bemerkte, wie sich Carolinas Nacken spannte. »Tatsächlich kenne ich Herrn Grüner aus Graz. Ich hatte einmal das Vergnügen, ihn im Theater auf der Bühne zu sehen.«

Bruno nickte galant. »Ich finde es erfreulich, wenn Personen so hohen Standes wie Ihr, Komtess, sich auch der volkstümlichen Unterhaltung nicht verschließen.«

Carolina kicherte vorwitzig. »Signor Zabini, verraten Sie mich um Himmels willen nicht, aber ich finde das hohe Theater oft ein bisschen langweilig und manche Opern für das Ohr allzu strapaziös. Die leichte Kunst im Kammerspiel und manch herzhafter Schwank auf der Volksbühne sind für mich fraglos unterhaltsamer.«

Bruno lachte. Er kannte so viele Männer und auch nicht wenige Frauen, die jungen und hübschen Fräuleins jedwede Persönlichkeit und jeden Intellekt schlicht und einfach absprachen und die apodiktisch die Meinung vertraten, dass der geistig überlegene Mann die unterlegene Frau zu erziehen und zu formen hatte. Bruno fühlte in dieser Sache eine große Diskrepanz zu seinen Mitmenschen. Alleine mit welcher Schlauheit Carolina die für sie bedrohliche Richtung der Unterredung abgewendet hatte, zeigte ihre Intelligenz. Und genauer über ihre Beziehung zu Friedrich zu reden, wollte, ja musste sie unbedingt verhindern. Bruno machte sich nichts vor, er bewunderte jedwede Intelligenz, vor allem wenn sie sich mit so lieblicher Hülle verband.

War er gerade dabei, dem Charme der Komtess zu erliegen? Er streckte seinen Rücken. Davor musste er sich hüten. Keine dummen Fehler! Schließlich war er nicht zum Vergnügen an Bord.

Es war wie beim Verhör. Manche Polizisten führten Verhöre, als ob sie mit Knüppeln die Wahrheit aus dem Menschen herausprügeln wollten, andere Polizisten führten Verhöre, bei denen Sie den Menschen kaum zuhörten, sondern nur nach der Bestätigung ihrer Meinung suchten. Er hingegen versuchte zuzuhören, bemühte sich, die Motive der Menschen zu ergründen und vor allem die Wahrheit ans Licht zu bringen. Das ging nicht immer leicht von der Hand, dazu waren geistige Beweglichkeit und Geduld unbedingt vonnöten.

»Und habt Ihr ein wenig von Triest gesehen, Komtess?«

»Ein wenig. Mein Vater und ich haben uns in einem Hotel auf der Piazza Grande einquartiert, sodass ich manche erquickliche Spaziergänge am Hafen und in der Altstadt unternehmen konnte.«

»Unsere Heimatstädte Graz und Triest haben vieles gemeinsam, und doch ist auch vieles gänzlich anders.«

»Ja, dieses Gefühl habe ich auch. Es gibt eine Verbindung über all das Trennende der großen Distanz und des anderen Klimas zum Trotz.«

Bruno witzelte. »Und die signifikanteste Verbindung zwischen Graz und Triest sind zwei in exakt tausendvierhundertfünfunddreißig Millimeter Abstand voneinander auf unzähligen Holzschwellen genagelte Eisenbänder mit ihren sich darauf bewegenden Dampffrössern.«

Carolina lachte über diese Beschreibung. »Mein Vater hat während der Bahnfahrt Bedenken geäußert, dass die hohen Geschwindigkeiten der Eilzüge für den menschlichen Organismus schädlich sein könnten.«

»Diese Befürchtung wird immer wieder geäußert, aber in den rund siebzig Jahren seit der Erfindung der Eisenbahn konnte sie medizinisch nicht erwiesen werden.«

»So ähnlich habe ich das meinem Vater auch versucht darzulegen. Ich persönlich liebe die Eisenbahn. Ich finde, es ist jedes Mal ein Abenteuer, einen Waggon zu besteigen und in einer neuen Welt auszusteigen. Was haben wir Menschen der Gegenwart doch für ein unermessliches Glück, über so außerordentlich leistungsfähige Transportmittel zu verfügen! Die Eisenbahn, das Dampfschiff, das Automobil, und wer weiß, vielleicht wird es ja irgendwann Zeppeline oder Aeroplane geben, mit denen die Menschen durch die Luft reisen.«

Bruno war beeindruckt. »Interessiert Ihr Euch für moderne Technik, Komtess?«

»Von Technik verstehe ich nicht viel, es sind vielmehr die Möglichkeiten der Technik, die mich interessieren. Zum Exempel die Möglichkeit, in nur dreieinhalb Wochen die bedeutendsten Städte in der Adria und der Ägäis zu bereisen.«

Bruno schmunzelte. »Man könnte fast meinen, dass Ihr intensive Gespräche mit Frau Wundrak geführt habt.«

»Machen Sie bitte keine Scherze über Frau Wundrak. Ich bewundere sie. Sie ist eine Frau des beginnenden zwanzigsten Jahrhunderts, selbstbewusst, stark und mutig, sie übt einen Beruf aus und verdient ihr eigenes Geld. Sie ist unabhängig. Ich höre an Bord allenthalben, wie man sich über Frau Wundrak lustig macht, sie für ein bisschen verrückt hält, gar für keine echte Frau, sondern für einen verpatzten Mann. Auch mein Vater hat sich abfällig über sie geäußert.«

»Ihr Vater, so will mir scheinen, hat ein sehr traditionsbewusstes Weltbild.«

Carolina verdrehte die Augen. »Und wie!«

»Ich höre den Geist der Moderne aus Euren Worten, Komtess, so kann ich mir lebhaft vorstellen, dass Ihr in manchen Dingen anderer Meinung seid als der Herr Graf.«

»So wie heute früh. Wir waren unterschiedlicher Meinung.«

»Worin lag der Unterschied?«

»Mein Vater verlangt von mir die Heirat.«

Sie standen eine ganze Weile schweigend beieinander. »Ihr seid wohl mit der Wahl Eures Vater nicht einverstanden.«

»Die Wahl ist eine Katastrophe!«

»Seid Ihr nicht neugierig auf die Ehe?«

»Oh, ich sehne nichts inniger herbei als die Ehe, aber nicht mit Arthur von Brendelberg. Er ist mir zuwider.«

»Das Schicksal hoher Damen ist die standesgemäße Verheiratung. Das ist schon seit Jahrhunderten so.«

Carolinas Ärger spiegelte sich in ihrer Miene wider. »Ja, sehr schön, seit Jahrhunderten. Es ist auch so, dass Schiffe seit Jahrhunderten mit Segeln ausgestattet sind. Sehen Sie sich um, die Thalia hat kein Segel, sondern eine Maschine. Seit Jahrhunderten benutzen Menschen Kutschen, in Triest, Graz und Wien fährt die Elektrische und mein Vater ist stolzer Besitzer eines Automobils. Die Welt ändert sich laufend, aber mein Vater will das nicht wahrhaben.«

Bruno nickte grüblerisch. »Wahrscheinlich sprecht Ihr hier eines der großen Probleme unserer Zeit an. Die technischen und gesellschaftlichen Veränderungen geschehen so rasant, dass die geistigen Veränderungen nicht Schritt halten können.«

»Oh ja, das ist ein großes Problem! Mein Vater will mich ins Mittelalter sperren.«

Bruno zog die Augenbrauen fragend hoch. »Entschuldigt, aber das verstehe ich nicht. Ins Mittelalter sperren?«

»Er will meinen Starrsinn brechen, indem er mich in ein Kloster schickt. Bis zu meinem einundzwanzigsten Geburtstag.«

Bruno pfiff durch die Zähne. »In der Tat, das klingt nach Mittelalter.«

»Dabei habe ich mein Herz längst verschenkt.«

Bruno hielt den Atem an. Carolina hatte mit brüchiger Stimme den Satz geflüstert. Er fühlte sich augenblicklich vom Vertrauen der Komtess geschmeichelt. Bruno tätschelte ihre Hand.

»Das habe ich mir schon gedacht.«

»Ich liebe Friedrich, und er liebt mich.«

»Nun, ich habe bemerkt, wie Sie einander ansehen.«

»Werden Sie es meinem Vater berichten?«

»Niemals.«

»Signor Zabini, ich bin so unglücklich.«

Bruno verzog seinen Mund. Nun, das Vorhaben, die Komtess aufzuheitern, war gründlich schiefgegangen.

Bruno schaute auf seine Taschenuhr. Gleich nach dem Frühstück hatte er sich auf der Liste des Barbiers eingetragen. Zehn Minuten standen dem Barbier pro Gast zur Verfügung, von zwei Uhr bis fünf Uhr nachmittags schnitt, stutzte oder rasierte Georg Steyrer den Bart und das Haupthaar der Passagiere und des Personals, Bruno hatte den vorvorletzten Platz auf der Liste ergattert. Alle Herren an Bord, die keinen Platz mehr auf der Liste gefunden hatten, mussten selbst für die Rasur sorgen. Das hätte Bruno auch getan, sein Rasierzeug hatte er natürlich eingepackt, aber auf einen Haarschnitt glaubte er, nicht verzichten zu können. Schon den ganzen Nachmittag über waren die Passagiere des Schiffes wegen des abendlichen Kapitänsdîners und des Tanzvergnügens aufgeregt, alle wollten sich herausputzen, die Damen hatten sich in Gruppen formiert, um die Garderobe für den Abend auszuwählen, die Herren standen Schlange beim Barbier. Durch seine Beförderung zum Oberkellner war Bruno der Steward aufgefallen. Eine gute Wahl, diesen Mann zu befördern, wie Bruno fand. Er hatte erfahren, dass Georg Steyrer ursprünglich aus Marburg an der Drau stammte und in Wien die Lehre zum Barbier abgeschlossen hatte. Jetzt zog er seine Klinge auf dem Salondampfer Thalia ab und verhalf den Herren zu scharfen Rasuren und gut sitzendem Haupthaar. Nur leider war der Plan, alle zehn Minuten einen Gast an die Reihe zu nehmen, wegen des großen Andrangs in Unordnung geraten. Mehrere Herren hatten erfolgreich, auch ohne auf der Liste zu stehen, auf dem Stuhl des Barbiers Platz gefunden. Sollte der Barbier die Herren einfach wegschicken, wenn sie sehnlichst um eine Behandlung ersuchten? Steyrer arbeitete wirklich schnell, aber eine sorgfältige Rasur benötigte nun einmal gewisse Zeit, also musste Bruno warten.

Die Tür der Barbierkabine stand offen, am hinteren Ende hing ein breiter Spiegel. Davor befand sich der Drehstuhl, auf dem gerade eben Ferdinand Seefried saß, und neben der Tür standen zwei Polstersessel, auf denen die nächsten beiden Herren Platz genommen hatten und auf die Rasur warteten. Bruno war also der dritte in der Reihenfolge, obwohl er laut Plan jetzt an der Reihe gewesen wäre.

Bruno stellte fest, dass es dem Barbier glänzend gelang, die entstandene Verzögerung angenehm zu gestalten. Steyrer unterhielt die Herren mit pfiffigen Witzen und vergnüglichen Anekdoten, ja, er schien durch die Arbeitslast nicht strapaziert zu sein, sondern erst darunter zu Hochform aufzulaufen, und so saßen die Striche mit dem Rasiermesser und die Schnitte mit der Schere perfekt. Eben verabschiedete der Barbier breit lächelnd Ferdinand Seefried und bat den nächsten Herren auf den Stuhl.

Ferdinand entdeckte Bruno auf dem Gang vor der Barbierkabine und trat vergnügt auf ihn zu. »Ach, Herr Zabini, sind Sie auch noch an der Reihe?«

»Ja, aber ich muss wohl noch ein wenig Geduld aufbringen.«

Ferdinand strich sich über den gestutzten Schnurrbart und über seine glatt rasierten Wangen. Er duftete frisch und angenehm. »Welche aufzubringen sich unter Garantie lohnt. Herr Georg ist zweifelsfrei ein sehr guter Kellner, als Barbier erscheint er mir jedoch ein wahrer Künstler zu sein. Und sehr unterhaltsam. Also ich muss sagen, mit jedem Tag hier an Bord gefällt mir die Vergnügungsfahrt besser. Obwohl ich anfangs ja ein wenig zur Skepsis geneigt habe, was den Aufenthalt auf einem Schiff betraf, so freue ich mich sehr, diese Reise angetreten zu haben.«

Bruno musterte Ferdinand und versuchte, die Freude, die Ferdinand versprühte, zu ergründen. Und dass sich Ferdinand mehr als nur einer guten Rasur erfreute, war klar zu vernehmen. »Herr Seefried, ich muss noch rund zwanzig Minuten auf meine Behandlung warten, was halten Sie von einem kleinen Spaziergang?«

Ferdinand nickte zustimmend. »Hermine sichtet gerade die Abendgarderobe mit der Komtess, Resi und Frau Eggersfeldt. Ich denke, die Damen werden diese verantwortungsvolle Beschäftigung nicht so bald zu einem Ende führen, also spricht nichts gegen einen kleinen Spaziergang. Aber verlieren Sie nicht Ihre Reihenfolge in der Warteschlange, wenn Sie den Ort des Geschehens verlassen?«

Bruno winkte ab. »Ach, ob ich erst in zwanzig oder dreißig Minuten an die Reihe komme, ist nicht so wichtig. Bis zum Dîner bleibt mir noch genug Zeit.«

Also stiegen die beiden die Treppe hoch und traten auf das Promenadendeck. Bruno verschränkte während des Gehens seine Hände hinter dem Rücken. »Es will mir scheinen, Herr Seefried, als ob die Seereise Ihnen wirklich gut bekommt. Sie wirken so voller Elan und Freude.«

»Oh ja, die gute Luft und die helle Sonne tun mir gut.«

»Das längste Teilstück auf der Fahrt nach Süden liegt vor uns. Drei Tage dauert die Fahrt von Ragusa nach Ephesus.«

»Darauf freue ich mich sehr. Wissen Sie, Herr Zabini, es vergnügt mich, mir vorzustellen, dass wir allesamt mutige Seefahrer auf Entdeckungsreise sind. Fern der Heimat in fremden Gewässern neuen Abenteuern entgegen! Ein großartiges Gefühl. Und auf die Passage durch die Inselwelt der Ägäis bin ich sehr neugierig.«

»Wir werden nur ein paar der griechischen Inseln passieren. Die Ägäis ist groß und unser Schiff klein.«

»Ach, so klein ist die Thalia doch nicht. Sie hat hundert Meter Länge.«

»Das ja, es sind fast hundert Meter. Genauer gesagt sind es siebenundneunzig Meter und ein paar Zentimeter.«

»Sie wissen wirklich sehr gut über das Schiff Bescheid.«

»Das gehört zu meinem Beruf.«

Ferdinand blieb plötzlich stehen und starrte auf die offene

See. Er zeigte in die Ferne und rief aufregt: »Sehen Sie das? Da draußen auf dem Meer.«

Bruno lehnte sich an die Reling und hielt dabei seinen Hut fest. Es sah es eindeutig. »Oh ja, eine Schule von Delphinen.«

Ferdinand klammerte sich aufgeregt an die Reling. »Ich habe noch nie Delphine gesehen! Wie schnell sie sind. Sie springen meterweit aus dem Wasser. Ich muss sofort Hermine holen. Das ist großartig!«

Bruno hielt Ferdinand fest. »Warten Sie, Herr Seefried, die Tiere entfernen sich vom Schiff. Sehen Sie nur, der Abstand vergrößert sich schnell. Ihre Frau würde wohl zu spät kommen, um sie zu sehen.«

»Sie haben recht, sie entfernen sich. Aber immerhin habe ich ihr danach etwas zu erzählen.«

»Und wer weiß, vielleicht sehen wir in den nächsten Tagen wieder eine Schule.«

»Das wäre schön.«

Sie standen eine Weile und schauten den in der Ferne verschwindenden Meeressäugern zu.

»Geht es Ihrer Frau auch gut?«, fragte Bruno, als sie den Spaziergang fortsetzten.

»Oh ja, sehr gut sogar.«

»Das freut mich.«

»Wir ... wie soll ich sagen?«

»Einfach gerade heraus.«

»Wir erleben einen zweiten Honigmond.«

»Das ist schön.«

»Ja, es ist wie eine zweite Hochzeitsreise. Oder nein, es ist irgendwie unsere erste Hochzeitsreise.«

»Das verstehe ich nicht ganz, Herr Seefried.«

»Ich wurde leider schon am zweiten Tag unserer Hochzeitsreise krank. Eine schlimme Kolik. So konnten wir Prag kaum besichtigen. Ich lag tagelang im Bett und konnte kaum etwas zu mir nehmen. Hermine hat mich fürsorglich gepflegt. Und kaum ging es mir besser, hat sie die Kolik gekriegt und ich musste sie pflegen. Wir haben nach einer Woche die Hochzeitsreise abgebrochen und sind zurück nach Wien.«

»Dann freut es mich umso mehr, dass es Ihrer Gemahlin und Ihnen jetzt so gut ergeht.«

»Wir sind wie zwei Jungverliebte. Das ist so schön. Ich bin sehr glücklich.«

Eine Weile hörte sich Bruno das aus Ferdinand hervorsprudelnde Glück an. Als der Redeschwung ein wenig abebbte, stellte er eine Frage. »Lieber Herr Seefried, Ihre Frau und Sie sind doch in Ragusa allein unterwegs gewesen.«

»Ja, das stimmt. Wir wollten an diesem Tag beisammen sein, so haben wir die Wanderung mit der Reisegruppe ausgelassen.«

»Sie sind nachmittags durch die Altstadt gegangen?«

»Ja, das stimmt.«

»Haben Sie währenddessen jemandem vom Schiff getroffen?«

»Hm, da muss ich nachdenken. Ja, doch, wir haben zuerst jemanden aus der Ferne gesehen, der von der Mannschaft der Thalia sein könnte. Und wir haben Frau Oberhuber und ihre Schwester getroffen.«

»Wen von der Mannschaft?«

»Das kann ich nicht genau sagen. Ich habe nur aus der Ferne eine Lloyduniform gesehen. Wer das gewesen ist, kann ich nicht mit Bestimmtheit sagen. Vielleicht war es ein Mann eines anderen Schiffes. Ich dachte zuerst, es wäre der Schiffskommissär Glustich, aber es könnte auch jemand anderer gewesen sein.«

Bruno nickte. »Wann war das ungefähr?«

»Das weiß ich nicht mehr genau, es war vielleicht halb drei Uhr. Oder drei Uhr. Der Mann schien in Eile zu sein. Oder zumindest hatte er ein klares Ziel und verschwand schnell wieder aus meinem Gesichtsfeld.«

»Das ist interessant.«

»Hermine und ich haben in einem Kaffeehaus mit Frau Oberhuber und ihrer Schwester Klara Kaffee getrunken. Die beiden Damen saßen dort, weil sich Klara von den Strapazen des Rundganges erholen musste.«

»War das, nachdem Sie den Mann in der Lloyduniform gesehen haben oder davor?«

»Danach. Etwa eine halbe Stunde später. Frau Oberhuber saß an einem lauschigen Platz. Als Hermine und ich vorbeikamen, haben wir uns für ein Weilchen zu den Damen gesetzt und ebenfalls Kaffee getrunken. Danach sind Hermine und ich weitergegangen.«

»War Herr Mühlberger nicht bei den Damen?«

»Herr Mühlberger?«

»Winfried Mühlberger, der Münchner Theaterdichter.«

»Ach so, jetzt weiß ich, wen Sie meinen. Nein, ich habe ihn an diesem Nachmittag nicht gesehen. Warum fragen Sie danach?«

»Herr Mühlberger hat angeboten, den beiden Damen Gesellschaft zu leisten, damit sie nicht allein in einer fremden Stadt umherirren müssen.«

Ferdinand zuckte mit den Schultern. »Nun, zumindest für die halbe Stunde, die Hermine und ich bei Frau Oberhuber und Klara gesessen sind, war Herr Mühlberger nicht zugegen.«

Bruno zog seine Taschenuhr heraus. Er lachte auf. »Sehen Sie, Herr Seefried, vor lauter Spazierengehen und Plaudern vergeht die Zeit rasend schnell. Vielleicht sollte ich mich nun doch wieder in die Schlange vor der Barbierkabine einreihen.«

Ferdinand nickte zustimmend. »Das sollten Sie wohl tun, sonst schließt der Barbier seinen Laden und Sie müssen unrasiert zum Tanz erscheinen.«

Bruno schnappte theatralisch nach Luft. »Eine solche Sünde würde ich niemals begehen.«

Ferdinand lachte. »Und ich werde meine geliebte Frau suchen und ihr von der Sichtung der Delphine berichten.«

»Tun Sie das, Herr Seefried. Tun Sie das.«

⁓⁕⁓

»Vielleicht war es doch keine so gute Idee, an Bord zu gehen.«

Carolina und Friedrich standen wieder am Oberdeck achtern an der Reling. In nicht kompromittierender Distanz und doch nahe genug, um mit gedämpften Stimmen sprechen zu können.

Friedrich zog die Augenbrauen hoch. »Wie kommt es zu deinem Sinneswandel?«

»Du bist mir so nahe und doch so fern, in jedem Augenblick des Tages wird man beobachtet, Tratsch und Klatsch ist die meist geübte Disziplin an Bord, und mein Vater langweilt sich. Deshalb ist er heute ungenießbar.«

»Ist er das nicht immer?«

Carolina schaute verärgert zu Friedrich hinüber. »Was ist denn das für ein Tonfall? Er ist immerhin mein Vater!«

»Entschuldige, ich wollte weder deinen Vater beleidigen noch dich verärgern«, beeilte sich Friedrich zu sagen.

Carolina schluckte und schaute wieder aufs Meer hinaus. »Und entschuldige, dass ich heute auch kaum zu genießen bin. Ich bin ein bisschen indisponiert.«

»Ach was, Carolina, du bist immer so genießbar wie ein frisch vom Baum gepflückter Apfel der Versuchung.«

»Kannst du bitte einmal ernsthaft sein?«

»Nur über meinen mit zahllosen Theaterschwertern blutrünstig herbeigeführten Tod.«

Carolina kicherte. »Du bist und bleibst ein Kindskopf.«

»Darauf bin ich stolz!«

»Und deswegen liebe ich dich. Dessen ungeachtet wird es immer schwieriger, unsere Liebe geheim zu halten.«

»Das ja. Dein Halbbruder weiß Bescheid.«

»Das hat er mich auch wissen lassen.«

»Glaubst du, dass er uns verraten wird?«

»Bestimmt nicht. Ich weiß nicht warum, aber ich glaube, Georg liebt mich wie eine echte Schwester. In seinen Augen bin ich wohl nicht nur die privilegierte Halbschwester, die das gesamte Vermögen erben wird, während er leer ausgehen wird.«

»Denkst du tatsächlich an das Erbe deines Vaters? Hm, das ist ein für mich seltsamer Gedanke, aber natürlich, von meinen Eltern kann und werde ich nichts bekommen. Mein Erbe ist ein Kopf voller Ideen und eine Brust voller Sehnsucht.«

»Ich habe Georg eine lebenslange Apanage zugesichert.«

Friedrich dachte angestrengt nach, was diese Aussage bedeuten konnte. Er kam nicht darauf, so sehr war der Sachverhalt außerhalb seines Lebenshorizonts. »Erkläre mir das bitte.«

»Es gibt keinen Bruder oder Cousin, der das Vermögen meines Vaters erben kann. Ich bin die Alleinerbin. Und sobald ich das Vermögen besitze, werde ich Georg eine stattliche Apanage erteilen, eine Leibrente. Das habe ich ihm zugesichert und das werde ich auch tun. Georg war früher ein unsteter Geselle und hat sich auch in zwielichtige Gesellschaft begeben, aber er ist ein kluger Mann. Und er hat als Oberkellner der Thalia einen respektablen Arbeitsplatz gefunden. Er wird unsere Liebe nicht an meinen Vater verraten, zum einen, weil er mich brüderlich liebt, zum anderen, weil er die Apanage nicht aufs Spiel setzen wird.«

Friedrich pfiff und schüttelte den Kopf. »Gewiss ist es besser, ein armer Poet zu sein und sich nicht über geerbte Vermögen und zugesicherte Apanagen den Kopf zerbrechen zu müssen. Das ist mir alles viel zu kompliziert.«

Carolina knetete ihre Hände »Ich fürchte, dass mein Vater irgendwann dahinterkommen wird.«

»Carolina, du bist so nachdenklich. Das macht mir ein bisschen Angst.«

»Ich habe heute Signor Zabini von unserer Liebe erzählt.« Friedrich starrte Carolina ungläubig an. »Aber warum denn das?«

Sie zuckte mit den Schultern und entfernte sich von der Reling. »Ich weiß es nicht. Ich habe einfach das Bedürfnis gehabt, mich jemandem mitzuteilen. Die Heimlichtuerei belastet mich. Ich gehe jetzt. Wir sehen uns beim Tanz.«

»Ich freue mich darauf!«

»Und vergiss nicht: Du musst zuerst mit Milada oder Irena tanzen.«

Friedrich knallte mit den Hacken und salutierte stramm. »Zu Befehl, Herr Kapitän!«

Carolina lachte und lief mit fliegenden Schritten die Treppe hoch.

※

»Ich finde es hochinteressant, an wie vielen Orten, die ich im Laufe meines Lebens besucht habe, Sie ebenfalls schon gewesen sind. Wir hätten einander also häufig begegnen können, doch erst hier an Bord der Thalia ist es geschehen.«

»Meine Karriere als Sängerin hat mich weit herumgeführt. Immer auf Schienen, quer durch die Monarchie, von einem Engagement zum nächsten. Das Leben für die Kunst ist auch ein Leben in Eisenbahnwaggons und Hotelzimmern.«

Max von Urbanau wusste nicht mehr genau, wie und wann es sich ergeben hatte, aber irgendwann im Laufe des Nachmittags hatte er Frau Kabátová zu einer Promenade eingeladen, sie hatte sich bei ihm eingehakt und danach war die Zeit außerhalb jeder Messung und Kontrolle verronnen. Sie hatten ein paar höfliche Floskeln gewechselt und sich in einem lebhaften Gespräch wiedergefunden. Der Nachmittag war wie im Flug vergangen. Kurz vor dem Dîner hatte sich Frau Kabátová empfohlen und sich in ihre Kabine zurückgezogen, um sich gemeinsam mit ihren Töchtern für die Abendgesellschaft und den Tanz salonfähig zu machen. Der Graf hatte sich ebenso in seine Kabine begeben, sich frisch gemacht und den Frack aus dem Kasten geholt. Und wie immer hatte er sich selbst einer Rasur unterzogen. Er misstraute Barbieren grundsätzlich, denn niemand, kein noch so kunstfertiger Meister seines Faches, durfte eine scharfe Klinge an seine Kehle halten. Ein Mann seiner Provenienz konnte nicht vorsichtig genug sein.

Der Graf und die Komtess hatten sich mit den Damen Kabátová zum Dîner verabredet, gemeinsam gespeist und sich blendend unterhalten. Urbanau sah es mit Wohlwollen, dass die beiden hübschesten jungen Damen an Bord, seine Tochter Carolina und Frau Kabátovás Tochter Milada, nicht nur gleich alt waren, sondern sich auch offensichtlich sehr gut miteinander unterhielten. So konnte er seine Aufmerksamkeit ganz dem Gespräch mit Ludmilla Kabátová widmen. Ja, man hörte ihrer Stimme in Form eines leichten Krächzens die überstandene Krankheit an, aber in jeder anderen Hinsicht war Frau Kabátová eine außerordentlich attraktive Dame, deren Umgangsformen und Erscheinung jedem reifen Manne zur Zier gereichen musste.

Die Türen des Musiksalons waren geöffnet, die elektrischen Lampen spendeten großzügig Helligkeit, die Stewards servierten gekühlten Punsch und die Musikanten der Bordkapelle hatten ihre Notenblätter bereitgelegt. Der Abend brach mit milden Temperaturen und nur leichter Brise an, die Thalia lief in voller Fahrt südwärts auf die Straße von Otranto zu, auf jene einundsiebzig Kilometer breite Meeresenge zwischen dem Stiefelabsatz Italiens und der albanischen Küste, die das Adriatische Meer vom Ionischen Meer separierte.

»Ja, das kenne ich nur zu gut, das Leben in Hotelzimmern. Als Attaché war es nachgerade der Inhalt meiner Tätigkeit, stets auf Reisen zu sein. Nach dem Tod meiner Frau war die Reisetätigkeit, so muss ich es formulieren, eine willkommene Gelegenheit, nicht dem Trübsinn zu verfallen. Ich habe sie sehr geliebt, meine teure Sophie, ihr Ableben war ein herber Schlag des Schicksals.«

»Eurer Gnaden, ich weiß genau, wovon Ihr sprecht. Der frühe Tod meines geliebten Mannes riss eine klaffende Lücke in mein Leben.«

Max von Urbanau und Frau Kabátová standen an der Reling des Promenadendecks etwas abseits der sich sammelnden Schar der Passagiere und nippten an ihren Punschgläsern.

»Geehrte Frau Kabátová, ich freue mich sehr, dass wir beide uns nun ein wenig besser kennengelernt haben, darf ich Sie deshalb ersuchen, die förmliche Anrede mit einem freundschaftlichen Ton zu ersetzen?«

»Oh, sehr gerne.«

»Bitte nennen Sie mich bei meinem Vornamen Maximilian oder, noch simpler, einfach bei meinem Rufnamen Max.«

»Was für eine Ehre Sie mir hiermit erweisen, lieber Max. Mein Vorname ist Ludmilla.«

»Lassen Sie uns auf unseren eben geschlossenen Pakt anstoßen.«

Wenig später erschienen der Kapitän und die Offiziere. Von allen Seiten strömten die Passagiere herbei und sammelten sich im und vor dem Musiksalon. Der Kapitän hielt eine kurze Ansprache, bedankte sich bei den Gästen für deren zahlreiches Erscheinen und lobte die festliche Garderobe der Damen überschwänglich. Dann stellte er die vier Musikanten der Bordkapelle persönlich vor und bat um ihr Spiel. Der Abend begann mit dem Thalia-Marsch, zu dem nicht getanzt wurde, und als der Applaus verklungen war und der Kapellmeister den Walzer *An der schönen blauen Donau* anstimmte, bat Kapitän Bretfeld formvollendet die Komtess Urbanau um den Tanz, während der Erste Offizier Frau Eggersfeldt und der Zweite Offizier Hermine Seefried baten, sich mit ihnen übers Parkett zu bewegen. Nachdem die drei Paare den Abend eingetanzt hatten, folgten weitere Tanzpaare.

Friedrich gelang es tatsächlich als Erster, das Fräulein Milada um einen Tanz zu bitten. Alle bewunderten das schöne junge Paar. Nur Eingeweihte wussten, dass Friedrich nur deswegen in angemessener Garderobe zum Tanz erscheinen konnte, weil ihm Ferdinand Seefried mit seinem Smoking ausgeholfen hatte. Die beiden Herren hatten fast dieselbe Größe und Statur. Ferdinand selbst trug natürlich seinen Frack. Er war der zweite, der die Komtess zum Tanz führen durfte.

Und nach dem zweiten Musikstück forderte der Graf schließlich Frau Kabátová zum Tanz auf.

Gilbert Belmais hielt sich im Hintergrund und kostete den Punsch. Ein grauenhaftes Gesöff.

Bruno stand am Rand des Musiksalons. Die Tanzpaare kreisten im Walzertakt. Er nippte an seinem Punsch.

Konnte ein derart gelungen inszeniertes Versteckspiel möglich sein? Warum nicht. Waren es nicht oft die auf den ersten Blick völlig verrückt erscheinenden Möglichkeiten, die in Kriminalfällen zur Lösung führten? Was sollte das für ein Spiel sein? Bruno war es nicht entgangen, dass Senta Oberhuber in der letzten Nacht durch den Gang gehuscht und in der Kabine von Winfried Mühlberger verschwunden war. Klara hatte gewiss tief und fest geschlafen, während ihre ältere

Schwester sich auf eheliche Abwege geschlichen hatte. Nun, gerade Bruno fand an diesem Verhalten nichts, aber auch wirklich gar nichts Verwerfliches. Viel eher als moralische Entrüstung über das liederliche Verhalten der Münchner Arztgattin fühlte er Ärger, dass er um ein paar schöne Tage in den Armen von Luise gebracht worden war. An einer Liaison zwischen zwei erwachsenen Menschen auf einer Vergnügungsfahrt in den Süden konnte er nichts Anstößiges finden. Das ganze Schiff glich doch einem eisernen Tollhaus, auf dem allerlei zwischenmenschliche Verwicklungen passieren konnten, ja sogar sollten. Dafür bezahlten die Passagiere mit dem Erwerb einer Fahrkarte schließlich.

Aber konnte Winfried Mühlberger wirklich der Attentäter sein?

Bruno hatte die Bewegungen des Mannes genau beobachtet. In jüngeren Jahren war Mühlberger zweifellos ein vorzüglicher Infanterist, groß, kräftig, ausdauernd, auch die Ernsthaftigkeit seiner Miene hatte etwas Soldatisches. Vielleicht sogar etwas Grausames. Aber war ein in jungen Jahren erfolgreicher Theaterdichter zum gedungenen Mörder geworden? Schwer vorstellbar. Mühlberger verfügte zweifellos über die Körperkraft, einen Mann am helllichten Tag mit einem Knüppel zu erschlagen und die Klippen vor der Stadtmauer hinunterzuwerfen, aber verfügte er auch über die dafür nötige Kaltblütigkeit? Wenn ja, dann konnte er sie in Gesellschaft gut verstecken. Mühlberger wirkte nicht wie ein Auftragsmörder, sondern wie ein gut aussehender Intellektueller, der den ebenso gebildeten und in Liebesbelangen ausgehungerten Damen des Großbürgertums abwechslungsreiche Gesellschaft bat.

Bruno formulierte diesen Gedanken durchaus so, um seine Antipathie für den Mann auszudrücken, denn er war zwar ein Polizist, der auf wissenschaftliche Präzision in der Ermittlungsarbeit Wert legte, aber er war auch wie alle anderen einfach nur ein Mensch. Und manche Menschen waren ihm nah, andere wieder nicht.

Und selbst wenn Mühlberger ein exzellentes Doppelspiel spielte, war Senta Oberhuber dann ein Teil der Verschwörung oder ein Opfer? Sehr undurchsichtig.

Mark Cramp war auch ein Mann, der über genug Körperkraft verfügte, einen Mord an Schiffskommissär Glustich ausführen zu können. Weiters verfügte Cramp als ehemaliger Seeoffizier über militärische Erfahrung, war also technisch gesehen bestimmt jederzeit in der Lage, einen anderen Mann zu töten. Aber Cramp entsprach in Brunos Augen ganz und gar nicht dem Typ eines heimtückischen Mörders.

Unter den Matrosen und Heizern fanden sich mehrere Männer, die kräftig genug für die Tat waren. Hatte sich der Attentäter als Heizer auf das Schiff geschmuggelt? Bruno hatte die Mannschaftsliste durchgesehen. Keiner der Seeleute war erst für diese Fahrt an Bord der Thalia gekommen, fast alle gehörten seit der ersten Fahrt des Salondampfers im Februar des Jahres zur Mannschaft. Ein Mann war seit der zweiten Fahrt und zwei Männer waren seit der dritten Fahrt an Bord. Damit lag die Möglichkeit, dass einer von ihnen der Attentäter war, im Bereich willkürlicher Spekulation.

Also doch einer der Passagiere.

Und wenn es nicht ein Attentäter, sondern eine Attentäterin war?

Das Verbrechen an Paolo Glustich hatte eindeutig erhebliche Körperkraft erfordert. Glustich war für einen Mann durchschnittlich groß und schwer gewesen, aber er war, das hatten die Spuren gezeigt, rund vierzig Meter über den Boden geschleift worden. Und das bei Tageslicht! Konnte das eine Frau schaffen? Wenn, dann musste sie kräftig wie ein Mann sein. Therese Wundrak war zweifellos eine ebenso feminine wie kräftige Frau, sie war Abenteurerin, die unter anderem wochenlang auf dem Rücken eines Pferdes durch die Karpaten geritten war. Sie kam aber als Täterin nicht infrage, weil sie den ganzen Nachmittag über Teil der Reisegruppe und somit in Brunos Blickfeld gewesen war.

»Über welche der Damen hast du gerade in anzüglicher Manier nachgedacht?«

Bruno schreckte aus seiner Grübelei hoch und schaute neben sich. Wenn man vom Teufel sprach, beziehungsweise an ihn dachte, dann tauchte er auf. Selbst wenn er dafür die Gestalt einer Dame wählte.

»Werte Therese, wie kommst du darauf, dass meine Gedanken anzüglicher Manier sein könnten?«

Therese drehte ein Glas in ihrer Hand. »Waren sie es etwa nicht?«

»Ein Ehrenmann würde niemals Derartiges verraten.«

»Du willst mir also wieder weismachen, dass du in Wahrheit ein Langweiler bist, der immer nur sittsame, geradezu keusche Gedanken hegt?«

»Nun, weil du in deiner überaus erfrischenden Art so direkt fragst, so will ich dir offen Antwort geben.«

»Schön! Raus damit.«

»Ich habe eben an dich gedacht.«

Therese schnappte nach Luft. »Hast du das eben wirklich gesagt?«

»Das habe ich.«

»Gehst du also zum Angriff über?«

»Kein Angriff, aber die Wahrheit.«

»Noch besser. Ich sehe, wir machen Fortschritte.«

»Sieh nur, wie festlich der Musiksalon ist.«

»Ein rauschender Abend hebt an.«

»Die Stimmung ist exaltiert.«

»Ich hasse Langeweile.«

»Liebe Therese, darf ich um das Vergnügen eines Tanzes bitten?«

»Ich will heute nicht so sein und dem Antrag Gehör schenken.«

Bruno trat vor Therese und verneigte sich gravitätisch. Also mitten hinein ins Tanzvergnügen.

～⚜～

Was für ein Affentheater. Lächerlich. In Japan hatte er in einem Tiergarten eine Horde von rotgesichtigen Makaken beobachtet. Was unterschied das äffische Treiben hier von der Geschäftigkeit der Tiere dort? Die Menschen waren aufwendiger gekleidet. Das gewiss. Und sonst? Nicht viel.

Hunde waren diesbezüglich ehrlicher. Sie schnupperten ungeniert an den Geschlechtsteilen der Artgenossen. Das sollten diese brünstigen Menschenaffen hier auch tun. Das würde das Ambiente weniger geziert und gestelzt erscheinen lassen.

Ein Tanzvergnügen! Wie konnte man auf so eine Idee kommen?

Lächerlich.

Sollte er seine Waffe holen und für Zucht und Ordnung sorgen?

Der Gedanke fühlte sich gut an. Stimmig.

Andererseits war bei solchen Possen auch viel über seine Kundschaft zu lernen.

Der alte Graf wandelte auf den Spuren eines hitzigen Jungspunds und hatte nur Augen für die holde Weiblichkeit. Das war gut, denn seine Aufmerksamkeit wurde dadurch in Beschlag genommen. Bislang hatte dieser sich wirklich sehr umsichtig verhalten. Urbanau war ein Gegner, den er gerne vor zehn Jahren getroffen hätte. Das wäre ein spannendes Duell geworden. Jetzt war es eigentlich nur eine Frage der Zeit, bis der Mann von blauem Blute seine letzte Reise antreten und er den üppigen Lohn einstreichen würde.

Und der Triester Polizist?

Letzte Nacht hatte er viel über diesen Mann nachgedacht, hatte versucht, ihn zu analysieren, hatte versucht, die Gefahr einzuschätzen, die von ihm ausging. Wie sich jetzt herausstellte, war die Grübelei verschenkte Mühe.

Der Mann war ein Tanzbär. Eine Attraktion auf dem Jahrmarkt der Eitelkeiten. Mehr nicht. Die Weiber kriegten gar nicht genug vom Geschaukel und Geschunkel auf der Tanzfläche. Das sollte ein Polizist sein? Lächerlich. Er taugte bestenfalls als Eintänzer.

Wahrscheinlich würde es furchtbar langweilig werden, diesen Mann zu töten.

Egal, jede Arbeit hatte ihre Schattenseiten. Auch die seine.

Aber immerhin würde es sehr erfreulich werden, der Komtess zu begegnen. In den Tagen an Bord hatte er Respekt vor dem jungen Fräulein bekommen. Hielt sich da einen geheimen Liebhaber direkt vor den Augen ihres Herrn Papa, spielte geschickt eine Komödie für die anderen Passagiere und bot dabei ein wirklich ansehnliches Bild gefälliger Weiblichkeit. Er war beeindruckt von ihr. Sterben würde sie dennoch. Das war unerlässlich. Auch ihr Liebhaber. Völlig klar.

Noch hatte er Zeit, noch war er nicht an den Ort der Entscheidung gekommen, doch das Schiff dampfte unbeirrbar dem Ziel der Reise zu. Alles war vorbereitet. Nur noch etwas Geduld. Bald.

~⊚~

»Ich finde du hast jetzt oft genug mit Milada getanzt.«

Friedrich erschrak. Und war auch irgendwie geschmeichelt. Und vor den Kopf gestoßen. Und beschämt. Ach, er wusste gar nicht, wo ihm der Sinn stand. Es war alles so verwirrend. Meine Güte, wie hätte er ahnen können, dass ihn das Tanzen in derartige Aufregung versetzen würde? Er hatte schon öfter auf Bällen getanzt, auch auf der Hochzeit eines Cousins und bei den Tanzabenden seiner Tanzschule ohnedies. Tanzen war nichts Neues. Und doch war er überrascht, wie sehr ihn das heutige Tanzvergnügen in Euphorie versetzte. Zuerst Walzer mit Milada, dann Polka mit Irena, wieder Walzer mit Milada, dann der Tanz mit Carolina, und in der Hitze des Gefechts hatte er hintereinander Frau Eggersfeldt, Frau Kabátová, Frau Teitelbaum und deren im eleganten Kleid fast schon erwachsen wirkende Tochter Rosa zum Tanz gebeten. Und dann hatte er wieder mit Milada getanzt. Sie tanzte offenbar gerne mit ihm. Es war wie ein Rausch, sich mit ihr über das Parkett zu drehen. So musste sich Fliegen anfühlen.

»Carolina, bist du eifersüchtig?«

»Ja, ein bisschen.«

»Meine Teure, dazu besteht doch in keiner Weise Anlass!«

»Das hat aber in der letzten Stunde anders ausgesehen.«

Ein wenig Zorn mischte sich in Friedrichs Stimmung. »Dann könnte ich auch eifersüchtig sein, denn du hast sehr lange mit Signor Zabini getanzt. Und du hast dabei überaus glücklich ausgesehen.«

»Jetzt rede doch keinen Unfug, Friedrich! Alle Damen, die mit Signor Zabini tanzen, sehen glücklich aus.«

»Also doch! Hat mich der Eindruck nicht getäuscht.«

»Du solltest nicht so viel Punsch trinken.«

Für eine Weile standen sie einander gegenüber und starrten sich an. Wie auf ein geheimes Kommando brachen sie in Gelächter aus. Friedrich griff nach Carolinas Händen und himmelte sie an.

»Du weißt doch, dass ich Augen nur für dich habe.«

»Und ich nur für dich.«

»Bitte sei mir nicht böse, dass ich so oft mir Milada getanzt habe. Du hast es doch von mir verlangt.«

»Immerhin kommt jetzt niemand auf die Idee, du könntest nicht in Milada genauso verliebt sein wie sie in dich.«

Friedrich warf seine Stirn in Falten. »Du meinst, Milada wäre in mich verliebt?«

»Das ganze Schiff hat es gesehen.«

»Nur ich nicht.«

»Na, du hast mit ihr getanzt.«

»Ich werde ihr sagen, dass ich längst vergeben bin.«

»Unterstehe dich! Ja nicht! Wir müssen vorsichtig sein.« Carolina entdeckte aus dem Augenwinkel eine Bewegung, zog eilig ihre Hände zurück, legte sie auf ihren Rücken und trat einen Schritt zurück. Friedrich schaute hinter sich und entdeckte den Grafen, der mit düsterer Miene auf sie zukam. Sofort trat auch Friedrich einen Schritt beiseite und versteckte seine Hände hinterm Rücken.

»Der Dank, Herr Grüner, ist ganz auf meiner Seite«, sagte Carolina, neigte ein wenig den Kopf und hakte sich bei ihrem Vater ein. »Papa, wusstest du, dass Herr Grüner auch aus Graz ist? Er hat sich eben für den Tanz bedankt.«

Friedrich nahm Haltung an und verneigte sich höflich. »Wie gesagt, verehrte Komtess, noch einmal herzlichen Dank für den Tanz. Eurer Gnaden, mit Eurer Erlaubnis empfehle ich mich.«

Graf Urbanau nickte knapp. »Empfehle er sich. Guten Abend.«

Friedrich trat mit zackigen Schritten ab. Graf Urbanau blickte ihm nach. »Ist er dir zu nahe getreten?«

»Aber nein, Papa! Wie kommst du da drauf?«

»Er hat dich an den Händen gehalten.«

»Ja, weil er sich so gefreut hat.«

»Worüber gefreut?«

Carolina neigte sich dem Ohr ihres Vaters zu und flüsterte. »Du hast doch bestimmt gesehen, dass Herr Grüner mit dem Fräulein Milada getanzt hat.«

»Das habe ich gesehen.«

»Ich glaube, Herr Grüner hat sich ein bisschen in Milada verliebt. Und weil Milada und ich jetzt Freundinnen sind, soll ich für ihn den Postboten spielen. Ich habe zugesagt, also war Herr Grüner so erfreut, dass er nach meinen Händen gegriffen hat.«

»Ach so, daher weht der Wind.«

Die beiden gingen ein Stück auf dem Promenadendeck.

»Wobei ich fast den Eindruck gewonnen habe, dass Herr Grüner nicht der einzige Mann an Bord ist, der mit einer Dame aus dem Hause Kabátová gerne tanzt.«

Graf Urbanau schaute seine Tochter von der Seite an. »Was sind denn das für vorlaute Töne, Fräulein?«

Carolina drückte ihrem Herrn Papa ein Küsschen auf die Wange. »Ich bin so glücklich, Papa! Frau Kabátová und du habt so gut beim Tanz ausgesehen. Ich habe dich seit Monaten nicht so gelöst und freudig erlebt.«

Graf Urbanau schmunzelte und strich über seinen Schnurrbart. »Frau Kabátová ist eine wirklich sehr respektable Dame. Ich sehe mich in gespannter Erwartung des Musikabends, den sie gemeinsam mit ihren beiden hinreißenden Töchtern geben wird.«

»Ja, da freue ich mich darauf.«

~~~

Bruno stand vor dem Spiegel in seiner Kabine und drückte einen Streifen Kalodont auf seine Zahnbürste. Das Wiener Unternehmen F. A. Sarg's Sohn & Co. hatte mit der Einführung der ersten Zahnpasta in der praktischen Tube eine neue

Zeit der Zahnhygiene eingeläutet. Zahnpasta war seit dem Jahr 1887 zum Massenprodukt geworden, in vielen Ländern Europas konnte man Kalodont wohlfeil erwerben. Es gab zwar noch zahlreiche Menschen, die lieber Zahnpulver oder Zahnseife zum Zähneputzen verwendeten, aber gerade für die Reise fand Bruno die Verpackung in der Tube ungemein vorteilhaft. Gedankenverloren schrubbte er seine Zähne.

Ja, es hatte ihm geschmeichelt, dass sich die Damen auf dem Schiff so erfreut gezeigt hatten, von ihm auf das Tanzparkett geführt zu werden. Und ja, der Tanz mit der Komtess hatte etwas in ihm gerührt. Durften sich nicht erwachsene Männer in junge Schönheiten verlieben? Ein bisschen zumindest? Vor Frau Teitelbaum hatte er fast Angst gekriegt. Beim Tanz hatte sie ihn mit Blicken geradezu verschlungen, mit Haut und Haaren. Auch die schöne Frau Oberhuber hatte ihm ein strahlendes Lächeln geschenkt. Und manche Männer hatten ihn argwöhnisch beäugt, weil er das Herz ihrer Frau oder Geliebten für die Dauer eines Musikstückes erobert hatte. Wobei das gar nicht in seiner Absicht gelegen hatte, er hatte sich irgendwie in einen Rausch getanzt. Ebenso wie Friedrich Grüner, der die Tanzfläche fast zwei Stunden nicht verlassen hatte.

Ja, Bruno liebte Tanzen. Es waren die Geschmeidigkeit und Schönheit der Bewegungen beim Tanz, die ihn immer schon fasziniert hatten. Es war ein sehr körperliches Vergnügen, in einer besonderen Weise ähnlich wie Rudern oder zügiges Wandern. Der Rudersport im Vierer faszinierte ihn, weil vier Männer zu einem Körper wurden, weil der Einzelne nichts zählte, die Gruppe alles. Es war ein immens starkes Band der Gemeinschaft mit seinen Kameraden, wenn sie bei einer Regatta alles rund um sich vergaßen und zu einem wuchtigen Muskelapparat verschmolzen.

Beim Wandern hingegen schätzte er das Alleinsein. Auch das Wandern war eine Art von Verschmelzung, nämlich jene von Mensch und Natur. Seinen Urlaub verbracht Bruno immer wieder in den Bergen der Alpi Giulie, der Julischen Alpen, wie die Österreicher sagten. Am liebsten besuchte er das Ursprungsgebiet der Sava. Mehrmals war er auch nach San Daniele del Friuli gefahren, um dort die nahen Bergwälder zu erwandern.

Der Tanz nun war eine weitere Art der Verschmelzung, und so wie Bruno es fühlte, war es eine sehr sinnliche Verschmelzung von Mann und Frau, die aber nicht in trauter Zweisamkeit, sondern im gesellschaftlichen Rahmen stattfand. Vielleicht war es die Hingabe, mit der er tanzte, deretwegen ihn beim eben vergangenen Tanzvergnügen die Frauenherzen zugeflogen waren. Seine Hingabe und wahrscheinlich auch seine vom jahrelangen Rudersport kräftigen Schultern.

Er dachte an die Tänze mit Therese.

Mit ihr hatte er am häufigsten getanzt.

Ja, sie waren einander beim Tanz nähergekommen. Und ja, durch die Nähe, die Bewegung und durch die gemeinsamen Schritte hatten sich ein sehr konkretes Gefühl ihrer Nähe und eine sehr plastische Wahrnehmung ihres Körpers ergeben. Dieser Eindrücke konnte er sich kaum erwehren. Seine Handfläche hatte während einer flotten Polka ihren kräftigen Rücken intensiv gespürt. Bruno spülte seine Mundhöhle und trocknete sein Gesicht mit dem Handtuch ab. Das Verlangen packte ihn, ihren weißen schlanken Hals zu küssen, ihren hochgewachsenen, formvollendeten Leib zu erkunden, ihre Rundungen zu fühlen, ihre Lippen auf den seinen zu spüren.

Bruno hängte das Handtuch auf den Haken, warf sich herum, zog sein Sakko an und kramte in seinem Gepäck nach der Packung Pariser.

Das war es doch, was sie von Anfang an wollte. Und was wollte er? Warum hatte er die Packung mit auf die Reise genommen? Gelegenheit macht Diebe.

Wie spät war es? Knapp nach Mitternacht. Meist war es um diese Zeit schon sehr still auf dem Schiff. Heute nicht.

Egal. Wer sich auf diesem Schiff nicht in kompromittierende Lage begab, hatte den Sinn der Fahrt nicht erfasst, sagte sich Bruno. Er öffnete vorsichtig die Tür seiner Kabine und schaute sich um. Fedora und Luise waren Hunderte Meilen entfernt. Er hörte Stimmen auf dem Gang, also schloss er die Tür wieder und wartete. Nach etwa fünf Minuten prüfte er erneut. Stille. Also huschte er los. Er kannte die Nummer ihrer Kabine natürlich. Er war sich sicher, dass Therese auf ihn wartete. Sie hatten das unabdingbare Finale des Tanzvergnügens während all der abendlichen Stunden nicht offen ausgesprochen, sondern darauf zugetanzt.

Lautlos schritt er den Gang entlang. Als er mittschiffs bei der Haupttreppe ankam, hörte er leises Schluchzen. Bruno hielt inne, schaute sich um und entdeckte auf der Treppe eine zusammengekauerte Person. Er erkannte das Kleid. Rosa Teitelbaum. Sie hatte ihre Arme um die Knie geschlungen und beugte den Kopf. Bruno hielt vor der Treppe an.

»Fräulein Rosa, was haben Sie denn?«

Rosa schaute kurz hoch, erkannte Bruno und versteckte wieder ihr verheultes Gesicht. Bruno setzte sich kurz entschlossen drei Stufen unterhalb zu Füßen des Fräuleins.

»Bestimmt ist es nicht so schlimm, dass Sie weinen müssen, Fräulein Rosa. Bestimmt. Wollen Sie mir nicht sagen, was vorgefallen ist?«

»Nichts.«

Bruno wartete, bis das Schluchzen nachließ. »Na, wenn nichts geschehen ist, dann gibt es auch keinen Grund zu weinen.«

Rosa richtete sich ein bisschen auf und suchte nach ihrem Taschentuch. Bruno sprang ihr bei und bot ihr seines. Sie schnäuzte sich.

Bruno rückte eine Stufe höher, näher an das Fräulein heran. »Na sehen Sie, es wird besser, die Tränen trocknen.«

Rosa gab das Taschentuch zurück, Bruno steckte es in seine Sakkotasche.

»Ist es nicht schon recht spät für Sie, Fräulein Rosa? Wo sind denn Ihre Eltern?«

»Papa schläft schon längst und Mama ist noch im Musiksalon.«

»Und Ihr kleiner Bruder?«

»Der ist mit Papa zu Bett gegangen.«

»Teilen Sie sich mit Ihrer Frau Mama eine Kabine?«

»Zuletzt ja. Anfangs war ich mit Franz in einer Kabine.«

»Und Ihre Mama ist also noch im Musiksalon?«

»Ja.«

Bruno verzog seinen Mund. Er hatte schon bemerkt, dass der neue Oberkellner ein Auge auf Vilma Teitelbaum geworfen hatte, und sie auf ihn. Hoffentlich würde die Situation nicht eskalieren. »Aber hat die Kapelle nicht schon das Spiel eingestellt?«

»Ja. Aber Mama wollte noch ein Glas Punsch trinken und hat mich zu Bett geschickt.«

»Und warum sind Sie nicht im Bett, Rosa?«

»Weil ... weil ...«

Bruno ließ ihr Zeit, aber sie sprach nicht weiter. »Haben Sie sich mit jemandem getroffen?«

Rosa schlug verschämt den Blick nieder. »Ja«, flüsterte sie.

»Mit wem?«

»Mit Filippo.«

Bruno dachte nach. Ihm fiel partout kein junger Mann an Bord dieses Namens ein. »Wer ist das?«

»Einer der Matrosen. Der dunkelhaarige.«

»Ah, jetzt weiß ich, wen Sie meinen. Filippo, der jüngste der Mannschaft.«

»Er hat mir einen Zettel zugesteckt.«
»So haben Sie sich mit ihm getroffen.«
»Ja.«
»Und was ist dann passiert.«
»Er wollte mich busseln. Das wollte ich nicht.«
»Ist er grob geworden?«
»Grob? Was meinen Sie, Signor Zabini?«
»Hat er Sie hart angepackt? Oder geschlagen?«
»Nein. Aber er war so garstig. Da habe ich Angst gekriegt und bin fortgelaufen.«

Bruno rückte noch eine Stufe höher, griff nach Rosas linker Hand und tätschelte sie. »Jetzt ist alles wieder in Ordnung, ich bin ja da und beschütze Sie. Kommen Sie, jetzt begleite ich Sie zu Ihrer Kabine. Morgen früh schaut alles wieder ganz anders aus, und wenn Sie wollen, spreche ich mit Ihren Eltern.«

Rosa erschrak. »Nein! Nicht mit meinen Eltern! Das wäre ganz furchtbar. Meine Eltern dürfen das nicht wissen.«

»Gut, dann bleibt das unser Geheimnis. Und wenn dieser Filippo noch einmal garstig wird, kommen Sie sofort zu mir. Dann werde ich dem jungen Mann schon Benimm beibringen.«

»Bitte tun Sie ihm nichts. Ich mag ihn ja und freue mich über seine Zettel, aber ich will nicht busseln.«

»Das muss er respektieren. Und ich bin mir sicher, das wird er auch. Filippo ist, wie ich glaube, ein prima Bursche. So, und jetzt geleite ich Sie zu Ihrer Kabine.«

»Na gut.«

Bruno erhob sich, half Rosa beim Aufstehen und bot seinen Arm. Sie hakte sich ein.

Therese stand auf einmal vor ihnen und schaute sie mit großen Augen an. Bruno schnappte überrascht kurz nach Luft.

Therese entdeckte das verweinte Gesicht des Fräuleins. »Was geht hier vor?«

Bruno legte seinen Finger auf seine Lippen. »Pst, Therese, du musst mir helfen, das Fräulein Rosa ganz leise und unauffällig in ihre Kabine zu begleiten. Es gab einen kleinen Zwischenfall mit einem etwas flegelhaften jungen Mann, aber niemand soll davon erfahren.«

Therese war noch einen Moment unschlüssig, dann aber bot sie Rosa den Arm. Links und rechts flankierten sie Teitelbaums Tochter und brachten sie zu ihrer Kabine. Mühsam kramte Rosa den Schlüssel aus ihrem Handtäschchen.

Bruno beugte sich Therese zu und flüsterte: »Vielleicht wäre es gut, wenn du ein paar Augenblicke bei Fräulein Rosa bleibst, während ich nach Frau Teitelbaum sehe.«

»Ich habe eine bestimmte Ahnung, wo sie sein könnte.«

»Die habe ich auch.«

»Vielleicht ist das eine gute Idee. Ich werde Rosa inzwischen Gesellschaft leisten.«

Rosa öffnete die Tür und verschwand in der Kabine. Bruno wandte sich zum Gehen, hielt aber inne, griff nach Thereses Arm und zog sie an sich.

»Ich war auf dem Weg zu dir«, flüsterte er.

»Und ich auf dem Weg zu dir.«

»Die Tanzerei hat mich fast verrückt gemacht.«

»Mich auch.«

Er schaute um sich. »Wartest du auf mich? Später, wenn das kleine Schauspiel hier vorbei ist.«

Therese biss sich auf die Lippen. »Ich fürchte, das wird heute nichts mehr.«

Bruno verzog sein Gesicht. »Wahrscheinlich hast du recht. Ein Skandal liegt in der Luft.«

»Du wärest also zu mir gekommen.«

»Und du zu mir.«

»Ich nehme das als Versprechen für die Zukunft.«

»Ich bewundere dich mit jedem Tag mehr.«

»Du wirst mir irgendwann Schmerzen zufügen.«
»Nein! Wieso sollte ich?«
»Männer wie du sind der Schmerz der Frauen.«
»Das Gleiche gilt für dich mit umgekehrten Vorzeichen.«
Therese lächelte keck. »Ich weiß jetzt, was du bist.«
»Du hast mein Geheimnis gelüftet?«
»Ich glaube, ja. Ach was, ich bin mir sicher.«
»Also, was bin ich?«
»Du bist ein Detektiv. Habe ich recht?«
Bruno verneigte sich ehrerbietig. »Ich bitte um deine Verschwiegenheit.«
Therese lachte auf. »Verschwiegenheit? Und das bei mir! Das ist eine impertinente Zumutung.«
»Kann ich mich auf dich verlassen?«
»Wer sich auf mich verlässt, ist von allen guten Geistern verlassen. Natürlich kannst du dich auf mich verlassen, du Hornochse. Und jetzt such nach Frau Teitelbaum! Vielleicht können wir den Skandal noch vereiteln.«
Bruno nickte Therese zu, dann eilte er die Treppe hoch.

Das Ionische Meer

»Wenn man der Sohn eines Lehrers ist, dann atmet man von Kindesbeinen an den Geist der klassischen Bildung, ja, man kann sich dem gar nicht entziehen. Der Sohn eines Tischlers haust in seiner Kammer über der Werkstatt in einer Duftwolke von Harz und Holz, der Sohn eines Schmieds lebt im Kohlerauch, das ist ganz natürlich. Ich bin seit meinen frühen Tagen mit den Überlieferungen der alten Griechen und Römer vertraut, ich kenne viele der wertvollen Werke der vergangenen Epochen. Manchem Sohn eines Lehrers ist allein aus Protest gegen die Altvorderen schöngeistige Bildung ein Gräuel und die erzählende Literatur ein beängstigender Albdruck in durchfieberter Nacht.«

Bruno und Therese lachten über die überraschende Metapher, Carolina lauschte bewundernd Friedrichs launigen Reden. Sie spielten zu viert Tarock, doch nur mit halber Aufmerksamkeit, viel eher saßen sie beisammen und erfreuten sich der Konversation. Alle Tische und fast alle Sitzplätze im Gesellschaftssalon waren belegt, viele Stimmen lagen in der Luft. Die Fahrt durch die Weite des Ionischen Meers hatte zwar milde Temperaturen, aber starken Wind gebracht, sodass die drei Salons an diesem Nachmittag gut besucht waren.

»Und wie verhält es sich bei dir?«, fragte Therese.

Friedrich räusperte sich. »Insofern, als dass ich die mir früh verfügbare Bildung wie ein Schwamm aufgesogen habe, bin ich wohl ein guter Sohn, vielleicht der wohlgeratenere von den vier Söhnen meines Vaters, aber weil ich mich schon als Halbwüchsiger dem Theater verschrieben habe, noch dazu dem unterhaltenden Theater, bin ich ein liederlicher Künstler geworden und gelte wohl als das schwarze Schaf der Familie. Zwei meiner Brüder sind ebenfalls Lehrer geworden, einer ging bei einem Uhrmacher in die Lehre, somit haben sie ehrenwerte Berufe ergriffen, während ich, der jüngste der Söhne, den unsteten Weg der Kunst eingeschlagen habe. Das hat meinem Vater nicht gefallen, weswegen er eine Zeit lang sehr streng und hart gegen mich gewesen ist, danach aber eher voll der Sorge, ob ich denn genug zu essen, ein Dach über dem Kopf und ein Bett zum Schlafen habe. Er ist ein guter Mensch, mein Herr Papa, doch habe ich nie verstanden, dass er zwar seinen Schülern die großen Meisterwerke der Literatur näherbringt, es aber für völlig undenkbar hält, dass es Menschen geben muss, die diese Meisterwerke hervorbringen. Die großen Künstler sind für ihn überlebensgroße Statuen der Kunstbeflissenheit, dass allerdings jeder große Meister in seiner Lebensperiode auch Zeit auf der Toilette, beim Apotheker oder beim Branntweiner verbracht hat, das ist ihm einfach nicht zu erklären.«

»Glaubst du«, hakte Therese amüsiert ein, »dass du auch ein großer Meister sein wirst, dessen Werk in die Geschichte eingehen und das von unzähligen Generationen nach dir eifrig gelesen wird, der aber derzeit einfach nur ein Mensch mit Verdauungsproblemen, Zahnschmerzen oder unbeschreiblichem Durst ist?«

Friedrich grinste Therese breit an. »Ich schließe es nicht aus, dass ich dereinst als großer Meister und als ein Genie meiner Zeit verehrt werde, aber ich bin nicht verrückt genug, für diese Ehre meinen Pelz zu verwetten. Eine Ehre nämlich, von der ich persönlich ja gar nichts, sondern nur mein Name etwas haben wird. Deshalb schreibe ich ja lieber einen Schwank, bei dem ich selbst den jugendlichen Helden spielen kann und dessen Aufführung mir dann ein Honorar einbringt, das ich im Gasthaus bei einem saftigen Braten und einem frisch gezapften Krug Bier wieder unters Volk bringen kann. Im Übrigen spiele ich, wie alle wissen, die mitgezählt haben, Pagat Ultimo, womit ich alle Trull gestochen habe.«

Friedrich legte den Pagat, den kleinsten Trumpf im Tarock auf den Tisch, und stach damit alle drei verbliebenen Farbkarten im Spiel. Die anderen drei riefen erstaunt aus. Pagat Ultimo war einer der raffiniertesten Züge im Tarock, und Bruno war vom Gespräch zu abgelenkt gewesen, um den Zug kommen zu sehen. Bruno musste zugeben, dieser Friedrich Grüner hatte es faustdick hinter den Ohren, unterhielt da die ganze Runde mit seinen Schnurren und Anekdoten und spielte geradezu beiläufig, in jedem Fall leichthändig ein ganz famoses Tarock.

»Siehst du, Fritz«, sagte Therese nach dem Abzählen der Stiche, »ich für meinen Teil schließe es kategorisch aus, dass man meinen Ruhm als Literatin posthum preisen wird.«

»Aber Resi, wieso kategorisch? Niemand kann wissen, was den Geschmack der Zukunft treffen wird.«

»Na gut, ich nehme *kategorisch* zurück, aber nur um der philosophischen Kategorie des Möglichen Platz einzuräumen, den realiter verfüge ich als Kunstschaffende über ein bedeutendes Kriterium der Geschichtsträchtigkeit nicht.«

Friedrich runzelte die Stirn. »Von welchem Kriterium sprichst du?«

»Lass vor deinem geistigen Auge die Ahnengalerie der großen Meister vorbeiziehen.«

Friedrich vollführte eine theatralische Geste und blickte konzentriert in die Luft. »Gut, da ziehen sie hin, all die vielen Namen, Ovid, Horaz, Vergil, Walther von der Vogelweide. Worauf soll ich achten?«

»Achte auf das Vorhandensein eines Frauennamens.«

Er schaute Therese entgeistert an. »Frauennamen?«

»Wie viele Frauen gibt es im Kanon der großen Künste?«

Friedrich kratzte sein Kinn. »Denkbar wenige.«

»Na bitte, da haben wir es. Die Geschichtsträchtigkeit der

Frau beschränkt sich auf die Fähigkeit, in der Geschichte trächtig zu sein, nicht aber in die Geschichtsbücher eingetragen zu werden. Die Einträge sind den Männern vorbehalten.«

Friedrich verschränkte die Hände und schaute streng von oben herab. »Mir scheint, Weib, dein gottgewollter Platz in der Welt ist dir nicht behaglich genug. Was sind denn das für Flausen und Hirngespinste?«

Carolina hob tadelnd den Zeigefinger. »Herr Grüner, hören Sie auf, meinen hochgeschätzten Herrn Papa zu parodieren!«

Die Runde brach in Gelächter aus.

»In der Tat«, fuhr Therese fort, »mir ist der mir zugewiesene Platz in der Welt nicht behaglich genug. Wusstest du, dass sich in England Frauen organisieren und für das Frauenwahlrecht demonstrieren?«

Friedrich nickte. »Ja, von den sogenannten Suffragetten habe ich in der Zeitung gelesen. Der Reporter hat sich herzhaft über dieses Frauenvolk lustig gemacht. Das Wahlrecht für Frauen? Lachhaft! Da lassen die Männer doch eher ihre Pferde und Hunde abstimmen als ihre Frauen.«

Bruno nahm die Karten und mischte ein neues Spiel. Er wusste es genau, irgendjemand beobachtete ihn. Natürlich war es kein echtes Wissen, es war vielmehr eine seit dem Frühstück präsente dunkle Ahnung. Also befand er sich in einem Zustand der Wachsamkeit, und dennoch hatte er nicht einen Anhaltspunkt gefunden, er wusste nicht, wer ihn da im Auge behielt. Dass die Seeluft ihm verrückte Ideen einflüsterte, glaubte er nicht. Nein, nein, er wurde ausgespäht. Er war sich jetzt sicher, dass der Attentäter an Bord war und ihn aus irgendeinem Grund in den Fokus gerückt hatte. Nun, so schwer war der Grund nicht zu erraten. Wenn der Attentäter tatsächlich an Bord war, dann hatte er bestimmt gesehen, dass Bruno mit den Seeleuten an Land übergesetzt hatte, um nach dem Schiffskommissär zu suchen.

Bruno teilte die Karten aus. Es war ein Hasardspiel. Welche Karte musste er spielen, um den Attentäter zu einem unvorsichtigen Zug zu verleiten?

~⚬~

Sowohl beim Frühstück als auch beim Déjeuner war das Ehepaar Teitelbaum nicht bei Tisch erschienen. Und da Winfried Mühlberger längst nicht mehr an diesem Tisch saß, sondern bei Frau Oberhuber und ihrer Schwester Klara, hatte Bruno das Frühstück nur mit Franz Teitelbaum eingenommen und sich eine Zeit lang mit dem naseweisen Knaben unterhalten. Bruno bewunderte dessen vielseitige Interessen und ließ sich von Franz' Erkundungsausflügen im Maschinenraum der Thalia berichten, und davon, dass ihn der Bootsmann schon dreimal auf seinen Touren erwischt und deswegen beim Kapitän Beschwerde eingelegt hatte. Das verstand Bruno nur zu gut, neugierige Knaben hatten im Maschinen- und Kesselraum nichts zu suchen. Das war lebensgefährlich.

Beim Mittagessen hatte er lediglich Rosa Teitelbaum angetroffen, die im Gegensatz zu ihrem Bruder sehr wortkarg gewesen war. Von ihr hatte Bruno immerhin erfahren, dass ihre Eltern das Essen wegen eines Streits auslassen würden.

Jetzt zum Dîner nahm Bruno wieder auf seinem angestammten Sessel Platz. Insgesamt hatte sich in den Tagen auf See die Atmosphäre im Speisesalon gelockert. Die Passagiere kamen und gingen, wie es ihnen passte, auch die Sitzordnung hatte sich aufgelöst. Bruno hatte schon mehrfach andere Sitzplätze eingenommen. Das hatte er bei anderen Schifffahrten anders erlebt, da war auf die Einhaltung der Klassenunterschiede strikt Wert gelegt worden, Passagiere der ersten Klasse saßen im Salon unter sich, Passagiere der dritten Klasse hatten ihre eigenen Räume an Bord. Auf der Thalia war das anders, hier gab es nur eine Klasse, und für die sechs Passagiere der Luxuskabinen existierten keine weiteren abgesonderten Räumlichkeiten außer eben ihre luxuriösen und geräumigen Kabinen.

Er rückte seinen Sessel und nickte einigen Personen grüßend zu. Bruno griff nach der Menükarte und las:
»*Dîner:*
Omelette aux fines herbes.
Pâté de maccaroni à la napolitaine.
Sauté de poulets aux champignons.
Escaloppes de veau.
Purée de pommes de terre.
Fromage.
Fruits assortis.
Café.«

Wie jeden Tag war Bruno von der Zusammenstellung der Karte angetan. Gekocht, gebraten und geschmort wurde an Bord wirklich vorzüglich. Er hatte zu Mittag nur einen Happen gegessen, also fühlte er angesichts der Menükarte eine wohlige Leere im Magen.

Da wurde die Tür zum Speisesalon geöffnet, und das Ehepaar Teitelbaum kam herein, gefolgt von ihren Kindern. Bruno richtete sich auf seinem Sessel auf und verfolgte, wie Herr Teitelbaum seiner Frau den Arm bot, sie sich einhakte und die beiden dann mit gemessenen Schritten, nach allen Seiten grüßend und kleine Konversationen führend, sich dem Tisch näherten. Nicht nur das Fräulein Rosa, auch der kleine Franz blieben gehorsam hinter den Eltern und liefen nicht umher. Die Teitelbaums traten an den Tisch heran. Bruno erhob sich.

Samuel Teitelbaum neigte sich geradezu feierlich Bruno zu. »Guten Abend, Signor Zabini. Haben Sie die außerordentliche Güte, meiner Schar von verirrten Schäfchen an dieser Tafel einen bescheidenen Platz zum Verweilen zu gewähren, zwecks Aufnahme der hierorts jederzeit reichlich servierten Speisen?«

Bruno verkniff sich ein Lächeln, erhob sich und imitierte die Miene und Gestik Herrn Teitelbaums mit einer einladenden Handbewegung. »Sehr geehrter Herr Teitelbaum, geschätzte Frau Teitelbaum, ich bitte inständig um die erlauchte Ehre, mit Ihnen gemeinsam das Dîner einnehmen zu dürfen. Denn wenn ich bemerken darf, die Menükarte verspricht heute wieder ein lukullisches Vergnügen.«

Die Familie setzte sich auf ihre Plätze. Kurz versuchte Bruno einem Blick von Vilma Teitelbaum zu erhaschen, was ihm aber nicht gelang. Sie hatte Rouge aufgelegt und ihr Haar kunstvoll geflochten, trug ein besonders schönes Kleid in hellem Blau und sah ausgesprochen attraktiv aus. Auch die Kinder waren feierlich gekleidet. Herr Teitelbaum trug seinen Frack. Der Kellner kam, nahm die Bestellung auf und eilte los. Wenig später wurden die Suppenteller aufgetragen.

»Freuen Sie sich auch schon auf den heutigen Musikabend, Signor Zabini?«, fragte Samuel Teitelbaum.

»Ganz besonders! Nachdem Herr Grüner und Sie so intensiv Werbung für den Auftritt von Frau Kabátová gemacht haben, bin ich in gespannter Erwartung.«

»Frau Kabátová ist bereits mit ihren Töchtern im Musiksalon, um sich warm zu spielen. Schade, dass sie nicht mehr singt, aber sie hat mir mitgeteilt, dass Milada und Irena singen werden. Wenn die beiden hinreißenden Fräuleins das grandiose Talent ihrer Frau Mama geerbt haben, dann erwartet uns heute Abend eine doppelte Sternstunde der Gesangskunst. Wie Sie sehen, haben sich die Mitglieder meiner Familie schon für den Musikabend gekleidet.«

»Das habe ich gesehen. Ich hoffe, dass meine legere Bordkleidung Sie nicht geniert.«

»Aber nein, Signor Zabini, keine Sorge, wir haben nur die Gelegenheit zum Anlass genommen, schon zum Dîner die Abendgarderobe anzulegen.«

Bruno und Herr Teitelbaum plauderten beiläufig und unbeschwert während des weiteren Abendessens. Als das Dessert abserviert wurde, wandte sich Samuel Teitelbaum an seine Familie, die in stiller Einträchtigkeit gegessen hatte.

»Geliebte Vilma, meine Blume Rosa, Stammhalter Franz, wenn ihr gestattet, werde ich mit Signor Zabini im Rauchsalon den Kaffee nehmen. Gehabt euch wohl und sobald der Musiksalon betretbar ist, belegt gute Plätze für uns.«

Damit erhob sich Herr Teitelbaum. Bruno nahm zur Kenntnis, dass er in den Rauchsalon bestellt worden war. Er und die anderen erhoben sich ebenso. Samuel Teitelbaum schaut Bruno direkt an. »Signor Zabini, haben Sie die große Güte, mich zum Kaffee zu begleiten?«

Bruno stimmte zu. Sie stiegen schweigend die Treppe auf das Promenadendeck hoch und suchten sich im gut besuchten Rauchsalon zwei freie Plätze. Der Steward nahm ihre Bestellung auf, und sogleich wurden Kaffee und Zigarren gereicht. Die beiden Herren pafften Havannas und nippten an ihren Tassen. Wieder drehte sich alles in Brunos Kopf. Die Zigarre schmeckte gut, aber er war den Rauch einfach nicht gewöhnt.

Samuel Teitelbaum beugte sich zu Bruno und sprach mit gedämpfter Stimme. »Geschätzter Signor Zabini, ich hoffe inständig, dass Sie mich nicht für einen impertinenten Kerl halten, weil ich Sie so ultimativ in den Rauchsalon entführt habe. Ich weiß, dass Sie kein großer Raucher sind und den Salon eher meiden.«

Bruno winkte ab. Sein Kreislauf stabilisierte sich wieder einigermaßen, er lächelte gewinnend zu. »Keine Sorge, Herr Teitelbaum, wenn ich justament nicht hätte rauchen wollen, hätte ich mich mit dem Kaffee begnügt.«

Bruno wartete, bis Samuel Teitelbaum weitersprach. Dieser schaute sinnierend dem emporsteigenden Rauch seiner Zigarre hinterher.

»Ich muss mich bei Ihnen bedanken.«

»Dazu gibt es keinen Anlass.«

»Und auch bei Frau Wundrak. Ich habe sie heute noch nicht zu Gesicht bekommen, aber ich hoffe sehr, dass ich Sie später im Musiksalon antreffen werde.«

Als Bruno letzte Nacht an der Tür des Oberkellners geklopft, eine ganze Weile gewartet und erneut geklopft hatte, war die Tür nur einen kleinen Spalt geöffnet worden.

»Was ist los?«

»Entschuldigen Sie die späte Störung, Herr Steyrer, aber es ist wichtig.«

»Was ist wichtig?«

»Ich habe eine Nachricht für Frau Teitelbaum.«

»Und warum klopfen Sie an meine Tür?«

»Wie gesagt, ich habe eine Nachricht.«

»Dann überbringen Sie ihr diese morgen.«

»Ich muss sie ihr jetzt überbringen.«

»Es herrscht Nachtruhe! Wehe Sie klopfen an der Tür der Dame.«

»Ich klopfe an die Ihre, Herr Steyrer.«

»Sind Sie betrunken?«

»Sagen Sie bitte Frau Teitelbaum, dass das Fräulein Rosa bis zuletzt noch am Schiff umhergeirrt ist.«

»Wieso soll ich ihr das sagen? Was reden Sie da für verrückte Sachen?«

»Ein Skandal steht unmittelbar bevor. Das könnte Ihnen den Beruf und Rang kosten.«

»Wollen Sie mir drohen?«

»Ich will Sie, aber vor allem will ich Frau Teitelbaum warnen. Das ist kein Spiel mehr.«

»Verschwinden Sie jetzt, Zabini, sonst werde ich ungemütlich.«

»Ich gebe ihr drei Minuten.«

»Hornochse!«

»Morgen werden Sie mir danken, Steyrer.«

Tatsächlich hatte Bruno kaum drei Minuten versteckt gewartet, ehe eine weibliche Person über die hintere Treppe hinab in das Oberdeck geeilt war. Bruno war ihr unauffällig gefolgt. In der Kabine hatten sich nicht nur das Fräulein Rosa und Therese befunden, sondern auch Samuel Teitelbaum. Bruno und Therese hatten sich diskret und leise entfernt und die Familie in der peinlichen Situation unter sich gelassen.

Samuel Teitelbaum schaute Bruno an. »Sie sind ein Ehrenmann, Signor Zabini, das haben Sie gestern Nacht bewiesen. Ich stehe tief in Ihrer Schuld.«

»Nicht der Rede wert.«

»Ich möchte mich für Ihre Umsicht und Diskretion erkenntlich zeigen. Was kann ich für Sie tun, mein Herr?«

»Lassen Sie es gut sein.«

»In jedem Fall will ich, dass Sie wissen, dass ich meiner Frau ihren Fehltritt nachgesehen habe. Ich habe Derartiges schon einmal erlebt, und es ist kein Honiglecken. Ich fühle mich sehr schlecht. Aber was soll ich tun? Ich liebe meine Frau, aber ich bin nicht mehr so kräftig und gesund wie in jungen Jahren. Was ich nicht mit Kraft schaffen kann, muss ich meiner Seel mit Toleranz leisten.«

»Eine weise Einstellung.«

»Eine blöde Einstellung. Ich fühle mich nämlich blöd. Aber ich kann nicht anders. Den ganzen Tag haben wir gestritten, diskutiert und gefeilscht, deswegen waren Vilma und ich nicht beim Essen.«

»Ich sehe mit großer Freude, dass die Diskussion zu einem so guten Ende geführt hat. Die Familie ist wieder intakt.«

Teitelbaum lachte gequält. »Ja, jetzt, aber es war sehr schwer.«

»Ihre Frau und Sie haben es geschafft. Das ist beeindruckend.«

»Ich habe zu Vilma gesagt: Wenn du mich nicht mehr sehen

kannst, weil ich alt und krank geworden bin, dann steche mir hier und jetzt einen Dolch in die Brust und werfe mich über Bord. Nachts auf offener See findet mich niemand und du kannst sagen, ich bin selbst gesprungen wegen der Schande, die du mir machst. Da hat sie geweint. Und ich auch. Und Rosa und Franz auch. Alle haben geweint. Durch die Tränen sind wir wieder eine Familie geworden.«

»Ich bin sehr erleichtert, dass Sie das geschafft haben.«

»Dieser Oberkellner soll meine Nähe meiden. Und die Nähe meiner Frau. Aber ich bin mir sicher, dass Vilma sich jetzt wieder zu benehmen weiß.«

»Ganz bestimmt wird es so sein.«

Eine Weile lag Stille zwischen den beiden Männern, sie pafften ihre Zigarren. Bruno bemerkte ein schalkhaftes Lächeln in den Zügen Herrn Teitelbaums.

»Ich bin Geschäftsmann, Signor Zabini.«

»Das weiß ich.«

»Als Geschäftsmann muss man immer trachten, dass ein Handel ausgewogen und gerecht ist.«

»Nur dann ist man ein guter und erfolgreicher Geschäftsmann.«

»Und ein bisschen was ist mir Vilma schuldig geblieben.«

Bruno zog die Augenbrauen hoch. »Was meinen Sie, Herr Teitelbaum?«

Samuel Teitelbaum zwinkerte Bruno verwegen zu. »Seit ich sie in Lemberg in der Oper erlebt habe, schwärme ich für die große Künstlerin Ludmilla Kabátová. Sie ist Witwe und allein und schön wie der Sonnenaufgang auf dem Meer. Bestimmt sollte ich mich bemühen, ihr Herz zu erobern.«

Einige Augenblicke schauten die beiden einander in die Augen, dann brachen sie in Gelächter aus.

»Ich habe dich beim Dîner vermisst.«

Carolina hatte sich eben für den Musikabend angekleidet, da war ihr Vater ohne anzuklopfen in ihre Kabine getreten. Seine Miene zeigte unmissverständlich, dass er nicht der besten Stimmung war.

»Tut mir leid, ich bin ein bisschen zu spät gekommen.«
»Hast du noch gegessen?«
»Ja.«
»Und wo hast du dich die ganze Zeit über aufgehalten?«
»Ich war im Gesellschaftssalon.«
»Beim Kartenspiel?«
»Ja.«
»Mit wem hast du gespielt?«
»Mit mehreren Personen. Zuerst war ich an einer Partie Whist beteiligt, danach habe ich Tarock gespielt.«
»Und deswegen kommst zu spät zum Abendessen?«
»Es tut mir leid, Papa, ich habe die Zeit übersehen.«
»Ich will Namen hören.«
»Mit Frau Oberhuber sowie Herr und Frau Seefried. Die liebe Klara hat mir beim Spiel zugesehen. Wir verstehen uns sehr gut.«
»War das die Partie Whist?«
»Ja.«
»Und mit wem hast du Tarock gespielt?«
»Aber, Papa, ich bin ein wenig überrascht, dass du dich so genau nach den Spielrunden erkundigst.«
»Erhalte ich Antwort auf meine Fragen?«
»Und ich bin auch ein wenig überrumpelt, dass du so ernster Stimmung bist.«
»Über meine Stimmung wird hier nicht diskutiert. Also, Carolina, ich warte.«

Carolina schluckte. Irgendeine Laus musste ihrem Vater über die Leber gelaufen sein. »Nun, da waren Herr Zabini, Herr Grüner und Frau Wundrak.«

Graf Urbanau fixierte seine Tochter mit strenger Miene. Ihr Herz pochte zwar und ihre Wangen fühlten sich erhitzt an, aber sie hielt seinem Blick stand. Unter allen Umständen musste sie verschweigen, dass sie zu spät zum Dîner gekommen war, weil sie nach dem Kartenspiel noch mit Friedrich beisammen war. Für eine wunderbar süße halbe Stunde. Mittlerweile bereute sie es, die Reise mit ihrem Vater angetreten zu haben. Sie hatte gehofft, dass sich seine Stimmung an Bord bessern und er ein wenig abgelenkt werden würde. Die Monate seit seiner Pensionierung waren kein Honiglecken gewesen. Offensichtlich wusste er nichts mit der ihm zur Verfügung stehenden Zeit anzufangen und er sah sich berufen, die Erziehung seiner Tochter in die Hand zu nehmen. Carolina fühlte sich längst zu alt für diese Form der Fürsorge.

»Du begibst dich also«, brummte Graf Urbanau, »absichtsvoll in zwielichtige Gesellschaft.«

Carolina kämpfte ihre Empörung nieder. »Wieso zwielichtig? Frau Wundrak ist eine gefeierte Journalistin und Buchautorin. Sie wurde offiziell vom Österreichischen Lloyd damit beauftragt, eine Reportage über die Fahrt der Thalia zu verfassen.«

»Nur deswegen ist diese ordinäre Person an Bord. Sie selbst hätte sich ja wohl eine Fahrkarte nicht leisten können.«

»Nicht jeder kann von Geburt an privilegiert und reich sein.«

»Höre ich da kommunistische Anwandlungen?«

»Natürlich nicht, Papa.«

»Du bist in letzter Zeit viel zu vorlaut. Dem muss ich entschlossen einen Riegel vorschieben.«

Carolina konnte sich die Stimmungsschwankung ihres Papas nicht erklären. Sie riet ins Blitzblaue. »Hast du dich mit Frau Kabátová zerstritten?«

»Was soll denn das für eine dumme Frage sein? Wieso sollte ich mich mit Frau Kabátová streiten? Dazu besteht kein Anlass.«

»Papa, ich bin beunruhigt. Willst du mir nicht einen Anhaltspunkt zu den Vorkommnissen geben?«

Graf Urbanau winkte ab. »Ach, diese überspannte Frauenperson hat bizarre Ansichten von sich gegeben, als Herr Eggersfeldt und ich einen Diskurs über die rassische Zusammensetzung der vielen Völker der Monarchie geführt hatten. So sind die Künstler. Immerzu überreizte Nerven.«

Carolina sah schlagartig die Situation vor sich. Dazu brauchte es wahrlich nicht viel Phantasie. Sie hatte sich wiederholt anhören müssen, wie ihr Vater über die kulturelle Überlegenheit der deutschen Volksgruppe gegenüber den anderen Volksgruppen Österreich-Ungarns schwadroniert hatte. Aus dieser kulturellen Überlegenheit leitete sich, so die Ansicht des Grafen, der Führungsanspruch der Deutschösterreicher ab. Carolina wusste genau, dass in der Wertigkeit ihres Vaters nur die Ungarn den Österreichern annähernd das Wasser reichen konnten, die Juden, die Italiener und die Slawen standen weit darunter. Sah ihr Vater die Südslawen ob deren wirtschaftlicher Rückständigkeit noch mit geradezu väterlicher Milde, so galten ihm die westslawischen Tschechen als präpotente Emporkömmlinge, nicht zuletzt, weil die Tschechen mit erstaunlicher Schnelligkeit und Tüchtigkeit große Teile der Schwerindustrie der Monarchie in Böhmen aufgebaut hatten. Deswegen wurden die Tschechen ein bisschen zu vorlaut für Vertreter der alten Ordnung. Außerdem befürchteten Graf Urbanau und seinesgleichen, dass die Tschechen sich immer mehr zu einem kommunistischen Pack entwickeln könnten. Carolina schätzte, dass die berühmte tschechische Musikerin Ludmilla Kabátová wenig erfreut geringschätzige Reden über ihr Volk aufnahm.

In Wahrheit wollte Carolina ihrem Vater eine Ohrfeige verpassen, doch schluckte sie jede Regung hinunter. »Erlaubst du trotz allfälliger Misstöne, dass ich mich in den Musiksalon begebe, um der musikalischen Darbietung beizuwohnen?«

Kurz überlegte Graf Urbanau, dann nickte er zustimmend. »Geh nur. Geselle dich aber zu Herr und Frau Eggersfeldt und nicht zu dieser halbseidenen Reiseschriftstellerin oder diesem Taugenichts aus Graz. Wie heißt der noch einmal? Dieser junge Schauspieler.«

»Meinst du Herrn Grüner?«

»Ja, Grüner. Wie einer vom Brettl sich eine Fahrkarte auf der Thalia leisten kann, ist mir ein Rätsel. Ich bin in der Tat unzufrieden, dass die Direktion des Österreichischen Lloyds nicht selektiver bei der Vergabe von Fahrkarten vorgeht.«

»Kommst du mit zum Musikabend?«

Graf Urbanau schüttelte entschieden den Kopf. »Ich brauche nicht jeden Zirkus mit meiner Anwesenheit beehren. Nach Ende der Vorstellung erwarte ich dich unverzüglich zurück in deiner Kabine, Fräulein.«

»Wie du wünschst, verehrter Papa.«

Damit ließ Graf Urbanau die Komtess in ihrer Kabine zurück und begab sich in die seine. Er hatte wirklich Besseres zu tun, als sich das Gefiedel und Gedudel anzuhören. Mehrere Briefe an bedeutende Personen waren noch zu schreiben. Und sein Jagdgewehr gehörte längst einmal einer gründlichen Reinigung unterzogen.

～∞～

Der Musiksalon der Thalia war rundum mit gepolsterten Sitzmöbeln ausgestattet und in der Mitte befand sich ein breiter Diwan als Sitzinsel. Die fest eingebauten Möbelstücke ermöglichten den Gästen der Tanzabende, sich zwischen den Tänzen auszuruhen, und boten im Salon doch so viel Platz, dass mehrere Paare sich frei bewegen konnten. Der Salon wurde von den Stewards für den Musikabend in Reihen bestuhlt. Die Türen zur Vorhalle und zum Deck waren geöffnet, sodass auch noch Stehplätze zur Verfügung standen, denn nicht für alle hundertsechzig Passagiere fanden sich Sitzplätze. Nach der Teestunde hatten die Stewards Stühle aus dem Gesellschafts- und Rauchsalon gebracht. In der Zeit, als die Sitzreihen unter Aufsicht des neuen Schiffskommissärs Dolinar aufgestellt worden waren, hatten die Musikanten der Bordkapelle mit Frau Kabátová und ihren Töchtern das Programm besprochen, die optimale Aufstellung der Notenpulte gefunden und ein paar Stücke angespielt. Sehr schnell, unter heiterem Gelächter und inspiriertem Geplauder, hatten sie den Ablauf des Abends festgelegt. Frau Kabátová, Milada und Irena würden vier Stücke im Trio aufführen, darunter auch ein eigens arrangiertes tschechisches Volkslied, danach würden die vier Musikanten der Bordkapelle ihre Instrumente ergreifen und gemeinsam mit den Damen ein Orchester bilden. Fünf Stücke hatten sie sich vorgenommen. Wobei der Kapellmeister das Klavier Frau Kabátová überlassen und selbst sein Zweitinstrument, die Oboe, spielen würde. Als letztes Stück hielt sich das Ensemble den Thalia-Marsch als Zugabe in Evidenz.

Der Wind hatte abgeflaut, der Abend war mild, sodass auch die offen stehenden Türen das Musikvergnügen nicht stören würden. In der Vorhalle und auf dem Deck sammelten sich die Passagiere. Bruno stand etwas abseits und beobachtete. Natürlich trug er wieder seinen eleganten Abendanzug. Leider besaß er keinen Frack, zu selten waren in seinem Alltagsleben die Gelegenheiten, bei großen Gesellschaften den Frack anzuziehen, und zu kostspielig war die Anschaffung. Er bezog das Gehalt eines Polizisten, mit einem solchen hätte er sich niemals eine Fahrkarte für die Vergnügungsfahrt der Thalia leisten können. Ja, seine Mutter hatte sich, vertreten von einem ihr gut bekannten Sensal, durch geschickte Investitionen an der Triester Warenbörse ein kleines Guthaben erarbeitet, aber das war mehr eine solide Altersvorsorge für sie, weniger ein Vermögen, mit dem ihr Sohn hätte protzen können. Bruno selbst interessierte der allgemeine Volkssport der Triestiner Bürger wenig, er hatte dem Börsenhandel noch nie die Faszination entgegenbringen können, die so viele seiner Landsleute bewegte, und manche sogar berauschte. Was ihn von der Börse immer ferngehalten hatte, war die Irrationalität des Handels. Oft gab es in seinen Augen keinen vernünftigen Grund, weswegen ein beliebiger Rohstoff plötzlich rapide Wert verlor oder der Kurs irgendeines Wertpapiers in die Höhe schoss. Oft waren es Gerüchte, Ahnungen und verrücktes Vabanque, weswegen die Sensale kauften oder verkauften. Da hielt sich Bruno lieber an die nüchterne Rationalität der Naturwissenschaften und Ingenieurskünste und an die staubtrockene Folgerichtigkeit kodifizierter Gesetze. Damit würde er zwar nicht reich werden, aber auch nicht über Nacht ein Vermögen verspielen.

Zuvor hatte er in seiner Kabine gesessen und war die Liste der Passagiere und der Besatzung an Bord durchgegangen, und bei jedem einzelnen Namen hatte er überlegt, ob er oder sie als Täter infrage käme. Seine Ergebnisse hatte er in seinem Notizbuch in einer Tabelle festgehalten. In der ersten Spalte standen die Namen der Personen, die er als Mörder an Schiffskommissär Glustich ausschließen konnte, in der zweiten Spalte standen die Namen, bei denen die Täterschaft ungewiss war, in der dritten Spalte hatte er all die Namen notiert, die, aus welchem Grund auch immer, als Täter in Betracht zu ziehen waren. Diese dritte Spalte umfasste sieben Namen. Winfried Mühlberger stand an oberster Stelle.

Bruno nahm sich vor, in der Zeit vor dem nächsten Landgang bei Ephesus die Personen in der dritten Spalte im Auge zu behalten.

Bruno sah den Matrosen, der sich durch die Menge schob, ihn erblickte und direkt auf ihn zukam.

»Signor Zabini, der Kapitän bittet um ein Gespräch.«

»Selbstverständlich.«

»Er wartet in der Marconi-Station auf Sie. Wissen Sie, wo sich diese befindet?«

»Das weiß ich. Vielen Dank für die Nachricht. Ich mache mich gleich auf den Weg.«

Bruno wartete, bis der Matrose sich wieder entfernt hatte, dann ging er los. Während die Passagiere in den Musiksalon strömten, schaute Bruno durch ein Fenster ins Innere. Frau Kabátová und ihre beiden Töchter hatten ihre Plätze bereits eingenommen und blätterten in ihren Noten. Die Komtess saß neben Dr. Eggerfeldt und seiner Gemahlin in der ersten Reihe, Therese setzte sich eben lebhaft plaudernd neben das Ehepaar Seefried. Bruno würde wohl keinen Sitzplatz mehr ergattern. Egal.

Mit schnellen Schritten nahm er die Treppe in das Brückendeck, durchquerte den leeren Gesellschaftssalon und betrat den Bereich der Offizierskabinen. Die Tür zur Marconi-Station stand offen, Bruno trat vor die Tür und klopfte. Kapitän Bretfeld, der Erste Offizier, der Zweite Offizier und der Funker schauten hoch.

»Ah, Zabini, kommen Sie herein und schließen Sie die Tür.«

Bruno tat, wie ihm geheißen. »Herr Kapitän, Sie haben nach mir geschickt.«

»Ja. Wir haben einen Funkspruch aus Ragusa erhalten.«

Bruno zog die Augenbrauen hoch. »Das ist interessant.«

Der Kapitän reichte Bruno ein Stück Papier. »Die Polizeibehörde schickt diese Meldung. Lesen Sie selbst.«

Bruno nahm das Papier zur Hand.
Verdächtiger im Fall Glustich, Schiffskommissär der S.S. Thalia, festgenommen.
Stadtpolizeikommando Ragusa.
Bruno wiegte den Kopf und gab Kapitän Bretfeld den Zettel zurück.

»Ihr Freund Oberwachtmeister Vulić hat wohl einen Fang gemacht.«

»Das ist erfreulich.«

»Allerdings. Nicht auszudenken, wenn wir einen Mörder an Bord gehabt hätten. Damit ist die Sache wohl vom Tisch.«

»Das hoffe ich.«

»Sie hoffen, Signor Zabini?«

»Es wurde offenbar ein Verdächtiger festgenommen, das ist gut, aber ob das der Täter ist, ist noch nicht bewiesen.«

Kapitän Bretfeld runzelte die Stirn. »Setzen Sie Ihren Kollegen in Ragusa so wenig Vertrauen entgegen?«

»Darum geht es nicht.«

»Worum geht es dann?«

»Darum, dass ich nichts über die verdächtige Person, nichts von den Verdachtsmomenten, nichts von den Untersuchungen der Kollegen in Ragusa weiß. Der kurze Funkspruch sagt nicht viel aus.«

»Sie sind wohl ein sehr skeptischer Mann, Signor Zabini.«

»Ja, das bin ich.«

»Gut, dann pflegen Sie weiterhin Ihre Skepsis. Für die Mannschaft der Thalia und für mich ist der Fall Glustich bei der Polizeibehörde in Ragusa in besten Händen.«

»Werden Sie auch Graf Urbanau von diesem Funkspruch in Kenntnis setzen?«

»Allerdings.«

Bruno dachte kurz nach. Vielleicht hatte Kapitän Bretfeld ja recht, vielleicht hatten die Kollegen in Ragusa wirklich einen guten Fang gemacht, vielleicht hatte sich alles so zugetragen, wie Vulić es von Anfang an vermutet hatte. Vielleicht war aber Vulić wieder einmal zu voreilig mit irgendwelchen Beschuldigungen. Und vielleicht hatte der Attentäter die Polizei auf eine falsche Fährte geführt.

Bruno nahm Haltung an und verneigte sich. »Dann, Herr Kapitän, bitte ich um Erlaubnis, mich entfernen zu dürfen, um dem Musikabend von Frau Kabátová und ihren beiden hinreißenden Töchtern meine volle Aufmerksamkeit widmen zu können.«

Bretfeld lachte und klopfte Bruno auf die Schulter. »Bravo, Signor Zabini, so gefallen Sie mir schon besser.«

»Wie Sie sagten, Herr Kapitän, das hier ist ein Vergnügungsdampfer.«

⁂

Langsam zerstreuten sich die Passagiere. Therese stand an der Reling und lauschte den Klängen und Melodien des Abends nach. Vom Duett der beiden jungen Musikerinnen Milada und Irena war das Publikum geradezu enthusiasmiert gewesen. Das glasklare Klavierspiel Ludmilla Kabátovás hatte ihre beiden Töchter zu wahrer Meisterschaft emporgeführt. Sowohl was den Gesang als auch ihr Spiel betraf, hatten die wohlgesinnten Götter die beiden jungen Frauen reich mit Gaben und Talent beschenkt. Therese war sich sicher, dass Milada und Irena Kabátová große Karrieren bevorstanden und ihr Weg sie in die bedeutendsten Konzertsäle der Monarchie führen würde.

Ein denkwürdiger Abend.

Therese holte tief Luft. Langsam wurde es kühl. Das empfand sie als sehr angenehm, denn im Musiksalon war es durch die vielen Menschen auf engem Raum trotz geöffneter Türen recht warm geworden.

Die Musikanten der Bordkapelle hatten ihre Instrumente eingepackt. Viele Passagiere hatten sich bereits zur Nachtruhe begeben. Therese schaute sich um. Sie hatte an diesem Abend Bruno nur kurz gesehen. Er war offenbar zu spät zur Eröffnung des Musikabends gekommen und hatte nur einen Stehplatz gefunden. Am Ende der Vorführung hatte sie ihn aus den Augen verloren. War er gleich zu Bett gegangen? Oder suchte er nach ihr? Sie lehnte sich wieder über die Reling und schaute hinaus in die mondhelle Nacht über dem Ionischen Meer.

»Darf ich Ihnen, verehrte Frau Wundrak, einen Trunk zur vorgerückten Stunde anbieten?«

Therese hatte nicht bemerkt, dass sich jemand genähert hatte. Sie drehte sich um ihre Achse. Vor ihr stand Oberkellner Steyrer mit einem Tablett in der Hand, auf dem sich zwei Sektgläser befanden. Der Mann stierte sie geradezu an.

»Na, Sie versehen Ihren Dienst ja mit bemerkenswerter Hingabe.«

»Ich gebe mich immer vollständig hin.«

Therese griff nach einem Glas, das andere nahm Georg selbst. Das Tablett legte er am Boden ab.

»Sie erlauben, dass ich mit Ihnen trinke?«

»Dürfen Sie im Dienst trinken?«

»Hat es jemals einen Kellner gegeben, der im Dienst nicht getrunken hat?«

»Für die Beantwortung dieser Frage fehlt mir die hinreichende Kenntnis. Ich habe noch nie als Kellner gearbeitet. Auch nicht als Kellnerin.«

»Manchem ist es gegeben, dem anderen nicht, mancher nimmt sich, was er begehrt, der andere träumt nur davon.«

»Was für ein Temperament sind Sie?«

»Ich nehme, was ich begehre.«

»Hört, hört, Sie reklamieren also die Rolle des Draufgängers.«

Georg hob sein Glas, Therese stieß an. Sie tranken einen Schluck. »Ich reklamiere nicht nur, ich bin es auch.«

»Das will mir so scheinen.«

Georg rückte näher. »Heute Nacht, schöne Frau, kann ich Ihre Einsamkeit lindern und all Ihre Sehnsüchte stillen.«

»Mein Herr, was erlauben Sie sich? Gestern Nacht haben Sie noch mit Frau Teitelbaum in der Sünde gesuhlt, heute wollen Sie mich kompromittieren? Das ist ein bisschen zu viel Draufgängertum, wie mir scheint.«

Er umschlang ihre Hüfte. »Das Leben ist kurz, Therese, warum sollten wir Zeit verplempern? Ich weiß doch, dass du es auch willst.«

Therese schob ihn auf Armlänge von sich. »Gemach, gemach, guter Mann, ich bin keine Dienstmagd, die man so leicht beeindrucken kann.«

»Du sträubst dich? Obwohl du dich nach mir verzehrst?«

»Wie kommen Sie auf die gewagte Idee, dass ich mich nach Ihnen verzehre?«

»Tust du es nicht?«

»Tu ich nicht. Und jetzt bitte ich Sie, mich nicht weiter zu bedrängen.«

»Überlege es dir, Therese. Du wirst diese Nacht nicht vergessen.«

»So wie Vilma Teitelbaum die letzte Nacht nicht vergessen wird?«

»Bist du eifersüchtig, weil ich Sie zuerst erwählt habe?«

»Ihre Gedanken grenzen an Größenwahn.«

Ein geringschätziges Lächeln huschte über Georgs Miene. »Oder wartest du, dass dich dieser Triestiner Schöntänzer verführt?«

»Unterstehen Sie sich, mich so schmierig anzugrinsen.«

»Da wirst du vergeblich warten, meine Schöne. Der Schönling hat nur Augen für die Komtess.«

»Meinen Sie?«

»Aber ja. Dauernd scharwenzelt er um sie herum und kann seine Blicke kaum von ihr lassen. Das ist doch offensichtlich. Nur wird die Komtess ihn niemals erhören, denn die Komtess verdient etwas Besseres als diesen Affen.«

Therese lachte höhnisch. »Einen wie Sie wahrscheinlich!«

»Nein, ich bin bei Weitem nicht gut genug für die Komtess, ich passe mehr zu brünstigen Weibern wie dir.«

Therese schaute kurz in das Sektglas, dann schüttete sie den Inhalt Georg ins Gesicht und warf das leere Glas über Bord. »Wenn sie mich das nächste Mal begrapschen, Herr Oberkellner, hole ich meinen Revolver.«

~~~

»Wie spät ist es mittlerweile?«

Friedrich griff nach seiner Taschenuhr. »Es ist knapp nach ein Uhr.«

»Ich sollte wieder zurück in meine Kabine.«

»Nein, bleib noch ein Weilchen. Ohne dich ist mein Bett kalt und leer.«

»Wenn mein Vater wach wird und mir einen Kontrollbesuch abstattet, sind wir verloren.«

»Aber er schläft doch.«

Carolina umschlang Friedrich und drückte ihre nackte Haut an die seine. Sie bekamen beide nicht genug davon, zusammen zu sein. »Ich will, dass diese Sekunde niemals vergeht. Ich will, dass ich immer bei dir sein kann.«

Friedrich legte seine Arme um sie und hielt Carolina fest. »Aber das kannst du doch!«

Sie schmiegte ihre Wange an seine Schulter. »Leider nicht. Die Welt will unser Glück nicht.«

»Doch! Die Welt will immer das Glück der Menschen. Die

Menschen sind es, die das Glück der Menschen nicht wollen. Die verrückten Menschen sind es. Heilen wir uns von dieser Verrücktheit, befreien wir uns von allem Zwang, zerschlagen wir mit einem kräftigen Schwertstreich die Ketten, in die Gesellschaft, Kultur und Moral uns legen, brechen wir den Bann der Unterjochung!«

»Wir müssen verrückt sein, wenn wir glauben, das zu schaffen.«

»Dann lass uns verrückt sein! Lass uns freie Menschen sein!«

»Es fühlt sich so gut an, an Freiheit zu denken. Daran zu glauben! Darauf zu hoffen!«

»Du brauchst nicht zu hoffen. Wer soll uns daran hindern, einfach nur liebende Menschen zu sein? Vergiss Rang und Namen, vergiss Stand und Ordnung, vergiss Pflicht und Zwang, sei einfach du selbst!«

»Friedrich, deine Worte sind wie edler Wein, wie starker Schnaps, ich bin geradezu berauscht davon.«

Friedrich wischte die Decke von sich und kniete sich vor das Bett in seiner Kabine. Er griff nach Carolinas Hand. Sie setzte sich auf. Beide waren unbekleidet. Er schaute sie im Zwielicht der Kabine gefasst und feierlich an.

»Friedrich, was tust du da?«, hauchte Carolina.

Er räusperte sich. »Carolina Sylvia von Urbanau, willst du mich, Friedrich Stefan Grüner, zu deinem Ehemann nehmen?«

»Du hältst um meine Hand an?«

»Ja.«

»Nackt?«

»Wie Gott mich schuf, so knie ich vor dir, ohne jede Tarnung und Täuschung, ohne Lug und Trug, ehrlich, offen und unverstellt, wie der Mensch nur sein kann, und so frage ich dich: Willst du mich heiraten?«

»Ich ... was soll ich sagen?«

»Sag, was du fühlst, sag die Wahrheit!«

Carolina biss sich auf die Lippen. »Ja.«
Stille.
»Du sagst Ja zu mir?«
»Ich sage Ja.«
Friedrich küsste ihre Hand und drückte für einen Weile seine Stirn gegen ihren Handrücken, dann erhoben und umarmten sie sich.
»Wir sind jetzt verlobt«, sagte Carolina.
»Ich habe gar keinen Verlobungsring für dich.«
»Ein solcher ist nicht nötig, denn wir sind verlobt in unseren Herzen.«
»Ja.«
»Ich bin so glücklich.«
»Ich auch.«

Jene Tage in Triest

LUISE TUPFTE MIT der Serviette ihre Lippen ab, nahm einen Schluck Wein und lehnte sich zurück. Sie schaute über den Tisch zu Maria, die ebenfalls das Mahl beendet hatte. Luise lächelte Maria zu. »Sie haben wieder exzellent gekocht. Ein köstliches Mahl.«

Die rundliche Triesterin blickte ein wenig skeptisch. »Baronessa, Ihr habt wieder so wenig gegessen.«

Luise zog die Schultern hoch. »Ein Teller Bollito misto von Ihnen macht eben satt. Außerdem habe ich dann noch einen Happen für den Abend. Oder für morgen.«

Maria lachte. »Essen ist wichtig für den Menschen. Gutes Essen macht glücklich. Auch hohe Herrschaften sind Menschen und können nicht immer nur von Büchern und Abenteuern leben, auch hohe Herrschaften müssen tüchtig essen.«

»Das haben Sie sehr schön gesagt, Maria.«

Luise liebte es, wenn Maria lachte. Sie hatte wohl ein schlichtes Gemüt, aber vor allem hatte sie ein Herz voller Liebe und Humor. Nachdem Luise Marias Mann und Kinder kennengelernt hatte, war ihr sofort klar geworden, dass das Schicksal niemals gnädiger sein konnte, als einen Menschen solch eine Familie zu schenken. Die vier Kinder der Haushälterin waren nicht nur gesund und gut genährt, es waren heitere, lustige, ja, es waren glückliche Kinder. Immer wenn Luise vorhatte, mehrere Tage in ihrer Triester Wohnung zu verbringen, ließ sie nach Maria schicken und sich von ihr bekochen. Und wenn Luise längere Zeit nicht ihre Wohnung aufsuchte, sah Maria nach dem Rechten. Luise war mit Maria so vertraut, dass sie immer wieder gemeinsam speisten. So wie eben.

»Soll ich abservieren, Baronessa?«

»Ja, bitte.«

Maria erhob sich und schichtete die benutzten Teller übereinander.

»Ich bewundere, wie geschickt und selbstsicher Sie Teller stapeln und Gläser servieren. Ich bewundere, wie zauberhaft Sie in der Küche werken. Alles an Ihnen ist echt, Sie sind die reine Wahrheit.«

Maria lachte herzhaft. »Das hat noch niemand zu mir gesagt. Ich bin die Wahrheit. Das klingt lustig.«

»Es ist mein Ernst, Maria. Ich bewundere Ihre Fähigkeiten.«

»Kochen und Putzen ist einfach. Das kann doch jeder.«

»Ich nicht.«

»Aber Ihr könnt Bücher schreiben. Und fünf Sprachen sprechen. Ihr habt eine ganze Bibliothek gelesen. Und könnt reiten und schießen. Das bewundere ich.«

Luise erhob sich, ging zur Kommode und entnahm die Geldkassette. »So spielen wir mit den Gaben, die die Götter uns zugedacht haben. Ich werde später einen kleinen Spaziergang unternehmen. Wenn Sie mit dem Geschirr fertig sind, können Sie sich den Tag freinehmen. Hier nehmen Sie. Ich habe den Betrag ein bisschen aufgerundet.«

»Vielen Dank, Baronessa.«

Die Haushälterin spülte das Geschirr, während Luise die Unordnung auf ihrem Schreibtisch beseitigte. Wenig später verabschiedete sich Maria wortreich und verließ die Wohnung. Luise öffnete das große Fenster im Salon, zog einen Stuhl heran und setzte sich in das hereinbrechende Sonnenlicht. Mittagszeit im Mai, das Wetter war warm und trocken, ein lebhafter Wind strich vom Meer über die Dächer Triests. Von ihrer Wohnung aus konnte sie in den engen Gassen des Borgo Teresiano weder zum Hafen noch zum Canal Grande sehen, aber der salzige Atem des Meeres lag in der Luft.

Luise war auf dem Landgut des Hauses Kreutberg in der Unterkrain aufgewachsen. Als sie nach der Heirat vom Binnenland an die Adria gezogen war, hatte sie sich sofort in das Küstenland verliebt. Nichts gab ihr so sehr das Gefühl von Freiheit wie der Blick von den Klippen hinaus auf die Weite des Meeres. Sie erinnerte sich an die Wälder, Hügel und Berge, an die Felder und Dörfer ihrer Kindheit wie an Erzählungen aus guten und seelenvollen Romanen. Es waren Bilder und Gedanken an eine ferne Welt, zu der sie außer in ihrer Erinnerung keinen Zutritt mehr hatte. Sie wusste nicht mehr, ob es eine glückliche Kindheit gewesen war oder ob sich die Gefühle von Einsamkeit und Fremdsein im Leben damals grundgelegt hatten. Wahrscheinlich beides. Glück und Einsamkeit zur gleichen Zeit schlossen einander aus, so wie Luise es empfand, doch nacheinander konnte der Mensch beide Zustände erleben. Eine Woche des Glücks, eine andere der Einsamkeit.

Als Glück galt ihr die Gesellschaft lieber und wertvoller Menschen. Glück hatte sie zuletzt im Haus ihrer Schwester erlebt. Unbeschwert und heiter waren die Tage und erfüllt mit guten Gesprächen. Es war eine schöne Zeit in Mähren gewesen, und obschon sie nicht lange zurücklagen, schienen es Erinnerungen an endlos ferne Stunden zu sein. Jetzt war sie den dritten Tag allein in ihrer Wohnung und sie fühlte, wie der grauschwarze Vogel sich näherte, wie er immer engere Kreise um sie zog, wie er seinen Blick auf sie richtete.

Sie war eine Frau, geboren, ein Opfer jedweden Schicksals zu sein. Und wer sich mit dem Schicksal der Menschen intensiv genug beschäftigte, wusste, dass es in Wahrheit kein gnädiges Schicksal geben konnte, sondern bestenfalls eine zeitweise Absenz des Schicksalhaften. Das nannte man dann die glücklichen Momente.

Luise strich sinnierend die Falten ihres Rockes glatt und blickte unverwandt in den Himmel. Sie vermisste Bruno mit jeder Stunde mehr. Seine klugen Augen, den kratzigen Bartansatz vor der Rasur, seine Aufmerksamkeit, seine zärtlichen Hände. Bruno schaffte es mit einem Augenaufschlag, den grauschwarzen Vogel zu vertreiben. Er war ein Phänomen.

Luise erhob sich und kramte in ihren Papieren nach dem Brief, den er ihr vor seiner Abfahrt geschrieben hatte. Sie las abermals die in schöner, aber eiliger Handschrift verfassten Zeilen.

Seit sie wieder in Triest war, schrieb sie an einem Gedicht. Den ganzen Vormittag lang hatte sie über den Zeilen des Gedichtes gesessen, hatte jeden Buchstaben erwogen und geprüft, hatte manchen Vers verworfen und neu geschrieben, hatte ihn wieder verworfen und noch einmal neu geschrieben, hatte Kürzungen vorgenommen, an anderer Stelle Erweiterungen. Sie rang sich dieses eine Gedicht mit größter Verantwortung und Disziplin ab. Wie immer, wenn sie Lyrik schrieb, verfasste sie diese in Italienisch. Ihre erzählerische Literatur schrieb sie ausschließlich auf Deutsch, aber für die Lyrik war ihr nie eine andere Sprache angemessen erschienen als das Italienische. Sie hatte die Sprache schon als Kind schnell erlernt, sie war ihr stets leichter gefallen als das Französische. Wahrscheinlich, weil die Hauslehrerin der Kinder des Barons von Kreutberg Italienerin gewesen war und lebhafte Erzählungen aus ihrer Heimat in ihrer Muttersprache zum Besten gegeben hatte. Als Luise dann an der Küste in ein mehrheitlich von Italienern bewohntes Gebiet gekommen war, hatte sie ihre Kenntnisse der Sprache komplettiert. Deutsch war wohl die Sprache ihrer Eltern, also die Sprache ihrer Kindheit, mittlerweile war sie aber vollkommen zweisprachig. Auch träumte sie in beiden Sprachen, manchmal war ein Gedanke in Deutsch, der andere in Italienisch, dann wieder war in ihren Träumen eine Trennung der Sprachen nicht auszumachen. Beide Sprachen flossen ineinander. Meist geschah dies in den Träumen erotischer Natur.

Ja, auch die Sprachen verbanden sie mit Bruno, auch er war vollkommen zweisprachig, seine Muttersprache war Deutsch, seine Vatersprache Italienisch.

Wie sehr sie ihn vermisste!

Luise trat an den Flügel und suchte in dem Stapel an Noten nach einer Inspiration für ihre Klavierstunde. Bereits sehr früh hatte sie bemerkt, dass das Klavierspiel ihr leichtfiel und immense Freude bereitete, dass sie es aber niemals darin zu wahrer Meisterschaft bringen würde. Musizieren war ihr stets ein Ausgleich für die Literatur, hier das reine Gefühl in Klang und Tonhöhe, dort der klare Gedanke in Wort und Schrift. Sie legte ein Blatt von Frédéric Chopin auf und rückte den Klavierhocker heran. Eine Weile saß sie still und in sich gekehrt am Klavier, dann flossen Melodien aus ihren Fingern.

～☙～

Die Rauchschwaden aus den tagein, tagaus qualmenden Schloten wurden vom Wind rasch landeinwärts verweht. Der Hochofen, die Fabriken, das Lloydarsenal, der alte Südbahnhof und der neue Staatsbahnhof, überall glühte Kohle für den Fortschritt und die wirtschaftliche Prosperität der Stadt. Was für eine treffliche Fügung, dass Triest die Stadt der Winde genannt wurde. Kaum auszudenken, wenn all der Qualm sich wie eine Glocke über die Häuser legen würde. Mal wehte der Wind landeinwärts, dann wieder, vor allem wenn die Bora fiel, hinaus auf die offene See, dann wieder wechselte die Windrichtung alle paar Stunden, selten hing eine wirkliche Flaute über Triest.

Emilio Pittoni und Vinzenz Jaunig marschierten mit ausgreifenden Schritten von der Endhaltestelle der Elektrischen die Küstenstraße entlang. Hier befanden sich die Bretterbuden der Tagelöhner und Zugezogenen. Menschen aus verschiedenen Winkeln der Monarchie, die auf der Suche nach Arbeit mittellos und ohne Ausbildung nach Triest gekommen waren und sich keine besseren Quartiere leisten konnten. Immer wieder brachen in den Bretterbuden am Stadtrand Tuberkulose oder Ruhr aus, immer wieder kam es zu Gewalt, manchmal zu Aufständen.

Emilio konnte sich noch gut an die Niederschlagung des Aufstandes von 1899 erinnern. Damals hatten die Polizeibehörden den Aufruhr nicht niederhalten können, weil zu viele vor allem italienischstämmige Hafen- und Werftarbeiter gegen die erbärmlichen Zustände ihrer Behausungen und die klägliche Bezahlung schwerster Arbeit aufbegehrt hatten. Emilio hatte vergeblich versucht, seine Landsleute zu beschwichtigen, hatte versucht, sie zu warnen, hatte alles unternommen, um ihnen die Gefahren ihres Widerstandes klarzumachen, es hatte nichts geholfen. Die Arbeiter waren einfach nicht wieder in ihre Werkstätten und Bretterbuden zurückgekehrt, sie hatten sich stattdessen zu einem großen Demonstrationszug formiert. Es war gekommen, wie Emilio es befürchtet hatte. Der für seine harte Haltung dem einfachen Volk gegenüber bekannte Kommandant der Garnison Triest, Franz Conrad von Hötzendorf, hatte seine Soldaten mit aufgepflanzten Bajonetten aufmarschieren lassen, und als das die Arbeiter auch nicht eingeschüchtert hatte, hatte Conrad von Hötzendorf den Schießbefehl erteilt.

Niemand wusste genau, wie viele Tote es gegeben hatte, die Militärbehörden hatten die Leichen eingesammelt und der Polizei nicht gemeldet. Der Aufstand war blutig niedergeschlagen worden, die Gewalt des Staates hatte sich durchgesetzt. Franz Conrad von Hötzendorf war von den hohen Herren der Monarchie für sein beherztes Einschreiten auch noch gelobt worden. Unter den einfachen Leuten der Vorstadt hatte kalte Angst regiert. Seither war kein neuer großer Aufstand zustande gekommen, obwohl sich die Lebenssituation der Menschen nicht verbessert hatte. Triest nahm Jahr für Jahr einen schnelleren wirtschaftlichen Aufschwung, aber der hinzugewonnene Reichtum kam nur den ohnedies schon Reichen zugute. Die Wohlhabenden ließen sich prächtige Villen bauen, kleideten sich in elegante Garderobe aus den kostbarsten Tüchern, richteten Bälle und Empfänge aus, besuchten Opernabende und Theatervorführungen, unternahmen mit der Eisenbahn oder dem Schiff immer weitere Reisen und huldigten dem Kaiser im fernen Wien für die schiere Existenz des Vielvölkerstaates. Bei den Menschen am Rande der Triester Industrieareale war der Reichtum der Stadt bis heute nicht angekommen.

Emilio Pittoni wusste, dass manche seiner Gedanken geradezu kommunistisch zu nennen waren, aber er war kein Kommunist, im Gegenteil, er hasste die Kommunisten. Deren internationalistischen Wahn fand er grotesk. Reiner Unfug. Er war ein stiller Anhänger des Irredentismus. Italien den Italienern, eine Flagge, eine Nation. Sollte sich der alte Kaiser in Wien doch zum Teufel scheren. Rom war die Hauptstadt der Italiener, nicht Wien. Natürlich ließ er im Alltag nichts von seinen Überzeugungen verlautbaren. Die Wände hatten Ohren, und er war Polizist im Dienste des Kaisers. Ein offen sich zum Irredentismus bekennender Polizist zumal in leitender Position konnte sich innerhalb kurzer Zeit zum Heer der Arbeitslosen in den Bretterbuden der Vorstadt zählen. Von seinen Eltern hatte er allein zwei geschickte Hände und einen schlauen Kopf mitgekriegt, weiter nichts. Damit war er ins Leben geworfen worden. Dass er seinerzeit Polizist geworden war, war einer der glücklichsten Fügungen in seinem Leben gewesen. Raus aus dem Militärdienst, rein in den Polizeidienst.

Und so wie Emilio Pittoni seine Arbeit sah und leistete, zog er auch manchen Nutzen aus seiner Stellung als Inspector I. Klasse. Er hatte sich an wichtigen Stellen gute Freunde gemacht. Sowohl bei manch hohen Herren im Amt als auch bei vielen Kaufleuten, deren Lagerhäusern er strengen Schutz vor den Räuberbanden zuteilwerden ließ. Auch bei den Damen eines speziellen, sehr vornehmen Etablissements war er gern gesehen. Diese brauchten sich vor üblen Säufern, Raufbolden und Peitschenbuben nicht zu fürchten, darauf achtete Emilio. So zählten respektable Beamte und wohlhabende Kaufleute, die genügend Geld für diskrete Verhältnisse und angemessenen Luxus aufbringen konnten, zu den Besuchern dieser Einrichtung. Für die Dirnen aus der Vorstadt hatte Emilio nur dann einen Blick übrig, wenn er deren Leichen aus dem Hafen fischen musste. Auch das gehörte zu seinen Pflichten.

Hier und jetzt waren Emilio und sein Kollege Vinzenz wieder zu einem Fundort unterwegs. Keine Dirne, die dem falschen Freier in die Hände gefallen war, so viel stand von Anfang an fest, denn als sie den Anruf erhalten hatten und zum Fundort gerufen worden waren, war von einer männlichen Leiche die Rede gewesen.

Emilio verfügte im Gegensatz zu Vinzenz über scharfe Augen, er sah den wartenden Kollegen lange vor Vinzenz. Keine Frage, Vinzenz Jaunig war ein Mann, den man im Streitfall immer gerne in den eigenen Reihen sah. Wenn er seinen massigen Körper in Bewegung setzte, blieb kein Auge trocken, und wehe dem, der eine gestreckte Gerade von Vinzenz einfing. Aber im Grunde seines Herzen war er ein gutmütiger Mann mit herzhaftem Appetit und zumeist guter Laune. Ein uniformierter Polizist sah die beiden Kriminalbeamten und winkte ihnen.

Die Männer begrüßten einander, der Uniformierte führte die beiden Kriminalbeamten fort von der Straße in ein Dickicht bei einem beinahe ausgetrockneten Bachbett.

Der nackte Leichnam hatte kaum sichtbar unter einem dichten Gebüsch gelegen. Einem Einheimischen war aufgefallen, dass sich dort immer mehr Straßenhunde gesammelt hatten, also hatte er das Gebüsch durchsucht in dem Glauben, eine seiner Ziegen, die er seit einigen Tagen vermisste, dort zu finden. Als er den menschlichen Körper entdeckt hatte, war er sofort zur Wachstube marschiert und hatte Meldung gemacht. Die Männer der Wachstube hatten den Körper aus seinem Versteck unter dem Gebüsch hervorgezogen und in den Schatten eines Baumes auf die Steine geschleift.

Vinzenz nahm seinen Hut ab und wischte mit dem Taschentuch seine Stirn, Emilio stemmte seine Fäuste in die Hüften.

»Warum habt ihr den Mann nicht an Ort und Stelle liegen lassen?«, fragte Vinzenz und blickte über seine Schulter die Polizisten der hiesigen Wachstube an.

»War im Dickicht. Da konnten wir nicht sehen, wer er ist.«

»Und wisst ihr, wer er ist?«

»Nein. Keiner aus der Gegend.«

»Also hättet ihr ihn auch dort liegen lassen können, wo er war, und uns die Sachverhaltsaufnahme machen lassen können. Wir hätten Photographien des Fundortes machen können.«

Emilio schüttelte den Kopf und wandte sich den drei uniformierten Beamten zu. »Keine Sorge, ihr habt alles richtig gemacht!«, rief er den Männern zu. Und zu Vinzenz sagte er mit gedämpfter Stimme. »Du arbeitest zu viel mit Bruno zusammen. Diese Manie an Sachverhaltsaufnahmen ist lächerlich. *Wissenschaftlich*, das ist doch ein Witz. Schau genau, dann weißt du alles, was nötig ist. Photographien sind Zeitverschwendung. Also, was siehst du?«

Die beiden Polizisten beugten sich über die Leiche. Vinzenz scheuchte mit seinem Hut die Fliegen fort.

»Ich sehe Fressspuren von Hunden.«

»Offensichtlich.«

»Ich schätze, der Mann ist seit einer Woche tot.«

»Eine Woche bestimmt. Vielleicht etwas länger.«

»Keine alten Narben auf der Vorderseite.«
»Alter?«
»Ende vierzig. Vielleicht fünfzig.«
»Todesursache?«
»Eindeutig.«
»Ja. Ein Stich ins Herz.«
»Vielleicht ein Säbel.«
»Oder ein langer Dolch. Vielleicht ein Hirschfänger.«
»Ein einziger Stich.«
»Entweder war der Täter mit dem Säbel oder dem Dolch sehr geübt oder es war ein Glückstreffer.«
»Nehmen wir an, es war ein geübter Täter. Warum ersticht er dann einen Bewohner in einem derart armseligen Viertel?«
»Berechtigte Frage. Vielleicht war der Mann nicht von hier und wurde hier nur abgelegt.«
»Wir haben nichts als eine nackte Leiche. Wenn nicht mehr auftaucht, werden wir diesen Fall niemals lösen.«

Emilio klopfte Vinzenz anerkennend auf die Schulter. »Siehst du, der Fall ist praktisch gelöst. Gehen wir zurück ins Bureau. Ich werde Ivana den Bericht diktieren.«

⁓⊙⌇

Luises Füße schmerzten mittlerweile. Es war schon eine Krux, in Damenschuhen mehr als eine Stunde durch die Stadt zu gehen. Schönheit musste leiden, sagte man gemeinhin. Ein dummer Spruch, wie Luise fand. Wenn sie auf dem Land war und zu einer Wanderung aufbrach, trug sie natürlich entsprechendes Schuhwerk. Sie besaß ein Paar Wanderschuhe, mit denen stundenlanges Marschieren ohne Schmerzen möglich war. Sie hatte sich vom Schuster in Aurisina für gutes Geld dieses Paar Schuhe nach Maß anfertigen lassen, und der Mann hatte ein wahres Meisterwerk abgeliefert. Zweimal schon hatte sie ihm das Paar zur Neubesohlung gebracht. Das Leder und die Nähte waren von so hervorragender Qualität, dass sie diese Wanderschuhe wohl noch Jahrzehnte würde tragen können. In Wahrheit waren das ihre Lieblingsschuhe. Wanderungen im Karst, in den Alpen, im Hinterland Istriens, sie liebte es, in den Tag hineinzugehen. Ihr Mann fand Wandern langweilig, mühselig und unweiblich. Eine Frau edler Abstammung hatte sich in Haus und Garten aufzuhalten, und wenn sie ausging, mit der Kutsche oder dem Automobil zu fahren. Gehen war etwas für Bäuerinnen und Dienstmägde.

Ihr Mann war ein Idiot.

Luise erreichte nach ihrem ausgedehnten Spaziergang die Via del Torrente. Sie ging an der ausladenden Fassade des Grande Caffè Moncenisio vorbei, das in der vorgerückten Nachmittagsstunde gut besucht war. Das Wetter war so einladend, dass kein einziger Sitzplatz im Gastgarten frei war. Also ging sie weiter zum Caffè Gelsomini, das ihr ohnedies lieber war. Der Oberkellner des Grande Caffè Moncenisio hatte sie einmal geradezu pikiert angesehen, als sie sich allein an einen Tisch gesetzt hatte.

Eine Frau alleine im Caffè? Skandalös! Das waren ja Zustände wie in Sodom und Gomorrha! Was kam als Nächstes? Dass Frauen Automobile lenken durften?

Deswegen bevorzugte sie das Caffè Gelsomini, wo man sie schon kannte. Hier akzeptierte man es, dass die Baronessa sich an einen Tisch setzte, sittsam eine Tasse Kaffee trank und anschließend wieder ging. Der Barista war immer ausgesprochen freundlich zu ihr und ließ es sich nicht nehmen, Luise selbst den Kaffee zu servieren. Immerhin kaufte er seit Langem seine Bohnen in der Handelsgesellschaft ihres Mannes und hatte wohl einen Vertrag mit einem entsprechend günstigen Preis.

Und ja, man wusste im Borgo Teresiano, dass die Baronessa ein bisschen eigenwillig war, man huldigte ihrer Schönheit, bewunderte ihre Eleganz, ihr volles blondes Haar und die strahlend blauen Augen, man wusste auch, dass sie unter einem Pseudonym Novellen und Gedichte schrieb, dass sie große Bälle und Empfänge mied, ihre Spaziergänge allein unternahm und alle paar Tage im Gastgarten eine Tasse Kaffee nahm. Das konnten viele Einwohner einer derart weltoffenen, vielsprachigen und fortschrittlichen Stadt akzeptieren.

Luise entdeckte einen freien Tisch im Schatten und ließ sich nieder. Der Kellner nickte ihr freundlich zu und eilte in das Caffè, um seinem Chef von ihrem Besuch zu berichten.

Luise würde wie meist Caffè Lungo bestellen, schwarz, stark und ungezuckert.

Das Sitzen tat ihren Füßen wohl. Diese verflixten Schuhe. Einmal hatte sie mit Bruno eine Wanderung unternommen. Sie waren mit dem Zug gefahren, sie in der ersten Klasse, er in der zweiten. Aus der Stadt hinaus waren sie noch getrennt gegangen, aber als dann der Aufstieg durch den Bergwald begann, waren sie gemeinsam marschiert. Ein wunderschöner Tag im letzten Sommer. Sie dachte gerne daran zurück. Bruno war ein Mann, der es nicht unschicklich fand, wenn eine Frau Berge bestieg. Im Gegenteil, er hatte mehrmals angeregt, wieder eine gemeinsame Wanderung zu unternehmen.

Während ihres Spaziergangs war sie zu einem Entschluss gekommen. Sie würde handeln, sie würde sich bewegen. Sie liebte die Abwechslung und Zerstreuung, die die Großstadt Triest bot, aber in den letzten Tagen war das Gefühl von Einsamkeit nicht von ihr gewichen, im Gegenteil. Dieses Mal wollte sie sich dem Gefühl nicht kampflos ergeben, diesmal würde sie etwas unternehmen.

Morgen schon.

Emilio berichtete detailliert über den Leichenfund, während Oberinspector Gellner in der Tasse seines Nachmittagskaffees rührte. Behutsam klopfte Gellner mit dem Löffel an den Rand der Tasse. Emilio wusste, dass Gellner von einem derart köstlichen Getränk nicht einen Tropfen verschwendete. Frau Ivana verstand es meisterhaft, Gellners Lieblingsmarke Specialità Caffè Hausbrandt wohlschmeckend aufzubrühen. Mit der Aufzählung der Zeugen, die Emilio in seinem Notizbuch festgehalten hatte, beendete er seinen Bericht. Er verfolgte, wie Gellner ohne jegliche Eile an der Tasse nippte und zufrieden über den Geschmack des Kaffees kurz die Augen schloss.

»Das klingt nach einer eindeutigen Sache«, meinte Gellner.

»Allerdings.«

»Haben Sie den Bericht schon diktiert?«

»Noch nicht.«

»Und warum, wenn ich fragen darf?«

Emilio hob beschwichtigend die Hände. »Signor Gellner, ich tu, was ich kann! Aber ich habe nur zwei Hände und zwei Füße. Ich bin heute noch nicht einen Augenblick an meinem Schreibtisch gesessen, und Ivana habe ich nur im Vorbeilaufen gesehen und begrüßt. Arbeit, Arbeit, Arbeit.«

Gellner verzog seinen Mund. »Ja, der Mai hat es in sich. Das muss man schon sagen.«

»Ich habe Luigi beauftragt, die Vermisstenanzeigen durchzusuchen. Vielleicht können wir so die Identität klären.«

»Wohl getan, sehr gut.«

»Vinzenz kann sich nicht weiter mit diesem Fall beschäftigen, er hat die Tram nach Opicina genommen, weil die Kollegen per Telephon unseren Beistand angefordert haben.«

»Was ist dort los?«

»Ein Mann hat seine Frau, eine Nachbarin und deren halbwüchsigen Sohn krankenhausreif geprügelt und ist auf der Flucht. Der Mann hat ein Schlachtermesser bei sich.«

»Meine Güte, der Vollmond macht die Leute verrückt!«

»Es hat den Anschein, Herr Oberinspector.«

»Schaffen Sie es heute noch, den Bericht zu diktieren?«

Emilio zuckte theatralisch mit den Schultern. »Bleibt mir eine andere Möglichkeit? Natürlich schaffe ich es, und wenn Frau Ivana und ich bis nach Einbruch der Dunkelheit im Bureau bleiben. Wir leisten ja unsere Arbeit.«

Gellner zog seine Augenbrauen hoch. Was war das für ein Tonfall in der Stimme seines Inspectors? »Worauf wollen Sie hinaus, Signor Pittoni?«

Emilio fixierte seinen Vorgesetzten. Er hatte bald herausgefunden, dass Oberinspector Gellner zwar glaubte, sich gegenüber seinen Untergebenen durchsetzen zu können und im Amt über volle Autorität zu verfügen, aber wenn er, Emilio, es wollte und seinen schneidenden Blick aufsetzte sowie einen hintergründig drohenden Klang in seine Stimme mischte, dann war Gellner ihm schutzlos ausgeliefert. Emilio kannte die Wirkung seiner Waffen und er war klug genug, diese selten einzusetzen, nämlich nur dann, wenn es wirklich notwendig war. Jetzt zum Beispiel. Und Gellner reagierte auch heute so wie immer. Er zeigte tief liegende Angst. Emilio konnte es sehr gut einschätzen, wie weit er gehen durfte. Nämlich so weit, dass Oberinspector Gellner zwar die Angst vor der kalten Gewalt im Blick und der Stimme seines Inspectors verspürte, es selbst aber nicht bemerkte. Und wie meist gelang das Kunststück auch heute.

Emilio seufzte, räumte seine Miene leer und zuckte mit den Schultern. »Nun, Herr Oberinspector, wir hier stöhnen unter der Arbeitslast, schonen uns nicht und leisten Dienst bis zur Erschöpfung, während manch anderer hochgeschätzter Kollege gerade eben an Bord eines luxuriösen Salondampfers Sekt schlürft, sich in der Sonne aalt und den Damen galante Komplimente offeriert.«

Gellner machte eine leidende Miene und schaute eine Weile zum Fenster hinaus. »Was soll ich tun, Signor Pittoni? Sie haben ja selbst gehört, was seine Exzellenz der Statthalter angeordnet hat.«

»Ja, das habe ich.«

»Damit müssen wir leben.«

»Sie hätten auch einen anderen Mann schicken können.«

Gellner fasste Emilio halb amüsiert, halb pikiert ins Auge. »Hätten Sie sich selbst anstatt Signor Zabini einschiffen wollen? Ist es das? Ist es Neid?«

Emilios Miene verriet nichts von seinen Gedanken, aber innerlich lachte er auf. Gellner war wie Butter in der Sonne. »Was soll ich mit reichen Leuten auf einem Schiff? Nein, ich habe meine Arbeit hier. Aber musste unbedingt ein Inspector an Bord? Materazzi ist ein guter Mann, der viel durchgemacht hat. Der hätte sich eine dreiwöchige Urlaubsfahrt redlich verdient. Oder einen von den jungen Burschen. Buttazzoni etwa. Tribel oder Marin, einer von ihnen. Die können genauso gut den Grafen Urbanau vor Sonnenbrand und Seekrankheit beschützen.«

Gellner blickte wieder sinnierend zum Fenster hinaus.

˜෴˜

Er saß im Schatten der Obstbäume hinter dem Haus und genoss die heranziehende Abendstimmung. Carlo Cherini lauschte dem Vogelgezwitscher, und aus der Ferne schallten die Rufe der Kinder zu ihm. Seine beiden Buben spielten mit den Nachbarskindern. Nach dem Essen waren sie zum Gehöft nebenan gelaufen, bei Einbruch der Dunkelheit würden sie wiederkommen, so wie immer. Carlo goss sich Wein ein. Eben kam seine Frau wieder aus dem Haus. »Willst du auch noch Wein?«

»Ja, bitte.«

Carlo füllte ihr Glas, während Fedora das benutzte Geschirr auf das Tablett stellte. Er sah ihr bei den Handgriffen zu. Eine Woge des Glückes durchflutete ihn, er umfasste ihre Hüften, zog sie heran und grub sein Gesicht in ihren Bauch. Fedora strich ihm durch das Haar.

»Lass doch das Geschirr stehen und setz dich neben mich. Du kannst ja in einer Viertelstunde noch abräumen.«

Fedora zog einen Stuhl heran und griff nach dem Weinglas. Sie stießen miteinander an. Carlo Cherini kaufte Wein beim Onkel seiner Frau, der im Karst einen Weingarten bewirtschaftete. Der Winzer hatte Weinstöcke verschiedener Rebsorten gepflanzt, aber sein Hauptsorte war Terrano del Carso. Diesen verkaufte er an Weinhändler in Triest und Görz. Als angeheirateter Verwandter kam Carlo in den Genuss, auch von anderen Rebsorten die eine oder andere ausgewählte Flasche beziehen zu können, aber zum Essen trank er als Tischwein am liebsten Terrano.

Fedora nahm einen Schluck und schaute ihren Mann von der Seite an. Sie schmunzelte. »Du siehst zufrieden aus.«

Carlo hob kurz die Augenbrauen und ließ ein wohliges Brummen hören. »Eine paar Tage zu Hause, mildes Wetter, gutes Essen, guter Wein, ich bin nicht nur zufrieden, ich bin glücklich.«

»So leicht geht das also bei dir. Drei Gläser Wein und du bist glücklich.«

Carlo lachte, rückte seinen Stuhl näher und legte seinen Arm um ihre Schultern. »Es ist nicht nur der Wein. Es ist das Leben mit dir, das mich glücklich macht.«

»Das höre ich gerne.«

Carlo griff nach der Hand seiner Frau und küsste sie. »Jeder Mann der Welt ist glücklich, der eine Frau wie dich hat.«

»Eine Frau wie mich gibt es aber nur einmal.«

Carlo lachte. »An Selbstbewusstsein hat es dir noch nie gemangelt. Das ist meine Fedora.«

»Deine Mutter hat mich wieder gepiesackt.«
Carlo seufzte. »Du weißt doch, wie sie ist.«
»Es stört mich.«
»So ist sie nun einmal.«
»Warum vertraut sie mir nicht, so wie du mir vertraust?«
Carlos Stimme klang anrüchig. »Weil ich auch nach dieser Heimkehr nicht den Funken eines Zweifels habe, dass du mich so liebst wie in unserer überaus aufregenden Hochzeitsnacht. Das war übrigens der beste Tag meines Lebens.«
»Diesen Satz habe ich schon tausendmal gehört.«
»Und du wirst ihn dir hoffentlich noch weitere tausendmal anhören.«
»Ich kann ihn gar nicht oft genug hören.«
Carlo lachte. »Soll ich ihn gleich wiederholen?«
»Es ist dieses Misstrauen deiner Mutter, das mich ärgert. Seit Jahren sind wir verheiratet, wir haben unsere Tochter gemeinsam beerdigt, ich ziehe die Buben groß, ich bestelle die Beete und halte das Haus in Ordnung, wenn du heimkommst ist die Speisekammer voll, die Wäsche ist gewaschen, das Gras ist geschnitten.«
Carlo küsste ihre Hand erneut. »Und die Bettdecke ist nicht kalt.«
»Dennoch spioniert sie mir nach.«
»Du bist eine schöne Frau, und sie weiß genau, dass viele Männer dir hinterherschauen.«
»Das weißt du auch und fährst dennoch wochenlang zur See.«
»Dass wir hier draußen vor den Toren der Stadt wohnen, ist mir auch lieber als mitten in der Città Vecchia.«
»Mach keine Witze.«
»Ja, schon gut, ich habe verstanden. Ich werde mit ihr sprechen und ihr sagen, dass sie sich anderwärtig die Zeit vertreiben soll.«

»Darum will ich dich bitten.«

»Sie hat sich nach Vaters Tod verändert. Ich glaube, sie ist ein bisschen einsam.«

»Sie wohnt auf dem Hof deines Bruders mitsamt seiner Frau, fünf Enkelkindern, zwei Mägden, einem Knecht, vier Pferden, zehn Ziegen und dreißig Hühnern. Da ist sie einsam?«

»Lass uns von etwas anderem reden.«

Fedora nahm einen tiefen Schluck und schaute eine Weile in den Himmel. »Einmal möchte ich auch Bombay sehen. Und Alexandria. Und Konstantinopel. Einmal möchte ich die gesamte Adria hinunter in den Süden, durch den Suezkanal oder in den Bosporus dampfen. Ferne Länder, fremde Kulturen, andere Erdteile. Ein bisschen beneide ich dich um deine Arbeit.«

Carlo nickte. »Wenn die Buben erwachsen sind und ich Kapitän eines Schiffes bin, nehme ich dich auf allen Fahrten mit. Keine Sorge, Fedora, wenn du die Welt sehen willst, werde ich sie dir zeigen. Wozu bist du die Frau eines Seemannes?«

～⚬～

Luise hatte sich keinen Wagen kommen lassen. Wozu auch? So schwer war ihr Handkoffer nicht. Den Überseekoffer hatte ein Dienstmann bereits gestern Abend abgeholt. Wahrscheinlich waren die Gepäckträger eben dabei, den Koffer auf den Dampfer zu laden. Seit sie die Überfahrt nach Konstantinopel gekauft hatte, fühlte sie sich frisch und lebendig. Wozu noch länger in Triest festsitzen? Die weite Welt wartete auf sie. Und sie würde Bruno in der fernen Stadt an der Grenze zwischen Europa und Kleinasien überraschen. Wie sehr sie sich freute!

Der Weg führte quer über die Piazza Giuseppina am Erzherzog-Ferdinand-Max-Denkmal vorbei zum Hafen. Luise wartete, bis die Straßenbahn an ihr vorbeigefahren war, dann marschierte sie geradewegs auf den Molo Giuseppina.

Von allen Seiten strömten Menschen und Wagen auf den Molo zu. In knapp zwei Stunden würde die Carinthia ablegen. Der Dampfer bediente die Eillinie nach Konstantinopel, würde daher nur wenige Zwischenhalte anlaufen und immer nur für kurze Zeit vor Anker liegen. Da die Eildampfer nach Konstantinopel nicht den gesamten Peloponnes umrundeten, sondern den Kanal von Korinth passierten, würde sie nach drei Tagen in der Hauptstadt des Osmanischen Reiches ankommen. Zum ersten Mal in ihrem Leben würde sie türkischen Kaffee trinken. Sie war sehr gespannt auf die große orientalische Stadt, sie war neugierig auf das Leben auf den Straßen, Plätzen und Märkten, auf die fremde Sprache, die Gewürze und Speisen. Nur drei Tage auf See und schon war man in einer völlig anderen Welt. Und so viel hatte die Fahrkarte auch nicht gekostet. Es war ein Abenteuer.

Luise schob sich durch die Menschenmenge vor der Gangway und reihte sich in die Schlange der Passagiere ein. Der Mann am Schalter des Lloyds hatte gesagt, dass sie die vorletzte Kabine erhalten hatte. Zum Glück eine Einzelkabine.

Luise verfolgte, wie die Hafenarbeiter und Matrosen mit dem Ladebaum eine schwere Maschine in den vorderen Laderaum des Schiffes hievten. Um was für eine Maschine es sich handelte, konnte sie nicht erkennen, denn sie war für den Transport mit Brettern zugenagelt. Davon lebte der Österreichische Lloyd, Maschinen und Industrieprodukte wurden in den Süden transportiert, Gewürze und Rohstoffe in den Norden, und in den Kabinen der Dampfer waren Händler, Geschäftsreisende und Weltenbummler untergebracht. Luise gehörte zu letzter Gruppe.

Ein kleinerer Dampfer legte eben vom Molo Giuseppina ab, sein Ziel waren, wie auf einem Schild zu lesen war, die Hafenstädte Pola auf der Halbinsel Istria und Fiume im Quarnero.

Luise nahm ihre Papiere zur Hand. Sie würde als Nächste an Bord gehen können. Sie fieberte der Reise entgegen. Endlich auf See! Auf zu fernen Gestade!

Nachts im Hafen von Smyrna

TAUSENDE LICHTER UND Lampen erhellten den Hafen. Kaum vorstellbar, dass Smyrna jemals zur Ruhe kam. Nach Sonnenuntergang wimmelte es von geschäftigen Menschen. Der Mann, der sich Gilbert Belmais nannte, stand am Bootsdeck und beobachtete das Treiben auf dem Kai. Hafenarbeiter schaufelten Kohle von den Ladeflächen zweier Pferdekarren auf die ausgefahrenen Kohlerutschen. Eine Schaufelladung nach der anderen glitt so in den Kohlebunker der Thalia. Je drei Männer arbeiteten pro Karren, der Vorarbeiter trieb sie lautstark an und die jungen Arbeiter packten tüchtig an. Zwei weitere Pferdekarren warteten auf dem Kai auf die Entladung.

Nach dem Aufenthalt vor Ephesus und der zweitägigen Besichtigung der antiken Grabungsstätten war der Dampfer zur Bekohlung in die große türkische Hafenstadt eingelaufen. Wie Belmais von einem Steward erfahren hatte, war der Kohlebunker der Thalia noch nicht komplett leer, doch wenn jetzt das Lager wieder aufgefüllt wurde, reichte der Vorrat für den restlichen Verlauf der Reise, also für die Querung der Ägäis zurück nach Griechenland, um dort die historischen Stätten von Mykene zu besichtigen, für die Fahrt in die große Metropole Konstantinopel und sogar für die Rückfahrt nach Triest. Außerdem sei hier in Smyrna die Kohle billiger als in Konstantinopel. Der Steward war geschwätzig gewesen, und Belmais hatte ihm zugehört, ganz entgegen seiner sonstigen Gewohnheit, geschwätzigen Menschen aus dem Weg zu gehen.

Die Thalia würde nach der Bekohlung noch vor Sonnenaufgang ablegen und in Richtung Griechenland aufbrechen, die Fahrt quer durch die Ägäis würde nicht ganz einen Tag dauern. Danach war ein zweitägiger Aufenthalt geplant, den die Passagiere für den Besuch der antiken Stätten in Mykene nutzen konnten. Die Reise lag im Zeitplan. Das half Belmais natürlich bei der Durchführung seiner eigenen Pläne.

Er ließ seinen Blick schweifen. Unwillkürlich suchte er nach Gefahren, suchte nach Fluchtwegen und Angriffspositionen. Eine Folge seiner militärischen Schulung. Wo immer er auch hinkam, sondierte er zuerst die Lage. Am Kiosk, keine hundert Meter entfernt, sah er einen Mann, der auffällig unauffällig zur Thalia hinüberschaute. Belmais' Augen waren scharf. Ein Raubtier benötigte wache Sinne. Er hielt den Mann längere Zeit im Blick, bis er sich sicher war, dass dieser den Salondampfer beobachtete.

Nach einer Weile waren die ersten beiden Pferdekarren entladen, und unter, wie Belmais fand, völlig übertriebenem Geschrei wurden die leeren Karren weg- und die vollen herangefahren. Die Hafenarbeiter wischten sich Schweiß und Kohlestaub aus den Gesichtern, tranken etwas und kletterten auf die Wagen.

Belmais schaute wieder hinüber zum Kiosk. Der Mann war fort. Irgendetwas war da im Gange.

⁓☙⁓

»Schade, dass wir nicht länger hier vor Anker liegen. Die Stadt wirkt hochinteressant.«

Da ein Landgang nicht möglich war, hatten Therese und Hermine Seefried nach dem Dîner beschlossen, sich auf dem Promenadendeck zu treffen. Hermines Mann Ferdinand war von Mark Cramp und Dr. Eggersfeldt zu einer Partie Préférence im Rauchsalon eingeladen worden, einem Kartenspiel, das man zu dritt spielte. Der Kapitän hatte den Passagieren mitgeteilt, dass es nicht gestattet war, in Smyrna von Bord zu gehen. Dieses Verbot hatte zu einigen Diskussionen geführt, die den Kapitän veranlasst hatten, die Hintergründe der Anordnung darzulegen. Die Hafenbehörde erlaubte den Gästen aus dem Norden aus Sicherheitsgründen nicht, an Land zu gehen, weil seit einigen Wochen eine Räuberbande im Hafenviertel ihr Unwesen trieb und die Polizei erhebliche Probleme hatte, nach Einbruch der Dunkelheit die Sicherheit der Passagiere zu gewährleisten. Das war die offizielle Version. Aber die Seeleute an Bord wussten, dass nicht nur Räuber die Straßen unsicher machten, sondern auch politische Untergrundkämpfer immer wieder Attentate verübten.

»Ich weiß nicht so recht, ob ich die Stadt hochinteressant finden kann«, antwortete Hermine. »Räuber und Aufwiegler, Überfälle und Anschläge, solche Bedingungen sind nicht nach meinem Gusto.«

Therese kniff verwegen die Augen zusammen. »Gerade die Gefahr kitzelt mich.«

»Mich gar nicht. Ich habe die Tage in Ephesus außerordentlich genossen. Da gab es keine Gefahr, viel Sonne und bedeutende Ausgrabungen. Die Führung des Archäologen war höchst beeindruckend, und seine Kenntnis der antiken Geschichte überwältigend.« Sie hatten vom ihm erfahren, dass seit dem Jahr 1895 das Österreichische Archäologische Institut systematische Grabungen in Ephesus unternahm, und so kam es, dass immer mehr Besucher aus der Donaumonarchie, aber auch aus Deutschland und Frankreich die prächtigen Mosaike der Kuretenstraße, das gut erhaltene Odeon und die erst kürzlich vollständig ausgegrabene Celsus-Bibliothek besichtigten. Ephesus war eine der bedeutendsten Städte der Antike, vor allem natürlich weltbekannt wegen des Tempels der Artemis. Der Tempel, eines der Sieben Weltwunder der

Antike, war der griechischen Göttin Artemis gewidmet. Zwei Tage lang hatten die Passagiere der Thalia Gelegenheit gehabt, das weitläufige Areal der Ausgrabungen zu erkunden.

»Allerdings. Der Besuch in Ephesus hat sich mehr als ausgezahlt. Ich habe viel gelernt.«

»Nicht nur mir ist aufgefallen, dass du sehr viel in dein Notizbuch geschrieben hast.«

Therese nickte zustimmend. »Natürlich. Einem Kulminationspunkt antiker Kultur so nahe zu sein, entzündet meine Neugier. Selbstredend werden die Ausgrabungsstätten ein zentrales Kapitel in meinem Buch über die Reise bilden.«

Hermine schaute überrascht zu Therese. »Ein Buch? Hast du dich entschlossen, ein Buch zu verfassen? Ich dachte, es wäre nur eine Reihe von Artikeln, die du zu schreiben beabsichtigst.«

»Ja, das war das ursprüngliche Vorhaben, aber ich habe stets die Option in Erwägung gezogen, ein Buch zu schreiben, so sich die Reise interessant und abwechslungsreich gestalten sollte.«

»Die Reise ist also für dich interessant und lohnend genug, ein Buch anzudenken?«

»Nicht nur anzudenken, ich habe mit der Arbeit längst begonnen. Du, liebe Hermine, bewohnst ja eine Kabine hier auf dem Promenadendeck, aber meine Nachbarn auf dem Hauptdeck beschweren sich schon, dass bis spätnachts meine Schreibmaschine klappert.«

Die beiden Frauen lachten herzhaft.

Hermine beugte sich Therese zu und flüsterte. »Eine weitere interessante Sache könnte folgende für dich sein.«

»Und zwar welche?«

»Sie betrifft Signor Zabini.«

»Lass hören.«

»Ich habe ein Gerücht vernommen, wonach Signor Zabini gar kein Angestellter des Österreichischen Lloyds ist.«

»Geh, hör auf!«

»Man munkelt gänzlich anderes.«

»Was munkelt man?«

»Signor Zabini soll angeblich ein Polizist sein.«

Therese biss sich auf die Unterlippe. Sie hatte ihn zwar für einen Detektiv gehalten, aber diese Möglichkeit schien genauso plausibel. In jedem Fall hatte Therese nichts Derartiges in die Welt gesetzt, weder etwas über Brunos Profession als Detektiv noch als angeblicher Polizist. Dieses Gerücht hatte eine andere Quelle. »Und wer hat dir das zugesteckt?«

»Frau Oberhuber. Von wem sie davon gehört hat, weiß ich aber nicht.«

Therese fasste spontan den Beschluss, die Quelle auszuforschen. Sie flüsterte Hermine zu: »Und ich nahm an, er wäre ein hoch bezahlter Detektiv im Dienste eines geheimnisvollen Herzogs oder eines unermesslich reichen Fabrikanten, der einen verwegenen Auftrag zu erfüllen hat. Dabei ist er nur ein simpler Polizist, der aufpassen soll, dass den Damen an Bord die Regenschirme nicht gestohlen werden.«

Die beiden Frauen lachten.

»Du hast eine blühende Phantasie, Therese.«

»Oh ja, und wie immer ist die Phantasie ein substanziell aufregenderer Ort als die schnöde Wirklichkeit.«

»Sagen Sie das noch einmal!«, forderte Kapitän Bretfeld.

Der Bootsmann hielt stramm seine Hände an die Hosennaht, den Kopf gerade und den Rücken gestreckt, so wie es ihm einst in der Kriegsmarine beigebracht worden war. Die Miene des Mannes sah, gelinde gesagt, verzwickt aus.

»Drei Heizer sind nicht an Bord.«

»Haben Sie jede Ecke und jeden Winkel abgesucht?«

»Gründlichst, Herr Kapitän. Die gesamte Mannschaft und die Stewards haben sich beteiligt. Die drei sind nicht da.«

Der Kapitän schaute den Ersten und Zweiten Offizier fassungslos an. »Ja, sind denn diese Rotzbuben komplett verrückt geworden? Oder waren meine Anweisungen nicht eindeutig genug?«

»Herr Kapitän, Ihre Befehle waren vollkommen eindeutig«, antwortete der Erste Offizier zackig.

»Ist es sicher, dass die drei sich unerlaubt entfernt haben?«

»Nun, sicher ist es noch nicht, dazu müssen wir erst ihre Stellungnahmen hören, aber wir müssen in aller Dringlichkeit davon ausgehen.«

»Die ausgefahrene Gangway hat die Männer anscheinend eingeladen. Wenn ich das gewusst hätte, hätte ich sie einziehen lassen.«

»Derartiges kann man nicht ahnen, Herr Kapitän.«

Kapitän Bretfeld ging auf der Brücke auf und ab. »So ein Schlamassel. Das ist mir in meiner ganzen Laufbahn nicht untergekommen, dass Seeleute so dreist gegen die Vorschriften verstoßen. Offenbar hat die Disziplin an Bord erheblich gelitten. Das werde ich zu korrigieren wissen. Signor Lorenzutti, das ist wieder ein Fall für Sie.«

Der Zweite Offizier schien geahnt zu haben, dass ihm diese Aufgabe übertragen werden würde. »Ich rufe gleich meine Leute zusammen.«

»Am liebsten würde ich den Männern Gewehre ausgeben, damit diese Lumpen gleich eingeschüchtert sind. Aber wir wollen keine internationalen Verwicklungen heraufbeschwören.«

»Ich kann meine Dienstwaffe unter dem Sakko tragen. Für den Fall der Fälle.«

»Ja, tun Sie das, Lorenzutti. Und die Männer sollen Knüppel mitnehmen. Den Ausreißern müssen solche Flausen energisch ausgetrieben werden. Inspector Zabini geht mit Ihnen.«

Der Erste Offizier wiegte den Kopf. »Wäre es nicht besser, wenn diese Sache von der Mannschaft erledigt wird?«

»Zabini hat sich in Ragusa als tauglicher Mann erwiesen. Holen Sie ihn her, ich werde ihn unterweisen.«

»Zu Befehl, Herr Kapitän.«

~⊙~

Am ersten Tag ihres Aufenthalts in Ephesus hatte Bruno vormittags noch an der Führung durch die Ausgrabungsstätten teilgenommen, aber schon am Nachmittag hatte er sein Temperament nicht zügeln können und war allein losmarschiert. Sein knapp vier Stunden dauernder beherzter Marsch führte ihn über die Hügel am Rande der antiken Ruinen. Am zweiten Tag hatte er Proviant und Wasser eingepackt und war gleich am Vormittag losgegangen. Seinen ihm innewohnenden Bewegungsdrang konnte er auf dem Promenadendeck nicht gerecht werden. Die sonnendurchflutete und weitläufige Gegend war zu einladend gewesen, als dass er der Versuchung hätte widerstehen können. Und ein paar Stunden allein zu sein, hatte ihm auch gutgetan.

Bruno kleidete sich eben für einen Kartenabend im Gesellschaftssalon. Wieder mit der Komtess, Therese Wundrak und Friedrich Grüner. Bei nächster Gelegenheit musste er seine Socken und Hemden waschen. Er würde die Leistungen der beiden Bedienerinnen in Anspruch nehmen müssen. Erst gestern hatte er wieder mit ihnen gescherzt. Die meisten anderen Passagiere nahmen diese beiden Frauen gar nicht wahr und taten so, als ob die Sanitäranlagen des Schiffes sich von Geisterhand gelenkt in erstklassigem Zustand befinden würden.

Es klopfte an der Tür. Bruno öffnete, einer der Matrosen stand am Gang.

»Der Kapitän bittet Sie auf die Brücke.«

»Unverzüglich?«
»Ja.«
Bruno schnappte sein Sakko und den Schlüssel. »Ich komme.«
Mit flotten Schritten eilten die beiden Männer die Treppe hoch. Bruno klopfte an die geschlossene Tür zur Brücke und trat ein. Die Führungsriege der Bordmannschaft war anwesend.
»Guten Abend, die Herren«, grüßte Bruno.
»Ah, da sind Sie ja schon, Signor Zabini. Schließen Sie bitte die Tür. Ich habe wieder etwas für Sie.«
Bruno nahm vor dem Kapitän Haltung an. »Worum handelt es sich?«
»Um eine leidige Sache. Sehr unangenehm. Drei junge Heizer hat der Hafer gestochen, sie haben vor ungefähr einer Stunde unerlaubt das Schiff verlassen und treiben sich wohl in den Spelunken des Hafenviertels herum. Eine beispiellose Insubordination und Disziplinlosigkeit. Kennen Sie sich in Smyrna aus, Signor Zabini?«
»Leider nein, ich hatte noch nicht das Vergnügen, Gast in dieser Stadt zu sein.«
»Schade. Aber mit einer Stadtkarte können Sie umgehen?«
»Selbstverständlich, Herr Kapitän.«
»Gut. Signor Lorenzutti wird sich mit der Wachmannschaft auf die Suche begeben. Ich bitte Sie, Ihre Erfahrung als Polizist aufzubieten und sich der Suche anzuschließen. Diese liederlichen Burschen müssen ehestmöglich eingesammelt werden. Sind Sie dazu bereit?«
»Selbstverständlich, Herr Kapitän.«
»Sehr gut.«
»Allerdings muss ich darauf hinweisen«, sagte Bruno, »dass eine Suche auf eigene Faust nur inoffiziell geschehen kann. Wir sind hier im Osmanischen Reich, hier gelten strenge Gesetze.

Sie müssten Meldung an das Hafenamt machen und die hiesige Polizei einschalten.«

»Das weiß ich doch, deswegen sollen Sie in Zivilkleidung die Suche begleiten. Für den Fall, dass das Betreten einer Lokalität in Uniform problematisch sein könnte.«

Bruno schaute Lorenzutti in die Augen. Schon in Ragusa hatte er Vertrauen zu diesem Mann geschöpft. Ein tatkräftiger Offizier, der Befehle klar, logisch und verständlich erteilte und die von der Mannschaft auch ausgeführt wurden.

»Signor Lorenzutti, ich stehe zu Ihrer Verfügung.«

»Gut. Abmarsch in fünf Minuten. Treffpunkt an der Gangway.«

»Jawohl.« Bruno eilte in seine Kabine und sperrte die Metallkassette auf. Mit schnellen Handgriffen legte er das Schulterhalfter an. Ein grimmiges Lächeln umspielte seine Lippen. Die Suche nach disziplinlosen Seeleuten war eine Beschäftigung, der er nicht zum ersten Mal nachging. Wie oft hatte er in den frühen Jahren seines Dienstes als Polizist in den Hafenkneipen Triests nach Seeleuten suchen müssen, die einem Wirt die Zeche schuldig geblieben waren, die irgendwo eine Rauferei angefangen oder eine Dirne verprügelt hatten? Er wusste die genaue Zahl nicht. Hier und jetzt würde er einige Ecken und Winkel der großen türkischen Hafenstadt Smyrna kennenlernen. Das war doch erheblich aufregender als eine Partie Tarock im Gesellschaftssalon.

Bruno versperrte seine Kabine und marschierte los.

Therese schaute zur Saaluhr über der Tür des Gesellschaftssalons. »Das ist unüblich. Bruno verspätet sich. Wo er doch sonst die Pünktlichkeit in Person ist.«

Carolina und Friedrich folgten ihrem Blick.

»Cum tempore. Er hat noch ein paar Minuten«, sagte Friedrich und mischte die Karten.

Ein Steward betrat den Salon und suchte nach Carolina. Als er sie entdeckte, marschierte er geradewegs auf sie zu und verneigte sich höflich.

»Guten Abend, Komtess. Ich habe eine Nachricht für Euch.«

»Eine Nachricht?«

»Jawohl.« Der Steward reichte Carolina einen kleinen Zettel und verabschiedete sich.

»Sieh an, Signor Zabini lässt sich entschuldigen. Er kann an der Tarockpartie nicht teilnehmen, weil er für den Kapitän einen Botengang zu erledigen hat.«

Friedrich warf seine Stirn in Falten. »Einen Botengang?«

Carolina reichte das Papier Friedrich. »So hat er geschrieben.«

»Merkwürdig. Der Kapitän kann ein Dutzend Männer der Mannschaft zu einem Botengang ausschicken. Wieso schickt er Signor Zabini?«

Carolina zuckte mit den Schultern. »Diese Frage beantwortet die Nachricht leider nicht.«

Therese wiegte den Kopf. »Na, ich hoffe doch sehr, dass nichts Schlimmes vorgefallen ist.«

Die beiden schauten Therese entgeistert an.

»Wieso sollte etwas Schlimmes vorgefallen sein?«

Therese beugte sich über den Tisch und flüsterte konspirativ. »Habt ihr noch nicht gehört, was man über Bruno munkelt?«

»Nein. Was denn?«

»Bruno soll angeblich Polizist sein.«

Sowohl Carolina als auch Friedrich waren von dieser Eröffnung überrascht.

»Du meinst …« Carolina vervollständigte den Satz nicht.

»Tja, wenn der Kapitän Bruno einen Auftrag erteilt, könnte es also auch eine polizeiliche Bewandtnis damit haben.«

»Das könnte natürlich sein.«

Therese legte ihre Handflächen auf den Tisch und fixierte Carolina scharf. »Meine Neugierde ist hiermit entfacht. Dieser Sache will ich auf den Grund gehen.« Sie erhob sich.

Auch die Komtess erhob sich. »Ich schließe mich dieser Investigation an.«

Friedrich sprang hoch. »Geschätzte Damen, auf zu neuen Abenteuern!«

Er hatte längst alle nötigen Informationen gesammelt. So wusste er, dass der Graf die Tür zu seiner Kabine immerzu versperrt hielt. Nicht alle Passagiere achteten so genau darauf. Etwa die Töchter der tschechischen Musikerin ließen geradezu regelmäßig die Tür unverschlossen. Dieser dicke Amerikaner und seine Frau vergaßen auch immer wieder, ihre Tür zuzusperren. Mittlerweile wusste er über die Gewohnheiten, Laster und Geheimnisse der Passagiere gut Bescheid. Nun, er war ja auch schon lange genug auf dem Schiff mit diesen Menschen eingesperrt.

Bereits bei seinen vergangenen Seereisen war der Umstand, den anderen Passagieren nicht aus dem Weg gehen zu können, ein Quell ständigen Ärgers gewesen.

Am sympathischsten waren ihm tote Menschen. Die machten keinen Lärm mehr. Oder hatten keine lästigen Gewohnheiten.

Neben der verschlossenen Tür hatte der Graf weitere Sicherungsvorkehrungen getroffen. Auch das wusste Gilbert Belmais längst.

Er hatte keine Befürchtung, trotz der vorgerückten Stunde schläfrig zu werden. Er hatte Kaffee getrunken und er hatte heute keine Pfeife geraucht. Wenn er arbeitete, rauchte er nicht. Und jetzt war er an der Arbeit.

Der Mann, der am Kiosk gestanden und das Schiff beobachtet hatte, war eine Stunde später, als sich noch recht viele Menschen am Kai aufgehalten hatten, zweimal am Schiff vorbeigegangen.

Selbstverständlich hatte er damit gerechnet, dass in Smyrna Konkurrenz auf ihn warten würde. Ein Geschäftsmann in Bukarest hatte das Kopfgeld ausgesetzt, aber in bestimmten Kreisen war bald ruchbar geworden, dass der Bey von Novi Pazar dahintersteckte. Um politische Verwicklungen zu vermeiden, hatte der Bey nicht einen seiner Agenten geschickt, sondern den Geschäftsmann zwischengeschaltet, um glaubhaft jede Anschuldigung von österreichischer Seite bestreiten zu können. Ein Mann, der nicht den Osmanen zuzurechnen war, sollte tätig werden, aber natürlich würden auch türkische Auftragsmörder bei einer derartigen Prämie hellhörig werden.

Deshalb hielt Belmais Wache. Er hatte nicht vor, sich die Beute von einem anderen Raubtier wegschnappen zu lassen. Die Vorbereitungen für die Durchführungen seines Planes waren aufwendig gewesen und hatten auch einiges gekostet. Die Auslagen mussten wieder eingebracht werden. Außerdem hasste er es, von der Konkurrenz übertroffen oder ausgestochen zu werden.

Belmais stand achtern auf dem Oberdeck im Schatten. Er trug dunkle Kleidung, und jetzt, knapp nach Mitternacht, war die Beleuchtung des Schiffes bis auf die Nachtlichter ausgeschaltet. Von hier aus konnte er den Kai vor der Gangway im Auge behalten.

Er wartete.

Belmais war mit seinem Revolver und dem Dolch bewaffnet. Gehe nie schlecht gerüstet in die Schlacht, selbst wenn du nur als Beobachter teilnimmst.

Die fünf Seeleute und der Triester Polizist waren von ihrem Landgang noch nicht zurück. Offenbar waren die drei Heizer schwer zu finden. Wahrscheinlicher war, dass sich der Offizier und der Polizist einfach zu dumm anstellten.

Da waren sie schon! Zwei Männer.

Zweifelsfrei Türken.

Sie bewegten sich schnell, präzise, fokussiert. Das waren keine Anfänger.

Belmais hatte mit einem Mann gerechnet. Aber sie waren zu zweit gekommen. Er musste unbedingt in der Nähe bleiben. Dabei hoffte er, dass der Graf tatsächlich so wehrhaft war, wie er immer tat.

Belmais rannte die Treppe hinauf ein Deck höher, löste den Haken bei der geöffneten Tür zum Kabinenbereich und knallte sie zu. Die Kabine des Grafen lag direkt daneben, wenn er nicht sturzbetrunken im Bett lag und schlief wie ein Bewusstloser, musste er die zufallende Tür gehört haben. Und wie wachsam der Graf war, wusste Belmais seit Tagen nur zu gut.

~·~

Der Laut riss ihn aus dem Schlummer. Max von Urbanau lag völlig bekleidet auf dem Diwan. Er setzte sich auf. Der Rücken schmerzte wieder. Und die Knie. Ja, die alten Knochen wollten nicht mehr so wie früher. Der Geist war willig, der Körper war schwach.

Der Graf versuchte, das Geräusch zuzuordnen. War es eine Tür? Wahrscheinlich die Tür bei der hinteren Stiege. Max von Urbanau erhob sich und trat an das Fenster seiner Kabine. Er knipste nicht das Licht an. Das Schiff lag immer noch im Hafen von Smyrna. Die Straßenlaternen am Kai spendeten ein wenig Helligkeit. Er schaute auf seine Taschenuhr. Halb eins. Um vier Uhr früh würde der Dampfer in Richtung Mykene ablegen. Erst dann würde er zu Bett gehen.

War es klug gewesen, sich an Bord eines Schiffes zu begeben, das die Häfen von Smyrna und Konstantinopel anlaufen würde? Nun, er war seit fast anderthalb Jahren in Pension, und nichts war geschehen. Er glaubte nicht, dass der osmanische Geheimdienst noch hinter ihm her war. Wenn die Türken einen Mörder hätten schicken wollen, hätten sie ihm in den letzten Monaten sehr leicht in Graz oder auf seinem Landsitz auflauern können. Er hatte sich nicht versteckt, war ins Theater und in die Oper gegangen, hatte in Restaurants gegessen und öffentliche Plätze nicht gemieden, hatte gelebt, wie jeder andere Adelige seiner Heimat. Und nichts war geschehen.

War das Fleisch auch langsam welk, so waren seine alten Instinkte nach wie vor wach. Unwillkürlich tastete er nach seinem Revolver im Schulterhalfter. Max von Urbanau bekam Gusto auf eine Zigarette, also kramte er in den Taschen seines am Kleiderhaken hängenden Mantels.

Ein leises Geräusch. Max von Urbanau spitzte die Ohren.

Hatte er richtig gehört? Stocherte da jemand im Türschloss?

Ja. Eindeutig. Jemand versuchte, von außen die Tür zu öffnen. Er hielt den Atem an, stellte sich hinter die Tür, zog den Revolver und spannte den Hahn.

Die Tür öffnete sich einen Spalt. Zum Glück hatte er zuvor das Licht nicht eingeschaltet. Wer immer hier einzudringen versuchte, ging davon aus, dass er nebenan im Schlafzimmer tief und fest schlafen würde.

Die Tür wurde noch weiter geöffnet. Ein Mann trat herein. Max von Urbanau hatte nun keinen Zweifel mehr.

Sein Mörder war gekommen.

Als der Mann die Tür passiert hatte, schlug sie der Graf lautstark zu. Der Mann erschrak und warf sich herum.

Max von Urbanau sah den blanken Dolch. Noch bevor der Attentäter zustoßen konnte, blitzte es auf. Der Knall schmerzte in den Ohren. Der Angreifer taumelte zurück.

Plötzlich wurde die Tür von außen aufgeworfen und stieß damit den Grafen gegen die Wand. Ein zweiter Attentäter stand mit gezücktem Dolch in der Tür. Graf Urbanau drückte sofort ab, die Kugel verfehlte den Kopf des Mannes um Haaresbreite. Der Attentäter rannte wie vom Teufel gehetzt davon. Max von Urbanau folgte ihm auf den Gang hinaus und feuerte noch einmal.

Daneben.

Der Mann war wieselflink und stürmte auf und davon. Dem Grafen war klar, dass eine Verfolgung völlig aussichtslos war, dazu war er nicht schnell genug, und die beiden Schüsse hatten dem zweiten Attentäter mehr als nur Beine gemacht. Max von Urbanau drehte sich um und wollte wieder seine Kabine betreten und den ersten Mann festnehmen, doch dieser rempelte ihn nieder und lief ebenso davon.

Der Graf war überrascht, dass dieser sich so schnell erholt hatte. Er hatte dem Attentäter in die rechte Schulter geschossen. Der Mann hatte stark geblutet, sodass er seinen Dolch nicht mehr führen konnte. Max von Urbanau rappelte sich hoch und lief hinaus an die Reling. Gerade rannte der zweite Attentäter über den Kai und verschwand in der Dunkelheit des Hafenviertels, der erste hetzte eben über die Gangway hinab. Der Graf feuerte dem Flüchtenden eine Kugel hinterher. Dieser zog den Kopf ein und rannte taumelnd über den Kai seinem Mittäter hinterher.

Die Attacke war abgewehrt, der Feind türmte in kopfloser Flucht. Urbanau gehörte wohl doch nicht ganz zum alten Eisen.

Die Karawane trottete durch die Gassen des Hafenviertels. Ja, der Ausflug in die Spelunken von Smyrna hatte ein pittoreskes Bild der Stadt entworfen. Bruno war in zahlreiche Lokale eingetreten und hatte sich wiederholt den Blicken der Einheimischen ausgesetzt. In manchen Lokalen war nach dem ersten Schritt über die Türschwelle klar gewesen, dass die drei liederlichen Heizer hier nicht länger als eine Minute geblieben waren, nämlich in jenen Lokalen, die ausschließlich von Einheimischen besucht wurden.

Nach fast dreistündiger Suche waren die Seeleute der Thalia und Bruno inmitten eines zwielichtigen Viertels fündig geworden. Bruno hatte sich gewundert, dass Frauen in einem derart verdreckten, übel riechenden und abgewirtschafteten Haus dem ältesten Gewerbe der Welt nachgehen konnten und dass Männer sich hier als Freier einfinden würden. Aber so waren Hafenstädte nun einmal, auch in Triest gab es so manche düstere Kaschemme. Die drei Heizer hatten sich, nachdem sie das Geschäft der Liebe bestellt und bezahlt hatten, Anisschnaps servieren lassen. Es war keine Gewalt nötig gewesen, um die drei jungen Männer abzuführen, sie waren derart angetrunken, dass sie keinen Widerstand leisteten. Lorenzutti hatte den durchaus beträchtlichen Rest der offenen Zeche beglichen. Selbstverständlich würden die Männer diesen Betrag erstatten oder abarbeiten müssen. Die Herausforderung für den Rückweg zum Schiff bestand nun darin, dass keiner von ihnen in das Rinnsal stürzen, sich dabei verletzen oder einschlafen würde.

Die Heizer stammten aus einen abgelegenen Bergdorf. Bruno kannte solche Männer, die aus den ärmlichen Provinzen der dinarischen Alpen in die großen Hafenstädte der Adria wie Triest, Pola oder Fiume zogen, um auf den Schiffen anzuheuern oder in den Werften und Lagerhäusern zu arbeiten. Die schroffen Berge und unwegsamen Täler des Gebirges bildeten eine geradezu unüberwindliche geographische Barriere zwischen der dalmatinischen Adriaküste und dem Binnenland der

Balkanhalbinsel. Die wenigen Menschen in diesem Gebirgszug führten ein karges Leben, sodass manche unter ihnen, Kroaten, Bosniaken, Serben, Montenegriner und Albaner, ihr Glück bei der österreichisch-ungarischen Handelsmarine versuchten. Ein paar Jahre arbeiteten sie als Heizer, Leichtmatrosen oder Hafenarbeiter, sparten sich jeden Heller vom Mund ab und kehrten dann mit einem Säckel voller Münzen in ihre Heimatdörfer zurück. Manche allerdings blieben in den prosperierenden Hafenstädten hängen.

Die Strafe für die abtrünnigen Heizer würde drakonisch ausfallen, das war wohl eine nicht sehr gewagte Prognose. Eine solche Undiszipliniertheit würde kein Kapitän der Welt tolerieren. Kaum dass die Thalia wieder in Triest einlaufen würde, müssten sie das Schiff verlassen, würden wahrscheinlich vom Österreichischen Lloyd fristlos gekündigt werden und dürften nie wieder auf einem österreichischen Schiff anheuern.

Sie gelangten zum Kai. Bruno ging neben Lorenzutti. Die beiden entdeckten einen Mann, der in größter Eile von der Thalia fortlief und in einer dunklen Gasse verschwand.

Ein zweiter Mann lief über die Gangway. Nicht so schnell, aus der Ferne sah es aus, als ob der Mann wankte. Dann peitschte ein Schuss durch die Luft. Erschrocken schaute Bruno zum Schiff. Ja, dort stand ein Mann und schien mit einer Waffe auf den sich entfernenden Mann zu zielen. Dieser hastete mit eingezogenem Kopf über den Kai. Der Schuss von der Reling hinunter hatte sein Ziel nicht gefunden. Der Flüchtende näherte sich einer dunklen Gasse.

Der Mann an der Reling war in der Dunkelheit und aus der Distanz nicht zu erkennen, aber bestimmt war es Graf Urbanau. Bruno vermutete sofort, dass sich zwei Männer an Bord geschlichen hatten. Zwei Attentäter. Der Graf hatte sie in die Flucht geschlagen. Fiel noch ein Schuss? Nein. Der

Graf schien kein Interesse zu haben, den Flüchtenden in den Rücken zu schießen.

Bruno zog seine Dienstwaffe und schaute den Zweiten Offizier Lorenzutti an. Auch dieser hatte offenbar die Lage sofort erfasst, denn er zog seine Waffe.

»Bringt die Heizer an Bord, danach sichert ihr die Gangway«, kommandierte Lorenzutti und nickte Bruno zu. »Also los!«

Bruno und Lorenzutti rannten los. Sie näherten sich dem Schiff. Jetzt erkannte Bruno den Grafen eindeutig, er winkte ihnen und zeigte die Richtung an, in die die beiden Attentäter geflüchtet waren. Bruno rannte nach Leibeskräften, Lorenzutti folgte ihm auf dem Fuß. Sie verschwanden in einem Viertel mit engen und verwinkelten Gassen. Hier war es leicht, zwei Verfolger abzuschütteln. An einer Kreuzung, in die mehrere Gassen mündeten, hielt Bruno an und schaute sich um.

»Wohin jetzt?«, fragte Lorenzutti.

Bruno biss sich auf die Lippen. Gute Frage. Was war das? Er beugte sich zu Boden und tippte mit der Fingerspitze auf den Tropfen. Es war eindeutig frisches Blut.

»Da lang.«

Die beiden Männer rannten in eine dunkle Gasse. Nach nur wenigen Schritten entdeckte Bruno in einer Tornische eine liegende Gestalt. Ein kurzer Rundumblick sagte ihm, dass sich sonst niemand in der Gasse befand. Bruno kniete sich neben den Mann. Dieser versuchte sich aufzurappeln, aber Bruno drückte ihn zu Boden.

»Bleiben Sie liegen. Keine Sorge, ich tu Ihnen nichts, im Gegenteil, ich versuche die Blutung zu stillen«, redete Bruno beruhigend auf den Verwundeten ein, obwohl dieser ihn wahrscheinlich nicht verstand. Über seine Schulter rief er: »Signor Lorenzutti, holen Sie die Polizei. Und einen Arzt. Die Schusswunde blutet stark.«

Bruno hörte noch die auf den Pflastersteinen sich entfernenden Schritte des Marineoffiziers, während der Mann unter ihm vor Schmerzen stöhnte. Bruno tastete das Schulterblatt des Mannes ab, fand aber keine Austrittswunde, also steckte die Kugel noch im Körper. Vielleicht war sie an einem Knochen hängen geblieben.

Bruno drückte gegen die Wunde. Die Blutung schien nachzulassen.

⁓☙⁓

Wiederholt schaute er auf seine Taschenuhr. Es war beinahe zwei Uhr. Seit über einer Stunde warteten die beiden Triestiner in einer kleinen stickigen Kammer im Kommissariat auf das Erscheinen des Übersetzers. Die türkischen Polizisten waren nicht unfreundlich, aber freundlich konnte man sie auch nicht nennen. Bruno wusste nicht, ob der verletzte Mann schon von der Straße aufgelesen und in ein Hospital gebracht worden war, denn als die Polizei am Fundort eingetroffen war, hatten sie zuallererst Bruno und Lorenzutti abgeführt, ohne sich um den Verletzten zu kümmern. Immerhin hatte Bruno die Zeit bis zum Erscheinen der Polizei genutzt, um mit seinem in Streifen gerissenen Hemd einen behelfsmäßigen Verband anzufertigen. Die Blutung konnte dadurch vollends gestillt werden, der Zustand des Mannes war somit stabil. Aber natürlich musste das Projektil schnellstmöglich entfernt werden.

Sie hörten Stimmen im Bureau nebenan. Die Tür wurde aufgeworfen, und einer der türkischen Polizisten winkte ihnen. Inmitten der Wachmänner befand sich ein älterer Mann mit grauem Vollbart, der so aussah, als ob er vor Kurzem noch tief und fest geschlafen hätte. Er wirkte von der Präsenz so vieler Polizisten eingeschüchtert. Der leitende Kommissar forderte die Männer auf, sich an einen Tisch zu setzen. Kaum hatten sie Platz genommen, redete er auf den Übersetzer ein. In knappen Worten stellte sich dieser Bruno und Lorenzutti vor. Er war Lehrer an einem Gymnasium und unterrichtete Geschichte und die Fremdsprache Deutsch.

Lorenzutti beugte sich Bruno zu und flüsterte: »Signor Zabini, bitte übersetzen Sie meine Aussage ins Deutsche. So gut spreche ich die Sprache nicht.«

»Selbstverständlich, Signor Lorenzutti.«

Bruno hob eben an, den Sachverhalt darzulegen, da wurde die Tür zum Bureau geöffnet und zwei weitere Polizisten traten ein. Ihnen folgten Kapitän Bretfeld und Graf Urbanau.

Dass die Thalia noch vor Sonnenaufgang ablegen würde, war nun sehr unwahrscheinlich geworden. Sie würden alle bis zum Morgengrauen hier verharren.

—⚬—

Die Sonne war eben aufgegangen, das erste Licht des Tages brach durch die Fenster des Gesellschaftssalons. Der Kapitän, die drei Offiziere, Bruno und Graf Urbanau saßen schweigend beisammen und warteten. Bruno verspürte eine bleierne Müdigkeit nach der durchwachten Nacht.

Die Tür zum Salon wurde geöffnet und ein Steward servierte den Anwesenden Kaffee. Bruno hatte überlegt, ob er nach dieser verrückten Nacht überhaupt Kaffee trinken sollte oder ob es nicht besser wäre, noch ein paar Stunden Schlaf nachzuholen. Er hatte, kaum dass sie wieder an Bord waren, ein frisches Hemd angezogen und war dann zur Besprechung in den Salon geeilt. Die längste Zeit war er sich während der polizeilichen Befragungen nur mit dem Unterhemd unter dem Sakko geradezu unbekleidet vorgekommen.

Der Steward verneigte sich zackig und trat flott ab. Kein

Wunder, denn die Stimmung der im Kreis sitzenden Herren war alles andere als heiter oder gelöst.

Kapitän Bretfeld nahm einen Schluck Kaffee, die anderen Herren taten es ihm gleich. Der Kapitän fasste Graf Urbanau ins Auge. »Euer Gnaden, ich danke Euch verbindlichst, dass Ihr bereit wart, sofort mit zum Kommissariat zu kommen.«

»Das ist doch selbstverständlich.«

»Diese Nacht vor Smyrna wird in die Geschichte der Thalia eingehen, keine Frage. Zuerst drei undisziplinierte Heizer, dann zwei mitternächtliche Räuber, die sich erdreistet haben, in die Luxuskabinen einzubrechen. Und die Ihr, Euer Gnaden, mit wahrem Heldenmut in die Flucht geschlagen habt. Das ist sehr ungewöhnlich.«

Bruno hatte im Kommissariat erfahren, dass der Verwundete noch rechtzeitig ins Hospital gebracht und einer Notoperation unterzogen worden war.

»Ich habe Zweifel an dieser Schilderung der Vorgänge, Herr Kapitän.« Bruno sah zuerst den Kapitän an, dann suchte er den Blickkontakt mit dem Grafen. Dieser betrachtete Bruno mit harter und unnahbarer Miene.

»Wollen Sie uns Ihre Zweifel darlegen, Inspector Zabini?«, fragte Kapitän Bretfeld.

Bruno ließ Graf Urbanau nicht aus den Augen. »Natürlich, Herr Kapitän.«

»Wir sind ganz Ohr.«

»Nun, Smyrna ist nicht Triest, aber auch in meiner Heimatstadt gibt es üble Verbrecher und dreiste Diebe. Dass zwei Räuber auf einem Schiff auf Beutezug gehen, welches in voller Mannschaftsstärke und bis auf die letzte Kabine mit Passagieren belegt vor Anker liegt, habe ich noch nie gehört. Ein voll besetztes Schiff zu überfallen, klingt eher nach einem Akt der Piraterie, und dieser müsste von einer weit größeren Zahl an bewaffneten Männern und am besten auch auf offener See mit einem Kanonenboot ausgeführt werden. Raubzüge gegen wohlhabende ausländische Gäste erfolgen in der Regel bei deren Landgängen durch Taschendiebe. Nächtliche Räuber brechen in die Lagerhäuser und Magazine des Hafens ein, nicht in die Kabinen voll besetzter Schiffe, wo sie jederzeit ertappt, in die Flucht geschlagen oder sogar gefasst werden können. Mir ist nicht klar, warum der türkische Kommissar sich mit dieser Geschichte zufrieden gegeben hat.«

Brunos Aussage hing eine Weile im Raum. Keiner regte sich.

»Vielleicht treffen Ihre Erfahrungen doch nicht immer den Kern einer Sache, vielleicht sind Ihre polizeilichen Erkenntnisse nicht so gut, wie Sie offenbar glauben, und vielleicht sollten Sie sich Ihre Zweifel an den Hut stecken«, brummte der Graf.

»Herr Graf«, sagte Kapitän Bretfeld, »ich finde allemal, dass Inspector Zabini berechtigte Fragen andeutet.«

»Ach, das finden Sie?«, konterte Graf Urbanau.

»Allerdings, deswegen fordere ich Sie auf, Signor Zabini, Ihre Anschauung weiter auszuführen.«

Bruno nickte dem Kapitän zu und schaute wieder Graf Urbanau an. »Der Mann, der in Eure Kabine eingedrungen ist und den Ihr in völlig berechtigter Notwehr angeschossen habt, hat seinen Dolch verloren. Ich habe diese Waffe gesehen. Das ist nicht das Messer eines vorwitzigen Hafenräubers, das ist die Angriffswaffe eines Assassinen. Ein echtes Mordinstrument.« Bruno ließ den Satz ein wenig wirken. »Zuerst der für Euren Fahrer tödliche Anschlag in Triest, dann der ungeklärte Mord an Schiffskommissär Glustich in Ragusa, jetzt zwei mitternächtliche Assassinen in Smyrna. Ich kann da nicht an eine Zufälligkeit glauben, ich fürchte, die Vorfälle haben System, Herr Graf.«

Wieder lag Stille im Raum. Graf Urbanau schaute verdrießlich aus dem Fenster.

»Euer Gnaden«, hob Kapitän Bretfeld an, »was könnt Ihr uns zu Inspector Zabinis Verdacht sagen?«

»Nichts.«

»Ich bin für die Sicherheit von hundertsechzig Passagieren und die gesamte Mannschaft verantwortlich, Herr Graf. Mit nur einem Befehl kann ich Eure Kabine räumen lassen und Euch samt Gepäck der türkischen Polizei übergeben. Soll die für Eure Sicherheit sorgen. Ich sende selbstverständlich auch mit höchster Dringlichkeit Telegramme an das Konsulat in Konstantinopel, an den Statthalter in Triest und das Außenministerium in Wien.«

»Das würden Sie nicht wagen.«

»Ich bitte Euch, mich nicht weiter herauszufordern! Ich bin Kapitän dieses Schiffes und ich verlange eine Antwort auf folgende Fragen.« Nichts in Kapitän Bretfelds Stimme, Miene oder Haltung ließ einen Zweifel an seiner Entschlossenheit erkennen. »Erstens: Haben es Attentäter auf Euch abgesehen? Und zweitens: Besteht weiterhin Gefahr für Euch oder andere Personen an Bord meines Schiffes?«

Graf Urbanau griff mit saurer Miene zur Kaffeetasse und nahm einen Schluck. Die Männer warteten.

»Meine Herren, ich bin erstaunt. Soll das hier ein Verhör werden?«

Wieder lag Stille im Raum.

»Hat der Bey von Novi Pazar ein Kopfgeld auf Euch ausgesetzt?«, fragte Bruno.

Der Graf schaute Bruno halb verärgert, halb amüsiert an. »Jetzt wird die Unterredung endgültig zur Räuberpistole.«

»Hat das Kopfgeld damit zu tun, dass Ihr in geheimer Mission österreichische Waffen im Sandschak Novi Pazar verkauft habt?«

Der Graf schaute Bruno durchdringend an. »Wie kommen Sie zu solchen Fragen?«

»Nun, unmittelbar vor der Abfahrt der Thalia konnte ich noch einige Hintergründe über die Morddrohungen gegen Euch ermitteln. Ist es wahr, dass Ihr in Eurem Amt als Militärattaché Hunderte oder gar Tausende Gewehre aus österreichischer Produktion sowohl an jungtürkische Rebellen, an albanische Freischärler sowie an serbische und bulgarische Tschetniks geliefert habt?«

»Sie wissen offensichtlich herzlich wenig über die Arbeit eines Militärattachés, Herr Inspector.«

»Da habt Ihr recht, davon verstehe ich nicht viel. Aber von Motiven krimineller Handlungen verstehe ich einiges. Und ich will verstehen, was hier wirklich geschieht.«

»Auch wenn Ihre Fragen ein bisschen lächerlich sind, Herr Inspector, so muss ich dennoch anerkennen, dass Sie hartnäckig sind. Bravo. Aber ich bin längst nicht mehr im Dienst, ich bin in Pension, ich bin Zivilist.«

»Ich habe Gerüchte gehört, dass der Bey von Novi Pazar ein sehr erfahrener Staatsmann ist, dass er niemals seinen kühlen Kopf verliert und dass er Freundschaften und Feindschaften mit großer Hingabe pflegt. Wenn Ihr in seinem Sandschak verschiedene Untergrundkämpfer mit dem Steyr Mannlicher M95 versorgt habt, einem der besten Militärgewehre der Welt, dann kann ich mir vorstellen, dass der Bey Groll gegen Euch hegt. Und wir alle wissen, Rache ist eine Delikatesse, die kalt serviert am besten schmeckt.«

»Signor Zabini, Sie sind ja ein Poet mit blühender Phantasie.«

»Habt Ihr eine andere Erklärung für die Vorgänge?«

Der Graf ignorierte die Frage, wandte sich von Bruno ab und dem Kapitän zu. »Herr Kapitän, ich erkenne Ihre unbestreitbare Autorität an Bord Ihres Schiffes bedingungslos an, daher bin ich bestrebt, Ihre Fragen zu beantworten.«

»Das ist erfreulich.«

»Erstens: Nein, keine Attentäter haben es auf mich abgesehen. Diese Sache mit den Morddrohungen ist eine Farce und kann bestenfalls als Theaterdonner von unterbeschäftigten Beamten gelten. Zweitens: Weder für mich noch für irgendeinen anderen Passagier bestand oder besteht Gefahr. Und diese dreisten Räuber habe ich mit Leichtigkeit in die Flucht geschlagen. Quod erat demonstrandum. Noch weitere Fragen?«

Kapitän Bretfeld atmete tief durch. »Nein, keine weiteren Fragen mehr, Euer Gnaden.«

»Dann kann ich mich zu Bett begeben? Ein paar Stunden Schlaf müssen einem älteren Herrn doch wohl gewährt werden.«

»Das könnt Ihr.«

Der Graf erhob sich. »Herzlichen Dank. Herr Kapitän, die Herren, ich empfehle mich. Gehaben Sie sich wohl.«

Die anderen Männer erhoben sich ebenfalls und verfolgten, wie Graf Urbanau den Salon verließ. Kapitän Bretfeld wandte sich Bruno zu und reichte ihm die Hand.

»Vielen Dank, Herr Inspector, Sie leisten vortreffliche Arbeit. Und vielleicht sollte ich Sie mit keinen weiteren Aufträgen losschicken. Das hätte hier an Bord ins Auge gehen können.«

»Und der Aufenthalt in Konstantinopel steht uns noch bevor, Herr Kapitän.«

»Sie sagen es. Also folgende Anweisung an die Herren Offiziere.« Die drei Offiziere nahmen Haltung an. »Sobald wir in Griechenland vor Anker gehen, aber vor allem wenn wir in Konstantinopel einlaufen, werden rund um die Uhr Wachen aufgestellt. Sie, meine Herren, verrichten ab jetzt Ihren Dienst bewaffnet. Signor Zabini, ich erlaube Ihnen, an Bord unter dem Sakko die Waffe zu führen. Ich selbst werde mich auch für den Ernstfall rüsten. Den Passagieren gegenüber bleiben wir bei der Erzählung mit den Räubern.«

Die Berge von Mykene

MIT VIERZEHN STUNDEN Verspätung war die Thalia ausgelaufen, sodass die Fahrt durch die malerische Inselwelt der Kykladen nicht bei Tageslicht, sondern zu nachtschlafender Zeit erfolgte. Die alten Griechen hatten schon vor Jahrtausenden der Inselwelt der Ägäis diesen Namen gegeben. Um das heilige Eiland Delos lagen kreisförmig angeordnet größere und kleinere Inseln, das griechische Wort kýklos, also Kreis, hatte zur Bezeichnung geführt. Die außerhalb dieses Kreises liegenden griechischen Inseln hießen Sporaden, die Verstreuten. Die Fahrt hätte das Schiff in Sichtweite mehrerer Inseln führen sollen, um den Passagieren den Blick auf die felsigen Küsten, karstigen Berglandschaften und nicht allzu fernen Hafenstädte zu ermöglichen. Die türkische Polizei und das Hafenamt in Smyrna hatten der Thalia erst nach Abschluss der Ermittlungen das Ablegen gestattet. Der zweite Räuber konnte zwar nicht gefasst werden, aber man hatte ja den Verwundeten, den man zu dessen Identität befragen konnte. Dass ein hochgestellter österreichischer Graf in seiner Kabine einen bewaffneten türkischen Einbrecher auf frischer Tat ertappt und einen Schuss aus seinem Revolver abgegeben hatte, fand bei den Behörden als berechtigte Notwehr Anerkennung. Graf Urbanau hatte den in türkischer Sprache verfassten und in deutscher Übersetzung vorliegenden Polizeibericht unterzeichnet, daraufhin konnte man dem Schiff freie Fahrt gewähren. Natürlich hatte auch das k.u.k. Konsulat in Konstantinopel mehrere Telegramme geschickt, um die Ermittlungen zu beschleunigen.

Dennoch war die Thalia länger als geplant im Hafen von Smyrna gelegen, und die Passagiere hatten neben dem Blick auf die Inselwelt der Ägäis auch einen Tag in Mykene verloren. Das Schiff war nicht frühmorgens, sondern abends an der griechischen Küste angelangt. Der Abend wurde zwar mit einem Tanzvergnügen sehr unterhaltsam gestaltet, aber der Reisegesellschaft standen nun nur noch zwei volle Tage zur Verfügung, um die antiken Stätten auf dem Peloponnes zu besichtigen. Die meisten Passagiere konnten diesen verlorenen Tag insofern verschmerzen, als dass durch die höchst turbulenten Vorkommnisse in Smyrna für Aufregung und Gesprächsstoff gesorgt worden war.

Nur fünfzehn Passagiere waren auf dem Schiff geblieben, das im Hafen von Nafplio vor Anker lag. Alle anderen waren frühmorgens mit den bereitstehenden Kutschen die rund vierundzwanzig Kilometer lange Strecke nach Mykene gefahren. Der Kapitän hatte vorgesorgt und den Ersten Offizier, den Zweiten Offizier, den Bootsmann, sechs Matrosen, den Schiffskommissär, den Oberkellner und drei Stewards zum Schutze der Passagiere detachiert. Die Offiziere und der Bootsmann waren mit Revolvern, die Matrosen mit Schlagstöcken bewaffnet. Und natürlich war auch Bruno ein Teil des Detachements.

Der Reiseplan sah vor, dass die Passagiere an diesem Tag die antike Stadt Mykene besichtigen würden, dann in der nahe gelegenen Stadt Argos in Hotels übernachten und am nächsten Tag die antiken Sehenswürdigkeiten dieser Stadt besuchen sollten. Argos, die Hauptstadt der Region Argolis, war vor rund fünftausend Jahren gegründet worden und galt als die älteste durchgehend bewohnte Stadt des gesamten europäischen Kontinents. Nach der Besichtigung der antiken Stätten würden Kutschen die Reisegruppe wieder zum Schiff bringen. Die Überfahrt vom Argolischen Golf nach Konstantinopel sollte noch am selben Abend beginnen. Ein sehr dichtes Programm, wie Bruno fand, aber gewiss auch nötig, um die Reisegruppe bei Laune zu halten.

Der Tross an Vergnügungsfahrenden marschierte langsam die Hügel zu den Ruinen der antiken Stadt Mykene empor. Durch die systematische Erforschung der Funde und Ausgrabungen wusste man mittlerweile, dass die mykenische Kultur die allererste Hochkultur Griechenlands war und damit auch die erste auf dem europäischen Festland. Bruno war sich bewusst, hier wahrhaft historischen Boden zu betreten. Mykene war eine bedeutende Stadt, von hier aus konnte man den Isthmus von Korinth kontrollieren, damit also auch den Handel zwischen der Halbinsel Peloponnes und dem griechischen Festland. In der griechischen Mythologie war es König Agamemnon von Mykene, der die Heere Griechenlands mit seinen Schiffen an die Küste Kleinasiens vor die Tore der legendären Stadt Troja gebracht hatte. Er war damit dem Ruf seines Bruders Menelaos gefolgt, der den Raub der schönen Helena durch den trojanischen Prinzen Paris sühnen wollte. Was an den antiken Überlieferungen Wahrheit oder Dichtung war, wusste heutzutage niemand, doch vielleicht würde die historische Wissenschaft anhand der Grabungsfunde von Mykene, Ephesus und all der anderen antiken Stätten des Mittelmeeres ein genaueres Bild der Vorfahren der europäischen Kulturen rekonstruieren können.

Bruno hielt inne und schaute zurück. Er war zügig emporgestiegen und hatte die Gruppe ein gutes Stück hinter sich gelassen. Nur Therese war ihm gefolgt. Sie verfügte über eine ausgezeichnete Kondition. Sie stellte sich neben Bruno und ließ ihren Blick schweifen. Das Wetter war hell und sonnig, ein kühlendes Lüftchen strich über den Hang, doch schon die Morgenstunde ließ ahnen, dass sich über Mittag brütende Hitze ausbreiten würde. Therese nahm ihren Hut ab und fächerte sich Luft zu. Sie sah an sich herab. Bruno folgte ihrem Blick.

»Zweifellos zeigen Kleider wie dieses hier reizvolle Eleganz und entsprechen auch hohen modischen Ansprüchen, aber für ein solches Klima und für derartige Betätigungen sind sie denkbar ungeeignet. Auch das Schuhwerk, das man als Dame von Rang und Namen zu tragen hat, passt besser in Salons und Restaurants als auf steinige Bergflanken unter der sengenden Sonne des Mittelmeers.«

Bruno nickte. »Für uns Männer ist der entrichtete Zoll nicht minder hoch. Anzüge aus guter Schurwolle und gesteifte Hemdkrägen passen trefflich für das gemäßigte Klima in Mitteleuropa, doch hier im Süden erscheint mir luftigere Kleidung in hellen Farben sinnvoller.«

Therese lächelte verwegen. »Wozu überhaupt viel Kleidung? Der menschliche Körper sehnt sich nach Licht und Luft.«

»Bist du eine Anhängerin des Nudismus?«

»Einige Wochen hielt ich mich in der Künstlerkommune *Humanitas* am Himmelhof in Wien auf. Hast du jemals davon gehört?«

»Nein, ist mir unbekannt.«

»Der deutsche Maler Karl Wilhelm Diefenbach hat diese Kommune gegründet. Ein sehr beeindruckender Mann mit visionären Ideen und einer kategorischen Radikalität, was die Ablehnung der prüden Moralvorstellungen und gesellschaftlicher Zwänge betrifft. Die Menschen dort praktizieren Nudismus und Vegetarismus, sie lehnen einengende Kleidung ab. Das Korsett und der gesteifte Kragen gelten in diesen Kreisen gleichsam als Folter, als Verbrechen gegen die naturgemäße Freiheit des Menschen. Und ja, ich habe in der Zeit, die ich in der Kommune verbracht habe, Gefallen am Nudismus gefunden.«

Bruno lächelte. »Wenn sich Nudisten in Triest ansiedeln würden, käme es wohl zu Pogromen. Triestiner sind furchtbar prüde. Das macht die katholische Tradition.«

»Wien ist auch eine katholische Stadt und von den höchsten Kirchtürmen bis in die tiefsten Katakomben prüde.«

Bruno nahm den Hut ab, zog das Sakko aus und lockerte seine Krawatte. »Gehen wir weiter.«

Schweigend stiegen sie weiter hoch und kamen vor das Löwentor, jenem zentralen Zugang zur Oberstadt. Bruno schaute empor zum weltbekannten Relief über dem Tor, das zwei Löwen zeigte, die eine Säule in ihrer Mitte zu bewachen schienen. Dieser Reliefstein galt als die älteste Monumentalplastik Europas. Therese setzte sich auf einen Felsen. Sie warteten, bis die Gruppe aufschloss. Der Reiseführer würde dann seinen Vortrag über die Geschichte von Mykene beginnen. Die Gruppe kam nur sehr langsam näher.

»Dein Geheimnis ist also gelüftet«, sagte Therese, ohne ihren Blick vom Horizont abzuwenden.

»Tja, es ließ sich wohl nicht länger verheimlichen.«

»Ich verstehe nicht, warum ein Geheimnis daraus gemacht wurde, dass ein Polizist an Bord des Schiffes ist. Es sind doch ausschließlich wohlhabende, sehr wohlhabende oder gar wahrhaft reiche Menschen an Bord, denen allesamt die Anwesenheit eines sorgsam auf sie und ihre Wertgegenstände aufpassenden Wachmannes nur genehm sein kann.«

»Auf den ersten drei Fahrten der Thalia als Salondampfer war kein Polizist an Bord. Die Behörden haben diesmal beschlossen, einen Mann auf Fahrt zu schicken. Man war sich wohl nicht sicher, ob die Passagiere dies gut aufnehmen würden, daher haben meine Vorgesetzten beschlossen, ich solle inkognito an Bord. Mir gefiel das von Anfang an nicht besonders.«

»Die Dreistigkeit der Räuber von Smyrna verwundert mich noch immer.«

»Das war für mich auch mehr als überraschend.«

»Die haben doch gar nichts erreicht! Keine Beute, in die Flucht geschlagen, ein Verwundeter, das müssen wirklich Stümper gewesen sein.«

»Nun, mit der Wehrhaftigkeit des Grafen Urbanau haben diese Halunken wohl nicht gerechnet.«

»Der Held der Thalia! Es schien dem Grafen durchaus geschmeichelt zu haben, dass er von den anderen Passagieren als Kämpfer für das Gute gefeiert wurde.«

»Diesen Eindruck hatte ich auch.«

»Irgendwie passt du so gar nicht in das Bild eines Polizisten.«

Bruno schaute Therese an. »Was hast du für ein Bild von einem Polizisten?«

Sie musterte Bruno. »Hm, die Polizisten, die ich bisher kennengelernt habe, taugen vielleicht dafür, Taschendiebe in Hinterzimmern windelweich zu schlagen. Oder Dirnen die Kleider vom Leibe zu reißen und sie in finstere Kerker zu werfen.«

»Ich habe schon Dirnen eingesperrt, allerdings ohne ihnen die Kleider vom Leibe gerissen zu haben. Und ich habe noch nie irgendjemanden verprügelt.«

»Hast du schon einmal Gewalt anwenden müssen?«

»Mehr als einmal.«

»Hast du jemanden getötet?«

»Nein.«

»Hast du noch nie einem Opferstockräuber in den Rücken geschossen? Oder einen Ladendieb mit einem Prügel erschlagen?«

»Wie gesagt, ich habe noch keinen Menschen getötet.«

»Ich bin verwirrt. Sämtliche Polizisten, die mir bisher untergekommen sind, waren entweder Bücklinge der Obrigkeit oder dumme und manchmal auch grobe Klötze.«

»Deine Erfahrungen mit Polizisten sind wohl nicht sehr erbaulich.«

»Du bist anders. Eloquent, polyglott, gebildet. Ich habe dich wirklich für einen Detektiv im Dienste hoher Herren gehalten. Dabei bist du nur ein kleiner Beamter aus Triest, der durch Zufall zum Schutz der vornehmen Fahrgäste auf ein Schiff versetzt worden ist.«

»Du klingst enttäuscht.«

»Das bin ich auch ein bisschen. Ich habe mir mehr von dir erwartet.«

Bruno streckte seinen Rücken durch. Zum Glück war er ihren definitiv vorhandenen Reizen in jener Nacht nach dem Tanzvergnügen nicht erlegen. Er hätte niemals erlauben dürfen, dass diese Nervensäge ihn duzt. An Land wäre ihm das nicht passiert. Was für eine verrückte Idee, ihn wochenlang auf ein Schiff zu sperren.

»Sehr geehrte Frau Wundrak, da nun hinsichtlich meiner Profession keine Zweifel mehr bestehen, gestatten Sie mir höflichst, dieser nachzugehen. Meine Verehrung.«

Bruno verneigte sich und wandte sich ab. Er hörte Thereses höhnisches Gelächter.

»Au weh, jetzt habe ich dich beleidigt, Herr Wachmeister. Stehe ich noch unter Polizeischutz oder wirfst du mich jetzt einer mykenischen Räuberbande vor?«

Mehrere Gruppen von Pinien überragten das Hotelgebäude und spendeten tagsüber Schatten, wodurch es in diesem jetzt am Abend angenehm mild war. Der Park rund um das Hotel sah sehr gepflegt aus, wenngleich sich die Bepflanzung vollkommen von ähnlichen Anlagen in Mitteleuropa unterschied. Das hier war der äußerste Süden eines Kontinents, der sich von den eisigen Klüften Nordskandinaviens bis in die Fingerspitzen des Peloponnes erstreckte. Allein die Luft des hereinbrechenden Abends atmete Sonnenlicht und Wärme, demgemäß gediehen hier nur Pflanzen, die große Hitze ertrugen. Livrierte Kellner servierten den hohen Gästen aus dem Norden gekühlte Getränke, während diese nach dem Dîner im Park spazierten oder in den Sitzgruppen Platz genommen hatten.

Die meisten Passagiere der Thalia waren in diesem exquisiten Hotel untergebracht, doch dreißig Personen hatten aus Platzgründen für eine Nacht in einem anderen Haus Quartier finden müssen. Das zweite Hotel lag zehn Minuten Fußweg entfernt und war nicht ganz so luxuriös. Der Schiffskommissär und der Reiseführer hatten bereits während der Überfahrt von Kleinasien nach Griechenland um freiwillige Meldungen für das zweite Haus gebeten.

Die Fahrgäste der Luxuskabinen hatten selbstverständlich auch hier die besten Zimmer erhalten.

Graf Urbanau und die Komtess saßen in einer größeren Gruppe auf Korbstühlen rund um einen Tisch, auf dem Limonade, gekühltes Wasser und geharzter griechischer Wein bereitstanden. Man unterhielt sich angeregt über die Erlebnisse des heutigen Tages. Die Besichtigung der antiken Stätten von Mykene hatte tiefen Eindruck hinterlassen.

Carolina lauschte der Unterhaltung mit halber Aufmerksamkeit. Sie suchte nach Friedrich, der in jenem anderen Hotel untergebracht war. Tagsüber war es ihnen gelungen, sich von der Reisegruppe abzusetzen und eine Stunde gemeinsam zu verbringen. Sie hatten vereinbart, sich abends noch einmal zu treffen. Wo blieb er nur? Carolina trank das Glas Limonade leer und stellte es auf den Tisch. Sie wandte sich flüsternd ihrem Vater zu.

»Werter Papa, erlaubst du, dass ich mich erhebe? Ich muss mich kurz frisch machen und möchte mir noch ein wenig die Beine vertreten.«

Graf Urbanau zog die Augenbrauen hoch. »Warst du heute nicht schon genug auf den Beinen? Den ganzen Tag den Berg rauf und runter, hin und her durch die Ausgrabungsstätte.«

»Ich will einen kleinen Spaziergang unternehmen. Das Wetter ist so schön und die Stadt sehr reizvoll.«

»Ich bleibe hier. Meine Knie wollen nach den Strapazen etwas Erholung.«

»Ja, ruhe dich ein wenig aus. Morgen folgen weitere Besichtigungen.«

»Bleib in der Nähe des Hotels. Die fremde Stadt ist vielleicht sehr reizvoll, aber eben auch fremd.«

»Natürlich, Papa.« Damit erhob sich Carolina, grüßte die Gruppe und ging in das Hotelgebäude. Wo war Friedrich?

Man konnte nicht sagen, dass er im Laufe des Tages von den anderen Passagieren gemieden worden wäre, nein, man hatte ihn wie gewohnt freundlich begrüßt, ihn in Gespräche eingebunden, dennoch hatte Bruno erkannt, dass sich die Stimmung ihm gegenüber geändert hatte. Sie war nicht feindselig oder ablehnend, das nicht. Man begegnete ihm eher wie einem Angestellten oder Dienstboten. Frau Oberhuber etwa hatte ihn über seine Erfahrungen im Umgang mit Hafenräubern befragt, so wie man, um Anerkennung zu signalisieren, sich bei einem Gärtner nach den neuesten Pflanzungen der Blumenbeete erkundigte. Oder bei einer Köchin nach den besten Gewürzen für eine bestimmte Speise.

Bruno stand unter einem Vordach des Hotels und ließ seinen Blick durch den Park schweifen. Er hatte in diesem Haus kein Gästezimmer, sondern eine Dienstbotenkammer erhalten, denn natürlich musste er in der Nähe des Grafen und der Komtess bleiben. Auch die Offiziere und die Matrosen waren in diesem Haus untergebracht, während das andere Hotel von den Stewards der Thalia bewacht wurde.

Bruno rechnete, dass der Abend bald ausklingen würde. Nicht wenige Gäste waren nach dem durchaus herausfordernden Fußmarsch des heutigen Tages erschöpft und würden bald ihre Zimmer aufsuchen. Es war mit keinem langen Tanzabend zu rechnen. Herr und Frau Eggersfeldt etwa schienen sich von den anderen zu verabschieden, um sich zur Nachtruhe zurückzuziehen.

In Wahrheit war Bruno froh, sich ein wenig abseits halten zu können. Immerzu Konversation war auf die Dauer anstrengend.

Er sah, wie die Komtess sich erhob und auf das Haus zukam. Sie entdeckte ihn und trat auf ihn zu.

»Signor Zabini, Sie stehen so nachdenklich und irgendwie auch ein bisschen verloren da.«

»Hat es diesen Anschein, Komtess?«

»Irre ich mich?«

»Ich meine, ja. Ich genieße still den milden Abend und den ausklingenden Tag. Also nachdenklich, das stimmt wohl. Aber Verlorenheit ist es nicht, was ich fühle.«

»Was fühlen Sie stattdessen?«

Bruno lächelte gewinnend. »Nach dem Fußmarsch ein bisschen Müdigkeit und schwere Beine. Und Ihr, Komtess, wie geht es Euch nach diesem Tag?«

»Eigentlich ganz gut. Die Beine spüre ich nicht.«

»Das ist die Kraft und die Ausdauer der Jugend. Begebt Ihr Euch auf Euer Zimmer?«

Carolina nickte. »Ja. Ich will noch etwas lesen.«

»Dann guten Abend, Komtess.«

»Guten Abend, Signor Zabini.«

⁕

Friedrich saß vor dem offenen Fenster seines Zimmers und schrieb. Die alten Gemäuer Mykenes, vor allem aber die Grabkammern der Nekropole hatten ihn mehr als nur inspiriert. Bereits als er sich im Laufe des Nachmittags mit Carolina in einem Wäldchen getroffen hatte, hatte er von nichts anderem erzählt, als von seinen Ideen für ein Theaterstück. Wie ein

Sturzbach waren die Ideen für eine große antike Tragödie über ihn hereingebrochen. Allein die Namen der Protagonisten seines neuen Stückes klangen wie die Verheißungen bedeutenden literarischen Ruhmes. Agamemnon, Klytämnestra, Iphigenie, Elektra, Orestes und Chrysothemis. Er würde Goethe und Schiller mit seinem Stück nicht nur ausstechen, er würde ihre Dramen wie ungelenkes Geschreibsel aussehen lassen.

Friedrich hatte beim Dîner nur ein paar Happen hinuntergeschlungen, hatte sich beim Portier ausreichend Papier besorgt und war dann sofort auf sein Zimmer gegangen. Er hatte sein Zeitgefühl verloren, er wusste gar nicht mehr, dass er sich in einem Hotelzimmer in einem fernen Land aufhielt, er sah allein vor sich, wie sich der König von Mykene für den größten Krieg der antiken Welt rüstete.

Er schrieb und schrieb.

Es war wie ein Rausch. Besser noch, es war eine schöpferische Ekstase.

─⊙─

Carolina ließ ihren Blick schweifen. War ihm etwas dazwischengekommen? Vor zwanzig Minuten hätte er in den Hotelpark kommen sollen. Carolina näherte sich dem kleineren Hotel.

Ein leichter Einspänner hielt neben ihr.

»Bonsoir comtesse.«

Carolina hielt inne und blickte überrascht zum Kutschbock hoch. »Bonsoir. Was für eine Überraschung, Sie auf einer Kutsche zu sehen, Monsieur Belmais.«

Belmais lächelte stolz. »Ich habe großes Glück gehabt und konnte dieses Fahrzeug von einem einheimischen Kutscher zu einem günstigen Preis mieten.«

»Und so können Sie diesen so schönen Abend mit einer Kutschfahrt beschließen.«

»Oh ja. Darf ich Euch einladen, mich auf der Fahrt zu begleiten?«

»Das ist außerordentlich freundlich von Ihnen, Monsieur Belmais, aber ich wollte nur einen kleinen Spaziergang vor dem Zubettgehen unternehmen.«

Belmais schaute sich konspirativ um, dann beugte er sich vor und sagte mit gedämpfter Stimme: »Herr Grüner hat mich um einen Gefallen gebeten.«

»Herr Grüner?«

»Oui. Er hat eine Hütte etwas außerhalb der Stadt gefunden, wo er sich mit Euch treffen will.«

Carolina kämpfte gegen aufsteigende Röte. Was war das für eine Idee von Friedrich? »Ich verstehe nicht ganz, was Sie meinen.«

»Er hat mich ins Vertrauen gezogen. Ich weiß, dass Ihr und Herr Grüner einander liebt. Ich bin Franzose und daher von Natur aus romantisch. Ich war natürlich sofort bereit, diesen kleinen Kutscherdienst zu leisten.«

Carolina schnappte nach Luft. Wenn schon Monsieur Belmais über ihre Liebe Bescheid wusste, wer auf dem Schiff hatte noch davon Kenntnis? Und dass Friedrich einen Wildfremden bittet, sie an einen Treffpunkt zu transportieren, war ungewöhnlich.

»Ich weiß nicht so recht ...«

»Wenn Ihr nicht mit der Kutsche fahren wollt, sage ich Euch gerne den Weg an. Es ist etwa eine halbe Stunde zu Fuß in diese Richtung. Die Hütte steht am Inachos.«

»Was ist der Inachos?«

»Das ist der Fluss, der die diese Stadt umfließt. Allerdings führt der Fluss meist nur im Winter Wasser. Im Sommer trocknet er aus.«

»Eine halbe Stunde? Es dunkelt bereits.«

»Deswegen kann ich Euch fahren. Dann sind wir in zehn

Minuten dort. Herr Grüner hat mich gebeten, Euch dieses Couvert zu geben.«

Carolina trat näher, nahm das Couvert in die Hand und riss es auf. Eine kurze Nachricht von Friedrich, worin er sie bittet, zu diesem Treffpunkt zu kommen, er habe eine Überraschung für sie. Die Komtess erkannte Friedrichs schöne, aber immer irgendwie gehetzt wirkende Handschrift. Sie schaute sich um, konnte keinen der anderen Passagiere entdecken und stieg auf die Kutsche.

Belmais rückte ein wenig zur Seite und lächelte gewinnend. »Es ist nur eine kurze Fahrt, Komtess. Haltet Euch fest.«

Belmais schnalzte mit den Leinen und trieb das Pferd an. In flottem Tempo rollte der Einspänner durch die Gassen der griechischen Stadt.

Es hatte ein Weilchen gedauert, bis er die Schrift dieses österreichischen Jungpoeten hatte imitieren können, aber auf dem Schiff war ohnedies nicht viel zu tun gewesen. Jetzt war er darin so geübt, dass er das Testament des Mannes verfassen und von einem Dutzend Notaren hätte überprüfen lassen können.

Perfektion war eine Zier. Perfektion in der Planung, Perfektion in der Ausführung, Perfektion im Abschluss einträglicher Geschäfte.

Friedrich schaute auf der Suche nach der richtigen Formulierung durch das Fenster in den langsam nächtlich dunkelnden Himmel. Sollte er einen kräftigen Satz formulieren oder besser einen hintergründigen? Er tendierte zu letzterem. Schließlich sollte man am Beginn einer Tragödie erst Spannung und Drohung aufbauen. In den ersten Aufzügen das gesamte Pulver zu verschießen, war dichterischer Frevel.

Frevel!

Friedrich erschrak.

Was für ein Frevel!

Er hatte vollkommen die Zeit übersehen. Eilig kramte er nach seiner Taschenuhr. Um Himmels willen, er hatte Carolina versetzt. Schon vor einer halben Stunde hätte er im Hotel erscheinen sollen. Wie peinlich!

Friedrich sprang hoch, raffte schnell seine Papiere zusammen und schloss das Fenster, dann schnappte er sein Sakko und wollte das Zimmer verlassen.

Die Tür war versperrt.

Hatte er sie zugesperrt? Friedrich konnte sich nicht daran erinnern. Egal, wo war der Schlüssel? Hastig suchte er nach ihm. Wo war er? Er durchsuchte alle seine Taschen? Hatte er ihn verloren? Er war verwirrt. Wie hätte er ohne Schlüssel in das Zimmer hineinkommen können? Wo war das Ding? Ärgerlich. Vor knapp einer Stunde hatte Monsieur Belmais geklopft und gefragt, ob er sich einen Bleistift borgen konnte. Hatte der Franzose den Schlüssel an sich genommen, als Friedrich nach dem Bleistift gesucht hatte? Hatte er von außen die Tür versperrt? Das ergab doch keinen Sinn.

Sollte er solange von innen gegen die Tür klopfen, bis ihn jemand hörte und den Portier benachrichtigen konnte? Oder sollte er aus dem Fenster steigen? Friedrich öffnete das Fenster und schaute hinunter. Sein Zimmer lag im dritten Stock, zu hoch für einen Sprung. Die Fassade war glatt, er konnte sich nirgendwo festhalten, also konnte er ohne ein Seil daran nicht hinabklettern.

Er fluchte. Dann hämmerte er gegen die Tür.

—※—

Graf Urbanau erhob sich und streckte seine Beine durch. Die Schmerzen in den Knien waren geringer als befürchtet. Die alten Knochen waren noch gut beisammen. Er verabschiedete sich von den anderen Gästen, die um den Tisch verteilt saßen. Er stieg die Stufen hoch in den ersten Stock. Das Treppensteigen bereitete auch keine Mühe, die ausgedehnten Fußmärsche des heutigen Tages hatten ihm nichts anhaben können. Carolina war von ihrem Spaziergang noch nicht zurückgekehrt, also wollte er die Gelegenheit ergreifen, vor dem Zubettgehen ebenfalls noch ein paar Schritte zu gehen und dabei eine Zigarette zu rauchen. Carolina schaute zwar immer wieder finster, wenn er rauchte, aber Max von Urbanau fand, dass er sich sehr zurückhielt und dem Tabak wenig frönte. Und ja, die Luft auf See und das Maßhalten machten sich bemerkbar, sein Husten hatte nachgelassen, und beim Bergaufgehen war er kaum außer Atem gekommen. Und heute hatte er noch gar nicht geraucht.

Er sperrte sein Zimmer auf und trat ein.

Ein Brief lag auf dem Boden. Offenbar war er unter dem Türschlitz durchgeschoben worden. Graf Urbanau hob das Couvert auf. Es trug keinerlei Beschriftung, also riss er den Umschlag auf und entnahm ihm ein Blatt Papier. Der Brief war mit Bleistift geschrieben worden, die Schrift sah schön, aber auch irgendwie gehetzt aus. Er las.

Die Miene des Grafen verdunkelte sich. Ein Erpresserbrief. Er sollte zwanzigtausend Kronen in ein Couvert packen und damit zu den Ruinen der antiken Thermen kommen, um dort weitere Instruktionen zu erhalten. Und er solle die Polizei auf keinen Fall einschalten, weil dies das Leben seiner Tochter gefährden würde.

Man wollte ihn erpressen! Und bedrohte seine Tochter!

Die Erpressung war das eine, aber in Wahrheit keine Tragödie. Und zwanzigtausend Kronen waren ein Lösegeld, das ihn nicht aus der Fassung brachte. Fast lächerlich wenig. Aber sein Augenlicht, sein Ein und Alles, sein Kind, seine wunderschöne Tochter mit Gewalt, gar mit dem Tod zu bedrohen, war ein völlig inakzeptables Verbrechen. Rasende Wut stieg in ihm auf.

Max von Urbanau verließ sein Zimmer und pochte gegen die Tür des Zimmers seiner Tochter. »Carolina! Bist du hier? Öffne bitte die Tür, wenn du da bist!«

Nichts. Niemand rührte sich im Zimmer. Graf Urbanau ging zurück in seine Räume, stemmte die Fäuste in die Hüften und dachte nach.

Unterzeichnet war der Brief mit dem Namen Friedrich Grüner.

Das war eine Kriegserklärung!

Georg Steyrer marschierte im Eilschritt durch die griechische Stadt auf dem Weg zum Grand Hotel. Er hatte etwas mit seiner Halbschwester zu besprechen. Nach einigen unsteten Jahren hatte er endlich seinen Platz in der Welt gefunden, dieser war an Bord eines Schiffes. Lange Zeit hatte er damit gehadert, dass er zwar der Sohn eines reichen Grafen war, aber dennoch ein Leben in Armut und Elend fristen musste, jetzt aber, wo er die richtige Arbeit für sich gefunden hatte, wusste er, dass er das viele Geld des alten Geizhalses nicht benötigte, dass er vielmehr seinen eigenen Weg gehen konnte, dass er selbst seines Glückes Schmied war. Und diese Erkenntnis und Freiheit wollte er mit seiner geliebten Halbschwester teilen. Sie hatte ihm von den Plänen ihres Vaters erzählt, sie für Monate in ein Kloster zu schicken und sie zu zwingen, irgendeinen adeligen Langweiler zu heiraten. Georg sah ja, wie Friedrich und Carolina einander liebten, er war fast ein bisschen neidisch auf eine so reine und bedingungslose Liebe, und er konnte Friedrich, diesen verrückten, durch und durch ehrlichen Kerl, gut leiden, ja, er fand es nur gerecht, wenn zwei einander liebende Menschen zusammenkamen, daher wollte er Carolina einen Vorschlag unterbreiten.

Sie sollte zu ihm nach Triest ziehen, ohne natürlich ihrem Vater von diesem Vorhaben zu erzählen. Sie sollte sich vom Joch ihres despotischen Vaters befreien und fortgehen. Als Angestellter des Österreichischen Lloyds verdiente Georg genug, um sich bald eine bessere und größere Wohnung leisten zu können. Friedrich und Carolina würden für die Übergangszeit bei ihm wohnen können. Die beiden würden in Triest bestimmt schnell Arbeit finden. Gut gebildete junge Männer und Frauen deutscher Muttersprache wurden in Triest händeringend gesucht. Wahrscheinlich würde Friedrich in nur wenigen Monaten genug verdienen, um selbst einen bescheidenen Hausstand gründen zu können. Ja, Carolina würde auf die Grazer Villa, den steirischen Landsitz, auf Erbe und Titel, auf die Dienstboten und Fahrer verzichten müssen, aber sie würde die Freiheit erlangen, ihr Leben selbstverantwortlich zu führen. Die paar Monate bis zu ihrem einundzwanzigsten Geburtstag würde Georg als ihr Halbbruder den Behörden gegenüber die Vormundschaft übernehmen, und danach war sie eine erwachsene Frau und konnte selbst Entscheidungen treffen, sich auch selbst den Ehemann aussuchen.

Diesen Plan wollte er mit ihr besprechen, und deswegen eilte er in Richtung des Grand Hotels.

Und natürlich war auch ein Teil dieses Planes, dem Grafen Urbanau die Tochter zu nehmen. Georg sähe es gern, den selbstsüchtigen Tyrannen mit all seinem Vermögen in ein einsames und finsteres Lebensende zu stürzen. Das war die Rache für den frühen Tod seiner Mutter und für das Elend, in dem Georg aufgewachsen war. Es fühlte sich gut an, für Gerechtigkeit zu sorgen.

Georg näherte sich dem Grand Hotel von hinten. Er wollte nicht durch das Portal am Portier vorbei zur Komtess gehen. Niemand musste von dieser Unterredung wissen. Georg stand im Schatten eines Hauseinganges und überlegte, wie er Carolina diskret erreichen konnte. Er wusste leider nicht, in welchem Zimmer sie untergebracht war. Sollte er einem Piccolo für ein tüchtiges Trinkgeld einen Zettel überbringen lassen? Oder sollte er sich beim Portier nach dem Zimmer der Komtess erkundigen?

Da sah er, wie auf der gegenüberliegenden Straßenseite eine Person den Hotelpark durch den Hinterausgang verließ und an der Mauer entlang fortschlich. Obwohl er ein gutes Stück entfernt stand, konnte er die Person eindeutig erkennen. Georg kniff die Augen zusammen und dachte scharf nach. Was hatte das zu bedeuten? Warum verließ Graf Urbanau nicht standesgemäß mit breiter Brust in voller Equipage das Hotel durch den Vordereingang, sondern wie ein Ganove auf leisen Sohlen durch den Hintereingang?

Georg schätzte die Entfernung ab und machte sich auf den Weg. Dieser Sache musste er auf den Grund gehen.

─⊙─

Bruno verfolgte, wie sich nach und nach der Park lichtete. Die Passagiere der Thalia mussten offenbar den Strapazen des Tages Tribut zollen. Noch war die Komtess nicht von ihrem Spaziergang zurückgekehrt. Natürlich war es Bruno nicht entgangen, dass sich Carolina von Urbanau, anders als sie es ihm gesagt hatte, wieder einmal vom Hotel entfernt hatte. Wohin sie unterwegs war, war nicht schwer zu erraten. Friedrich Grüner und die Komtess waren geradezu unzertrennlich. Der Graf hatte sich bereits in sein Zimmer zurückgezogen.

Bruno sah, wie die Kinder des Ehepaares Teitelbaum, die liebreizende Rosa und der naseweise Franz, gemeinsam mit

Klara Steinhauer von ihrem Spaziergang zurückkehrten. Die beiden Kinder hatten Klara ins Herz geschlossen und kümmerten sich rührend um sie, während Klara es sichtlich genoss, jugendliche und so lebhafte Freunde gefunden zu haben. Schon bei der Besichtigung der Ausgrabungen in Ephesus waren die drei gemeinsam unterwegs gewesen, und auch heute in Mykene waren sie unzertrennlich gewesen. Bruno hatte noch verfolgt, wie die kleine Gruppe nach dem Abendessen zu einem Spaziergang aufgebrochen war und wie bald darauf Klaras Schwester Senta Oberhuber und Winfried Mühlberger wie vom Erdboden verschluckt waren, so wie auch das Ehepaar Teitelbaum sich sehr bald in seine Gemächer zurückgezogen hatte. Man musste kein Inspector I. Klasse im Dienst des k.k. Polizeiagenteninstituts sein, um Menschliches, Allzumenschliches zu verstehen.

»Guten Abend, Signor Zabini«, grüßte Rosa.

»Guten Abend. Konnten Sie interessante Erkundungen in der Stadt anstellen?«

»Das ja. Wir haben sogar das antike Theater gesehen. Aber nur aus der Ferne. Morgen kommen wir ohnedies dort hin. Ich bin schon sehr gespannt«, sagte Rosa.

»Mir haben die hohen Mauern und das Löwentor in Mykene sehr gut gefallen«, sprudelte Franz hervor.

»Oh ja, diese waren sehr imposant.«

»Diese Mauern sind nur mit der Kraft der Muskeln und mit Hebeln und Rampen errichtet worden«, erklärte Franz.

»Die alten Griechen waren meisterhafte Bauleute.«

»Und große Krieger!«

»Seid ihr noch nicht müde?«, fragte Bruno die drei, sah dabei vor allem Klara an, die tatsächlich etwas erschöpft wirkte.

»Doch, schon ein bisschen«, sagte sie.

»Ich noch nicht«, sagte Franz.

»Du bist unermüdlich, junger Freund.«

»Ja. Wie die Komtess.«

Bruno spitzte die Ohren. »Die Komtess? Habt ihr die Komtess während des Spaziergangs gesehen?«

»Franz hat sie angeblich gesehen«, warf Rosa ein. »Klara und ich nicht. Weil er immer irgendwo herumläuft. Aber ich glaube, er hat sich geirrt. Warum sollte die Komtess zu einem fremden Mann auf die Kutsche steigen?«

Bruno zog die Augenbrauen hoch und wandte sich Franz zu. »Das hast du gesehen?«

»Ja. Aus der Ferne.«

»Und du hast die Komtess eindeutig erkannt?«

»Natürlich. An ihrem Kleid.«

»Und sie ist zu einem fremden Mann auf die Kutsche gestiegen?«

»Ich habe den Mann nur von hinten gesehen. Ich weiß nicht, ob er ein Fremder ist.«

»Könnte es jemand vom Schiff gewesen sein? Etwa Herr Grüner?«

»Das weiß ich nicht. Wie gesagt, ich habe ihn nur von hinten gesehen.«

»Wo war das?«

»Auf der Straße, die raus aus der Stadt führt.«

»Es gibt mehrere Straßen, die aus der Stadt hinausführen.«

»Die Straße in Richtung Osten.«

»Und du weißt gewiss, dass es die Straße nach Osten war?«

»Natürlich. Ich kann doch die Himmelrichtungen bestimmen! So etwas müssen Sie mich nicht fragen, Signor Zabini«, sagte der kleine Franz fast beleidigt.

Brunos Puls rumorte, sein Nacken war gespannt, doch nach außen versuchte er eine heitere Miene zu präsentieren. »Ja, bestimmt ist die Komtess noch nicht müde. Geht jetzt auf eure Zimmer. Es ist schon spät.«

Bruno begleitete die drei in das Foyer, eilte jedoch gleich die Treppe hoch und klopfte zuerst an der Tür der Komtess, dann an jener des Grafen. Keiner der beiden öffnete ihm. Hastig lief er wieder hinunter und rannte auf den Portier zu. Bruno musste mit ihm Französisch sprechen, denn der Portier verstand weder Italienisch noch Deutsch.

»Entschuldigen Sie bitte, aber haben Sie den Grafen Urbanau gesehen?«

»Ja, Monsieur, der Graf ist vor einem Weilchen nach oben auf sein Zimmer gegangen.«

»Ist er wieder heruntergekommen?

»Nicht dass ich wüsste.«

»Und haben Sie die Komtess gesehen?«

»Die Komtess hat vor ungefähr einer Stunde das Hotel verlassen.«

»Haben Sie sie seitdem gesehen?«

»Nein.«

Die Sache stank zum Himmel. »Ist das Zimmer des Grafen mit einem Telephon ausgestattet?«

»Ja. Soll ich ihn für Sie anrufen?«

»Ich bitte darum.«

Der Portier stellte sich an den Wandapparat und wählte die Nummer. Er wartete ein Weilchen und hing dann den Hörer auf. »Der Graf hebt nicht ab.«

»Vielen Dank für die Mühe.«

»Sie wirken beunruhigt, Monsieur. Kann ich Ihnen behilflich sein?«

»Vielleicht. Haben Sie einen gedruckten Stadtplan?«

»Ja, einen solchen kann ich Ihnen zur Verfügung stellen.«

»Vielleicht auch mehrere?«

»Ich habe zwei.«

»Ich benötige beide. Setzen Sie diese auf meine Rechnung. Haben Sie auch ein Fernglas und eine Lampe?«

»Ich denke, im Magazin sollten wir beides finden.«

»Ich muss mir die Dinge ausleihen.«

Der Portier winkte einem Angestellten. »Es wird ein paar Minuten dauern.«

»Vielen Dank. Ich hole das Fernglas und die Lampe dann hier bei Ihnen.«

»Sehr wohl, Monsieur.«

Damit eilte Bruno wieder hinaus in den Hotelpark, wo sich die Offiziere und die Matrosen etwas abseits aufhielten, rauchten und Karten spielten. Sie schauten Bruno überrascht an, als dieser zwischen sie fuhr und auf einem Tisch den Stadtplan ausbreitete.

»Signori, wir haben zu tun!«

⚜

Als die Kutsche die Stadt hinter sich gelassen hatte, war Carolina die Situation immer merkwürdiger vorgekommen. Warum sollte Friedrich außerhalb der Stadt auf sie warten? Und was konnte das für eine Überraschung sein? Und warum hatte er Monsieur Belmais damit beauftragt, sie mit der Kutsche zu fahren? Monsieur Belmais war während der Fahrt zwar immer höflich gewesen, hatte sich aber stets im Hintergrund gehalten und war auf Distanz geblieben, so hatte sich niemand mit ihm angefreundet, aber auch niemand hatte Anstoß an seiner Anwesenheit an Bord genommen. Ein unscheinbarer Passagier. Und jetzt sollte er einen derart privaten Dienst für Friedrich übernehmen? Diese Idee war Carolina immer unglaubwürdiger erschienen. Also hatte sie Monsieur Belmais gebeten, die Kutsche anzuhalten und sie absteigen zu lassen.

Woraufhin der Mann sie mit einem Blick angesehen hatte, der Carolina kalte Schauer über den Rücken gejagt hatte. Monsieur Belmais hatte, ohne mit der Wimper zu zucken, einen Revolver gezogen, den Hahn gespannt und sie ohne ein weiteres Wort bedroht.

Was hätte sie angesichts der Waffe tun sollen? Sie war dem Mann ausgeliefert, sie selbst hatte sich ihm durch ihre Leichtgläubigkeit anvertraut.

Bei einer Brücke hatte der Einspänner die Straße verlassen und war ein Stück einen Feldweg entlanggerollt. In einem Wäldchen unweit des ausgetrockneten Flussbetts stand eine niedrige Hütte. Wohl der halb verfallene Unterstand von Hirten. Belmais hatte sie in die Hütte geschoben, sie auf eine muffige Matratze geschubst, ihr einen Knebel in den Mund gesteckt und sie an Händen und Füßen gefesselt. Danach hatte er ihr eine Schlinge um den Hals gelegt, diese eng, aber nicht zu eng zusammengezogen, und diese Schlinge an einem Haken in der Mauer festgebunden.

So saß sie gefesselt, geknebelt und völlig außerstande, sich zu bewegen auf dem Boden der Hütte und sah als Letztes, wie Monsieur Belmais ihr eine Augenbinde anlegte. Die Welt rundum verschwand in Angst und Finsternis.

Ja, es waren Angst und Schrecken, die Monsieur Belmais mit jedem Handgriff, mit jedem Blick, mit jedem Atemzug verbreitete. Er wirkte wie ein gefährliches Raubtier unmittelbar vor dem Sprung.

Carolina betete still. Ihr Leben war also nur kurz gewesen. Ein junger Tod. Traurigkeit drängte nach und nach die Angst zur Seite. Sie wäre gern die Mutter von Friedrichs Kindern geworden. Sehr gerne.

Dann hörte sie knarrende Dielen und wie die Tür verriegelt wurde. Die weiteren Geräusche waren unklar und verwirrend. Vielleicht war das, was sie vernahm, das Anschirren oder Abschirren eines Pferdes, vielleicht waren ihr nur Erinnerungen an die glücklichen Tage auf dem Landgut ihrer Eltern in den Sinn gekommen, als sie mit den Kindern des Gutsverwalters im Stall unbeschwert bei den Pferden gespielt hatte.

Die Zeit verlor jede Bedeutung. Würde sie Friedrich wiedersehen? Einmal noch mit ihm lachen, einmal noch ihn küssen, einmal noch bei ihm liegen können?

~∞~

Max von Urbanau schaute sich um. Der Himmel war sternenklar, kein Lüftchen wehte, keine Wolke trübte den Blick empor zum Firmament. Die Steinwände der antiken Therme warfen im Mondlicht bizarre Schatten. Ein Tag noch bis Vollmond, der Nachthimmel war überraschend hell und die Sicht trotz der vorgerückten Stunde gut. Methodisch suchte er die Gegend ab. Wo waren Verstecke, wo Rückzugsräume und wo Angriffsflächen? Er war geboren für Kampf und Krieg. Das hatte er als junger Mann festgestellt, als er mit seinem Bataillon in die große Schlacht gezogen war, das hatte sich in den Jahren als Offizier bestätigt und war in seiner Zeit als Attaché des Kriegsministeriums nicht anders gewesen. Auch in dieser Periode seines Diensts im Auftrage des Kaisers war er Soldat geblieben, nur hatte er damals nicht Uniform, Gewehr und Tornister getragen, sondern Gehrock, Hut und Aktentasche. Jedem Kampf seine entsprechende Montur und Ausrüstung.

Auch hier war er gut gerüstet. Gewehr und Säbel lagen verstaut im Koffer auf der Thalia. Jetzt war er mit seinem Revolver für ein Gefecht und mit dem Jagdmesser für den Nahkampf unterwegs, und er hatte sein Fernglas dabei. Nichts konnte ihn überraschen, rein gar nichts, und wenn der Entführer seiner geliebten Tochter auch nur ein Haar krümmte, würde die unbeschreibliche Rache mit Feuer und Zorn über ihn hereinbrechen.

Wo war der Hinweis, von dem dieser junge Lump geschrieben hatte? Er hatte diesem angeblichen Schauspieler von Anfang an misstraut. Und wie sich dieser Kerl an seine Tochter angeschlichen hatte! Das ergab nun alles einen Sinn. Er hatte sein schändliches Vorhaben offenkundig systematisch vorbereitet.

Keine Frage, sobald Carolina in Sicherheit war, würde er diesem Friedrich Grüner die Haut abziehen. Nicht nur sprichwörtlich! Er würde nicht zu halten sein. Max von Urbanau hatte als treuer Soldat nicht nur einmal bewiesen, dass er im Kampf gegen sich und andere keine Gnade walten ließ.

Vorsichtig schlich er durch die Ruinen der Therme. Auf einem kleinen Hügel sah er einen auffällig in den Boden gerammten Stock. Graf Urbanau lauerte eine Weile und blickte sich sorgsam um. Bis auf das Zirpen der Grillen lag Stille über den Ruinen. Er erhob sich und ging auf den Stock zu. Am oberen Ende war eine Kerbe in das Holz geschnitten, in dem ein zusammengefaltetes Papier steckte. Max von Urbanau nahm es an sich und las.

Der angekündigte Hinweis. Der Entführer wollte also spielen. Nun gut, dem Grafen war nach einem Spiel zumute. Es würde ein blutiges Vergnügen werden.

※

Schade, dass er dem Grafen nicht früher begegnet war, als dieser noch kein lebendes Wrack gewesen war. In jüngeren Jahren wäre Max von Urbanau zweifellos ein respektabler Gegner gewesen, man sah ihm den militärischen Instinkt förmlich an. Und seine Grausamkeit. Ganz gewiss hatte der Graf in seiner Dienstzeit viele Männer mit Akribie und Leidenschaft getötet. Darin kannte sich Belmais aus. Weil er sich auf das Töten verstand.

Die süße Komtess war wie Butter im Sonnenlicht zerflossen, als er ihr die Waffe unter die Nase gehalten hatte. Ein nachgerade erotisierendes Schauspiel. Ja, er war auf eigentümliche Weise erregt gewesen.

Es hatte sich gelohnt, schon vor sechs Wochen Maßnahmen getroffen zu haben, als er erfahren hatte, dass der Graf und seine Tochter Fahrkarten für eine Schiffsreise erworben hatten. Die Informanten des Beys hatten verlässliche Quellen, also hatte er den Fahrplan der Thalia studiert, war mit dem nächstbesten Schiff zuerst nach Piräus, dann nach Nafplio gefahren und hatte hier im Hinterland von Argos die nötigen Vorkehrungen getroffen.

Dann war er mit dem Eildampfer nach Triest gefahren und hatte auf eine passende Gelegenheit gelauert. Diese war ihm in Gestalt seines Landsmanns Gilbert Belmais erschienen.

Es würde ein Meisterwerk werden. Die hohe Belohnung hatte er sich redlich verdient.

Der Mann, der sich Gilbert Belmais nannte, hatte den Ort des Hinterhalts sorgsam ausgewählt. Ein sehr gutes Versteck. Er kauerte sich zu Boden. In Griffweite lagen sein Tornister, das Fernglas und das Gewehr, am Leib trug er einen Revolver und einen Dolch. Munition befand sich in ausreichender Menge im Tornister, aber er würde nur eine einzige Kugel benötigen. Alles andere war reine Vorsichtsmaßnahme, falls dieser lächerliche Triestiner Polizist einen Geistesblitz haben sollte und es schaffte, seine Fährte aufzunehmen.

Er wünschte sich fast, dass es auch mit diesem Mann zu einer Begegnung kommen würde, aber er legte es nicht darauf an. Schließlich gab es nur für den Grafen einen Preis zu holen, alles andere war Beiwerk.

Die Komtess war kein Beiwerk, die Komtess würde Vergnügen werden, die Komtess würde dem Unterfangen strahlenden Glanz verleihen.

Heute Nacht.

Die Krawatte hatte er abgenommen und in die Tasche des Sakkos gesteckt. Unnützer Ballast. Wenig später hatte er, ohne innezuhalten, das Sakko ausgezogen. Bruno lief und lief. Er lief schon seit über einer halben Stunde, die Lampe in der einen Hand, sein Sakko in der anderen, um seinen Hals geschlungen hing das Fernglas, sein Revolver steckte im Halfter. Schweiß strömte ihm aus allen Poren.

Die Wachmannschaft der Thalia hatte sich in zwei Gruppen aufgeteilt. Der Erste Offizier, der Bootsmann und drei Matrosen waren in der Stadt geblieben, streiften durch die Gassen und sicherten die Durchzugsstraßen. Der Zweite Offizier, drei Matrosen und Bruno hatten im Eilmarsch die Stadt in östlicher Richtung verlassen. Kurz hinter dem Stadtrand hatten sie sich aufgeteilt. Seither rannte Bruno über verschiedene Feldwege auf der Suche nach Spuren. Es war ein Lauf gegen die Verzweiflung. Wie sollte er bei Nacht auf steinigen Feldwegen die Spuren einer Kutsche finden? Was, wenn der fremde Mann und die Komtess schon meilenweit entfernt waren? Was, wenn sich der Graf ein Pferd besorgt hatte und im gestreckten Galopp auf und davon geritten war? Es war zum Haareraufen. Dennoch lief er weiter.

Er schlug sich durch das Dickicht am Ufer eines ausgetrockneten Flussbetts. Im Moment hatte er nicht die Zeit, um auf der Karte den Namen des Flusses nachzulesen. Der Karst im Hinterland Triests war ihm gut bekannt, aber der Karst hier auf dem Peloponnes war von gänzlich anderer Beschaffenheit. Sehr viel härter, rauer und trockener war die Gegend um die Stadt Argos, sprödes Land unter einer unerbittlich glühenden Sonne. Der Karst im Küstenland war im Vergleich zu dieser Gegend sanftes Grünland. Zumindest empfand Bruno es so, als er über Steine sprang, Dornenhecken auswich und hoffte, dass er sich hier nicht bei einem Sturz die Beine brechen würde. Immerhin kam ihm das helle Mondlicht zu Hilfe.

Er entdeckte aus der Ferne ein von Sträuchern überwuchertes Dach aus rohen Stämmen und Steinen. Sofort ging Bruno in Deckung und setzte das Fernglas an seine Augen. Er sah herzlich wenig, einerseits wegen der Dunkelheit, andererseits, weil sich die hinteren Linsen des Feldstechers beschlugen. Er wischte die Linsen trocken und setzte den Feldstecher erneut an. Nach Kurzem beschlugen sich die Linsen erneut. Kein Wunder, er schwitzte und atmete stark. Deshalb wiederholte er das Spiel mehrmals, hindurchblicken und wischen. Nach mehreren Versuchen hatte er ein klareres Bild vor Augen. Ein paar Dutzend Meter voraus befand sich eine rohe Hütte, die wohl den Bauern oder Hirten der Gegend als Unterschlupf diente. Die Mauern waren aus aufgeschichteten Steinen ohne Verputz gefertigt, das Dach bestand aus Stämmen, die mit Steinen beschwert waren. Die Tür war aus Holz, und das einzige Fenster in der Mauer war von einem Fensterladen verschlossen. Die Hütte besaß keinen Kamin, aber einen steinernen Rauchabzug. Möglicherweise hatten Hirten schon vor zweitausend Jahren die Steine dieser Hütte aufgeschichtet, und bis auf die Tür und den Fensterladen mochte innen wie außen alles noch so sein wie damals.

Ein ideales Versteck. Wenn er nicht am Flussbett entlanggelaufen wäre, sondern auf der anderen Seite des Dickichts bei den Feldern, dann hätte er diese Hütte nicht entdeckt. Bis auf das Zirpen der Grillen lag der Ort in völliger Stille.

Bruno legte das Sakko neben sich und stellte die Öllampe ab. Natürlich hatte er den Docht nicht entflammt. Beim Laufen hätte das Licht der Lampe nichts gebracht, im Gegenteil, es hätte ihn von Weitem sichtbar gemacht. Auch jetzt würde ihn das Licht nur verraten.

Er dachte fieberhaft nach. Konnte es sich so ereignet haben? Ein Mann entführt die Komtess, um den Grafen aus der Deckung zu locken? Oder war die Komtess einfach nur zu einem freundlichen Fremdenführer auf die Kutsche gestiegen, der ihr ein nächtliches Phänomen zeigen wollte? Und hatte der

Graf nur einen harmlosen Spaziergang unternommen? Hatte er die Seeleute umsonst aufgeschreckt? Oder hatten die Attentäter diesmal ihr Ziel erreicht und sowohl Graf Urbanau als auch seine Tochter waren erdolcht worden?

Bruno schob alle Zweifel zur Seite und zog seinen Revolver. Vorsichtig duckte er sich im Schatten der Bäume und Sträucher und schlich näher an die Hütte heran. Von hinten gelangte er an sie und presste sich gegen die Mauer. Er lauschte.

Nichts. Keine Geräusche.

Bruno schaute sich noch einmal um. Der schmale Weg zur Hütte lag vor ihm. Im Mondlicht würde er von seiner gegenwärtigen Position aus jeden sehen, der sich der Hütte näherte.

Bruno schaute nun um die Ecke auf die Vorderseite. Da erkannte er unter einem dichten Gebüsch neben der Hütte einen Wagen. Zuvor hatte er das Fahrzeug nicht entdecken können, dazu befand es sich zu tief im Schatten. Bruno sah nicht viel von dem Wagen, nur ein paar Formen und Umrisse, aber er konnte erkennen, dass das kein schwerer Ochsenwagen oder roher Eselskarren war, sondern ein leichter Pferdewagen. Das könnte der Wagen sein, auf den die Komtess gestiegen war.

Vorsichtig tastete er nach dem Riegel der Tür. Dieser war nicht vorgeschoben, aber mit einem Holzkeil festgeklemmt. Somit konnte man den Riegel von innen nicht öffnen. Dann sah er sich den Fensterladen an, hob das verwitterte Holz ein Stückchen hoch. Die Fensteröffnung war winzig, höchstens ein Kind würde sich durch die Öffnung quetschen können, niemals ein Erwachsener.

Ein ideales Gefängnis.

Sicherheitshalber schlich er noch einmal um die Hütte. Er konnte niemanden entdecken und offensichtlich war er auch noch in keine ausgelegte Falle getappt. Wieder stellte sich Bruno vor die Tür. Den Keil, der den Riegel fixierte, würde er nicht geräuschlos entfernen können. Er kaute auf seinen

Lippen und steckte den Revolver in das Halfter. Dann packte er mit beiden Händen den Keil, riss heftig daran, ließ sich zur Sicherheit zu Boden fallen und rollte zur Wand.

Der Riegel sprang scheppernd auf. Bruno befürchtete, das Geräusch würde sein Trommelfell zerreißen, so laut kam es ihm vor.

Niemand eröffnete das Feuer, entzündete Fackeln, knallte mit Peitschen oder schoss Brandpfeile auf ihn ab. Stille. Einfach nur Stille. Erst jetzt bemerkte Bruno, dass er sich die Schulter an einem Stein gestoßen hatte. Der Schmerz durchzuckte ihn und war doch unendlich fern. Nicht schlimm, ein blauer Fleck würde bleiben, weiter nichts.

Er erhob sich und stellte sich neben den Eingang, griff nach dem Riegel und öffnete die Tür. Vorsichtig spähte er hinein.

Er sah nichts. Das Innere der Hütte lag im Dunkeln.

»Ist da jemand?«, rief er auf Deutsch.

Zuerst blieb alles still, doch nach einer Schreckenssekunde hörte er Geräusche. So als ob jemand mit einem Knebel im Mund rufen würde. Die Stimme klang weiblich.

»Sind Sie allein?«

Wieder die erstickten Laute. Bruno betrat die Hütte und entflammte ein Streichholz.

Die Komtess saß gefesselt und geknebelt auf dem Boden.

»Ich bin es, Bruno Zabini. Bleibt ruhig, Carolina. Ich befreie Euch.«

Bruno kniete sich neben sie und entfernte zuerst den Knebel, dann die Augenbinde.

»Es war Monsieur Belmais«, würgte Carolina hervor.

»Belmais? Verdammt! Ich bin ein Dummkopf!«

»Mein Vater ist in Gefahr!«

»Zuallererst bringe ich Euch in Sicherheit.«

Max von Urbanau folgte dem Pfad bergauf. Zum Glück war die Nacht hell, bei Neumond hätte er ohne Lampe nicht so schnell gehen können, überall lagen Steine herum, über die er gestolpert wäre, und der Weg hatte unzählige Schlaglöcher, in denen er sich den Knöchel hätte verstauchen können. Die Stadt hatte er ein gutes Stück hinter sich gelassen. Er durchquerte einen weitläufigen Olivenhain, bis er zu einem Teil des Weges kam, der in Serpentinen einen kurzen steilen Hang hinaufführte. Was wartete auf ihn am Ende des Weges? Der Graf stieg hoch und kam nach ein paar Minuten schweißtreibenden Anstiegs an eine Kuppe.

Max von Urbanau ging hinter einem Felsen in Deckung und schaute sich um. Hinter ihm lagen der Olivenhain und einige Felder am Stadtrand, vor ihm der Trampelpfad über die Hügelkuppe. Der Weg darüber führte zu mehreren höher liegenden Hügeln. Kein Baum, kein Gebüsch oder Felsbrocken bot Schutz, das Terrain lag offen vor ihm. Sein militärischer Instinkt rief mit aller Gewalt: Vorsicht! Graf Urbanau griff nach seinem Fernglas und ließ den Blick über die Hügel gleiten.

Ein optimaler Ort für einen Hinterhalt.

Schon auf den ersten Blick mit dem Feldstecher sah er drei mögliche Positionen, in denen er seine Infanteristen in Stellung hätte gehen lassen. Jeder, der diese ungeschützte, im klaren Mondlicht gut einsehbare Kuppe überqueren wollte, müsste sich durch ein infernalisches Kreuzfeuer schlagen.

Und da! Mitten auf der Kuppe nur ein paar Schritte neben dem Pfad steckte ein Holzstock im Boden. Max von Urbanau duckte sich hinter dem Felsen. Dort also war der nächste Hinweis. Eine allzu plumpe Falle. Würde er wirklich zu diesem Stock gehen, um dort nach der nächsten Nachricht des Entführers zu suchen, böte er ein ideales Ziel für einen Heckenschützen.

Max von Urbanau zog seinen Revolver und wartete. Er war sich mittlerweile sicher, dass die Lösegeldforderung bloß eine

Finte war. Bestimmt hatte der Attentäter Carolina in seine Gewalt gebracht, aber nicht, um sie für einen Geldbetrag wieder laufen zu lassen, sondern um einen Köder in der Hand zu haben. Das Ziel war es, einen gezielten Schuss aus dem Hinterhalt abfeuern zu können. Also lag für Graf Urbanau die Schlussfolgerung nahe, dass, sofern seine Tochter überhaupt noch am Leben war, er zuerst diesen Attentäter töten musste.

Graf Urbanau musste damit rechnen, dass der Heckenschütze ihn gesehen hatte, als er näher gekommen war, aber da noch kein Schuss gefallen war, lag sein Versteck offenbar außerhalb des Schussfeldes. Dennoch brauchte er einen anderen Unterschlupf mit besserem Blick auf die Hügelkette hinter der Kuppe.

Die Schlacht begann. Er war vorbereitet und wartete darauf, dass der Attentäter einen Fehler begehen würde. Dann würde Blut fließen.

Sie hatten nicht auf die beiden Matrosen warten können, die noch durch die Gegend streiften. Also waren Lorenzutti, ein Matrose und Bruno mit der Komtess losmarschiert. Der Offizier hatte am vereinbarten Treffpunkt als Zeichen für die beiden Männer mit mehreren Steinen einen Pfeil in Richtung Stadt gelegt. Das musste reichen. Die Komtess hatte ihre Gefangennahme äußerlich beinahe unversehrt überstanden, nur an den Handgelenken hatte das eng gebundene Seil Druckstellen hinterlassen. Sie war buchstäblich mit dem Schrecken davongekommen.

Bruno und der Matrose trugen Lampen und beleuchteten den Weg, aber auf der gut planierten Straße war das nicht nötig. Sie näherten sich dem Stadtrand. Bruno hatte jedes Zeitgefühl verloren, er wusste nur, dass der Mond schon eine ganze Weile über den Nachthimmel wanderte. Durch die Aufregung fühlte er sich nicht müde oder erschöpft, im Gegenteil. Die Straßen der Stadt lagen in nächtlicher Stille vor ihnen. Nach einer Weile erreichten sie das beleuchtete Grand Hotel. Sie betraten das Foyer. Der Portier saß mit müden Augen hinter seinem Tresen, doch als er die Komtess erblickte, sprang er hoch, eilte ihr entgegen und begrüßte sie. Von der Sitzgruppe im hinteren Bereich der Lobby rannte Friedrich auf die Gruppe im Eingangsbereich zu. Wortreich begrüßte er Carolina, griff sogar nach ihren Händen und drückte diese. Bruno sah, wie glücklich er war, dass sie wohlbehalten ins Hotel zurückgekehrt war. Nachdem er davon in Kenntnis gesetzt worden war, dass Bruno und die Seeleute auf der Suche nach ihr waren, hatte er sich keinen Augenblick vom Fleck gerührt und auf sie gewartet. Zweifelsfrei hatte er in den letzten Stunden Höllenqualen durchlitten. Auch der Erste Offizier Silla eilte herbei. Er hatte im Hotel Stellung gehalten, während die anderen Männer durch die Stadt streiften. Silla schüttelte Bruno anerkennend die Hand und zog ihn sowie Offizier Lorenzutti beiseite.

»Meine Güte, Signor Zabini, was bin ich froh, dass Sie die Komtess gefunden und befreit haben. Nicht auszudenken, wenn ihr etwas zugestoßen wäre.«

Bruno nickte zustimmend. »Allerdings, es wäre eine Katastrophe gewesen. Wissen Sie etwas über den Aufenthaltsort des Grafen?«

»Nein. Noch keine Spur, keinen Hinweis. Wir wissen nichts.«

»Wie sollen wir weiter vorgehen?«, fragte Lorenzutti.

Silla flüsterte. »Noch ist es mir gelungen, den Portier bei Stange zu halten. Er wollte natürlich die hiesige Polizei einschalten, das habe ich ihm ausreden können. Aber jetzt, wo die Komtess wohlbehalten zurück ist, wird er wohl für eine Weile mit dem Anruf bei der Polizeiwache zuwarten.«

»Wir müssen den Grafen ehestmöglich finden«, brummte Bruno.

»Aber wie?«, fragte Lorenzutti. »Es war schon eine äußerst glückliche Fügung, dass wir von diesem Knaben einen richtigen Hinweis erhalten haben und dass Sie, Signor Zabini, an diesem Versteck nicht vorbeimarschiert sind.«

»Ja, wir haben Glück gehabt. Noch einmal derartiges Glück in einer Nacht dürfen wir kaum erwarten.«

Das Portal wurde von außen geöffnet, und es traten der Bootsmann, zwei Matrosen und der Oberkellner ein. Als Letzterer die Komtess sah, lief er auf sie zu und umarmte sie innig. Alle im Raum anwesenden Männer, außer Friedrich, verfolgten die Begegnung mehr als irritiert. Was für eine unglaubliche Intimität sich der Oberkellner gegenüber der Komtess herausnahm! Und noch seltsamer, die Komtess umarmte ihrerseits auch den Oberkellner. Ungeheuerlich. Auch Bruno war überrascht. Er ging auf die beiden zu.

»Carolina! Was bin ich glücklich, dich zu sehen! Wie geht es dir?«, fragte Georg.

»Ich bin ein bisschen erschöpft, aber es geht mir gut.«

»Wo bist du gewesen? Was ist geschehen?«

»Monsieur Belmais hat mich entführt, gefesselt und in einer Hütte zurückgelassen. Ich fürchte, dieser Mann ist jetzt hinter Papa her.«

»Aber wie konntest du dich befreien?«

»Signor Zabini hat mich befreit.«

Georg schaute Bruno an und reichte ihm die Hand. »Vielen Dank, Signor Zabini, dass Sie meine Schwester befreit haben.«

Bruno schüttelte die dargebotene Hand. »Schwester? Die Komtess ist Ihre Schwester?«

»Halbschwester. Tun Sie nicht so überrascht, so etwas kommt in den besten Familien vor. Ja, ich bin ein Bastard des Herrn Grafen. Hat meine Mutter behauptet, und ich glaube das auch, aber der Herr Graf hat das in einem Gerichtsverfahren anfechten lassen. Offiziell ist mein Vater unbekannt. Dennoch, Carolina und ich wissen seit Langem, dass dasselbe Blut in unseren Adern fließt.«

Noch bevor Bruno etwas erwidern konnte, trat Signor Valenti, der Bootsmann, in die Runde. »Signori, bitte besprechen Sie alles Weitere später. Herr Steyrer hat eine Beobachtung gemacht.«

»Ja, das habe ich!« Georg wandte sich an den Ersten Offizier. »Signor Silla, ich habe den Grafen gesehen.«

»Wo?«, rief Silla.

»Bei der antiken Therme. Ich habe gesehen, wie er mit schnellen Schritten die Stadt in Richtung der Felder verlassen hat.«

»Wann war das?«

»Vor etwa einer Stunde. Eine Zeit lang bin ich ihm gefolgt. Bis zu einem Olivenhain. Offenbar hat der Graf ein bestimmtes Ziel vor Augen. Warum hätte er sonst bei Nacht den Weg in die Hügel genommen? Ich bin dann zurück zur Stadt gegangen, weil mir nicht klar war, warum und wohin er unterwegs war. Und als ich Signor Valenti getroffen habe, habe ich erfahren, dass Carolina und der Graf gesucht werden. Deswegen sind wir auf direktem Weg hierhergekommen.«

»Werden Sie den Weg, den der Graf genommen hat, wiederfinden?«

»Selbstverständlich.«

Offizier Silla dachte kurz nach und wandte sich dann an die anwesenden Männer. »Wir brechen sofort auf. Ich führe das Detachement. Steyrer, Sie bleiben an meiner Seite. Lorenzutti, Valenti, Zabini, Sie brauche ich. Und zwei Matrosen.«

Bruno fasste Carolina ins Auge. »Euer Gnaden, bitte begebt Euch in Euer Zimmer und versperrt die Tür. Wir stellen Männer als Wache ab. So Gott will, werden wir Eurem Vater beistehen.«

～∞～

Er überlegte, die Stellung zu verlassen und sich näher an sein Ziel heranzuschleichen. Seit über einer Stunde belauerten sie sich gegenseitig. Natürlich hatte er verfolgt, wie der Graf über den Berghang emporgestiegen war. Die alte Hyäne hatte den Köder nicht geschluckt, sondern war in Deckung gegangen, ehe der platzierte Schuss möglich gewesen war. Der Graf hatte das aus seiner Sicht einzig Richtige getan: Er hatte sich ein Versteck gesucht und sich weder vor- noch zurückbewegt. Denn nicht nur die offene Bergkuppe lag im Schussfeld des Gewehres, sondern auch ein Stück des Weges am Berghang. Wäre der Graf sehr schnell auf den Beinen, so könnte er das Wegstück entlangrennen und so mit etwas Glück der Kugel entkommen. Er könnte auch am Boden kriechen, um sich aus dem Gefahrenbereich zu entfernen. Allein ein Rückzug würde seine Tochter nicht zurückbringen. Der Graf hatte also keine Alternative, er musste früher oder später den Kampf suchen und sich somit vor Kimme und Korn begeben.

Die Tötung des Grafen würde sowohl ein Akt der Gnade wie auch der Höhepunkt dieser wochenlangen Inszenierung sein. Der Tod verlangte seinen Tribut. Dieser musste bezahlt werden.

Und danach würde er eine Opiumpfeife rauchen und sich der liebreizenden Komtess widmen. Opium erzeugte wohlige erotische Visionen. Das hatte er sich nach den Mühen redlich verdient. Und er würde sich dieses leidigen Namens entledigen. Eine neue Existenz wartete auf ihn. Und schon bald ein neues Abenteuer. Und natürlich neue Tote.

Der Mond zog seine Bahn am sternenklaren Himmel.

Wann würde der störrische Esel endlich aus seinem Versteck kommen?

⁓☙⁓

Friedrich saß in einem Ohrenstuhl und wartete. Das geräumige Gemach bestand aus einem Vorraum und einem Hauptraum. Darin fand neben einem Kasten, einem Sekretär und einem Tisch auch das breite Bett Platz. Im Vergleich zu seinem Hotelzimmer war dieses hier von fürstlicher Größe und Einrichtung. Aber Friedrich hatte diesen Umstand beim Eintreten nur kurz bemerkt. Andere, wichtigere Dinge gingen ihm durch den Kopf.

Nachdem Carolina und er für eine Weile schweigend bei Tisch gesessen hatten, hatte sie sich erhoben und gesagt, sie müsse ein Bad nehmen. Das hatte Friedrich überrascht. Derart spät nachts ein Bad? Ja, hatte Carolina gesagt, sie fühle sich so schmutzig, der muffige Geruch dieser Holzhütte und all der Staub hafteten an ihr, sie müsse unbedingt ein Bad nehmen und den Albtraum der Entführung von sich abwaschen. Das hatte Friedrich eingeleuchtet. Also hatte sich Carolina trotz der späten Stunde in das Bad am Ende des Ganges begeben.

An Schlaf war nicht zu denken. Viel zu aufwühlend waren der Abend und die bisherige Nacht verlaufen.

Er hörte keine Schritte auf dem Gang, aber plötzlich wurde die Klinke hinuntergedrückt und die Tür glitt auf. Carolina huschte in einen Bademantel gehüllt in das Zimmer und versperrte die Tür. Friedrich sprang hoch. Sie hatte ein Handtuch um ihr Haar gewickelt, in den Händen trug sie ihre Kleidung. Sie lief barfuß, daher war sie auf dem Steinboden des Ganges nicht zu hören gewesen.

»Habe ich sehr lange gebraucht?«
»Nicht der Rede wert.«

Die beiden betraten den Hauptraum. Carolina streifte das Handtuch von ihrem Kopf. Sie stand mitten im Raum und starrte eine ganze Weile in die Leere. Friedrich wartete, bis sie aus ihrer Grübelei wieder zu ihm zurückkehrte.

»Ich habe noch immer diesen Blick vor Augen«, sagte sie nach einer ganzen Weile.

Friedrich kam näher. »Welchen Blick?«

»Diesen Blick, den mir Monsieur Belmais zugeworfen hat, als er plötzlich die Waffe gegen mich gerichtet hat.«

»Was war das für ein Blick?«

»Ein schrecklicher. Er war böse.«

»Hast du Angst gehabt?«

»Oh ja, entsetzliche Angst.«

Friedrich umarmte Carolina und drückte sie sanft an sich. »Ich bin ja jetzt da.«

»Und das ist gut. Ich fühle mich sicher und aufgehoben in deiner Gegenwart.«

»Das bist du auch, geliebte Carolina.«

»Ich verstehe nicht, dass du diesen Brief geschrieben hast.«

Friedrich runzelte die Stirn. »Welchen Brief?«

»Monsieur Belmais hat mir den Brief von dir gegeben. Du weißt schon, diesen Brief, in dem du mich um ein Treffen außerhalb der Stadt bittest. Wegen einer Überraschung.«

»Ich habe keinen Brief geschrieben.«

»Nicht?«

»Nein.«

»Ich habe deine Schrift erkannt.«

»Hast du den Brief noch?«

»Nein. Ich habe ihn wohl verloren, als mich der Mann gefesselt hat.«

»Carolina, ich habe dir nie einen Brief geschrieben, in dem ich dich um ein Treffen außerhalb der Stadt gebeten habe. Und ich weiß nichts von einer Überraschung. Aber Monsieur

Belmais war nach dem Abendessen kurz in meinem Zimmer. Vielleicht hat er in meinen Papieren gewühlt und ein Schriftstück von mir entwendet, um meine Schrift zu imitieren. Er hat mich auch in meinem Zimmer eingesperrt, damit wir einander nicht treffen können.«

»Dann war das alles von langer Hand geplant.«

»Ich habe diesen Eindruck.«

»Papa schwebt in höchster Gefahr.«

Friedrich schluckte schwer. »Ich fürchte, du hast recht.«

»Ich bin dir so dankbar, dass du bei mir bist, aber ich bin erschöpft und muss schlafen.«

»Selbstverständlich. Ich nehme eine Decke und lege mich im Vorzimmer zu Boden.«

»Nein!«

»Nein?«

»Du musst bei mir bleiben und mich festhalten!«

»Wenn du es wünschst, sehr gerne.«

»Du bist so rücksichtsvoll und einfühlsam. Ich liebe dich.«

»Ich liebe dich auch, Carolina.«

࿇

Zweifelsfrei, der junge Mann bewies Geduld und Hartnäckigkeit. Das hätte er dieser Schießbudenfigur gar nicht zugetraut. Seit weit mehr als einer Stunde belauerten sie sich mittlerweile und doch hatte Friedrich Grüner sein Versteck nicht verraten. Wenn das überhaupt sein richtiger Name war. Möglicherweise war diese Geschichte vom Poeten nur eine Tarnung. Wenn, dann hatte der junge Mann das Spiel überzeugend gespielt. Max von Urbanau hatte ihn wirklich für einen harmlosen Künstler gehalten. Sofern Grüner tatsächlich dort oben mit einem Gewehr lauerte. Jeder hätte seinen Namen auf den Erpresserbrief schreiben können. Also war für den Grafen klar, dass er nichts über den Attentäter wusste.

Wenn auch nur ein wenig Deckung auf der Hügelkuppe zu finden gewesen wäre, so hätte er sich längst herangeschlichen. Umgekehrt wohl genauso.

Ein Patt.

Max von Urbanau schaute zum Mond hoch. Es war längst nach Mitternacht. Dann ließ er den Blick hinab zum Olivenhain schweifen.

Eine Bewegung. Irgendjemand kam dort im Eilmarsch den Weg entlang. Der Graf benutzte sein Fernglas. Unverkennbar. Zwei Männer trugen Offiziersmützen, drei weitere Matrosenkappen, zwei Männer hatten keine Hüte auf. Die Verstärkung war unterwegs. Max von Urbanau atmete tief ein. Sieben Mann. Das verlagerte die Kräfteverhältnisse entscheidend. Die Matrosen trugen, soweit er aus dieser Distanz erkennen konnte, keine Gewehre, aber zumindest die Offiziere sollten bewaffnet sein. Er erkannte jetzt auch den Triester Polizisten. Ein Revolver mehr. War Georg unter den Männern? Es sah so aus. Max von Urbanau war spontan beeindruckt. Sein Bastard eilte mit den Offizieren als Entsatz herbei. Das hätte er diesem Taugenichts nicht zugetraut.

Die Männer erreichten den Steilhang und verschwanden aus seinem Blickfeld. Gebannt suchte er mit dem Fernglas wieder den Gegenhang ab. Aber der Attentäter war nicht zu entdecken. War er überhaupt noch da?

Max von Urbanau musste den Offizieren rechtzeitig ein Signal geben, damit sie in Deckung gingen, noch ehe sie in das Schussfeld gerieten. Er wartete.

Da. Der Erste Offizier ging voran.

Das Versteck des Grafen lag ein gutes Stück abseits des Weges. Er tastete nach einem geeigneten Stein, um ihn als Warnung auf den Weg zu werfen. Der Graf fand einen, den er weit genug schleudern konnte und der beim Aufprall ein ausreichend lautes Geräusch machen würde. Er erhob sich für eine Sekunde und warf.

Max von Urbanau wusste nicht, ob er zuerst die pfeifende Kugel oder den Gewehrknall gehört hatte. Er fiel zu Boden. Blieb für eine Weile ruhig liegen.

Blut?

Er tastete seine Schläfe ab.

Kein Blut.

Die Kugel war wohl nur wenige Millimeter an seinem Kopf vorbeigeflogen. Was für ein unerhörtes Glück. Das war ein Präzisionsschuss aus großer Entfernung, der Graf hatte sich nur für den Bruchteil einer Sekunde aus seiner Deckung hervorgewagt. Der Attentäter hatte sofort geschossen.

Ein Meister seines Faches. Zweifellos.

Und doch hatte er nicht getroffen. Millimeter hatten das Gefecht entschieden. Max von Urbanau spürte den Rausch des Kampfes. Das Blut schoss durch seine Arterien. Er lebte. Und die Verstärkung war da. Und er wusste nun, auf welcher Anhöhe der Attentäter seinen Unterstand bezogen hatte.

Der Wind hatte sich gedreht. Jetzt der Gegenangriff! Volle Attacke!

»Herr Graf? Seid Ihr verletzt?«, rief der Erste Offizier.

Max von Urbanau rappelte sich hoch und eröffnete das Feuer. Mit den ungezielten Schüssen auf diese Distanz konnte er dem Gegner nicht gefährlich werden, aber immerhin dafür sorgen, dass der Mann sich nicht aus dem Versteck wagen konnte. Die Seeleute verteilten sich im Gelände. Der Graf lud die Trommel seines Revolvers nach.

»Signor Silla, sind Ihre Leute bewaffnet?«

»Nicht alle. Wir haben vier Revolver.«

»Die Unbewaffneten sollen in Deckung bleiben. Der Mann da oben ist kein Lehrbub, sein Schuss hat mich nur um Haaresbreite verfehlt. Mit seinem Gewehr dominiert er die Hügelkuppe. Also keine Alleingänge und Heldentaten. Wir müssen geordnet vorgehen.«

»Was sollen wir tun?«

»Ein Mann soll einen Bogen im Steilhang schlagen und mit ausreichend Munition auf meine Seite kommen, währenddessen eröffnen die anderen drei Sperrfeuer. Zielen Sie auf den mittleren Hügel auf dem Gegenhang. Danach nehmen wir den Hügel unter Kreuzfeuer und wagen auf mein Kommando einen Vorstoß.«

»Jawohl. Signor Zabini ist auf dem Weg zu Euch.«

Der Graf sah, dass ein Mann behände über die Felsen hinabturnte und sich weit unterhalb des Schussfeldes durch den Steilhang schlug.

»Feuer frei!«, kommandierte der Graf. Die Seeleute feuerten ihre Waffen ab. »Weiter nach links halten. Ja. Genau. Auf diesen Felsen draufhalten! Nicht alle gleichzeitig schießen! Sehr gut! Und weiter! Jetzt das Feuer einstellen! Das genügt fürs Erste.«

Bruno erreichte außer Atem den Felsen, hinter dem der Graf hockte und die Kommandos rief.

»Ich bin da, Herr Graf.«

»Schön den Kopf unten halten, Zabini. Wir liegen hier in direkter Schusslinie.«

»Wie lange seid Ihr schon hier?«

»Seit gut und gerne anderthalb Stunden. Wurde auch Zeit, dass Verstärkung anmarschierte. Haben Sie ausreichend Munition?«

»Nur die acht Patronen in der Trommel und noch einmal zehn in der Tasche.«

»Das ist wenig. Ich habe auch nur noch sieben Schuss.«

»Wir haben Eure Tochter gefunden.«

Der Graf riss den Kopf herum. »Carolina? Wie geht es ihr?«

»Sie ist unversehrt. Belmais hat sie gefesselt und in einer Hütte versteckt. Zum Glück habe ich sie entdeckt und befreien können. Sie ist im Hotel in Sicherheit.«

Eine Tonnenlast fiel von den Schultern des Grafen. Er griff nach Brunos Oberarm. »Dafür bin ich Ihnen ewig dankbar, Zabini. Carolina ist in Sicherheit! Das ist die besten Nachricht, die Sie mir überbringen konnten.«

Bruno wagte einen Blick zur Hügelkuppe. »Offenes Terrain. Sollen wir wirklich einen Vorstoß wagen? Das wäre glatter Selbstmord.«

»Deswegen hocke ich ja auch hier hinter diesem Stein.«

Von drüben rief der Erste Offizier: »Herr Graf, Signor Zabini! Sehen Sie! Der Mann flüchtet!«

Sofort legten der Graf und Bruno ihre Ferngläser an. Sie sahen, wie ein Reiter auf seinem Pferd den Berg hochjagte und bald aus ihrem Blickfeld verschwand.

»Er war gut vorbereitet. Ein Pferd für die schnelle Flucht«, brummte der Graf.

»Bis wir auch Pferde haben, ist er zehn Meilen entfernt.«

»Sie sagten den Namen Belmais?«

»Ja. Gilbert Belmais ist der Attentäter. Er hat die Komtess entführt.«

»Die Franzosen taugen einfach zu nichts. Einer hinterhältiger als der andere.«

»Ich bin mir sicher, dass er diesen Angriff von langer Hand geplant hat.«

»Davon können wir ausgehen.«

Die Seeleute eilten herbei, der Graf und Bruno erhoben sich.

»Seid Ihr unversehrt, Euer Gnaden?«

Der Baron trat auf Silla und Lorenzutti zu und schüttelte Ihnen die Hände. »Ja, ich bin wohlauf. Vielen Dank, meine Herren, Sie haben mich gerettet. Sie können sich sicher sein, dass Ihr heldenhaftes Verhalten dem Statthalter gegenüber zur Sprache kommen wird.«

»Und die Komtess ist in Sicherheit.«

»Das hat Signor Zabini mir bereits berichtet.«

»Ich sehe mir das Versteck an. Vielleicht finde ich noch Spuren«, sagte Bruno.

»Ich gehe mit Ihnen«, sagte Lorenzutti. »Signor Valenti, Sie kommen mit.«

Die drei marschierten über die Hügelkuppe. Wenig später fand Bruno ein blutgetränktes Taschentuch auf dem Boden. Ein Schuss oder viel wahrscheinlicher ein Querschläger hatte Belmais verletzt. Die beiden Seeleute leuchteten mit den Lampen den Boden ab.

»Da, eine Patronenhülse«, rief Bootsmann Valenti.

»Nicht anfassen! Die nehme ich.« Bruno griff mit seinem Taschentuch nach der Hülse und steckte sie ein. Er spürte die Erschöpfung nach dieser wahnsinnigen Nacht. Kraftlos setzte er sich auf einen Felsen. »Ich bin verwirrt.«

»Was meinen Sie?«, fragte Lorenzutti.

»Dieses Attentat ist verrückt. Ich verstehe es nicht.«

»Was verstehen Sie daran nicht?«

»Den Aufwand. Die beiden Meuchelmörder in Smyrna hatten ein klares Ziel vor Augen und haben danach gehandelt. Aber dieser Mann, Gilbert Belmais, er hat lange darauf hingearbeitet, den Grafen hier auf diesem Berg mit einem Schuss zu töten. Zwei Wochen an Bord der Thalia, die Entführung der Komtess, der Hinterhalt, das ist eine irrwitzige Inszenierung. Und wofür? Für einen Fehlschuss.«

Der Bootsmann winkte nüchtern ab. »Seien Sie froh, dass der Schuss ins Leere ging. Hätte sonst nur Schererein gegeben. Und besser er blutet als ich.«

Bruno zuckte mit den Schultern. »Da haben Sie auch wieder recht, Signor Valenti.«

Die Ägäis

MIT GESCHLOSSENEN AUGEN genoss er die Sonnenstrahlen auf seinem Gesicht. Der lebhafte Wind strich über das Schiff, sie waren wieder auf See. Bruno war erstaunt, wie sehr er die Fahrt auf dem Meer genoss. Die Thalia hatte den Argolischen Golf hinter sich gelassen, rundum lag nun die Weite der Ägäis. Die Passagiere waren gestern Abend vom Aufenthalt in Mykene zurückgekehrt, waren wieder an Bord gegangen und hatten die Nacht über auf dem Schiff verbracht. Pünktlich zum Frühstück hatte die Thalia den Hafen Nafplio verlassen und lag nun mit Volldampf auf Kurs Nordost in Richtung der Dardanellen, die laut Plan am morgigen Tag bei Sonnenaufgang erreicht werden würden.

Kaum an Bord hatte er trotz der vergangenen Strapazen nicht geruht, sondern die Kabine von Gilbert Belmais gründlich durchsucht, erst danach hatte Bruno zu erholsamem Schlaf gefunden. Und nach einem reichhaltigen Frühstück hatte er sich schon wieder frisch und munter gefühlt.

Im Hafen von Nafplio hatte er noch ein Telegramm an die Polizeidirektion von Triest geschickt, damit seine Vorgesetzten von den turbulenten Ereignissen Kenntnis bekamen. Überhaupt war viel telegraphiert worden. Der Kapitän, der Graf, der Fremdenführer, viele andere Gäste hatten das Telegraphenamt mit Depeschen eingedeckt.

Bruno nahm aus den Augenwinkeln eine Bewegung wahr. Offizier Lorenzutti kam auf ihn zu.

»Guten Morgen, Signor Zabini«

»Guten Morgen.«

»Und, haben Sie sich halbwegs wieder erholt?«

»Sehr gut eigentlich. Und Sie?«

»Ja, gut erholt. Haben Sie gestern Abend etwas in der Kabine von Monsieur Belmais gefunden?«

»Nichts. Aber es ist nun völlig klar, dass Belmais das Attentat von langer Hand geplant hat, die Kabine war vollständig geräumt. Gewiss hat er mit einem feuchten Lappen und Seife alle Flächen gründlich geputzt. Ich konnte keine Fingerabdrücke, Haare oder sonstigen Spuren entdecken.«

»Ein Zeichen mehr, dass er ein Berufsmörder ist. Gut, dass wir ihn los sind.«

»In jedem Fall ist auf der Thalia eine Kabine frei geworden.« Lorenzutti lachte. »Aber sie wird nicht lange frei bleiben.«

»Wird in Konstantinopel jemand zusteigen?«

»Vorher schon.«

Bruno zog verwundert die Augenbrauen hoch. »Laufen wir außer Plan noch einen Hafen an?«

»Nein. Der Kapitän hat mich gebeten, Sie vorab in Kenntnis zu setzen. Er selbst wird vor dem Mittagessen zu den Passagieren sprechen.«

»Eine Neuerung an Bord?«

»Ja. Der Kapitän hat gestern, als wir noch in Argos waren, ein Telegramm an das Marinearsenal in Pola geschickt und um Beistand gebeten. Die Kommandantur hat Hilfe zugesichert. Der Kreuzer Kaiserin Elisabeth ist derzeit zu einer Ausbildungsfahrt im östlichen Mittelmeer und hat den Befehl erhalten, sich mit uns auf See zu treffen. Wie Sie wissen, dürfen keine fremden Kriegsschiffe in die Dardanellen einlaufen, also nehmen wir zwei Offiziere und achtzehn Matrosen der Kaiserin Elisabeth an Bord. Das Detachement soll in Konstantinopel den umfassenden Schutz des Schiffes und der Passagiere gewährleisten.«

Bruno atmete erleichtert durch. »Das sind wahrlich gute Nachrichten!«

»Oh ja, ich habe auch schon befürchtet, dass wir beide wieder nächtliche Verfolgungsjagden oder gar Schusswechsel erleben müssen.«

Bruno lachte. »Meine Mutter hat vor der Fahrt befürchtet, ich würde mich an Bord langweilen. Mitnichten.«

»Die Kaiserin Elisabeth läuft mit voller Fahrt auf die Insel Kythnos zu. Dort werden wir in etwa vier Stunden auf den Kreuzer treffen.«

»Ich hoffe, der Kapitän des Kreuzers stellt nicht bloß ein paar Kadetten ab, sondern Vollmatrosen.«

»Natürlich. Die Männer werden voll adjustiert an Bord kommen. Das heißt, es wird in den Mannschaftskabinen eng werden. Der Dritte Offizier der Kaiserin Elisabeth kommandiert das Detachement und erhält die Kabine des Schiffskommissärs, welcher vorläufig die leer stehende Kabine im Hauptdeck beziehen wird.«

»Wieso vorläufig?«

»Das Detachement bleibt nur für die Dauer unseres Aufenthalts in Konstantinopel an Bord. Unsere Rückfahrt nach Triest erfolgt in einem Stück, daher bleiben die Männer in Konstantinopel und nehmen das nächste Linienschiff nach Piräus, wo sie wieder an Bord der Kaiserin Elisabeth gehen werden.«

»Sehr gut! Ich werde danach dem Kapitän persönlich meinen Dank aussprechen.«

⁂

»Carolina, bitte setze dich.«

Graf Urbanau vollführte eine einladende Geste und nahm auf dem vorbereiteten Stuhl Platz. Er legte seine Hände ruhig und gefasst auf die Lehne und sah seiner Tochter in die Augen.

»Du bittest um eine Aussprache, verehrter Papa?«

Der Graf nickte zustimmend. Carolina legte sittsam ihre Hände in den Schoß und wartete auf die Eröffnung.

»Die erschreckenden Ereignisse in Mykene haben mir sehr klar vor Augen geführt, meine Teure, dass es mich mit grenzenloser Besorgnis erfüllt, dich früher oder später allein einem dräuenden Schicksal auszusetzen. Dass dieser Verbrecher dich entführt, gefesselt und geknebelt hat, macht mich gleichermaßen rasend vor Wut wie fassungslos vor Angst und Hilflosigkeit. Wenn dir auch nur ein Haar gekrümmt worden wäre, hätte ich es mir mein Lebtag nicht verzeihen können.«

»Darf ich eine Frage stellen?«

»Nur zu.«

»Warum sind diese Angriffe gegen dich erfolgt?«

»Offenbar soll eine alte Rechnung beglichen werden.«

»Welche Rechnung?«

»In unruhigen Zeiten wie den unseren ist die Arbeit als Militärattaché ein Dienst am Vaterland, der nicht immer nur mit freundlichen Worten und schönen Gesten geleistet werden kann.«

»Du hast also Feinde, die sich an dir rächen wollen. Und diese Feinde haben die Attentäter geschickt?«

»So verhält es sich.«

»Sollen wir die Reise abbrechen und das nächste Schiff in die Heimat nehmen?«

»Nein. Die Thalia wird laut Plan fünf Tage in Konstantinopel vor Anker liegen. Wir werden am vorgesehenen umfassenden Besichtigungsprogramm teilnehmen. Der Kapitän hat mich zuvor informiert, dass noch heute zwanzig Seeleute eines österreichischen Kriegsschiffes an Bord kommen. Diese braven Männer werden die Thalia, aber auch dich und mich beschützen.«

»Wir bekommen eigene Wachleute?«

»Ja.«

Carolina wusste nicht, was sie davon halten sollte. Die Angst, die sie während der Entführung durchlitten hatte, saß ihr noch tief in den Knochen. Aber wollte sie ständig von bewaffneten Matrosen bewacht werden? So hatte sie sich die Reise in den Süden nicht vorgestellt.

»Ist es nicht klüger, einfach wieder nach Triest zu fahren und dann einen Zug in die Heimat zu nehmen?«

Der Graf vollführte eine kategorische Handbewegung. »Ich lasse mich von einer Bande von Halsabschneidern nicht einschüchtern. Mit der Wachmannschaft an Bord kann dir nichts mehr geschehen. Wir führen die Reise wie geplant weiter.«

»Ist das also deine Entscheidung?«

»Das ist sie.«

»Sehr wohl, Papa.«

Für eine Weile lag Stille in der Kabine des Grafen. Carolina wartete, denn ihr Vater entließ sie noch nicht.

»Ein weiterer Punkt«, sagte Graf Urbanau nach einer Weile.

»Welcher Punkt?«

Die Miene ihres Vaters verriet keine Regung, sie war starr wie eine Totenmaske.

»Ich bin von dir bitter enttäuscht.«

Stille.

»Ich habe gesehen, wie dieser vermeintliche Künstler heute frühmorgens aus deiner Kabine geschlichen ist. Eine eindeutige Situation. Kaum sind wir wieder an Bord und in Sicherheit, da empfängst du nächtliche Gäste. Und ich war nicht der Einzige, dem dieser Besucher aufgefallen ist. Einer der Matrosen hat ihn ebenfalls gesehen. Kaum anzunehmen, dass der Mann Stillschweigen bewahrt, obwohl ich ihn dazu verpflichtet habe. Wahrscheinlich tuschelt schon das ganze Schiff über deine Eskapaden.«

Panik ergriff Carolina. Es war also so weit. Die Stunde der Wahrheit. Carolina sagte nichts. Sie wartete.

»Hast du ernsthaft geglaubt, dass die Sache nicht herauskommt?«

»Ich weiß nicht, was ich geglaubt habe.«

»Hast du deine Jungfräulichkeit verloren?«

Carolina kaute auf ihrer Unterlippe. »Ich liebe ihn. Aus ganzer Seele, von ganzem Herzen.«

»Antworte klar und deutlich. Ja oder nein?«

»Ja.«

Schweigen. Der Graf regte sich nicht. »Das wird Oswald von Brendelberg gar nicht gefallen.«

»Oswald von Brendelberg ist mir völlig egal.«

»Du lässt also nicht von deinen Flausen ab und gebärdest dich weiterhin renitent?«

»Ich weiß, was mein Herz mir sagt.«

»Und ich weiß, was der Anstand gebietet. Den gesamten Vormittag über habe ich diese Sache bedacht. Höre meinen Beschluss.«

»Ich höre.«

»Du begibst dich jetzt in deine Kabine in Zimmerarrest. Du kommst erst heraus, wenn ich es erlaube. In Konstantinopel weichst du nicht eine Sekunde von meiner Seite. Und wenn wir zurück in Graz sind, treffen wir Vorbereitungen für deinen Aufenthalt im Kloster, um zu sehen, ob du einen Bastard im Leibe trägst. Wenn nicht, was ich inständig hoffe, wirst du nach Erreichen deines einundzwanzigsten Jahres den Enkelsohn des Grafen heiraten, du vermählst dich mit Arthur von Brendelberg. Danach wirst du mit großem Eifer den Häusern Brendelberg und Urbanau einen männlichen Erben schenken. Nur dann weiß ich dich in Obhut und in Sicherheit.«

Stille im Raum.

»Und diesen Herrn Grüner siehst du nie wieder. Er ist gestorben für dich. Der Mann ist ein Geschwür, und ein solches muss man mit einem scharfen Messer aus dem Fleisch schneiden. Dafür werde ich Sorge tragen.«

Carolina regte sich nicht. Sie fühlte sich, als wäre sie in Bronze gegossen.

»Habe ich mich klar und deutlich ausgedrückt, werte Tochter?«

»Klar und deutlich, werter Herr Papa.«

Graf Urbanau zog den Schlüssel zu Carolinas Kabine aus der Sakkotasche. »Du darfst dich jetzt zurückziehen.«

⁂

Therese nahm einen Schluck Tee. Mit ihr bei Tisch saßen die Ehepaare Teitelbaum und Seefried, ebenso Frau Kabátová, Frau Oberhuber, ihre Schwester Klara und Mrs Cramp, deren Mann wie so häufig seinen Nachmittag im Rauchsalon verbrachte. Sie hatten sich bei Tee und Gebäck an einem der großen Tische in der Mitte des Speisesalons eingefunden. Es lag eine mehr als seltsame Stimmung im Raum. Therese stellte die Tasse ab.

»Darf ich dir nachschenken, liebe Resi?«, fragte Ferdinand Seefried, der sich als Mundschenk der Runde verdingte.

»Gern. Eine Tasse nehme ich noch.«

»Ich finde die ganze Situation in einem erheblichen Maße befremdlich«, sagte Senta Oberhuber. Nicht wenige in der Runde stimmten ihr nickend zu. »Man kann doch behaupten, dass wir durch die Anwesenheit des Grafen an Bord ebenso einem gewissen Risiko ausgesetzt sind.«

»Frau Oberhuber hat recht«, sagte Ludmilla Kabátová. »Erst diese Räuber, die sich später als gedungene Mörder herausstellen. Dann die Entführung der Komtess, das nächtliche Feuergefecht. Was kommt als Nächstes?«

»Als Nächstes, geehrte Frau Kabátová, kommen zwanzig Seeleute von einem Kriegsschiff an Bord, um Schutz und Sicherheit zu spenden«, sagte Herr Teitelbaum.

»Aber das ist doch keine Vergnügungsfahrt, wenn hier überall bewaffnete Matrosen herumstehen!«, ereiferte sich Frau Oberhuber.

Samuel Teitelbaum wiegte den Kopf. »Da möchten Sie einen berechtigten Gedanken ausgesprochen haben. Ein Vergnügen ist das nicht.«

»Ich finde das Verhalten der Komtess inakzeptabel«, warf Frau Cramp ein. »Sich inkognito den Liebhaber mit an Bord zu nehmen, ist unsittlich. Anfangs habe ich so ein gutes Bild der jungen Dame gehabt, jetzt bin ich erschüttert.«

»Ist dieses Gerücht denn wahr?«, fragte Hermine Seefried.

»Und wer hat es in die Welt gesetzt?«, fragte ihr Ehemann Ferdinand.

»Ich habe etwas Derartiges längst vermutet«, meinte Senta Oberhuber.

Therese machte eine beschwichtigende Handbewegung. »Ich weiß nicht, ob unsittlich der richtige Ausdruck ist, verehrte Mrs Cramp. Ich glaube, es ist eher wahre Liebe und jugendlicher Leichtsinn. Mir war es vergönnt, die Komtess während der letzten beiden Wochen ein bisschen kennenzulernen, und ich kann Ihnen versichern, Unsittlichkeit, Amoralität und ein verdorbenes Gemüt sind an ihr nicht im Geringsten zu finden. Gewiss, Carolina hat Fehler begangen, aber nicht aus Bosheit, sondern aus Unwissenheit über die Konsequenzen.«

»Mir will scheinen«, sagte Frau Teitelbaum, »Frau Wundrak sagt etwas Wahres. Es ist Unwissenheit. Und es ist die große Liebe einer jungen Frau.«

»Wer hat noch nie einen Fehler gemacht?«, fragte Frau Kabátová rhetorisch. »Die Komtess ist ein herzensguter Mensch. Ihr Vater macht uns allen Kummer, weil er Verbrecher und Mörder geradezu magnetisch anzieht.«

»Wenn ich bedenke, dass wir zwei Wochen lang mit einem Mörder an Bord waren, wird mir angst und bange«, sagte Ferdinand Seefried.

»Dieser Monsieur Belmais erschien mir von Anfang an nicht geheuer«, sagte Frau Oberhuber.

Die Tür zum Speisesalon wurde geöffnet und der Oberkellner trat mit einem Tablett ein, um das benutzte Teegeschirr abzuräumen. Therese erhob sich spontan und ging auf Georg zu.

»Herr Steyrer, auf ein Wort.«

Georg sah in die Runde und war nicht gerade erfreut, direkt angesprochen zu werden. »Ein Wort, Frau Wundrak? Wie Sie sehen, habe ich zu tun.«

Therese schaute über ihre Schulter zu den anderen. Sie flüsterte: »Ich will mich dafür entschuldigen, Ihnen den Sekt ins Gesicht geschüttet zu haben. Gut, Sie könnten sich auch entschuldigen, dass Sie sich ungebührlich verhalten haben, aber diese Entschuldigung fordere ich nicht ein. Schließen wir Frieden.«

»Ich bin Ihnen nicht feind, Frau Wundrak.«

»Sind Sie tatsächlich der Halbbruder der Komtess?«

»Meine Mutter hat das behauptet, aber sie ist tot. Und der Graf Urbanau hat vor Gericht erfochten, dass ich mich nicht als seinen Sohn bezeichnen darf.«

»Darf ich Sie bitten, dass Sie sich zu uns setzen und uns von dieser schicksalhaften Begebenheit auf dem Berghang berichten?«

Georg dachte nach. Die Personen bei Tisch blickten mit großen Augen zu ihm herüber. Einerseits war er nicht in Stimmung für Tratsch, andererseits hatten die Passagiere seiner Meinung nach das Recht auf Aufklärung. Das, was der Kapitän zu Mittag in seiner Ansprache mitgeteilt hatte, war bestenfalls die halbe Wahrheit. Und ja, er war in diese ganze Sache tiefer verwickelt, als ihm lieb war.

»Ein paar Minuten habe ich Zeit.«

Therese und Georg setzten sich in die Runde.

Therese ergriff das Wort. »Wir habe beim Déjeuner sowohl den Grafen als auch die Komtess vermisst. Wissen Sie, was mit ihnen los ist?«

»Ja, das weiß ich. Graf Urbanau beliebt sein Mahl in der Kabine einzunehmen, also habe ich dort das Déjeuner serviert.«

»Haben Sie persönlich serviert?«

»Ja, und ich habe den Grafen um ein offenes Wort gebeten.«

Große Augen starrten Georg an. »Ein offenes Wort?«

»Sie müssen wissen, dass ich nicht nur für den Grafen das Mittagessen serviert habe, sondern auch für die Komtess. Und zwar in seiner Kabine.«

»Haben die beiden in seiner Kabine gegessen?«, fragte Ferdinand Seefried.

Georgs Lippen waren zusammengekniffen, sein Blick war dunkel. »Nein. Der Graf verbietet der Komtess jeden Kontakt mit anderen. Er hat sie in ihre Kabine eingeschlossen. Das Essen bringt er ihr selbst.«

»Eingesperrt? Das wird ja immer schlimmer!«, ereiferte sich Therese.

»Als der Graf im Rauchsalon war, habe ich den Zweitschlüssel geholt und Carolina einen Besuch abgestattet.«

»Wie geht es ihr?«

»Sie ist sehr niedergeschlagen. Der Graf hat angekündigt, sie für mehrere Monate in ein Kloster zu schicken, um sicherzugehen, dass sie von Herrn Grüner kein Kind erwartet. Dann soll sie verheiratet werden.«

»Das sind Methoden wie zur Zeit der Inquisition«, meinte Frau Oberhuber.

»Ich habe danach erneut versucht«, sagte Georg weiter, »mit dem Grafen ins Gespräch zu kommen.«

»Und? Was hat er gesagt?«
»Nichts. Er hat mein Ansuchen brüsk abgelehnt.«
»Der Mann ist ein Scheusal«, sagte Frau Kabátová.

Das Schiffshorn der Thalia dröhnte und schreckte die Runde hoch. Georg sprang auf und eilte zum Fenster. Er rief über seine Schulter den anderen zu: »Der Kreuzer ist da!«

Am Bosporus vor Anker

FÜNF TAGE WÜRDE die Thalia in Konstantinopel vor Anker liegen. Zeit genug, um sich Museen, Märkte, Paläste und Kirchen anzusehen. Auch ein Empfang im österreichisch-ungarischen Konsulat war geplant. Sämtliche Passagiere standen auf den Decks und verfolgten, wie sich das Schiff langsam dem Kai näherte. Rund eine Million Menschen lebten in Konstantinopel, vor allem Türken, aber auch viele Griechen und Menschen anderer Nationalitäten. Insofern ähnelten sich die großen Hafenstädte der mediterranen Welt, sie waren Schmelztiegel der Kulturen entlang der Handelsrouten und Seefahrtwege. Bruno stand oben auf dem Bootsdeck und konnte bis zur Galatabrücke sehen. Zahlreiche kleine Schiffe, Ruderboote, Segelschiffe und Dampfbarkassen sorgten für viel Bewegung auf dem Wasser. An den Kais lagen Dampfer verschiedener Größe, Bruno entdeckte auch die Flagge der österreichischen Handelsschifffahrt. Er schaute genauer, ob er das Schiff erkannte, aber es war zu weit entfernt und auch halb verdeckt durch einen Dampfer unter französischer Flagge. Im Hintergrund waren die hohen Türme der großen Moscheen und die Dächer der Altstadt zu sehen.

Seit Jahrtausenden lebten Menschen hier und machten die Stadt zu einem Weltzentrum der Menschheit. Mehrere Jahrhunderte vor Christi Geburt hatten griechische Siedler die günstige Lage auf der Halbinsel zwischen dem Marmarameer und dem Goldenen Horn zum Bau der Hafenstadt Byzantion genutzt. Unter dem römischen Kaiser Konstantin I. wurde Byzanz zur Hauptstadt des Römischen Reiches ausgebaut, und bescheiden, wie der große Kaiser war, verewigte er sein

Wirken im neuen Namen der Stadt. Was der Makedonier Alexander in Ägypten schaffte, konnte der Römer Konstantin am Bosporus ebenso. So waren die beiden wichtigsten Häfen, mit denen Brunos Heimatstadt Triest verbunden war, bedeutende Metropolen mit großer Geschichte. Und heute würde er zum ersten Mal Konstantinopel betreten.

Die Thalia wurde am Kai festgemacht. Und wie üblich, wenn ein Dampfer anlegte, herrschte auf dem Kai rege Betriebsamkeit. Straßenhändler, Gepäckträger und Kutscher sammelten sich, um ein gutes Geschäft zu machen. Bruno vermutete, dass der in der Nachmittagssonne strahlend weiße Rumpf und der leuchtend gelbe Schornstein des Salondampfers die Menschen geradezu magnetisch anzogen. Ein so schönes und vornehmes Schiff wie die Thalia bekam man nicht alle Tage zu sehen. Das Gewühl am Kai wurde immer dichter und dichter. Die Seeleute und Hafenarbeiter hatten alle Hände voll zu tun, Platz für die Gangway zu schaffen.

An diesem ersten Nachmittag in Konstantinopel stand nur ein kleiner Spaziergang im Hafen auf dem Programm des Reiseführers. Die erste Besichtigung würde morgen nach dem Frühstück erfolgen. Bruno hatte sich für die Tour zwar noch nicht angemeldet, aber was sollte er anderes tun, als sich der Reisegruppe anzuschließen? Seiner Verantwortung als Wache des Grafen und der Komtess Urbanau war er auf Geheiß des Kapitäns enthoben, denn jetzt sorgten die Matrosen der Kaiserin Elisabeth für umfassende Sicherheit. Rund um die Uhr patrouillierten vier mit Gewehren bewaffnete Seeleute auf dem Schiff, und sechs Männer, darunter der Dritte Offizier, waren abgestellt für die Landgänge der Passagiere, und insbesondere natürlich des Grafen und seiner Tochter. Diese Männer waren gut ausgebildet und trugen an Land Revolver und Messer. Bruno konnte getrost die Sehenswürdigkeiten der Metropole besuchen.

Er kniff die Augen zusammen und schaute genauer. Dort, in einiger Entfernung, stand eine Frau auf dem Kai, die europäische Kleidung trug. Sie schützte sich vor der Sonne mit einem weißen Schirm. Er kannte eine Frau, die einen derartigen Schirm besaß. Aber konnte das möglich sein? Nein, es war doch unmöglich ... Die Frau dort drüben konnte niemals Luise sein. Wie käme sie denn hierher? Und weiße Sonnenschirme dieser Art konnte man wohl in manchen Geschäften für Damenmode kaufen. Und dass die Dame dort auf dem Kai dem Einlaufen der Thalia zusah, war wirklich kein Wunder, der weiße Dampfer aus Triest war die Sensation des Tages. Oder doch? Sollte er sein Fernglas holen? Vielleicht würde die Dame just in den Minuten, die er benötigte, um drei Decks tiefer zu laufen, verschwinden. Er schaute sich um. Es befanden sich weitere Passagiere auf dem Bootsdeck. Bruno wurde sofort fündig.

»Entschuldigen Sie, Herr Mühlberger, darf ich kurz Ihr Fernglas ausleihen?«

Der groß gewachsene Deutsche nickte zustimmend und reichte Bruno das Gewünschte.

Bruno drückte sich an die Reling und setzte das Fernglas an. Wo war nun die Dame mit dem weißen Sonnenschirm? Sie war fort! Verflixt! Er setzte das Fernglas ab und suchte nach ihr. Tatsächlich, die Dame hatte ihren Platz verlassen und näherte sich langsam dem Schiff. Bruno blickte erneut durch das Fernglas.

Da war sie! Luise Dorothea Freifrau von Callenhoff. Sie war tatsächlich in Konstantinopel und beobachtete aus der Ferne das Anlegen der Thalia.

»Vielen Dank«, sagte Bruno und gab das Fernglas seinem Besitzer zurück.

»Haben Sie jemanden in der Menge entdeckt, den Sie kennen?«, fragte Mühlberger.

Bruno strahlte mit der Sonne um die Wette. »Die Welt ist bloß ein Dorf. Ich empfehle mich, Herr Mühlberger.«

Bruno eilte die Treppe hinab und drängte sich in die Menschenmenge vor der Gangway. Er dauerte dann noch eine ganze Weile, bis die Matrosen die Gangway freigaben. Schließlich hatte er festen Boden unter den Füßen und musste sich durch das Gedränge am Kai arbeiten. Zahlreiche Händler offerierten ihm wortreich Schmuckstücke, Kleidungsstücke oder Backwaren, Bruno wich ihnen nach Möglichkeit aus, aber es waren so viele von ihnen. Schließlich hatte er sich erfolgreich aus der Menge lösen können und schaute sich auf der Hafenstraße um. Wo war sie? Er fand sie nirgendwo. Bruno fürchtete, einer Sinnestäuschung zum Opfer gefallen zu sein.

»Bruno!«

Er warf sich herum. »Luise!«

Sie eilten aufeinander zu. Bruno griff nach ihren Händen. Meine Güte, wie schön sie war, wenn sie lächelte.

»Da bist du ja endlich!«

»Luise, ich bin außer mir! Du bist in Konstantinopel! Was für ein wunderbarer Zufall! Oder ist das kein Zufall?«

»Bruno, mein Herz, glaubst du an Zufälle oder daran, dass alles in der Welt einen Grund hat?«

Er lachte. »In diesem Fall kann der Grund nur ein gnädiger Wink der Vorsehung sein. Bist du mit dem Eildampfer gekommen?«

»Vor zwei Tagen mit der Carinthia. Seither warte ich auf genau diesen Augenblick.«

»Du musst mir alles erzählen! Wie ist es dir ergangen? Wie war deine Überfahrt? Wie war dein Aufenthalt in Mähren? Wieso hast du die weite Reise auf dich genommen? Wie lange kannst du bleiben? Und wie kann ich mich jemals für die freudige Überraschung revanchieren?«

Luise lachte. »Das sind aber viele Fragen auf einmal. Vielleicht schaffe ich es ja, sie alle zu beantworten, wenn du mir ausreichend Zeit gewährst.«

»Ich gewähre dir alle Zeit der Welt.«

»Hast du noch Verpflichtungen auf dem Schiff?«

»Keine unmittelbaren.«

»Was ist mit diesem Auftrag, von dem du in deinem Brief geschrieben hast?«

»Die nächste glückliche Fügung. Ich erzähle dir davon später, es ist nämlich eine lange und aufregende Geschichte.«

»Ich liebe aufregende Geschichten.«

»Wo hast du Quartier genommen?«

»Nicht unweit von hier in einem von einem sehr höflichen und gesprächigen Griechen geleiteten Hotel.«

Bruno überlegte fieberhaft die nächsten Schritte. »Ich könnte dich dahin begleiten.«

Ein verschmitztes Lächeln umspielte Luises Lippen. »Bist du entbehrlich an Bord des Schiffes?«

»Ja.«

»Und, musst du nicht auf den Grafen Urbanau aufpassen?«

»Nein, das erledigen jetzt zwanzig Seeleute der Kriegsmarine, die gestern in einer spektakulären Überfahrt auf hoher See an Bord der Thalia gekommen sind. Ich bin frei wie eine Möwe hoch über dem Molo San Carlo.«

Luise lachte. »Wirklich?«

»Wenn ich es dir sage.«

»Was hältst du dann von folgendem Vorschlag? Ich weiß, dass die Thalia erst in fünf Tagen wieder in See sticht. Also könntest du noch einmal an Bord gehen, das Nötigste an Kleidung in einen Koffer packen und für die schier endlose Weile dieser fünf Tage zu mir in die Suite ziehen.«

Bruno lachte begeistert. »Das ist ein hervorragender Vorschlag!«

»Nun, ich hatte dreieinhalb Tage auf der Carinthia und zwei Tage im Hotel Zeit, diesen Vorschlag zu erwägen.«

Bruno wiegte kurz den Kopf. »Ich fürchte, ich werde nicht fünf Tage dem Schiff fernbleiben können. Die Matrosen bewachen zwar den Grafen und die Komtess, aber der Auftrag des Statthalters ist deswegen nicht aufgehoben. Wenn du sagst, das Hotel ist nicht weit, dann wird es möglich sein, von Zeit zu Zeit auf der Thalia nach dem Rechten zu sehen.«

»Das ist mehr, als ich zu erhoffen gewagt habe.«

Bruno schaute sich um. »Wenn wir hier nicht in einer fremden Stadt auf einer belebten Hafenstraße wären, würde ich dich mit Küssen überschütten.«

»Geliebter Bruno, der Gedanke an deine Küsse hat mich hier an die Gestade Kleinasiens geführt.«

⁂

»Herr Graf, tretet bitte näher.«

Max von Urbanau nickte Kapitän Bretfeld zu und betrat dessen Kabine. »Herr Kapitän, ich bitte um eine Unterredung.«

Der Kapitän streckte seinen Rücken durch, die beiden Männer standen einander in respektvollem Abstand gegenüber. »Das trifft sich gut, denn auch ich muss mit Euch etwas besprechen.«

»Bestimmt haben Sie schon gehört, in welcher verfahrenen familiären Situation ich stecke. Das ganze Schiff scheint derzeit kein anderes Gesprächsthema zu kennen.«

»Allerdings, mir sind gewisse Dinge zu Ohren gekommen.«

»Das Verhalten meiner Tochter ist an Unschicklichkeit kaum zu überbieten, aber seien Sie versichert, Herr Kapitän, jetzt, wo mir dieses unzüchtige Verhältnis bekannt ist, werde ich mit eiserner Hand dafür Sorge tragen, Anstand und Moral wiederherzustellen.«

»Mit eiserner Hand, Euer Gnaden?«

»Jawohl. Was meine Tochter betrifft, in jedem Fall. Was diesen jungen Windbeutel, diesen Herren Grüner betrifft, bin ich auf Ihre Unterstützung angewiesen.«

»Wie kann ich Ihnen behilflich sein?«

»Dieser Mann muss das Schiff sofort verlassen! Werfen Sie ihn von Bord!«, forderte Max von Urbanau kategorisch.

Kapitän Bretfeld überlegte und atmete tief durch. »Ich kann diesem Ansuchen nicht nachkommen.«

»Wie bitte?«

»Herr Grüner hat den Preis für eine Fahrkarte bezahlt und er hat mit keiner seiner Aussagen oder Handlungen die Sicherheit der Passagiere oder der Mannschaft gefährdet. Damit fehlt mir die Handhabe und nebenbei auch der Wille, dem Manne den weiteren Aufenthalt an Bord zu verweigern.«

Max von Urbanau schaute den Kapitän mit drohendem Blick an. »Haben Sie sich das wohl überlegt, Herr Kapitän?«

»Ja. Dass Herr Grüner und die Komtess eine Liebschaft unterhalten, ist ganz allein deren persönliche und familiäre Angelegenheit und hat nichts mit der Sicherheit an Bord meines Schiffes zu tun.«

»Das wird ein Nachspiel haben. So lasse ich mich nicht behandeln!«

»Ich stehe für jede Untersuchung meiner Entscheidungen nach Beendigung der Reise zur Verfügung, Euer Gnaden. Vielmehr werde ich mich selbst um eine Untersuchung der zahlreichen Vorfälle durch die Seebehörde in Triest bemühen.«

»Sie fordern mich zum Kampf heraus?«

»Nein, Euer Gnaden, ich fordere Euch nicht zum Kampf, sondern ich fordere eine Auskunft in einem weiteren Punkt.«

»Was für eine Auskunft?«

»Ist es korrekt, dass Ihr die Komtess in ihrer Kabine eingesperrt habt?«

»Das ist korrekt.«

»Ich gestatte auf meinem Schiff keinen Fall von Freiheitsberaubung, deshalb fordere ich Euch in aller Form auf, höflich, aber mit Nachdruck, die Freiheitsrechte der Komtess nicht weiter zu beschränken, indem Ihr die Kabine versperrt.«

»Das wird ja immer schlimmer mit Ihnen, Bretfeld. Was bilden Sie sich ein?«

»Ich kann und will mich nicht in Familienangelegenheiten mischen, und wie Ihr mit der Situation umgeht, ist allein Eure Entscheidung, Herr Graf, aber die Komtess für die Dauer ihres Aufenthalts an Bord einzusperren, ist inakzeptabel.«

»Sie wollen also, dass ich von Bord gehe?«

»Ihr habt eine gültige Fahrkarte. Das Schiff steht Euch also bis zur Ankunft in Triest als Transportmittel zur Verfügung.«

»Ich kann jederzeit einen anderen Dampfer nehmen.«

»Das steht Euch auch frei. Für die Dauer Eures Aufenthalts auf der Thalia bitte ich Euch, meinen Anordnungen zu entsprechen. Und ein Weiteres gebe ich zu bedenken: Ich habe für jede Kabine einen Reserveschlüssel, somit kann ich jederzeit Order geben, die Kabinentür der Komtess aufzuschließen. Aber sollte die Thalia in Seenot geraten und durch missliche Umstände der Reserveschlüssel verloren gehen, kann eine versperrte Tür zur Todesfalle werden.«

»Es geht Ihnen also nur um die versperrte Tür?«

»Jawohl.«

Graf Urbanau strich über seinen Schnurrbart, während er überlegte. »Nun denn, ich sehe schon, dass Sie, Herr Kapitän, kein Mann der guten alten Ordnung sind, sondern wohl eher ein Freigeist, ein Modernist. Ich nehme auch zur Kenntnis, dass die Thalia ein Schiff der Handelsmarine ist und man offensichtlich hier ganz andere Vorstellungen von Disziplin, Zucht und Ordnung hat als bei der Kriegsmarine. Aber das Kommando des Kapitäns gilt, schließlich bin ich Offizier, weiß also auch einem Befehl zu gehorchen, dem ich nicht zustimme. Ab jetzt wird die Kabine meiner Tochter nicht versperrt sein, an ihrem Stubenarrest ändert das aber nichts.«

Kapitän Bretfeld nickte zustimmend. »Wie gesagt, in Familienangelegenheiten mische ich mich nicht ein. Ich kümmere mich nur um die Einhaltung aller Vorschriften und der Aufrechterhaltung der Sicherheit an Bord.«

Max von Urbanau machte ein verächtliches Gesicht. »Das ist leider ein sehr dürftiges Ergebnis unserer Unterhaltung. Herr Kapitän, mit Ihrer Erlaubnis ziehe ich mich jetzt zurück.«

»Selbstverständlich, Euer Gnaden.«

»Und wenn sich dieser Herr Grüner auch nur auf zehn Schritte meiner Tochter nähert, schieße ich den Mann nieder.«

»Ich bitte Euch inständig, das nicht zu tun.«

»Dann soll er mir und meiner Tochter fernbleiben und somit die von Ihnen so trefflich behütete Sicherheit an Bord nicht gefährden.«

»Selbstverständlich werde ich mit Herrn Grüner ein ernstes Wort reden.«

»Das hoffe ich. Guten Abend.«

»Guten Abend, Euer Gnaden.«

Luise und Bruno flogen förmlich über die Teppiche, so beschwingt eilten sie über die Treppe und durch die Gänge des Hotels. Die Suite lag im obersten Stock am Ende des Ganges, atemlos erreichten sie es. Luise öffnete die Tür, fasste nach Brunos Hand und zog ihn hinein. Er umschlang ihre Hüften, hob sie hoch und stieß mit der Ferse die Tür zu.

Ihre Nasenspitzen berührten sich. »Endlich bist du bei mir«, flüsterte Luise. »Endlich, endlich, endlich.«

Bruno schloss die Augen und fand ihre Lippen.

Was für ein Kuss! Wollte der Moment doch ewig weilen! Sie waren beisammen.

Bruno setzte Luise wieder ab. Ohne die Lippen voneinander zu lassen, taumelten sie durch die drei Zimmer der geräumigen Suite und landeten auf dem Bett. Luise und Bruno nahmen ihre Hüte ab und schleuderten sie fort. Bruno lag auf Luise und zerrte am Stoff seines Sakkos. Endlich hatte er sich dessen entledigt und warf es nach hinten zu Boden. Luise öffnete seine Hemdknöpfe und strich über seine Brust. Bruno rollte zur Seite, setzte sich auf und half Luise, sich zu entkleiden.

Luise raffte Rock und Unterrock und hielt Bruno ihr linkes Bein hin. Er küsste ihr Knie, dann schnürte er den Stiefel auf und zog ihn vom Fuß. Sie wiederholten das Spiel mit dem rechten Bein. Sie öffnete alle Knöpfe und Bänder ihres Kleides und zog es aus. Bruno entledigte sich seines Hemdes, seiner Socken, seiner Hose.

Endlich lagen sie nackt beieinander. Er küsste ihren Busen, ihre Schulter, ihren Hals.

»Ich habe dich vermisst«, flüsterte er ihr ins Ohr und knabberte daran.

»Und ich dich erst, geliebter Bruno.«

»Jetzt sind wir beisammen.«

»Komm zu mir.«

»Ich bin bei dir.«

Sie griff nach seinem Glied und liebkoste es. »Komm in mich.«

Bruno zog einen Pariser über. Mit wohligem Stöhnen fanden sie zueinander.

Finstere Winkel, enge Gassen, Dunkelheit. Wo war er? Was war geschehen? Friedrich wusste nicht mehr, seit wie vielen

Stunden er schon durch die Stadt irrte. Er hatte völlig die Orientierung verloren. Dass es immer dunkler wurde und die Straßen sich leerten, hatte er kaum mitbekommen. Es war ihm vollkommen egal, ob es vor oder nach Mitternacht war. Er war sich sicher, diese Nacht würde er nicht überleben. Was scherte ihn dann die Zeit?

Manche Menschen in der Stadt beäugten ihn misstrauisch, andere wechselten schnell die Straßenseite, wenn er ihnen entgegenkam. Gab es hier keine Frauen? Nur Männer? Wie konnten die Osmanen als Volk überleben, wenn es nur Männer gab?

Friedrich war auf Furcht einflößende Weise klar, dass er drauf und dran war, den Verstand zu verlieren. Aber was galt es da schon groß zu verlieren? Der Verstand war dem Menschen doch bloß eine Last, Quell nie enden wollenden Leides, der Verstand war nichts als ein schlechter Witz Gottes oder eine dumme Laune der Natur.

Sei vernünftig!

So hatte sein Vater unzählige Male gerufen.

Sei vernünftig!

War es vernünftig gewesen, an Bord dieses Schiffes zu gehen? War es vernünftig gewesen, sein Herz an einen Engel zu verschenken, den er niemals würde halten können? Engel waren heilige Wesen, die nur dem Befehl Gottes gehorchen.

Warum machte er sich Gedanken über Gott und Engel? Gott war eine Erfindung der Altvorderen, um den Nachkommenden Angst und Gehorsam einzutrichtern. Engel waren dicke Kinderfiguren, die die Maler der Barockzeit auf die Innenwände von Kirchen malten. Blendwerk für Primitive und Ungebildete.

Mit Sprengstoff sollte man den Kirchen beikommen, ebenso den Palästen der Herrschenden und den Kasernen des Militärs. Auf Bajonette sollte man die bösen Alten spießen, die aus Dummheit und Ignoranz die Zukunft ihrer Kinder und Kindeskinder zerstörten.

Der Graf hatte ihn nicht einmal ignoriert. Als wäre er Luft. Aber der Kapitän hatte ihn streng ermahnt. Friedrich hatte überhaupt nicht verstanden, was dieser Popanz von ihm wollte. Andere hatten auf ihn eingeredet. Irgendwelche Masken und Puppen. Matrosen hatten ihn daran gehindert, mit Carolina zu sprechen. Warum hatten sie das getan? Unerklärlich. Also war er vom Schiff fortgelaufen.

Friedrich kam zu einer Brücke. Diese Brücke hatte er schon tagsüber gesehen. Straßenlaternen spendeten spärliches Licht. Hoch am Himmel stand der Mond und verlor schon ein bisschen von seiner runden Gestalt. Aus der Ferne konnte er zwei Männer entdecken, die sonderbare Uniformen trugen. Zwei Polizisten auf nächtlicher Streife? Wahrscheinlich. Friedrich versteckte sich in einem dunklen Winkel und wartete, bis die beiden Männer an ihm vorbeigeschlendert waren.

Er konnte sich erinnern, bei einer Mautstelle ein paar Münzen bezahlt zu haben, um über die Brücke gehen zu dürfen. War die Mautstelle besetzt? Nein. Um diese Zeit war also das Überqueren des Goldenen Horns kostenlos. Zum Glück, er hatte nämlich keinen einzigen Heller mehr in der Tasche.

Mitten auf der Brücke hielt er inne und schaute sich um. Niemand war zu sehen. Er war allein. Friedrich kletterte über das Geländer. Die Brücke war nicht auf gemauerten Fundamenten gebaut, sondern schwamm auf Pontons. Er kletterte auf eines dieser Brückenschiffe und ließ den Blick über die Wasseroberfläche und die sich darin reflektierenden Lichter der Stadt gleiten. Dann beugte er sich vor und schaute direkt in das schwarze Wasser unter sich.

Wie sollte er im Wissen, dass Carolina einen anderen heiraten würde, weiterleben? Wenn sie ihn nicht lieben würde, dann wäre sein Leben ruiniert, aber er würde es verstehen. Die Liebe war das höchste Gut des Menschseins, die Liebe war da oder nicht, es gab in der Liebe nur die reine Wahrheit.

Würde sie ihn also nicht lieben, so würde er diese Wahrheit ertragen können. Aber sie liebte ihn. Sie hatte es ihm tausendfach gesagt und bewiesen. Weshalb also war die Welt, in der sie lebten, so falsch, dass die wahre Liebe nicht Wirklichkeit werden durfte?

Er zog sein Taschenmesser aus der Innentasche seines Sakkos und klappte es auf.

Sollte er sich hier und jetzt das Messer in den Hals rammen und sich vornüber in das Wasser fallen lassen? Sollte er diese grausame Welt verlassen? Eine Welt, in der Liebe entstehen konnte, aber nicht Bestand haben durfte?

Wieso war der Tod ihm nun so nahe, wo er doch ein Mensch des Lebens, der Leichtigkeit und der Freude war? Das liebte Carolina so an ihm. Die Schönheit war sein Lebenselixier! Nicht der hässliche Tod.

Wie hatte er nur in diese finstere Grube fallen können?

Friedrich starrte auf das Wasser und sah eine Wasserleiche auf dem Grund. War er selbst diese Leiche? Ein anderer? Würde er sein Leben hier und jetzt in einer fremden Stadt beenden?

Er sinnierte eine schiere Ewigkeit. Und fand schließlich eine Antwort.

❧

»Ich bin Arthur von Brendelberg einmal begegnet«, sagte Luise.

Bruno und Luise saßen im Salon bei Tisch und frühstückten seit über einer Stunde. Sie hatten sich wie schon am Tag zuvor das Frühstück auf das Zimmer bringen lassen. Eines der drei Fenster stand offen und trug die Geräusche des nahen Hafens zu ihnen empor. Ein mildes Lüftchen sorgte für etwas Kühlung. Bruno schwenkte den Rest von Kaffee in der Tasse und hob den Blick. »Und wie ist er so?«

Luises langes Haar floss wie ein heller Wasserfall über ihre linke Schulter. Sie war nur mit ihrem Nachthemd bekleidet. Die übliche Kleidung der letzten anderthalb Tage, sie waren kaum aus der Suite herausgekommen. Und sie fanden auch heute keinen Anlass, es an diesem Tag anders zu halten. So reizvoll und pittoresk die Stadt auch sein mochte, hier im letzten Stock des Hotelgebäudes fanden sie ein Glück, das durch keine noch so interessante Besichtigung überboten werden konnte.

»Intelligent. Vielmehr als Begrüßungsworte haben wir nicht gewechselt, aber er wirkt intelligent. Wie ein junger Mann, dem man nicht alles zweimal erklären muss.«

»Und wie sieht er aus?«

»Daran kann ich mich nicht mehr genau erinnern. Vielleicht so viel: Er kommt sehr nach seinem Vater.«

»Da ich weder Vater noch Sohn kenne, habe ich folglich kein Bild vor Augen.«

»Das Haus Brendelberg hat bedeutende Männer hervorgebracht, schön waren sie wohl schon vor Generationen nicht. Und auch nicht sehr temperamentvoll.«

Bruno lachte. »Du meinst also, dass die Komtess einen guten Grund hat, einen anderen heiraten zu wollen?«

Luise wiegte den Kopf. »Ich glaube nicht, dass sie eine Wahl hat. Adelige Frauen haben einen gewissen Wert in dieser Welt, nämlich den Wert einer Hochzeitsaktie. Wie ich aus eigener, leidvoller Erfahrung nur zu gut weiß.«

Bruno schaute Luise über den Tisch hinweg an. Er wusste, dass es Themen gab, die er jetzt lieber nicht mit ihr besprechen wollte, und der Zustand ihrer Ehe war ein solches. Gespräche darüber drückten Luises Stimmung unausweichlich. »In jedem Fall ist Friedrich Grüner mir in kurzer Zeit ans Herz gewachsen«, sagte er.

»Tatsächlich?«

»Aber ja. Er ist witzig, immer gut gelaunt, er ist intelligent und man muss auch ihm nicht immer alles zweimal erklären, außerdem spielt er ein teuflisch gutes Tarock. Ja, und er sieht auch gut aus. Ein fescher junger Mann, begabt, einfallsreich und energiegeladen.«

»Du machst mir diesen Mann schmackhaft?«

»Unterstehe dich! Außerdem ist er vergeben. Carolina und Friedrich lieben einander abgöttisch. Sie sind ein so schönes Paar.«

»Ich werde beide kennenlernen.«

»Erst jetzt verstehe ich die Gunst des Schicksals, dass wir Monsieur Belmais in Griechenland in die Flucht schlagen konnten. Damit wurde eine Kabine für dich frei.«

»Ich bin auch sehr glücklich, dass ich gestern für die Rückfahrt nach Triest die Fahrkarte auf der Thalia kaufen konnte.«

»Dreieinhalb Tage länger können wir beisammen sein.«

»Nur nachts. Wenn du klammheimlich in meine Kabine geschlichen kommst.«

»Oder du in meine. Deine Kabine ist achtern inmitten der anderen, meine hingegen, die Nummer dreiundsechzig, liegt etwas abseits im Vorschiff. Ganz im Bug sind nur mehr die Kellner untergebracht, und wie ich mittlerweile weiß, sind das sehr diskrete Männer.«

»Willst du noch Kaffee?«

»Nein danke.«

»Noch etwas Brot?«

»Auch nicht. Ich bin satt.«

»Das heißt, dein Hunger und Durst sind gestillt?«

»Nicht der Hunger nach dir, nicht der Durst nach weiteren Küssen.«

»Geliebter Bruno, genau diese Antwort habe ich erhofft.«

Bruno ließ seinen Blick über ihre nackten Beine streichen. Sie wischte den Träger ihres Nachthemds von der Schulter und blickte kokett. Er erhob sich, umrundete den Tisch, trat hinter sie, umarmte sie und beugte sich zu ihr hinab. Mit der Nase strich er über ihr Haar.

»Du bist schön wie eine Göttin.«

»Und doch bin ich menschlich.«

»Den Göttern sei es gedankt.«

»Trägst du mich auf Händen?«

»Ja.« Bruno hob sie vorsichtig hoch und trug sie hinüber in das Schlafzimmer.

»Von morgens bis abends bist du bei mir. Wie kann das Leben schöner sein?«

Bruno entledigte sich seiner Unterwäsche und schob ihr Nachthemd hoch. Sie öffnete sich ihm. Er tauchte in ihren Duft, küsste ihre Scham, liebkoste sie mit der Zunge.

Draußen über dem Bosporus kletterte die Sonne höher und flutete das Land mit Licht und Wärme. Der Sommer hier im Süden war gekommen. Der Sommer und die Liebe.

Volle Fahrt gen Norden

»Geschätzter Ehemann und Hausvorstand, möchtest du dich vielleicht bequemen, etwas mehr Eile an den Tag zu legen?«

Samuel Teitelbaum stand vor dem Spiegel und richtete seine Krawatte. Er lächelte breit. Die Rasur, die er von diesem Barbier und Oberkellner erhalten hatte, war erstklassig. Den Fehltritt seiner Frau gegenüber hatte Teitelbaum dem Mann durch seinen Besuch in der Barbierkabine verziehen, ohne dass darüber noch lange hatte diskutiert werden müssen. Der angenehme Duft der Rasierseife strömte in seine Nase. Und auch die Haarspitzen hatte der gute Mann perfekt in Fasson gebracht. Teitelbaum war äußerst zufrieden mit den Leistungen des Personals an Bord. Die Küche war erstklassig, der Service war gut, der Barbier verstand sein Handwerk, die Seeleute waren zuvorkommend, und nach den Turbulenzen zu Beginn der Reise hatte er sich mit seiner geliebten Vilma vollständig ausgesöhnt und ein paar sehr schöne Tage der Gemeinsamkeit erlebt. Und vielleicht lag ein nicht kleiner Teil seiner guten Stimmung auch darin begründet, den letzten Abend an Bord der Thalia zu erleben. So erstaunlich, aufregend und lehrreich die Erfahrungen der letzten dreieinhalb Wochen waren, so sehr freute er sich, wieder heimischen Boden zu betreten. Auch wenn es noch länger dauern würde, bis er seine Heimatstadt Lemberg zu Gesicht bekäme, denn nach der Rückkehr nach Triest würde er mit seiner Familie zwei Wochen im Seebad und Kurort Abbazia verbringen, aber immerhin war er dann wieder auf dem Boden Österreich-Ungarns.

»Geliebtes Eheweib und treu sorgende Mutter meiner Kinder, wir haben so viel Zeit auf diesem Schiff verbracht, so elegant und modern wie es ist, dass mir just in diesem Moment kein Grund für übertriebene Eile in den Sinn kommt.«

»Aber dass das Kapitänsdîner ohne unsere Anwesenheit beginnen könnte, ist dir kein Grund zur Sorge?«

Teitelbaum wandte sich seiner Frau zu und fasste sie wohlwollend ins Auge. »Meiner Seel, was bist du schön, Vilma, in deinem Kleid und dem frisierten Haar. Und dein Hut mit der neuen Feder ist eine Augenweide.«

Vilma Teitelbaum posierte stolz für ihn. »Meinst du also, ich passe in das Ambiente des festlichen Abends?«

»Du bist der festliche Abend in Person!«

Vilma lächelte geschmeichelt. »Du bist so galant wie nie.«

Sie fassten sich an den Händen und schauten einander an. »Als wir vor Wochen Triest verlassen hatten, hätte ich nicht gedacht, dass das Klima und die gute Meeresluft meiner Gesundheit so zuträglich sein können. Ich fühle mich um zehn Jahre jünger, als ich laut behördlichen Aufzeichnungen tatsächlich bin.«

Vilma blickte lasziv. »Das mit den zehn Jahren kann ich wahrhaft bestätigen.«

Es klopfte laut an der Kabinentür.

»Wer schlägt mit aller Gewalt die Tür ein und stört den schönen Moment der Zweisamkeit? Herein!«, rief Samuel.

Der kleine Franz lugte durch den Türspalt. »Mama, Papa! Wo bleibt ihr denn? Alle gehen schon in den Speisesalon!«

»Na, gibt es reservierte Plätze für uns in diesem Salon?«, fragte Samuel ein bisschen enerviert.

»Äh, ja, unsere Plätze halt.«

»Dann werden wir bestimmt Einlass erhalten. Also, gehen wir.«

»Es ist höchst erfreulich, dass Frau Kabátová und ihre Töchter sich bereit erklärt haben, heute noch einmal gemeinsam mit der Kapelle mehrere Musikstücke zum Besten zu geben«, sagte Hermine Seefried zu Therese Wundrak, bei der sie sich eingehakt hatte.

»Ich bin auch voll der Vorfreude auf diesen Abend.«

Hinter den beiden Damen ging mit auf dem Rücken verschränkten Händen und zufrieden lächelnd Ferdinand Seefried und freute sich des Lebens. Dazu hatte er wahrhaft guten Grund. Vor vier Tagen, am Tag vor der Abreise von Konstantinopel, hatte Hermine das Einsetzen ihrer Monatsblutung erwartet, die in den letzten Jahren immer sehr pünktlich gekommen war. Bislang war sie ausgeblieben. Die beiden wagten es noch nicht wirklich zu hoffen, aber ein Hauch von Vorfreude auf das lange ersehnte Kindesglück hatte sich bei dem jungen Ehepaar eingeschlichen.

Dem Anlass entsprechend war Ferdinand mit seinem Frack bekleidet, Hermine trug ihr schönstes Kleid. Vor der Tür des Speisesalons hatte sich eine Menschenmenge angesammelt, die neugierig den aushängenden Speiseplan studierte. Die drei warteten bis der Blick auf das Plakat frei wurde. Therese las:

»*Dîner:*
Consommé à la duchesse.
Jambon au raifort.
Petites croustades de gibier.
Saumon sauce Genèvoise.
Noix de veau à la jardinière.
Salade Demidoff.
Compote.
Charlotte de pommes.
Dessert.
Café.«

»Himmlisch! Gaumenfreuden erwarten uns. Ich bin sehr hungrig«, sagte Hermine.

»Guten Abend, Baroness. Signor Zabini«, begrüßte Ferdinand die beiden.

Therese und Hermine drehten sich um und sahen, wie die Baronin Callenhoff am Arm Brunos die Treppe hochstieg.

»Guten Abend, Herr Seefried.«

Ferdinand küsste galant die Hand der Baronin, Bruno die Hände Hermines und Thereses.

»Erlauben Sie«, fragte Therese, »dass ich jedwede Sitzordnung für das Dîner sprenge, indem ich vorschlage, dass wir uns in dieser illustren Runde an einen Tisch setzen?«

»Ein sehr guter Vorschlag«, rief Hermine. »Was meint Ihr, Baroness? Wollen wir uns gruppieren?«

»Liebend gerne, Frau Seefried.«

Wenig später hatten die drei Damen und die zwei Herren an einem der hinteren Tische für sechs Personen am Rand des Salons Platz gefunden. Auf der einen Seite saßen Hermine, Ferdinand und Therese, ihnen gegenüber Bruno und Luise. Der Platz neben Luise und gegenüber von Therese war frei. Noch war der Speisesalon nicht voll besetzt, aber die Passagiere traten nun in schneller Folge ein. Der Kapitän, die Offiziere sowie weitere Mitglieder der Mannschaft bildeten am Eingang ein Spalier und begrüßten die Gäste. Lebhaftes Stimmengewirr, eine teils ausgelassene, teils feierliche Stimmung sowie köstlicher Küchenduft lagen in der Luft.

»Ich werde fast ein bisschen wehmütig, wenn ich daran denke, dass sich diese ebenso elegante wie aufregende Reise dem Ende nähert«, sagte Therese. »Diese dreieinhalb Wochen sind einerseits wie im Flug vergangen, andererseits scheint es mir viele Monate her zu sein, dass wir von Triest aufgebrochen sind.«

»Oh ja, dieses Gefühle habe ich auch«, bestätigte Hermine.

»Für Ferdinand und mich war es die erste Schiffsreise, daher waren wir von Anfang an sehr aufgeregt. Und jetzt bin ich so glücklich über all die schönen, aber auch aufwühlenden Erlebnisse.«

»Seid Ihr schon öfter mit dem Dampfer auf Reisen gewesen, Baroness?«, fragte Therese.

Luise wiegte den Kopf. »Ich weiß nicht, ob *öfter* der richtige Ausdruck ist, wahrscheinlich ist *gelegentlich* besser formuliert. Und ja, ich hatte das eine oder andere Mal das Vergnügen, mit einem Dampfer gefahren zu sein.«

»Welche Destinationen habt Ihr bereist?«, fragte Ferdinand höflich die ihm gegenüber sitzende Luise.

»Nun, zweimal bin ich mit dem Dampfer nach Venedig gefahren, einmal nach Ancona. Das waren die Fahrten nach Italien. Dann bin ich zweimal von Triest nach Pola, einmal nach Brioni und einmal sogar bis nach Ragusa gefahren.«

»Das heißt, Ihr habt bei dieser Reise nach Konstantinopel das erste Mal die Adria hinter Euch gelassen?«, hakte Therese nach.

»Das ist richtig. Eine so lange Strecke habe ich zuvor noch nicht zurückgelegt.«

»Wenn ich fragen darf, wart Ihr geschäftlich in Konstantinopel oder aus privaten Gründen.«

»Ich schätze mich glücklich, über das Privileg zu verfügen, mich nicht um die Geschäfte kümmern zu müssen. Mein Mann führt mit Akribie sein Unternehmen.«

»Also waren es private Gründe, die uns die kostbare Ehre Eurer Gesellschaft an Bord der Thalia beschert haben?«

Bruno wusste ganz genau, dass Therese wieder einmal wie ein Spürhund einer Fährte hinterher war. Und er war sich ziemlich sicher, dass sie längst über das Verhältnis der Baronin mit dem Polizeibeamten im Bilde war und hier und jetzt nur ein Spielchen trieb.

»In vielleicht ähnlicher Weise wie Sie, geschätzte Frau Wundrak, bin ich auf den Geschmack der Selbstbestimmung der Frau gekommen, indem ich mit Reisen meinen Horizont erweitere. Ich würde mich nicht als Weltenbummlerin bezeichnen, aber ich fühle in mir eine wachsende Begeisterung für ferne Länder. Ihr Buch etwa, Frau Wundrak, über Ihre Reise in das Baltikum und an die tausend Seen in Finnland habe ich mit großer Faszination gelesen. Ebenso Ihre geradezu legendäre Reportage über Ihren wochenlangen Ritt durch die Karpaten. Nie zuvor habe ich lebendigere und fesselndere Reiseberichte gelesen. Es ist mir eine Ehre, mit einer so bedeutenden Reiseschriftstellerin an einem Tisch zu sitzen.«

Bruno meinte, so etwas wie Stolz in Thereses Miene zu erkennen.

»Vielen Dank für die freundlichen Worte.«

»Und wie ich den wenigen Tagen, die ich an Bord der Thalia bin, gehört habe, arbeiten Sie eifrig an der Niederschrift eines neuen Buches.«

»Tut mir leid, wenn das Klappern meiner Schreibmaschine auf dem ganzen Schiff für Unruhe sorgt.«

»Ist es wahr, dass Sie neben einer Reportage über die Fahrt der Thalia auch an einem Roman schreiben?«

»Die erzählende Literatur ist eher ein Steckenpferd. Da ich Geld verdienen muss, schreibe ich Reportagen.«

Hermine schaute zum Eingang des Salons und sagte mit gepresster Stimme in die Runde: »Der Graf und die Komtess beehren uns mit ihrer Gegenwart!«

Fast schlagartig wurde es still im Speisesalon und sämtliche Augenpaare richteten sich zum Eingang. Der Graf und die Komtess hatten sich seit der Abfahrt von Konstantinopel nicht mehr im Speisesalon blicken lassen, die Mahlzeiten waren in ihren Kabinen serviert worden. Nur zur Promenade an Deck hatten sie sich öffentlich gezeigt, und selbst dann war die Komtess ausnahmslos an der Seite ihres Vaters geblieben. Sie hatten höflich gegrüßt, sich aber auf keine Unterhaltungen eingelassen. Der Kapitän begrüßte den Grafen und die Komtess mit ausgesuchter Höflichkeit und führte sie an den Kopf der Tafel. Am vorderen Tisch nahmen die Offiziere und die Passagiere der Luxuskabinen Platz. Das Ehepaar Seefried hatte die ihnen zustehenden Plätze an Frau Oberhuber und ihre Schwester Klara abgegeben. Klara lachte glucksend, als sich Offizier Lorenzutti neben sie setzte und ihr Komplimente machte.

»Die Komtess sieht furchtbar unglücklich aus.« Luise flüsterte zwar, doch alle am Tisch hatten das Gesagte vernommen.

»Allerdings«, stimmte Therese zu. »Eindeutig eine Folge der Tyrannei ihres hochgeschätzten Vaters.«

»Sie können wohl den Grafen Urbanau nicht besonders leiden?«

Therese blickte streitbar. »Was kommt heraus, wenn sich Hochmut, Starrsinn und Dummheit vermengen?«

»Adelige Männer«, antwortete Luise.

Ferdinand lachte betreten. »Zum Glück sind Signor Zabini und ich nicht adelig.«

Dann hielt der Kapitän seine Ansprache, wünschte gesegneten Appetit, und die Stewards trugen die Suppe auf.

Bruno entdeckte an der Tür des Hintereingangs eine Person, die durch die Glasscheibe spähte. Er schaute genauer und erkannte Friedrich. Dieser öffnete die Tür einen Spalt und schlüpfte in den Speisesalon. Kaum jemandem fiel sein Kommen auf. Verloren stand er an der Tür und wusste nicht, ob er sich einen Platz suchen oder sich wieder in seiner Kabine verkriechen sollte. Da ja Friedrichs Kabine direkt gegenüber jener Brunos lag, hatte Bruno schon einmal an die Tür geklopft und sich nach dessen Befinden erkundigt. Friedrich mied seit Tagen die Salons und Decks, er tat es seiner geliebten Carolina gleich und verließ die Kabine kaum. Da er schon mehrere Mahlzeiten ausgelassen hatte, hatte sich Bruno an diesem Morgen verpflichtet gefühlt, ihm einen reichhaltigen Imbiss vom Frühstückstisch zu bringen. Dieser hatte sich in sich gekehrt bedankt und das Paket an sich genommen. Ob er die Semmeln, die Butter, den Käse und den Schinken angerührt hatte, wusste Bruno nicht.

Er winkte Friedrich und zeigte auf den leer stehenden Platz an ihrem Tisch. Kurz zögerte er, bevor er sich in Bewegung setzte und schüchtern an den Tisch trat. An diesem Abend trug er nicht Ferdinands Smoking, sondern seinen eigenen Anzug, der in der Menge festlich gekleideter Personen ärmlich aussah. Insgesamt wirkte Friedrich, als ob er sich in diesem Ambiente völlig deplatziert vorkam.

»Gestatten Sie bitte, dass ich mich zu Ihnen setze?«

»Lieber Friedrich, wir gestatten es nicht nur, wir verpflichten dich dazu«, rief Therese. »Nicht wahr, Baroness, Ihr erlaubt doch, dass sich unser lieber Freund neben Euch zu Tisch setzt?«

»Selbstverständlich. Bitte, Herr Grüner, nehmen Sie doch Platz.«

»Ihr kennt meinen Namen, Baroness?«

»Ich habe ihn aufgeschnappt.«

»Ich bitte höflichst um Entschuldigung, dass ich Euch bisher nicht meine Aufwartung gemacht habe, obwohl ich davon gehört habe, dass Ihr in Konstantinopel an Bord gegangen seid.«

»Wir können das Bekanntmachen ja jetzt nachholen, indem Sie sich zu uns setzen.«

»Verbindlichsten Dank, Euer Gnaden.«

Zwei Stewards kamen heran, einer trug ein riesiges Tablett mit den Tellern, der zweite servierte den Gästen. Wie üblich falteten die Seefrieds die Hände und sprachen vor dem Essen ein Gebet. Die anderen taten es ihnen gleich. Danach löffelten sie die Suppe.

»Du hast dich in den letzten Tagen sehr rar gemacht, lieber Friedrich«, stellte Therese fest. »Arbeitest du an deinem Stück?«

»Ja.«

»Und kommst du gut voran?«

»Nicht sehr gut.«

Gesprächig war Friedrich nicht. Noch vor wenigen Tagen hatte er mit seinen sprudelnden Einfällen und amüsanten Anekdoten eine Runde wie diese bestens unterhalten. Es war ihm klar anzusehen, dass er niedergeschlagen und verzweifelt war. Während sich das Gespräch bei Tisch entwickelte, blickte er immer wieder zu Carolina hinüber, die allerdings mit dem Rücken zu ihm bei Tisch saß. Aber auch sie spähte nach ihm.

Die weiteren Speisen wurden serviert. Ferdinand Seefried übernahm die Rolle des Mundschenks und füllte die Weingläser. Und da sich Friedrichs Glas laufend leerte, füllte er dieses wiederholt auf. Schließlich wurde zum Abschluss Kaffee serviert.

»Ich spiele mit dem Gedanken«, scherzte Therese, »nach Ankunft in Triest gleich wieder eine Fahrt mit einem Dampfer des Österreichischen Lloyd zu unternehmen. Selten habe ich auf einer Reise in so beständiger Folge exquisite Speisen zu mir genommen. Köstlich auch heute, nicht wahr?«

Alle stimmten ihr zu.

Ferdinand nahm seine Taschenuhr zur Hand. »In einer halben Stunde beginnt der Musikabend. Darauf freue ich mich besonders.«

Luise blickte Ferdinand an. »Ich habe mehrfach gehört, dass dieser erste Musikabend mit Frau Kabátová und ihren Töchtern bleibenden Eindruck hinterlassen hat. Ist das wahr?«

»Oh ja, ein denkwürdiger Abend. Ihr werdet verstehen, wenn Ihr dem heutigen Spiel lauscht.«

Therese schaute Friedrich in die Augen. »Hast du dich mit Carolina aussprechen können?«

Friedrich zuckte zurück. Die Frage stach wie eine Nadel. »Nein.«

»Der Graf schirmt also seine Tochter vollständig von dir ab.«

»Nicht vollständig. Bis zuletzt zumindest.«

Alle schauten Friedrich entgeistert an.

»Bitte erkläre das genauer«, forderte Therese.

»Georg hat in geheimer Mission mehrfach Briefe überbracht.«

»Georg Steyrer? Der Oberkellner und angebliche Halbbruder der Komtess?«

»Ja.«

Therese war beeindruckt. »So viel Charakter hätte ich diesem Mann nicht zugetraut.«

»Er ist mir ein wahrer Freund geworden. Aber diese Verbindung ist jetzt auch getrennt.«

»Wie das?«

»Der Graf hat Georg heute Vormittag in flagranti erwischt. Als er einen meiner Briefe zustellen wollte, kam es zu einer heftigen Auseinandersetzung.«

»Von einem Streit an Bord habe ich gar nichts gehört«, sagte Therese.

»Der Erste Offizier hat den Streit gesehen und für Diskretion gesorgt. Die Situation war, wie ich gehört habe, explosiv. Der Graf und Georg haben einander angebrüllt. Dann hat der Graf mit der Waffe in der Hand die Herausgabe des Briefes gefordert. Erst hat sich Georg geweigert, doch als der Graf den Hahn des Revolvers gespannt und auf Georgs Kopf gezielt hat, hat er es mit der Angst zu tun gekriegt und den Brief ausgehändigt. Georg sagt, dass Graf Urbanau rasend sei. Der Mann ist gefährlich und bewaffnet.«

Vor allem der letzte Satz jagte Bruno kalte Schauer über den Rücken. Er musste den Grafen weiter im Auge behalten. Diesmal nicht, um ihn zu beschützen, sondern um andere vor dem Grafen zu schützen. Sollte er für den letzten Abend an Bord doch noch einmal das Schulterhalfter anlegen?

～⊛～

Luise war die längste Zeit in Beschlag genommen. Dr. Eggersfeldt und seine Frau sowie das Ehepaar Cramp belagerten die Baronin Callenhoff und führten eine angeregte Konversation. Vor allem Cramp, der sich an schottischem Whiskey gütlich tat, kam bei der Unterhaltung vom Hundertsten ins Tausendste. Bruno hatte also den Musiksalon verlassen, sich an die Reling gestellt und schaute sinnierend in die klare Nacht.

Das Konzert hatte alle hochgesteckten Erwartungen übertroffen, sowohl Frau Kabátová, ihre Töchter Milada und Irena als auch die Bordkapelle waren mit tosendem Applaus gefeiert worden. Danach hatten die Stewards Punsch serviert, der sich an diesem Abend besonderem Zuspruch erfreute. Auch schwärmten die Stewards eiliger als sonst mit den Weinflaschen aus, am letzten Abend an Bord hatten die Passagiere besonderen Durst. Am Promenadendeck und in den Salons herrschte beschwingte und beschwipste Stimmung. Bruno selbst hatte vom Punsch gekostet und sich ein Glas Weißwein servieren lassen, aber damit ließ er es bewenden. Er hatte keine Laune, sich zu betrinken.

Bald nach dem Konzert hatten Graf Urbanau und die Komtess den Musiksalon verlassen und sich in ihre Kabinen zurückgezogen. Zum Glück war Bruno seinem ersten Impuls nicht gefolgt und hatte den Revolver nicht aus seiner Kabine geholt, denn wie er aus gebührender Entfernung beobachtet hatte, hatte sich der Graf an diesem Abend sehr umgänglich gezeigt und sich mit zahlreichen Leuten gut gelaunt unterhalten. Auch Carolina war während des Essens und danach gelöster Stimmung gewesen und hatte so den ersten Eindruck, als sie todunglücklich im Speisesalon erschienen war, zerstreut. Bruno war natürlich klar, dass sowohl der Graf als auch die Komtess geübt darin waren, zu gesellschaftlichen Anlässen unabhängig ihrer Verfassung eloquent und galant aufzutreten. Aber von der Raserei des Grafen konnte keine Rede sein, eine unkontrollierbare Entgleisung war in keiner Weise sichtbar.

Bruno nahm aus den Augenwinkeln eine Bewegung wahr. Er schaute zur Seite. Therese stellte sich neben ihn an die Reling.

»Ein wundervolle Nacht, klar und mild«, sagte Therese.

»Ich genieße die frische Luft.«

»Nun neigt sich unsere Vergnügungsfahrt dem Ende zu, die dir wohl nicht immer nur Vergnügen bereitet hat.«

»Allerdings. Ein paar Abenteuer weniger hätten es gerne sein können.«

»Ich war sehr erfreut, dass die Seeleute der Kriegsmarine an Bord und bei den Landgängen in Konstantinopel für Schutz und Sicherheit gesorgt haben. Manche Viertel in dieser Stadt würde ich als Frau nicht gerne bei Nacht durchqueren müssen.«

»Solche Viertel gibt es auch in Triest.«

»Dir kam der Einsatz der Seeleute wohl auch durchaus zupass.«

»Alles, was die Sicherheit an Bord erhöht hat, kam mir zupass.«

»Man hat dich selten bei den Besichtigungen gesehen.«

Bruno schaute Therese kurz an. »Was willst du mir in Wahrheit sagen, verehrte Therese? Oder was willst du wissen? Forsch heraus damit.«

Sie schaute ein Weilchen still in die Nacht. »Eigentlich will ich nichts sagen oder wissen.«

Bruno hörte Schwermut in ihrer Stimme. Ein Tonfall, den er an ihr noch nicht vernommen hatte. Beide schweigen eine Weile.

»Eines will ich doch festhalten«, sagt sie schließlich.

»Und zwar?«

»Es tut mir leid, dass ich mehrmals versucht habe, dich zu kränken.«

»Schwamm darüber, alles ist vergeben und vergessen.«

»Das glaube ich dir sogar. Du hast dich in keiner Weise provozieren lassen.«

»Die Arbeit als Polizist hat mich mit einer ledrigen Haut ausgestattet.«

»Es scheint so.«

Wieder schwiegen sie ein Weilchen.

»Ich habe den Roman von Margarethe Steinberg im letzten Winter gelesen und war beeindruckt, erschüttert und fasziniert von diesem Meisterwerk. Dieses Buch hat mich inspiriert, selbst wieder einen Roman zu schreiben. Auch habe ich mich nach dem wahren Namen der Autorin erkundigt und in Erfahrung gebracht, dass die Baronin Callenhoff hinter diesem Pseudonym steckt. Daher war es für mich sehr erstaunlich, als die Baroness an Bord der Thalia kam. Ich habe ihr nicht gesagt, dass ich das Buch gelesen habe, weil ich wissen wollte, was für ein Mensch sie ist. So bin ich nun einmal, geradezu versessen neugierig.«

»Und wie ist dein Eindruck?«

»Ich nehme wieder einmal zur Kenntnis, dass ich die interessanten Männer nicht erreichen kann, wenn eine Frau, so schön, klug, begabt und reich wie die Baronin Callenhoff, mir Konkurrenz macht. Mir bleiben die Stallburschen, Kellner und Matrosen.«

»So wie dir wenig bis gar nichts entgeht, verhält es sich auch bei mir. Mir ist aufgefallen, dass du öfter mit diesem groß gewachsenen Matrosen geplaudert hast.«

»Er ist ein Mann mit Chancen bei den Frauen.«

»Das freut mich für dich.«

»Irgendetwas Geheimnisvolles muss doch an dir sein. Etwas, was ich niemals werde aufdecken können. Damit muss ich mich wohl abfinden.«

»Wenn ich dich richtig verstehe, verehrte Therese, ist das ein Freundschaftsangebot knapp vor Ende der Reise.«

»Das kann man so sagen. Ich nehme morgen den Schlafwagen nach Wien. Übermorgen bin ich zurück in meiner Wohnung, werde die Reportage über die Reise der Thalia in Reinschrift bringen und dann bald dem Verlag zusenden. Die Zeit drängt, denn in vier Wochen plane ich, mich in Bozen mit einer Gruppe von Bergsteigern zu treffen. Diese Männer sind so fortschrittlich, dass sie es einer Frau gestatten, mit ihnen den höchsten Berg der Monarchie zu erklimmen.«

»Du besteigst den Ortler?«, fragte Bruno erstaunt.

»Das ist seit Langem eines meiner Ziele.«

»Ich bin fasziniert von deinen Reisen! Gestern die antiken Stätten der Ägäis, heute das offene Meer, morgen die Felswände des Hochgebirges.«

»Ich hasse Langeweile.«

Bruno lachte. »Geschätzte Therese, darf ich um die Gunst werben, mit dir ein Glas Wein zu trinken?«

»Gewährt, Herr Inspector.«

~~~

Friedrich hatte viel zu früh seine Kabine verlassen, daher musste er warten. Er versuchte geduldig zu bleiben, was ihm schwerfiel. Die Briefe, die sie einander geschrieben hatten, hatten ihn förmlich am Leben erhalten. Nur wegen der Briefe war es ihm gelungen, nicht nachts über die Reling in den finsteren Schlund zu springen. Trotz der Wachsamkeit des Grafen war es Carolina abends geglückt, ihm eine Nachricht zukommen zu lassen. Als sich nach dem Dîner die Passagiere am Promenadendeck die Beine vertreten und sich nach und nach im Musiksalon eingefunden hatten, hatte sie in einem Moment, in dem ihr Vater abgelenkt war, einem der Steward einen winzigen Zettel zugesteckt. Dieser hatte ihn pflichtbewusst abgeliefert. Carolina hatte nur geschrieben: *Zwei Uhr am Fenster.* In den letzten Nächten hatte sie sich täglich am Fenster der Kabine getroffen. Die Fenster der Luxuskabinen konnte man zum Lüften ein Stück öffnen, allerdings nicht weit genug, damit eine erwachsene Person durch den Spalt ein- oder aussteigen konnte. Das war eine konstruktive Vorsichtsmaßnahme, damit niemand leicht in die Kabinen der vornehmsten Passagiere des Dampfers einsteigen konnte.

Er wartete.

Der Musiksalon war längst dunkel, nur im Rauchsalon hielt noch eine kleine Schar Unentwegter bei Zigarren, schottischem Whiskey und französischem Cognac die letzte Wacht. Friedrich hatte beobachtet, dass ein Steward den ziemlich betrunkenen Mark Cramp beim Verlassen des Salons gestützt und die Treppe hinab begleitet hatte.

Der Kapitän hatte zwar verboten, dass Carolinas Kabine von ihrem Vater von außen versperrt wurde, und tagsüber hielt sich der Graf auch an diese Anordnung, nachts aber war Carolinas Kabine abgeschlossen.

Friedrich schaute auf seine Taschenuhr. Trotz der Dunkelheit erkannte er, dass der Minutenzeiger beinahe senkrecht stand.

Da! Die Glasscheibe wurde nach unten geschoben. Er schlich gebückt näher und lauschte. Friedrich spürte Carolinas Gegenwart hinter der Eisenwand. Das musste eine Form von Magnetismus sein, dachte er und tastete mit der Hand nach der Fensteröffnung.

»Carolina, bist du da?«, fragte er flüsternd.

Ihr Gesicht erschien am Fenster. »Ja.«

Friedrich erhob sich. »Da bist du ja! Meine Güte, wie sehr ich dich vermisst habe.«

»Und ich dich.«

»Küss mich!«

Sie drängten ihre Gesichter an die Öffnung in der Eisenwand, ihre Lippen fanden für eine schier endlose süße Weile zueinander. Carolina löste sich von ihm, streckte eine Hand nach draußen, die er ergriff und mit Küssen bedeckte. Erst nach einer Weile zog sie die Hand wieder ein.

»In ungefähr acht Stunden werden wir Triest erreichen«, sagte sie.

»Ich weiß.«

»Ich habe viel nachgedacht, Friedrich.«

»Ich auch, ich habe gar nichts anderes getan.«

»Und hast du eine Idee für die Zukunft?«

»Ich finde Georgs Vorschlag exzellent. Wir verstecken uns bei ihm, bis du einundzwanzig Jahre alt bist, dann heiraten wir und leben in Triest. Das ist eine großartige Idee! Wir leben unser eigenes Leben, selbstständig und eigenverantwortlich, wir essen das, was wir uns durch ehrliche Arbeit verdienen, wir kriegen Kinder und erziehen sie in einer neuen Zeit und in einem neuen Leben zu eigenverantwortlichen Menschen. Wir leben im zwanzigsten Jahrhundert, nicht im achtzehnten.«

»Ich danke Georg für diese Idee.«

»Georg wird dir helfen, in Triest unterzutauchen, noch bevor dein Vater irgendetwas spitzkriegt.«

»Und was machst du?«

»Ich tauche auch unter.«

»Hm, ein schöner Gedanke«, flüsterte Carolina.

»Das ist nicht bloß ein Gedanke, es ist ein guter Plan.«

»Der Plan wird nicht klappen.«

Friedrich schnappte nach Luft. »Was? Warum sagst du das?«
»Ich habe es tausendmal durchdacht. Mein Vater wird niemals darauf verzichten, mich standesgemäß zu verheiraten. Ich bin sein einziges Kind, die Adelslinie der Urbanau wird aussterben, wenn ich keine standesgemäßen Kinder gebäre. Das wird mein Vater nicht zulassen.«
»Deswegen verstecken wir uns ja in Triest.«
»Bei Georg in Triest wird mein Vater zuerst nach mir suchen. Er wird uns die Polizei auf den Hals hetzen und eine Kompanie von Detektiven ausschicken. Man wird uns suchen und finden. Das ist so gut wie gewiss. Mein Vater ist Graf Urbanau, mit einem Augenaufschlag gibt er Befehle, die bedingungslos befolgt werden.«
Ein Stein legte sich in Friedrichs Magen. »Was sollen wir also tun?«
»Hör mir bitte zu, Friedrich.«
»Selbstverständlich höre ich dir zu.«
»Die Baronin Callenhoff war heute Nachmittag bei meinem Vater und hat mit ihm gesprochen. Mein Vater ist ein langjähriger Bekannter ihres Vaters, des Baron Kreutberg, die beiden waren in ihrer Jugend mehrmals zur Jagd in der Obersteiermark. Weiters kennt mein Vater den Freiherrn von Callenhoff, ihren Gemahl. Die Baronin hat meinen Vater um die Erlaubnis gebeten, mit mir zu sprechen. Er hat die Erlaubnis erteilt.«
»Du hast mit der Baronin Callenhoff gesprochen?«
»Ja, wir haben nachmittags ein langes Gespräch geführt.«
»Was hat sie gesagt?«
»Sie hat mir geraten, den Lauf der Dinge zu akzeptieren.«
»Was soll das bedeuten?«
»Friedrich, wir werden niemals heiraten können.«
»Das hat sie dir gesagt?«
»Bitte nicht so laut. Bitte, Geliebter, hör mir zu, ich flehe dich an.«

»Ich lausche in Demut.«

»Ich werde Arthur von Brendelberg heiraten und den Häusern Brendelberg und Urbanau einen Erben gebären. Mein Sohn wird ein bedeutender Mann in Österreich-Ungarn sein. Ich bin in wenigen Monaten einundzwanzig Jahre alt, in höchstens vier oder fünf Jahren werde ich einen Sohn haben, vielleicht sogar früher, das heißt, ich werde Mitte zwanzig sein, wenn ich meine Pflicht in dieser Welt erfüllt habe. Danach werden mein Gemahl und ich eigene Leben führen. Ich werde dich wieder treffen. Wir werden viele Jahre beisammen sein können.«

»Das verstehe ich nicht.«

»Die Baronin ist siebenundzwanzig und lebt ihr eigenes Leben.«

»Hat sie einen Geliebten?«

»Das hat sie nicht so genau gesagt, aber ich glaube ja.«

»Ich soll also dein Geliebter im Geheimen sein?«

»Vielleicht anfangs. Aber später wird unsere Beziehung nicht im Geheimen bleiben müssen. Wir könnten Reisen unternehmen, den Orient entdecken, die Pyramiden in Ägypten sehen, vielleicht gar bis Indien fahren. Wir könnten nach St. Petersburg oder Paris reisen. Wir könnten zusammen sein.«

»Und wenn das dein Gemahl nicht erlaubt? Wenn er eifersüchtig ist und seine Frau nicht mit einem anderen teilen will?«

»Das wissen wir jetzt nicht.«

»Und was soll ich in den nächsten vier bis fünf Jahren tun?«

»Auf mich warten, Geliebter. Würdest du das tun?«

Friedrich sank in sich zusammen. »Ich würde alles für dich tun.«

Beide schwiegen eine Weile, verbunden in Liebe und doch durch eine eiserne Wand getrennt.

»Friedrich, bitte gib mir noch einen Kuss.«

»Ja, Geliebte, ein Kuss.«

Im Golf von Triest

Es klopfte an der Tür. Bruno erwachte. Schlaftrunken erhob er sich und griff nach seiner Taschenuhr. Es war halb sechs Uhr früh. Es klopfte erneut. Bruno öffnete die Tür und sah einen der Matrosen. »Ja, bitte?«

»Sie sollen unverzüglich zum Kapitän kommen.«

»Ist etwas passiert?«

»Er ist auf der Brücke.« Damit marschierte der Mann fort.

Bruno brummte verdrießlich und warf die Tür zu. Also kleidete er sich zügig um, stieg in die Schuhe und eilte die Stiege hoch. Noch lagen die Passagiere nach dem festlichen Abend in stillem Schlummer. Was war geschehen?

Auf dem Brückendeck befanden sich der Kapitän und die Offiziere, sie alle hatten Ferngläser in den Händen und suchten damit das Meer ab. Die Mienen der Männer waren gespannt. Bruno trat näher.

»Guten Morgen, Herr Kapitän. Sie haben nach mir rufen lassen.«

»Da sind Sie ja, Zabini. Wir haben Ärger.«

»Was ist vorgefallen, Herr Kapitän?«

»Was genau vorgefallen ist, wissen wir noch nicht. Aber die Kabine des Grafen ist leer.«

»Verdammt!«

»Einer der Matrosen hat bei seinem Rundgang entdeckt, dass die Tür zur Kabine des Grafen nicht geschlossen ist, also hat er angeklopft, gewartet und noch einmal angeklopft. Als der Graf nicht geantwortet hat, ist der Mann in die Kabine eingetreten, um nach dem Grafen zu suchen. Als er ihn nicht vorfand, hat er das sofort dem diensthabenden Offizier gemeldet.

Signor Silla hat die Mannschaft alarmiert. Die Männer suchen gerade systematisch das gesamte Schiff ab.«

»Vielleicht ist der Graf in einer anderen Kabine«, mutmaßte Bruno.

Kapitän Bretfeld zuckte mit den Achseln. »Kann natürlich sein, aber nach all den Vorkommnissen gehe ich auf Nummer sicher. Und bevor wir die Passagiere aus den Betten jagen, müssen alle übrigen Räume auf dem Schiff inspiziert sein.«

»Erlauben Sie, dass ich die Kabine des Grafen untersuche, Herr Kapitän?«

»Signor Zabini, Sie erhalten hiermit von mir den offiziellen Auftrag, die Untersuchung einzuleiten. Das wird im Logbuch vermerkt. Signor Valenti ist abkommandiert, die Kabine zu bewachen. Gehen Sie am besten sofort zu ihm.«

»Vielen Dank, Herr Kapitän. Ich bin schon auf dem Weg.«

Bruno eilte zwei Decks tiefer auf das Promenadendeck, ging am Musiksalon vorbei und betrat den Gang vor den Luxuskabinen. Vor der Kabinentür des Grafen stand mit düsterer Miene der Bootsmann.

»Guten Morgen, Signor Valenti.«

»Guten Morgen, Signor Zabini.«

»Der Kapitän schickt mich. Ich soll die Kabine untersuchen.«

»Sehr gut. Gehen Sie gleich hinein.«

Bruno winkte ab. »Ich muss erst meine Kommissionstasche holen. Schläft die Komtess noch?«

»Ja. Alle schlafen noch. Auch die Paare Eggersfeldt und Seefried.«

»Hat seit dem Entdecken der Abwesenheit des Grafen jemand die Kabine betreten?«

»Ich war drinnen.«

»Haben Sie irgendetwas verändert?«

»Nein. Ich habe nur nach dem Grafen gesucht.«

»Also waren der Matrose und Sie in der Kabine. Sonst noch jemand?«

»Sonst niemand.«

»Gut. Bitte bewachen Sie weiterhin die Tür. Niemand darf ein oder aus gehen. Ich bin in ein paar Augenblicken wieder hier.«

Der Bootsmann nickte und Bruno hastete los. In seiner Kabine öffnete er den Kasten und zog seine Kommissionstasche heraus. Bruno öffnete den Koffer und vergewisserte sich, dass der Inhalt vollständig war, dann eilte er wieder zurück zur Kabine des Grafen.

Bootsmann Valenti schaute neugierig auf den dunkelbraunen Lederkoffer. »Was ist in diesem Koffer?«

»Vor allem Instrumente und Materialien zur Spurensicherung. Signor Valenti, ich werde jetzt längere Zeit in der Kabine beschäftigt sein. Ich bitte um keine Störung, aber sollte der Graf auftauchen oder sich eine andere wichtige Information ergeben, bitte ich um Mitteilung.«

»Jawohl.«

Bruno betrat die Kabine und schloss hinter sich die Tür. Er stellte den Koffer ab und schaute sich genau um. Das Zimmer wirkte aufgeräumt. Bruno war schon einmal in der Kabine des Grafen, auch damals war ihm aufgefallen, dass Ordnung herrschte. Einzig einer der beiden Stühle beim Tisch war umgefallen. Auf dem Diwan lag eine zusammengefaltete Decke. Auf dem Tisch befanden sich eine halb volle Karaffe mit Wasser, ein Glas, ein Teller und darauf ein Buttermesser, weiters drei Aktenumschläge aus Leder, zwei Bücher, ein Schreibheft, zwei Füllfedern und ein Tintenfass. Ein Paar Schuhe stand neben dem Tisch. Sie schienen frisch geputzt. An der Garderobe hingen auf Kleiderhaken ein Blazer und ein Mantel. Bruno trat in den Schlafraum. Der Graf benutzte, wie er nun sah, das Bett an der Außenwand des Schiffes unterhalb des Fensters, während ihm das zweite Bett als Kleiderablage diente. Dass der Graf und die Komtess je eine Luxuskabine mit jeweils zwei Betten gebucht hatten, zeigte Bruno, dass Geld für den Grafen keine Rolle spielte. Der Polster im benutzten Bett war nach dem letzten Gebrauch nicht ausgeschüttelt worden, und die Bettdecke hing halb zu Boden. Das war mehr als auffällig. Kaum zu glauben, dass ein Mann, der mit militärischer Disziplin Ordnung hielt, beim Verlassen seiner Kabine nicht das Bett machte. Bruno konnte sich an seine Dienstzeit bei der Marine erinnern. Das Bettenmachen war die erste und wichtigste Übung, die der Unteroffizier den Rekruten beigebracht hatte.

Es klopfte an der Tür. Der Bootsmann hatte die Tür geöffnet, trat aber nicht ein, sondern winkte Bruno. »Inspector Zabini, kommen Sie. Ich habe etwas gefunden.«

»Ich komme.«

Bruno folgte dem Bootsmann an das Heck auf dem Promenadendeck. Bei einer Sitzbank an der Reling hielt Valenti an und zeigte zu Boden.

»Sehen Sie! Das Taschentuch mit den aufgestickten Initialen *MvU*. Vielleicht steht das für Maximilian von Urbanau.«

Bruno kniete sich zu Boden und schaute das Taschentuch genauer an. Es hing an einem der Säulenfüße der Bank und war deshalb nicht vom Wind in das Meer geweht worden. Bruno nahm einen Bleistift zur Hand und hob damit das Taschentuch hoch. Es war nicht zum Naseputzen verwendet worden. Bruno schaute es sich genauer an, dann schnupperte er daran. Und zuckte sofort zurück.

»Riecht es übel?«, fragte Valenti.

»Es riecht sehr charakteristisch.«

»Wonach?«

»Riechen Sie selbst.«

Valenti schnupperte an dem Taschentuch und verzog das Gesicht. »Ein schwacher süßlicher Geruch. Was ist das?«

Bruno biss die Zähne zusammen. »Das Taschentuch wurde in Chloroform getränkt.«

»Chloroform? Das bedeutet, dass ...« Valenti vollendete den Satz nicht.

»Signor Valenti, benachrichtigen Sie den Kapitän. Und kontrollieren Sie, ob in der Schiffsapotheke eine Flasche Chloroform fehlt.«

Valenti nickte und rannte los.

Bruno trug das Taschentuch in die Kabine des Grafen, entnahm seiner Kommissionstasche eine Blechschatulle und legte es hinein. Dann trat er vor die gegenüberliegende Kabine, klopfte an die Tür und wartete. Er klopfte erneut.

»Wer ist da?«, rief Carolina durch die geschlossene Tür.

»Bruno Zabini. Bitte öffnet die Tür, Komtess. Ich muss mit Euch sprechen.«

»Ich kann die Tür nicht öffnen. Mein Vater hat den Schlüssel. Ihr müsst zuerst bei ihm vorsprechen.«

»Seid Ihr allein?«

»Natürlich.«

Bruno griff zur Türklinke und drückte sie nach unten. Das Schloss war versperrt. »Einen Moment, Komtess, ich besorge den Schlüssel.«

Bruno wandte sich ab, da kamen der Kapitän, der Erste und der Zweite Offizier sowie der Bootsmann heran. Bruno winkte den Männern. Sie verließen den Bereich der Luxuskabinen und sammelten sich vor der Bank, bei der das Taschentuch gelegen hatte.

»Wo ist das besagte Taschentuch, Inspector?«, fragte der Kapitän.

»Ich habe es als Beweismittel sichergestellt.«

»Sind Sie sich sicher, dass es Chloroform war?«

»Absolut sicher. Ich kenne den Geruch des Mittels.«

»Was vermuten Sie?«

»Die erste Vermutung lautet so: Der Täter ist in die Kabine eingedrungen, hat den schlafenden Grafen chloroformiert und danach hier über die Reling gestoßen.«

Der Kapitän wandte sich dem Bootsmann zu. »Valenti, eilen Sie auf die Brücke und lassen Sie den Kurs um hundertachtzig Grad drehen. Wir laufen denselben Weg zurück. Die Männer sollen alle verfügbaren Ferngläser einsetzen und jeden Quadratmeter absuchen.«

»Jawohl, Herr Kapitän.«

»Herr Kapitän, wir müssen alle öffentlichen Mülleimer durchsuchen.«

»Wonach suchen wir?«

»Nach der Chloroformflasche, nach einem Korken, nach allem, was verdächtig ist. Weiters müssen die Reserveschlüssel kontrolliert werden. Fehlt einer oder sind alle vorhanden? Wer hat Zugang zu den Reserveschlüsseln? Wir brauchen Klarheit, ob sich der Graf in einer anderen Kabine aufhält, aber ich befürchte das Schlimmste. Außerdem hat der Graf die Komtess nachts in ihrer Kabine eingeschlossen. Ich brauche den Reserveschlüssel zu ihrer Kabine und muss sofort mit ihr sprechen. Wenn sicher ist, dass der Graf nicht an Bord ist, brauche ich etwa drei Stunden Zeit, um seine Kabine gründlich zu durchsuchen.«

»Was dauert so lange?«

»Ich muss die Kabine nach Fingerabdrücken untersuchen. Das benötigt Zeit und Genauigkeit.«

Der Kapitän zog erstaunt die Augenbrauen hoch. »Fingerabdrücke? Wenden Sie die Methode der Daktyloskopie an?«

»Ja.«

»Davon habe ich neulich gelesen. Verfügen Sie auch über die Kenntnisse und Mittel, diese Methode anzuwenden?«

Bruno nickte zustimmend. »Die nötigen Materialien sind in meiner Kommissionstasche, Pinsel, verschiedene Farbpulver, Tinte und spezielles Papier. Seit 1902 ist die Daktyloskopie in Österreich eine behördlich anerkannte Untersuchungsmethode. Damit will ich feststellen, wer sich in der Kabine des Grafen aufgehalten hat. Die Arbeit erfordert viel Geduld.«

Kapitän Bretfeld war beeindruckt. »Gut, Inspector, wir halten Ihnen den Rücken frei und lassen Sie die Untersuchung anstellen. Was brauchen Sie noch?«

»Geben Sie bitte einen Funkspruch durch, dass alle in der Region verfügbaren Schiffe nach einer im Meer treibenden Person suchen sollen.«

»Das geschieht sowieso.«

»Dann lassen Sie uns hoffen, dass ich mich täusche und der Graf im warmen Bett einer Dame zu finden ist.«

»Nämliches kriegen wir im Handumdrehen heraus.«

Ein Matrose eilte heran. »Herr Kapitän!«

Die Männer drehten sich dem Mann zu.

»Haben Sie eine Meldung?«

»Jawohl. In der Apotheke fehlt eine Flasche Chloroform.«

Bretfeld stemmte seine Fäuste in die Hüften und schaute Bruno an. »Ich fürchte, Ihre eben genannte Hoffnung ist damit geplatzt wie eine Seifenblase.«

Es pochte laut an der Tür. Samuel Teitelbaum, der eben seine Hose zuknöpfte, erschrak. Vilma Teitelbaum regte sich in ihrem Bett. Wie zumeist war er vor seiner Frau wach geworden. Er war schon immer ein Frühaufsteher gewesen. Es pochte erneut an der Tür.

»Wer ist so meschugge, um diese Zeit so einen Krach zu machen?«, murmelte er und öffnete die Tür.

Einer der Stewards stand vor der Tür der Nachbarkabine und klopfte auch dort. Zwei weitere Stewards arbeiten sich ebenfalls von Tür zu Tür.

»Was haben Sie denn vor, junger Mann? Wollen Sie alle Passagiere gegen sich aufbringen?«

»Entschuldigen Sie bitte die Störung, aber es ist ein Befehl vom Kapitän. Er fordert alle Passagiere auf, sich in zehn Minuten im Speisesaal zu versammeln.«

»Zehn Minuten? Ist etwas passiert?«

»Das weiß ich nicht. Sie erfahren alles Weitere vom Kapitän.«

»Herrjemine, was für ein Spektakel«, seufzte Teitelbaum und schloss die Tür.

Vilma war wach geworden und hatte sich aufgesetzt. »Was ist denn los?«

»Wenn ich das wüsste. Komm, steh auf. Wir müssen auf Anordnung des Kapitäns in zehn Minuten im Speisesaal aufmarschieren.«

Vilma Teitelbaum, die gestern Abend recht großzügig dem Wein und Sherry zugesprochen hatte, ächzte verkatert. »Ist Euer Gnaden, der hochwohlgeborene Graf Urbanau, jetzt endlich doch noch massakriert worden?«

Samuel schaute durch das Bullauge hinaus auf das Meer. »Mir will scheinen, das Schiff fährt einen Bogen.«

※

»Wissen Sie was los ist?«

»So ein Aufruhr. Das ist empörend!«

»Mitten in der Nacht so ein Spektakel zu veranstalten. Wenn das kein böses Omen ist!«

»Solange das Schiff nicht leck geschlagen hat, ist alles bestens. Oder müssen wir zu den Rettungsbooten?«

Das vielstimmige Gemurmel im Speisesaal verebbte, als der Kapitän mit seinem Gefolge erschien und die Hände hob. »Hochgeschätzte Passagiere, meine sehr geehrten Damen und

Herren, ich bitte inständig um Vergebung dieser rüden Beendigung Ihrer wohlverdienten Nachtruhe zu so früher Stunde. Wir werden den entstandenen Schaden durch ein besonders reichhaltiges Frühstück kompensieren. Darf ich Sie ersuchen, sich einen Platz zu wählen? Wir werden jetzt eine Zählung durchführen.«

»Ist jemand von Bord gefallen?«, fragte jemand rufend.

»Genau das gilt es festzustellen. Bitte nehmen Sie jetzt Ihre Plätze ein.«

»Ist der Graf verschwunden?«, fragte jemand anderer.

Silla flüsterte dem Kapitän zu: »Die Komtess ist noch in ihrer Kabine. Sollen wir sie holen?«

»Nicht nötig. Wir wissen, dass sie an Bord ist. Beginnen Sie die Zählung.«

Silla und zwei Matrosen begannen, die Personen im Saal zu zählen, während Lorenzutti mit drei Männern aufbrach, um ein Deck tiefer alle Kabinen zu inspizieren.

»Meine sehr verehrten Damen und Herren, ich bitte noch um etwas Geduld. Wir müssen die Untersuchung an Bord abschließen, dann stehe ich für jede Form der Auskunft zu Verfügung.«

~∞~

Bruno schloss die Tür hinter sich, um in aller Ruhe arbeiten zu können. Zuerst knipste er alle Lampen in der Kabine an und zog alle Vorhänge vor den Fenstern zur Seite. Auf die in der Kabine vorhandene Petroleumlampe konnte er bei diesen guten Lichtverhältnissen verzichten. Er stellte sich mitten in den Raum und stemmte die Fäuste in die Hüften. Schon flogen ihm die ersten Fragen zu. Das war genau der Moment, in dem er seinen Beruf liebte.

Warum wurde für die Betäubung ein Taschentuch des Grafen verwendet? Wer war so schlau, um aus dem versperrten

Apothekenkasten eine Flasche Chloroform zu stehlen und in die sicherlich versperrte Kabine des Grafen einzudringen, dann aber kein Taschentuch für das Chloroform dabeizuhaben? Geschah dies aus Absicht oder aus einer Notlage heraus? Bruno konnte sich erinnern, dass der Graf sich nach dem Vorfall in Smyrna öffentlich für seine stete Wachsamkeit auch im Schlaf gerühmt hatte. Und ja, Bruno hatte manche ältere Menschen getroffen, die einen sehr leichten Schlaf hatten und bei den kleinsten Geräuschen aufwachten. Wer also war so geschickt und leise, nachts in die Kabine des Grafen einzudringen? Hatte der Graf am letzten Abend viel Alkohol getrunken? Das musste Bruno in Erfahrung bringen. Und wer hatte mit dem Grafen getrunken, respektive ihm die Getränke serviert?

Stimmte der vermutete Hergang, dann würde wohl ein einzelner Täter ausscheiden. Der Graf war ein stattlicher Mann. Bruno fiel mit Erschrecken ein, dass er genau diesen Gedanken beim Mord an Schiffskommissär Glustich in Ragusa erwogen hatte. Hatte er etwas übersehen? War am Ende doch nicht Gilbert Belmais der wahre Attentäter? Gab es einen weiteren gedungenen Mörder an Bord?

Es gab nur eine Möglichkeit, Klarheit zu schaffen. Jeder einzelnen Frage musste mit einem Höchstmaß an Vernunft nachgegangen werden, jede Antwort musste plausibel sein und dokumentiert werden. Alles andere war in Brunos Augen behördliche Willkür.

Er griff nach der größeren seiner beiden Lupen und begann, alle glatten Oberflächen der Eingangstür genau zu untersuchen.

Der Kapitän stand mit drei Männern am Heck und wartete. Die Männer rauchten. Sie hörten schnelle Schritte, der Zweite Offizier eilte die Treppe hoch.

»Lorenzutti, sind Sie fertig?«

»Jawohl, Herr Kapitän. Alle Kabinen sind leer.«

Der Kapitän nickte mit düsterer Miene. »Wir haben also die Gewissheit, dass sich Graf Urbanau nicht an Bord aufhält.«

Keiner der Männer sagte ein Wort, alle schauten den Kapitän an, der seine Zigarette in das Meer schnippte.

»Silla, Sie geben einen Funkspruch an Triest durch. Lorenzutti, Sie sagen Inspector Zabini Bescheid. Und ich werde zu den Passagieren sprechen. Verdammt, so knapp vor dem Ziel ein derartiger Schlamassel! Meine Herren, eines noch. Ich werde den Passagieren bis auf Weiteres den Aufenthalt in den Kabinen befehlen. Das Frühstück wird in den Kabinen serviert.«

Der Kapitän zog einen Schlüsselbund und präsentierte ihn den Seeleuten. »Lorenzutti, Ihre Männer erhalten die Gewehre.«

Es klopfte an der Tür. Bruno kniete vor dem Tisch und suchte mit der Lupe nach Spuren. Er rief über seine Schulter: »Herein!«

Lorenzutti öffnete die Tür, trat aber nicht ein. »Inspector Zabini, ich bringe Nachricht.«

Bruno erhob sich und ging auf den Zweiten Offizier zu. »Und welche?«

»Alle Ecken und Winkel auf dem Schiff sowie alle Kabinen wurden durchsucht, und die Passagiere sind durchgezählt worden. Es ist klar, Graf Urbanau ist nicht an Bord.«

»Ich habe die Zahl der Schwimmwesten in der Kabine kontrolliert. Es sind noch alle hier.«

»Verdammt.«

»Haben Sie den Ersatzschlüssel?«

»Ja.« Lorenzutti reichte Bruno einen Schlüssel mit einem Anhänger, auf dem die Zahlen *1/2* standen.

»Danke. Ich spreche jetzt mit der Komtess. Sagen Sie dem Arzt, er soll sich bereithalten.«

Lorenzutti nickte mit verkniffenen Lippen. Bruno legte die Lupe zurück in den Tatortkoffer, drückte die Brust heraus und atmete tief durch. Er trat vor die Kabine der Komtess und klopfte.

»Sind Sie es, Signor Zabini?«

»Ja. Ich habe jetzt den Schlüssel. Seid Ihr salonfähig, Komtess?«

»Ja. Öffnen Sie bitte die Tür?«

Bruno steckte den Schlüssel ins Schloss und drehte ihn um. Lorenzutti stand schräg hinter ihm und beobachtete. Bruno öffnete die Tür. Carolina stand voll bekleidet und frisiert beim Tisch und starrte Bruno mit großen Augen an. Sie wirkte angespannt und verängstigt. Bruno schloss hinter sich die Tür und trat vor sie.

»Sagen Sie mir bitte, was vorgefallen ist«, bat Carolina. »Ich habe aufgeregte Stimmen gehört und durch das Fenster umhereilende Matrosen gesehen. Irgendetwas ist geschehen.«

»Komtess, ich kann noch keinen vollständigen Bericht abgeben, aber wir haben mittlerweile in einer Sache Klarheit.«

»In welcher Sache?«

»Euer Vater ist nicht mehr an Bord.«

Stille im Raum. Bruno sah es der Komtess an, dass sie verzweifelt versuchte, den Sinn des Satzes zu verstehen.

»Das Schiff ist mitten auf der Adria«, flüsterte sie unsicher.

»Wir wissen nicht genau, wann Euer Vater von Bord gegangen ist. Ich vermute, irgendwann im Laufe der Nacht. Die Thalia hat kehrtgemacht, mehrere Seeleute stehen auf dem Bootsdeck und halten mit Ferngläsern Ausschau. Der Kapitän hat einen Funkspruch abgesetzt und alle in der Gegend verfügbaren Schiffe um Unterstützung aufgerufen.«

»Ist mein Vater ertrunken?«

»Das weiß ich nicht. Wenn er mit einer Schwimmweste ausgerüstet ist, kann er sehr lange schadlos im Wasser treiben. Es ist Juni, die Adria ist warm.«

Carolina legte die Hände auf ihren Mund. Sie taumelte. Bruno stützte sie und rückte einen Stuhl zurecht. Sie ließ sich darauf nieder. Bruno zog den zweiten Stuhl heran und setzte sich ihr gegenüber. Carolina war fassungslos. Sie verstand nicht, was geschehen war. »Und wenn er keine Schwimmweste hat?«

Bruno ließ sich mit der Antwort Zeit. »Komtess, wie Ihr sagtet, wir sind auf See. Dass er sich mehrere Stunden aus eigener Kraft über Wasser hält, ist möglich, aber nicht wahrscheinlich.«

»Ich verstehe überhaupt nicht, was Sie sagen wollen. Ist er tot oder nicht?«

»Solange wir seine Leiche nicht gefunden haben, ist der Graf nicht tot, aber es besteht höchste Lebensgefahr.«

»Ihre Worte verwirren mich.« Carolina beugte sich nach vorn und verbarg das Gesicht in ihren Händen. Sie atmete schwer.

Bruno ließ ihr Zeit. Gedanken rasten durch seinen Kopf. Mehrere gedungene Mörder hatten Anschläge verübt und waren gescheitert. Befand sich ein noch viel durchtriebenerer und entschlossenerer Assassine an Bord, der mit langem Atem darauf gewartet hatte, bis in der Weinseligkeit des letzten Abends die Aufmerksamkeit der Wachen und des Grafen nachgelassen hatte? Oder hatte die von ihrem Vater tyrannisierte Tochter einen Weg gefunden, sich für ihren weiteren Lebensweg Freiheit zu verschaffen? Bruno gestand sich ein, die letzte Frage stach wie ein Dolch. Gleichsam mit Händen und Füßen wehrte er sich gegen die Vorstellung, dass Carolina ihren Vater selbst oder mithilfe eines Komplizen zuerst betäubt und danach über Bord geworfen hatte. War er so sehr von dieser hinreißenden jungen Frau geblendet, dass er das Naheliegende nicht wahrhaben wollte? Der Verdacht lag wie ein bitterer Geschmack auf seinen Lippen.

»Komtess, habt Ihr nachts Eure Kabine verlassen?« Bruno wartete eine Weile, bis sie sich wieder aufrichtete. Vereinzelte Tränen liefen über ihre Wangen. Bruno wiederholte die Frage.

»Ich konnte die Kabine doch nicht verlassen. Mein Vater hat sie wie jede Nacht abgeschlossen.«

»Wann habt Ihr zuletzt mit Eurem Halbbruder Georg Steyrer gesprochen?«

»Ich weiß es nicht. Gestern, glaube ich.«

»Versucht Euch bitte zu erinnern.«

Carolina suchte nach ihrem Taschentuch und schnäuzte sich. »Ja, gestern Abend habe ich mit Georg zuletzt ein paar Worte gewechselt.«

»Worüber habt Ihr mit ihm gesprochen?«

»Ich glaube, über seinen Plan, Friedrich und mich nach Triest zu holen. Oder war es etwas anderes? Ich weiß es nicht mehr genau. Ich kann nicht klar denken.«

Bruno spitzte die Ohren. Was war das für ein Plan? »Und wann habt Ihr Friedrich Grüner zuletzt gesprochen?«

»Heute Nacht.«

»Wann heute Nacht?«

»Um zwei Uhr früh.«

Brunos Puls rumorte. Kam er der Sache näher? »Habt Ihr Eure Kabine verlassen, um sich mit Herrn Grüner zu treffen?«

»Nein, ich sagte doch, dass Vater meine Kabine Nacht für Nacht verschlossen hat.«

»Ist Herr Grüner zu Euch in die Kabine gekommen?«

»Nicht herein. Wir haben durch den Fensterspalt gesprochen.«

Bruno nickte verstehend. »Worüber habt Ihr mit Herrn Grüner gesprochen?«

Carolina kämpfte immer verzweifelter gegen einen Zusammenbruch. »Über die Unmöglichkeit, Georgs Plan umzusetzen. Und über das Gespräch, dass ich mit Baronin Callenhoff geführt habe.«

Luise hatte Bruno vorab über ihr Vorhaben informiert, sowohl mit dem Grafen als auch mit der Komtess zu sprechen. Anschließend hatte sie ihm den Verlauf der Gespräche mitgeteilt. Von einem Plan ihres Halbbruders hatte die Komtess Luise nichts verraten.

»Erläutert mir bitte den Plan, den Ihr erwähnt habt.«

»Warum stellen Sie all diese Fragen? Signor Zabini, was soll das bedeuten? Was geschieht hier?«

Es klopfte laut an der Tür, im gleichen Augenblick wurde sie geöffnet und der Kapitän trat herein. Bretfeld sah, wie Carolina in Tränen ausbrach. Der Kapitän stürzte herein und stellte sich schützend vor sie. Er schaute Bruno an. »Haben Sie die Komtess etwa verhört?«

»Nein, nicht verhört, ich habe sie befragt.«

Der Kapitän donnerte: »Also doch ein Verhör! Was erlauben Sie sich, Inspector? Tun Sie lieber Ihre Arbeit!«

Bruno erhob sich und schob den Stuhl zur Seite. Er biss die Zähne zusammen. War nicht das Verhör von Verdächtigen ein essenzieller Teil der Polizeiarbeit? Mit letzter Mühe schaffte er es, diese Gegenfrage nicht auszusprechen.

»Die Komtess steht ab jetzt unter meinem persönlichen Schutz und wird in meiner Kabine in Sicherheit gebracht!«

Damit reichte der Kapitän Carolina die Hand und begleitete sie hinauf in das Bootsdeck zu den Kabinen der Offiziere.

Bruno wandte sich an Lorenzutti, der sich nach wie vor im Bereich der Luxuskabinen aufhielt. »Signor Lorenzutti, ist es möglich, dass die Herren Georg Steyrer und Friedrich Grüner in ihren Kabinen festgesetzt werden? Ich muss mit beiden Männern sprechen.«

»Alle Passagiere müssen sich derzeit in ihren Kabinen aufhalten. Und das Festsetzen des Oberkellners kann nur der Kapitän anordnen.«

Bruno zuckte mit den Schultern. Solange die Thalia auf See war, würden die beiden Männer seinen Fragen nicht entkommen. Und um die richtigen Fragen stellen zu können, musste er zuerst noch einige Sachverhalte untersuchen.

»Nun denn, ich setze meine Arbeit in der Kabine des Grafen fort.«

Kapitän Bretfeld und Dr. Zechtel schlossen die Tür der Kapitänskajüte von außen.

»Wie lange wirkt das Mittel?«

Der Arzt schob seine Brille zurecht. »Einige Stunden. Veronal ist ein sehr wirksames Schlafmittel und darf nur unter strenger ärztlicher Kontrolle verabreicht werden. Die Komtess wird tief und fest schlafen und danach erholt erwachen.«

»Und in meiner Kabine ist sie sicher wie in Abrahams Schoß.«

»Zu Mittag werde ich nach der Komtess sehen.«

»Vielen Dank, Herr Doktor.«

»Das ist doch selbstverständlich, Herr Kapitän.«

Der Schiffsarzt ging ab, während Kapitän Bretfeld auf seinen Ersten Offizier zutrat. »Signor Silla, Sie haben mir doch von diesem Streit zwischen dem Grafen und dem Oberkellner berichtet.«

»Das habe ich.«

»Bringen Sie den Mann auf die Brücke. Ich stelle ihn zur Rede.«

»Haben Sie einen Verdacht, Herr Kapitän?«

»Ja. Außerdem will ich danach auch mit Herrn Grüner sprechen.«

»Sollten wir die Verhöre nicht Inspector Zabini überlassen?«

»Der Mann hat sich in einigen Situationen als schneidig und verlässlich erwiesen, aber das hier ist jetzt kein Spiel mehr. Wenn der Graf wirklich chloroformiert über die Reling geworfen worden ist, dann ist er längst ertrunken. Dass dieser Polizist die Komtess im Augenblick des Überbringens der Schreckensmeldung verhört hat, gefällt mir gar nicht. Ab jetzt führe ich die Ermittlungen an Bord.«

»Jawohl, Herr Kapitän.«

»Machen wir volle Fahrt?«

»Volle Fahrt, jawohl.«

»Die Heizer sollen noch Kohle auflegen. Gibt es Nachricht aus Triest?«

»Ja. Drei Dampfer sind in diese Gewässer unterwegs. Auch aus Pola kam ein Funkspruch. Die Kriegsmarine hat zwei Torpedoboote losgeschickt.«

⁂

Mittlerweile hatte er eine Anzahl an brauchbaren Abdrücken gesammelt. Er schätzte, dass sie zu vier Personen gehörten, möglicherweise zu fünf. Zurück in Triest würde er die Bestände an Bleiweiß und Lycopodium auffüllen müssen. Die Fläschchen waren fast leer. Bruno überblickte die Sammlung der Fingerabdrücke. Ein Abdruck kam dreimal vor, wahrscheinlich stammte er vom rechten Daumen des Grafen. Rechtshänder hinterließen häufig den Abdruck ihres rechten Daumens an exponierten Stellen.

Bruno schaute auf die Uhr und erschrak fast ein bisschen. Es war knapp vor zwölf Uhr Mittag, die Zeit war wie im Flug vergangen, und er hatte länger gebraucht, als er angenommen hatte. Der Kapitän hatte Wort gehalten und ihn in aller Ruhe arbeiten lassen.

Es klopfte. Bruno ging zur Tür und öffnete sie. Lorenzutti stand davor und hielt einen in ein Taschentuch eingeschlagenen Gegenstand in der offenen Hand.

»Der Mann, der die Mülleimer durchsucht hat, hat das gefunden«, sagte Lorenzutti und schlug das Taschentuch auseinander.

Brunos Augen weiteten sich. »Das ist großartig! Kommen Sie herein.«

Lorenzutti folgte Bruno zum Tisch und legte die leere Chloroformflasche mitsamt dem Taschentuch ab.

»Haben Sie oder der Mann die Flasche mit der bloßen Hand angegriffen?«

»Nein. Vor der Suche habe ich den Mann instruiert und er handelte geistesgegenwärtig. Als er beim Durchwühlen des Mülls die Flasche entdeckt hat, hat er sein Taschentuch verwendet, um sie herauszuziehen.«

»Und haben er oder Sie die Flasche mit dem Taschentuch abgewischt?«

»Natürlich nicht, wir wollten ja allfällige Spuren nicht verwischen.«

»Vielen Dank, Signor Lorenzutti. Besser hätte ich es nicht gekonnt.«

Bruno machte ein wenig Platz auf dem Tisch und stellte die Lupe und den Rest von Bleiweiß parat.

Lorenzutti überblickte die Papierbögen mit den Abdrücken. »Das ist die Ausbeute Ihrer Untersuchung?«

Bruno blickte kurz hoch. »Ja. Die Arbeit eines ganzen Vormittags.«

»Beeindruckend. Ich habe schon über die Daktyloskopie gelesen, aber die Anwendung des Verfahrens erlebe ich zum ersten Mal.«

Mit der Lupe suchte Bruno die Flasche ab. Was für ein Glück, dass der Täter die Flasche nicht einfach über Bord geworfen hatte. Dieser Umstand, so schoss es Bruno durch den Kopf, ließ annehmen, dass der Täter kein Berufsmörder war. Echte Assassinen würden sich keine solchen Fehler leisten. Oder damit eine falsche Spur legen. Auch das war möglich.

Das Schiffshorn der Thalia ertönte. Die beiden Männer schreckten hoch. Lorenzutti schaute aus dem Fenster. »Wir verlieren Fahrt. Und drehen bei.«

Bruno stellte sich neben den Zweiten Offizier. »Dafür gibt es zweifelsfrei einen guten Grund.«

»Das muss ich mir ansehen.«

Lorenzutti lief los. Bruno griff nach dem Schlüssel, verließ die Kabine des Grafen und versperrte sie. Dann eilte er an die Reling an Steuerbord, wo sich mehrere Seeleute sammelten. In der Ferne sah er eine Trabakel, bei dem die Fischer eben die Segel einholten. Aus der Ferne meinte Bruno zu sehen, dass am Heck des Schiffes eine Person auf den zusammengerollten Fischnetzen lag. Bruno trat neben Lorenzutti, der ihm wortlos ein Fernglas reichte, und schaute durch das Fernglas. Selbst auf die Distanz glaubte er die liegende Person zu erkennen. Den Fischern war offenbar die treibende Leiche des Grafen Urbanau ins Netz gegangen.

❧

Carolina schlug die Augen auf. Sie wusste nicht, wo sie war und was geschehen war, sie war völlig verwirrt. In welchem Raum befand sie sich hier? Das war nicht ihr Schlafgemach in der Grazer Villa, auch nicht ihr Zimmer auf dem Landsitz. Oder doch? Warum sah sie alles so verschwommen?

Mühsam richtete sie sich auf.

Sie lag vollständig bekleidet auf einem Diwan und war mit einer leichten hellbraunen Decke zugedeckt. Hatte sie das selbst getan? Oder jemand anderes? Sicher Friedrich. Wo war er nur? Wo war ihr Vater?

Das Schiff! Jetzt erinnerte sie sich. Sie befand sich ja auf dem Vergnügungsdampfer Thalia und war unterwegs in die Ägäis. Nein, sie nahmen gerade den Weg von der Ägäis zurück in die Adria.

Das war das Stichwort. Adria. Die Erinnerung kehrte wieder. Jetzt wusste sie wieder, in welcher Kabine sie sich befand. In der des Kapitäns. Der Arzt hatte ihr eine Tablette gegeben, die sie mit einem Schluck Wasser eingenommen hatte. Dann war Dunkelheit über sie gekommen. Es musste eine Schlaftablette gewesen sein, obwohl der Arzt von einem Beruhigungsmittel gesprochen hatte.

Hatte der Arzt gelogen? Warum hatte der Kapitän sie hierhergebracht?

Wo war ihr Vater?

Carolina zog die Decke zur Seite und setzte sich auf. Ihre Schuhe standen neben dem Diwan. Sie schlüpfte hinein und erhob sich. Das Schiff schwankte bedenklich! Nein, sie selbst schwankte. Carolina setzte sich wieder und wartete, bis sich das Schwindelgefühl verflüchtigt hatte. Also unternahm sie einen zweiten Versuch. Die Knie fühlten sich weich an, aber sie stand aufrecht. Langsam setzte sie ein Bein vor das andere und erreichte schließlich die Tür.

War ihr Vater tot?

⁓☙⁓

Die Kabine des Schiffsarztes war nicht größer oder kleiner als die anderen Doppelkabinen an Bord. Anstatt des zweiten Bettes befand sich jedoch eine Behandlungsliege darin. Auf dieser lag nun der entkleidete Leichnam. Neben dem Arzt stand Bruno, der mit sachlicher Miene der Arbeit des Arztes zusah.

Dr. Zechtel trat einen Schritt zurück und blickte zu Bruno. »Ich stelle fest, Herr Inspector, Graf von Urbanau ist ertrunken. Daran gibt es keinen Zweifel. Die Lunge ist voll mit Wasser.«

»Alle äußeren Anzeichen lassen auf den Tod im Wasser schließen.«

Der Arzt öffnete den Wasserhahn am Waschtisch und seifte seine Hände gründlich ein. »Ich werde sogleich den Totenschein ausstellen.«

»Ich gebe dem Kapitän Bescheid.«

»Tun Sie das, Herr Inspector. Und schicken Sie die Männer herein, der Leichnam kann weggebracht werden.«

Bruno verließ die Kabine des Arztes und stieg vom Oberdeck hinauf zum Brückendeck. Die Passagiere mussten noch immer in ihren Kabinen ausharren, der Kapitän hatte die Decks noch nicht freigegeben. In jedem Fall hatte die Thalia wieder gewendet und lief mit den schwindenden Resten an Kohle auf Triest zu. Natürlich war die Seebehörde per Funk in Kenntnis der Lage gesetzt worden.

Bruno klopfte an die offen stehende Tür zur Brücke.

»Inspector, haben Sie eine Nachricht?«, fragte Bretfeld.

»Ja, Herr Kapitän. Der Schiffsarzt hat die Leichenschau beendet, die Todesursache ist Ertrinken. Die Lungen des Grafen sind voll mit Wasser.«

»Wie wir befürchtet haben.«

»Herr Kapitän, ich bitte um Erlaubnis, jetzt die Fingerabdrücke der Verdächtigen nehmen zu dürfen.«

»Ja, erledigen Sie das. In rund vier Stunden werden wir in Triest einlaufen, so lange haben Sie Zeit für Ihre Ermittlungen. Haben Sie auf der Chloroformflasche etwas gefunden?«

»Ich konnte mehrere Abdrücke sicherstellen.«

»Lorenzutti, nehmen Sie zwei Männer und begleiten Sie den Inspector.«

Ein Matrose eilte herbei.

»Herr Kapitän, eine Meldung!«

»Was gibt es?«

»Die Komtess ist aufgewacht und wollte Ihre Kabine verlassen. Wir haben Sie gebeten zu bleiben, bis Sie kommen.«

»Ich kümmere mich sofort um die Komtess. Kurs und Geschwindigkeit beibehalten. Und sagen Sie den Stewards, dass das Déjeuner in den Kabinen serviert wird.«

Nach dem kurzen Verhör durch den Kapitän, bei dem Georg seine Unschuld am Verschwinden des Grafen beteuert hatte, war ihm der Schlüssel abgenommen und er war in seiner Kabine eingeschlossen worden. Er hatte die langen Stunden des Vormittags in einem dunklen Gefühl der Hilflosigkeit zugebracht. Die Zukunft war offensichtlich, geradezu vorgezeichnet und überaus bedrohlich. Natürlich hatte der Kapitän den ersten Verdacht gegen ihn gehegt. Der uneheliche Sohn des Grafen war in der Gosse aufgewachsen, war ein liederlicher Kerl, ein Spieler, Trinker und Frauenheld, und natürlich waren solche Subjekte immerzu verdächtig, jedes nur erdenkliche Verbrechen auszuüben. Auch die Ermordung des eigenen Vaters aus Habsucht und Gier war nicht nur möglich, sondern erwartbar. Auf ein gerechtes Verfahren durfte er nicht hoffen, dessen war Georg sich sicher, die Justiz Österreich-Ungarns war nicht auf Gerechtigkeit aus, sondern auf Zucht und Ordnung. Und die Ordnung der Adelswelt folgte einem einfachen Prinzip: Die hochwohlgeborene Gesellschaft hatte alle Rechte und Freiheiten, das einfache Volk hatte dafür zu bezahlen und wenn nötig, den Kopf hinzuhalten. Georg machte sich keinerlei Illusionen, wenn das Gericht behauptete, der Graf wäre ermordet worden, und wenn weiter behauptet werden würde, er, Georg, wäre der Täter, so würde sein Hals mit unbezwingbarer Folgerichtigkeit in der Schlinge des Henkers landen.

Da konnte er sich gleich selbst eine Kugel verpassen.

Die Tür wurde aufgesperrt. Der Zweite Offizier und dahinter Inspector Zabini standen vor der Kabine. Georg erhob sich und schaute dem Zweiten Offizier direkt in die Augen. »Das Schiff hat angehalten. Wurde der Graf gefunden?«

Lorenzutti erwiderte, ohne mit der Wimper zu zucken, den Blick des Oberkellners. »Steyrer, wir brauchen Ihre Fingerabdrücke.«

»Was brauchen Sie?«

»Inspector Zabini wird jetzt Ihre Abdrücke nehmen. Setzen Sie sich.«

»Wollt ihr mich nicht gleich am Schornstein aufhängen?«

»Sparen Sie sich Ihre Scherze und leisten Sie den Anweisungen des Inspectors Folge.«

Lorenzutti ließ Zabini eintreten, blieb aber wachsam in der Tür stehen. Der Inspector setzte sich an den Tisch, stellte seine Blechschatulle ab und schaute Georg ruhig an.

»Wissen Sie, was ich vorhabe?«

»Ich habe schon gehört, dass die Polizei jetzt bei jedem Schmarren Fingerabdrücke nimmt, aber wie das genau geht, weiß ich nicht.«

Zabini öffnete die Schatulle, entnahm ein Stempelkissen, eine rund dreißig Zentimeter breite und fünf Zentimeter hohe Glasplatte und ein Tintenfass. »Ich träufle jetzt Tinte auf das Stempelkissen. Und Sie drücken zuerst die Fingerspitze in das Kissen, dann auf die Glasplatte. Beginnen Sie mit dem kleinen Finger links und drücken Sie den Abdruck links auf die Platte. Jeder Finger einzeln und der Reihe nach, von links nach rechts.«

»Und wenn ich mich weigere?«

»Haben Sie den Grafen Urbanau nachts ins Meer gestoßen?«

»Nein.«

»Waren Sie an der Planung des Verbrechens beteiligt?«

»Moment, Herr Inspector, ist überhaupt ein Verbrechen vorgefallen? Vielleicht war der alte Teufel einfach nur sturzbetrunken, wollte über die Reling in die heilige Adria urinieren und ist in seiner Tollpatschigkeit ins Wasser geplumpst.«

»Sparen Sie sich Ihren Spott!«, rief Lorenzutti von hinten.

»Und Sie sparen sich den Kasernenhofton!«, konterte Georg. »Ihr wollt mir etwas anhängen, was ich nicht getan habe. Glaubt ihr wirklich, dass ich das geduldig über mich ergehen lasse?«

»Herr Steyrer, wenn Sie mit dem Verbrechen, und von einem Verbrechen muss ich ausgehen, nichts zu tun haben, dann werde ich Ihre Unschuld beweisen«, sagte Zabini ruhig.

»Dass ich nicht lache! Seit wann will denn die hochgeschätzte österreichische Polizei irgendetwas anderes, als einen Sündenbock zu finden?«

Der Inspector ließ sich nicht provozieren. »Beginnen Sie bitte mit dem kleinen Finger links. Und beginnen Sie jetzt.«

Widerwillig tat Georg, wie ihm geheißen. »Ist das richtig so?«

»Sehr gut, Herr Steyrer. Jetzt der linke Ringfinger. Wenn Sie fertig sind, können Sie mit Seife und einer Bürste die Tinte abwaschen.«

Nachdem er alle zehn Finger auf der Glasplatte abgedrückt hatte, packte Zabini die Utensilien zurück in die Schatulle.

Georg präsentierte ein spöttisches Lächeln. »Es gibt eine Zeugin, dass ich den Grafen nichts ins Meer gestoßen habe.«

»Wer ist Ihre Zeugin?«

Georg lehnte sich mit stolz geschwellter Brust und anrüchig lächelnd zurück. »Ich war zugange mit dem wunderschönen und hoch talentierten Fräulein Milada Kabátová. Hier in dieser Kabine. Sie können sich vielleicht denken, dass ich die Gesellschaft einer so reizenden Person jener eines alten Schlachtrosses namens Maximilian von Urbanau vorziehe. Sie können das Fräulein ja befragen.«

Zabini nickte. »Da gratuliere ich zu einer so ruhmreichen Eroberung als krönenden Abschluss der abwechslungsreichen Reise.«

»Sie sind ja diesbezüglich auch höchst erfolgreich, nicht wahr, Herr Inspector? Als die Baronin Callenhoff an Bord kam, haben die Herzen aller Männer höhergeschlagen, aber wie sich herausgestellt hat, ist die Baronin längst vergeben.«

»War das Fräulein Milada die ganze Nacht zu Gast in Ihrer Kabine?«

»Wieso fragen Sie das?«

»Weil ich diese Frage nicht dem Fräulein stellen möchte, es aber tun würde, wenn Sie nicht antworten.«

»Sie war bis etwa halb zwei Uhr früh bei mir.«

»Danach ist sie in ihre Kabine zurückgekehrt?«

»Ich habe sie persönlich begleitet.«

»Das ist sehr ritterlich von Ihnen. Aber mit dieser Zeitangabe sind Sie leider nicht aus dem Kreis der Verdächtigen ausgeschieden.«

»Wieso nicht?«

»Weil basierend auf der Geschwindigkeit der Thalia, des Fundgebietes der Leiche und dem Zeitpunkt, zu dem die Thalia kehrtgemacht hat, ich eine Tatzeit zwischen zwei bis vier Uhr früh errechnet habe.« Zabini erhob sich und schaute auf Georg hinunter. »Vielleicht haben Sie ja dem Fräulein Milada mit der Behauptung imponieren wollen, dass Sie bald ein wohlhabender Mann sein werden. Und vielleicht haben Sie dem Schicksal auf die Sprünge geholfen, damit Sie, vermittels der Großherzigkeit der Komtess, an einen hübschen Teil des beträchtlichen Erbes kommen. Also, Herr Steyrer, ich schließe mich Signor Lorenzutti an. Sparen Sie sich Ihren Spott für das Gerichtsverfahren, wenn Sie schuldig sind. Wenn Sie aber unschuldig sind, dann werde ich das beweisen und dann können Sie sich erst recht den Spott sparen.«

Damit verließ der Inspector die Kabine.

Georg verschränkte seine Arme und starrte finster zum Bullauge.

Es klopfte. Kapitän Bretfeld ging zur Tür und öffnete. Vor ihm standen der Matrose, den er zuvor losgeschickt hatte, und Luise.

»Herr Kapitän, wie von Ihnen befohlen bringe ich die Baronin.«

»Danke, wegtreten.«

Der Matrose entfernte sich. Bretfeld trat zur Seite und machte eine einladende Geste.

»Bitte tretet näher.«

»Vielen Dank, Herr Kapitän.«

»Der Grund, warum ich nach Euch schicken habe lassen, liegt in einer Bitte an Euch.«

»Eine Bitte?«

»Ja. Die Komtess hält sich nebenan auf, um sich von den Strapazen zu erholen. Auf meine Frage, wen ich bitten kann, ihr Gesellschaft zu leisten, hat die Komtess den Namen Friedrich Grüner genannt. Aber das ist absolut unmöglich. Daher habe ich Euch vorgeschlagen. Diesen Vorschlag hat die Komtess sofort begeistert aufgenommen. Wenn Ihr also die Liebenswürdigkeit hättet, bitte ich Euch, der Komtess Beistand zu leisten.«

»Selbstverständlich, Herr Kapitän. Sie können sich auf mich verlassen.«

»Ergebensten Dank, Euer Gnaden. Ich bitte Euch, einzutreten. Meine Kabine gehört Euch, denn ich muss mich unverzüglich nach dem Stand der Ermittlungen erkundigen.«

»Ich habe gesehen, dass Inspector Zabini im Gesellschaftssalon Materialien auf den Tischen ausgebreitet hat.«

»Ja, er wendet die Methode der Daktyloskopie an. Ein neues, geradezu revolutionäres Verfahren.«

»Ich habe von der Einzigartigkeit der Papillarlinien der Fingerspitzen und über die Methode, wie man diese zur Identitätsfindung nutzen kann, gelesen.«

Der Kapitän war offenbar erstaunt, dass eine Frau von Adel von modernen Ermittlungstechniken gehört hatte. »Tatsächlich? Ich muss unbedingt herausbekommen, ob seine Untersuchungen Erfolge versprechen.« Damit eilte der Kapitän los.

※

»Wie lange wird es noch dauern?«

Keine Antwort. Um sich die Zeit zu vertreiben, hatten der Kapitän und die Offiziere an Deck geraucht, sich dann Kaffee in den Gesellschaftssalon bringen lassen, um nach einer weiteren Weile erneut zu rauchen.

Offizier Silla schaute zur Saaluhr. »In anderthalb Stunden werden wir in Triest einlaufen.«

»Ich werde mit ihm reden«, sagte der Kapitän, erhob sich und ging zu Bruno hinüber, der an einem der Ecktische sein kriminalistisches Labor aufgebaut hatte. »Inspector Zabini?«

Bruno schien nicht zu hören, dass man ihn angesprochen hatte, so vertieft war er in seine Arbeit. »Inspector!«

Bruno schreckte hoch. »Ja?«

»Wie ist der Stand der Dinge?«

»Ich komme voran.«

»Das haben Sie auch schon vor einer halben Stunde gesagt.«
»Es stimmt auch.«
»Aber ist es notwendig, dass wir hier auf den Abschluss Ihrer Arbeit warten?«
Bruno wirkte überrascht und schaute sich um. »Entschuldigung, Herr Kapitän, ich habe gar nicht verlangt, dass Sie und die Offiziere warten.«
»Haben wir aber getan. Wie lange werden Sie noch benötigen?«
»Nicht mehr lange. Dieser eine Abgleich noch.«
»Auch das haben Sie schon vor einer halben Stunde gesagt.«
»Jetzt bin ich wirklich gleich fertig.«
»Nun denn. Bitte weitermachen.«
Damit beugte sich Bruno wieder über die gesammelten Fingerabdrücke, hielt die Lupe vor sein Auge und ergänzte seine Notizen. Bretfeld besah die zahlreichen Bögen, die Bruno mit Aufzählungen, Tabellen und Kommentaren vollgekritzelt hatte. Er wandte sich ab und kehrte zu den drei Offizieren zurück, die es sich am Tisch gegenüber bequem gemacht hatten.
»Nun, meine Herren, so wie es den Anschein hat, benötigt der Inspector noch ein Weilchen. Ich denke, wir können zu unseren üblichen Pflichten zurückkehren.«
Die Männer erhoben sich.

※

»Herr Kapitän!«, rief Bruno. Die Männer hielten inne und schauten überrascht zu ihm zurück. »Wir können beginnen!«
»Womit beginnen?«, fragte Bretfeld.
Bruno trat mit schnellen Schritten auf den Kapitän zu. »Mit der Gegenüberstellung.«
»Eine Gegenüberstellung?«

»Ja. Darf ich Sie bitten, folgende Personen hierher bringen zu lassen? Die Komtess Urbanau, Bootsmann Valenti, Oberkellner Steyrer und Friedrich Grüner. Ich bitte Sie, den Vorsitz der Gegenüberstellung zu führen und die Herrn Offiziere als Zeugen zu fungieren.«

»Haben Sie den Täter?«

»Nein, aber ich glaube, dass ich ihn im Zuge der Gegenüberstellung entlarven kann.«

Für einige Augenblicke schauten die beiden einander schweigend an. Der Kapitän war von Brunos Entschlossenheit fast ein bisschen überrumpelt.

»Silla, Lorenzutti, bringen Sie die Männer her! Ich hole die Komtess.«

Wenig später führte der Kapitän Carolina, die sich bei Luise eingehakt hatte, in den Salon. Der Erste Offizier brachte Valenti und Georg, der Zweite Offizier begleitete Friedrich. Vor dem Salon und bei der Treppe hatte der Kapitän Wachen postieren lassen. Bruno stand beim Ecktisch und wartete, bis alle Platz genommen hatten.

Bretfeld trat auf Bruno zu. »Inspector Zabini, ich bitte Sie, Ihren Vortrag zu eröffnen.«

Bruno griff zu seinem Notizbuch und blätterte es auf. »Vielen Dank, Herr Kapitän. Meine sehr geehrten Damen und Herren, der traurige Anlass des Ablebens des Grafen Urbanau führt uns hier zusammen. Ich schildere in kurzen Worten, welchen Hergang ich anhand der gefundenen Spuren und der Befragungen an Bord rekonstruieren konnte. Der Graf war gestern Teil der Abendgesellschaft, er hielt sich bis zum Schluss der musikalischen Vorführung im Musiksalon auf, danach hat er im Beisein seiner Tochter, der Komtess Urbanau, von Dr. Eggersfeldt, von Dr. Zechtel und von Mr Cramp im Rauchsalon einen Brandy getrunken und eine Zigarre geraucht. Schließlich unternahmen der Graf und die Komtess eine Promenade an Deck. Um halb elf Uhr haben sich sowohl der Graf als auch die Komtess zur Nachtruhe in ihre Kabinen zurückgezogen. Ist die Schilderung dieses Ablaufs korrekt, Komtess?«

Carolina war sichtlich verwirrt und brauchte ein Weilchen, bis sie antworten konnte. »Ja, das war der Ablauf.«

»Ist es weiterhin korrekt, dass der Graf Euch nach Verrichtung sanitärer Bedürfnisse in Eurer Kabine eingeschlossen hat?«

»Korrekt.«

»Habt Ihr während der Nacht Eure Kabine noch einmal verlassen?«

»Nein, das habe ich Ihnen doch schon gesagt, Inspector. Ich war in der Kabine eingesperrt, bis Sie heute Morgen die Tür geöffnet haben.«

»Ich frage erneut, um Irrtümer auszuschließen. Der Kapitän hat dem Grafen untersagt, Euch in der Kabine einzuschließen, dennoch hat Euer Vater es getan.«

»Nur nachts. Tagsüber war meine Kabine nicht versperrt.«

»Die Anordnung des Kapitäns bezog sich auf den Tag gleichermaßen wie auf die Nacht. Euer Vater hat also eine Anweisung ignoriert.«

»Das hat er wohl.«

»Habt Ihr in dieser Nacht mit irgendjemandem Kontakt gehabt?«

»Das habe ich auch schon gesagt.«

»Wiederholt bitte in der Anwesenheit des Kapitäns und der Offiziere Eure Aussage.«

»Ich habe während des Abschlussfestes Friedrich eine Nachricht zukommen lassen, wonach er um zwei Uhr früh zum Fenster meiner Kabine kommen sollte. Friedrich war pünktlich zur Stelle und durch den Fensterspalt haben wir miteinander gesprochen.«

»Hat irgendjemand Euch und Herrn Grüner dabei gesehen?«

»Nicht dass ich wüsste.«

»Wie lange hat das Gespräch gedauert.«

»Nicht lange. Nur ein paar Minuten.«

»Worüber habt Ihr mit Herrn Grüner gesprochen?«

»Darüber, wie wir unsere Zukunft bewältigen können.«

»Ihr habt mir gegenüber etwas von einem Plan erwähnt, den Euer vermeintlicher Halbbruder entworfen hat. Habt Ihr mit Herrn Grüner über diesen Plan gesprochen?«

»Ja.«

»Was war der Inhalt des Gespräches.«

»Ich habe Friedrich gesagt, dass der Plan nicht klappen kann, weil mein Vater niemals von seiner Absicht abrücken würde, mich mit dem Enkelsohn des Grafen Brendelberg zu vermählen. Ich habe ihm gesagt, dass ich meine Pflichten auf mich nehmen werde, um den Häusern Brendelberg und Urbanau einen gemeinsamen Erben zu gebären.«

»Was hat Herr Grüner dazu gesagt?«

»Ich habe ihn gefragt, ob er auf mich warten würde, bis ich meine Pflichten erledigt hätte und als reife Frau selbst Entscheidungen, mein Leben betreffend, fällen könnte. Ich würde dann zu ihm zurückkehren. Und er hat mir versichert, dies zu tun.«

Bruno wandte sich an Friedrich. »Herr Grüner, haben Sie diese Versicherung abgegeben?«

»Das habe ich.«

Nun wandte sich Bruno an Georg. »Herr Steyrer, erklären Sie bitte den Inhalt Ihres Planes, von dem die Komtess gesprochen hat.«

Georg verschränkte mit düsterer Miene seine Arme. »Soll das hier zu einem Gerichtsverfahren werden? Was ist das für ein Spiel?«

»Das ist kein Verfahren, Herr Steyrer, weil ich kein Richter bin. Ich bin Polizist und kläre im Auftrag des Kapitäns einen Mord, der hier an Bord ausgeführt wurde.«

»War es überhaupt ein Mord? Vielleicht war es ja ein Unfall? Was soll das Affentheater?«

Bretfeld hatte genug gehört. Diese Frechheiten in seiner Anwesenheit wollte er sich nicht gefallen lassen. »Steyrer, kooperieren Sie und geben Sie Antwort auf die Fragen des Inspectors! Sonst lasse ich Sie in Ketten legen!«

Seine Worte zeigten Wirkung, Georg wirkte eingeschüchtert. »Ich habe meiner Schwester und Friedrich geraten, in Triest unterzutauchen. Die beiden könnten bei mir wohnen, bis Carolina volljährig ist, dann heiraten und einen gemeinsamen Hausstand gründen. Ich wäre Friedrich behilflich gewesen, in Triest eine Anstellung zu finden, hätte die beiden finanziell unterstützt, bis er mir den Betrag würde erstatten können.«

»Sie wollten also explizit gegen den Willen des Grafen Urbanau agieren?«, fragte Bruno.

»Ja, das wollte ich. Carolina und Friedrich lieben sich. Sie sind das schönste Paar, das ich jemals gesehen habe. Ja, ich wollte gegen die Tyrannei unseres Vaters ankämpfen und meiner Schwester ein freies Leben ermöglichen! Das wollte ich! Den Grafen in die Adria stoßen, wollte ich nicht. Und das habe ich auch nicht getan!«

Bruno ließ die Worte und die Intensität, mit denen sie vorgetragen worden waren, auf sich wirken. »Signor Valenti«, fuhr Bruno nach einer Weile fort und wandte sich dem Bootsmann zu, »sind Sie an Bord für die Verwahrung der Reserveschlüssel der Passagierkabinen zuständig?«

»Ja. Das ist einer meiner Aufträge an Bord.«

»Wo werden die Reserveschlüssel verwahrt?«

»Im Schlüsselkasten vor meiner Kabine.«

»Ist dieser Schlüsselkasten versperrt?«

»Natürlich. Der Kasten wäre auf dem Gang sonst offen für jeden Passagier zugänglich, daher muss er versperrt sein.«
»Wer hat einen Schlüssel zu diesem Kasten?«
»Ein Schlüssel befindet sich auf der Brücke und den zweiten trage ich bei mir.«
»Wer hat Zugang zum Schlüssel auf der Brücke?«
»Der Kapitän und die Offiziere. In speziellen Fällen wird dieser Schlüssel auch an den Schiffskommissär ausgegeben.«
»Wissen Sie, wann dieser Schlüssel zuletzt an den Schiffskommissär ausgegeben worden ist?«
»Das weiß ich. Als wir in der Adria in den Sturm gekommen sind und es viele Seekranke gegeben hat. Seitdem ist meines Wissens der Schlüssel im Kasten auf der Brücke.«
»Haben Sie Ihren Schlüssel jetzt bei sich?«
»Ja.«
»Zeigen Sie ihn bitte her.«
Valenti zog einen Schlüsselbund aus seiner Rocktasche, suchte den betreffenden Schlüssel und zeigte ihn. »Das ist er.«
»Danke, Signor Valenti. Versperren Sie Ihre Kabine, wenn Sie sich zur Nachtruhe begeben?«
Valenti runzelte die Stirn. »Na ja, meistens schon.«
»Meistens? Nicht immer?«
»Ja, nicht immer. Die Mannschaftskabinen etwa werden nie versperrt, weil ja mehrere Männer sich eine Kabine teilen. Durch die verschiedenen Dienste ist das Absperren der Kabinen unsinnig. Ich habe zwar eine Einzelkabine, versperre sie aber auch nicht immer.«
»Haben Sie in der letzten Nacht Ihre Kabine versperrt?«
»Hm, ich glaube schon.«
»Sind Sie sich sicher?«
»Nicht ganz.«
»Versuchen Sie sich zu erinnern. War die Kabine heute früh, als sie aufgewacht sind, versperrt oder nicht.«

»Nicht versperrt.«

»Also hätte jemand nachts in Ihre Kabine einschleichen können und den Schlüssel für den Schlüsselkasten entwenden können.«

»Tja, das hätte wohl geschehen können.«

»Befindet sich in diesem Schlüsselkasten auch der Schlüssel zur Bordapotheke?«

»Ja.«

»Und zur Kabine Nummer 3/4?«

»Ja, auch dieser ist dort.«

»Vielen Dank für diese Auskunft, Signor Valenti«, sagte Bruno und suchte den Blickkontakt zum Kapitän. »Meine sehr geehrten Damen und Herren, ich fahre jetzt fort, den von mir rekonstruierten Ablauf der Ereignisse der letzten Nacht darzulegen. Graf Urbanau war, wie wir alle wissen, das Ziel mehrerer Attentate, die er dank seiner nie ruhenden Wachsamkeit abwehren konnte. Ich kann das nicht mit Sicherheit behaupten, aber die Wahrscheinlichkeit, dass die Kabine des Grafen wie jede Nacht auch in der letzten Nacht versperrt war, ist sehr hoch. Nun hat eine Person in der Zeit zwischen zwei und vier Uhr früh folgende Schritte durchgeführt: Zuerst hat diese Person den Schlüssel zum Schlüsselkasten aus der Kabine des Bootsmanns entwendet und die Schlüssel zur Schiffsapotheke und zur Kabine Nummer 3/4 aus dem Kasten genommen. Als Zweites hat die Person aus der Apotheke eine Flasche Chloroform entwendet. Und danach hat sich die Person in die Kabine des Grafen eingeschlichen, ein Taschentuch des Grafen mit einer größeren Menge des Mittels getränkt und ihn damit narkotisiert. Des Bewusstseins und jeder Bewegungsfähigkeit beraubt wurde der Graf an das Heck geschleift oder getragen und über die Reling ins Meer geworfen. Der Tod durch Ertrinken war die unausweichliche Folge. Die Person hat dann die Schlüssel wieder zurückgebracht und die leere Chloroformflasche im Oberdeck in den Müll geworfen.«

Bruno machte eine Pause und suchte in den Gesichtern der Anwesenden nach Reaktionen. Die Komtess war kreidebleich und geradezu starr vor Schreck. Georg Steyrer rang mit seiner Fassung. Friedrich Grüner schien in sich zu versinken.

»Das sind schwerwiegende Anschuldigungen, Inspector«, sagte der Kapitän. »Haben Sie Beweise dafür?«

»Indizien und Beweise«, antwortete Bruno und fasste Friedrich ins Auge. »Herr Grüner, wissen Sie, wo sich die Schiffsapotheke befindet?«

Friedrich war nur mehr als körperliche Hülle im Raum, sein Geist schien abwesend. Er saß zusammengesunken auf dem Stuhl und starrte zu Boden. Bruno wartete vergeblich auf eine Antwort.

»Herr Grüner, können Sie mir erklären, warum auf der im Müll gefundenen leeren Chloroformflasche der Abdruck ihres rechten Daumens sowie ihres rechten Mittelfingers klar und deutlich zu erkennen sind?«

Carolina stieß einen gequälten Schrei aus und schlug die Hände vor das Gesicht. Luise legte ihren Arm tröstend um die Schultern der Komtess. Es war, als ob Friedrich die Frage gar nicht gehört hatte.

»Herr Grüner«, sagte nach einer ganzen Weile der Kapitän. »bitte äußeren Sie sich zu den Fragen des Inspectors.«

»Wer hat Ihnen bei der Planung und der Durchführung des Anschlages geholfen?«, fragte Bruno.

Wieder war es still im Raum. Friedrich schien mit sich zu ringen. Suchte er nach den richtigen Worten, nach einer Ausrede?

»Es war«, flüsterte Friedrich gespenstisch, »ein Fieberwahn. Ein Albdruck. Ich habe meine Seele verloren, ich bin gestolpert und aus großer Höhe von der Klippe des menschlichen Daseins gestürzt. Bin ich bereit? Nein. Ja. Ich bin bereit. Wie nur konnte das geschehen? Ich bin kein böser Mensch, und doch, ich bin. Dem Henker soll dieses Häufchen Elend ausgeliefert werden?

Vergebens. Ich bin schon tot.« Friedrich rappelte sich mühsam hoch und schaute zu Carolina hinüber. »Geliebte, vergib mir, ich flehe dich an, vergib mir! Ich wollte deinen Vater nicht töten, obwohl er mich töten wollte. Ja, er wollte mich töten, indem er dich mir wegnahm. Ich will keinem Menschen etwas zuleide tun, ich will nur in Frieden existieren. Ich bin am Ende meiner Kräfte. Vergib mir meine Wahnsinnstat. Ja, ein Wahn hat mein Leben zerstört. Und das Leben anderer Menschen. Wie konnte ich nur? Geliebte, ich will …«

Friedrich versuchte sich zu erheben, er wollte sich vor Carolina auf den Boden zu werfen und um Verzeihung flehen, doch die Offiziere hinderten ihn am Aufstehen. Friedrich schaute die Männer fassungslos an, als ob er deren Anwesenheit erst jetzt zu bemerken schien.

Bruno atmete tief durch. »Herr Grüner, haben Sie Graf Urbanau betäubt und über die Reling geworfen?«

Mit gebrochenem Blick suchte Friedrich nach Bruno. »Wie bitte?«

»Haben Sie den Grafen Urbanau getötet?«

»Ja.«

»Haben Sie für die Tat einen Komplizen gehabt?«

»Was? Einen Komplizen? Wofür? Nein. Ich bin schuldig. Ich allein. Es war eine Tat im Wahn. Was habe ich nur getan? Alles ist zerstört.«

Bruno und der Kapitän schauten einander mit ernsten Mienen an. Der Kapitän nickte Bruno zu und wandte sich an Friedrich: »Herr Grüner, ich setze Sie hiermit wegen des Mordes an Maximilian von Urbanau unter Arrest, bis die Polizeibehörde in Triest sich Ihrer annimmt.« Der Kapitän schaute den Ersten Offizier an. »Signor Silla, sperren Sie Herrn Grüner in die reservierte Kajüte. Die Tür wird von zwei Männern bewacht.«

Silla und Lorenzutti fassten nach den Oberarmen Friedrichs und hoben ihn hoch. Erst wankte er, aber schließlich fand er sicheren Stand. Er suchte den Blickkontakt mit dem Kapitän. »Gestatten Sie bitte, dass ich mich von Carolina verabschiede? Nur ein Wort.«

Der Kapitän nickte zustimmend. »Gewährt.«

Friedrich kniete in gebührenden Abstand vor Carolina, die ihn tränenerstickt ansah. »Carolina, du musst wissen, dass ich dich so lange lieben werde, wie Blut durch meine Adern fließt. Ich habe alles retten wollen und habe doch alles zerstört. Ich bitte nicht um Vergebung, ich bitte dich nur, vergiss mich nicht.«

Für alle Anwesenden völlig überraschend schnell und kraftvoll sprang Friedrich hoch, hechtete los, rammte mit der Schulter die Tür auf, stieß dabei den Wachposten zur Seite und warf sich kopfüber über die Reling in die Tiefe.

Bruno hastete los, der Kapitän und die Seeleute knapp dahinter. Die Männer beugten sich weit über die Reling.

»Der Sog wird ihn in die Tiefe ziehen und die Schiffsschraube wird ihn zerschmettern!«, rief Silla.

Sie sahen, wie Friedrich mit rasenden Schlägen vom Schiff fortschwamm, tatsächlich gelang es ihm, dem Sog zu entkommen.

»Mann über Bord! Volle Kraft zurück! Zwei Beiboote abfieren!«, brüllte der Kapitän. »Jeweils sechs Mann an die Riemen. Beeilung!«

Die Offiziere, der Bootsmann und die Matrosen hasteten los. Carolina und Luise stürzten an die Reling und verfolgten atemlos das Geschehen.

Bruno zeigte zur Küste in Sichtweite. »Er muss ein sehr guter Schwimmer sein, um die Küste zu erreichen.«

Der Kapitän sah mit harter Miene um sich, packte Bruno am Oberarm und zog ihn fort. Er zischte Bruno zu: »Er wird die Küste niemals erreichen! In diesen Gewässern gibt es Strömungen, die ihn auf die offene See treiben werden.«

Bruno nickte. »Überlassen Sie mir einen der Riemen!«

»Sie sind Ruderer im Turnverein Eintracht, nicht wahr?«
»Im Vierer.«
»Dann los, Zabini. Geben Sie alles. Jede Sekunde zählt.«

⁓☙⁓

Carolina klammerte sich an das Eisenrohr der Reling. Ihr Kopf drohte zu platzen. Sie verstand längst nicht mehr, was vor sich ging. Was hatte der Kapitän gesagt? Wo war ihr Vater? Hatte sie ein Frühstück zu sich genommen? War Friedrich zuvor wirklich im Salon gesessen? Wenn ja, wo war er jetzt?
Das Meer.
Diese schöne endlose Weite. Luft, Licht, Leben.
Und doch starben Menschen auf dem Meer.
Der Tod war gewiss der Sinn und das Ziel des Lebens.
Der schöne endlose Tod. Stille, Starre, Stummheit.
Sie schien Rufe aus großer Ferne zu vernehmen. Wer rief da? Etwa die Sirenen? Aufgeregte Stimmen. Zappelnde Männer. Tanzten die Matrosen? Ein merkwürdiger Tanz. Bestimmt kein Wiener Walzer, kein feuriger Csárdás, keine feierliche Gavotte. Ein Veitstanz! Das Getöse des Schiffshorns ließ sie erzittern.
Und plötzlich verstand sie, was geschehen war. Sie sah alles klar vor sich. Signor Zabini hatte die Ereignisse nachvollziehbar und einleuchtend erklärt. Und sie sah jetzt auch die einzige Möglichkeit, wie sie sich aus dieser Hölle auf Erden befreien konnte. Völlig klar.
Sie musste dem Gesang der Sirenen folgen. Sie hörte ihn klar und deutlich.
Carolina setzte ihren Fuß auf die Reling, schob sich höher und beugte sich vor. Da packte sie jemand am Arm und zog sie zurück. Carolina erschrak. Sie schaute neben sich.
Wer war die blonde Frau mit dem einerseits vornehmen, andererseits doch sehr schlichten Kleid? Sie kannte die Person

von irgendwoher. Wie dumm sie doch war! Es war die Baronin Callenhoff, die mit ihr zuvor so freundlich gesprochen hatte. Wie konnte Carolina nur so dumm sein, von einem Moment auf den anderen zu vergessen, dass die Baronin ihr ein Taschentuch gereicht hatte, mit der sie sich die Tränen getrocknet hatte? Warum aber hatte die Baronin die Frechheit, sie, Carolina, daran zu hindern, ihrem geliebten Friedrich nachzufolgen?

Ein Sprung ins Ungewisse zwar. Doch gewiss ein Sprung ins Glück.

»Carolina, tun Sie das nicht«, sagte die Baronin.

Plötzlich stand Georg hinter Carolina. Sie wunderte sich, dass er auch an Bord des Schiffes war. So viele Überraschungen an nur einem Tag! Sie erinnerte sich lebhaft an ihre erste Seereise, als sie mit ihrer Mutter an der Reling gestanden und ihre Nase in den Wind gehalten hatte. Ihre Mutter war dann bald danach dem betörenden Gesang der Sirenen gefolgt. Mama, ich komme zu dir! Carolina war sich nun sicher, den Verstand zu verlieren.

Georg umfasste Carolinas Hüfte und zog sie von der Reling fort.

Carolina hörte die Stimme eines Mannes. Es war nicht die Stimme ihres Vaters. Oder doch? Er klang heute anders als sonst. Merkwürdig.

»Steyrer, bringen Sie die Komtess in meine Kabine. Und bleiben Sie bei Ihr!«

»Sehr wohl, Herr Kapitän.«

»Ich begleite Sie, Herr Steyrer.«

»Vielen Dank, Baroness.«

Der salzige Atem der See schlug ihnen entgegen. Sie schlugen seit Stunden zurück, setzten im fehlerfreien Gleichtakt die Riemen, schoben das Boot gegen die Wellen und den Wind.

Die Männer befanden sich längst in einem Zustand jenseits der Erschöpfung. Bruno war Teil eines präzisen Uhrwerks. Schnell waren sie nicht mehr.

Aus der Ferne sahen sie eine hochsteigende Leuchtpatrone. Sie kam aus der Richtung, in der sich die Thalia befand. Der Kapitän schickte Nachricht an seine beiden Mannschaften in den Booten.

»Halt! Riemen einziehen«, rief Lorenzutti am Bug des Beibootes und ließ das Fernglas sinken.

Auch Bootsmann Valenti, der am Heck saß, ließ das Fernglas sinken. Der Zweite Offizier schaute auf seine Uhr. Seit drei Stunden waren sie unterwegs.

»Trinkt, Männer«, sagte Valenti und verteilte die Feldflaschen.

Die sechs Ruderer griffen dankbar danach. Bruno schaute seine Hände an. Obwohl er das Rudern gewohnt war, so würde er wohl morgen Schwielen an den Händen haben. Und Muskelkater. Er wischte sich den Schweiß von der Stirn.

In der Ferne sahen sie die Rauchschwaden des Torpedobootes, das ab jetzt die weitere Suche durchführen würde. Die acht Männer an Bord des Beibootes hatten alles gegeben, sie waren am Ende ihrer Kräfte.

Lorenzutti drängte sich an den Männern vorbei, öffnete die Blechkiste des Rettungsbootes und nahm die Leuchtpistole zur Hand. Er feuerte eine Patrone in die Luft, um der Thalia den Standort anzuzeigen. In großer Entfernung zog eine weitere Leuchtpatrone in die Höhe. Der Erste Offizier meldete seine Position vom zweiten Beiboot.

Valenti griff in die Blechkiste, brach eine Packung Zwieback auf und verteilte sie. Die Männer griffen gierig danach. Jede Form von Essen und Trinken war höchst willkommen.

Friedrich Grüner war verschwunden. Wie vom Angesicht der Erde gewischt, als säße er längst im Kristallpalast Poseidons an der Tafel. Oder er hatte es auf wundersame Art und

Weise bis an die Küste geschafft und ritt auf einem Schimmel in Richtung Morgenland.

Bruno spürte bleierne Müdigkeit und Niedergeschlagenheit. Nach einer Weile entdeckte er den sich nähernden Dampfer. Endlich nach Hause.

Er sehnte sich nach seinem Garten, nach seinem Haus, nach seinem Bett. Ein Glas Wein, Brot und Wurst und die Stille im Schatten der Obstbäume. Verdammtes Meer. Verdammte Menschen.

Borgo Teresiano

Luise saß auf ihrem Lehnstuhl und las. Ein sehr guter Roman, aber sie las das Buch nicht aus Interesse oder gar Begeisterung, sondern um sich die Zeit zu vertreiben. Müdigkeit griff nach ihr. Sie löste ihren Blick von den Zeilen und blickte zur Pendeluhr. Es war beinahe halb zwölf Uhr nachts. Dass ihre Wohnung über Elektrizität verfügte, war ein Segen. Die Helligkeit des Lusters und der Stehlampe machten das Lesen nach Sonnenuntergang sehr komfortabel. Sie mochte den Geruch von Petroleumlampen nicht besonders und Gaslichter waren ihr zu gefährlich. Immer wieder hörte man von Unfällen, von Explosionen, von undichten Leitungen und in der Folge von erstickten Menschen. Die Elektrizität hingegen war, wenn man einfache Regeln befolgte, sicher. Sie hatte einmal mit Bruno über die Energieversorgung gesprochen und beide waren sich darin sicher, dass der Elektrizität die Zukunft gehörte.

Wo blieb er bloß?

Luise klappte das Buch zu, legte es zur Seite und erhob sich. Auf dem Tisch neben dem Lesestuhl stand das Teegeschirr. Sie stellte die Tasse, den Teller und die Kanne auf das Tablett. Da klopfte es. Luise ließ das Tablett einfach stehen und eilte zur Tür.

Bruno nahm mit jedem Schritt zwei Stufen. Er eilte die Treppe hoch, trat vor die Tür und klopfte. Er hörte Schritte auf dem Parkett.

»Da bist du ja endlich«, flüsterte Luise und ließ Bruno hinein. Er stellte den Tatortkoffer ab, hängte sein Sakko auf einen Kleiderhaken und schlüpfte aus den Schuhen. »Ja, endlich.«

»Du hast dein Gepäck gar nicht bei dir.«

»Ich habe die beiden Koffer schon nachmittags von einem Dienstmann nach Hause bringen lassen, weil ich befürchtet hatte, dass der Abend lang werden würde. Die Kommissionstasche habe ich benötigt.«

»Komm, setz dich erst mal, dann erzähl mir bitte, was geschehen ist. Hast du Durst? Oder Hunger?«

Bruno lächelte Luise zu. »Wenn du ein Stück Brot hast, wäre das sehr schön.«

»Brot, Käse und Wein?«

»Klingt verlockend.«

Wenig später servierte Luise einen Teller und eine Karaffe Terrano mit zwei Gläsern. Bruno bemerkte erst jetzt, wie hungrig er war. Er hatte an diesem verrückten Tag kaum gegessen. Luise füllte die beiden Weingläser und sah zu, wie er den mitternächtlichen Imbiss verschlang.

»Soll ich noch Käse holen?«

Bruno winkte ab. »Vielen Dank, aber das ist nicht nötig. Ich schlafe mit vollem Magen nicht gut, und morgen lasse ich mich von meiner Mutter bekochen.«

Luise schmunzelte. »Der Tonfall lässt vermuten, dass du die Kochkünste deiner Mutter sehnlichst vermisst.«

Bruno zuckte mit den Schultern und griff zum Weinglas. »Das Leben als Junggeselle bietet manche Vor- und manche Nachteile. Sich von der Mama bekochen zu lassen, ist in meinem Fall ein Vorteil.«

»Wieder Schweinsbraten mit Kraut und Knödeln?«

»Ich hoffe inständig darauf. Aber meine Mutter hat mich diesbezüglich noch nie enttäuscht. Sie weiß genau, was ich gerne esse.«

Luise kam auf das eigentliche Thema. »Wie ist es beim Statthalter gelaufen?«

Bruno nahm einen Schluck Wein. »Die wichtigsten Fragen konnten geklärt werden. Ich brauche nicht mit einer behördlichen Untersuchung zu rechnen, obwohl der mir zum Schutz anvertraute Graf tot ist.«

»Das wäre meiner Meinung auch lächerlich gewesen. Du hast alles Menschenmögliche unternommen, diesen alten Sturschädel vor seinem Schicksal zu bewahren.«

»Dennoch, ich konnte meinen Auftrag, den Grafen wieder nach Triest zu bringen, nicht erfüllen. Natürlich mussten der Statthalter und der Polizeidirektor Fragen stellen. Kapitän Bretfeld und die Offiziere der Thalia haben sich für mich verbürgt und meinen Einsatz sowohl an Bord als auch bei den Landgängen lobend hervorgehoben. Und dass ich Friedrich Grüner als Mörder entlarvt habe, hat bei den hohen Herren Eindruck gemacht.«

»Hat man ihn mittlerweile gefunden?«

»Die letzten Nachrichten der Seebehörde sind negativ. Die beiden Torpedoboote haben bis nach Sonnenuntergang erfolglos weitergesucht. Zwei Dutzend Polizisten sind zusammengezogen worden, sie suchen die ganze Nacht über die Küste ab. Aber der Kapitän und alle, die die Gewässer vor dem Golf von Triest gut kennen, gehen davon aus, dass der Körper von der Strömung längst weit hinausgetragen wurde. Es ist höchst zweifelhaft, dass der Leichnam jemals gefunden wird.«

»Ich höre Bitterkeit in deiner Stimme.«

Bruno griff zur Karaffe und füllte erneut das Glas. »Ich konnte ihn gut leiden, wirklich, er war ein prima Kerl. Dann diese Wahnsinnstat! Wie verzweifelt muss er gewesen sein?«

Bruno hielt das Weinglas in der Hand und schaute eine ganze Weile sinnierend in die dunkelrote Flüssigkeit. Dann stürzte er das Glas in einem Zug hinunter und füllte es erneut.

»Bitte betrinke dich nicht zu sehr.«

Bruno hob die Augenbrauen und stellte das gefüllte Glas ab. »Entschuldige, ich will nicht unhöflich sein.«

»Ich habe Dr. Samigli aufgesucht.«

»Und, was sagt er?«

»Er wird sich selbstverständlich um Carolina kümmern.«

»Dann ist sie ja in guten Händen.« Bruno kannte den Doktor, mehrmals hatte er im Zuge von Ermittlungen mit dem Psychiater zu tun gehabt, auch vor Gericht wurde Dr. Samigli immer wieder als Sachverständiger zu Rate gezogen. Neben seiner Arbeit am Hospital führte der Arzt eine Privatpraxis. Als Luise nach ihrer Niederkunft in eine schwere Krise gefallen war, war sie seine Patientin gewesen. Seit dieser Zeit hegte Luise größten Respekt für den Arzt.

»Sie wird für zwei Wochen im Hospital bleiben. Je nachdem, wie ihre Genesung voranschreitet, möglicherweise auch länger. Und danach kommt sie zu mir nach Sistiana.«

Bruno war überrascht. »Du nimmst Carolina in deinem Haus auf?«

»Ich habe schon an meinen Mann geschrieben und ihm in knappen Worten die Umstände geschildert. Ich bin mir absolut sicher, dass er Carolinas Aufenthalt in unserem Haus ausdrücklich begrüßen wird. Ich habe auch an die Advokaturkanzlei des Grafen telegraphiert und vorgeschlagen, dass die Komtess bis zur Vollendung ihres einundzwanzigsten Lebensjahres in der Villa des Baron Callenhoff Quartier finden und dadurch auch weiterhin in medizinischer Betreuung durch Dr. Samigli bleiben kann. Man kennt auch in Graz den Ruf des Arztes, ich glaube kaum, dass der Anwalt der Familie Urbanau diesem Arrangement nicht zustimmen wird. Und mein Mann, du weißt ja wie er ist, dem wird es sehr gefallen, dass die Erbin des Vermögens des Hauses Urbanau sein Gast ist. Ich bin mir ziemlich sicher, dass er, sobald er meinen Brief erhält, seine

Reise abbrechen und nach Sistiana kommen wird, um sich persönlich als Schutzpatron der Komtess in Szene zu setzen.«
»Hast du deinem Mann von der Schiffsreise erzählt?«
»Ja. Ich habe ihm geschrieben, dass ich aus einer Laune heraus Konstantinopel besucht habe.«
»Wird er nicht misstrauisch werden?«
»Du meinst, noch misstrauischer als sonst? Da mein Mann mich ohnedies für launenhaft hält, wird er diese Reise als eine weitere verrückte Idee von mir zur Kenntnis nehmen. Ich glaube, er wird sich kaum dafür interessieren, vielmehr wird er sich um die zukünftigen Geschäfte der Komtess Urbanau Gedanken machen.«
»Ich höre, du sehnst dich, deinen Ehemann wiederzusehen.«
»Unsäglich! Nichts ist mir lieber, als mich wieder seiner hochgeschätzte Gesellschaft zu erfreuen.«
»Und Carolina selbst? Was sagt sie zu diesem Vorhaben?«
»Sie ist mir sehr dankbar und freut sich auf die Stille des Gartens, auf meine Bibliothek, auf Spaziergänge und das Bad im Meer.«
»Mir scheint, dass du großen Eindruck auf Carolina gemacht hast.«
»Sie hat mindestens ebenso großen Eindruck auf mich gemacht. Irgendwie sind wir beide, Carolina und ich, aus demselben Holz geschnitzt. Wenngleich sie natürlich von höherem Stand und sehr viel reicher ist.«
»Die Alleinerbin eines immensen Vermögens. Die Hochzeitsaspiranten werden Schlange stehen.«
»Das Thema Hochzeit werden wir in den nächsten Monaten aussparen.«
»Bevor ich die Thalia verlassen habe und zum Palazzo del Governo marschiert bin, habe ich gesehen, dass sich Georg Steyrer rührend um Carolina gekümmert hat.«
»Oh, das hat er. Fast ein bisschen zu rührend.«

»Nun, er behauptet, der ältere Halbbruder zu sein, und da Carolina jetzt sehr reich ist, wittert er seine Chance.«

»Ich glaube, du hast in einem kurzen Satz die Situation gut zusammengefasst, und man bemerkt immer wieder deine polizeilich geprägte Menschenkenntnis. Herr Steyrer hat nämlich noch an Bord vorgeschlagen, als Vormund für Carolina aufzutreten. Er hat mich um ein Darlehen von fünftausend Kronen gebeten, um für Carolina in Triest eine Wohnung einzurichten. Ich musste ihm klarmachen, dass dieses Vorhaben vom Anwalt der Familie garantiert vereitelt werden würde. Selbstverständlich wird der Anwalt der Familie Urbanau bis zu Carolinas Volljährigkeit die Vormundschaft übernehmen, denn Georgs Verwandtschaft mit dem Grafen ist laut eines gültigen Gerichtsurteils nicht erwiesen. Welche Entscheidungen Carolina nach ihrem Geburtstag trifft, bleibt allein ihre Angelegenheit.«

»Ich glaube schon, dass Steyrer ein Stück vom Kuchen will, aber ich habe in den dreieinhalb Wochen den Eindruck gewonnen, dass er Carolina wirklich wie eine kleine Schwester liebt. Ich bin mir sicher, dass die beiden eine Einigung finden werden. Außerdem ist das Testament des Grafen noch nicht eröffnet.«

»Genau. Die Testamentseröffnung wird wohl Klarheit schaffen. Oder vielleicht auch für Verwirrung sorgen.«

»Wie auch immer.«

Die beiden saßen eine Weile schweigend beisammen.

»Ich bin sehr froh, wieder an Land zu sein«, sagte Bruno. »Ich habe mich zwar an den Seegang gewöhnt, aber am liebsten ist mir doch, wenn ich festen Boden unter den Füßen habe.«

Luise schaute Bruno aus ihren großen blauen Augen durchdringend an. Er erwiderte ihren Blick. Sie seufzte. »Unsere Zeit in Konstantinopel und die Fahrt auf dem Dampfer haben in mir einen Gedanken reifen lassen.«

»Sprich ihn bitte aus.«

Luise erhob sich, ging um den Tisch herum, setzte sich auf seinen Schoß und legte ihre Arme um seinen Hals.

»Geh mit mir nach St. Petersburg. Oder Buenos Aires. New York. Wir nehmen einen Zug oder einen Dampfer ohne Wiederkehr. Egal wohin. Weit fort. Nur wir beide.«

Bruno umfasste ihre Hüften. Er dachte an Fedora, an ihr Lachen, an ihre Stimme, an ihre Haut und Sinnlichkeit. Er dachte an seine Mutter und Schwester, an deren Kinder, an seinen Garten in Cologna, an den Canal Grande und die Rive, an einen Caffè auf dem Weg in das Bureau, an Frau Ivana, an seine Kollegen Vinzenz und Luigi, an Oberinspector Gellner und sogar an Emilio.

Er flüsterte ihr zu. »Eine Reise ja, jederzeit. Aber ohne Wiederkehr? Ich kann ohne meine Stadt nicht leben. Müsste ich für immer fort von Triest, so würde ich wie ein verpflanzter Baum langsam, aber unausweichlich eingehen.«

»Und wenn ich hier eingehe?«

Er strich ihr zärtlich durch das Haar. »Das wirst du nicht, Luise, bestimmt nicht. Ich bin ein gewissenhafter Gärtner, ich werde dich mit aller Hingabe hegen und pflegen.«

»Ohne dich läge ich längst auf dem Grund der Adria.«

»Sag so etwas nicht. Das macht mich traurig.«

»Das Leben ist merkwürdig.«

»Und viel zu kurz, um es mit Traurigkeit auszufüllen.«

»Bruno, bitte küss mich.«

Ihre Lippen suchten behutsam einander. Und fanden sich.

Epilog

Die Wochen waren wie im Flug vergangen.

Der Querschläger hatte ihn an der Schulter erheblich verletzt, er hatte auf dem Ritt viel Blut verloren. Nur notdürftig verbunden hatte er sich bis Piräus durchgeschlagen und sich dann von einem diskreten Arzt behandeln lassen. Dieser hatte die Wunde gesäubert, fachmännisch verbunden und ihm eine ausreichende Menge an Medikamenten mitgegeben. Fast die Hälfte seiner Rücklagen waren dadurch aufgebraucht worden. Mit dem Dampfer war er auf direktem Weg in das Schwarze Meer gefahren und hatte im Hafenviertel von Varna nach einer Absteige gesucht.

Er wusste nicht mehr, wie lange er sich in diesem Hinterzimmer verkrochen hatte. Einige Tage hatte er gegen das Fieber gekämpft, aber irgendwann war die Wunde verheilt. Die letzten Heller hatte er für frische Kleidung, für eine Rasur und einen Haarschnitt sowie für eine Fahrkarte nach Bukarest ausgegeben.

Tagelang hatte er nach Opium gegiert. In Varna hatte er, nachdem er wieder zu Kräften gekommen war, eine Opiumhöhle ausfindig gemacht, nachts einem Raucher aufgelauert, ihm die Kehle durchgeschnitten und dessen Vorräte gestohlen. Seither war er wieder obenauf. Allerdings ging der Vorrat zu Ende und er brauchte Nachschub.

Heute war es an der Zeit, die Ernte einzufahren!

Pierre Taillefer saß in der Lobby des Grand Hotels und nippte mit eleganten Bewegungen an seinem Kaffee. Mit einem Blick auf die große Pendeluhr im Saal vergewisserte er sich, dass sein Geschäftspartner pünktlich war, denn eben betrat ein korpulenter Mann in einem erstklassigen Gehrock das Hotel und schaute sich um. Taillefer blickte bewusst in die andere Richtung und stellte die Kaffeetasse wieder ab. Es war neun Uhr, der Abend war längst angebrochen.

Der Mann im Gehrock kam direkt auf ihn zu.

»Monsieur Cougny, welche Freude Sie hier in Bukarest begrüßen zu dürfen.«

Taillefer erhob sich und reichte dem rumänischen Geschäftsmann die Hand zum Gruß. Die beiden Männer sprachen Französisch. »Monsieur Bunescu, die Freude ist ganz auf meiner Seite, auf meinen mannigfachen Reisen endlich wieder hier in dieser so wunderschönen Stadt Gast sein zu dürfen.«

»Erlauben Sie, dass ich Ihnen Gesellschaft leiste?«

»Es wäre mir eine besondere Ehre.«

Die beiden setzten sich. Der Rumäne bestellte einen Cognac und zündete sich eine Zigarette an. Die Briefe und Telegramme, die er aus Varna geschickt hatte, machten sich nun mehr als bezahlt, Bunescu hatte einem Treffen zugestimmt. Taillefer hoffte, dass der Rumäne den Kaffee bezahlen würde, denn er hatte nicht eine einzige Münze mehr in den Taschen.

Der Kellner brachte den Cognac und entfernte sich wieder. Bunescu nippte an seinem Glas und nahm einen Zug von der Zigarette. »Monsieur Cougny, erlauben Sie bitte, dass ich zum Thema komme. In der Tat ist meine Zeit wieder einmal heillos verplant und weitere Geschäfte erfordern meine Aufmerksamkeit.«

Cougny, de Maleville, Dubosc, Belmais, wie viele Namen hatte er schon verwendet? Unzählige. Nur seinen wahren Namen kannte niemand, denn Pierre Taillefer war offiziell im Jahr 1900 in China während des Boxeraufstands von religiösen Fanatikern bis zur Unkenntlichkeit verstümmelt worden. Vier Männer hatten mit ihren Dao, den typischen chinesischen Säbeln, auf einen Kameraden so lange eingeschlagen, bis nur mehr ein blutiger Klumpen von ihm übrig geblieben war. Taillefer hatte die vier Boxer von hinten erschossen, die Identität seines Kameraden angenommen und den Behörden seinen eigenen Tod gemeldet. Das war der erste Schritt zu einer glorreichen Karriere gewesen.

»Monsieur Bunescu, ich habe vollstes Verständnis dafür und ich bedanke mich, dass Sie sich so viel Ihrer kostbaren Zeit genommen haben, um sich mit mir zu treffen.«

Bunescu sagte mit gedämpfter Stimme. »Der Bey ist sehr zufrieden.«

Taillefer nickte lächelnd. »Es ist mir eine Ehre.«

»Und ich bin auch sehr zufrieden, Sie mit diesem äußerst heiklen Auftrag betraut zu haben. Das Ergebnis ist exorbitant!«

Der spektakuläre Tod des Grafen Urbanau war in den Zeitungen Österreich-Ungarns von Triest bis Lemberg tagelang das Hauptthema gewesen. Unzählige Geschichten, Mythen und Legenden kreisten mittlerweile um den Kriminalfall. Auch in den Nachbarländern der Donaumonarchie war über den Fall groß berichtet worden. Es hatte sich gefügt. Wie sich immer alles für ihn gefügt hatte.

»Vielen Dank, Monsieur, für die Lorbeeren.«

»Wie haben Sie es geschafft, den Grafen der Adria zu übergeben, obwohl Sie gar nicht mehr an Bord des Schiffes waren?«

»Nun, man kann und darf nicht alles glauben, was in den Zeitungen steht. Das Attentat in Griechenland war eine Finte, mit der ich die Wachsamkeit des Grafen abgelenkt habe. Ich selbst war bis Triest an Bord. Inkognito, das versteht sich von selbst.«

»Sie sind ein Teufelskerl, Monsieur Cougny!«

»Wenn ich auf die Ehre, die der Bey dem erfolgreichen

Geschäftsabschluss zukommen lässt, zu sprechen kommen darf.«

Bunescu, der an diesem Geschäft natürlich auch einen Anteil bekommen würde, sagte: »Vor dem Hotel wartet ein Wagen, dieser wird uns zum Treffpunkt mit den Leuten des Beys bringen. Am Ende der Fahrt werden Ihnen die Männer die Ehrenbezeugung übergeben.«

»Sehr wohl.«

»Und weil unsere Transaktion so erfolgreich verlief, möchte ich mit Ihnen unterwegs eine neue geschäftliche Aktivität besprechen.«

Taillefer schmunzelte. Dieser österreichische Wirrkopf und Liebling der Damen, dieser grüne Junge, dieser Poet, der nicht nur den Grafen, sondern auch sich selbst in die Adria geworfen hatte, hatte schlicht und ergreifend Taillefers Existenz gerettet. Manchmal brauchten auch hochbegabte Berufsmörder nicht nur Geschick, Können und perfekte Planung, manchmal brauchten sie einfach Glück.

Und man brauchte auch Auftraggeber, denen man Lügen erzählen konnte.

Die Menschen waren einfach zu blöd und verdienten den Tod.

Wenig später saßen sie im Wagen. Bunescu schilderte in groben Zügen den neuen Auftrag und fragte, ob Taillefer diesen übernehmen wolle. Ein russischer Baron, der hohe Spielschulden hatte, sollte beseitigt werden. Taillefer tat noch etwas reserviert, aber der Auftrag und das Kopfgeld reizten ihn sofort.

Nach rund einer halben Stunde hielt die Kutsche. Zahltag! Der Preis war in englischen Pfund veranschlagt. Eine große Summe. Sein Leben würde eine himmlische Woge von Opium, Bordellen, Mord und Totschlag sein.

Taillefer stieg aus der Kutsche und fand sich im finsteren Innenhof eines Gehöfts wieder. Vier Männer standen um ihn herum. Seine Instinkte sprangen sofort an, er griff nach seinem Revolver. Ein Hinterhalt. In diesem Augenblick traf ihn ein schwerer Knüppel und warf ihn mit dem Gesicht in den Schlamm. Taillefer verlor sofort das Bewusstsein.

ENDE

Historische Hintergründe zum Roman

Das österreichische Triest

IM JAHR 1382 UNTERSTELLTE sich Triest Herzog Leopold III. aus dem Hause Habsburg, um Schutz vor dem mächtigen Nachbarn Venedig zu erhalten. Damit begann die österreichische Epoche der Stadt. Mehrere Jahrhunderte war Triest ein kleiner, eher unscheinbarer Hafen am Rande der Habsburger Ländereien. Erst Kaiser Karl VI. schuf im Jahr 1719 die Grundlage für den enormen Aufschwung der Stadt, in dem er Triest zum Freihafen erhob. Maria Theresia war zwar selbst nie in Triest, aber durch die Schleifung der Stadtmauern im Jahr 1749 und durch die Nutzung der alten Salinen als Bauland entstand auf ihr Betreiben ein neues Stadtviertel, das Borgo Teresiano. Auch ihr Sohn Joseph II. förderte die städtebauliche Entwicklung durch die Schaffung des Borgo Giuseppino. Zu Beginn des 19. Jahrhunderts brachte die industrielle Revolution gravierende Neuerungen. An der Wende zum 20. Jahrhundert war Triest eine der wichtigsten Hafenstädte des Mittelmeers, verfügte über mehrere große Werften, war ein bedeutender europäischer Eisenbahnknoten und beheimatete Wissenschaft, Architektur, Technik und Kunst von internationalem Rang.

Von 1849 bis 1918 war Triest ein teilsouveräner Stadtstaat innerhalb Cisleithaniens, also der österreichischen Reichshälfte der Doppelmonarchie diesseits des Flusses Leitha. Die offizielle Bezeichnung klang folgendermaßen: Reichsunmittelbare Stadt Triest und ihr Gebiet *(Città Imperiale di Trieste e Dintorni)*.

Man kann mehrere historische Ereignisse nennen, die zur immensen kulturellen und wirtschaftlichen Bedeutung Triests beigetragen haben.

12. Juli 1857: Eröffnung der Bahnlinie zwischen Wien und Triest. Nachdem im Jahr 1854 die vom legendären Ingenieur Carl Ritter von Ghega (1802–1860) entworfene und im wahrsten Sinn des Wortes bahnbrechende Semmeringbahn fertiggestellt wurde, beeilte man sich, die Strecke vollständig auszubauen. Ab 1857 war es möglich, innerhalb eines Tages von der Hauptstadt bis ans Meer zu reisen. Der Güterverkehr in der Donaumonarchie wurde damit praktisch revolutioniert. Die Binnenländer der Donaumonarchie hatten somit erstmals direkten Zugang zum Seehandel.

17. November 1869: Eröffnung des Suezkanals. Die Errichtung des Kanals war wohl das größte Bauprojekt des 19. Jahrhunderts. Ab 1859 wurde zehn Jahre lang der Kanal in die Wüste Ägyptens gegraben. Die Eröffnung war ein internationaler Festakt, bei dem sich die gekrönten Häupter der europäischen Großmächte ein Stelldichein gaben. Durch den Bau war es nunmehr möglich, den Seehandel zwischen Ost und West schneller zu gestalten, ohne rund um Afrika segeln zu müssen. Damit ergaben sich vor allem für die Anrainerstaaten des Mittelmeeres erhebliche Standortvorteile. Der Triestiner Bankier Pasquale Revoltella (1795–1869) war nicht zufällig Vizepräsident und Großaktionär der Gesellschaft *Compagnie universelle du canal maritime de Suez*. Die Verbindungen Triest–Alexandria und Triest–Bombay wurden zu höchst rentablen Schiffsfahrtlinien.

1877: Die Handelshochschule *(Scuola Superiore di Commercio)* wurde aus dem Nachlass Pasquale Revoltellas gegründet. Diese Hochschule war der Vorgänger der gegenwärtigen Universität Triest.

19. Juli 1906: Eröffnung der Wocheinerbahn auf der Strecke Jesenice–Trieste (früher Aßling–Triest). Die k.k. Staatsbahnen wollten den prosperierenden Handel nicht allein der privaten Südbahn-Gesellschaft überlassen, daher wurde eine zweite Bahnlinie nach Triest gebaut. Die Wocheinerbahn schloss an die inneralpinen Bahnlinien (Karawankenbahn, Drautalbahn, Tauernbahn, Phyrnbahn) an, um den westösterreichischen und böhmischen Raum direkt mit der Adria zu verbinden. Dazu wurde in Triest zusätzlich zum Südbahnhof (heute: *Stazione di Trieste Centrale*) der Staatsbahnhof Triest *(Stazione di Trieste Campo Marzio)* gebaut. Der Staatsbahnhof wurde 1960 aufgelassen und beherbergt seit 1984 das Eisenbahnmuseum Triest *(Museo Ferroviario di Trieste Campo Marzio).*

Triest im 20. Jahrhundert

Der Ausbruch des Ersten Weltkrieges 1914 und der Kriegseintritt Italiens 1915 gegen Österreich-Ungarn bedeuteten für die Stadt an der Schnittlinie großer Kulturen eine historische Katastrophe. Der verheerende Stellungskrieg an der Isonzofront brachte Triest in unmittelbare Nähe zum Kriegsgeschehen, und der Zusammenbruch des Seehandels in der Adria führte zu wirtschaftlichem Niedergang. Im Jahr 1918 endete durch den Zerfall der Donaumonarchie die österreichische Epoche von Triest. Die Stadt und die Halbinsel Istrien fielen an Italien.

Auch der Ausgang des Zweiten Weltkriegs ging an die Substanz Triests. Durch den Eisernen Vorhang wurde Triest für Jahrzehnte von seinem natürlichen Hinterland abgeschnitten. Istrien fiel an Jugoslawien, Triest war zu einer abgelegenen Stadt am äußersten Rand Italiens geworden. Ohne die Italiener, die das nunmehr jugoslawische Istrien und Dalmatien verlassen und sich in Triest angesiedelt hatten, wäre Triest vielleicht zur Kleinstadt geschrumpft.

In der blutigen ersten Hälfte des 20. Jahrhunderts kam es in Triest und in dessen Umland sowohl durch die k.u.k. Armee, durch italienische Faschisten, durch die deutsche Wehrmacht im Zweiten Weltkrieg als auch durch die Partisanenarmee von Marschall Tito zu Unterdrückung, Vertreibungen und Gräueltaten. Während der Besetzung durch die deutsche Wehrmacht wurde in der ehemaligen Reismühle *Riseria di San Sabba* am Stadtrand Triests das einzige nationalsozialistische Konzentrationslager Italiens eingerichtet.

In der Nachkriegszeit schaffte es Triest dennoch, wieder an wirtschaftlicher Bedeutung zu gewinnen. Auch heute noch ist Triest ein wichtiger Hafen für Mitteleuropa. Etwa der Rohölimport für Österreich, Tschechien und Süddeutschland wird im großen Umfang über Triest abgewickelt.

Durch das Einigungswerk der Europäischen Union steigt in der Gegenwart wieder die Bedeutung Triests als zivilisatorischer Knotenpunkt der Kulturen an der oberen Adria.

Die österreichisch-ungarische Handelsmarine

Jahrhundertelang beherrschte die maritime Großmacht Venedig den Seehandel in der Adria und im Mittelmeer. Doch die Expansion anderer Großmächte, allen voran des Osmanischen Reiches und Spaniens, sowie die sich im 17. und 18. Jahrhundert rapide entwickelnde Schifffahrt auf dem Atlantik ließen die Bedeutung Venedigs im weltweiten Seehandel sinken. Im 18. Jahrhundert wuchs in Mitteleuropa die Macht der Habsburger, vor allem die lange Regentschaft von Maria Theresia von Österreich (1717–1780), von 1740 bis zu ihrem Tod, führte zu bedeutenden Reformen, zu denen auch der Aufbau einer österreichischen Handels- und Kriegsmarine gehörte. Die Habsburger investierten in Triest, es wurden Hafenanlagen und Werften gebaut. Infolgedessen entstanden im Litoral Ankerschmieden, Schiffstau-, Segelfabriken und weitere Zulieferbetriebe. In Maria Theresias Regentschaft wurde in Triest eine Handelskammer, die Börse und eine Schule für Mathematik und Nautik gegründet. Aus dem Jahr 1774 wird überliefert, dass 20 *Frequentanten* diese Schule absolvierten.

Im Jahr 1749 wurde für österreichische Schiffe verfügt, dass sie verpflichtend Bordpapiere mitführen und eine Flagge hissen mussten. Die erste Flagge war nach dem Muster der toskanischen Flagge gestaltet und führte zu Verwechslungen. Am 20. März 1786 wurde schließlich die rot-weiß-rote Flagge eingeführt, die auf den k.u.k. Kriegsschiffen bis 1918 verwendet wurde.

Im Zuge des Österreichisch-Ungarischen Ausgleichs im Jahr 1867, der das Kaisertum Österreich in die Doppelmonarchie Österreich-Ungarn formte, wurde an einer gemeinsamen Kriegsmarine festgehalten, allerdings wurde die österreichische von der ungarischen Handelsmarine getrennt. Triest blieb weiterhin der Hafen Österreichs, während Fiume (heute: Rijeka) der wichtigste Hafen Ungarns wurde. Die Kriegsmarine hatte ihren Stützpunkt in Pola (heute: Pula) auf der Halbinsel Istrien.

Die Handelsschifffahrt der Doppelmonarchie wuchs im 19. Jahrhundert schnell und war bis zum Ausbruchs des Ersten Weltkriegs die zehntgrößte Marine Europas.

Fregattenkapitän Hans Hugo Sokol (1892–1982) berichtet in seinem Buch »Des Kaisers Seemacht«: »Im Jahr 1902 zählte der Schiffspark der österreichisch-ungarischen Handelsmarine an Dampfern, Segelschiffen, Küstenfahrern, Barken und

Fischerbooten 24.756 Wimpel mit 417.556 BRT (Bruttoregistertonnen).«

Ein großer Teil der Dampfschiffe war kleinerer Bauart und wurde im adriatischen Schiffsverkehr eingesetzt. Da die östliche Küste der Adria (Istrien, Kroatisches Küstenland und Dalmatien) durch seine Inseln und gebirgige Topografie nur durch ein niederrangiges Bahnnetz erschlossen war, kam der Seefahrt große wirtschaftliche Bedeutung zu. Um 1900 befuhren rund 200 österreichisch-ungarische Dampfschiffe Linien der internationalen Hochseeschifffahrt.

Österreichischer Lloyd

Im Jahr 1833 wurde auf Initiative von sieben Triester Versicherungsgesellschaften der Österreichische Lloyd nach dem Vorbild des Londoner Lloyd's gegründet. Im Jahr 1836 folgte die Gründung der Schifffahrtslinie. Einer der Gründungsväter war Karl Ludwig von Bruck (1798–1861), welcher später auch österreichischer Finanzminister war.

Die ersten beiden Dampfschiffe waren die bei Hawks & Co. in London gebauten Raddampfer Arciduca Lodovico und Arciduca Giovanni, welche im Jahr 1837 in Dienst gestellt wurden. Im selben Jahr wurden drei weitere Raddampfer in Dienst gestellt, welche bei Squero Panfilli in Triest gebaut wurden, nämlich die Conte Kolowrat, die Principe Metternich und die Barone Eichoff.

Schon frühzeitig beschloss die Schifffahrtsgesellschaft, bei der Instandhaltung und Reparatur der Schiffe auf eigenen Beinen zu stehen. Also richtete man im alten Lazarett *(Lazaretto vecchio)* das erste Arsenal ein. Das neue und sehr viel größere Lloydarsenal wurde 1861 in Triest-Sant'Andrea eröffnet. Man sah auch eine Helling für den Bau von großen Schiffen vor. Der Raddampfer Egitto war das erste im Lloydarsenal gebaute Schiff. Im Jahr 1863 lief es vom Stapel. Der Schraubendampfer Austria (II., es gab in der Geschichte des Österreichischen Lloyds insgesamt drei Schiffe dieses Namens) war das erste ausschließlich im Lloydarsenal konstruierte und gebaute Schiff aus Eisen. Im Jahr 1865 lief dieser Dampfer vom Stapel und verrichtete bis in das Jahr 1906 seinen Dienst auf See. 1907 wurde die Austria in Palermo verschrottet. Ab diesem Zeitpunkt wurden laufend Schiffe des Österreichischen Lloyd im Llyodarsenal gebaut. Vor allem in den Jahren von 1900 bis 1912 war das Lloydarsenal eine der produktivsten Werften im Mittelmeer.

Als Beispiel können hier die sieben Schwesterschiffe der Baron Beck-Klasse genannt werden, die in den Jahren 1907 bis 1909 erbaut wurden: Baron Beck, Palacky, Graz, Praga, Bregenz, Bruenn, Leopolis. Jedes einzelne Schiff war ein rund 3.900 Tonnen schwerer Schraubendampfer mit Dreifach-Expansionsmaschinen, das wie damals üblich sowohl mit Kabinen für rund 100 Passagiere als auch für Frachtgut ausgelegt war. Mit rund 13 Knoten lagen diese Dampfer im damals üblichen Geschwindigkeitsbereich für Liniendampfer.

Die größten und zugleich letzten Dampfer, die im Lloydarsenal gebaut wurden, waren die Schwesterschiffe Wien (1911) und Helouan (1912). Diese Schiffe stellten mit über 134 Meter Länge, 16 Meter Breite, 7.357 BRT, 10.000 PS starken Dampfmaschinen und 18 Knoten Geschwindigkeit den Höhepunkt des Schiffsbaus dar. Danach wurden im Lloydarsenal nur noch Wartungsarbeiten durchgeführt. Der Schiffsbau ging an die Cantiere San Rocco in Muggia knapp außerhalb von Triest. Insgesamt wurden in den Jahren von 1865 bis 1921 im Lloydarsenal 84 Dampfschiffe für den Österreichischen Lloyd fertiggestellt.

Der Österreichische Lloyd betrieb am Beginn des 20. Jahrhunderts drei Hauptlinien:

Adriatische Linien (*Servizio dell'Adriatico*)
Von Triest nach Venedig, Dalmatien, Cattaro (heute: Kotor), Korfu, Spizza (heute: Sutomore in Albanien)
Linien im Mittelmeer, der Ägäis und im Schwarzen Meer (*Servizio del Mediterraneo, Egeo e Mar Nero*)
Von Triest nach Brindisi, Alexandria, Thessalien, Konstantinopel, Odessa, Varna, Batumi
Linien nach Indien, China und Japan (*Servizio dell'India, Cina e Giaponne*)
Von Triest nach Bombay, Kalkutta, Shanghai, Kobe, Yokohama

Der Österreichische Lloyd wurde mit dem Ende der Donaumonarchie im Jahr 1918 aufgelöst und im Jahr 1919 als italienisches Unternehmen unter dem Namen Lloyd Triestinio neugegründet. Der Passagierbetrieb wurde 1921 wiederaufgenommen. Manche Schiffe stachen unter neuer Flagge wieder in See.

Austro-Americana

In der relativ kurzen Zeit, in der die Austro-Americana bestand, machte die Reederei eine wechselvolle Entwicklung durch. Die Schifffahrtsgesellschaft wurde 1895 von mehreren Investoren gegründet, darunter vom bedeutenden Spediteur Gottfried Schenker (1842–1901).

Die ersten vier Schiffe erwarb man in England, um den Verkehr von Triest nach Nordamerika aufzunehmen. Der erste Schwerpunkt der Geschäftstätigkeit war der von der österreichischen Bekleidungsindustrie benötigte Import von Baumwolle. Die Schiffe der Austro-Americana waren in den ersten Jahren ausschließlich im Frachttransport tätig, erst 1904 wurde der Passagierbetrieb aufgenommen. Die Auswanderung aus Mitteleuropa nach Amerika wurde zwar durch die deutschen Schifffahrtsgesellschaften Norddeutscher Lloyd und Hamburg-Amerika-Linie dominiert, dennoch gelang es der Austro-Americana, in diesem Geschäftsfeld Fuß zu fassen. Viele Auswanderer aus Österreich-Ungarn und Italien benutzten die Schiffe der Austro-Americana, um von Triest, Neapel oder Palermo in das Land der unbegrenzten Möglichkeiten zu emigrieren. Im Jahr 1905 erwarb die Austro-Americana in Triest ein Gebäude, das als Auswandererheim für 1.500 Personen verwendet wurde. Im Jahr 1907 wurden zum ersten Mal auch Destinationen in Südamerika angefahren.

Das Unternehmen war stärker als der deutlich größere und von staatlichen Subventionen gestützte Österreichische Lloyd dem Spiel des freien Marktes ausgesetzt, mal setzte schneller Wachstum ein, dann schrumpfte der Schiffsbestand wieder. Im Jahr 1910 erhielt die Austro-Americana einen Schifffahrts- und Postvertrag mit Postrecht auf der Nord- und Südatlantikroute und somit staatliche Subventionen. Die Austro-Americana musste sich verpflichten, den Liniendienst von Triest nach Rio de Janeiro, Santos und Buenos Aires aufzunehmen. Gleichzeitig wurden die Geschäftsfelder der beiden größten Reedereien Österreich-Ungarns von behördlicher Seite abgestimmt, um unnötige Konkurrenz zu verhindern. Der Österreichische Lloyd bediente die östliche Hemisphäre, die Austro-Americana die westliche.

Im Jahr 1914 betrieb die Austro-Americana 31 Dampfer, von denen die meisten in Großbritannien gebaut worden waren. Doch als 1907 die Cantiere Navale Triestino in Monfalcone gegründet wurde, übernahm diese Werft den Bau der Schiffe für die Austro-Americana. Der Höhepunkt der Bautätigkeit war die Inbetriebnahme des größten je gebauten und betriebenen Handelsschiffes Österreich-Ungarns im

Jahre 1912: Die Kaiser Franz Joseph I. war mit 12.567 BRT, 145 Metern Länge, 18 Metern Breite, ausgestattet mit zwei vierzylindrigen Dreifach-Expansionsmaschinen und einer Geschwindigkeit von 17 Knoten ein Schiff, das zwar wesentlich kleiner war als die englischen, deutschen und französischen Atlantikdampfer, für die Verhältnisse in der Adria war es aber ein spektakulär großes und leistungsfähiges Schiff. Die Kaiser Franz Joseph I. war das Flaggschiff der österreichisch-ungarischen Handelsmarine.

Ein noch größeres Schiff lag in Monfalcone halb fertig auf der Helling, die Kaiserin Elisabeth (15.500 BRT). Der Bau des Schiffes wurde allerdings nach Kriegsbeginn 1914 eingestellt.

Nach dem Krieg wurden die Reste der Austro-Americana in die Reederei Cosulich Società Triestina di Navigazione (landläufig: Cosulich-Linie) umgeformt. Im Jahr 1937 wurde die Reederei wegen erneuter finanzieller Probleme verstaatlicht.

Ungarische Seeschiffahrts A.G. Adria

Gottfried Schenker gründete 1879 die Adria Steamship Company, die mit dem Königreich Ungarn einen Vertrag über den Liniendienst nach England abschloss. Diese Gesellschaft musste aber schon 1882 Konkurs anmelden und wurde aufgelöst. Daraufhin wurde die *»Adria« Magyar Tengerhajózási Részvénytársaság* als Aktiengesellschaft mit dem Sitz in Budapest neu gegründet. Später wurde in Fiume (heute: Rijeka), dem wichtigsten Hafen des Königreichs Ungarn, eine Niederlassung der Gesellschaft eröffnet.

Das erste Schiff der Adria, die Szapáry, wurde am 15. Jänner 1882 in Betrieb genommen, doch erlitt der Dampfer am 27. Dezember des Jahres an der irischen Küste Schiffbruch.

Ab 1885 wurde der Liniendienst nach England um die Linien nach Malta, Tunis und Algerien erweitert, und erstmals erwirtschaftete die Gesellschaft Gewinne. Insgesamt blieb die Adria von staatlichen Subventionen abhängig, das Königreich Ungarn sicherte sich mit der Schifffahrtsgesellschaft aber den Zugang zum Seehandel. Nach einigen Turbulenzen zwischen Österreich und Ungarn, also auch zwischen dem Österreichischen Lloyd und der Adria, schloss man 1898 ein Übereinkommen zur Aufteilung der Geschäftsfelder. Die Adria bediente das westliche Mittelmeer, also Italien, Malta, Frankreich und Spanien, weiter Großbritannien, Nord- und Westafrika (ausgenommen Ägypten, die profitable Linie Triest–Alexandria ließ sich der Österreichische Lloyd nicht nehmen) und Nordamerika.

Zum Höhepunkt der Geschäftstätigkeit im Jahr 1914 verfügte die Adria über 33 Dampfschiffe (Österreichischer Lloyd 65, Austro-Americana 31). Allerdings waren die Schiffe der Adria durchwegs kleiner, so besaß der Österreichische Lloyd Schiffe zwischen 2.000 bis 8.500 BRT, die Adria zwischen 1.500 und 3.000 BRT.

Nach dem Ersten Weltkrieg wurden die verbliebenen Schiffe von einer Investorengruppe rund um die Familie Cosulich übernommen und als *Società anonima di Navigazione marittima Adria* weitergeführt. Im Jahr 1936 wurde aus finanziellen Gründen der Betrieb eingestellt, Flotte und Personal wurde von einer neapolitanischen Reederei übernommen.

Thalia

Ehe die Triester Werften um das Jahr 1900 ihre höchste Baukapazität erreichten, vergab der Österreichische Lloyd Bauaufträge an britische und gelegentlich an deutsche Werften. Im

Jahr 1886 wurden in Dumbarton/Schottland die Thalia und in Sunderland/England ihr Schwesterschiff Euterpe gebaut. Wie damals üblich war die Thalia ein kombiniertes Personen- und Frachtschiff. Die Frachträume lagen im Vorderschiff und achtern, während sich Mittschiffs die Brücken mit den Personenkabinen befanden. 20 Jahre lang leistete die Thalia als Liniendampfer ihren Dienst. Sie wurde häufig auf der Linie Triest–Alexandria eingesetzt.

Im Winter 1906/1907 wurde die Thalia zu einer »Yacht für Vergnügungsfahrten« umgebaut. Das Hauptdeck erhielt die Passagierkabinen. Im Oberdeck wurden der Speisesalon, die Küche sowie die Kabinen für die Mannschaft eingerichtet. Das Promenadendeck fasste vier Luxuskabinen, den Musik- und den Rauchsalon. Weiters bot das Promenadendeck, wie der Name schon sagte, die Möglichkeit zur Promenade an Deck, wobei das Deck durch das darüber liegende Bootsdeck überdacht, somit auch bei Regen benutzbar war. Auf dem Bootsdeck waren acht Rettungsboote befestigt. Weiters befanden sich auf dem Bootsdeck der Gesellschaftssalon, die Kabinen der Offiziere, die sogenannte Marconi-Station (Funkstation) und die Kapitänskabine. Dieses nach oben offene Deck konnte je nach Wetter mit Planen abgedeckt werden. Das höchste Deck war das Brückendeck, das nur den Raum Mittschiffs einnahm. Dort befanden sich Sitzbänke und die Kommandobrücke.

Im Februar 1907 unternahm die Thalia die erste Vergnügungsfahrt. Die meisten Fahrten führten durch das Mittelmeer, in den Sommermonaten wurden auch sogenannten »Nordlandreisen« in die Nord- und Ostsee sowie bis in das Nordpolarmeer unternommen.

Der Dampfer Prinzessin Victoria Luise der Hamburger Reederei HAPAG gilt als das erste Kreuzfahrtschiff der Welt, sie wurde im Jahr 1900 als Vergnügungsdampfer gebaut und in

Dienst gestellt. Die Thalia hingegen kann als das älteste Kreuzfahrtschiff bezeichnet werden, weil sie seit 1886 auf See war.

Der Einsatz der Thalia als Vergnügungsdampfer war ein wirtschaftlicher Erfolg. Die Werbemaßnahmen für die Vergnügungsfahrten des Österreichischen Lloyd waren ausgesprochen fortschrittlich und wirkungsvoll. Der Preis für eine Fahrkarte war für das einfache Volk schlicht unerschwinglich, die Fahrten blieben ein sehr luxuriöses Vergnügen.

Beim Ausbruch des Ersten Weltkrieges 1914 befand sich die Thalia auf neutralem Gebiet im Amsterdamer Hafen, wo sie bis zum Kriegsende ungenutzt liegen blieb.

Nach dem Krieg gab es keinen Bedarf mehr für eine »Yacht für Vergnügungsfahrten«, also wurde die Thalia 1920 wieder zu einem Liniendampfer umgebaut.

Im Jahr 1922 übernahm die Triester Reederei Tripcovich das Schiff unter dem Namen Dalia.

Im Jahr 1926 wurde der bemerkenswerte Dampfer Thalia nach einer 40-jährigen wechselvollen Dienstzeit abgewrackt.

Technische Daten

Abmessungen: 97,26 m x 11,36 m x 7,08 m

Passagiere: 64 bis 1906 / 164 nach dem Umbau 1907

Antrieb: Dreifach-Expansionsmaschine mit einer Schiffsschraube

Höchstgeschwindigkeit: 14 Knoten

Verdrängung: max. 3.500 t

Kapitän Karl von Bretfeld

Karl Borromäus von Bretfeld (1855–1915) war in der Zeit, als die Thalia als Yacht für Vergnügungsfahrten von 1907 bis 1914 genutzt wurde, der Kapitän des Schiffes. Er war Sohn von Emanuel Gabriel von Bretfeld zu Kronenburg und seiner

Frau, Caroline Barbara Theresia geb. Freiin von Buol. Kapitän Bretfeld starb im März 1915 im Dienst des Österreichischen Lloyds im Amsterdamer Hafen und wurde auf dem Friedhof Buitenveldert beerdigt.

Der im Roman vorkommende Kapitän trägt zwar den historischen Namen des damaligen Kapitäns, ist aber in allen Äußerungen und Handlungen eine literarische Figur. Der Autor hat den echten Namen übernommen, um einem k.u.k. Seemann der Vergangenheit ein Denkmal zu setzen.

Alle weiteren im Roman genannten Besatzungsmitglieder der Thalia tragen fiktive Namen.

Hans Gross

Hans Gustav Adolf Gross (1847–1915) ist als Begründer der Kriminalistik in die Geschichte eingegangen. Der Jurist Hans Gross wurde in Graz geboren, lebte die meiste Zeit seines Lebens in seiner Heimatstadt und verstarb dort auch. Im Jahr 1898 wurde Gross an die Franz-Josephs-Universität Czernowitz berufen, an der noch im selben Jahr seine Ernennung zum ordentlichen Professor für Strafrecht erfolgte. Im Jahr 1900 wurde er Dekan. In der Zeit von 1902 bis 1905 lehrte Gross an der Prager Universität und stieg auch dort zum Dekan auf. Einer seiner Studenten war übrigens Franz Kafka. 1905 kehrte Gross nach Graz zurück, wo er als Professor für das österreichische Strafrecht und Strafprozessrecht an der Karl-Franzens-Universität Graz lehrte.

Gross' erste Tätigkeit in seiner juristischen Laufbahn war die des Untersuchungsrichters. Diese Tätigkeit hat sein Wirken nachhaltig geprägt, denn im Jahr 1893 veröffentlichte er das zweibändige »Handbuch für Untersuchungsrichter«. Das Buch wurde in mehrere Sprachen übersetzt und stieß auf ein großes internationales Echo. Gross legt darin den Grundstein für wissenschaftliche Methoden der Verbrechensaufklärung. Ab der dritten Auflage im Jahr 1899 verwendete Gross den Titel »Handbuch für Untersuchungsrichter als System der Kriminalistik«. Die von Gross begründete »Grazer Kriminologische Schule« fand weltweit Beachtung.

Gross gilt als der Erfinder des Tatortkoffers, den er im Handbuch »Kommissionstasche« nennt und dessen empfohlene Ausrüstung er detailliert auflistet. Auf Gross geht die Anregung zurück, zur Aufklärung von Straftaten Suchhunde einzusetzen. Großen Wert legte Gross auch auf die Erstellung von Täterprofilen.

Hans Gross und seine Frau Adele waren die Eltern des Psychoanalytikers und Anarchisten Otto Gross (1877–1920).

Weitere Titel finden Sie auf den folgenden Seiten und im Internet:

WWW.GMEINER-VERLAG.DE

Alle Bücher von Günter Neuwirth:

Polizistin Christina Kayserling ermittelt:
Totentrank
ISBN 978-3-8392-0651-5
Erdenkinder
ISBN 978-3-8392-0258-6
Neumondnacht
ISBN 978-3-8392-0498-6

Inspektor Hoffmann ermittelt:
Die Frau im roten Mantel
ISBN 978-3-8392-2145-7
Zeidlers Gewissen
ISBN 978-3-8392-2278-2
In der Hitze Wiens
ISBN 978-3-8392-2407-6

Inspector Bruno Zabini ermittelt:
Dampfer ab Triest
ISBN 978-3-8392-2800-5
Caffè in Triest
ISBN 978-3-8392-0111-4

Sturm über Triest
ISBN 978-3-8392-0418-4
Südbahn nach Triest
ISBN 978-3-8392-0630-0

E-Book-Only:
Paulis Pub
ISBN 978-3-7349-9436-4
Fichtes Telefon
ISBN 978-3-7349-9438-8
Hoffmanns Erwachen
ISBN 978-3-7349-9444-9

GMEINER SPANNUNG

WWW.GMEINER-VERLAG.DE
Wir machen's spannend

Stephan R. Meier
**Riviera Express –
Schatten über Triora**
Kriminalroman
336 Seiten, 13,5 x 21 cm,
Klappenbroschur
ISBN 978-3-8392-0667-6

Triora, die weltberühmte Hauptstadt der Hexen. Commissario Gallo wird in das idyllische Hinterland der lebhaften Küstenstadt Sanremo gerufen. In einer Schlucht in den malerischen Hügeln über der Riviera dei Fiori ist eine Leiche gefunden worden. Safranplantagen, Olivenhaine und Kräuterpfade säumen den Tatort. Gallo erkennt bald, dass es eine Verbindung zwischen dem Toten und einer vermissten Naturforscherin gibt. Hatte sie gehofft, die alten Geheimnisse der unzähligen Kräuter, Gewürze und Heilpflanzen von Triora zu entdecken, für die im 16. Jahrhundert mehr als 200 Frauen der Hexerei angeklagt wurden?

GMEINER SPANNUNG

WWW.GMEINER-VERLAG.DE
Wir machen's spannend

Claudia Bardelang
Falscher Erbe
Kriminalroman
320 Seiten, 13,5 x 21 cm,
Klappenbroschur
ISBN 978-3-8392-0696-6

Unweit einer Florentiner Polizeibehörde detoniert eine Bombe. Durch die Explosion kommt Signora Ludovica Buonarroti ums Leben, eine gut betuchte Dame mit sagenhafter Kunstsammlung. Der Sprengsatz war in einem Paket versteckt, das an Buanarrotis Nachbarn adressiert war. Alessandro Filipepi ist ein alleinstehender, exzentrischer Millionenerbe. Und er schwebt weiterhin in höchster Gefahr. Denn Commissario Lorenzo Riani und sein Kollege Ispettore Torrini befürchten, dass der Attentäter sein Werk nicht unvollendet lassen wird …

GMEINER SPANNUNG

WWW.GMEINER-VERLAG.DE
Wir machen's spannend

Anna Merati
**Tod im Piemont –
Trüffel, Nougat und Barolo**
Kriminalroman
288 Seiten, 13,5 x 21 cm,
Klappenbroschur
ISBN 978-3-8392-0723-9

Sofia Dalmasso betreibt ein kleines Café in einem Bergdorf unweit des Lago Maggiore. Während die einen wegen ihres Risottos bei ihr einkehren, kommen die anderen, um sich die Zukunft voraussagen zu lassen. Denn Sofia hat von ihrer Großmutter das Kaffeesatzlesen gelernt. Als eines Tages ein Fremder ihr Café betritt und auf ihrer Kunst besteht, sieht sie zum ersten Mal das Symbol für den Tod. Am Tag darauf wird der Mann leblos aufgefunden. Von Schuldgefühlen geplagt, beginnt Sofia sich im Dorf umzuhören.

GMEINER SPANNUNG

WWW.GMEINER-VERLAG.DE
Wir machen's spannend